日瓦戈医生(上)

【苏联】帕斯捷尔纳克 ◎ 著
舒莎　郑明生 ◎ 译

图书在版编目(CIP)数据

日瓦戈医生/(苏)帕斯捷尔纳克著;舒莎,郑明生译. —福州:海峡文艺出版社,2017.8(2023.9 重印)

(诺贝尔文学奖大系)

ISBN 978-7-5550-1201-6

Ⅰ.①日… Ⅱ.①帕…②舒…③郑… Ⅲ.①长篇小说－苏联 Ⅳ.①I512.45

中国版本图书馆 CIP 数据核字(2017)第 145785 号

诺贝尔文学奖大系

日瓦戈医生

[苏联]帕斯捷尔纳克 著 舒莎 郑明生 译

责任编辑	林 滨
出版发行	海峡文艺出版社
经 销	福建新华发行(集团)有限责任公司
社 址	福州市东水路 76 号 14 层
发 行 部	0591－87536797
印 刷	福州俊丰彩印有限公司
地 址	福州市晋安区鼓山镇鼓一村福光路 189 号
开 本	889 毫米×1194 毫米 1/32
字 数	529 千字
印 张	23.5
版 次	2017 年 8 月第 1 版
印 次	2023 年 9 月第 3 次印刷
书 号	ISBN 978-7-5550-1201-6
定 价	139.00 元

如发现印装质量问题,请寄承印厂调换

颁奖辞

瑞典文学院常任秘书　安德斯·奥斯特林

瑞典文学院决定把1958年度诺贝尔文学奖颁发给鲍里斯·帕斯捷尔纳克这位伟大的苏联作家,因为"无论在现代抒情诗还是在苏联传统叙事文学上,他都取得了非常杰出的成就"。

众所周知,帕斯捷尔纳克本人已经谢绝了领奖。但是,他的婉拒丝毫不能改变此奖的有效性。授奖仪式不能如期举行,瑞典文学院深表遗憾。

致答辞

因政治原因,帕斯捷尔纳克自愿放弃领奖,未前往参加颁奖典礼。

1958年10月25日,瑞典文学院通知了帕斯捷尔纳克获奖的消息,他随即以电报答复道:"非常感激、感动、骄傲、吃惊、惭愧。"10月29日,他在另一封电报里又解释道:"由于这个奖对我所处的社会造成的影响,我必须自愿放弃这份我领之有愧的奖项。我真诚地希望你们不要因此而产生任何不愉快。"

目 录

日瓦戈医生 1

第一章 五点钟的快车 5

第二章 来自另一个圈子的姑娘 30

第三章 斯文季茨基家的圣诞晚会 88

第四章 大势所趋 128

第五章 告别旧时代 179

第六章 莫斯科宿营地 226

第七章 旅途中 280

第八章 抵达 337

第九章 瓦雷金诺 367

第十章 大路上 404

第十一章　林中兄弟　431

第十二章　粘满白糖的花楸树　459

第十三章　带雕像的房子对面　488

第十四章　重返瓦雷金诺　543

第十五章　结局　602

第十六章　尾声　649

第十七章　日瓦戈的诗　667

附录

帕斯捷尔纳克年表　737

日瓦戈医生

主要人物介绍

（按人物出场顺序）

尤里·安德烈耶维奇·日瓦戈（尤拉）：医生。

玛丽亚·尼古拉耶夫娜·日瓦戈：日瓦戈医生的母亲。

尼古拉·尼古拉耶维奇·韦杰尼亚平：日瓦戈医生的舅舅。

伊万·伊万诺维奇·沃斯科博伊尼科夫：教育家兼普及读物作家，日瓦戈医生的舅舅尼古拉的好友。

尼卡·杜多罗夫：日瓦戈医生的朋友，曾寄居在伊万·伊万诺维奇·沃斯科博伊尼科夫家中。

拉夫连季·米哈伊洛维奇·科洛格里沃夫：百万富翁，娜佳和莉帕的父亲，拉拉曾任莉帕的家庭教师。

娜佳·科洛格里沃娃：拉拉的同学兼好友。

米哈伊尔·格里戈里耶维奇·戈尔东（米沙）：日瓦戈医生的朋友。

阿马利娅·卡尔洛夫娜·吉沙尔：拉拉的母亲。

拉里莎·费奥多罗夫娜·安季波娃（拉拉）：帕沙的妻子。

维克托·伊波利托维奇·科马罗夫斯基：曾为日瓦戈医生父亲

的私人律师,拉拉父亲的老友。

帕维尔·费拉蓬特维奇·安季波夫:帕沙的父亲。

基普里扬·萨维利耶维奇·季韦尔辛(库普林卡):铁路员工,后参加革命。

玛尔法·加夫里洛夫娜:库普林卡的母亲,曾照顾帕沙。

奥西普·吉马泽特金诺维奇·加利乌林(尤苏普卡):第一次世界大战期间为俄国军官,十月革命后参加捷克军团。

帕维尔·帕夫洛维奇·安季波夫(帕沙、斯特列利尼科夫):拉拉的丈夫,第一次世界大战期间曾任俄国军官,十月革命后参加红军。

安东尼娜·亚历山德罗夫娜·日瓦戈(东尼娜):日瓦戈医生的妻子,格罗梅科教授的女儿。

亚历山大·亚历山德罗维奇·格罗梅科:东尼娜的父亲。

安娜·伊万诺夫娜·格罗梅科:东尼娜的母亲,铁矿场主克吕格尔的女儿。

舒拉·施莱辛格:安娜·伊万诺夫娜·格罗梅科的密友和律师。

叶夫格拉夫·安德烈耶维奇·日瓦戈:日瓦戈医生同父异母的弟弟。

安菲姆·叶菲莫维奇·桑杰维亚托夫:社会民主党党员。

阿韦尔基·斯捷潘诺维奇·米库利钦:克吕格尔的瓦雷诺金领地管家,利韦里的父亲。

利韦里·阿韦尔基耶维奇·米库利钦(列斯内赫):游击队领导人。

叶连娜·普罗科洛夫娜(列诺奇卡):阿韦尔基·斯捷潘诺维奇·米库利钦的第二任妻子。

谢韦良卡四姐妹(姓通采娃):尤里亚金的四位知名女性,分别是阿格里平娜(利韦里的母亲),叶夫多基娅、格拉菲拉和西拉菲玛(西玛)。

第一章 五点钟的快车

1

送葬的队伍浩浩荡荡。人们的脚步声、马蹄声以及微风的声音混杂在一起。送葬的人们唱着《矢志不移》的凄美曲调,低沉的歌声时断时续。

路边的行人不约而同地为送葬的队伍让开了路。他们或是仔细地数着花圈;或是虔诚地在胸前画着十字;更有些好事者直接加入到队伍中去,随意打听着:"这么大的排场,是给谁送葬呢?"有人答道:"是日瓦戈家的。""哦,原来是他,那就怪不得了。""听说,不是日瓦戈先生,是他的妻子。""其实都一样,这呀,都是上帝的安排,但愿她早点进入天堂。这场丧事办得可真隆重啊!"

剩下的这点短暂时光,也跟那春季里的花一般,无可奈何地逝去了。"神的领土和主的意志,天地寰宇以及芸芸众生……"神父一边念着经文,一边凌空画着十字,同时在玛丽亚·尼古拉耶夫娜的遗体上撒了一小撮黑土。随着《正义之魂》的唱响,人们开始忙碌起来,棺盖踩着这首歌的节拍遮挡住了玛丽亚的遗体，铁钉相继落定后，玛丽亚便永远住进了墓穴，与这红尘俗世再无瓜葛。四把铁铲开始机械地舞动着。泥土疾如骤雨般打在了棺木上，不一会儿，墓穴上就隆起了一个散发着新鲜泥土气味的小土包。这时，迎面跑来了一个十岁的小男孩，不等宾客们回过神来，一脚就踩在了这个小土包上。

在如此庄重的葬礼即将接近尾声的时候，送葬宾客们的意识依然沉浸在困顿和恍惚中。直觉使然，他们都认为小男孩此时此刻，应该在母亲的坟前说上几句话的。

小男孩慢慢抬起头，居高临下，快速地环顾了一圈枯索的荒野和落寞的修道院尖顶。转瞬间他的神色变得慌张起来，脖子僵硬地伸着，他那张长着高挺的鼻子的小脸变了形，难看得就像一只小狼，如果一只狼这样抬起头来，大家知道它就要开始嗥叫了。他赶紧用手捂住双眼，眼泪如同倾泻的洪水般泛滥开来。天边那片逐渐逼近的乌云，带来了一场冰冷的骤雨。这场寒雨如同一条从天而降的、湿淋淋的、灰白色的鞭子，抽打着小男孩的脸和手。一个男人走过来，他身着一袭黑色大衣，大衣窄袖上绣了一圈儿褶皱。他是死者的亲弟弟，也就是那个正在一旁号啕大哭的孩子的舅舅——尼古拉·尼古拉耶维奇·韦杰尼亚平。他曾是位神父，后来自愿还俗。尼古拉神父走到小男孩面前，把他从坟墓前接走了。

2

凭借着尼古拉神父的关系，晚上他们得以在一家修道院的一间内室落脚。这一夜，正好是圣母节[①]的前夕。次日，小男孩将会和舅舅去一个很远的地方——南方伏尔加河畔的一个省城。自从尼古拉神父还俗后，他就在当地一家思想进步、办过报纸的书局里谋生。他在接小外甥前，就已经订好了往返的火车票了。窄小的房间里，放着整理好的行李。寒风从不远处的火车站把火车启动时掉头的汽笛声带来了，这种声音像极了白天小男孩的哭泣声。

  夜幕降临后，气温就更低了。两扇几乎落地的窗户，朝着菜地的方向开着，那些残败不堪的黄刺槐围着这一尺见方的菜地。窗户也对着马路上凝结成镜子似的小水洼和白天埋葬了玛丽亚·尼古拉耶夫娜的那片墓地。菜地里只有几棵被冰雪冻得发蔫的白菜，院子里空落落的。刺骨的夜风来袭，拼命地摇曳着早已沧桑的刺槐，使刺槐们朝着马路那边俯下了身子。

  夜里，寒风气势汹汹地来敲窗，惊醒了尤拉。昏暗的小房间里竟然也会有一丝跳跃的白光，照得破败不堪的地板很是明亮。尤拉顾不得穿上大衣就径直跑到窗前，把小脸蛋轻轻地贴在冰冷的玻璃上。

  积雪覆盖了马路，从窗子望出去，看不到那片墓地和菜园。风雪放肆地在院里呐喊着，空中出现了一片雪雾。与其说是尤拉发现了风雪，还不如说是这场暴风雪发现了他，而且刻不容缓地想让尤拉感觉到它们那股诡秘而又无可抗拒的力量，因此也就更加肆无忌惮地享受着它们给尤拉所留下的深刻记忆。寒风凛冽，悲鸣着，总之是倾尽一切手段去抓住尤拉的注意力。大雪连绵，犹如一匹从天而降的白色织锦，回旋式地向地面飘落，仿佛是一件寿衣，掩盖住了大地。这个时候，就只剩下一个前所未有的、风雪交加的猖狂的世界存在。

---

①东正教的宗教节日，在俄历十月一日。

尤拉慌忙地从窗台上缩了下来，心里想着要马上穿好衣服，好去外面做点什么。他害怕那些白菜被大雪淹没，再也挖不出来了；或者他害怕这场暴风雪跑到那片荒野里，吞没了他的母亲。

眼下的母亲只有无可奈何地忍受着，最终，离他越来越远，越来越深地长眠地底。

泪珠陆续地钻出尤拉的眼眶。尼古拉神父醒来，把耶稣的故事告诉给尤拉，借此给他慰藉。故事讲完后，神父打了一个长长的哈欠，慢悠悠地走到窗前，若有所思起来。黎明缓缓走到他们的身旁，他们各自穿戴好，天也逐渐亮了起来。

3

玛丽亚·尼古拉耶夫娜还活着的时候，尤拉的父亲就已经把他们一并抛弃了，只不过那时的尤拉还太小，对此没有什么印象。他父亲经常独自一人在西伯利亚的大小都市以及国外的某些城市花天酒地，沉浸在纸醉金迷之中，大把大把的财富都被他如同流水般挥霍一空。时常有好心人告诉尤拉，他的父亲偶尔会在圣彼得堡小住一阵，不时又会到某个集镇待上一阵子，经常出现在伊尔比特集市上。

之后，久遭病魔缠身的母亲，又被肺病纠缠上了。她不得不奔波于法国的南部和意大利的北部之间，年幼的尤拉陪她去治疗过两次。就在这奔波的情况下，诡秘的事件接二连三地发生，母亲只好将尤拉托付给邻居、朋友轮流照顾。幼小的尤拉就在辗转于各处的寄养下，慢慢地成长起来，并且迅速地习惯于当前的新生活。也许是因为他的这种颠沛生活，以至于让他觉得没有父亲的陪伴也无所谓。

在那个时代,数不胜数的各类商品上都标有他们家的名字,但是,那时候的尤拉还太小。

比如,以日瓦戈命名的日瓦戈作坊、日瓦戈银行、日瓦戈公寓大厦;就连领结和别针也有称为日瓦戈的款式;那时还有一种甜饼也标着日瓦戈的字样,那是种用甜酒浸泡过的圆形小点心。除此之外,你可以随便在莫斯科的任何一条街道上对车夫说一句"到日瓦戈公寓",就相当于说"到这座城市最远的地方去"。小小的雪橇会将你送到距离市中心最远的郊区。这里如同一个静谧的公园,到处都是被冰雪压得弯下腰的松树和杉木。积雪融化后掉下来,砸到乌鸦,乌鸦便匆匆飞离枝头,发出悲鸣的叫声,就像干裂的树枝即将爆裂开来那般,徘徊在上空,久久才散去。不远处传来几条纯种猎狗的吼叫声,它们从树林深处小路后面的那栋新房子里奔跑到大路上来。这些猎狗的身后,早已点起了明亮而又温馨的灯火。这时你才会发现,原来夜幕早已降临。

就在一夜之间,这繁华的一切都冰消瓦解了。富甲一方的日瓦戈家族破产了。

4

一九〇三年的那个盛夏,尤拉和舅舅同乘一辆四轮马车,沿着田野朝着纺丝厂主、当时有名的艺术慈善家科洛格里沃夫的属地杜普梁卡而去。此行是为了拜访伊万·伊万诺维奇·沃斯科博伊尼科夫,他是个教育家兼普及读物作家。

此时,正逢喀山圣母节,又碰巧是农忙时节。或许是到了吃午饭的时候,或许是因为圣母节,麦田里空无一人。午后的阳光炽烈地烘烤着还没有割完的庄稼地,仿佛是一个犯人,剃头只剃到一半。小鸟徘徊在田野的上空。天气闷热,没有一丝风吹过,那些小麦秆子笔挺地站着,像被罚站的孩子,麦穗只能低下头。

不远处的路边,堆起了高高的麦秆垛子,要是你就那么一直望着,这些麦秆垛子会像一个个移动的人影,更像是测量人员,在顺着地平线测量着土地,量完一处,就登记好一处。

"这块麦田是谁的?"尼古拉神父对书局里打杂兼看门的帕维尔问道。倾斜着身子、依靠在车门边、坐在驱驾位上的帕维尔弯着腰,跷着二郎腿,很明显他并非一个职业车夫。"这块土地是属于地主的,还是属于农民的?"尼古拉神父继续问。

"这一片土地是地主的。"帕维尔漫不经心地边搭着话,边悠然地点着旱烟,"那边,"他猛地吸上一口,烟头弱弱地闪出了一丝火光,半天才有气无力地举起手指着另一处说:"那才是农民的。驾!哼!该死的,又睡着了?"他不断向马儿怒喝着,不停地扫视着马背和马尾,就像开火车的司机不断地看着气压表。

这两匹牲口跟世界上所有拉车的马一个样,驾辕的马中规中矩、憨实忠厚地奔波着,而旁边那匹拉边套的马却像极了那些生性懒惰的人。

尼古拉神父把沃斯科博伊尼科夫写的那本阐明土地问题的样稿给带来了。书刊的审查制度越来越趋向正规化,书局要求作者必须重新批阅一遍书稿。

"乡下的农民联合起来造反了!"尼古拉神父说,"潘科夫斯克乡的农民在当地杀了一个商人,还放火烧了当地政府的养马场。对于这类不像话的事，你有什么看法呢？你们那儿的人是怎么看待这件事的呢？"

帕维尔的看法非常消极，甚至比书刊审查官——那位一心只想着如何让沃斯科博伊尼科夫放弃土地问题的人，还要绝望。

"这能有什么好说的呢？那些农民真是肆意妄为。他们胸无点墨，干出来的事，都是你无法想象的。他们怎么可以这样对我们呢？如果放手不管那些农民，任由他们的脾气来，那肯定是要相互残杀的。我敢向上帝起誓。驾！该死的！我叫你睡，还不快走！"

这已经是尤拉和舅舅第二次来杜普梁卡镇了。尤拉觉得自己似乎是记得这条路的。田野向两旁远远地延伸开去，从前面往后眺望过去，仿佛是树林绣上了一道精细的花边。尤拉似乎觉得立即就可以认出那个出口了，在那里，大路应当是向右边转过去，只要拐过弯，就可以看到科洛格里沃夫庄园的全景，还有不远处那条闪着光亮的河以及河对岸的铁路。然而，这些景象迅速地从视线里晃过——他认错了。田野一望无垠，周围全是连绵不断的树林。陆续变换的田野，使人觉得心境开阔，精神爽朗，于是悠然自得之情油然而生，那些憧憬的画面不由自主地从脑海里蹦了出来，那是尤拉对未知未来的渴望。

尼古拉·尼古拉耶维奇之后的成名作，这个时候还没有一本写成问世。尽管如此，他的理想已然成熟，铸就他声名的时机早已悄悄地临近了，只是他还蒙在鼓里，浑然不知。

尼古拉神父日后必定会集作家、教授以及革命哲学家等头衔于一身，而且一定会锋芒毕露，在学术界占有一席之地。现在他要思考、探索的是除了通常使用的专业术语之外的所有东西。有些人只信奉陈旧的教条，而且只满足于咬文嚼字和一些外在的虚幻的东西。而尼古拉神父曾接受过神的差遣，曾经亲身学习过托尔斯泰的思想和革命精神，并且一直锲而不舍地探索着。而这些都是能够引领着人们通往各种不同道路的东西，使世界上的所有事情都趋向完备。尼古拉神父的思想犹如凌空的一道闪电或是轰隆隆的一阵雷鸣，无论是孩童还是妇女都能轻松地理解。他所追求的是一种崭新的思想。

只要能跟舅舅在一起，尤拉就会感到十分快乐。舅舅很像妈妈，和妈妈秉性相同，也是一个尊崇自由的人，即使面对自己无法接受的东西，也不会对其产生任何偏见。他们都拥有一种可以跟所有人平等共处的高尚品德，看待任何事物都是一针见血，而且擅长用最原始的想法表现出来。

舅舅带他去杜普梁卡，尤拉很开心。杜普梁卡是个非常美丽的地方，那里景色怡人，一方面使他想起了母亲也非常热爱大自然，另一方面他又能跟尼卡·杜多罗夫见面了。尼卡是寄居在沃斯科博伊尼科夫家的中学生。尤拉总担心尼卡会瞧不起他。尼卡比尤拉大两岁，每次打招呼，尤拉都会主动地跟尼卡握手，而尼卡的手通常会像只失去了平衡的天平，重重地往下沉，头压得像熟透了的麦穗，头发蓬松地散落下来，淹没了整个额头，就连半边脸蛋都被遮掩住了。

5

"赤贫现象的核心原因在于——"尼古拉神父朗诵着修改好的书稿。

"我觉得用'实质'这个词更好。"伊万·伊万诺维奇边说边在校稿上修改着。

他们是在一个玻璃棚里的凉台上办公的。玻璃棚里的光线十分昏暗,地上一片狼藉,眼睛只能勉强地辨别出随意乱放在地上的喷水壶以及园艺工具。一件雨衣突兀地搭在了一把破旧的靠椅上。一双弯到地的靴筒沾满了干涸了的泥巴,立在墙角边,这是双专门在沼泽里使用的水靴。

"而且死亡率和出生率的统计也体现了——"尼古拉神父接着说。"还要把统计年度加上去。"伊万·伊万诺维奇说着,怕忘记了,写了下来。风跑过,穿透了凉台。为了不让样稿被风吹乱,尼古拉神父用一块花岗岩石把样稿压在了下面。修改结束之后,尼古拉神父便急着要回家。"大雨就要来了,我得回去了。""大雨?不可能,我才不让你走呢!来,我们先喝点茶。""天黑前我必须回城里去。""你现在说什么都没用,我才不管你呢!"微风把煤烟的刺鼻气味从房子前的小花园里吹了进来,破坏了烟草和茉莉花的清香味儿。佣人们忙着把热奶油、浆果和奶渣饼端到客房去。此时,听到有人说帕维尔跑到河里洗澡、洗马去了,尼古拉神父不得不应允着留下来。

"他们安排茶点还需要一点时间,我们去悬崖上看看,去那儿的长凳上坐坐。"伊万·伊万诺维奇建议道。

凭借着与大富翁科洛格里沃夫多年的情义,伊万·伊万诺维奇毫不客气地借用了其管家居住的两间厢房。这栋小屋还有前面的小花园,隐匿在一个大花园里。这是一个昏暗、荒无人烟的角落。屋前有一片半圆形的、陈旧的树林,林中小路还是清晰可见的。小路上野草疯狂外窜,想要吞噬掉这条小路,车辆如今都不从这里过了,只有垃圾车会经过这里,往这里的一条沟谷里倒些干垃圾和报废了的石料。思想进步的科洛格里沃夫还是一位怜悯革命的百万富翁,此时此刻，他跟妻子正在国外欣赏湖光山色。庄园里只剩下他的两个女儿娜佳和莉帕住着，还有一位女家庭教师和屈指可数的几个佣人。

在管家的这个小庭院里，围着一圈黑色的绣球花。绣球花的枝叶连成一片似川流不息的瀑布，将管家的小院以及整个花园、池塘、草坪与科洛格里沃夫的宅子隔开。伊万和尼古拉神父沿着鲜花盛开的瀑布往里面悠闲地走着，每隔一段类似的距离，就会有相同数量的一群麻雀从绣球花丛里飞出来，瞬间使得这片瀑布充满了盎然的生机，增添了一份和睦的嬉闹声。

他们陆续地走过暖房、园丁的居住地，还有一座不知道用来做什么的石料建筑物废墟。

"拥有才干的人可不少。"尼古拉神父说，"但是，现在风行的各式各样小组社团都是随便组织在一起的，尽是些资质平庸之人的栖身之所——不管他信奉的是索洛维约夫①、康德②还是马克思。只有积极寻求真理的人，才能不受到那些扭曲真理的人的影响。这世上有什么是我们应当去追求、去信仰的呢？这样的东西简直就像大海捞针似的。我倒是觉得应该忠贞于不朽，这才是对生命最好的诠释，也是对它最有力度的称呼。想要维系对不朽的忠贞，那必须得先忠于耶稣！哎，您的眉头又紧锁了，真是个可怜的人。您最后依然什么都没有弄懂。"

"嗯。"伊万漫不经心地敷衍了一句。他有两撇翘翘的胡须，配上细细的淡黄色头发，看上去像极了林肯时代的美国人。（每隔一小会儿，他就会饶有兴趣地搓搓自己的小胡子，把它们搓成一小撮，

---

①索洛维约夫（1846—1879年），俄国革命家。
②康德（1724—1804年），德国哲学家。

然后试着亲吻小胡须的两端。)"我伊万是不会提出任何见解的。你很清楚,像这样的事儿,我的看法是截然不同的。哦,对了,请允许我随口问一句,方不方便告诉我一下,你是因为什么缘故才被免去神职的?关于这件事,我虽然早有耳闻,但还是想听听你的说法。你该不是胆怯了吧?要不然是被教堂赶出来的吗?"

"我说,你没有必要把话题岔开。没错,我就是被教堂赶出来的,可是,那又有什么关系?不提了,这些事情已经用不着去争辩了。一句话,还是撞上了几件不吉利的倒霉事儿,直到现在想起来,我的心都翻腾个不停。嗯,这样说吧,在很长一段时间里,我都不能再重操旧业、不能进首都了,他们禁止我进去。现在想想,这些都不重要了。我们还是重新回到之前的话题吧!之前我不是说过了,要忠于耶稣。不如我们就来探讨一下,如何忠于耶稣吧!你还不明白:一个人,可以允许他不信奉神,也可以允许他不知道上帝是不是真的存在和为了什么而存在,但是他必须明白,人是存活于历史之中的,而不是存在于自然界里的。我知道,你想问历史又是什么呢?历史能够确认并且解释从古至今关于生命终结的谜团,并且锲而不舍地追寻破解其中奥妙的方法。也正是因为它,人类历史上才有新的突破,比如:发现了数学中的无穷大;发现了电磁波的存在;创造出了交响乐。当然,如果没有坚定的信念和一颗赤诚的心,是无法向着这个目标前进的。充分的精神准备是你探索的必要前提,它所包含的都写在福音书中。那是什么样的呢?首当其冲的就是对亲人的爱,这是生命最强有力的体现形式了,它能够充满人心,并且会坚持不懈地追寻着前进的方向直至消亡殆尽。另外,每一个现代人的身上都必须兼备两个特征:个性自由和敢于献身。你要知道,这可是到目前为止最前卫的观点。所以，在遥远的亘古时代是没有历史的。那时候唯有被天花弄了一脸麻子的罗马暴君做出卑劣的、血淋淋的勾当，却没有一点儿感觉。每个奴役者都是蠢材。还有那被雕刻在青铜纪念碑、大理石圆柱上的永恒，如同标本那般僵硬且没有生气。自从耶稣来到人间，时局和人们才得以自由地舒缓一下。耶稣的降临，为后一辈人注入了灵魂，这才有了生命；人们拥有了灵魂后，受到信念驱使，会选择在历史中升天，为战胜死亡而不遗余力地劳作，勇敢地把自己奉献出来，去完成这个重要的任务，而不是随意地死在路旁的沟渠里。呵呵，还真验证了那句古话：说的人眉飞色舞、畅快淋漓，听的人却不知所云。"

"哎，我说老伙计，这可是玄学。医生禁止我谈论这个，况且，我的胃可难以消受这些。"

"谁信呢？还是祈求上帝对你多一点眷顾吧！算了，你呀，真不愧是个走运的人！这里景色秀丽，让人流连忘返！你是生在这美景中，不识庐山真面目呦！"

朝着波光粼粼的河面上望过去，跳动的波光直逼双眸，令人不禁感到头晕目眩。阳光邀请水面上的波纹轻舞一曲，兴头所至，它们连成一片，如同一整块铁板，随着舞步的回旋，似乎又散开了些水纹。一条超大的渡船横过河面，向对岸驶去，上面载着马匹、大车以及乡下男女。

"没想到现在才刚过五点钟。"伊万·伊万诺维奇说道，"尼古拉，你快看！那辆就是从塞兰兹开来的快车，它每次经过这里都是五点零几分。"

远处的平原上，一列颜色鲜明、黄蓝交织的火车从右向左开去。远远地望过去，就像是一条美丽的毛毛虫。蓦地，他们发觉那列火车停下了脚步。一团团浓厚的白烟在驾驶室的上空徐徐升起,那是驱动火车前进的蒸汽。随后,便从那个方向飘来了警笛的嘶鸣声。

"真是怪了,"伊万·伊万诺维奇说,"可能那里出了什么事。它没有在沼泽地里停下的理由。嗯,肯定是发生了什么事,我们还是回去继续喝茶吧!"

6

尤拉找遍了花园和屋子,都没有发现尼卡的身影。尼卡认为跟尤拉在一起没有共同的话题与乐趣,所以刻意地躲避着。再说了,尤拉不算是尼卡的朋友——在这一点上,尤拉猜对了。舅舅和伊万·伊万诺维奇一起在凉台上工作,尤拉只好一个人在房子附近散步,他漫无目的地四处走走。

这里的景色真是怡人呀!时时刻刻都能听到黄鹂在展示曼妙的三重唱,令人如痴如醉,中间似乎还有停歇,等着那美妙的歌声被微风推向四野,滋润空气,又鱼贯地钻入人们的耳朵里。清幽的细碎芬芳依依不舍地徘徊、滞留在这片天空之中,一不小心被盛暑的酷暑捕捉到花坛上!此情此景不禁让人回忆起意大利北部和法国南部那些避暑的小村庄!夏虫和鸟鸣交替着演奏出动听而又熟悉的旋律,使得尤拉冷不丁地向右边拐了一下,又立即转向左边,他想要弄清楚,这究竟是歌声还是母亲的召唤声。突然间,尤拉弱小的身子微微地颤抖起来,好像是听到了母亲那温柔的声音在跟他讲述着什么,在脑海里浮现出母亲想要带他走的幻觉。

他越走越远,不知不觉中走进了那条堆满垃圾的沟谷里。他沿着土坡往下走,把那片遮盖了熙熙攘攘并且较为干净的杨树林丢在了后面，朝着淹没了谷底的赤杨树丛走去。

赤杨树丛里光线不足，空气中的水分明显比外面要多，不知道是树叶挡住了果实，还是果实压着了树叶。零星的几朵野花，稀疏地插在粗根横生的荆树旁边，这些形状怪异的树根，像极了他那本图画版《圣经》里雕刻着象征权力的图案的拐杖。

林子里静幽幽的，莫名的孤寂爬上尤拉的后背，并紧紧地压住他，冷冷地勾引出尤拉的悲伤，泪花在眼眶里随时准备奋力冲出来。他颤了一下，跪倒了，双膝重重地摔在地上。他哭着、宣泄着。

"主的使者，我用生命去尊崇的守护神，"尤拉一边抽泣着，一边向天空祈祷着，"请您引领我走在真理的路上，与此同时，请您告诉我的母亲，我一直都很好，不要经常挂念我。母亲为人正派，请主允许，并且引导她的灵魂进入天堂，让她能见到圣徒们那如同星光般璀璨的笑容。母亲待人和善，她没干过什么坏事。仁慈的主啊，请您大发慈悲吧，请您不要再让她承受各种苦难了。母亲！"尤拉仰天长啸，好像要用这种夹杂着悲鸣和疼痛的声音，去感召上帝身边的另外一个新的圣徒。长时间的哭泣，使得尤拉终于支撑不住了，他昏厥在地上。

舅舅寻找的呼唤声成了他苏醒后温馨的宽慰。还好，他只晕了一小会儿。他答应了一声，赶紧往沟谷的上方走去。他心里嘀咕着什么，突然间想起，他刚才没有为毫无踪影的父亲祈祷，母亲以前经常教他为父亲祈祷的。

经历了赤杨树林的片刻小晕后，尤拉倒也觉得心情十分舒畅，不愿意失去这种轻盈而又畅快的感觉。他心里默念着，下次再为父亲祈祷，这应该也不会有什么不妥。

"他有的是耐心等着呢！"他如是想。对自己的父亲，他似乎没有任何的印象。

7

米沙·戈尔东和他的父亲从奥伦堡来,就坐在火车的二等卧铺车厢里。米沙是个学生,中学二年级,父亲是位律师,名叫格里戈里·奥西波维奇·戈尔东。一双乌黑的大眼睛嵌在了这个十一岁男孩那沉思的面孔上。戈尔东律师要到莫斯科上班,为了给米沙创造一个良好的学习环境,顺便带上了他。母亲先他们父子一步,带着他的姐妹们到了莫斯科,正着手布置他们的新家。

他们父子在火车上已经待了两天多了。

莫斯科被太阳晒得像白石灰一样,窗外的景物飞驰而过,田野、草原、城市、村庄都被笼罩在一团热滚滚的尘雾里,被甩在了后面。大马路上车辆川流不息,笨重地向铁道路口拐去,坐在飞驰而过的列车上向外望去,远处的车排成一条静止的长龙,唯独那些马匹在原地悠闲地踏着。

每个大站的小商店都非常受旅客们青睐,一到站,他们就蜂拥而至。太阳偷偷地向西边倾斜过去,暖暖的斜晖穿过车站花园的树林,默默地照着旅客们仓促的步伐,也点亮了车厢下的车轮。

世界上的所有活动都是目的鲜明而明确的,但是,交织在生活的随波逐流中后,就会变得困惑混沌了。人们开始日日夜夜地劳碌着,这一切的动力,便是自身的利益。如果不是得到了最高和最主要意义的调节,恐怕也难以摆脱这种境遇。还好,这些作用的效果不佳。这种超脱感源自人们生存的各种联系,源自坚信相互之间的转变,源自那种幸福感。所有的事物不仅仅只发生在埋葬逝者的土地上，还会在另外某个地方出现，而这个地方，有的人称之为天堂，有的人称之为过往，还有的人用自己的方式为它命名。

就拿眼前的这个小男孩来说吧，这条法则对他而言是个沉痛而伤心的例外。他的脸上总是笼罩着一层浓厚的忧郁面纱，即使了无牵挂也无法摆脱，他无法自我振作，就更别提能够获得轻松了。他从小就知道自己不同于同龄的孩子，他身上有着一种特殊继承。迫于压力，他总是敏感地在身上捉捕着它的影子。这样做，他的心会疼痛，也会伤害到自尊。

米沙自有记忆以来，他就意识到一些奇怪的现象：为什么有一部分人的体质发育与其他人一样，言行习惯也并无异样，却不可以变成跟大家一样的人？为什么只有少部分的人会对他有所眷恋，大部分人却对他嗤之以鼻？为什么一个生在贫民家庭的人没有机会翻身变成富人，他继续活下去的理由又是什么？这些都会给米沙带来无限的痛苦和无可奈何。

每次他向父亲寻求这些疑问的答案时，父亲总是说他的思考偏离了正常的轨道，指出他是在荒诞地看待问题，劝他不要这样去判断问题。父亲一贯如此，从来没有提出过让米沙折服的论据，最后，米沙还是深陷这些问题之中。

所以，他藐视那些除了父母之外的成年人，他们才是始作俑者，所有的一切都是他们造成的。不过，他坚信，等到他成年之后，这一切都会被他弄得明明白白。

世事难料，谁也无法断定父亲紧紧追赶在那个冲到车厢门口的精神病人身后的行为是对是错；谁也无法想到那个人会把格里戈里·奥西波维奇推开后,打开了车门,然后像游泳运动员从跳板上往水里跳那样,头朝下跳下了正在疾行的火车。那一刻,戈尔东律师不应当拉住火车紧急制动闸吗?

正是格里戈里·奥西波维奇扳动了紧急制动闸,火车才会莫名其妙地停了下来。

旅客们不明所以,不清楚是什么使得火车停了下来。人们开始猜测,或是认为紧急制动装置遭到了破坏,或是认为火车正在某段坡度稍陡的地方推力不足。与此同时,另一种说法炸开了锅:死者是一位颇有身份地位的人,他的专属律师请求去科洛格里沃夫卡车站找人来例行询问。如此一来,司机的助手爬到电线杆上的举动也就明朗了——检道车已经在来的路上了。

用洗漱水冲厕所的那股刺鼻怪味若隐若现地弥漫在车厢里,散发出一股发臭的油炸肥鸡味。几位上了年纪的彼得堡的太太们满脸的油脂化妆品味儿跟煤烟的味道糅合在一起,她们酷似茨冈女人那般风骚。周围的环境影响不了她们的爱美之心,一层层地刷着白白的粉,故作斯文地用手巾擦着手,说话的音色嘈杂难听。她们把头巾当作披肩搭在肩上,从戈尔东的包房走过时,还不忘在拥堵的过道里搔首弄姿。米沙仔细地观察着,认为她们是在用鹅公嗓子埋怨,从她们的嘴型和唇部运动推断,好像是在说:"哎!您是不是也觉得这令人兴奋啊!我们与旁人不一样的地方就在于我们可是有学问的人呀!哼,这样的情况我们可接受不了。"

自杀者的尸体躺在松软的地基边的草坪上,散发着黑色死亡气息的血痂在额头和眼睛上凝固着,像是画了一个一笔勾勒出来的"十"字标志。干涸的血液像一贴膏药,也像风干的泥巴,更像被水泡过的红桦叶。

人们陆陆续续地围过去,或是怀揣着怜悯,或是兴趣使然。死者那位体格健硕、面容桀骜不驯的律师朋友看上去像是裹在麻布袋里的家畜,汗水淋漓,面目僵硬地紧蹙着眉,麻木地凝望着死者。他热得用礼帽当扇子不断地扇风。旁人无论问什么,他都漠不关心地耸耸肩膀。不仅如此,就连身子也不愿意转过来,自顾着回复:"他就是个酒鬼,事实还不够清楚吗?瞧,这就是酒鬼发酒疯的下场。"

一个清瘦的妇人,身着一袭薄款连衣裙,那条绣着花边的头巾长长地披在身后,她这已经是第三次来到死者的身旁了。她是个年迈的寡妇,名叫季韦尔辛娜。她有两个儿子,都是火车司机。她带着两个儿媳坐在三等车厢,享受着免票的优惠待遇。两个儿媳略显羞涩,头巾都快低过眼睛了,像极了低眉顺眼的修女,一声不吭地跟在婆婆的身后。围观的人们对她们三人顿时肃然生畏,十分尊敬,纷纷让出道来。

如果不是丈夫死于一次意外的火车事故,季韦尔辛娜也不会成为寡妇。为了看得清楚,她在人群中选了个视野相对开阔的角度,距离死者只有几步之遥。她呼出的气息中充满了忧郁和悲恸。触景伤情之际,她又想起了已故的丈夫。"生死祸福,从来都是上天注定的。"从她的眼神里流露出这样的想法,"你看吧,如果上帝让这个愚昧的念头在他的身体里滋生,那么他就绝对逃不过去。原本可以好好地养尊处优,这倒好,偏偏来这儿发疯送了命。"

车上的旅客都来瞻仰过尸体了,只是因为担心车上的行李,这才陆陆续续地回到原位去。

旅客们下车后,走到松软的地基上,伸展了一下因为长途跋涉而酸疼的筋骨，或是采下路边的野花，或是快走几步。他们觉得，如果没有这次突然的停车事件，那么这片连绵起伏的沼泽草坪，还有这条宽广的河流与河对岸上那高耸的教堂和美丽的房屋，对他们而言可以说是不存在于这个世界上的。

就连那西斜的夕阳也好像是这片土地上独有的，带着黄昏下的羞涩，斜射在铁轨旁，并且不动声色地迈着步子悄悄移近。这场景，宛如被放养的牛群里走散的一头小牛，腼腆地走到松软的地基上，迷茫地张望着周围的人群。

突如其来的意外把米沙这个十一岁的孩子吓呆了，起初仅仅是对死者的同情和被死者那惨不忍睹的样子吓得号啕大哭。这次长久的旅程里，死者曾频繁地来到他们的车厢，并且长时间地跟米沙的父亲谈论问题。他曾说过，心灵的纯净、恬静和对人世间的感悟往往最令人神往。他还向格里戈里·奥西波维奇请教了很多关于法律的细小问题，同时还特别提及了涉及期票、馈赠、破产和伪造等方面的公诉事宜。"哦，结果是这样的！"戈尔东律师的陈述使他感到惊异，"您说的这些都只是大方面的法规。我的律师提出的参考意见可不是这样的。相比之下，关于这些问题，他的看法没有您那么乐观。"

每次这个神经过敏的人偃旗息鼓后，他的私人律师就会从一等车厢挤过来，拉上他去公用餐厅喝一杯香槟。这就是死者那体格健硕、傲慢无礼、衣冠楚楚的私人律师，到现在为止，他还站在死者的遗体旁，司空见惯的冷漠笼罩在他的脸上。由此可以推断出，他的委托人是一个长期处于异常兴奋状态下的人，如今的这个结局似乎正合他的心意。

米沙的父亲告诉米沙，死者是个有名望的富豪，是一个和善的、只对自己一半言行负责的人，即使是将他置于鞭刑下忏悔，他也无法对其另一半言行负责。他可以无视米沙的存在，肆无忌惮地谈论与米沙年纪相仿的儿子以及早已去世的妻子，而且被他遗弃的第二个家庭也可以信口拿来当作谈资。说到这儿的时候，他忽然因为一丝的愧疚而感到尴尬，脸色由阴霾立即转变成风雨交加，气色惊慌而惨白，就连说话都颠三倒四的。

米沙激发了他潜在的父爱，他的言行举止中无一不显露出一种不可言喻的怜惜和疼爱，或许这就是他惦记儿子的一种方式。他不停地送给米沙礼物。为了博取米沙的好感，只要车停靠到较大的站，他都会兴致勃勃地跑到一等车厢的候车室去，那里除了有图书，还有各种各样的玩具以及具备本土风格的纪念品。

他拼命地把酒当水一样灌下去，埋怨着如果不能借助酒意，就无法得到片刻的安宁，这种焦虑已经纠缠了他两个多月了。

在他将要结束这种焦躁不安的生活前，他曾跑到格里戈里·奥西波维奇的面前，一把抓住格里戈里的手，欲言又止，然后才如释重负地跑到车门的台子上，以一种逃避的方式结束了这颓废的生命。

死者临死前，送给了米沙一套乌拉尔矿石标本集。米沙翻看着小木盒子里的那本册子。一辆飞驰而来的检道车从另一条铁轨上奔来，顿时引起了一阵骚动。一名侦查员从那车上跳下来，帽檐上还镶着徽章，随后医生和两名警察也下了车。一阵阵官腔语调随风传了过来。他们随意地询问了几句，肆意地在本子上书写着。警察和乘务员把尸体沿着松软的地基往上拖，脚下不停地在沙土上打滑。不知是哪名农妇撕心裂肺地恸哭起来。旅客被请上了列车，汽笛的声音再次响起。列车继续前行。

8

"又是他,这个令人乏味的家伙!"尼卡恨得咬牙切齿,在房间里来回踱步。客人的谈论声由远至近,尼卡已经无路可退了。最后他毫不犹豫地就钻到了自己的床下。

他们进屋没看见尼卡,就跑到另一间屋子里叫他,他们觉得尼卡不在,让人费解。一阵徒劳的寻找后,他们就去了卧室。

"哎,目前只能这样了。"尼古拉说,"尤拉,进去吧。或许等一会儿,尼卡就会回来,然后跟你一起玩耍呢!"他们讨论了一阵彼得堡和莫斯科的大学生运动,在这不算漫长的二十分钟里,床底下的尼卡觉得十分难受、憋闷。好不容易等到他们都去了凉台。尼卡蹑手蹑脚地推开窗户,纵身跳出去,这一刻他感到无比自由,欢快地走进花园里。

昨晚,尼卡没有睡好,现在看上去很憔悴。十三岁的尼卡不愿被人当作是无知而又愚昧的小孩。黎明后他才拖着疲惫的身子,从厢房里走出来。阳光暖暖地照在花园里的草叶上,露珠和树木在柔和的阳光下拖长了身影。此时的影子没有正午那般黝黑,有点明亮,带点灰色,如同被水浸泡过的毯子。晨曦下的空气格外清爽,这种怡人的芬芳渗入了骨髓,就像是从这片湿润的土壤下缓缓升起来似的,阳光倾斜地穿过树干,映衬着树影,宛如少女那白皙的纤纤玉指。突然间飘来一条丝带,如草叶上的露水滚落在离他只有几步之遥的地方。丝带不断地流着,没有渗入到土壤里去。忽然,这条丝带不见了。原来是条赤练蛇,吓得尼卡打了几个冷战。

他是个非常古怪的孩子,想法很新奇,高兴的时候会大声地跟自己说话。他还会模仿母亲，对侃侃而谈饶有兴趣，喜欢追寻一些奇怪的思维方式。

"活着，就是这世上最美妙的事！"他喃喃道，"既然如此，可为什么又经常会为活着而感到莫名的痛苦呢？我坚信，主是实实在在存在的。如果主存在，那么他便是我。那好，我现在就给这棵白杨树下命令。"话音刚落，那棵白杨树竟然从树梢开始颤抖，就连树干都有些许颤抖，他瞄了一眼：这棵白杨树的叶子繁茂、油亮，好像是用马口铁剪有意修剪而成的。他想："我这就命令它。"他竭尽全力地控制着自己不要发出声音来，用他那孱弱的身子和幼小的心灵以及全部的灵魂向神灵表明心愿，幻想着："你现在就给我安静下来！"白杨树立即遵从他的旨意，静如止水地站定。尼卡得意地大笑起来，然后，跑到河里游泳去了。

尼卡的父亲杰缅季·杜多罗夫在服苦役，他是个激进分子，若不是得到沙皇的特赦，现在恐怕已经被判绞刑了。他的母亲则是一位皇亲国戚，是格鲁吉亚的埃里斯托夫家族的贵胄，也是这个家族里性格怪僻而又年轻漂亮的公主，经常对某一事物表现出强烈的爱好且非常专注地沉醉其中。譬如，怜悯动乱和极力反抗的人，倡导偏激的观点，炫耀并夸赞名声大噪的演员以及帮扶那些落魄的可怜人。

尼卡是在母亲的溺爱下度过童年的。她将尼卡的名字加上前缀和后缀，随意地拼凑出一堆既傻气而又温馨的、没有任何意义的爱称，比如说"诺切克"或者是"诺亲卡"。并经常带着尼卡去梯弗里斯，在亲戚面前夸耀。在那里，有一个院子里的参天古树令尼卡感到惊喜和奇怪。那棵强壮且巨大的树来自于热带。它繁密的枝头上长满了硕大如象耳的叶子，葱葱郁郁地掩盖住了南方炙热的天空。在尼卡那幼小的心里，无法承认它是一棵树，更不觉得它是真真切切的植物。

沃斯科博伊尼科夫征得尼卡母亲的同意后，准备上报沙皇，请求让尼卡跟随母姓。因为尼卡的父亲声名狼藉，恐怕会给尼卡带来风险。

每当尼卡静静地躲在床上为这世界上的诸多事物感到愤愤不平的时候，就会想起这件事。沃斯科博伊尼科夫算什么，凭什么来干预他？就让他们等着，看看他会用怎样的手段去教训他们。

哦！还有那个娜佳也是！不是就因为她满十五周岁了吗？难道这样就可以对他翘鼻子，把他当作小孩子吗？等着看吧，非要给她点颜色看看不可！"我憎恶她，"他絮絮叨叨地重复了几遍，"我要把娜佳杀了！约她去划船，然后把她淹死。"

母亲的如意算盘打得可真好。她临走的时候欺骗了沃斯科博伊尼科夫和他。那一天她没在高加索停留，就在附近的一个中转站转车北上了，抵达彼得堡后又参与到大学生的运动中去，一起枪击警察。而他却要活活地烂掉在这令人厌恶的地方。不过，尼卡决定把所有的人都戏弄一番。淹死娜佳，休学，去西伯利亚寻找父亲，然后父子一起发动起义。

莲池里满是亭亭玉立的莲花和莲叶。小舟紧贴着睡莲花丛穿梭着，不时发出挽留的牵绊声。只有一小块地方没有被它们占领，那儿才得以看见水，就像刚切开的西瓜从切口处泌出汁水那样。

尼卡和娜佳正忙着采集睡莲。一根睡莲的茎干被他们两人同时抓住了，厚实的茎干就像一根皮筋那般绷得紧紧的，结果他们被睡莲的茎拖到了一起，碰着彼此的额头。小船像是受到了对岸的召唤，恍恍惚惚地漂了过去。莲茎接在一起，由长变短，那一朵朵白色的莲花盛开着，花蕊的颜色就像带着血的蛋黄，莲花忽然间就沉到水底去了，不一会儿又带着水花一并钻出了水面。

娜佳和尼卡意犹未尽，接着采摘，花越来越多，使得小船不堪重负并开始瑟瑟发抖，他们差点排成一字形趴在船舷上。

"我开始厌烦学习了，"尼卡说，"到了我走上社会开始赚钱谋生的时候了。"

"啊，这样啊。我还准备向你请教一下联立方程式呢！我的代数成绩不好，差点儿就补考了。"

尼卡知道她话中有话。这无非就是在告诫他，他还是小朋友。尼卡连代数是什么都不知道，更别说联立方程式了。

尼卡隐忍着内心的愤怒，将侮辱感藏在心底，故作不以为然的样子，随意地问道："长大以后，你想嫁给谁呢？"

话音刚落，一股自责感便蔓延开来。

"哼，那还是很遥远的事情呢，也许谁都不嫁。我还没有考虑到这里呢！"

"你是不是以为我对这事儿很感兴趣啊？"

"那你干吗还要问啊？"

"你是个笨蛋。"

就这样他们开始了一场唇枪舌剑。尼卡回忆起了早上他非常憎恶女人的心绪。他警告娜佳，要是继续让他烦躁的话，就淹死她。

"那我倒要看看，你是怎么干的。"娜佳强势地说。尼卡一把抱起了她的腰，两个人扭打了起来，最后因为重心不稳而一并掉入了水中。

幸亏他们都会游泳，就是睡莲的根系有点缠手脚，再加上这里的水并不深。挣扎了一会儿，他们终于踩在了水里黏稠的污泥上，顺着水流走向了岸边。水底的暗流欢快得如同山涧里的流水那样，从他们的脚边跑过，穿过口袋。尼卡觉得很疲惫。

这件事如果发生在不久前年初开春的时候，他们两人一定会像落汤鸡似的号叫、互相讥笑谩骂，又或者是捧腹大笑一番。

而今，他们周围却是一片死寂，只听见上气不接下气的粗重喘气声，可能是因为之前的闹剧而觉察到了压抑。被惹恼的娜佳闷闷地保持着冷战。尼卡全身疼痛，像被棍子在手脚和胸口上奋力地打了一通。后来，娜佳咬着牙说了一句："神经病！"这腔调像极了成年人的口吻。尼卡也拿捏准确地用这种口吻回敬道："对不起！"

两人一起向小屋那边走过去，远远看去他们就像两个水桶，所到之处都会留下湿漉漉的一片痕迹。他们穿过一片经常有蛇栖息的土坡，现在离尼卡清晨遇到赤练蛇的地方不远了。

尼卡的脑海里突然浮现出晚上自己精神异常亢奋的样子，以及早晨曾迫使大自然俯首称臣的那种所向无敌的能力。此刻要怎么对她下指令呢？尼卡思索着。他现在最想得到的是什么？他忽然闪过这样的一个念头：有一天可以跟娜佳纠缠到水里去，只要能达到这个目的，他会不惜一切代价。

第二章 来自另一个圈子的姑娘

1

与日本的作战还没有结束,别的事就悄然而至,重创了这个国家。革命的洪流席卷了整个俄罗斯,一波更胜一波。

就在此时,一位名叫阿马利娅·卡尔洛夫娜·吉沙尔的母亲带着儿子罗佳和女儿拉拉翻越了乌拉尔山脉,来到了莫斯科。阿马利娅女士的丈夫是一位比利时工程师,她自己是个完全被俄化了的法国人。她把儿子送到了武装警备中学,女儿则去了女子寄宿学校,碰巧成了娜佳·科洛格里沃娃班里的新同学。

阿马利娅的丈夫留给了她一笔财产——有价证券,之前证券在不断地升值,现在就差摔到谷底了。一方面想让这笔仅有的财产不贬值,另一方面希望这笔财产能够增值,阿马利娅不得不从一位女裁缝的继承人手中购置了一份不算太大的产业——凯旋门附近的列维茨卡娅缝纫店,她可以继续使用原来的招牌,并且依然为之前的老顾客服务,当然,先前所有的女工和学徒也一并保留了下来。

如果不是听从了丈夫的朋友维克托·伊波利托维奇·科马罗夫斯基律师的劝告，阿马利娅或许还在举棋不定。科马罗夫斯基是她丈夫的朋友，也是她信得过的人。科马罗夫斯基是位干练的生意人，通晓俄国的各种经济政策，处事镇定从容。这次全家大移民，早已是她通过书信与科马罗夫斯基商议好的决定。科马罗夫斯基亲自在站台那儿恭候着。他们穿越了整个莫斯科，来到了郊区的军械巷子，在一家叫"黑山"的旅店租了间套房，里面配套设施齐全，看起来像个新家。罗佳之所以要去武装警备中学学习，完全是拜他所赐；拉拉能进女子学校也是通过他的那层关系。他随随便便地和罗佳开着玩笑，至于拉拉，早已被他盯得羞涩得红了脸。

2

在入住裁缝店的三间一套的窄小的房子前，她们母子三人在"黑山"旅店里逗留了差不多一个月的时间。

那个郊区在莫斯科出了名的恐怖，马夫们都聚居在此，一条长不见尾的小巷子是专门提供寻花问柳的场地，这里也成了落魄贫穷的下等妓女们的港湾。

孩子们习以为常地穿梭在肮脏的房间里，即使是臭虫横空出现，也不会感到惊奇、至于那些破败不堪的家具，就更没办法引起他们的注意了。自从父亲跟他们永别后，源自生活的恐吓时常侵扰着母亲，她开始不断地警告拉拉和罗佳姐弟俩：他们家已经在死亡的边缘挣扎了。事实上，姐弟俩心里也很清楚他们还不至于颠沛流离或沦为乞丐，可是与有钱人站在一起时他们的心总会像一头小鹿那样乱窜，感觉自己就像孤儿院里的孤儿。

阿马利娅·卡尔洛夫娜成天都生活在惶恐之中，而这一切都深深地刻在了他们姐弟俩的内心深处。尽管阿马利娅已是两个孩子的母亲，却风韵犹存，一头金发使她看上去完全不像是一个年过三十五岁的妇人。她总会突发奇想地干出些愚蠢的事儿来。她非常胆小，畏惧男人已经到了一定地步。也正是这些原因，她才不得不在多个男人的怀里徘徊。

阿马利娅·卡尔洛夫娜一家租住的屋子门牌号是二十三号，隔壁的二十四号由始至终都住着特什克维奇先生，他是一位大提琴演奏者。他动不动就出汗，总会戴着假发修饰那油光水亮的秃顶，而且是个和善的大好人。他在劝说别人的时候，总会摆出一副向主祈祷的姿势，在出席社交场合或参加音乐会表演时则会变得昂首挺胸，总是精神抖擞地眨着眼睛。他经常在大剧院或音乐学院里排练，所以很少待在家里。左邻右舍的距离，使得他们之间的陌生感荡然无存。经过多次的接触，他们两家的关系逐渐亲近了起来。

当孩子们在跟前，科马罗夫斯基来造访时，总会令阿马利娅·卡尔洛夫娜感到诸多不便，因此特什克维奇在临走前会把他的房门钥匙交给她，以便招待朋友。特什克维奇的慷慨对于她来说似乎是应该的，阿马利娅曾多次为了逃避科马罗夫斯基而饱含着眼泪央求他暂时承担一下守护神的责任。

3

吉沙尔太太所住的这栋平房就在特维尔街附近的转角处，布列斯特铁路就在不远的地方，铁路局的职工住房、机车修理处以及仓库就在附近。

奥莉妮·杰明娜的家就在那个方向。奥莉妮很聪慧，她是莫斯科商场一名职员的侄女。

奥莉妮是个伶俐的学徒，她以前是被商场的老板选中的，如今，她快要学成了。奥莉妮十分喜欢拉拉。

裁缝铺仍然保持着以前的老样子。在女工们的手摇脚踏之下，缝纫机开始飞速地转动起来，她们的脸上堆满了疲倦和憔悴。有的人安静地坐在缝纫机前，举手投足间，线头不断地从针头处飞驰而过，她们始终一言不发。零碎的布头就像尸体那般死寂地躺在地上。说话时得比往常高出几个分贝来，只有这样话语才会穿过缝纫机的嗒嗒声与金丝雀鸣叫声的封锁，传入耳朵里。这只关在笼子里的金丝雀叫基里尔·莫杰斯托维奇，关于这个名字的缘由，那只能扒开它前任主人的坟墓去请教一下才能得知。

接待室里阔太太们围坐在放了许多杂志的桌子旁，饶有兴致地翻看着五花八门的杂志，还不时地冒出几句评论。她们或站或坐或半倚半坐的姿势，全是为了更好地模仿书上的模特。一位资深的缝纫大师——法伊娜·西兰季耶夫娜·费季索娃，坐在另一边经理办公桌的座位上，她现在是阿马利娅·卡尔洛夫娜的助手。法伊娜的颧骨兀立，干瘪得像缩水的西红柿的脸颊上挂着一些肉疣。

她惬意地微睁着一只眼睛，一根香烟一如既往地被她那泛黄的牙齿叼着，瞳孔里也泛着烟渍黄。薄薄的黄色烟雾从鼻孔和嘴巴里慢悠悠地闲逛出来。她不停地在册子上详细地登记着顾客所要求的尺码、发票号码、住址还有要求。

在裁缝铺里阿马利娅·卡尔洛夫娜的经验还很浅。她还无法转变自己的角色,并不觉得自己就是这家裁缝店的老板。好在工人们都很本分,费季索娃也值得她信任。尽管如此,还是撞上了这些令人心烦意乱的日子。阿马利娅·卡尔洛夫娜向来逃避关于未来的所有思考,绝望紧紧地围住了她,什么事情都不能如意。

科马罗夫斯基只要有空都会来这里。每当他经过裁缝店门前向阿马利娅·卡尔洛夫娜的住所走去时,正在更衣的漂亮女士们都会赶忙躲到屏风后面去。即使是藏在屏风后面,她们也不忘记嬉闹地答复着他的那些不雅的玩笑。裁缝师傅们看他的眼神里充满了轻蔑和鄙夷,轻声在他背后讥笑着:"老板来巡视了。""她亲爱的来了。""老板娘的男宠来了。""水牛!""大色狼!"

最令人无法忍受和憎恶的就是他那条用皮带牵着的、名叫杰克的哈巴狗。它总是急速向前狂冲,俨然一副牵引着人的架势。科马罗夫斯基一路上跌跌撞撞的,他将双手伸展开来,像一位被人牵着的盲人。

开春的时候,有一次杰克像着了魔似的一口咬住了拉拉的小脚,把她的袜子给扯破了。

"我非宰了它不可,这不通人性的畜生。"杰明娜如孩子般贴在拉拉的耳边喃喃道。

"不错,这的的确确是一条让人感到厌烦的狗。只是你这小傻瓜能把它怎么样呢?"

"你的声音再低一些,别那么大声,我来教教你。关键在于复活节时要用的石头做的鸡蛋,就在你妈妈的五斗橱里搁着……"

"没错儿,除了石头做的,还有玻璃做的呢!"

"对，就是它们。你把头低下来一点，你先别吱声儿。你把它们拿出来，把石头蛋泡在猪油里一会儿，等猪油都凝固了，这该死的杂毛畜生往肚子里那么一吞，就可以大功告成了。我保证这条坏透了的畜生必定四脚朝天地死去。"

对于杰明娜的建议，拉拉佩服地笑着，略带着几分羡慕地思索着：杰明娜是因为自己的生活处境困窘，才会一心加入到劳动队伍中来的。这也就验证了，越是处境困顿，就越是比同龄人更加伶俐、懂事。她的身上依旧保存着一些没有被世俗所侵害、带着纯真而稚嫩的东西。用石鸡蛋来对付杰克，还真的只有她杰明娜才能想得出来呢！"为什么好运总是不眷顾我呢？"她的思绪如同决堤的洪水，"怎么这些倒霉的事都被我看见了呢？而我还得为此心痛不已。"

4

"妈妈跟他……不对！是他跟妈妈……也不是……这……这种龌龊的词汇真令我难以启齿。他怎么可以用那种不安分的眼神直勾勾地盯着我呢？再怎么说，我是她的女儿啊！"

十六岁的拉拉正处于花季的少女时代。但是，怎么看拉拉，都给人以十八岁或者十八岁以上的错觉。拉拉不仅冰雪聪颖，而且品行温婉谦和，宛如一朵晨曦下沾满了露水的莲花，亭亭玉立。

生活使然，拉拉和罗佳从小就明白：想要得到自己所憧憬的一切，只有依靠自己的双手去争取，去拼搏。对于那些纸醉金迷的上流社会贵胄，他们没有设法去巴结，更不会从理论上为那些不切实际的事物辩解。他们认为多余的东西都是卑劣而丑陋的。其实，拉拉才是这个世界上至纯至净的人。

姐弟俩凡事都有自己的一本账，他们心知肚明，所有通过努力争取来的东西，都弥足珍贵。每一次的得到都意味着成功。想要挤入上流社会，成为新一代的贵族，就得想办法。拉拉在学习上非常上进，不是为了得到什么真理，而只为了那闪闪发光的奖学金而故作优秀的学生罢了。拉拉很照顾母亲的想法，不仅免除了母亲对学费的担忧，而且她只要一有空就会跑到裁缝铺去打打下手，听从母亲的派遣外出办点小事，又或者自觉地做着各种烦琐的家务。她总是能不声不响而又洒脱地完成任务，似乎一点也不费力。她身上一贯地保持着优雅的仪态，那咖啡色的双眸和麦浪般的长发拼凑在一起散发出迷人的魅力。

七月中旬一个星期天的早上，拉拉懒洋洋地赖在床上。她仰卧着，双臂交叉充当枕头把头垫起。

裁缝铺里门庭若市的场面就像是突然间消失了似的，现在冷冷清清的。面向着街道的那扇窗户撑开着。不远处传来了一辆四轮马车浩浩荡荡逼近的轰隆声。马车穿越了鹅卵石子铺的马路，奔向了马车的专属轨道，粗鲁的撞击声随着马车步入正轨而淡出。"还想再多睡一会儿。"拉拉埋怨着。街头繁华的宣泄声又逐渐组成了一首安然的催眠曲。

拉拉从肩膀和右边的大脚趾这两点，就察觉出自己已经长大了："床都被我给塞得满满的了。"这是拉拉的肩膀和腿，再加上其他的部位，注入灵魂和精气后，就能拼凑出一个完整的拉拉了。她的身体与心灵日益趋向成熟，这一切成了她内心对未来无限憧憬的资本。

"管他呢，还是继续睡吧。"拉拉的心里虽然这样想着，思绪却开始天马行空了：阳光下轻装上阵的马车，棱角分明的磨砂玻璃车灯，熊的标本以及街头那些膘肥体健的人们都在洋溢着生活的多姿多彩。紧接着，拉拉的思绪里又插入了另一幅画面：龙骑士们在兹纳敏斯基兵营操场上操练着，战马按照作战阵形的变化演练着，一些士兵在教官的训导下进行着体能测试，或是练习着迅速上下战马，或是小步慢跑，或是大步齐走。带着孩子的保姆和奶妈们在军营外窥视，看得她们个个目瞪口呆。

拉拉的思绪还在奔跑着，她想到了彼得罗夫卡，还有彼得罗夫铁路的线路。"你这是怎么了，拉拉？"她迅速收回了远去的思绪，不明白自己怎么会想到这些，"拉拉，你到底是怎么回事啊？这些新奇的古怪想法，究竟是从哪里来的呢？我最开始只是想描绘一下我的房间，仅此而已，好像它离这里不远。"

科马罗夫斯基的一个朋友就住在车市商场的附近，今天要为小女儿奥利卡庆祝命名日。对于成年人而言，这无非是多了个借口聚众玩乐、结伴跳舞罢了。科马罗夫斯基的那位朋友也邀请了母亲一起参加宴会，只是母亲身体不适，就没办法去。母亲嘱咐科马罗夫斯基："你把拉拉带上吧！你不是经常提醒我要好好地照顾拉拉吗？既然如此，那就麻烦你替我好好照料她。"科马罗夫斯基爽快地答应着，并且带着拉拉一同出去了。

踩着疯狂的节拍，跳起优美的华尔兹！歌声曼妙，忽远忽近，舞步轻盈使人忘乎所以，轻轻地走上前，在舞伴的一个转手间退去，这时只需要一个温柔的和弦，舞伴就会再次转回你的身边，亲昵地望着你的双眸，只是这点温柔，就占据了所有。旋律一点点地褪去颜色，正如时光偷偷地流失那般不留情面。沉浸在这曼妙的音乐里，所有人都期望这一刻永远地被定格。似乎大家都不谋而合地意识到，只要音乐悄然停止，这样优美的舞姿就会显得丑态百出，令人蒙羞。这种感觉犹如在寒冷的冬季被人迎面泼上一盆冷水，又或者是在街上裸奔，被行人指指点点。拉拉之所以允许那个家伙如此嚣张，完全是为了满足自己那小小的虚荣心——借助这件事向全世界宣布，她不再是那个懵懂无知的小孩子了。

令她始料未及的是，他的舞姿竟然如此美妙，伸展自如的一双乖巧的手，满怀着自信与温柔，轻轻地搂住她的小蛮腰，富有安全感！但是，拉拉绝对不会允许任何人吻她，她绝对不能如此轻薄。她实在不敢去想，别人的嘴唇以一种什么样的方式紧贴着自己的香唇久久不愿离开，在这短暂而又漫长的时间里，那种浓厚的羞耻感即将把她淹没！

这种混账事情，万万不能再次发生了，绝对不可以。不能搔首弄姿，更不能羞涩地低眉顺目。如果还要这样进行下去的话，肯定会出大乱子的。这件事最好到此为止。危险近在咫尺，不知道什么时候往前面走一步就会坠入深渊，万劫不复。快点忘了吧，以后还是别再想这些舞会了，舞池里尽是些邪恶的东西。以后不能再随意地答允别人的邀请了，要坚决果敢地抵制他们的诱惑。至于找什么借口去搪塞，那还是见机行事吧！不然说自己从来没有学过华尔兹，要不干脆就说脚意外受伤好了。

5

就在灰蒙蒙的沙尘扒下了阔叶树木的衣服的秋天，太阳躲藏进灰色的云层，一场铁路工人的罢工运动在莫斯科铁路枢纽站引起了一阵骚动，铁路上的工人们集体罢工的潮流席卷了喀山一带。这场声势磅礴的铁路工人运动从莫斯科迅速蔓延到了布列斯特，那儿的工人也纷纷响应起来，加入到浩浩荡荡的运动中。关于罢工的议程已经做好了决定，不知道是有事耽搁了，还是什么别的原因，具体的罢工日期还没有定下来。现在铁路上的工人都已经知道要罢工了，只要一个导火线，就可以爆发了。

　　十月初的早晨被笼罩在闷闷的灰白色的云层之下。今天是铁路工人发工资的大日子。账房里似乎没有一丝动静。过了许久才见到一个男徒工揽着一叠高过下巴的账本、出勤记录和一堆惩处违纪工人的名单往账房那边走去。车站，修配厂，机务段，仓库中间的那块前不见头、后不见尾的空地，这些地方如今排满了来领工资的长队，像一条条蜈蚣。这其中包括了列车员、扳道工、钳工和他们的助手，当然还有那些在停车场做清洁的女工们。

　　这座小镇迎来了被冬风毫不客气吹来的槭树叶子，被踩烂的槭树叶子散发出一股腐臭味儿，又掺和进了火车煤烟的焦臭味儿和车站食堂的地下室里刚刚出炉的面包的油腻味儿，一起在空中飘荡。火车来了又去，周而复始，它们时而组合在一起，时而分散开去，工作人员忙碌地挥舞着信号旗指挥着列车。巡视看守员的小笛子声、调车员的哨子声以及火车那粗鲁的汽笛声交杂着，这些声音很快就融合在了一起。一片白色的烟形成一道高耸入云的天梯，缓缓往上升去。此时，火车早已准备启程了，闷热的蒸汽融化了空气里的严寒，也蒸熟了天边的云朵。

　　富夫雷金和帕维尔·费拉蓬特维奇·安季波夫沿着路基迈着细

小的步子，来来回回地走动。他们一个是铁路段长兼交通工程师，一个是养护铁路的工头。这种日复一日的养护铁轨工作，对于安季波夫来说，就像是失去了新鲜感的蔬菜，食之无味。他絮絮叨叨地埋怨着，说上面运来的更换铁轨的材料都是些废铁，韧性没有达到理想的要求，承受不起弯曲和折裂的测试。依照他多年质检的经验来推断，要是进入了冬季，经过严寒的侵蚀，这些钢铁肯定会断裂开来。对于上面的置若罔闻，安季波夫认为肯定是有人捞了好处中饱私囊了。

富夫雷金外面穿的是件绣着铁路标志的皮大衣，敞着胸，内里穿的是一件全新的制服，笔挺地贴着皮衣。他谨慎地走在路基上，略带着一丝得意的表情，仔细打量着西服前襟上精细的缝合线、笔直的西裤切线和皮靴的华贵样式。

富夫雷金的心思全在这套华丽的西服上，安季波夫所提出的意见宛如一阵清风，从他的左耳朵钻进去，又从他的右耳朵跑出来。富夫雷金根本无暇顾及旁人，每隔几分钟他就会把怀表从西装的内兜里掏出来看看，似乎在算计着时间，准备奔赴另一个地方。

"嗯，很好，老头子，你的建议很值得思考，"他不紧不慢地打断安季波夫，敷衍着说，"只是这个设想仅仅局限于主要的输送线上，或者是某一段车次来往频繁的区间。再说了，你好好想想，你手头上所管辖的是怎样的线路？你管理的是备用线、停车线，最多就是给空车编组和调用窄轨机车，但这些都是鸡毛蒜皮的小事而已。呵，你倒是并不满意嘛！是不是养护铁路时间长了，神经错乱了！问题不是出在铁路上，即使全部用木头来代替都可以！"

说着，富夫雷金又把怀表掏出来看了看，然后扣上表壳，朝着铁路远去的方向望去。一辆轻便的长途马车正对着铁路这边飞驰而来。此时，另一辆熟悉的四轮马车拐过了大路，向着富夫雷金驶来。那是富夫雷金的妻子乘着自家的马车来接他了。眼看着马车就要到路基了，车夫娴熟地拉紧缰绳，勒令受惊的马停下来，他那尖细的嗓子如同女人的嗓门儿，像保姆哄着顽皮的孩子。这匹马似乎是因为对铁路的陌生而觉得有点害怕。豪华马车里的贵妇雍容地靠在抱枕上，十分妩媚。

"就这样吧，安季波夫先生，有时间我们再继续详谈吧！"富夫雷金头也不回地挥挥手，"你说的这些事，目前还不打紧，可眼前，我有比这更重要的事情要去处理。"贵妇轻轻推开车门，笑迎着富夫雷金上车。

6

三四个小时匆匆而过，此时夕阳西斜，黄昏临近了，安季波夫和基普里扬·萨维利耶维奇·季韦尔辛（也就是库普林卡）一起快步沿着田野向远处走去。他们不忘几步一回头，远远望去，他们就像是从地底下瞬间钻出来的。

"走快点，"季韦尔辛胆怯地说，"我倒不是怕有人尾随。这个拖拉的会就要结束了。他们只要通过地道就会随时追上我们的。我可不愿与这帮不负责任的人为伍，他们成不了大事。那时就不该成立什么委员会，所有的准备都是徒劳，练习射击、钻地洞都是多此一举！你这个白痴，竟然跑到尼古拉耶夫街去拥戴那个懦夫！"

"你现在说什么都没用，我只担心我的达里娅，她患了伤寒，我必须先把她送到医院去。只要我的达里娅一刻没有在医院治疗,我就什么心思都没有。"

"听说是今天发工资吧?正好,顺道去账房转转。如果不是看在上帝的份上,如果不是今天发工资,我发誓,我才不会跟着你们一起瞎闹,一定会送你们一人一口唾沫星子,别指望我会在你们身上浪费一分钟,非想办法结束这场闹剧不可。"

"哦,那我倒要看看你能有什么办法?"

"呵呵,这有什么难的。只要我跑到锅炉房里拉响汽笛,这不就行了吗?"

说到这里,安季波夫和季韦尔辛分道扬镳了。

与安季波夫不同的是季韦尔辛是要到城里去。领到工资的人们也陆陆续续地从对面的账房里出来。来往的人很多,季韦尔辛估摸着车站里的所有人应该都拿到钱了。

天空由暗灰色逐渐转变成黑色,如同一张巨大的帷幕沉沉地垂下来。账房边的空地上空空如也,周围一片寂静,又黑又冷,一群闲散的工人聚集在昏黄的灯光下。富夫雷金的豪华马车停在了空地的出口处。他的妻子没有下车,依旧保持着之前那副盛气凌人的雍容姿态,看样子她从坐进马车起就未曾挪动过一下。她在豪华马车里悠闲地等着丈夫去账房领工资。

冰冷的雨滴携带着细小的雪粒子从那黑色的帷幕里往下坠,打在了马车上。车夫赶紧跳下来,把备用的皮车棚撑开。他腾出一只脚抵在马车的后面,拉着撑杆,迅速地扯动着篷架。这时富夫雷金太太盯着账房里昏暗的灯光,看着那闪烁着光亮的小水珠入神。她的眼神就像一条充满了期待、冰冷的射线,直扫到那群闲散的工人的头上，如若允许的话，她眼里的这道寒光像可以穿过雾气和雨帘那般，轻而易举地穿透这些人的胸膛。

季韦尔辛的目光没有焦点，四处转悠，无意间撞上了她的眼神，厌烦之情油然而生。他也懒得去巴结富夫雷金太太，省去了平日里的那些卑躬屈膝的问候，径直走了过去，为了避免与她丈夫碰头，季韦尔辛往灯光微弱的修理厂走去，站在这里正好可以看到黑暗中通往机务段去的许多条弯道。

"季韦尔辛！库普林卡！"从黑色的夜幕中传来异口同声的声音在向他发出呼唤。修理车间前站了一些人。这时，一阵吆喝声从不远处的厂房里顺着寒风吹来，仔细听，还掺杂着一个孩子的哭泣声。"基普里扬·萨韦利耶维奇，请你为这可怜的孩子说说情吧。"一个女人略带着几分哀求的声音从人群中传出来。

彼得·胡多列耶夫是铁路上资深的老工长，脾气十分暴躁，总是把从外面受的气发泄到他的小徒弟尤苏普卡身上。

彼得·胡多列耶夫曾经是个好师傅，脾气并没有这么暴烈，手段也没有这么残忍，也不嗜酒。想当初，彼得·胡多列耶夫也曾是个相貌端庄的青年，就连莫斯科工业区的老板和神父家的女儿们见到这位风度翩翩的男士也会情不自禁地偷瞄几眼。尽管他得到了很多人的青睐，但在他的心里只有一个叫玛尔法的女孩。那时的她还没有从神学院毕业。玛尔法果断地拒绝了胡多列耶夫的求婚，随后便嫁给了萨韦利·尼基季奇·季韦尔辛，而萨韦利跟胡多列耶夫正好是同在铁路上共事的朋友。婚后不久她便有了库普林卡。

而她丈夫萨韦利·尼基季奇被烈火活活烧死于一八八八年的一场意外的撞车事故。这场惨不忍睹的意外曾经轰动一时。从此玛尔法就成了寡妇。六年后，彼得·胡多列耶夫又一次向她求婚，却再一次遭到了玛尔法的拒绝。自此以后他开始用酒精麻痹自己，并且总会在喝醉了之后干些浑事儿。他偏激地认为他沦落到现在这样是全世界都亏欠了他，他要报复全世界。

尤苏普卡是季韦尔辛住的那个院子的看门人吉马泽特金的儿子。所以，季韦尔辛总是在工厂里很照顾尤苏普卡，但是也就得罪了神经质的胡多列耶夫。

"你这个蠢货！不是教过你怎么使用锉刀吗？"胡多列耶夫的咆哮声如同滚滚天雷那般震慑人心，他一把揪住了尤苏普卡后脑勺上的头发一顿瞎扯，对准了他的后颈重重地一拍。"零件是像你这么锉吗？我说，你是不是记恨我打你，想故意破坏我的工具，好让我丢了这份差事？你这个白眼狼，竟然敢这样谋害你的师傅！看我不打死你！"

"哎呀……哎呀……师傅，我知道错了，下次再也不敢了……师傅，求求您了，别打我了……我愿意对上帝发誓，以后再也不敢了……疼……疼……"

"我可是不止一次地告诉过你，一定要先把架子推到前面去，然后再拧紧螺丝阀门。好了，你不记在心里是吧？你自己看看，这主轴差那么点就要断了，狗娘养的小崽子。"

"师傅，主轴我真的没有动过。我的上帝，您是知道的，我没有撒谎。"

"我说彼得·胡多列耶夫，你怎么跟一个小孩一般见识，怎么忍心这样折磨他！"季韦尔辛挤过去，扒开前面的人堆问道。

"你？哼，我管教我的徒弟，关你什么事！"胡多列耶夫把脸一横。

"就算是你有理,这孩子做得不对,你也不该这样折磨他啊!"

"季韦尔辛,我再警告你最后一次,你看不下去就给我趁早滚,少在这儿碍手碍脚的。就算我把他给打死了,也不干你的事。下作的东西,真不让我省心,要是主轴真的断了,我绝饶不了这狗崽子。哼,他应该亲亲我的手,感激我没有要了他的小命。这次只是轻轻地拉了拉他那不听话的耳朵、拨了拨他的头而已。只是这样,他还不感激我吗?"

"你……看样子,胡多列耶夫大叔,你觉得把这少不更事的孩子脑袋拧掉才解气是吧?看看你那花白的头发吧!都是一把年纪的人了。还敢说是尤苏普卡的师傅,活了这么一大把年纪了,一点也没活明白啊!"

"你给我滚开,滚开,听见没有,给我立即滚远点。你要是喜欢强出头,那好,我就连你一起打,看我不打得你灵魂出窍。呸,什么东西,还敢来教训我,你这个混蛋!你妈也不是好人,破鞋一个!"

如此恶毒的咒骂一出口两人立刻扭打在了一起,谁也不肯放手。两人各自顺手从车床上拿起日常工具和铁锭火拼起来。要不是工友们及时把他们分开,他们肯定会把对方打死的。胡多列耶夫和季韦尔辛喘着粗气,血丝布满双眸,脸色苍白如同白纸。盛怒之下的两个人仅仅是用眼神就能杀死对方,一言不发的冷寂更是让人毛骨悚然。工友们从后方搂腰的搂腰,抱手的抱手,生怕一句话会再次激起一场血腥的战斗。只是片刻的时间他们的体力恢复后,就开始奋力地扭动着身子,试图摆脱工友们的阻拦。拉拉扯扯之间,衣服上的纽扣和领子都给弄掉了,上衣和衬衫就像刚刚剥下的香蕉皮,轻轻地从肩上脱落下来。工友们的劝说声乱成一片,嘈嘈杂杂地一直停不下来。

"看！那个凿子，快点把他手里的凿子抢下来。""一不留神，会在他的脑门上开一个洞的！""你们就一人退一步吧！彼得大叔，您年纪都那么大了，稍有闪失，您的手就会脱臼的！""哎呀！别跟他们废话了，他们现在谁都听不进去，快点把他们分开，分别拿链子锁起来。"

季韦尔辛咬紧牙关，奋力一甩，扑到他身上的人都被四下甩开了，挣脱了束缚的他喘着粗气，一个箭步跨到门口。工友们看到季韦尔辛的眼神里没有那股疯劲儿，也就不再阻拦他了。他粗暴地推开门，铆足劲儿"砰"的一声就把门给关上了，也不管后面的门是否被摔坏，怒发冲冠地往前冲去。夜本身就冰凉如水，更何况现在是深秋的夜晚，空气中的水汽慢慢地向他袭来，悄悄地浸入他的肌肤，置身于漆黑的夜色里季韦尔辛越想越心寒。"我本来是一心为了大家伙儿做点好事，却是热脸贴了人家的冷屁股。活该人家笑嘻嘻地把刀子往你腰上插。"他心里恨得想抽自己一耳光，愤愤不停地唠叨着,感觉很迷茫，一时间没了主意。

这个世界里充满了卑劣、丑陋，娇生惯养的肥婆居然用那样的目光死盯着出卖劳力的苦命人，我们被这种不平等的制度践踏着。就说那个酩酊烂醉的酒鬼吧，他竟然不以欺虐自己的同伴为耻。此时的季韦尔辛比以往更为厌世，恨意逐渐强烈起来。一想到这些他的脚步就越来越快，仿佛加快了步子后他内心所期待的那些合乎情理的美好时代也会跟上他的速度来得越来越快。他体会到这段日子以来他们的各种打算和努力、铁路上的骚动、集会上的演讲和还没有执行也没有决定放弃的罢工决议，这一切都是实现那个理想时代的漫漫长路的一个小小过程。

就身处于暗夜中的季韦尔辛心急得恨不得一口气就把路跑完。他大步流星地往前走着,至于要去哪里,他心里也没有个底,似乎这双脚知道应该领着它的主人去哪儿。

就在季韦尔辛和安季波夫从地窖出来的当晚,罢工的各项议程得到了通过,并决定当晚罢工。委员们马上就分配好工人们的任务,规定哪一批人去哪里接应,哪一批人撤回来。火车修理厂里传来歇斯底里的嘶鸣声和由喑哑变得洪亮而整齐的讯号声。工人们前仆后继地从信号机那儿向城里涌去,感应到号召的季韦尔辛连忙丢下手里的活儿,飞一般地赶上队伍。

在此之后的很多年里,季韦尔辛一直认为那天晚上的罢工游行是他一个人领导的。一直到后来,他接受审讯的时候,法庭根据所有的事实,给他判了个参与罢工游行的罪,他才恍然大悟。

人们一个接着一个地跑出来,问:"我们这是要去哪里啊?"黑漆漆的夜里伸手不见五指,只听见:"你是聋了吗?没听到汽笛报警的鸣叫声吗?我们必须去救火。""这是哪里着火了?""如果不是失火了,谁会拉着汽笛玩啊!"

门被人们大力地敲打着砰砰直响,又接着走出来一些人。那边又传来另一些人的声音。"失火了?真是一群愚蠢的人呀!无可救药!大家都别听他胡说八道。这是罢工,罢工懂吗?哼,老子为你们这些有钱人当牛做马还要受气,这种日子,我受够了!走,工友们,我们都回家,休息去。"

越来越多的工人加入到声势浩大的队伍中,铁路罢工开始了。

7

直到三天后,季韦尔辛才得以回家,胡茬挂了一脸不说,精神也开始萎靡了,他冻得像棵荒野里发蔫的小白菜,瑟瑟发抖。昨晚寒风忽然席卷而来,以往这个时节可没有这么冷,季韦尔辛只穿了套秋装。小区的门卫吉马泽特金一脸感激地迎上去。

"谢谢,季韦尔辛先生,十分感谢您啊!"他激动地说了好几遍,"如果不是您救了我的尤苏普卡,后果不堪设想,我们父子会一辈子为您向上帝祈祷的。"

"吉马泽特金?你是不是受了什么刺激,我就是一个工人,算哪门子的先生?麻烦你不要这样叫我了。有什么话就趁早说,你瞧瞧,这外面多冷啊。"

"季韦尔辛,真是对不起,您瞧我……怎么可以让你受冻呢?你得暖暖身子。这些都是我和你的母亲玛尔法从莫斯科的货运站拖回来的木柴,有整整一棚子呢。都是些上好的白桦木,是干燥、无浓烟的好柴火。"

"吉马泽特金,实在是太感谢你了。嗯……你是不是还有什么话要对我说?那就爽快说吧,我都要冻成冰雕了。"

"我是想告诉你,季韦尔辛,你赶紧出去躲上一阵子吧!在家里过夜非常危险。警察来询问过,就连分局的局长都来调查你平时跟什么人来往。我当时就说没见到有什么形迹可疑的人来过,只有铁路上的司机副手、乘务组的人来过,其余的就没有了。"

如今季韦尔辛还是个单身汉,他和母亲玛尔法还有一个结了婚的哥哥同住在这栋房屋里。这栋房子是附近的圣三一教堂的房产。

房子里有一半的住户是传教士,有两家分别是在城里摆着临时摊位贩卖水果和肉类的小贩,还有就是同他一起在莫斯科至布列斯特这条线上做工的工友们。

这一栋木石结构相结合的房子有一个乱七八糟、弥漫着腐臭味的院子。院子由几条木质的回廊围着,回廊里的木楼梯又脏又滑,活像条巨大的腐烂的肠子。木楼梯上的野猫尿味混杂着酸白菜的气味,久久挥之不去。在楼梯口转角的位置,就是厕所和储藏室。

季韦尔辛的哥哥被征召去当列兵了,在瓦房沟的那场战役里受了重伤,现在还在克拉斯诺亚尔斯克的陆军医院疗养。他的妻子早就带着两个女儿一起去探望、照料他了。季韦尔辛出生在一个铁路员工世家,所以出门很方便,家属均享有俄罗斯全境内免费搭乘公务车的特权。此时家里十分寂静,只有他们母子在家。

他们家就住在二楼,正好在回廊的前面,一只盛满了水的木桶放在门口,这水是送水工按时灌满的。季韦尔辛走到家门口的时候发现木桶的盖子不知道被谁移到一边去了,木桶里的水早已凝结成冰块,冰块上还冻着一只铁茶缸。

"除了普罗夫,我想不出还有谁会这么做。"季韦尔辛倒吸了口冷气,脸上的笑容比木桶里的冰还冷,"烂酒鬼一个,没准儿又在哪儿喝醉了,心里烧得慌。"

普罗夫·阿法纳西耶维奇·索科洛夫是教堂里的诵经人,纯粹一个老顽童,永远都不肯服老,是玛尔法·加夫里洛夫娜的远房亲戚。

季韦尔辛只好把铁茶缸慢慢地从冰上撬下来,盖好桶盖,然后拉了一下门铃。一股温馨的热气迎面而来,这股热气里还带着点香味儿。

"嘿,妈妈,瞧你把整个屋子都烧得暖烘烘的,这感觉棒极了。"

母亲猛地扑过来,搂住他的脖子,抱着他一发不可收拾地哭了起来。他轻轻地抚摸着母亲的头。过了一小会儿,他慢慢地挣脱身子。

"妈妈,您要勇敢起来,没有什么好怕的。"他轻言细语地说,"莫斯科和华沙一带的铁路都瘫痪了。"

"孩子,妈妈知道你就要离开了才哭的。你可千万别再惹事了,有多远就跑多远吧!"

"妈妈,您那个淘气的老朋友,好心肠的羊倌彼得·胡多列耶夫干的事儿,真是让我伤脑筋呀!"他不过是想给母亲找点笑料罢了,但是她似乎并不领情,一本正经地板着脸说:"库普林卡,你给我听好,无论什么时候,你都不可以捉弄他,捉弄了他就是罪过。你要可怜他才是。说到底,他也是个可怜的苦命人,一颗心就这样被毁了。"

"我们把安季波夫家的孩子帕沙接过来住,好不好?他们夜里来搜查,结果什么都没搜到。天刚亮,就把安季波夫给带走了。他的达里娅正患伤寒,还躺在医院里治疗呢!帕沙还是个孩子,在读初中,他们家就剩他和他的聋姑姑了。不但如此,那个可恶的房东还要赶他们离开。不如我们就把帕沙接过来。对了,普罗夫来干什么了?"

"你是怎么知道的呢?"

"我刚到门口就看到水桶盖没有摆放好,铁茶缸和水冻在一起了。除了他,我实在想不到还有谁会怎么喝水都喝不够。"

"我的库普林卡可真聪明,你猜对了,就是他。普罗夫·阿法纳西耶维奇专程跑过来跟我借柴火,我已经给他一些了。哦,上帝啊,我这是怎么了,居然把自家的柴火给了别人!真是糊涂呀!要不是他带来的那个好消息,我是不会忘记这个的。你猜猜他说了些什么?

他说沙皇签署了一份公告,今后都要按照新的法令办事,谁都不能再欺负人了,还会给农民们分田地,今后大家再也不会低人一等了。我们可以跟贵族们平起平坐。签好的公告很快就要公布了;主教公会之前来这儿发了一道通告,教会将组织我们举行一场以感恩为主题的祷告会。普罗夫跟我说过的,可是我现在记不清楚了。"

8

帕维尔·费拉蓬特维奇·安季波夫被捕时,他的妻子达里娅还在医院治疗,因此季韦尔辛把他们的孩子帕沙接到家里照顾。帕沙是个很爱干净的孩子,端正俊俏的脸上顶着一头淡褐色的头发,整齐地梳着中分,他每隔一小会儿就会拿出小梳子梳理梳理头发,时不时地整理一遍上衣和吊着职业中学制服扣环的宽腰带。帕沙很幽默,并且善于观察和模仿。只要他见过、听过的东西,他都能活灵活现地模仿出来。

公告是在十月十七日这一天发布的,一场浩浩荡荡的游行示威正在紧张筹备中,他们准备从特维尔门直逼卡鲁日斯克门。这次游行的宣传号召工作杂乱无序,好几组革命团体居然互相争吵得不可开交,就如同谚语说的那样:"一个和尚担水吃,两个和尚抬水吃,三个和尚没水吃。"最后,他们陆续地放出了放弃游行的信息。可是,群众不甘心就此作罢,按照原计划在那天早晨跑到了大街上。见此,各个革命团体又赶紧派出各自的代表前去呼应。

玛尔法全然不理会季韦尔辛的反对与阻挠,执意带上心情非常愉悦的帕沙加入到游行的队伍里去了。

十一月初非常干冷，浅灰色的天空上，恬静地飘着几簇依稀可数的小雪花儿，被风吹得在半空中转了一圈，华丽地转了个身，之后才像团灰兔子的绒毛那般坠落在大街上的坑洼里，静静地躺着。蜂拥而至的人群沿着街向前挤过去，乱哄哄的一片。随处可见一排排面孔，还有棉大衣跟羔羊皮毛制作的帽子。人群中有很多老弱妇孺，也有穿着制服的铁路工人、穿着高筒皮靴和精致皮革夹克的邮电工人，还有大、中学生。

游行的人们唱起了《华沙工人歌》《你们已英勇牺牲》和《马赛曲》，前面那个倒退着走的指挥者紧紧地握着指挥棒，突然他把帽子戴上，停止了唱歌，转过身去背对着后面的游行队伍，仔细地去听并排走的其他几个指挥者们的谈话。没有了指挥的歌声开始散乱，最后不了了之。人们走在冰封的马路上的脚步声成为这条街上唯一的旋律。

有一些好心人专程前来通知游行的发起者前面的哥萨克已经部署了警戒线，正等着他们呢！这个略带危险的忠告是有人特意打电话到附近的药店传送出来的。

"这有什么了不起的！"游行的指挥人大声地说，"我们都需要镇静，千万不能慌乱。我们现在要把大家带进一座公共建筑物里去，跟大家说明前方的危险，然后宣布暂时解散队伍。"

他们为了要去哪里而争执起来，有人认为去商业经纪人协会好，有人认为可以去高等工科学校，还有人认为应该去外国记者学校最为安全。

正在他们争论的时候，一幢公用建筑物的一个屋角出现在了他们的面前。这是一间学校，正是合适的避难所，丝毫不比他们所提议的差。

游行的人们纷纷来到这栋房子前,指挥者走到大门口半圆形的台阶上,打着手势示意每队的排头停下,以控制住队伍的前行,宽阔的校门已然打开,在各队排头的带领下,人们陆续进入了学校的前厅,走在前面的人已经上了正面的楼梯。

"快,快到礼堂去,到礼堂去!"后面传来几句粗暴的驱赶声。似乎是脚步声掩盖住了驱赶的声音,前面的人依然自顾着往前走,在回廊那里,又各自分开来,鱼贯地钻入各个教室。

指挥者耗费了九牛二虎之力才把分散了的人群重新会聚在礼堂,他们一个个坐好后,现场还是人声鼎沸,以至于指挥者三番两次想说明前面的危险,都被这人声淹没了。指挥者们本以为让这些人进入礼堂后,可以给他们开个临时例会,眼下这个临时例会就要开始了。

参加游行的人们一路走来还唱着歌,这会儿个个都筋疲力尽了,只想安静地休息一会儿,盼望着有谁去代替他们出力、说话。大家把仅剩的这点儿精力都放在了休息上,对于指挥者们所说的一点也不在意。

在这种情况之下,一位演说技巧最烂的人竟然成了这里最受欢迎的人。他的每一句言论都能博得大家的喝彩声,喝彩的声音吞噬了他的那些论点的声音,所有的人都觉得,对于这些听不明白的东西,无所谓遗憾。大家在这里坐得够久了,都有些不耐烦了,无论他说了什么,下面总会有人同意,一起喊:"这是可耻的!"随意通过了抗议电文。这位演说家的言辞,对于他们而言,除了憎恶还是憎恶,为了尽早地结束这单调的声响,他们只好把他一个人留下,然后陆陆续续地排着队走下楼梯,跑到大街上,继续游行。

就在他们躲进学校礼堂开会的时候,外面的雪花漫天飞舞着,此时的马路已经被刷成了雪白色,片片鹅毛大雪簌簌地从云层里往下落。

龙骑兵飞驰而来,仿佛从天而降,此时队伍后面的人还浑然不知。队伍的前方突然传来了逼近的马蹄声。队伍里的人慌忙地喊起"乌拉!""救命呀!""有人被打死啦!"等。多种混合的喊叫声连成一片,谁也听不清楚他们究竟在喊些什么。就在这个时候,凶悍的马蹄声在人群中开出了一条狭小的过道,数不清的马脸、鬃毛和手持着马刀的骑兵以迅雷不及掩耳之势奔驰而过。

跑过去的半个排的龙骑兵立即掉转马头,整顿好队形,从游行队伍的后面插进去,展开了一场血腥的屠杀。

短短的几分钟后,大街上几乎就见不到一个人影儿了。游行的队伍分散成若干个小队,纷纷涌入小巷去避难。此时的雪稀稀松松,傍晚蒙上了一层黑气,俨然是一幅炭笔画。突然间太阳变得奄奄一息,躲到了屋子的背后,看起来就像是用手指点画上去的。微弱的光辉斜射着路面上所有的红色物体:龙骑兵的红皮帽、摔倒在地的大红旗,还有洁白的雪地上那些失去了温度成条状或一滴滴的血迹。

马路边上躺着一个头盖骨被砍开了的人,痛苦地呻吟着,摊开了胳膊,胸膛紧紧贴住地面,举步维艰地向前挪动着。并排走来几个骑兵,他们一路追着玛尔法,从另一条街上折返回来。玛尔法几乎是在他们的脚下跟跟跄跄地来回跑着。她的头巾不知道什么时候掉到脑后去了,惊吓过度的她扯着公鹅嗓到处呼唤着:"帕沙!帕沙!"

起初,帕沙紧跟在玛尔法身后,有模有样地学着最后一位演讲家的姿态,逗她开心,在龙骑兵冲过来的时候,帕沙就不见了。

就在这最危险的时候,玛尔法也莫名其妙地挨了一鞭子。那一鞭子打在了她的短棉衣上,幸好棉衣里的棉絮很厚实,减轻了鞭子的力道,不怎么疼,但她还是絮絮叨叨地咒骂着,把拳头握得紧紧的,对准逐渐撤退的龙骑兵挥动着。令她感到愤恨的是,这些当兵的居然当着体面的老百姓鞭打她这个老太婆。

玛尔法焦虑地扫视着两旁的街道。忽然,她在对面的那条大街上发现了帕沙,就在那间卖洋货的小商铺和一栋石质材料的房子之间的角落里,那儿还躲了一小群无意间来看热闹的路人。

他们都是被一个闯进人行道的龙骑兵用马屁股和马身子驱赶过去的。看到他们惊慌失措的样子,龙骑兵很得意。他用马挡住了出口,当着他们的面,趾高气扬地让马紧急转弯,然后小退几步,就像玩弄马术那般,慢慢地指挥马儿扬起前蹄。突然,他看到了骑着战马缓缓而来的战友,立即用马刺扎了马一下,一蹦两跳地加入了他们的队伍。

拥挤在那个狭小角落里的人四下散开来。之前被惊吓得不敢吱声儿的帕沙拼命地跑向了玛尔法。

他们往家走去。玛尔法一个劲儿地嘟囔着:"这伙儿强盗,真该千刀万剐,该死的刽子手!我们蒙受沙皇的恩泽,本来开开心心的,他们倒好,不肯服气,偏偏要把什么都搅和得一团糟,把每一句话的意思都颠倒过去。"

她痛恨龙骑兵,也痛恨周围的一切,在这一刻,就连她的亲生儿子也在她的痛恨范围内。在她愤怒的时候,她似乎觉得眼前所发生的一切,都是季韦尔辛那群糊涂的家伙在开玩笑,她觉得这些都是错的,都是在胡闹。

"全都是些混账家伙!他们想干什么?什么都不懂!就知道骂人

和斗嘴。那个演说的人,帕沙,你是不是还记得他的样子啊?你就学学他,好孩子,你学学他!呵呵,笑死人了,笑死人了!简直跟他本人一样,一点也不差。你个讨厌鬼,大马蝇。"

回到家后,她不停地抱怨儿子,说都活到这么大的年纪了,还要被那个骑在马背上、头发蓬乱、满脸麻子的蠢货用鞭子抽打屁股。

"妈妈,您这是怎么啦?好像,我是哥萨克中尉或者宪兵队长似的。"

9

人群向四周分散开来逃跑的时候,尼古拉·尼古拉耶维奇就站在窗户前。他知道,这些就是参加游行的人。他向远处搜索了一会儿,想看看在这些走散的人群里有没有尤拉或者别的什么人。但他没有看到熟人,只觉得快步走过去的是杜多罗夫的儿子(尼古拉神父不记得他的名字了),真是个不怕死的孩子,前不久他的左肩上才取出一颗子弹来,现在,竟然又开始胡闹起来了。

尼古拉神父是秋天的时候从彼得堡到莫斯科来的。在这里他没有房产,又不喜欢住在旅店里。现在他就住在远房亲戚斯文秀茨基的家里。斯文秀茨基把顶楼转角的那个书房腾出来给他住。

斯文秀茨基没有孩子,对他来说,这栋两层楼的居室显得太大了。这栋房子是已经去世了的老斯文秀茨基很多年前从多尔戈鲁基公爵手里租下来的。多尔戈鲁基家的产业总共有三个院子、一个花园以及许多布局凌乱、风格迥异的房屋,正对着三条巷子,曾经被人称作是"磨坊小城"。

尽管开了四扇窗子,书房里的光线依旧昏暗。屋子里摆满了书籍、纸张、地毯和雕塑品。屋子的外面有一个半圆形的阳台，把房子的这一角给遮住了。阳台上的两扇玻璃门关得严严实实的，准备过冬了。

透过屋里的这两扇窗户和阳台上的两扇玻璃门可以清晰地看到整条巷子：一条延伸到远方的雪橇小路、像犬齿一样错落的两排房子和东倒西歪的栅栏。

淡紫色的树影穿过了花园，把影子投在了屋子里。屋外的那些树探着头向室内张望，仿佛是要把积满了一层层雪青色寒霜的枝条递进来，放在木板上。

尼古拉·尼古拉耶维奇对着小巷望去，想起了去年在彼得堡度过的那个冬天。想起了加邦牧师、高尔基、维特的来访和那些时髦的现代作家们。他远远地离开那个胭脂喧哗之地，来到莫斯科这个宁静的古都，就是想写一部已经构思好的书。谁知道这儿根本不适合写书！他就像是从一堆火里，跳到了一盆炭里。自从来到这里后，他没有一刻是清闲的。每天不是演讲就是做报告，连个喘气的时间都没有。有时是女子高等学校，有时是宗教哲学院，有时是红十字会或者罢工基金委员会。最好能到瑞士去，找一个僻静的、到处都是枝繁叶茂树木的小镇。那儿会有安静的环境、清澈的湖水、郁郁葱葱的山脉、瓦蓝的天空，还有时刻都能引起回响的凛冽的空气。

尼古拉·尼古拉耶维奇转了个身便离开了窗口。他想去拜访一位朋友，或者只是随便走走也行。就在这时，他突然想起了有位信奉托尔斯泰主义的维沃洛奇诺夫，有事会来找他，所以这个时候，他还不能离开。于是，他只好在屋子里踱步。他想起了他的外甥。

他从偏僻的伏尔加河畔移居到彼得堡的时候，把小外甥尤拉带到了莫斯科，带入了亲戚们的圈子里。他们的亲戚有：韦杰尼亚平、奥斯特罗梅思连斯基、谢利亚温、米哈耶利斯、斯文秀茨基和格罗梅科。尤拉被尼古拉安排在年迈的奥斯特罗梅思连斯基家里暂住，奥斯特罗梅思连斯基很不讲规矩，是个喜欢说空话的小老头儿，家族里的人直接称呼他为"费吉卡"。奥斯特罗梅思连斯基偷偷地跟自己的养女同居，自认为是个反礼教的勇士。但是他的手脚很不干净，辜负了尼古拉对他的信任，把尤拉的寄养费也挥霍一空。所以，他只好把尤拉转送到格罗梅科教授那里去，从那以后，尤拉就一直跟格罗梅科教授一起生活。

"他们这三个孩子在家里简直成了三人组同盟。"尼古拉·尼古拉耶维奇正想着，"尤拉、他那同年级的伙伴米沙·戈尔东和主人的女儿东尼娜·格罗梅科。他们三个人天天在一起读《爱情的意义》和《克莱采奏鸣曲》之类的书，迷恋上了忠贞的说教。"

处于少年时代，理应体验一下那种如痴似狂的纯洁情感。只是他们太过分了，以至于让狂热超越了理智。

他们三个孩子，都有着可怕的怪秉性。他们正处于情欲萌动期，却还不知道为什么要把情欲方面的事情称为"下流"，并且不顾是否妥当，到哪儿都要把这个词儿挂在嘴边。这简直就是极端的用词不当。他们经常用"下流"来指人的本能反应、淫秽的书刊、作践妇女等，差不多包括所有关于性方面的事情。只要他们一提及这个词儿，他们每个人的脸就会从涨得通红变成惨白。

"要是我在莫斯科，"尼古拉·尼古拉耶维奇想道，"绝不会让这群孩子变成这种样子的，知道羞耻是很必要的，但也要有一定的限度……""啊，维沃洛奇诺夫先生，非常欢迎您。"他大声地说，上前去迎接进来的客人。

10

一位身着灰色衬衣、腰间系了一条宽皮带的胖胖的男人走了进来。他穿着一双毡靴，裤子的膝盖部分鼓鼓地涨了出来。他给人的第一印象是：自己是被一朵五彩祥云笼罩着的大善人。那副黑色宽绦带系着的夹鼻眼镜在他的鼻子上恶狠狠地跳动着。他急匆匆走出了过道，围巾还没来得及摘下来，围巾的一头拖在地上。手里还拽着一顶圆形的礼帽。这些东西使他没有办法跟尼古拉·尼古拉耶维奇握手，甚至妨碍了他们互相问好。

"唉，嗯。"他环顾了四周一圈，不知所措地应答着。

"您随便放。"尼古拉·尼古拉耶维奇说，这才使得维沃洛奇诺夫恢复了说话能力和自制能力。

眼前的这个胖男人是列夫·尼古拉耶维奇·托尔斯泰的追随者。他们这些人都认为，那个永远不断探索的天才作家的思想，只不过是安然享受欢乐的理想被不可救药地庸俗化了。

维沃洛奇诺夫是来邀请尼古拉·尼古拉耶维奇去一所学校为政治流放犯演讲的。

"对不起，我之前已经去那所学校演讲过一次了。"

"呵！您那次去是为政治流放犯演讲的吗？"

"是的。"

"那您还得再去一次。"

尼古拉·尼古拉耶维奇推辞了几次后，还是同意了。

来访者要谈论的事情已经全部谈妥了，尼古拉·尼古拉耶维奇也就没有过多地挽留他。维沃洛奇诺夫原本可以起身告辞的，但他似乎觉得就这样离开了会不太礼貌，临走前应该要找一个轻松而又活泼的话题来谈一谈。谁知道，这一谈就谈了很长一段时间，并且不怎么愉快。

"您是颓废了吗？还是深陷神秘主义之中了？"

"您说这个是什么意思？"

"您整个人都给毁了。您现在还记得地方自治会吗？"

"那还用得着说吗？当然记得了。我们曾在一起筹备过选举呢！"

"还为了乡村学校和教师进修班打过头阵，记得吧？"

"当然记得，那可是一场苦战呐！您后来是转到了民众福利和社会救济方面去了，是吧？"

"嗯。是做过一段时间。"

"是啊。现在时髦的是放荡的牧羊神呀、黄色的睡莲呀、受戒者呀，还有那个什么《我们要像太阳》。我宁愿死也不会相信的。一个幽默感十足的人，一个如此了解人民的聪明人去做……还是算了吧，您不必说了……或许，或许我触及了您的隐私了吧？"

"有必要如此漫无目的地瞎扯吗？我们有必要为了这些而争吵吗？您根本就不了解我的思想。"

"俄国需要的是学校，是医院，不是那些淫荡的牧羊神和黄色的睡莲。"

"当然，这谁也不会反对。"

"农民们衣不遮体，饿得浮肿……"

他们就这样东一句西一句跳跃式地进行着谈话。尼古拉·尼古拉耶维奇早就察觉到这样的谈话再继续下去是没有意义的，他准备跟维沃洛奇诺夫说他是因为什么才跟象征主义派的作家接近起来的，接着，尼古拉就把话题转到托尔斯泰的身上去了。

"好吧，在某种程度上，我还是同意您的见解的。不过托尔斯泰说过，如果一个人对美的追求越来越强的话，那么他就会距离善越来越远。"

"您以为这是相反的吗？您以为，美能够拯救世界？还是宗教的神秘仪式或者类似的东西可以拯救世界？或者说是罗赞诺夫[①]和陀思妥耶夫斯基[②]可以拯救世界？"

"请稍等片刻，让我来说说自己的想法。我认为，如果说人们身上潜在的兽性可以靠吓唬或者靠坐牢以及报复来制伏的话，那么人类最高尚的形象岂不是马戏团里舞动着鞭子的驯兽师，而不是那位牺牲自我的传教士了？千百年来人类之所以可以凌驾于动物之上的力量是音乐，而不是棍棒。这里是指不用武器的真理、不可抗拒的力量和榜样真理的吸引力。至今人们都认为，福音书当中最重要的是道德箴言与训条。我却觉得，最主要还是要懂得，耶稣所宣讲的均是源自于生活中的寓言，也是运用日常生活来解释的真理。从这里不难看出：人与人之间的交往都是不朽的，生命是象征性的，因为生命有其意义。"

"我，我一句都没有听懂。您应该把这些见解写成一本书。"

维沃洛奇诺夫走了之后，尼古拉·尼古拉耶维奇的情绪十分激动。他恼恨自己居然对维沃洛奇诺夫那样的傻瓜谈及了一部分内心的想法，这些想法竟然对呆头呆脑的他没有产生一丝一毫的影响。忽然间尼古拉·尼古拉耶维奇把目标转移了。他立即忘记了维沃洛奇诺夫

[①] 罗赞诺夫（1856—1919年），俄国作家。
[②] 陀思妥耶夫斯基（1821—1881年），俄国作家。

这个人，仿佛他不曾造访过。他又想起了另一件事情来。尼古拉·尼古拉耶维奇平时不怎么写日记，但是他总会把自己所感受到的最为深刻的想法记录在一本厚厚的普通的大本子上。他拿出那个本子，开始用他那大而端正的字体写了起来。下面这些就是他所写的。

施莱辛格这个蠢女人使得我一整天都感到不自在。她早晨就来了，一直坐到中午，整整有两个小时，她都在朗诵那些乱七八糟的诗。真讨人厌烦。这是象征派的某位作家为天体起源交响乐的某位作家B所撰写的一篇散文诗歌，这里面包含各大行星的神祇、四首诗的唱词以及别的什么东西。我一直都是忍着，忍着的，实在是受不了了，就恳求她："我受不了啦，你请便吧。"

忽然间我恍然大悟，懂得了为什么就连浮士德的身上也有这种东西，也时常使人感到虚假得难以忍受。现代人没有这方面的要求。现代人想要弄清楚宇宙之谜，就得深入探索，而这就是物理学，并不是赫西奥德①的六音步诗。

可是，这种陈旧的过时形式并不是问题存在的根本原因，当然，也不是那些水火之神把科学明显已经弄清楚的东西再次弄得含混不清，而是这种体裁与今天艺术的整个精神以及它的实质、创作动机的格格不入。

在大自然还没有被人类所覆盖的古代，人类还很稀少，相信天体的演化是很自然的。与此同时，在大地上徘徊的还有猛犸，所以人们对恐龙和各种龙依然记忆犹新。那时候的大自然，在人们的面前，显得那么惹人注目，那么凶狠地扑向人们的脖子，仿佛真的充满了

---

① 赫西奥德（约公元前8—前7世纪），古希腊诗人。

各种神。这便是人类编年史中最初的那几页,而且,这还只是个开始。

因为,人口过多的原因,这个上古世界在罗马结束了。

罗马是由借用来的神祇与被征服的民族组成的,拥挤不堪的他们将这里分为天上和地下两层,就像肠子被紧紧地扭成三个结的垃圾场。这里有达吉人、赫鲁人、斯基泰人、萨尔马特人以及极北人,只看到没有辐条的笨重车轮、浮肿的眼睛、兽奸、双下巴、用有文化的奴隶的肉喂鱼,还有目不识丁的帝王。当时的人口要比后来的任何时候都多得多,他们在斗兽场的通道里被杀戮,承受着死亡的恐惧和痛苦。

现在,这个轻快而又光芒四射的人,突出了人性,刻意显示出乡土气息来。这个加利利人,来到这俗气的大理石和黄金堆中。从那以后,所有民族和神荡然无存了,也就开始了人类的新纪元,出现了做木工的人,当农夫的人,夕阳西斜之下放牧羊群的人。人,这个字音听起来没有丝毫的傲气,他随着母亲们的摇篮曲和世界上的所有画廊崇高地向各地传播开来。

11

莫斯科的彼得罗夫大街给人的感觉就像是彼得堡在这里的一个缩影。对称的建筑肃穆地堆放在街道两旁,它们都拥有风格各异的、雕刻精致的大门。接下来就是售书亭、阅览室、图片社,还有阔气的烟草店和装修考究的餐厅。磨砂玻璃的圆罩里装着煤气灯,被笨重的支柱顶在头上,摆放在门前。

在冬季这是一块隐晦暗淡的、难以通行的地方。这里聚居着沉稳、自尊而又收入可观的自由职业者。

维克托·伊波利托维奇·科马罗夫斯基就住在这里,他租了一套非常讲究的单身公寓,就在二楼。一条宽大而又结实的橡木栏杆楼梯连接一楼与二楼。他那忙碌着家务的女管家,不对,是他那幽静、独居生活的管理人——埃玛·埃内斯托夫娜,对所有的事都很上心,都要打听打听,但好像对任何事物都不会去干扰,是个不声不响、不会引人注意的人。维克托·伊波利托维奇·科马罗夫斯基对她报以绅士才有的骑士般的感激,并且,他从来都不允许跟她那老处女平静的生活圈子不相容的客人和来访者进入他的公寓。如同修道院一样的宁静,成了这里的主宰——夜晚即将来临,这里依旧一尘不染,如同手术室一样。

每到星期天的上午,依照惯例,维克托·伊波利托维奇会带上自己的哈巴狗沿着彼得罗夫大街和库茨涅茨基大街一直闲逛。就在那个街道的角落里,与从家里出来的康斯坦丁·伊拉里奥诺维奇·萨塔尼基会合。康斯坦丁是个演员兼纸牌迷。

他们会一起在街道上悠闲地散着步,随意地说笑,交谈着一些无关紧要而又对一切都蔑视的见解。如果什么也不说,就是随意地吱两声,也能起着一样的作用。其实他们的最终目的是:把那洪亮的、不以为然的、像是因为颤抖而憋住气的低音嗓门传送到库茨涅茨基大街上去,好让两旁人行道上的人都能听见。

12

病恹恹的天气在垂死挣扎。雨滴宛如一串断了线的珠子,快速地敲打着铁皮排水管和屋顶的檐板,滴滴答答的。家家户户的屋顶上都交织着这种音律，仿佛是随着春天的到来，积雪开始慢慢地融化了。

一路走来，拉拉都是迷迷糊糊的，直到到了家后才弄清楚发生了什么事情。

家人都已经安然入眠了。怅然的拉拉坐在母亲的小梳妆台前，再一次陷入了麻木的状态之中。她身上穿的是件绣着花边的、几乎接近白色的浅紫色连衣裙，还蒙着一层面纱。这套行头是为了参加假面舞会而从裁缝铺里拿出来的。她坐在镜子里自己的映像前，却什么都看不到。然后她的头搁在了交叉的双手上，趴在梳妆台边。

如果母亲知道的话，肯定会先把她打死，然后再自杀的。

这一切是怎么发生的呢？怎么会发生这样的事情呢？现在已经完了，事先应该早点想到的啊！

正如经常所说的那样，她如今成了一个堕落的女人，成了法国小说里面的那种女人。可是，明天到了学校后，还要和那些女学生们坐在同一张书桌的后面。与她相比，那些女学生简直就是一群还在吃奶的娃娃。天啊，这种事情怎么会发生！

若干年之后，如果情况允许的话，拉拉可能会把这件事儿告诉奥莉妮·杰明娜。她们两个一定会抱头痛哭一场的。

窗外的雨滴正在喃喃自语，这些就是雪融化了的声响。大街上有人在敲着邻居家的门。拉拉并没有抬起头来。她的双肩颤抖着，痛楚地哭泣起来。

13

"喂，埃玛·埃内斯托夫娜，亲爱的，不大好过呀，我烦死了。"

科马罗夫斯基把套袖、衣服和别的东西随意的往地毯和沙发上乱丢，拉开了五斗橱的抽屉后，又关上了，就连他自己也不知道要找些什么。

他那么需要她，但是这个星期天又不能与她相见。科马罗夫斯基像头野兽那般，在家里慌乱地踱来踱去，坐也不是，站也不是。

她心灵的美无与伦比。她的双手使人销魂。就连投在墙纸上的倩影也是如此的冰清玉洁。上衣紧绷绷地裹着前胸，如同绣架上一副拉直的细麻布。

科马罗夫斯基应和着柏油路上缓慢走过的马匹的马蹄声，用手指在窗户上有节奏地敲打着。"拉拉……"他轻声地呼唤着，闭上了双眼，她的头枕在他臂弯中的画面浮现在脑海里。她已经熟睡了，低垂的睫毛，宛然一副没有一丝忧愁顾虑的神态，可以令人一连几个钟头都不眨一下眼地端详。美得好像一缕青烟的她，头发散落在枕头上，刺痛了科马罗夫斯基的双眸，浸透了他的心。

这个星期天的散步落空了。科马罗夫斯基带着杰克仅在人行道上走了几步就停下了。他想起了库茨涅茨基大街、萨塔尼基的玩笑以及他所遇到的诸多熟人。不，不行，他简直无法忍受了！科马罗夫斯基转过了身子，朝后面走去。杰克很奇怪，用那副不高兴的眼光从下往上地打量着他，极其不情愿地跟在他的身后。

"哪儿来的怪事！"他想着，"这……这意味着什么呢？是苏醒过来的良心、怜惜，还是悔恨？难道是不安？"这些都不是。他很清楚，拉拉正安然无恙地待在自己的家里，可是他控制不住自己的想法，忍不住要想她。

科马罗夫斯基走进门去，沿着中间转弯的楼梯口上二楼去了。

二楼的墙上开了一扇窗户，精致华丽的花纹围绕在玻璃的四个角上，斜射进来的五彩斑斓的阳光投射到了地板、窗台上。他才走到二楼的一半，就停下了脚步。

"不能再一味地屈服于这种撩拨人而又钻心的苦闷之下！又不是小孩子了，理应明白，要是以如此消极的方式去迷恋这个小丫头——她可是自己已故老友的女儿，现在却成了自己爱得发狂的对象——这个结果会是怎样的？不要再糊涂了！要对得起自己，不能改变自己的习惯，要不然这一切都会完蛋的！"

科马罗夫斯基的手紧紧地抓住宽大的栏杆，由于力度过大，抓得手很疼。他把眼睛闭上，顷刻后，毅然决然地转过身子，往楼下走去了。他穿过了那个盛满了阳光的转弯楼梯口，瞧见了杰克那崇敬的目光。杰克抬着头，仰望着他，像极了一位面部肌肉松弛、嘴角边还挂着几丝口水的小老头儿。

杰克并不喜欢拉拉。它曾经把她的长筒袜子撕破，并对着她龇牙狂吠。它可不喜欢它的主人接近拉拉，生怕拉拉把人味儿传染到科马罗夫斯基的身上去。

"啊，原来这么回事儿呀！你想一切按部就班地进行着——依旧还是萨塔尼基、卑鄙的诡计以及下流的笑话吗？那么好吧，我就如你所愿，给你一个，给你一个！"

科马罗夫斯基用手杖和脚对着杰克的身上就是一顿踢打。杰克一边尖声叫着，一边摆弄着尾巴，往楼上跑去，用前爪扒开门，向埃玛·埃内斯托夫娜告状。

时间一个星期紧接着一个星期地过去了。

14

这个迷魂阵多么令人害怕啊!假如说仅仅是科马罗夫斯基闯入了拉拉的生活中,引起了她的反感和厌恶的话,那么拉拉肯定会起来反抗,并且想尽办法去摆脱这种处境的。可是,事情没有那么简单。

令拉拉觉得称心如意的是:这个年纪可以做父亲的、青春不在的、时常在集会上备受吹捧的、就连报纸上也经常提起的老男人,竟然甘愿把金钱和时间都耗费在她的身上,还把她尊为女神,陪伴她出入剧院和音乐会,让她"精神上得到了饱餐"。

她不过是个未成年的寄宿学校的女学生,穿着褐色的长裙,经常参与到学校里那些天真的恶作剧中去。科马罗夫斯基对她的那种暧昧以及各种大胆的举动无处不在,无论是在马车里当着车夫的面,还是在众目睽睽之下的剧院里幽寂的包房内,而这些都深深地蛊惑了她,并挑逗起了她心中逐渐复苏的、也想模仿一番的坏念头。

然而,这种学生时期的淘气劲儿很快就过去了。那种噬心的沮丧与对自己的恐惧深深地埋在了拉拉的心底,并且牢牢地扎下了根。导致拉拉白天总是想睡觉的原因是:她夜不能寐;时常感到头疼,不停地哭泣;背诵功课的压力以及她的身心疲惫不堪。

15

拉拉诅咒着科马罗夫斯基,她恨他。拉拉几乎每天想的都是这些。

如今的拉拉,这辈子都成为科马罗夫斯基的奴隶了。他是靠什么来征服拉拉的呢?又是如何恐吓威胁她的,从而使得她妥协,满足他的欲望,战战兢兢地做出些赤裸裸的丢脸的事情,以博取他的欢心呢?难道是因为地位上的悬殊?是母亲对他在金钱上的依赖?还是他对拉拉惯于使用恫吓的手段?不,不是的,不是这样的。这些都是毫无根据的说法。

他们之间的关系,不是拉拉被科马罗夫斯基所支配,而是拉拉支配着科马罗夫斯基。

拉拉一开始就看出来科马罗夫斯基是如何为她而烦恼苦闷的。拉拉倒是没有什么好怕的,她的良心清白无辜。要是拉拉揭穿了这些的话,科马罗夫斯基肯定会感到羞耻、害怕。可问题是,拉拉永远不会做那样的事情。她还不至于干出这种卑劣的事来,还赶不上科马罗夫斯基对待手下和弱者的那种狠劲儿。

而这便是科马罗夫斯基与拉拉之间的区别所在。也正是因为如此,拉拉才会越来越觉得周围环境的可怕。那么生活中会有什么让她如此震惊呢?是雷鸣,还是闪电?不,只有指指点点和背后诽谤才会令拉拉感到害怕。周围尽是些阴谋诡计和不置可否的流言。如果是一根蜘蛛丝,那么只要随便地一扯就会断开来,但你却无法逃离已经编织好的蜘蛛网,只能被它束缚得越来越紧。

所以,强者往往被卑鄙和懦弱的人制伏。

16

拉拉有时候也会问自己:要是她已经结婚了,又有什么不一样呢?她开始向诡辩求助。但有的时候,她还是被绝望的惆怅包围着。

科马罗夫斯基厚颜无耻地趴在她的脚边,苦苦哀求着:"我们不可以再这样继续下去了。你想想看,我们都做了些什么啊!你已经在走下坡路了。不如……不如我们跟你的母亲坦白吧。我娶你。"

科马罗夫斯基不依不饶地乞求着,好像是拉拉在反驳似的。当然他的这些话都是空话,拉拉也懒得去听他那悲剧式的甜言蜜语了。

他跟往常一样,继续把披着长面纱的拉拉带到那家可怕的饭店的单人间里去。服务员和其他顾客用异样的眼光盯着她,他们的眼光流露出想要把拉拉剥个精光的神情。她只能问自己:"就因为我们相爱,就要受到这样的屈辱吗?"

一次,拉拉做了一个梦:她被人埋在泥土之中,只剩下左胸、左肩和右脚掌露在泥土的外面,她的左乳房上长出了一小撮草,地上的人们正唱着《黑眼睛和白乳房》和《别让玛莎过小溪》。

17

拉拉不是个相信宗教的人,自然也不会相信那些宗教仪式。但是,有时候为了承受源自生活的种种压力,也需要让某种内在的音乐陪伴着生活。这样的音乐,可不是每一次都能由自己来谱写的。它是上帝对生命规谏劝诫的话,因此拉拉去教堂聆听了这些箴言。

十二月初的一天,拉拉跟《大雷雨》中的卡捷琳娜拥有一样的心情。她跑到教堂去祷告。这一路跑来,就像大地随时要裂开、教堂的圆顶随时都会倒塌似的。这样也好,就让这一切都结束吧!不幸的是,她把那个爱说话的丫头奥莉妮·杰明娜也带了出来。

"看啊,那不是普罗夫·阿法纳西耶维奇吗?"奥莉妮在拉拉的耳边喃喃地说着。

"嘘——你别说话。嗯,是哪个普罗夫·阿法纳西耶维奇呀?"

"就是普罗夫·阿法纳西耶维奇·索科洛夫。他是我的堂叔父。他正在念经文呢!"

"噢,原来你说的就是那个念经文的呀!他是季韦尔辛家的亲戚。嘘,别说话了,不许再打搅我。"

她们走进教堂的时候仪式才刚开始。人们唱着赞美诗:"赞美我主,我将付出我的所有来赞美主的圣明。"

教堂里的人不多,都挤在前排做着祷告,周围显得空荡荡的,诗歌的回音在教堂的上空徘徊。这幢教堂是新建的,没有涂上颜色的玻璃窗无法吸引住过往的路人。此时,教堂的长老正站在这扇窗户前,用人们都能听到的声音开导着一位疯疯癫癫、耳朵又聋的乞丐,他的声音呆滞、乏味,而且他的这一行为也没有顾及正在祈祷的人们。

拉拉攥着几枚铜币,慢慢地绕过祈祷的人们,走到门口为自己和奥莉妮买了两根蜡烛,然后又蹑手蹑脚地回到后面。此时,普罗夫·阿法纳西耶维奇已经仓促地把九段经文都给念完了,好像在座的人对这篇经文早就背得烂熟了似的。

"为心灵空虚的人祝福吧……为痛哭流涕的人祝福吧……为希冀和寻求真理的人祝福吧……"

拉拉听到这些的时候,突然颤抖了一下,停下了脚步。这就是在说她。他说:被别人践踏的人的命运是值得别人去羡慕的,被践踏的人有许多关于自己的话可以倾诉,他们前途无量。

18

眼下正是普雷斯尼亚区①武装起义的日子。拉拉家正好就住在这个起义区内。正在修建街垒的特维尔街离她们家只有几步之遥,从客厅的窗前就可以看到。大家从院子里提着水桶在浇筑街垒,他们这样做的目的是把修筑街垒的基石与废铁冻结在一起。

旁边院子成了义勇队员的集合点,但似乎更像是救护站和食品供应点。

有两个男孩子去了那儿,拉拉认识他们:一个是娜佳的朋友普雷斯尼亚区的尼卡·杜多罗夫,拉拉是在娜佳的家里认识他的。他与拉拉的性格很像——耿直、孤傲、不爱讲话。也正是因为他们性格相似,所以拉拉对他没有什么兴趣。

另一个是住在奥莉妮·杰明娜的外祖母季韦尔辛老太太家里的职业中学学生帕维尔·帕夫洛维奇·安季波夫,大家也叫他帕沙。拉拉去季韦尔辛老太太家里的时候,发现自己对这个男孩产生了影响。帕沙依旧保持着那份童稚的淳朴,一点儿也不掩饰拉拉的到来所带给他的快乐。拉拉就像是盛夏的一片小白桦林,清新的小草铺了一地,洁白的云朵如同柳絮般在天空中飘荡着,因此对她可以毫不掩饰地像小牛那般又蹦又跳的狂喜,也不需要担心别人讥笑。

拉拉刚开始发觉自己对他所产生的这种影响后,就不自觉地利用了起来。不过,拉拉真正征服这个性格温婉的男人,是在好几年之后,也是他们交往的后期。那时的帕沙深信自己疯狂地爱着她,知道在自己的生活中她是无法取代的。

---

①普雷斯尼亚区是莫斯科的一个区。

这两个男孩玩的是最可怕的成年人游戏——战争,这种游戏的最终结果是被绞死或者是被流放。他们头上戴着一顶后面打了个结的长耳风帽,这就清晰地说明他们还只是两个孩子,还都被父母管教着。拉拉像大人看小孩子那般看着他们。他们危险的游戏中还透露出一种天真无邪的味道。其他的一切也都烙上了这种痕迹。冬天的黄昏,非常寒冷,仿佛笼罩着一层黑色而又浓重的霜;这庭院以及孩子们躲藏着的对面的那幢房屋,都是灰蓝色的。手枪的射击声不断传来。"男孩们在开枪。"拉拉想着。她想的已经不再局限于尼卡和帕沙了,而是整个开枪射击的城市。"他们俩都是诚实的好孩子,"她想,"正因为是好孩子,所以才开枪。"

19

听说射击可能要蔓延到街垒了,这样一来她们的房子就危险了。这个时候才想到搬去莫斯科另一个区的熟人家里,已经太晚了,这个区被包围了。目前只能在包围圈的附近找个角落,于是想起了"黑山"旅馆。

要知道,最先想到这里的并不只有她们。旅馆里面已经住满了很多与她们处境相同的人。只是看在她们是老主顾的份儿上,这才答应安顿她们在不起眼的房间里暂住。

她们嫌皮箱太惹眼,就把最必需的东西包成了三个包袱,正式入住旅馆的日期却一天天拖延了下去。

裁缝铺里仍然保存着古朴守旧的风气,尽管外面闹着罢工,工人们一如既往地干着手上的活儿。那个傍晚寒冷而又沉闷,有人在外面按门铃。那人进来后就是一顿指责。他要求老板到大门口去。拉拉母亲的助理法伊娜·西兰季耶夫娜·费季索娃走到前厅,与来人交谈,并设法平息他的火气。"姑娘们,都到这儿来!"她很快把女工们都叫到那里去了,把她们一个个地介绍给进来的那个人。那人热情而又笨拙地与每个女工握手问好,跟费季索娃谈妥了之后,就像什么事都没有发生似的走了。

女工们走进大厅后,就开始把披肩围好,她们把手臂举过了头,伸进瘦小的皮大衣袖子。

"发生什么事了?"吉沙尔太太连忙赶过来问。

"不让我们继续干了,太太,我们也罢工。"

"是不是我……有什么地方对不起你们?"吉沙尔太太哭了起来。

"太太,您别难过。我们对您只有感激,没有任何恶意。不是您的问题,当然也不是我们的问题。现在大家都在罢工,全世界都是这样的。我们能有什么办法反对呢?"

女工们都走了,就连奥莉妮·杰明娜和法伊娜·西兰季耶夫娜也走了。法伊娜在临别时,悄悄地对老板说,她是为了老板和裁缝铺的利益才佯装出罢工的样子。但老板还是没有平静下来。

"你就是个忘恩负义的东西!想不到啊,把她们都错看了!就拿那个丫头来说吧,我在她的身上操了多少心啊!好吧,就当她还是个孩子好了,可是那个老妖精呢!"

"您要明白,妈妈,她们是不会为了我们而破例的。"拉拉安慰她道。"谁对我们都没有恶意,恰恰相反,现在周围所发生的一切,都是为了人权,为了保护弱者,为了妇女和儿童的幸福。是的,是这样的,您不必否定地摇头。总有一天,这事对我和您都会有好处的。"

对此,母亲一点儿也听不明白。"每次都是这样,"她抽泣着说,"本来心里就已经够乱的了,你还要说出这种话来,让人听了只能诧异地瞪着眼睛。都把屎拉到我的头上来了,你还说是为我好。不过,也许是我老糊涂了。"

罗佳仍旧在武装警备学校里。只有拉拉和母亲住在空荡荡的楼房里。街道上和屋子里都没有灯光,空洞的眼睛相互凝望着。

"趁现在天还没黑,去旅馆吧,妈妈。您听到了吗,妈妈?赶紧走吧。"

"菲拉特,菲拉特。"她们把看门的人给叫来了。"菲拉特,送我们一程,亲爱的,去'黑山'旅店。"

"好的,太太。"

"拿上包袱。对了,菲拉特,请你这阵子就在这儿照看着。别忘了把基里尔·莫杰斯托维奇那只鸟儿也一起照顾好,要记得给它喂水、添食。把东西都锁起来。还要麻烦你的是要经常到我们这儿看看。"

"一定,太太。"

"谢谢你,菲拉特。愿主保佑你。就要分手了,一起坐一会儿怎么样?愿上帝保佑。"

她们走到街上,如同大病初愈那般,还无法适应新鲜的空气。冷冷清清的空间把饱满的、仿佛在车床加工的光滑的声音轻轻地散向四方。炮声和枪声砰砰响着,就像是要把远方炸成一堆废墟。

无论菲拉特怎么告诉她们,这是真的在放枪,拉拉和母亲却仍然认为放的不过是空枪。

"菲拉特,你真傻。你好好想想,压根就没有见到放枪的人,这怎么不是在放空枪呢。按你说的,那么是谁在开枪,难道是神灵吗?

这就是在放空枪。"

她们在一个十字路口被巡逻队给拦住了。狞笑着的哥萨克一面对她们进行着搜查,一面又放肆地把她们从头到脚瞅了一遍。他们那有系带的无檐帽都恶狠狠地歪拉到耳朵上,仿佛他们都只有一只眼睛似的。

"真是太好了!"拉拉想道,在她们和城里其他地区隔绝的这段时间里,可以不用再见到科马罗夫斯基了。因为母亲,她还不能跟他断绝来往。她总不能说:妈妈,不要再接待他了。那样的话,这一切都会公开的。可是说了又能怎么样呢?为什么怕说出来呢?啊,上帝,让一切都完蛋吧,只要这件事能终结。老天啊!她厌恶得就要在街上昏死过去了。这会儿她又想起了什么呀!就在第一次发生那种事的那个单间的屋子里,画着一个肥胖的罗马人的那幅可怕的画叫什么名字?好像是叫《女人或花瓶》。是的,没错,就是它。它是一幅名画。与这件珍品上的人物相比,那时的她还算不上是一名妇人,后来才算得上是。餐桌摆设得真够阔气的。

"你要上哪儿去呀,走得这么快?我都跟不上你了。"母亲跟在后边气喘吁吁地说,勉强赶上了她。拉拉像是被一股骄傲的、令人振奋的力量推动着,她犹如凌空飞起那般飞速地走着。

"枪声是多么响亮呀,"她想道,"被践踏的人有福了,受侮辱的人有福了。枪声啊,愿天主赐予你健康!枪声啊,枪声,你们也感同身受吧!"

20

坐落在西夫采夫-弗拉日克街和另一条巷子的拐角上的那栋房

子就是格罗梅科兄弟的。亚历山大·亚历山德罗维奇·格罗梅科和尼古拉·亚历山德罗维奇·格罗梅科都是化学教授，分别在彼得罗夫斯基学院和大学任教。尼古拉·亚历山德罗维奇是个单身汉，亚历山大·亚历山德罗维奇的妻子叫安娜·伊万诺夫娜。安娜的娘家姓克吕格尔，父亲是个铁矿场主，在乌拉尔的尤里亚金附近拥有一座很大的林中别墅和几座矿山，但现在矿山已经被废弃了，没有了收入。

格罗梅科兄弟的房子是一栋两层的楼房。楼上有卧室、孩子们的书房、亚历山大·亚历山德罗维奇的工作间和藏书室。当然，安娜·伊万诺夫娜的小客厅，东尼娜和尤拉居住的房间也在楼上。楼下则是接待访客的地方。灰绿色的窗帘外裹着一层近似于白色的浅灰色纱幔，如同镜子一般的大钢琴盖上闪着发亮的光点，鱼缸、家具是橄榄色的，室内的植物很像水藻，使楼下接待室给人一种隐隐浮动的墨绿色海底的感觉。

格罗梅科一家不仅知书达理，知识渊博，还豪爽好客，非常喜欢并懂得音乐。他们经常邀请一些人在自己家里举行钢琴、提琴独奏和弦乐四重奏的室内音乐会。

一九〇六年一月，尼古拉·尼古拉耶维奇出国后不久，西夫采夫街照例又要举办一场室内音乐会。这次把塔涅耶夫[①]学派的一位崭露头角的作曲家新谱写的一首小提琴奏鸣曲和柴可夫斯基的三重奏作为预定演奏曲目。

前一天就开始准备了，家具被搬到了一边，大客厅被腾空了。调音师在大厅的角落里，多次重复地弹奏同一个音符，随后又弹奏

---

①塔涅耶夫（1856—1915年），俄国著名作曲家。

出了一连串的音符，像被扯散的珠子似的。厨房里忙着拔鸡毛，洗蔬菜，调制拌凉菜用的芥末和橄榄油的调汁。

舒拉·施莱辛格一大清早就跑来惹人厌了。舒拉·施莱辛格是安娜·伊万诺夫娜的密友和律师。

舒拉·施莱辛格出落得有点像个男人，面目端正，又瘦又高。她的面容与沙皇略有几分相似，尤其是那顶羔皮帽子斜斜地戴上的时候。她做客的时候从不摘下帽子，只是把扣在帽子上的面纱稍稍掀起一点儿。

每逢遇到伤心和郁闷的事情时，安娜都会跟舒拉·施莱辛格谈谈，可以使双方都觉得轻松。而这种轻松感就是建立在她们相互挖苦，说着越来越恶毒的话之上的。一场暴风雨之后，很快就会以眼泪与和解而告终。这种有节奏的争吵能对双方都起到镇静的作用，就像用水蛭放血那样。

舒拉·施莱辛格嫁过好几个丈夫，只要一离婚，她就会把那个男人忘得一干二净，不会再理睬他，因此至今还保留着单身女人的冰冷、善变。

舒拉·施莱辛格是一位神智学者，她不仅非常了解东正教的整套仪式，甚至还包括了心灵传递，因此每当她兴致勃勃的时候，总会迫不及待地要提醒教士们该说些什么，该唱些什么，"请你聆听吧，上帝""无时无刻，无所不在""荣耀的天使"，她不断地想让人听到她那公鹅嗓子所发出的沙哑的声音以及随口而出的提示。

不仅如此，舒拉·施莱辛格还懂得数学、印度密宗教仪，还知道莫斯科音乐学院知名教授的住址以及谁跟谁同居之类的事。天啊，没有她不知道的事。因此，但凡是日常生活中发生了什么重要的事情，她总会被请来裁决和调停。

约定的时间到了，客人们陆续而至。参加的宾客有：阿杰莱达·菲力波夫娜、金茨、富夫科夫一家、巴苏尔曼夫妇、韦尔日茨基一家和卡夫卡兹采夫上校。天空正飘着纷纷扬扬、大小不一的雪花，每次都会在前厅的正门打开时把冷空气团团裹住，然后扑进前厅来。男人们伴随着寒冷的空气从街上走进来，穿在脚上的深筒长靴显得有些松弛，他们每个人都装出一副漫不经心和呆头呆脑的样子。然而那些在严寒中神采奕奕的太太们进屋便解开皮大衣顶端的两个扣子，任由一层薄薄的白霜笼罩在头发上，头发后边还披着块毛茸茸的头巾，看上去像是些老谋深算的骗子的化身，没人敢去招惹。当一位初次被邀请的钢琴家到来的时候，"他就是居伊①的侄子。"大家小声地相互传开了。

从两头敞开着的侧门向大厅里望去，可以看到餐厅里已经摆好了一条长桌，像极了一条在冬天里被积雪覆盖着的马路。花揪露酒透过颗粒状花纹的瓶子正闪着耀眼的光。各式各样装着奶油、香醋的小巧玲珑的五味汁瓶都装在银托盘上，唤起人的种种想象。一盘盘野味和冷荤组合成了一幅色彩缤纷的图画，就连折成三角形的餐巾、排列整齐的刀叉和花篮里散发出杏仁味的蓝紫色小花都会令人食欲大增。为了不耽误宾客们品尝这些人间美味的时间，他们尽快拉开了精神筵席的帷幕。宾客们在客厅里一排排地就座。钢琴演奏家在钢琴前坐下来之后，又听到宾客们在小声地说："快看，那是居伊的侄子。"室内音乐会开始了。

大家早就知道，开场的这首奏鸣曲不仅单调、没有趣味，还故作优雅。正如他们所意料的那样，这首曲子格外的闷长。

---

①居伊（1835—1918年），俄国音乐家。

评论家克林别科夫还和亚历山大·亚历山德罗维奇在休息的时候争论起这支奏鸣曲来。克林别科夫评论这支曲子一无是处，而亚历山大·亚历山德罗维奇则竭尽全力地替它辩护。周围都是吸烟的人，响起一片移动椅子的声音。

隔壁餐桌上的那张清洗得平整而又光洁的桌布再次将大家的目光吸引了过去，大家齐声建议音乐会赶快继续下去。

钢琴家用眼角的余光扫了一下听众，朝合奏者点了点头，示意开始演奏。小提琴手和大提琴家特什克维奇挥动着琴弓，荡气回肠的三重奏开始了。

尤拉、东尼娜和大部分时间都寄居在格罗梅科家的米沙·戈尔东一起坐在第三排。

"叶戈罗夫娜好像找您有事。"尤拉小声地对坐在他前面的亚历山大·亚历山德罗维奇说道。

头发花白的格罗梅科家的老女仆阿格拉费娜·叶戈罗夫娜正站在客厅门槛旁边。她用着急的目光望着尤拉，还不时地向亚历山大·亚历山德罗维奇使劲地点头，好让尤拉知道她是有急事找主人。

亚历山大·亚历山德罗维奇把头转过来，用责怪的眼神瞟了叶戈罗夫娜一眼，耸了耸肩膀。叶戈罗夫娜并没有因此而放弃，于是他们就在大厅的这一头和那一头，像聋哑人那般用手势"交谈"起来。大家纷纷向他们俩看去，安娜·伊万诺夫娜狠狠地瞪了丈夫几眼。

亚历山大·亚历山德罗维奇只好站起来，去处理一下。他红着脸，沿着墙边绕过大厅，走到了叶戈罗夫娜的跟前。

"叶戈罗夫娜，您怎么这么不懂规矩啊！您到底有什么大不了的事呀？好吧，快说，出了什么事？"

叶戈罗夫娜小声地跟他说了几句话。

"哪个'黑山'来的？"

"就是普雷斯尼亚区的'黑山'旅馆。"

"嗯。那又怎么样？"

"要求马上回去，他的一个亲戚快要死了。"

"都快死了。我想象得出来。不行，叶戈罗夫娜。等演奏完了这一小段，我就去说，但至少现在还不行。"

"送信的茶房和赶车的都还等着呐。我跟您说，那人就快死了，您明白吗？是位太太。"

"不行，不行。最多也就是五分钟而已，这有什么大不了的？"

亚历山大·亚历山德罗维奇又轻手轻脚地顺着墙角，回到自己的座位上，眉头紧蹙，用手揉着鼻梁。

第一乐章结束后，亚历山大·亚历山德罗维奇走到了演奏者跟前，就在大家热烈的掌声还未停息的时候，他直白地告诉特什科维奇外面有人找他，发生了一件不幸的事情，演奏不得不中止了。然后亚历山大·亚历山德罗维奇向客厅里的宾客，挥了挥手掌，示意大家停止鼓掌，大声说道：

"先生们，三重奏只能停下来了。让我们一起向特什科维奇深表同情。他家出了点不愉快的事，他只好暂时离开我们。在这种情况下，我绝不能让他一个人离开。他可能需要我的陪伴，我要跟他一起走。尤拉，亲爱的，出来一下，请告诉谢苗把雪橇赶到大门口来，他早就已经把车套好了。先生们、女士们，我不和诸位一一告别了。请大家留下来，我仅仅只会离开一小会儿。"

两个男孩子请求跟亚历山大·亚历山德罗维奇一同乘坐雪橇，这样能在寒冷的夜里兜兜风。

21

尽管生活已经恢复了正常，十二月以来仍然有许多地方还是响着断断续续的枪声，经常会有新的火灾发生，好像先前的余烬还没有燃烧完似的。

他们从来没有像今夜这样，坐车走了这么远，走了这么久。"黑山"旅店就在不远处，只要穿过斯摩棱斯克大街、诺温斯克大街和花园路的一半就到了。原本就天寒地冻、昏天黑地的空间，被岁暮寒天里灰蒙蒙的浓雾切割成一块块的，仿佛它在世界各个地方都不一样。浓烟中的黄色火焰、马蹄的嗒嗒声和滑轨的轧轧声加强了这种感觉，让人觉得似乎走了很久的路，而且驶入了令人惊慌害怕的远方。

一匹披着马衣、缠着蹄腕骨的马停在了旅店门前，它的身上套着一辆窄小而精致的雪橇。车夫坐在驭者座上，用戴着手套的双手把缩进脖子里的脑袋抱住取暖。

旅店的前厅很暖和，看门人站在入口处和存衣室隔开的栏杆后面，他被鼓风机的噪音、熊熊炉火的呼呼声以及沸腾的茶炊的尖叫声弄得昏昏欲睡，但与此同时，他又不断地被自己那响亮的鼾声惊醒。

一个浓妆艳抹的太太正站在前厅左边的镜子面前，因为脂粉涂得过多，她的脸孔显得有些虚肿。在这么寒冷的天气里，她只穿了单薄的皮上衣。这位衣着单薄的太太正等着什么人从楼上下来，她把身子转过去，背对着镜子，一会儿从左边的肩上、一会儿从右边的肩上端详着自己，看看自己从后面看上去是否好看。

车夫从外边把冻僵了的身子探进来，他的长上衣看起来很像招牌上画的"8"字形的小面包，一股股寒气从身上冒出的时候就更加像"8"字形的小面包了。

"他们什么时候来，小姐？"他向站在镜子前面的女人问道，"做你们这帮人的生意，我的马迟早会被冻坏的。"

二十四号客房里发生了一件茶房们平时最恨的小事。走廊里的铃声几乎每分钟都要响起一次，墙上玻璃长匣子里会相应地跳出一个房间的号码，告诉你是哪位客人发神经了，自己也不知道要干什么，就是故意不让茶房得到安宁。

女仆格拉莎正在给二十四号客房里的那个老傻瓜吉沙尔灌催吐剂，洗肠胃，做着急救。她还要擦地板，又要把脏桶提出来，再把干净的桶送进去，忙得团团转。在此之前，这阵慌乱的风波早就开始了，只不过那时还没察觉到会出什么事，还没有派捷廖什卡坐雪橇去请医生和这位可怜的提琴师，科马罗夫斯基也还没来，门前的走廊里也没聚集这么多无关紧要的人，妨碍人行走。

白天不知谁从小吃间里出来时，在窄小的过道里转了个身，不小心碰了餐厅招待员瑟索伊一下，下房里就发生这场乱子。那时瑟索伊的右手上刚好高举着摆满了菜肴的托盘，弯着身子从门里快速地跑进走廊。被人碰了之后，瑟索伊扔了托盘，把汤洒了一地，还打碎了四个盘子。

瑟索伊把这些全都归结在了碰到他的那个女洗碗工的身上，说理应由她来赔偿，扣她的工钱。已经是晚上十一点钟，一半人都要下班了，他们仍然在为此事而争吵不休。

"都怪你的手脚发抖，一天到晚就知道像搂着老婆那样搂着你的酒瓶子，连鼻子都舔饱了，像只公鸭似的。干吗要碰到我，又砸盘子又泼汤的！活见鬼，是谁撞了你了，你这个不知羞耻的斜眼鬼？你说呀，是谁撞了你呀？"

"我再次提醒您，马特廖娜·斯捷潘诺夫娜，您说话可要留心点儿。"

"不仅又吵又闹，还要又摔盘子又打碗的，真不值得。有什么好稀罕的？不过就是个骚货太太，是个对人从不宽容、为人处世一味地想占便宜的人，好好的却要吞砒霜。这种贞洁早就不时兴了。我们在'黑山'旅店里干了那么多年，这号挑拨是非的婆娘和欺侮女人的公狗倒还真没见过。"

米沙和尤拉就在二十号客房门前的过道里来回踱步。这一切远远地超出了亚历山大·亚历山德罗维奇的意料。他原本以为大提琴家在生活中所出现的悲剧，一定是纯粹、清白而又严肃的。可是现在，鬼才知道这算什么。对孩子们来说，不就是那些肮脏下贱的丑事吗？

尤拉和米沙在走廊里转悠起来。

"两位小少爷，请进去看看大婶吧！"茶房走到他们的跟前，再次不慌不忙地说，"你们进去吧，别再犹豫了。放心吧，他们都没事了，都好好的呢。这儿不能站了。就在今天，这个地方发生了件倒霉的事，贵重的餐具摔碎了。你们瞧，我们必须站在旁边等着，随时准备跑来跑去，这地方太窄了，你们还是进去吧！"

尤拉和米沙听从了茶房的建议。

煤油灯已经从吊在餐桌上方的灯架挪到房间另半边，中间隔了一道屏风，屏风发出了臭虫的气味。

那一边有个可以睡人的角落，被一条落满尘土、掀起的门帘隔开，遮住前室和外人的视线。因为忙乱大家都忘了把它放下来，脏兮兮的门帘的下半边还搭在散发出臭虫味的屏风上面。那盏被挪过来的煤油灯就放在一把扶手椅里。这个角落，就像是剧场的脚灯从下往上照着似的，亮得刺眼。

太太吞下去的并不是洗碗女工所胡说的砒霜，而是碘。屋里弥漫着一股酸涩难闻的气味，就像是嫩核桃果皮散发出来的。

一个姑娘正擦着屏风后面的地板，那位太太半裸着躺在床上，浑身被水、汗和眼泪弄得湿透了。她低着头对着一个大面盆号啕大哭着，粘成一撮一撮的头发顺着面盆披散下来。尤拉和米沙不好意思往那边看，立刻把眼睛转到一边去。真是太不像话了。这一幕使尤拉感到非常的惊讶：一个女人在什么样的情况下会变得不再是雕塑所表现的女性呢？那当然是在处于不舒服的竖立姿势与紧张和吃力的状态下。这样一来就像个肌肉发达、光着上身、穿着短裤就要上场比赛的角斗士。

终于有人想到应该把屏风那边的门帘放下来了。

"亲爱的，您的手在哪儿？把您的手给我。"女人呼唤着大提琴家。因为长时间的哭泣和恶心而憋得她喘不过气来。"唉，这是多么可怕呀！是我太多心了！我认为……不过还好，我还算幸运，这念头原来是这么愚蠢，是我在错乱地猜想，简直无法想象。真是不得了啊……心情多轻松啊！结果……您瞧，我还活着。"

"阿马利娅·卡尔洛夫娜，安静点，拜托您安静下来。这真是不像话，实在是太不像话了。"

"我们立刻就回家去。"亚历山大·亚历山德罗维奇对孩子们嘟囔了一声。他们难堪得不知该如何是好，就都站在客房没有隔开的那一半门槛边那个昏暗的过道里。因为他们极其不自在，便望着原来放灯的那个方向。那里有几张照片挂在墙上，地上放着一个琴谱架，纸张和画册堆满了整个书桌；在铺着手织台式桌布的餐桌那边一个姑娘坐在扶手椅上睡觉，她双手搭在椅子扶手上，脸也贴在上面。周围的吵闹声和人的走动并没有干扰她睡觉，看上去她真的很疲乏。

他们这趟过来得可以说是毫无意义，再者说，继续再待下去也显得不礼貌。"我们现在就走。"亚历山大·亚历山德罗维奇又说了一遍。他想等大提琴家一出来，就立即向他告辞。

另一个人从屏风的后面走了出来。这个男人身体健壮，脸上刮得干干净净的，威风凛凛，自信十足。他从灯架上取下一盏灯，把它举在头顶上，走到姑娘睡觉的那张书桌跟前，把灯放在桌上。亮光刺醒了那个姑娘。她对着这人笑了笑，眼睛微微地眯起，伸了个懒腰。

米沙一见到这个陌生人，全身就不自觉地颤抖了一下，两眼死死地盯着他看，同时扯了扯尤拉的衣袖，想跟他说点什么。

"你在生人面前嘀咕什么呢，一点儿也不害羞吗？人家怎么看你呢？"尤拉制止了他，也不听他说。

这时一幕哑剧在姑娘和那个男人之间上演了。他们俩一句话也没说，只是交换了下眼神，但相互理解的默契就像是着了魔似的。他像个耍木偶戏的，而她就是他手里那个任凭他耍弄的木偶。

姑娘半闭着眼睛，疲倦的微笑爬上了她的脸颊，嘴唇半张着。她狡黠地眨了眨眼，算是作为一个同谋者回敬给那男人的嘲弄眼神。他们都对结局挺满意的，这个结局是如此圆满，他们的隐私没有暴露出来，服毒的那个女人也没死成。

尤拉用直勾勾的眼神，死死地把他们盯牢。他站在谁也看不见的昏暗中目不转睛地望着灯光照亮的地方。姑娘垂首帖耳的情景更是显得不可思议、神秘、厚颜无耻。尤拉的心里顿时充满了矛盾感,他从未体验过这种心情,他觉得自己的感情似乎是被什么东西揪成了一团。

而这也就是他同米沙及东尼娜一直以来不断激烈争论的、并称之为无法说清楚的"下流"的东西。这些就是一方面令他们惊恐,另一方面又吸引他们的东西,并且在安全的距离范围内,口头上容易应对的东西。而这种绝对物质的、模糊的力量,现在就出现在了尤拉的眼前。既是毫无怜悯的毁坏性的,又是哀怨并且求助的。他们的童稚哲学怎么不见了?现在的尤拉该怎么办呢?

"你知道他是谁吗?"他们走出门后,米沙问道。尤拉一心只想着自己的心事,没有搭理他。

"这就是煽动你父亲拼命地喝酒,而且害死你父亲的那个人。还记得吗?我跟你说过的在火车上发生的事。"

尤拉心里所想的是那个姑娘和未来,并非是父亲和过去。一时间他甚至没听懂米沙所说的是什么。大概在阴霾又寒冷的天气里交谈都被冻住了。

"冻坏了吧,谢苗?"亚历山大·亚历山德罗维奇向车夫问道。他们坐上雪橇离开了。

第三章 斯文季茨基家的圣诞晚会

1

就在那个寒风凛冽的冬天，亚历山大·亚历山德罗维奇把一个偶然买到的老式衣柜送给了安娜·伊万诺夫娜。这是一个非常大的黑檀木衣柜，想要把它整个都搬进来，估计任何门都别想进去。为了给安娜·伊万诺夫娜送过去，亚历山大·亚历山德罗维奇只好把这只柜子拆开来运，分成几个部分往屋子里搬，然后就思量着该把它放在什么位置比较合适。最宽敞的就是楼下的客厅了，只是把它放在那里的话，使用的时候会很麻烦，楼上又太拥挤了，根本搁不下。反复斟酌后，安娜·伊万诺夫娜还是决定把衣柜摆在主卧门里面的楼梯口处。

马克尔正在拼装着这只黑檀木的衣柜，他是负责清扫院子的仆人。马克尔把六岁的女儿马林娜也带来了，马林娜吃着别人给的大麦芽棒糖。她一边哼哧着自己的小鼻子，用小舌头舔着棒棒糖和沾满了糖的小指头，一边紧蹙着双眉，看着父亲拼装衣柜。

起初拼装衣柜倒是挺顺利的。安娜·伊万诺夫娜眼看着这只柜子就要组装好了，就剩下柜顶还没有组装，忽然间她的那股傻劲儿作起怪来，她本来是想给马克尔帮忙的。柜底距离地面还很高，没想到她一脚就踩了上去，身子左摇右晃了两下，由于重心不稳，慌忙间她一把抓住了那块稍稍掩拼着的侧板。马克尔临时捆绑柜壁的绳扣瞬间就散开了。只听见轰然一声响，安娜·伊万诺夫娜和柜板一起摔倒，重重摔下的身子疼痛不已。

"哎呀，太太，"马克尔向她边跑边说，"您这是在干什么呀，我的好太太。您刚才没有摔伤筋骨吧？您得赶紧检查一下骨头。骨头才是最打紧的。皮肉倒是没有什么大不了的，就算是破了，还能再长出来的，这俗话说得好：太太们也就是图皮肉好看罢了。别在那儿号叫了，你这没心没肺的东西！"他说着说着，就骂起了一旁哭哭啼啼的马林娜来。"把你的鼻涕给我擦干净，赶紧找你妈去。唉，我说太太，您是不是觉得，没有您的帮助，我就无法把衣柜给装好？哦，我知道了，您肯定是这样想的：马克尔不就是个打扫院子的吗，能有什么本事。事实上，当年我还干过木工活儿。那时候的我们可都是做木匠的好坯子呀！或许您是不会信的，这些普通的家具，像什么柜子、食品橱，它们之所以是如此油光锃亮，全都是在我们手里打过滚的。还有呢，像那些精细的木料活儿，比如，红木、胡桃木，我们都干得了。还可以打个比方吧，当初也有不少体面人家的姑娘和我谈过亲事呢，哦，上帝，请您允许我这样说吧，如果不是因为我特别喜欢喝酒，这些亲事也不会从眼皮子底下溜走了。尽管如此，那还得花大工夫呢。"

马克尔将扶手椅推了过来，挽着安娜·伊万诺夫娜坐下。她边轻缓地揉着摔到的疼处，边低沉地呻吟着。马克尔把碰散了一地的柜子又重新组装了起来。柜顶弄好后，他得意地说："行啦，就差把柜门上好了，等柜门弄好后，您就是把它送去展览都可以呢！"

这只衣柜的款式以及大小都像极了灵柜台或者皇陵，这令安娜·伊万诺夫娜产生了一种迷信的恐惧，她极其讨厌这只黑檀柜子。她给这只柜子取了个名字——"阿斯科里德陵[①]"，其实她所想表达的意思是"奥列格的坐骑[②]"，换句话说就是它只会把死亡带给自己的主人。安娜·伊万诺夫娜读过一些乱七八糟的书，现在，她将有联系的两个概念都给弄混淆了。

安娜·伊万诺夫娜自从跌了一跤后，肺病的征兆逐渐显现出来。

2

一九一一年十一月，安娜·伊万诺夫娜卧病在床整整一个月，她患的是肺炎。

第二年春天，尤拉和米沙·戈尔东都大学毕业了，与此同时，东尼娜也从高等女子学校毕业了。尤拉将来会成为医生，米沙在哲学系里学的是语言，东尼娜学的是法律。

尤拉的思想完全变了，所有的东西全被搅和得一塌糊涂、彻底颠覆了。他的观点和习性还有禀赋都非常独特，与众不同。他敏感到要钻牛角尖儿的地步，他见解里的新颖之处是无法用言语来形容的。

就算艺术跟历史对他的吸引力再大，尤拉在选择生活的道路时

[①] 阿斯科里德陵据传说埋葬着阿斯科里德大公。
[②] 奥列格被从他的坐骑的头盖骨中钻出的毒蛇害死。

也从来没有丝毫犹豫。他认为，不能把艺术当作事业，就像与生俱来的乐观和郁闷都不可以成为职业那般。他对物理学和自然科学充满了兴趣，并且觉得它们在现实的生活里一直发挥着有益于公众的作用。也就是因为这些他才选择了学医。

四年前的尤拉正在大学读一年级，他在学院的地下室里花费了一个学期的时间做尸体解剖。他时常顺着一条弯曲的扶梯往地下室的深处走去。解剖室里的几个大学生，几乎都是蓬头垢面的，或是单独一人，或是几人一伙地躲在解剖室的最里面。他们有的人身边堆放着一些骨骼，一边翻看着封面如同深秋里被风摧残了的枯叶似的教科书，一边默默地记录着什么；有的人直接在角落里一声不吭地做着解剖；当然，也有人在谈笑风生，追逐着停尸间里石板上到处逃窜的老鼠。解剖室里光线并不充足，那些身份不明而又全身赤裸着的尸体显得有些惨白，就像莫斯科的雪那般。他们都是自杀的，还很年轻。保存得相对完整的几具还没有开始腐烂的溺水的女尸，像一朵朵蓝色的幽幽的磷火那般刺眼。明矾保住了尸体的新鲜和丰盈。剖开尸体、肢解、制作成标本，无论把尸体分成多少段，人体的美依旧没有改变。美人的尸体被野蛮地丢到镀锌的桌上，但依然可以把人们那赞赏的目光给吸引过来，并且使他们将这种赞赏转送到她那些被砍下来的手臂或手上。福尔马林和石炭酸的气味肆意地穿梭在地下室的每个角落，伴随着这些刺鼻的气味，一种神秘的感觉填充了这里。那些尸体僵直、命运未知、盘结据守在这里的生与死的神秘……处处都让人觉得此处就是神秘之家。

这种神秘的声音不仅压倒了其余的一切，还疯狂地折磨着尤拉，使得他无法顺利地对尸体进行解剖。在日常生活中，还有很多事也在干扰着他。疲惫的尤拉对此早就屡见不鲜了，即使他再受到干扰、再分心，他也没有一丝不安。

尤拉懂得如何思考，更懂得怎样去写作。他还在读中学时就幻想着要写散文，写本传记体裁的书，他要把所见所闻、并经过反思的事情当中感触最深的东西当作埋藏的炸药，写到书里去。只是碍于他的年纪，只好借用诗歌来代替，仿佛一位画家穷尽一生都是在构思一幅成熟的巨作。

尤拉知道这些刚刚问世的诗具有一种力量和独创性，因此对待它们的不足之处都很宽厚。尤拉认为力量和独创性是艺术里最具典型色彩的，而剩下的则全是些没有目标、空泛、不需要的东西。

尤拉心里非常清楚，是他的舅舅——尼古拉·尼古拉耶维奇塑造了他所有的性格特征。

而此时的尼古拉·尼古拉耶维奇正住在洛桑。他在洛桑用俄文出版了一些著作，他在这些著作和其译文中，更深层次地阐述了很早以前对历史的一些想法，他认为历史是人类为了回答死亡的现象，而借助时代的各种现象与记忆所建造的第二个宇宙。这些书的灵魂便是重新解读基督教，事实上，它就是种崭新的艺术思想。

尼古拉·尼古拉耶维奇的思想也影响到了尤拉的朋友——米沙。也就是在这些思想的支配下，使得米沙最终选定了哲学作为专业。身在哲学系里的米沙，时常跑去听神学课，甚至有过好几次都想要转到神学院去。

尤拉很清楚正是舅舅的那股影响力促使他前进，把他的思想给彻底地解放了，可是这种影响对米沙而言就是一种束缚。尤拉清楚，米沙因为沉浸在这个谜团里，而走上极端的道路，这与他的出身有着必然的联系。由于尤拉处事审慎，分寸感强，一直以来他没有劝说米沙把那些稀奇古怪的想法全都放弃。他总是想看到米沙可以更加看重实践经验，更加接近于生活。

3

十一月末的一个晚上，尤拉拖着疲倦不堪的身子从大学里回来，此时已经很晚了，他整整一天都没有进食。一回到家就有人告诉他，白天所发生的令人心惊胆战的事：安娜·伊万诺夫娜莫名其妙地、不断地抽搐起来，请了几位医生，都没有查清楚病因。最后，大家还商量着准备请神父来看看，只是后来又把这个念头给打消了。她现在稍微好一些了，至少她不再昏迷。安娜·伊万诺夫娜吩咐过家仆只要尤拉一回家来就必须立即去见她。

得知了情况的尤拉来不及更换衣服，径直跑到她的卧室去了。

屋子里乱糟糟的，这些痕迹就是刚刚家仆们惊慌失措的时候所留下。助理护士自顾自地把床头小柜上的东西叠好。冷敷用的餐巾和湿毛巾被揉成一团，随意地放在周围。洗杯缸里的水被鲜血染成了淡红色，水面上还飘着点血丝。安眠药针管的碎片、药棉都被水给泡胀了，它们都安静地躺在那儿。

安娜·伊万诺夫娜浑身是汗，不停地用舌头把干燥的嘴唇舔湿润。病恹恹的她与早晨尤拉见时相比，显得瘦了不少。

"是不是诊断错误，"他想道，"这些均是哮喘性肺炎的症状。看样子，这是转变期。"他跟安娜·伊万诺夫娜打过招呼，说了几句经常在这种情况下应该说的那种空泛的宽慰话后，就把助理护士给支开了。他一手从制服的上衣里取出听诊器,一手紧紧地握住了安娜·伊万诺夫娜的一只手,为她诊断。安娜·伊万诺夫娜有气无力地摇摇头,告诉他这不过是徒劳,没有一点用处。尤拉在这一刻才晓得她急着要见他是为了其他的事。安娜·伊万诺夫娜铆足了力气说道:"尤拉,你看到了吗,他们已经开始要我忏悔了……死神的脚步已经降临到我的头上了……在接下来的任何一分钟我都有可能会死……如果说是拔颗牙,那都还会怕疼呢,得做足准备……可是……可是,你知道的,这不是一颗牙的问题,这是整个自己呀,是个完整的生命……只是咔嚓那么一下,就让钳子给拔掉了……这到底是怎么回事呢……谁也说不清楚呀……我徘徊在烦闷里,担惊受怕着。"

安娜·伊万诺夫娜不再继续往下说了。一颗颗的泪珠沿着她的脸颊滚落下来。这时候尤拉也不知道该说些什么。又过了片刻,安娜·伊万诺夫娜继续往下说:"你非常有才华……才华这个玩意儿……可不是每个人都能拥有的……你也该懂点事儿了……跟我说点什么吧……也好让我安心。"

"可是……我该说些什么好呢?"尤拉回答着,身子开始不安地在椅子上动来动去,站起身子,在屋子里走了一阵,又重新回到椅子上坐下。"首先,您已经有了一些好转的征兆了,明天您就会比之前好一些的,我可以拿自己的脑袋来担保。其次,您愿意听听我这个学自然科学的人对死亡、意识、不信复活等的意见吗?嗯,这些需要单独找个时间再谈?不行?就要现在谈?那么,好吧,就按照您的意愿说吧!这个问题不是一下子就能够说清楚的。"尤拉不得不临时给她上一课了,就连他自己都觉得很奇怪,竟然可以如此滔滔不绝地说出来。

"复活,就是那种用来慰藉弱者的最简短粗陋的形式,对我而言自然是没有用的。对基督那些有关生者和死者的话,我一向有很不一样的理解。你想想看,这千百年来所积累的大群复活了的人,该往哪儿放呢?即使是整个宇宙都无法容纳下他们,而且,他们会把善良和理性从世界上给挤掉的,就连上帝也不会例外。不然在这贪婪如同动物般的拥挤里,肯定会被压碎了的。

"可是,新的生命一直都在不断地填充着宇宙,它每时每刻都在数不胜数的相互结合和转换中再生。您所担心的是您是否可以复活,其实,在您诞生时,您就已经复活了,只不过您没有觉察到啊!

"您会不会感到痛楚,身体里的各种生理组织是不是能够感受到自身正在解体呢?这么说吧,就是您的意识怎样了?意识究竟是什么呢?来,我们可以来分析下。刻意地想要去睡觉,这便是的的确确的失眠症了;刻意地要体会自身的消化功能,这就必然是消化功能混乱了。意识是毒品,是人们用来毒害自身的手段。意识也像是一束由外边照射进来的光,它以自身的光芒,来为我们照亮前面的路,让我们不会在摔倒时迷茫。意识也是火车头两边的明灯,要是把它们的光照到火车头的里面去,那就必然会酿成惨祸的。

"那么,您的意识又会是什么样的呢?我是说您的意识,对,您的。关键问题就出现在这儿了。不如我们来分析下吧!您是凭借着什么来感觉自己存在的,感觉到自己身上的某一个部分呢?是肾、肝,还是血管呢?无论您如何去想,都不会得到答案的,因为这些都不是。您是通过外在活动的表现来感觉自己的,比如说:通过做手上的事,在家庭里,或是在别的什么方面。现在我所说的您就得特别注意听了:存在于别人内心世界的人,才是此人的灵魂。这也就是您的本身,也就是您的意识在一生中得以呼吸、营养、沉醉的东西。这就是您安娜·伊万诺夫娜的灵魂、您的不朽以及寄于别人身上的生命。这些又会意味着什么呢?这也就是说您曾经存在于别人的身上,还会在别人的身上继续存在下去的。以后要把这称之为怀念,而这跟您又有什么关联呢?这都是组成未来的您的一个部分了。

"最后再补充一点。其实这些没有什么好担心的。死亡已经不存在了,它与我们没有什么缘分。您刚才所提到的才能,那可就是另外一码事了,而它才是属于我们的,能够被我们发现的。从最深广上的意义来说,这才是生命的恩赐。

"圣徒约翰曾经说过,以后不会有死亡,您轻易地就接受了他的观点。死亡不会有的原因是之前的就过去了。基本上可以这么说:以后是不会有死亡的,但这只是因为这些已经见过了,早已陈旧了,厌烦了,现在所要求的是全新的,而全新的生命就是永恒的。"

他边说边在屋子里踱着碎步。"还是再睡一阵子吧。"他说,轻轻地走到床前,把手放在安娜·伊万诺夫娜的头上。才过去短短的几分钟,安娜·伊万诺夫娜就逐渐地睡着了。

尤拉蹑手蹑脚地走出房间,并且吩咐叶戈罗夫娜让助理护士去卧室。"真是活见鬼了,"他想,"我这不是成了个四处游走、不学无术的假神父了吗?只要嘴里振振有词地念叨,再把手往病人身上轻轻地一放,就可以包治百病了。"

第二天,安娜·伊万诺夫娜果真有了少许的起色。

4

安娜·伊万诺夫娜的病情慢慢好转起来。十二月中旬的时候,她可以试着起床了,不过身体依旧还是那么虚弱。医生建议她还是要好好地躺在床上休养。

安娜·伊万诺夫娜时常吩咐仆人把尤拉和东尼娜找来,给他们一连几小时地讲述着她的童年,也就是她在乌拉尔雷尼瓦河边祖父的领地瓦雷金诺的那段时光里的故事。尤拉和东尼娜从来没有去过那儿,尤拉仅仅是从安娜·伊万诺夫娜的话里就轻松地描绘出了那片渺无人烟的五千俄亩①的森林的样子。林中葱郁的枝叶就像是一块巨大的帷幕,遮挡住了天空和阳光,如同没有星光的冬夜诡秘地笑着。河的两岸不仅笔挺而且陡峭,湍急奔流的河流里满是被流水抛光打滑的卵石,还有几处河湾像一把把尖刀似的切入密林的深处。

这些天尤拉和东尼娜有生以来第一次定做过节的礼服。尤拉的那件是一袭黑色的长礼服,东尼娜则是一件稍微袒露颈部的浅色缎子的晚礼服。这两身礼服就是他们为了在二十七日那天斯文季茨基家一年一度的圣诞晚会上一展风采而精心准备的。

他们分别在男装成衣作坊和女服裁缝那儿定做的,是在同一天拿回来的。尤拉和东尼娜试穿后非常满意,他们还没脱下来,就被安娜·伊万诺夫娜打发来的叶戈罗夫娜给叫了过去。尤拉和东尼娜就穿着新衣服去见她了。

两个人刚一进房间,她就用臂肘勉强把身子支起,从侧面打量

---

① 1俄亩≈1.09公顷。

了他们一番，又让他们把身子转过去，说道："挺好的，真是美丽极了。这两件衣服已经做好了，我居然还不知道呢！东尼娜，来，过来，再让我瞧瞧。嗯……不错，非常好，就是肩头起了点儿褶皱。知道为什么要把你们叫来吗？不过，得先跟尤拉说几句话。"

"安娜·伊万诺夫娜，我知道。是我同意让人把信给您看的。您一定也跟我的舅舅尼古拉·尼古拉耶维奇的想法一致，认为我不应该拒绝这份继承权。请您先别着急，您知道的，您还不能说过多的话。我现在就跟您解释清楚，尽管您对这些都已经很清楚了。

"首先，有件得支付律师费和诉讼费的日瓦戈遗产的案子。在这个案子里，事实上没有任何遗产可以继承，即使有，也无非就是些债务和一笔扯不清的糊涂账，还有在这场官司中所暴露出来的肮脏的东西。如果有东西能够变卖成钱的话，我会白白地把它们都送给法院，就不会自己去享用吗？归根结底，这场官司到最后也还是竹篮打水——一场空，与其在官司里不断地忍受折腾，还不如放弃这笔虚拟的财产呢！就让给那几个冒充的竞争对手与贪婪自封的继承人吧！我早就听说了，还有一位住在巴黎，也姓日瓦戈，并且还带着孩子的艾丽斯夫人也想染指这场官司。现在又加了些要求，是前不久才向我宣布的，可能您还不知道吧！

"我母亲还在世的时候，父亲曾经迷恋过一个只会幻想、性情怪僻的女人——斯托尔本诺娃-恩利茨公爵夫人。这个女人还跟父亲生了个名字叫叶夫格拉夫的男孩，算起来，现在也有十岁了吧？

"公爵夫人过的是深居简出的生活。她在鄂木斯克郊外，有一幢单独的住宅，她跟儿子就住那里，也不知道是依靠从什么地方弄来的钱活下来的。那幢住宅的照片我曾看过。那是栋拥有五扇落地式窗户的漂亮房子，窗檐上的圆框里雕刻着精致的浮雕。近来，我总有种不祥的感觉，那幢房子仿佛会穿过俄罗斯与西伯利亚之间相隔的几千俄里①，用它那落地式的窗户虎视眈眈地盯着我，早晚都想着要让我栽跟头似的。因此，我不再理会这笔仅仅只是凭借着想象所构造出来的财产、人为的竞争对手和他们的敌意还有嫉妒！再说了，我连那笔'遗产'都不要了，何必要去理会那些所谓的律师呢？"

"尽管如此，你也不该拒绝呀！"安娜·伊万诺夫娜反驳道，"你们知道，我为什么要把你们叫过来吗？"她又重新复述了一遍之前说过的话，马上接着说下去，"我想起了一个看林人的名字。还记得吧，就是昨天我说起的那个瓦克赫。这名字不常见的，是不是？他是树林里可怕的黑色怪物。他的胡子沿着下巴爬到了眉毛上，自从他被熊咬了挣脱后，疤痕便布满了他的脸。那里的人名字都非常古怪，简短得成了一个音节，特别好记，喊起来也很响亮。比如，瓦克赫、鲁普、法弗斯特。那时偶尔通报说有人来了，叫阿弗克特或者福洛尔，一听到这样的名字我们这群孩子就会像祖父手里的双筒猎枪里的子弹那般一齐发射出去——立刻从儿童室一股脑儿地钻进厨房。你们真的没有办法想象，在那儿看到的不是烧炭人送来的一头活着的小熊，就是巡道工从远方的巡哨站带回来的矿石标本。爷爷会把这些东西分门别类地登记下来，然后会把送东西的人都打发到账房里去。有的付点钱，有的给些粮食，也有的会发一小批弹药。窗子的外面就是一望无垠的雪青色的大森林，鹅毛大雪洋洋洒洒地飘着，地面的积雪都到房檐那么深了！"安娜·伊万诺夫娜开始咳起来了。

"好了，母亲，您就别说话了，这么一直说话会影响您的身体的。"

---

①1俄里≈1.0668千米。

东尼娜警告说，尤拉也随即附和着她。

"真的，没什么的，这算不了什么的。我也就是顺便问问。叶戈罗夫娜在说你们的坏话，她说你们似乎在为后天是否去参加圣诞晚会而犹豫不决。我可不答应你们还是这么没有主见！你们也不觉得难为情？尤拉，你再这样的话，将来还怎么去当一名医生呢？那就这么说好了，你们必须得去。好了，我再回过去，继续为你们说说这个瓦克赫的相关事迹。他年轻的时候曾是一位铁匠，有一次跟人打架，把内脏都打出来了，他就用铁给自己重新打造了一副。尤拉，你还真是个怪人。难道我会连这个都不明白吗？自然不会是真的用铁打了一副内脏。不过是那儿的人都这么说罢了。"

安娜·伊万诺夫娜又咳嗽起来，而且比先前咳的时间长了许多。这阵咳嗽还没停下来，又一阵咳嗽袭来，她一直没把气喘过来。

尤拉和东尼娜一起跑到她的跟前，并排站在床边。安娜·伊万诺夫娜连贯地咳嗽着，一把抓起了他们靠在一起的手，紧紧地握在自己的手里，隔了好一会儿才松开。等到她喘过气来的时候，继续说道："要是有一天我死了，你们可千万不能分开呀！你们天生就是一对，结婚吧！我这就为你们准备订婚。"说到这里，她哭了起来。

5

那是在一九〇六年的春天，也就是拉拉要升入最后一学年时，她与科马罗夫斯基的关系已经维持了六个月，而这已经超过了她所能忍耐的极限。科马罗夫斯基非常巧妙地把她的沮丧情绪利用起来，只要他有需要时，就会先不动声色的，巧妙地运用含蓄而又微妙的词语，在不知不觉之中提醒拉拉她曾经所受的凌辱。这种暗示正好使得拉拉陷入心慌意乱之中，而作为一个好色之徒，他所需要的正是这样的一颗女人心。拉拉在这种心慌意乱里，被深深地陷在情欲的噩梦里无法自拔，但她每次清醒之后，回忆起来，头发都会被吓得竖起来。夜里癫狂的矛盾又像巫术那般没有办法去解释。这时所有的事情都被颠倒错乱了，所有都与逻辑背道而驰了：娇滴滴的笑声如同银铃那般悦耳动听，却表现出锥心的痛楚；挣扎、抗拒则变成了顺从，无数感激的亲吻都尽数落在了那个折磨者的手上。

这一切就像是没完没了似的。还在春天这学年最后几天的课上，她总是想到夏天到来的时候学校就得放假了，源自科马罗夫斯基的纠缠就会越来越频繁。学校是拉拉躲避科马罗夫斯基纠缠的避难场所，随着暑假的来临，这座避难所也会跟着一起消失。拉拉很快地便做出了决定，这个决定使得她的生活在很长一段时间里变得跟以前不一样了。

这天一大清早就开始闷热起来，似乎会有一场雷雨来袭。此时正在上课，教室的窗敞开着，一阵单调的、类似于蜜蜂的嗡嗡声，从城市远方传了过来。院子里孩子们的嬉闹声也一并传了过来。泥土和嫩叶的气息像是煎饼被烧焦的味儿，令人头疼不已。

历史老师讲到了拿破仑远征埃及。他才一说到在弗雷瑞斯登陆，天色就开始风云突变起来，所有的一切也随之变得昏暗了，像是被人们用脚踩得细细碎碎的脏雪。一道闪电划破天际，响起了一声清脆的雷鸣；窗口外尘土清新的气息相继扑了进来。两个爱拍马屁的女学生讨好地跑到走廊上呼喊着，校役跑来关窗子。门刚一被打开，一阵穿堂风就从门缝钻了进来，肆意地刮起了放在课桌上笔记本里的吸墨纸，在教室的半空中毫无章法地故作舞姿。

窗户被关好了，夹杂着城市里特有的尘土的脏雨在外面倾泻而下。拉拉撕下了笔记本上的一页纸，给同桌的娜佳·科洛格里沃娃写上了几句话：

"亲爱的娜佳，我想跟母亲分开来，独自一人居住。请你帮我找个待遇好一点的工作糊口吧。你认识的有钱人比较多。"

娜佳也用小纸条回复了她：

"我们家正巧要给莉帕找家庭教师呢！你就到我家来吧，那可就好极了！你知道的，我父母都非常喜欢你。"

6

拉拉在科洛格里沃夫家一住就是三年多。这儿就像是被一堵石墙把外界的一切都给挡住了，没人可以干扰、侵犯到她，即使是她刻意疏远的母亲和弟弟，也没有来打扰她。

拉夫连季·米哈伊洛维奇·科洛格里沃夫是一位既聪明又能干、合乎当前形势的大实业家。他是一位从平民中神话般爬上来的富可敌国的大富翁。他十分憎恨这个衰朽的制度。他用自己家来掩护地下工作者，给被审讯的政治犯雇请辩护律师；而且，他正如人们所开的玩笑那样，出钱资助革命事业，自己去推翻作为私有者的自己，还组织自己工厂里的工人罢工。一九〇五年冬季，每逢星期天拉夫连季·米哈伊洛维奇就会去谢列伯良内森林和洛西内岛教工人射击，他是位非常出色的射手,一个十分喜爱狩猎的人。

拉夫连季·米哈伊洛维奇·科洛格里沃夫是个卓尔不群的人,谢拉菲玛·菲力波夫娜是他的妻子,他们是一对非常般配的夫妻。拉拉非常崇敬他们。而他们全家人也很喜欢拉拉,并且把她当成亲人一样对待。

拉拉在这种无忧无虑的生活里度过了将近四个春秋,但是这种平静的生活在她的弟弟罗佳来的时候彻底结束了。罗佳摇晃着两条长腿,模仿着纨绔子弟的派头。为了显摆出军人的那股神气劲儿,他说话不仅带着鼻音,还故意拖长腔调,以示傲慢。他跟拉拉说前天他把准备给军校长官买纪念品的钱全部输光了。那些钱是他们这一届即将毕业的士官生一起凑的,他们把钱给了他,原本是请他采购礼物的。话才说到这里,罗佳突然把他那竹竿儿似的身子往椅子上一扑,就开始大声地哭嚷了起来。

拉拉听了这些话后,全身都发凉了,宛如衣着单薄地伫立于深冬的莫斯科街头。罗佳抽泣着继续往下说:

"昨天,我去找过科马罗夫斯基了。他不愿意跟我讨论这件事,可是他说了,除非你有这种想法……他说,虽然你已经不再爱我们了,但是你对他依然有着极大的权力……拉拉……只要你说一句话就可以了……你是知道的,这多么丢人啊,可是有损士官生荣誉的事情呀……不过就是到他那儿去一趟啊,这又能怎么样呢?你就去求求他吧……你总不会是想让我用自己的鲜血去偿还那笔输掉的款子吧!"

"用鲜血来偿还……士官生的荣誉。"拉拉气愤地一次次地重复着他的话,一面在屋里百感交集地来回踱步。"我既不是士官生,也没有荣誉可言,我可以随意地任人摆布。罗佳,你弄清楚你让我干的是什么吗?你仔细想过吗?他向你提出的建议是什么?我这些年日日夜夜地干活,努力向上,连觉都睡不足,可他一来,就要毁掉这一切,全然不当一回事。那你现在就见鬼去吧!你去开枪自杀吧!都随便你。这些跟我能有什么关系?你说啊,你需要多少钱?"

"六百九十多卢布,还是说个整数好了,七百卢布。"罗佳稍加迟疑了一下说。

"罗佳!你是不是疯了,我做不到!你知道你在说什么吗?你把七百卢布全给输光了?罗佳!罗佳!你知道吗,我这样的普通人,靠自己诚实的劳动,辛苦干多久才能积攒下这个数目啊?"

拉拉歇息了一会儿,她用冷冰冰的对陌生人的那种语气补充道:

"好吧,我试试看。你明天再来。把你准备好用来自杀的手枪也一起带来。拿你的手枪给我抵账,别忘了给我多带些子弹来。"

拉拉向科洛格里沃夫借到了这笔钱。

7

拉拉顺利从女子中学毕业后,又进了师范专修班学习。只要等到一九一二年,拉拉就可以从师范专修班毕业了。虽然拉拉在科洛格里沃夫家做家教,但她的学业并没有受到影响。

一九一一年的春天,莉帕,也就是拉拉所教的那个女学生中学也已经毕业了。莉帕的未婚夫是一位年轻工程师——弗里津丹柯。他家世富裕而且非常有教养。莉帕的父母都赞成他们的婚事,只是她还太年轻,才反对她这么早就结婚的,劝她再等一等。莉帕为此跟父母争吵了起来。她从小就被全家人捧在手心里，向来娇惯、任性的不得了。她歇斯底里地跟父母吵闹着，一边哭喊，一边跺着脚。

科洛格里沃夫一家都把拉拉当亲人一样来对待，早就不记得她帮罗佳借的那笔钱了，他们从来没有提起过关于那笔钱的事。

若不是拉拉时常秘密开销的话，她早就把些钱给还清了。

拉拉对帕沙似乎有很多秘密。她给帕沙流放在外的父亲安季波夫寄了些钱，还资助帕沙那位经常生病又爱唠叨的母亲。不仅如此，她为了设法减轻帕沙的个人开销，她还在暗地里帮他给房东贴补食宿的费用。

帕沙比拉拉的年纪略微小一些，但是他却如痴如狂地深爱着拉拉，事事都对她千依百顺。帕沙听从了她的主意，从职业中学毕业以后，就专心致志地补习了拉丁文还有希腊文，为进入大学的语文系打基础。拉拉规划着等明年他们只要一通过国家的考试后就喜结连理，婚后再去乌拉尔的省城教书，分别在男子中学和女子中学里供职。

帕沙的房间也是拉拉一手替他租下的，那是一幢新改建的房子，就在艺术剧院旁边的卡梅尔格尔斯基街上，房东是一对夫妇，性情都很温和。

一九一一年的盛夏，拉拉与科洛格里沃夫一家人最后一次去杜普梁卡度假。她对这个地方的喜爱更胜过它的主人，已经是如痴如狂了。事实上大家心里都清楚拉拉非常喜欢杜普梁卡，所以每到夏天去那儿度假时，对她都会有种默契。他们乘坐一列被煤烟熏得乌黑的火车，车内闷热得很，那辆火车开动后，一股芬芳轻轻地拨开了周围的热浪，欢快地拂面而过，仿佛使人置身于一片花海之中，花香似酒，拉拉沉醉在如此惬意的环境里，欣喜得说不出话来。他们一行人从火车站里出来后，用大车把行李都给装上，然后，照旧让拉拉独自一人徒步到庄园去。杜普梁卡当地的车夫一边赶着马车，一边给车上的老爷和太太讲述上个季度的新闻，他穿着件小坎肩儿，红衬衣的两只袖子露在肩膀下面，随着马车的奔波甩动着。

拉拉走的那条路，是由朝圣的香客一步步踩出来的，几步之外便是铁路的路基，然后拐了个弯，向树林里的那条小径走去。拉拉一路上走走停停，把眼睛微微地闭起来，呼吸着弥漫在旷野里带着花香的新鲜空气。拉拉觉得这儿的空气竟然会比双亲更为亲切，比情人更加有趣，比书籍有更多的智慧。顷刻间拉拉似乎懂得了生存的意义。她领会到：她之所以存活于世间就是为了解开大地那不平凡的、美妙的谜团，并对应着这些事物叫出它们的名称来，要是她的能力还不足以解开这个谜团，那就只好凭借着她对生活的热爱，培育出一个睿智的继承人，让他来帮助她完成这项伟大的事业。

与以往不同的是，今年的夏季拉拉是拖着筋疲力尽的身子来的，她工作过重，已经累得不行了。与此同时，她的心情不怎么好，就连神经都变得敏感起来，这些都是她以前所不曾有过的。神经过敏使性格一向开朗而不拘小节的她开始变得小心起来。

科洛格里沃夫夫妇不愿意让她离开。他们一如既往地关照着拉拉。自从她的学生莉帕长大成人后，拉拉就觉得自己是个多余的人了。她委婉地推辞他们发给她的薪水，科洛格里沃夫夫妇却执意要塞给她。事实上，拉拉是非常需要钱的，只是，她以客人的身份寄居在他们家，还领着一份薪水是非常难为情的。

拉拉觉得自己很虚伪，处境也很难堪。她认为自己是别人的累赘，只是碍于面子，还没有表露出来而已。如果不是因为她的处世原则——必须在离开之前还清那笔债,她早就走了。只要可以摆脱目前这种束缚自己的处境和科洛格里沃夫一家,去任何地方都可以,只是眼下她还无法筹集齐那些钱。她认为如果不是因为罗佳那愚蠢的过失——把大家凑的钱都给输掉的话,也不至于会受制于人了,没有偿还能力的拉拉因为气愤而忐忑不安。

她常常觉得处处受人蔑视。要是科洛格里沃夫家的朋友对她殷勤的话,那就是说,在他们眼里她就是个唯唯诺诺的"女学生",是个可以随便就能玩弄于股掌之中的女人;要是人家对她不理不睬,那就是说,他们觉得她是一个微乎其微的人,不屑于理睬。

虽然,拉拉的心里泛起了一阵阵忧郁的情绪,可是这一切并没有影响到她跟杜普梁卡家的客人一同参与娱乐活动。她去游泳、荡舟,甚至在暮色降临之后到河的对岸去参加野餐,跟大家一起放烟火、跳舞。她还以一个业余者的身份参加了戏剧演出,尤其热衷于射击比赛,只是她不喜欢使用短铳毛瑟枪。拉拉觉得还是罗佳的那把左轮手枪最为轻巧、最有手感。她用这支轻巧的小手枪射击几乎百发百中。她时常用惋惜的口吻打趣道:自己只是个女人,无法参与决斗。然而,拉拉总是表面上玩得挺开心,心里却十分难过。她不清楚自己需要的究竟是什么。

这样的感觉在拉拉回到城里以后,开始变得越来越强烈了。拉拉的郁郁寡欢和与帕沙的小争执(拉拉小心翼翼地控制自己的情绪,尽量避免跟帕沙发生剧烈的争吵,因为在拉拉的心里,帕沙是她最后的依靠)交织在一起。帕沙最近有些自命不凡,言行举止之间不断流露出训诫人的口气,这使得拉拉感到哭笑不得。

帕沙、莉帕、科洛格里沃夫一家人和那笔钱——这所有的一切都在她的脑海中轮流浮现出来。她觉得这些已经很让她心烦了，再这样胡思乱想下去，她会发疯的。她期盼把所有知悉的、体验过的都抛得远远的，重新再建立一种与众不同的东西。在这种心情的驱使下，她终于在一九一一年的圣诞节做出了个要命的决定。她下定决心立即离开科洛格里沃夫家，至于那笔钱，可以跟科马罗夫斯基去要，然后去过那种独立、孤单的生活。拉拉天真地以为，他们之间在经历了那么多事以及她执意才争取得来的四年的自由之后，科马罗夫斯基会不需任何解释、不附带任何肮脏条件的，以骑士的风度，摆出一副无欲无求的样子来援助她。

十二月二十七日，拉拉怀揣着这个目的，向彼得罗夫大街走去。临走前，她把罗佳那把轻巧的左轮手枪上好了子弹，并且把保险打开了，藏在手笼中，准备着如果遇到科马罗夫斯基的拒绝、误解或是被其侮辱就立即掏出手枪，向他开枪。

走在充满了节日气氛的街道上，她心里却十分慌张，完全乱了主意的样子，如同行尸走肉那般走着。旁边的一切事物都无法引起她的注意。她谋划好的那一枪似乎在她的心里已然响了起来，至于她瞄准的是谁已经完全不重要了。在她的意识里只有这声枪声而已。这一路走来都能听到它在耳边回荡。这关键的一枪可以是用来射科马罗夫斯基、射自己，又或者是射向自己的命运，也可以是对着杜普梁卡林间的草地上的那棵刻着靶标的柞树树干上射。

8

"你别碰我的手笼。"她的举动把埃玛·埃内斯托夫娜吓得惊讶地"哎呀"叫了一声，她把手伸出来准备帮拉拉脱衣服。这个时候科马罗夫斯基并不在家里，但埃玛·埃内斯托夫娜还是劝说拉拉把皮大衣脱掉走到屋里去。

"这可不行，我还有事儿，急着呢！科马罗夫斯基去哪儿了？"

埃玛·埃内斯托夫娜跟拉拉说，科马罗夫斯基去面粉镇的斯文季茨基的家里参加圣诞节的晚会去了。拉拉把记录着地址的纸条紧攥在手里，沿着那条阴暗黑沉的、会勾起她回忆的、雕刻着色彩斑斓的家徽的楼梯跑下来，立即向着目的地奔去。

如今是她第二次到外面来了，这时，她才小心翼翼地朝四周望了望。此时正是寒冬，夜幕早已垂挂在天空之上了。

空气里满是沁骨的寒意，寒气像一把把龙骑士的马刀，锋利无比，一寸寸地把肌肤给割开了。冰冷的冬风这下可得意了，猖狂地钻了进去，把血管冻成了酱紫色，这天气可真是够狠的。路面上的积雪被行人踩碎了后，又被寒风压成了一层厚重的黑色的冰，就像是摔碎了的啤酒瓶的底部。在这么冷的天里，无论是要呼一口气，还是吸一口气，寒气都会裹着沙粒敲打着鼻孔，难受的感觉充斥着全身，像一只肆无忌惮的壁虎似的。空气里弥漫着带着刺儿的灰霜，像极了拉拉的毛围巾结了一层不算薄的冰，有些扎人。风疯狂地往嘴里灌，如同一把浓密的鬃毛刷子刷着人脸。拉拉的心在剧烈地跳动着，神情恍惚地游荡在空落落的大街上。一路上，蒸汽不断地从路边茶室和酒馆的门缝儿里往外冒着。不断进出灰蒙蒙的沙雾里的行人，他们的脸庞冻得就像是香肠。有的马和狗身上挂着冰凌。积雪把房屋上的窗子深深地掩埋着，就像是重新刷上了层白灰；从厚实的玻璃窗上可以看到晃动着的色彩缤纷的圣诞树的光影和人们欢乐的身影，仿佛这扇窗子就是一块白色的幕布，窗户上的这些影子就是幻灯片上那些模糊的图像。

拉拉在梅尔格尔斯基大街停下了脚步。"我不可以再欺瞒着他了，我就要受不了啦！"她心里怒吼着，"我得上楼去，我要把所有的事都跟他说清楚。"她镇静后，又沉思了片刻，把那扇颇有气派的厚实的门给推开了。

9

帕沙正对着镜子用舌头把腮帮子托起来，小心翼翼地刮着脸，然后把硬领戴上，他狠狠地吸了一口气儿，使足了劲儿，强拉着弯曲的领钩扣往僵直的胸环里扣去。由于用力过度，帕沙的脸涨得像一只熟透了的苹果。他正准备外出做客。帕沙的心思单纯，没有什么社会阅历，所以拉拉连门都没敲就径直走进来了，撞见了他衣着凌乱的样子。拉拉的突然出现，搞得他惊慌失措。他马上就发现了拉拉的情绪特别激动。拉拉的双腿软得发抖，进门时腿躲在裙子下面不敢迈开步子，就像是在蹚水。

"拉拉，你这是怎么啦？发生了什么事？"他跑过去迎住她，惊慌地问。

"来，帕沙，到我的身边来坐。对，这样坐下，你先别急着穿上衣了。我还有点事儿，得立即就走。都跟你说了，叫你不要碰到我的手笼。你先等等。你先把身子转过去，就这样待一会儿。"

他完全按照拉拉说的做了。拉拉穿着套英式的衣服。她把上衣脱掉了，把它挂在钉子上，随后又把弟弟的左轮手枪拿了出来放进上衣口袋里,这才重新坐回到沙发上,说:"你先把蜡烛点上,然后把电灯关了。你现在能看了。"

拉拉非常喜欢在昏黄色的烛光下与人交谈。帕沙知道她的习惯,总会为她准备好整包的蜡烛。他把蜡台上的旧蜡烛换了下来。点支新蜡烛,就放在窗台上。火苗沾着蜡油欢快地舞动着,噼啪作响,向四周迸射出火星来,然后像箭头那般,在窗边闪烁。柔和的烛光铺满了房间里的每一个角落。靠近蜡头的窗玻璃那一块,窗花渐渐地画了个圆圈。

"帕沙,你坐下来听我说,"拉拉说,"我遇到了一件很为难的事,你必须要帮我摆脱出来。你不要害怕,也不要来问我,只需要把我们跟别人一样的想法全都给放弃就好了。从此以后,帕沙,你再也不可以这般无忧无虑的生活了。我时刻都深陷在危险里。要是你真的爱着我,不想见我被毁灭的话,那我们就立即结婚吧,不能再拖了。"

"等等,拉拉,你刚才说的都是我一直以来所期待的,"他把拉拉的话给打断了,"那么,你就尽快为我们的婚礼挑选个日子吧!只要是跟你结婚,不管是哪天举行我都很开心。不过,我还是希望你可以跟我说明白,你到底是怎么了?发生了什么事?你不告诉我,这个谜团会一直折磨着我的。"

听到这儿,拉拉故意把话题岔开,运用语言的艺术巧妙地从侧面来答复他。他们又说了好一阵子,只是这些谈话都与拉拉的忧愁没有任何关联。

10

就在那年的冬天,尤拉为了获得大学竞赛的金奖章,写了篇研究视网膜主要构造的学术论文。目前，尤拉的专业是普通内科学方向的，同时，他对眼科也很有研究，尤拉对眼睛领悟的详细程度一点也不逊色于眼科专业的医生。

尤拉的另外几个天性，均在对视觉生理学的爱好里可以体现出来：富有创造性、对艺术形象的本体以及逻辑思维的结构的理解。

东尼娜跟尤拉租了辆雪橇去参加斯文季茨基家的圣诞晚会。他们俩一同生活在一幢住宅里，一起走过了六个年头，共同迎来了少年，告别了童年。他们彼此十分了解。他们有太多的默契，比如，两人的习惯相同；他们会用相同的方式彼此说点简短而俏皮的话；他们也会用相同的方式短暂地扑哧一笑来答复。而此时，他们坐在租来的雪橇上，因为冷都把嘴紧紧地闭着，偶尔交谈几句简单的话。他们都各自想着自己的心事。

尤拉所想的是竞赛时间逐渐逼近，必须得尽快把论文完成。街上传来了新年的喧哗气氛，分散了他的心，思绪又开溜了。

米沙是他们系里大学生胶印版刊物的编辑。尤拉在很早以前就答应过会帮他写篇评论布洛克的文章。那个时候的布洛克可是风靡一时，彼得堡还有莫斯科两座城市的青年人都像中了毒一般对他着迷，所到之处都是关于他的各种谈论，尤拉和米沙也是他的追随者。

不过这些念头只在尤拉脑海中逗留了一小段时间。他们俩坐在雪橇上，下巴已经缩到大衣领子里取暖了，衣领在漆黑的寒风中粗鲁地摩擦着早已冻僵了的耳朵，心里怀揣着各自的心事。当然，很快他们又想到了一起。

前不久，经历了安娜·伊万诺夫娜床边的那一幕后，他们俩就完全变了样。好像他和她在顷刻间就成熟了，用新的眼光来看待彼此。

在与东尼娜相处多年后,他发现这个伙伴居然是个女人。这个不需要什么解释的显而易见的事实,竟然还会是尤拉还未想象到的所有问题里最难琢磨、最不简单的问题。只要把想象力都给调动起来,尤拉就可以把自己幻想成攀登亚拉腊山①的英雄、先知、胜利者又或者是别的男人,但无论如何都不能把自己想象为女人。

东尼娜用自己柔弱的双肩担起了这项最为艰难的、凌驾于时间之上的任务(这一刻,尤拉忽然感觉到她变得瘦弱起来,当然,她还是个健康状况良好的姑娘)。他对东尼娜充满了火热的怜悯与腼腆的惊奇,而这样的惊奇便是情欲在迅速地萌生之中。

相应的是东尼娜对尤拉的态度也有了同样的变化。

此时,尤拉的心又开始动摇了,他觉得他们显然不该去参加晚会。没准儿就在他们离开家时就会发生什么事。他回想起,就在他们穿戴齐整后临近出门时,听仆人说安娜·伊万诺夫娜的病情又开始恶化了,他们跑回到她的房间里去,想在家里陪着她。安娜·伊万诺夫娜一如从前那般毅然决然地不同意,强烈要求他们照常去参加圣诞晚会。尤拉和东尼娜并肩走到了窗幔后面的落地窗前,瞧了瞧外面的天气如何。当他们从落地窗前走回来时,他们连同他们的新衣服一起被裹在两幅窗幔里了。轻柔的纱幔紧紧地贴在东尼娜的衣服上,在她的身后拖了几步远,像极了新娘头上的婚纱。

尤拉在马车上东张西望,他看到的景色,跟不久前映入拉拉眼帘里的一样。他们的雪橇奔跑时,引起街心花园和林明路上被积雪覆盖的树木发出不自然的拖长的回响,映衬着雪橇那很响的、有束缚的噪音。窗户的玻璃外面蒙上了一层霜,里面的灯光温馨地照着,

---

①亚拉腊山,坐落在土耳其厄德尔省的东北边界附近,为土耳其的最高峰。

宛如一只只用烟水晶做的贵重的首饰盒子。窗户里隐藏的是莫斯科圣诞节时的生活：蜡烛在枫树上燃烧着，满堂宾客，圣诞节的小丑妆容叫人忍俊不禁，人们一起玩着捉迷藏。

尤拉忽然间察觉到：在俄罗斯生活的各个方面，北方都市的生活与最新的文学界，在点点繁星之下的大街上，还有这个大厅中被点燃的枫树的四周，在圣诞节显灵的就是布洛克了。他心里盘算着，不需要写什么关于布洛克文章，即使要写也仅仅把俄国人对星相家的尊崇都写出来就好了，正如荷兰人写的那般，再把严寒、狼群还有黑漆漆的枫林都给加上也就足够了。

他们穿过了卡梅尔格尔斯基大街。尤拉发现有一处窗户的窗花被烛火融出个圆圈来。烛光从那个圆圈里斜射出来，这束烛光似乎是故意地注视着街道，火苗就像是在窥探过往的路人，好像是在等着谁。

"一根点着的蜡烛就摆在了桌子上。一根点着的蜡烛就摆在了桌子上……"尤拉小声叨念着含混不清的还没有组成的句子前面的几个词儿，盼望着思绪跟上脚步接下来的词儿会顺其自然地跑出来。当然，那也只是尤拉的期待，之后的词儿再也没有出现。

11

不记得是从何时开始的，斯文季茨基家的圣诞晚会就是这样安排的：晚上十点以前是孩子们的娱乐时间，等到十点钟以后，孩子们便各自回家了，他们再给年轻人还有成年人把第二棵枫树给点上，一直玩到第二天清晨。年纪大一点的客人在一间华丽的小客厅里打通宵牌，这间小客厅三面均是墙，是大厅的一部分，用一道帘子给隔开的，帘子由沉重厚实的大铜环串成。天边刚刚显现出一丝鱼肚白的时候，大家就聚在一块儿共进晚餐。

"你们怎么来得这么晚啊？"若尔士跟尤拉和东尼娜打过招呼后问道。他穿过前厅往里边向他的叔叔和婶婶那儿跑去，他就是斯文季茨基夫妇的侄子。尤拉和东尼娜决定先去向主人问候一声，他们俩走在大厅里的时候，一边把外衣脱掉，一边向四周看了看。

圣诞枫树的周围冒着金黄色的腾腾的热气，映射出来的几道光圈儿刚好拦在腰间，没跳舞的那些人不是悠闲地走着，就是站在那儿说着话，拖地的长裙也发出了窸窣声，一排排密密麻麻的人影，像堵黑色的会移动的墙壁。

人们在舞池里跟着旋律的缓急快慢迅速地转换着旋转的步子。皇村中学的一个学生，副检察官的儿子科卡·科尔纳科夫正指挥着大家转圈。他挥动着胳膊，时而示意大家组成两人一对，时而又将几对人排成个圆环。他把舞蹈的阵型排列成多种不同的形式，扯着嗓门，把分贝提高了好几倍，他喊着："换轮舞，快步！排成纵队！"他的声音来回地在大厅里回响，大家都遵从他发出的指令移动着舞步。他对着钢琴师喊"请把注意力集中起来，华尔兹先奏起来"，当曼妙的慢三小调奏起时，科卡·科尔纳科夫走进第一圈的排头，带着舞伴跟随小调的节奏，三拍一转圈地轻起舞步。这首曲子曲调温婉柔和，他们的舞步像一条缓缓流过的小河，优美的莲步在女士们的裙底瞬间绽放，仿佛能闻到一缕缕淡淡的清香，他们那细碎的舞步在原地踏着。此时，华尔兹小调已经演奏完毕了，剩下的是就要停下来的余波了。晚会上的宾客们纷纷为他们的优美舞姿而鼓掌。仆人们将冰激凌和各式冷饮分送到每位宾客的手上。大家在舞池边来回走动着,靴后跟与木质地板磕碰得厉害,砰砰直响,大厅里被喧哗声和欢笑声塞得满满的。全身燥热的豆蔻男女们顿时把喧嚷和欢笑声都停了下来,迫不及待地喝起冰凉的果汁和汽水来。这些饮料就像是兴奋剂。他们刚把杯子放进托盘里,喧闹嬉笑便立即开始了,而此时的声音似乎也增加了十倍的力道。

东尼娜和尤拉倒是没有直接进入大厅,而是走到内室拜见主人去了。

12

斯文季茨基夫妇为了给圣诞晚会腾出地方,将客厅和大厅里的家具分别搬到了几间内室里。这几间内室就成了主人神奇的小仓库,这里摆放着备用品以及圣诞节所需要的物品。一股油漆和糨糊的气味弥漫开来,这间房子里放着一卷一卷的彩纸和用来装饰圣诞树的色彩缤纷的小星星,还有备用的枫树蜡烛盒子。

斯文季茨基家的几位长辈正在给礼品编排号码,准备晚餐用的入席卡以及抽彩用的签。若尔士在边上给他们打下手,只不过他是个粗心的家伙,总是好心做坏事,经常把号码弄得乱七八糟的,长辈们气得直发牢骚。斯文季茨基夫妇见到尤拉和东尼娜来了,显得非常高兴。他们是看着尤拉和东尼娜长大的,至今还记得他们儿时的样子,也就不说什么客套话了,让他们一起来帮忙。

"费利察塔·谢苗诺夫娜,难道你不知道这样的事得事先做好准备吗,怎么能等到客人都来了才开始着手办理呢?若尔士,你真是个糊涂虫,你是怎么搞的,号码又被你弄乱了!不是都告诉你了吗,把装了糖的盒子都放在桌子上,而空盒放在沙发椅上,你看你又弄颠倒了,搞得这里乱七八糟的。"

"阿汉塔的身体见好转,我是非常高兴的。在此之前,我跟皮埃尔一直都在为她担心呢!"

"那倒是,亲爱的,只是,阿汉塔的情况并没你想象中的那么好。你总是东拉西扯的。"

尤拉、东尼娜、若尔士以及几位老人在这里为了圣诞晚会忙活了大半个晚上。

13

尤拉和东尼娜跟斯文季茨基夫妇待在一起时,拉拉一直在大厅里来回走动着。尽管她身上穿的不是参加舞会的礼服,还有,她跟这里的宾客一个都不认识,但是就像是在睡梦中那般瘫软,一会儿任凭科卡·科尔纳科夫拉着她在大厅里旋转,一会儿又懒散地在大厅里踱着小步转悠。

拉拉希望坐在小客厅里的科马罗夫斯基会发现她,有几次她迟疑地转到小客厅门外就停下了漫无目的的脚步。科马罗夫斯基的双眸还是那样直勾勾地盯在左手举在脸前的纸牌上,那些纸牌跟扇屏风似的把他的视线给挡住了,或许科马罗夫斯基是真的没有瞧见她,或许是他假装没有瞧见她。拉拉被气得喘不过气来,她感到在科马罗夫斯基面前受到了屈辱。就这个时候,一位拉拉并不熟悉的姑娘从大厅里走过来,进了小客厅。科马罗夫斯基用拉拉非常熟悉的那种眼神看了她一眼。这个姑娘瞬间就感到大喜过望,对着科马罗夫斯基甜美地笑了笑,粉嫩的小脸上就像涂上了一层微红的胭脂,仿佛夕阳下的一朵粉红色的玫瑰花,这一笑就显得她更加妩媚了。拉拉把这一幕看在眼里,差点儿就要歇斯底里地怒吼出来了。此时,她的脸上堆满了羞愧和愤怒,这种感觉涨红了她的额头和脖子。她想道:"又是个新的牺牲品。"眼前的这个姑娘就像是一面镜子,拉拉从她那里看到了自己的过去以及现在。尽管如此,拉拉依然没有放弃要找科马罗夫斯基谈一谈的想法,但碍于眼前的这种情况,她只好先等一下。为了等待一个更合适的机会,拉拉不断地逼迫自己冷静下来,心情平复后,心虚的拉拉又重新回到了大厅里。

科马罗夫斯基那张牌桌上一共有四个人。科马罗夫斯基身边坐着的那个牌友就是邀请拉拉跳过舞、衣着精美细致的正在贵族中学就读的学生的父亲。这些信息是拉拉在陪科卡·科尔纳科夫跳舞时,从不经意的交谈中得知的。科卡·科尔纳科夫的母亲身体纤长,像一根没有枝节的竹子,乌黑如炭的头发就搭在衣服上,脖子像一条受了惊的蛇,紧绷绷地盘旋在衣领那儿。这个女人给人的感觉极其不舒服。她在小客厅与大厅之间来回走动着,不是看看儿子跳舞,就是看看丈夫打牌。最后,拉拉在一个偶然的机会中得知那位使得她心情复杂的姑娘就是她的舞伴科卡·科尔纳科夫的妹妹,如此说来,之前她的那种猜测是没有根据的。

"嘿!科卡·科尔纳科夫,你好。"科卡邀请拉拉跳舞的时候就已经跟她作了自我介绍,只不过,那个时候拉拉的注意力全都在科马罗夫斯基的身上,没有注意到科卡。"科卡·科尔纳科夫。"他迈开双脚,身体随着舞步向前倾斜,拖在地面上的脚跟便带着身子画了最后一个圈，这动作看起来就像是在滑翔似的。科卡送她回到座位上，又自我介绍了一遍后才走开了的。这一次拉拉终于听明白了。"科尔纳科夫……科尔纳科夫……"她开始思索起来，"这个名字似乎耳熟得很，又有一种令人讨厌的感觉。"突然间，拉拉想起来了，科尔纳科夫是名副检察官，就在莫斯科高等法院里任职。铁路职工就是被他指控的，在那批受审的人当中还有季韦尔辛。拉拉曾经委托拉夫连季·米哈伊洛维奇到他那儿去求情，盼望着他可以对季韦尔辛手下留情，只是他并没有应允。"原来就是他呀！很好，很好。的确有意思。科尔纳科夫，科尔纳科夫。"

14

不知道现在是午夜十二点还是子夜一点钟了。尤拉的耳朵里嗡嗡直响。跳舞累了的人们都在餐厅里喝茶、吃点心，等歇息够了，便又回到舞池里继续跳舞。那棵圣诞枫树上的蜡烛已经燃烧殆尽了，仆人们也没有再去更换新的。

尤拉站在大厅的正中，魂不守舍地看着东尼娜跟一个陌生人跳舞。东尼娜迈着轻盈的步子，轻轻地跟尤拉擦身而过，用脚把过长的裙襟踢得噼啪作响，之后，就如同一条鱼在水里扇动了一下鱼鳍那般，又一次钻到舞池中的人群里去了。

东尼娜异常兴奋。当大家都坐在餐厅里喝茶、吃点心休息的时候，她却没有过去跟他们一起喝茶，而是一个劲儿地用橘子来解渴。这些橘子的皮很容易剥，而且味道香甜。东尼娜跳舞跳得满头大汗，趁着休息的时候她不停地从腰带或袖口的折缝里抽出像果树上的花那样大小的手帕来，擦拭着前额和面颊两边的汗水以及剥橘子后遗留在指缝里的黏腻，然后又优雅地把手帕放回腰带或前胸紧身衣的褶皱里。

此时，东尼娜正在和一个陌生男子跳舞，举起手转过弯的时候，极像一只蜻蜓点过水面，轻轻地从双眉紧蹙的、站在一旁观看的尤拉身旁擦过，她顺势调皮地握了下看起来并不开心的尤拉的手，然后含情脉脉地望了尤拉一眼。就在东尼娜主动跟尤拉握手的时候，手帕一不小心就落在了尤拉的掌心中。他把东尼娜的小手帕紧紧地按在唇上，闭上了双眼。手帕里混合着的橘皮味和东尼娜掌心汗水的气味，也被尤拉用力地吸到鼻子里去了。这两种气味混合在一起，真是让人心醉。这种感觉是尤拉从未经历过的，新鲜感从头顶直逼脚心。这股芳香如同孩子般天真烂漫，宛如飘过黑暗的一阵亲切的耳语。尤拉还痴痴地站在那里闭着眼，他的唇还贴在手帕上，正享受着这顿芬芳的晚宴。忽然间，一声枪响在这栋豪华的屋子里响了起来。

一时间，所有的宾客都把头转向了那道隔开了小客厅和大厅的帷幔。他们沉默了将近一分钟，等清醒过来后，场面就开始变得混乱了。他们在屋子里没有方向感地奔走着，惊恐地喊叫着，还有人为了寻找科卡·科尔纳科夫，居然向响枪的那边跑了过去。此时，那边的人正对着走过来，他们有的嚷着恐吓人的话，有的被枪声给吓哭了，也有的在大吵大闹，急着打断彼此的话。

"这就是她干的好事，她干的好事呀！"科马罗夫斯基在一旁绝望地一遍又一遍地说。

"亲爱的，鲍里亚，你没事吧？鲍里亚，你还活着吗？"科尔纳科夫太太的情绪变得异常激动起来,举止失常地叫喊着。"不是说德罗科夫医生也在的吗,德罗科夫医生您在哪儿呀?哎呀,拜托你们都不要走,留下来。这于你们而言只不过是小菜一碟,可对我来说就是一辈子的伤痛啊!我那可怜的丈夫成了受难的人啊,他是揭发这个罪犯的人啊!就是她,就是那个贱货,真该把她那双眼睛都给挖掉,你这个臭婊子!等着瞧吧,你现在是插翅难飞啦!科马罗夫斯基先生,您在说些什么啊?她是准备向您开枪的?不,我倒不这么认为。是我遭了难,科马罗夫斯基先生,您没有必要往自己身上揽,您还是清醒清醒吧!我现在已经没有任何心情开玩笑了。科卡,你说说,这到底是怎么一回事啊!怎么就向你父亲……对……可是这个凶手难逃上帝的法眼……科卡!科卡!"

围观的人们从小客厅挤到了大厅。中枪的科尔纳科夫也在人群里,一面勉强说着话,尽量使大家相信他并没有伤到要害,一面拿干净的餐巾捂着左臂上被子弹擦伤的位置。就在科尔纳科夫的侧后方不远处的另一群人中,拉拉的双手被人拖住了,有人押着她往前走。

尤拉一看到是她,整个人都惊呆了!又跟她在一个不寻常的场合相见了!无独有偶的是那个头发花白的男人也在,此时的尤拉已经晓得他是谁了:他就是大名鼎鼎的律师——科马罗夫斯基。这个律师也跟父亲的遗产有着千丝万缕的关系。他们自觉地免去了互相致意的礼仪,尤拉和他都装出一副素不相识的样子来。那……她呢……真的会是她开的枪吗?是对着检察官开枪的吗?或许她是个政治犯。倒霉的她,这回肯定要吃大苦头了。她那冷艳的美是多么的骄傲啊!那些浑蛋仿佛抓住小偷似的拖曳着她的双手。

当他看到拉拉的双腿表现得软弱无力的时候,尤拉马上就知道是自己想错了。他们是不想她因为害怕而倒下去,才过去扶着她的手臂的,好不容易才把她抱到邻近的一把椅子前,她像一摊烂泥似的,一下就瘫倒在椅子上了。

尤拉最先跑到了她的面前,心里只想着帮她尽快恢复知觉,但他觉得最好应该先帮助那位被假想的受害者。于是,他走到科尔纳科夫的跟前,说:

"之前不是有人需要医生的帮助吗?这个我倒是可以帮忙的。请让我看看您的手。啊,托上帝的福。这伤势根本不值一提,就连包扎都用不上。当然,可以涂些碘酒。费利察塔·谢苗诺夫娜那里就有碘酒,我们可以跟她要点。"

斯文季茨基太太和东尼娅快速走到尤拉跟前,脸上惨白如雪,一点血色都看不到。她们让他必须把这件事给丢开,赶快穿上外衣,家里来人接他们回去,家里出事了。尤拉被吓了一大跳,做好了最坏的打算,把眼下这一切都给忘了,穿上外衣便跑了出去。

15

他们终于跑回了西夫采夫大街,逃命似的穿过大门,拼命地往房子里跑去。直到安娜·伊万诺夫娜被死神带走了十分钟之后他们才跑到她的床边,还是没来得及送她最后一程。安娜·伊万诺夫娜的死因是没有及时发觉的急性肺气肿引起的长时间的窒息。

东尼娅在母亲离世之后的几个小时里不断地大哭大叫,全身都在抽搐,连旁边的人都无法辨认了。直到第二天,她的情绪才逐渐缓和,仔细地听着父亲还有尤拉对她说的话,但并不回答,只用点头来示意，她知道只要她一开口悲痛还是会像晴天霹雳似的震撼着她的心，她将会又哭喊起来，如同着了魔那般。

东尼娜一连几个小时跪在母亲的灵柩旁，用那双纤长娟秀的手臂挽住棺材的一角。安放棺木的台子上铺满了鲜花。只要她的目光一触及亲人的眼睛，她就会立即站起来，强忍着即将夺眶而出的眼泪，急步从大厅奔上楼梯，跑回自己的房间，纵身扑倒在床上，把整个头都埋进枕头里，把一肚子的悲痛和绝望一并倾泻出来。

尤拉因为悲痛、睡眠不足以及沉闷的挽歌还有那些不分昼夜跳动的烛火的刺激，让他的心里居然产生了一种甜蜜、紊乱的感觉。这种感觉荒诞得离谱，悲痛中又掺杂着兴奋。

十年前母亲下葬的时候，尤拉还只是个少不更事的孩童。如今他依然记得：当年心惊胆战的恐惧和撕心裂肺的痛苦一起压在他幼小的肩膀上，他笼罩在这种切肤之痛中哭泣。那个时候他并不是主要的。当年的小尤拉甚至很难想象，他单独存在意味着什么，是否有意义和价值。那个时候最主要的是他身旁的环境。上流社会从四方袭来把尤拉包裹了起来，这个上流社会仿佛是一座巨大的枝繁叶茂的黑色森林，你只能感觉得到它的存在，却没有办法穿越。母亲当年的逝世震动了他的心，在尤拉看来，就像是他和母亲因为迷路被困在森林里，而片刻间只剩下他孤零零的一人了。森林包括了世界上所有的一切——天边的浮云，城市里的广告，消防队瞭望塔上悬挂的信号球，还有那个骑马护送圣母神像的教堂执事：他光着头戴着一副耳套，只为了在圣像前表现出他的虔诚。

正当保姆给他讲宗教故事时，那高不可攀的苍穹突然间低低地压了下来。天顶弯到了他的房间，压到了保姆的裙边，好像是人们在沟谷里摘果子时，踮着脚尖把树枝拉下来，树梢就低下了头来，跟视线齐平，随便伸手就可以采摘那般。一瞬间，苍穹好像是落到了小房间里的镀金面盆里，经历了火和金的洗礼。这一刻，星辰化作了一盏神灯，各种神灵都按照大小不一的能力回归到各自的职位上。那时，尤拉崇奉这座森林为上帝，像林区管理人一样。

而今情况就大不相同了。在十二年的中学和大学经历中。尤拉研究了古代史和神学，读了大量的传说和诗歌，学习了历史和探索自然界的学科，如同钻研家史、族谱那般的钻研它们，这感觉非常亲切。此时尤拉的心中再也没有畏惧了，他将所有事物都当作词汇纳入他的词典中，比如说生、死，乃至于这世上的所有。他认为自己是个能够承受各种压力的男人，对于安娜·伊万诺夫娜的祭奠，不会像小时候祭奠母亲那样了。幼年的他根本顾不上悲痛，心里只是一味胆怯地祈祷。耳边的安魂祈祷似乎是在跟他说与他有着直接关系的话。他听着这些词语，像对待其他的事情那样镇定。

16

"我主圣明，上帝坚强、永恒，请保佑我们。"这是怎么了？他这是在哪儿？人们抬起了灵柩，马上就要出殡了。也该醒醒了。清晨五点钟的时候，他卷着衣服蜷缩在沙发椅上。他似乎有点发烧。家人正在房子的里里外外找他，谁都没有想到他竟然会睡在书房中偏远的角落里，他就躲在高得差点儿就要顶到天花板的书橱后面呼呼大睡。

"尤拉，尤拉！"看门的马克尔在附近喊他。开始出殡了，马克尔得把花圈搬到外面去，花圈堆得像座小山似的，他被花圈堵在了寝室里，房门却被敞开着的衣橱门把手给钩住了。

"马克尔！马克尔！尤拉！"有人在楼下喊他们动作利索些。马克尔鼓足了劲儿，用力一推，终于把障碍给排除了，搬着些花圈往楼下跑去。

"我主圣明，上帝坚强、永恒……"祝祷声在街道上盘旋着，久久不愿散去，就像是谁在用轻软的鸵鸟毛从空中掠过，所有的东西都开始摇摆起来：花圈，人，佩戴缨饰的马头，神父手里被链子提起的香炉，还有脚下被雪光照得刺眼的大地。

"尤拉！哦！我的老天爷呀，总算把你给找着了。你快点醒醒吧。"舒拉·施莱辛格好不容易才找到他，她用力地摇着尤拉的肩膀大喊，"尤拉，你这是怎么了？要出殡了。难道你不打算跟我们一起去了吗？"

"哦，不，我肯定是要去的。"

17

安魂的祈祷已经结束了。乞丐们被地上积得厚厚的雪冻得双脚直跺，他们肩并肩地挤在马路两边。灵车、运送花圈的大车还有克吕格尔家的轻巧马车慢慢地向前移动着。舒拉·施莱辛格哭得像个泪人儿似的从教堂里走了出来，她撩开了被泪水打湿的面纱，用搜寻的目光在那一排赶马的车夫中探寻着。她找到那些抬灵柩的人，点了点头，把他们招了过来，跟他们一同走进了教堂。越来越多的人从教堂里涌了出来。

"现在，已经轮到安娜·伊万诺夫娜了。不得不在命运的面前低头了呀！她真是可怜啊！这条路一旦走了上去，就不能回头了。"

"哎，可不是吗，安娜·伊万诺夫娜这一辈子算是走到头了，她就是个可怜的人啊！如今这个爱说爱笑的女人，也算是去休息了。"

"您是坐马车呢？还是徒步行走呢？"

"一双脚都站得发麻了，先走一段路再坐车吧！"

"你们瞧见富夫科夫那副悲伤的样子没？他那双眼睛，一眨不眨地盯着安娜·伊万诺夫娜的遗体，鼻涕和眼泪在脸上都要汇成一条河了。可安娜·伊万诺夫娜的丈夫就在旁边。"

"这个富夫科夫已经盯了她整整一辈子了。"

墓地就在城市的另一端，一路上不断地能听到这种话。安娜·伊万诺夫娜出殡的这天是严寒离开后气温稍稍回升的时候。这天乌云躁动不安地在天空上翻滚着，气氛非常沉重，似乎空气都停止了流动。这天又像是乍暖还寒、死气沉沉的一天，似乎这一天是大自然专门为安娜·伊万诺夫娜安排的出殡日。积雪被弄脏了，就像是穿过披在地上的黑纱所露出的一丝白光。

这里就是当年安葬玛丽亚·尼古拉耶夫娜的那片墓地，至今都令人难忘。这么多年来，尤拉没有给母亲上过一次坟。"母亲。"他远远地望着那里，似乎还是用当年的那个嘴唇轻轻地喊了出来。

人们庄重地、有条不紊地顺着几条扫得非常洁净的小路散开了。亚历山大·亚历山德罗维奇是挽着东尼娜的手臂走的。克吕格尔夫妇就走在他们的身后。东尼娜穿着的那件丧服非常合身。

几长列隆起的十字架的顶部与修道院的紫红色院墙的墙头上落满了斑白的霜雪，远远望去像是发了霉似的。修道院里最远的一个角落里，两面墙之间挂着绳子，刚洗好的衣服就晾在上面：衬衣的袖口上绣满了花边，杏黄色的桑布床单歪歪扭扭、皱巴巴的。尤拉朝那个角落看了看，终于认出这就是当年那个被暴风雪肆虐的空地，新盖的房屋把它的模样给改变了。

尤拉独自一人走着，步子比较快，超过了其他人，还是得停下来等等他们的。死亡使得这群人走得很慢。尤拉的思绪就像是旋涡里的激流那般越转越深，要得到幻想和思考的机会，必须在诸多方面付出辛劳和汗水，必须不断地创造美好的事物。此刻，他看得非常清楚，艺术总是被坚持不懈地探索死亡问题和始终如一地创造生命这两种东西所占据着。约翰的启示录才是真正伟大的艺术，只有真正伟大的艺术，才能为它作续貂之笔。

尤拉满怀渴望体会到一种乐趣，在几天之内彻彻底底从家里还有大学里消失，把当下生活所赋予他的瞬间感受写成一首追忆安娜·伊万诺夫娜的诗，当中包含了：安娜·伊万诺夫娜生前的两三个最好、最有代表性的性格，东尼娜身着丧服的样子，从墓地到回来的路上的几个见闻，还有当年风雪狂肆和他幼年时悲痛欲绝哭泣的地方如今却成了别人晒衣服的地方了。

第四章 大势所趋

1

拉拉时而清醒，时而昏沉地躺在床上，这里是费利察塔·谢苗诺夫娜的卧室。斯文季茨基夫妇、德罗科夫医生还有仆人在她旁边小声地说着话。

一片幽静和黯淡将斯文季茨基家的这栋房子给紧紧地围住了，房子里显得空荡荡的，一缕朦胧的光线穿过了门对面的两排房间，照亮了过道。那道光线是挂在小客厅墙壁上的那盏灯斜射出来的。

科马罗夫斯基已经把这里当作自己的家了，全然不像是在别人家做客那般，他拖着沉甸甸的步子来回踱着。他偶尔也会向卧室里看上一眼，想了解一下里面的情况究竟怎么样了，然后又沿着挂满了串珠的枫树径直走进餐厅。桌上摆满了可口的菜肴，一直都还没有动过呢！偶然会有一只老鼠从盘盏中迅速跑过，那些绿色的酒杯就会发出一阵叮叮当当的碰撞声。

沉浸在震怒之中的科马罗夫斯基，此刻有多种情绪在心里翻腾着。这多么丢脸，简直荒唐至极！他愤怒得像一座将要喷发的火山。他的地位、名誉、声望都面临着危险。这次的枪击事件算是把他的名声给毁了。好在，此时还是可以弥补的。为了防止事态继续恶化下去，就得不惜任何代价，穷尽一切手段，务必果断地采取有效的措施。要是这件事已经传开了，那就必须得压制住，要把这些流言扼杀在摇篮里。通过这次事件，他又一次深深感受到了从这位失去信心、几乎要疯狂的姑娘身上散发出的吸引力，一种令他无法抗拒的吸引力。只需一眼就能得知，她与众不同。她的身上似乎总有种异乎寻常的东西存在。然而，就是他科马罗夫斯基毁了她的一生，即使再令人伤感，也没有办法挽回了！她拼尽全力地挣扎着，时时刻刻都在反抗，心里只想按照自己的想法来改变这坎坷的命运，展开全新的生活。

她需要得到不同层面的帮助，可以先给她租间房子，但是无论如何都不能再把她惹火了，要离她远一点儿，不露痕迹地躲在附近，不然以她的性格，还指不定会干出多么可怕的事来呢！

像这类的麻烦事，以后不会少！就拿这事来说吧，绝对不可能不了了之，至少法律是不会饶恕的。这天夜里，这事只不过发生了两小时而已，警察就来了两趟了。科马罗夫斯基跟警察分局长絮絮叨叨地解释了一番，才使得这事告一段落，打发他们离去。

这件事越到后面会越烦琐。必须得证明拉拉开枪是想打他的，只是误伤了科尔纳科夫。但是只凭这一点，事情是不可能了结的。拉拉只是能减轻一部分责任，剩下的那一部分还是得接受法庭的审讯。

此刻的科马罗夫斯基正在绞尽脑汁想要阻止这种情况发生，如果已经立案了，那就得不择手段地搞到一份拉拉的精神状况鉴定，证明她在开枪的时候完全没有自制能力，博取法官的同情，撤销此案。

科马罗夫斯基心里的小算盘敲定后，终于平静下来。夜收起了帷帐。清晨的第一缕光线穿过了每一间屋子，扭扭捏捏地奔跑着，好像是个小偷或者当铺的估价人趴在桌下或沙发椅子下面观察着什么似的。

科马罗夫斯基走进了卧室，见到拉拉还是像一摊烂泥似的瘫坐在椅子上，没有一丝好转的迹象，科马罗夫斯基便立即离开了斯文季茨基家，坐车去找他熟悉的一位律师的妻子鲁芬娜·奥尼西莫夫娜·沃伊特－沃伊特科夫斯卡娅。鲁芬娜的丈夫是位政治侨民。居住在俄国的鲁芬娜拥有一套八个房间的住宅，而他们一家也不需要那么多的房间，再加上经济困窘，就把其中两间房子给租了出去。最近又空出一间来了，他立即帮拉拉租了下来。过了几个小时之后，拉拉依旧处于半昏迷状态，浑身发热，她被人送到了出租屋里。她得的是神经性热病。

2

鲁芬娜·奥尼西莫夫娜是个思想进步的女人，坚决反对任何成见。按照她的思维模式，她同情这个世界上所有"合法的和富有生命力的"事物。

她保存了一份有作者签名的《爱尔福特纲领》放在自己的五斗橱里，墙上挂了很多照片，其中有一张她丈夫的照片，她称之为"我那善良的沃伊特"。这是跟普列汉诺夫在瑞士拍的，那次他们正在参加音乐会。他们俩都穿着柔软而又散发光泽的毛料上衣，头上戴着巴拿马草帽。

鲁芬娜·奥尼西莫夫娜见到病容憔悴的拉拉，一股厌恶感便油然而生了。她认为拉拉是在装病，是个心机颇深、泼辣的女人。鲁芬娜·奥尼西莫夫娜把她发高烧时说的那些乱七八糟的浑话全当作是刻意表现出来的。鲁芬娜·奥尼西莫夫娜随时都能向上帝起誓，她不容置疑地认定拉拉就是在扮演"狱中的格蕾欣①"的角色。

鲁芬娜·奥尼西莫夫娜故意做出一些过分离谱的活跃举动，借此来体现对拉拉的鄙视。她把门又摔又踢的，弄得嘭嘭直响，扯着嗓门儿胡乱地喊着歌。她来去如风，游荡在自己的房子里，一刻都闲不下来。她从来都不关窗户，一直都在透气。

她的房子就在阿尔巴特街一所大厦的顶层。这一层所有的窗户从冬天的阳光斜射进来的时候开始，就一直对着清澈明朗的蓝天。一望无垠的蓝天如同一条正处于汛期的大河。明媚的阳光使得整个住宅在大半个冬天里都弥漫着即将来临的春天的气息。

暖风从南方款款而来，吹进了窗户。刺耳的汽笛声从车站那边传了过来。拉拉的病还没有起色，她孤零零地躺在床上，时常回忆起遥远的往事，借此来慰藉自己那颗寂寥的心。

七八年前，拉拉还处于童年时代。那时她刚从乌拉尔来到莫斯科。初来乍到的第一个夜晚，总是浮现在她的脑海里。那个夜晚是她此生都难以忘记的瑰宝。

那个时候，他们坐在租来的马车上，穿梭在数不清的昏暗的街巷之间，终于穿过了莫斯科全城，向"黑山"旅馆驶去。街灯迅速迎来，渐渐地靠近，然后又渐渐地疏远，车夫驼背的影子在墙壁上一闪而过。

---

① 《浮士德》中的人物。

影子在奔跑中逐渐变大，越来越大，大到了极其离谱的程度，它把路面和房顶都笼罩在那深灰似黑的幕布里，然后就消失了，一直周而复始下去。

昏暗的薄纱下，莫斯科各个街道上的教堂钟声在天空中回旋着，满地都是雪橇快速跑过留下的滑轨痕迹。雪橇与地上的积雪摩擦着发出了响亮的声音，随即向四方驶去。那些形形色色的橱窗和明暗交替的灯火让拉拉感到惊奇，似乎它们跟大钟、车轮一起演奏出了一首嘹亮的歌。

一个大得出人意料的西瓜摆在房间的桌子上，那是科马罗夫斯基用来恭贺他们乔迁之喜的礼物，还有面包、盐。桌子上的东西让拉拉看得头昏眼花。她认为这个奇大的西瓜象征着科马罗夫斯基的权势、财富。一声脆响，这个粘着一半冰碴的墨绿色的圆形大怪物被科马罗夫斯基用刀切开了，紫红多汁的瓜瓤像极了被冰封的血液，吓得拉拉都不敢出气了，却只得硬着头皮吃下去。她吃力地把一块块紫红色、香甜的瓜瓤往下咽，因为过于激动，偶尔会卡在喉咙里。

香甜多汁的西瓜是一种奢侈的食物，跟多年前首都的那个夜景中的惶恐如出一辙，而这种惶恐最后成了她面对科马罗夫斯基时经常会表现出的惶恐，这也成为之后发生那种事最主要的原因。只是，如今的科马罗夫斯基早已不复当初了，他变得无欲无求起来，竭尽全力不让拉拉再想到有关于他的一切，甚至再也不在她的面前出现，总是跟拉拉相隔一段距离，以绅士的高尚方式无私帮助她。

而科洛格里沃夫的拜访，就不一样了。他总是让拉拉感到十分愉快。当然，这一切都归功于他身上那种奔流不息的活力和难以匹敌的才华，而不是他那副高大而匀称的身材。科洛格里沃夫的身上有一种影响力，他会用如炬的目光和聪颖的笑容去占领整个房间，使屋子都会显得非常狭小。

他一边搓着两只手，一边稳稳地坐在拉拉的床前。每当他去彼得堡参加内阁会议时，都会把那些身份煊赫的元老们当成顽皮嬉闹的预科学生那般对待。可是躺在他面前的，在不久之前还是他家里的成员之一、如同自己的亲生女儿一般的人，她跟家里的其他人享受的待遇别无他样，常常忙得只能利用走路的时候交换下眼神或者简单地说上几句话（这种简单而又富有表现力的交往形式，总会使人感到特别的神往，彼此都有着默契）。他不能像对成年人那般苛刻、冷漠地对待拉拉。科洛格里沃夫也不清楚要用什么方法与她交谈才不至于惹得她恼怒，不得已，就把她当成一个小孩那般对待，面色温和略带着一丝微笑地对她说：

"哦，我的上帝啊，您这是要搞什么名堂啊？是谁想看这出热闹非凡的闹剧？"他的话停了下来，开始打量起天花板及墙纸上那些斑驳的水迹。片刻后，他摇着头，似乎有点指责的意思，接着往下说："有个绘画、雕塑和园艺方面的国际博览会要在杜塞尔多夫开幕了。我打算去瞧瞧。这间屋子里似乎并不干燥嘛，就连空气都是湿湿的。您准备在天地间漫无目的地闲荡多长时间呢？这个地方怎么看都觉得非常不舒服。我必须得告诉您，沃伊特太太可是个非常卑劣的人，我很了解她的为人。离开这个地方吧，您已经躺了很长一段时间了。您的病好了也就算了！该起床了，重新再找个房子，再把功课复习复习吧，把师范专修班读完。我有个朋友是位画家。他要在土耳其斯坦待两年。他用板壁把画室隔成几个部分，我看啊，他的画室就像是套房子。他想找一位合适的人，连同家具也一起转让出去。这个我能帮您办得妥妥当当的，好不好啊？哦，对了，还有件事，您必须得听我的。我早就想，这是上帝赋予我的职责……自从莉帕……这算是一份心意，你就把它当作是她毕业的酬金……别推辞了，不行啊！请让我……您别再拒绝了……不行，您必须收下。"

她一再谢绝，不断地流着眼泪，他们就在那儿你推我让的，一副打架的姿态，科洛格里沃夫临走前硬是把那张一万卢布的支票塞给了拉拉。

拉拉逐渐康复后，搬到了科洛格里沃夫竭力推荐的画家朋友那间就在斯摩棱斯克商场附近的画室去了，那儿成了她的新住处。拉拉的新住房在一幢古老的、用石料堆砌的两层楼的楼上。楼下是商店的库房。运货马车的车夫也住在这栋房子里。小小的鹅卵石在院子里铺了一地，零零碎碎的燕麦和杂乱的稻草总是随意地铺在上边。一些鸽子肆无忌惮地在院子里散步，不时咕咕叫着，它们总是等着伙伴们到齐，然后一起展开翅膀从地上起飞，在拉拉家的窗户下盘旋。站在楼上偶尔还可以看到一群大老鼠顺着院子里的石料水沟迅速地跑过去。

3

帕沙痛苦至极。拉拉病得很重的时候，竟然不让他前去照顾。他会怎么想呢？帕沙认为：拉拉准备射杀的那个人对她而言只是个无足轻重的人，之后，拉拉居然得到了差点被她杀掉的那个老男人的包庇。这突如其来的所有事都发生在圣诞夜他和拉拉在昏暗的烛光下最值得纪念和回味的谈话之后！要不是那个人解围，拉拉一定会被逮捕，而且还会受到法庭的审判。也正是因为他，拉拉才可以留在师范专修班里继续学习，安然无恙。帕沙对此既苦恼又百思不得其解。

拉拉的病情好了些之后，她就把帕沙叫了过来，跟他说：

"我是个坏女人。你并不了解我，还是等以后有合适的机会再跟你详细说说吧！现在的我真的开不了口。你看见了吧？这些眼泪泛滥成灾，让我连气都喘不过来。你离开我吧，把关于我的一切都忘记吧，我……我实在是配不上你。"

接下来的场面是一幕比一幕更加让人心碎。那个时候的拉拉还没有搬离阿尔巴特街，鲁芬娜·奥尼西莫夫娜只要一看到泪痕累累的帕沙，就会加快步子从走廊跑回自己的房间里去，然后发疯似的倒在沙发上捧腹大笑，把肚子都给笑疼了，嘴里还不时地冒出："哎呀，真是让人受不了，我实在是受不了！这真是…哈、哈、哈！真是个痴情的种子啊，呵呵！"

为了使帕沙不再深陷在斩不断、理不清的柔情里，彻彻底底地结束这种折磨和痛苦，拉拉毅然决然地回绝了帕沙那份真挚的爱情，说她再也不爱他了。只不过，拉拉一边说着，一边又哭得撕心裂肺，让人不得不怀疑她说的话。帕沙质疑拉拉说她自己的那种种无法原谅的罪孽，她的每一句话对他而言根本就不足以相信。原本他想要咒骂、仇恨她的，但他疯狂地爱着她，从未改变过。他心里充满了嫉妒。她的每一个想法、喝水的杯子、睡觉的枕头都能引起他的嫉妒。为了更好地控制自己的情绪，不至于发狂，无论如何都得立即采取果敢的行动。他们商议好就马上行动起来，在考试结束以前就结婚了。婚礼原本是定在复活节后的第一周举行的,但是碍于拉拉的要求不得不推迟了。

他们的婚礼在三一节①后的第一天举行,也就是在圣灵降临节那天。此时,他们已经很清楚地知晓了他们能够顺利毕业。这场婚礼是柳德米拉·卡皮托诺夫娜·切普尔柯替他们操办的。这位太太是拉拉的同学——杜霞·切普尔柯的母亲。柳德米拉·卡皮托诺夫娜是个美丽的女人,胸脯高耸,嗓音低沉,十分喜欢唱歌,对任何事都习惯性地夸大其词。无论是真实的事还是传说,只要传入了她的耳朵,就一定会被随意编造,她会把自己幻想出来的东西都添加进去。

热浪不断地在城里翻滚着,像极了疾风摆弄枯草的样子。柳德米拉·卡皮托诺夫娜一边给拉拉做临行前的梳妆打扮,一边用低沉的声音哼着小曲儿,准备将拉拉送上"婚礼的圣坛"。教堂里金色的圆顶还有游艺场各个角落里新铺的沙土,都显出耀眼的金黄色。三一节前夕砍下来的白禅树,枝叶上布满了尘土,萎靡不振地搭在教堂的墙头上,像是被火炙烤后蜷缩成的小圆柱体。阳光浓烈而炎热,射得眼睛直冒金花,这种焦灼的感觉让人觉得呼吸也开始困难起来。周围仿佛有上千对的新人在举行婚礼似的。因为是过节,姑娘们把头发卷了起来,穿上了色泽绚丽的衣服,年轻的小伙儿们在头发上擦了一层油,光亮亮的,配着笔挺的黑色西服。激动的情绪使得大家觉得更热了。

另一位好友的母亲拉果金娜,跟在拉拉的身后,在拉拉踏上红地毯时,往她的脚下撒了把银币,祝愿她以后生活富裕,为了同样

---

①三一节,基督教的节日。

的祈福,柳德米拉·卡皮托诺夫娜也提醒拉拉,把婚礼冠戴上之后,无论如何都不能光着手臂画十字,要么用披纱,要么用袖口的花边把手遮起来,接着又告诫拉拉,必须把蜡烛高高举起,以后就能够当家做主了。为帕沙的幸福着想,拉拉宁可放弃当家做主的机会,她尽可能地把蜡烛放得很低,尽管如此,还是没有什么作用,无论她怎么把蜡烛放低,帕沙的蜡烛总是比她的要低一些。

仪式结束后,他们直接回到了由安季波夫一家人精心布置的那间画室,为这对新人举行酒宴。宾客们不停地喊:"苦得让我们都喝不下去了。"另一些人就一起大声附和:"来点甜蜜的。"这时,这对新婚夫妇便带着羞涩的笑容接着吻。柳德米拉·卡皮托诺夫娜给他们唱了一首喜歌——《葡萄》,中间的叠句"上帝赐予你们爱情以及忠告"她唱了两次,接着又唱了首《松开你的发辫,散开你那淡褐色的秀发》。

宾客们相继散去后,房子里只剩下这对新婚夫妇了,帕沙反倒在这突如其来的寂静中觉得不知所措。院子里的一盏灯正对着他们家窗户上的柱子,发着耀眼的亮光,如同中午的太阳。拉拉已经用尽了办法去拉窗帘了,可是这两块窗帘就像是块非常薄的板子那样,一束晃眼的亮光总是从它们之间的夹缝里射进来,就像有陌生人在偷窥着他们的一举一动。帕沙惊奇地感觉到,他所有的思绪都拴在了这盏灯上,居然会比想自己、拉拉以及对拉拉的爱还要多得多。

这一夜,如同潺潺远去的溪水,好像没有尽头似的,被同学们称之为"斯捷潘妮达"和"红颜女郎"的刚毕业不久的大学生安季波夫,在攀上了幸福顶峰的同时也跌入了绝望的深渊。帕沙的猜疑和拉拉的坦白相互交替着。他的问题接二连三地出现,拉拉紧接着一句句地回答着,伴随着拉拉每一次的坦诚回答,他的心就会再往下沉一点,这如同是跌入了万丈深渊里。他的想象力早已伤痕累累,再也无法跟上她新吐露出来的情况。

他们就这样一问一答,直到天亮。安季波夫的一生里,没有什么比这一晚上的转变更惊人、更出乎意料的了。清晨起来,他感到自己已经变成了另外一个人,自己很奇怪,为什么别人还是以之前的那种方式来称呼他。

4

十天后,朋友们在这间新房里为安季波夫夫妇钱行。帕沙、拉拉终于毕业了,他们成绩优异,并且同时接到了乌拉尔的聘书。他们第二天一大清早就会起程。

年轻的人们喝着酒,唱着歌,谈笑风生,年纪大一些的人没有来参加这次欢送会。

一道屏风将客人跟整个画室隔开了,小隔间的后面,是拉拉装行李的一大一小两个网篮、皮箱还有只装食具的木箱。几只口袋就放在角落的地上,行李很多,有些得作为慢件在起程的当天早晨送去托运。全部的东西都快要收拾好了,只是还没来得及打包。皮箱还有木箱的盖子敞开着,里面只装了一半东西。拉拉每隔一会儿就会想起有什么可以装进网篮里去,再把最上面的物件摆放平整。

拉拉到学校去拿证件时,帕沙正在家里接待来访的客人。看守院子的人陪着她回来的,还带来了椴皮席、一大卷牢固的用来捆东西的粗绳。拉拉打发走守门人之后,便围着客人们转了一圈,跟这个客人客套地握握手,又跟那个客人互相亲吻,之后,才回到小隔间去更换衣服。她换好衣服出来,大家都拍手称赞,所有人这才一起入席,喧闹如同几天前的那场婚礼一般。活泼好动的人帮着主人给周围的人斟好伏特加酒,数不清的举着叉子的手伸到餐桌上去拿面包,取冷、热菜肴。大家相互敬酒,满意的啧啧声在餐桌上徘徊着,俏皮话在桌面上层出不穷。醉意很快爬到了一些人的身上。

"累死我了。"拉拉和丈夫靠着坐在一起说,"该办的事情你都办完了吗?"

"都已经办完了。"

"无论有多累,我都感到非常精神。我觉得非常幸福。你呢?"

"我也是这么认为的。我也觉得很快活。这不是简单的几句话就能说完的。"

科马罗夫斯基在这场只有年轻人的晚会里是破格被允许参加的。晚会即将结束时,他告诉大家,在这对年轻夫妇离开后,自己就会觉得孤苦没有依靠,他觉得莫斯科就要变成撒哈拉沙漠了。一阵酸劲儿不停地在心里翻腾着,便呜咽了起来,只好重复着被激动打断的话。他恳求安季波夫夫妇容许与他互通书信,允许他在忍受不了分离的痛苦时,可以去尤里亚金——他们的新居去探访。

"那就没有必要了。"拉拉置若罔闻地大声回答着,"还有什么写信啊、撒哈拉沙漠啊,这些话都没有什么意思。至于去我们的尤里亚金的新居,您还是想都别想了。即使是我们都不在,上帝还是会一如既往地保佑您的,再说了我们也就是无关痛痒的人而已,帕沙,你说,我说的对不对啊?您有上帝的眷顾,肯定会找到新朋友来取代我们的。"

拉拉似乎完全忘了正在跟谁谈话以及谈话的内容是什么，另一件事又出现在她的脑海里，她赶紧起身，到厨房去了。她把绞肉机拆开，将零件分别放在食具箱的空格子里，再拿稻草把空隙填充好。拆绞肉机时，她的手指差一点儿被箱子周边的大刺给扎破了。

她在厨房里张罗打包，把自己的客人都给忘记了，对客人的谈话声也是不闻不问。过了一会儿，从小隔间的那边传来了一阵非常响亮的吵闹声，这才把她惊醒了。拉拉想到，喝醉的人向来喜欢竭力把自己的醉意展示出来，以显示出俗气、夸张的醉态。

就在此时，一个非常独特的声音从院子里传了进来，引起了她的警觉。拉拉撩开窗帘，把身子探出去向四周张望了一下。

一匹马的腿被绳子给绊住了，在院子里一瘸一拐地晃动着蹄子。这匹马也不知道是谁的，估计是走错路了，才会到院子里来的。远处的天边已经出现了一丝丝的鱼肚白，只是离日出还早着呢。清晨的雾气是紫灰色的，带有一丝丝的寒意，笼罩着沉睡的城市。拉拉把眼睛闭上。这阵非同一般的马蹄声，把遥远的迷人的乡村带到了她的面前。

门铃声从楼下传上来。拉拉侧耳倾听。有人起身离开餐桌，走过去开门。是娜佳来了！拉拉赶紧向娜佳跑了过去。娜佳是从车站赶过来的，她容光焕发，娇媚动人，一股杜普梁卡的铃兰花的幽香从她的身上淡淡地散发出来。这一对好朋友傻站在那儿，一时间不知道该说些什么好，只是一个劲儿地大声哭喊着，紧紧地相拥在一起，差点儿让彼此喘不过气来。

娜佳是代表全家来献上新婚的祝贺、临别的话以及父母赠送的贵重礼物的。她从手提包里将一个用纸包着的首饰匣拿了出来，剥开包装纸，掀开盖子，把一串做工非常精美的项链递给了拉拉。

一片惊叫声及敬酒的声音又响了起来。一个稍微有点清醒的醉汉说：

"这是风信子石，还是玫瑰红色的呢！没错儿，紫红色的！你们说，这是不是啊？这风信子石可不比钻石差呀！"

娜佳却不以为然，辩解道，这是块带黄色的宝石。

拉拉安排她在自己的身边坐下，把那条项链放在了自己的餐具旁，聚精会神地看着。这串宝石项链放在紫色衬垫上显得更光彩夺目、鲜艳耀眼，时而像流动着的露珠，时而又像是一串纤细的葡萄。

有些客人意识越来越清醒了。清醒过来的人又借着娜佳的名义喝了起来。大家很快就把娜佳也灌醉了。

不一会儿，屋子里的所有人都进入了梦乡，鼾甜地熟睡着。

大多数人次日还要把他们俩送到车站，因此就干脆留下来过夜。一半的人随意地倒在角落里，鼾声便徘徊在房间里了。拉拉一点儿也不记得，她是怎么和衣躺在沙发上，睡在了伊拉·拉果金娜的身边。

一阵响亮的说话声在耳边响起，惊醒了拉拉。这声音是从街上找到院子里来寻马的人的声音。拉拉慢慢睁开双眼，感到非常诧异——帕沙还真是闲不下来，高大的个子站在屋子中间，胡乱地瞎捣鼓着什么呢？此时，那个被她当作是帕沙的人，转过身来正对着拉拉。这时，她才看清楚原来不是帕沙，那是个满脸麻子、一道伤疤从鬓角划到下巴的人。她顿时知道了，是贼悄悄地溜进屋来了，于是拉拉想大声喊叫，却一点声音也喊不出来。转瞬间她想起了那串宝石项链，偷偷地用手肘把身子支起，扫视了一下餐桌。

那串项链就放在面包屑及吃剩下的夹心糖里，那个笨拙的坏东西没有在面包屑和碎糖的废墟中发现它,只是一个劲儿拿那些整理好的被单、衣服,把原本收拾妥当的行装弄得乱七八糟。拉拉的酒劲儿还遗留了大半,迷迷糊糊的,十分可惜整理行李所花费的时间。她气得想叫唤,可还是被酒精麻痹着开不了口。她用膝盖使尽全力顶了下睡在她身边的伊拉·拉果金娜的胸口。伊拉·拉果金娜感到胸口一阵疼,失声地喊叫了一声,拉拉也跟着吆喝了一声。小偷把裹着衣物的包袱丢下,仓皇失措地跑了出去。有几个男人跳了起来,好不容易才搞清楚到底是出了什么事后,飞也似的跟着追赶出去,只是那贼早就不知去向了。

在这场慌乱和事后讨论的时候,大家都相继起了床。拉拉最后剩下的这点酒意也荡然无存了。客人们请求让他们再稍微睡上一小会儿,拉拉却执意要让他们全都起来,很快就为他们煮好了咖啡,并且请他们都各自回家去,等开车前再到车站相见。

客人陆续离去后,拉拉又忙了起来。她利索地把一个个行李袋收拾妥当,把枕头装进去,再扎紧袋口处的带子,恳求帕沙还有看院子的女仆千万别插手,免得帮倒忙。

还好这些狼藉都整理妥当了,没有耽误安季波夫夫妇出行的时间。送行的朋友们摇动着手里的帽子,火车缓缓地开动了。当朋友们都不再挥手了,从远处向他们大声地喊叫了三声时(或许喊的是"乌拉!"),火车的速度就变得更快了。

5

一连三天都是坏天气。这是战争爆发后的第二年的秋天。自从第一年取得胜利后，战况开始处于下风。集结在喀尔巴吁山的布鲁西洛夫的第八军，原本是打算翻过山口，然后突入匈牙利的，没想到结果却是跟着全线后退而后撤。俄军退出了战事最初几个月所占领的加里奇亚。

这个以前叫尤拉，而今越来越多的人用他的本名和父名称呼他为日瓦戈医生的人，此时就在妇产科病房门外的走廊里。他刚刚把他的妻子安东尼娜·亚历山德罗夫娜送过来，就安排在这间病室里。他与妻子告别后，就在走廊里等着助产护士，想告诉她在关键时刻如何去通知他，以及他怎样从她那儿了解到东尼娜的健康状况。

他非常忙，急着回自己的医院去，在回医院之前还得去两个病人的家里出诊，可宝贵的时间现在却白白地浪费在这里。窗外一阵狂肆的秋风搅乱了左右倾斜的雨帘，仿佛是那风雨中田野里歪歪斜斜的麦穗。

暗沉的天空还不是很黑，就像一块深灰色的巨布重重地压向地面。日瓦戈依稀看得见医院的后院。洁维奇田庄几所住宅里，有一个凉台上搭着个玻璃棚顶，那有一条电车线直接通向医院的楼房后门口。

风在天边咆哮，仿佛是被落到地上的从容流淌的雨水给激怒了似的。这凄惨的秋雨还是不紧不慢地落着。萧瑟的秋风不断地摇曳着凉台上的野葡萄藤，好像要把它连根拔起吹到空中掂量掂量，之后，就像扔一件恶心的破旧衣服那般扔到地上。

一辆挂着两节拖车的铁路压道车从凉台旁边向医院驶来。一些人把车上的伤员抬到医院里去。

整个莫斯科的军事医院早已经拥挤不堪，特别是在卢兹克战役之后，很多前线的伤员都被安置到了楼梯的拐角平台和走廊上。城里的各家医院已经人满为患的情况也开始波及妇产医院了。

日瓦戈把身子转过来，背对着窗户，疲倦地打了一个长长的呵欠。他的思绪已经无法集中了。突然间他想起一件事来。在他工作的圣红十字医院的外科部里前几天死了一个女病人。日瓦戈认定她患的是肝胞虫病。可其他医生却不同意他的诊断。今天就要对尸体进行解剖，这样就能确切地查明病因。只是，他们医院的解剖师是个嗜酒如命的醉鬼。天知道他会怎么处理，弄出什么结果。

深黑色的帷幕很快垂了下来。已经看不清楚窗外的任何东西了。窗户很快全亮起来了，好像是被魔棒一挥就显现的神迹。

妇产科主任医生穿过隔开走廊和东尼娜病房的外室走了出来。他很高大，有人问他问题时，他总是望着天花板，然后耸耸肩膀，算是回答别人的问题。他的这些表情再加上说话时的那些动作，好像告诉你说：我的老兄啊，无论知识有多么渊博，总有些谜是科学无法解答的。

他微笑着点点头从日瓦戈身边经过，用肥厚的、胀鼓鼓的两只掌心摆动了几下，意思是说"一切都得听天由命，要等候，耐心地等候"，然后就去候诊室吸烟了。

此时，那位少言寡语的妇科专家的助手从里面出来找日瓦戈。她跟那位沉默寡言的专家完全相反，她很喜欢讲话。

"如果我是您的话，早就回家去了。明天我就给你们圣红十字打电话。在此之前恐怕不会有什么事的。我认为应该是顺产，没必要采取什么手术措施。不过，您太太的骨盆比平常人的要稍微狭小一些，胎位不是很正常，产妇还没有阵痛，子宫的收缩也不明显，这倒是有点让人担忧。只是现在下结论还早了点。一切都得看她临产时肌肉收缩的程度。过不多久就可以看出来了。"

第二天，焦急的日瓦戈打电话到妇产医院，接电话的是医院的传达员，传达员让他别挂断，就跑去查问，这一问就让他足足等了十分钟，最后却只得到一个笼统的、很不讲理的情况："里面的医生要我告诉您，您的太太送来得太早了，应该接回家去。"日瓦戈听了他的话，感到非常气愤，要求找个明了情况的人来接电话。"您太太目前还没有临产的迹象，"来了一位护士，跟他说，"请您别着急，您也是医生，应该谅解我们，还得耐着性子再等一天吧！"

直到第三天他才知道，临产的阵痛是在夜里开始的，在黎明的时候羊水破了，剧烈的阵痛就从早晨一直延续到现在。

他拼命赶到医院，迅速穿过走廊，东尼娜那令人心碎的叫声从一扇半开的门里传了出来，这凄厉的喊叫声仿佛是从车轮底下拖出来的压断了四肢的人呼喊出来的。

他恨不能立即跑到她的身边去，他死死地咬着自己的一根手指，咬得都快出血了。他走到窗前，外面下着斜斜的秋雨，跟前两天一样令人发愁。

助理护士从产房里走了出来，里边传出新生婴儿尖细的哭声。

"东尼娜没事儿了，好了。"日瓦戈高兴得喃喃自语。

"恭喜！生了，是个儿子。母子平安，顺利地生下来了，恭喜您。"助理护士故意把声音拖长说，"现在还不能看。等会儿会让您看的。您得好好慰劳慰劳产妇呀！她这回真是受了不少的罪呢！这是头胎，生头胎总免不了要吃些苦头的。"

"好了，终于得救了。"日瓦戈一心沉浸在母子平安的喜悦里，完全忽略了助理护士所说的话，也没有理解她为什么要向他道喜，好像把他当成了刚刚发生的事的一个当事人。可这跟自己又有什么关系呢？父亲，儿子——他轻而易举地做了父亲，他认为父亲这个身份没什么值得骄傲的，他一点也没感受到这天生的父子之情。这些在他的心里都不在意。他最担心的是东尼娜，那个几乎去鬼门关走了一圈又幸运地避过它活过来的东尼娜。

日瓦戈有个病人就住在产院的附近。他到这个人家里去了半小时，然后又返回来。从走廊进外室和从外室通向产房的两扇门都半开着。日瓦戈一时感到不知所措，毫无意识也溜进了风门。

穿着白大褂的妇科专家似乎是从地底下冒出来一样，又开双手挡在他的面前。

"去哪儿？"他低声说，为了不让产妇听到，以防打扰她的休息，他拦下了日瓦戈说，"您是不是疯了？她身上还有伤口，出了血，还得防止感染，更不用说心理上的刺激。亏您还是位医生呢！您可倒真不错呀！"

"我不是……我只想看一眼。就从这门缝里看一下。"

"哦，这样啊！好吧，就是这样。您也给我注意点……看看吧！要是被里面的人发现了，我可不会轻饶了您，准不给您身上留一块好地方。"

产房里站着两个穿白大褂的女人，她们背对门：一个是助产士，一个是卫生员。那个卫生员手里托着一个尖声大哭的娇柔的小东西，就像一块深红色的橡皮一样一伸一缩。助产士正在往脐带上扎线，以便把孩子和胎盘分离。东尼娜就躺在那屋子里的一张支起的手术台上。她躺的位置比较高。但是日瓦戈因为过度激动，把什么都估计得有点过，所以他觉得她躺的高度有点像站着写字的那种高斜面的写字台一样。

有时候会把死人的头部垫高,而东尼娜现在躺着的姿势比那还要高一些,头朝上脚朝下地斜躺着,她浑身像是在夏天里跑得筋疲力尽的人那般冒着热气,她正在享受着那剧痛之后的片刻安息。她高高地仰卧在产房的中间,就好像是一艘满载着一些不知来自何方的生灵的航船;它刚刚穿越了死亡之海来到了这生机蓬勃的大陆,在港湾中卸下那一船的重载,如今才刚刚抛锚,最渴求的就是赶紧歇息一下,得到放松;而且那些和它一起经受了劳累与磨难的桅索,也需要休息;更重要的是它完全不能回想起不久前停泊在何处,是如何航行穿越的,又如何抛锚靠岸的。

谁都不知道它悬挂的旗帜是哪个国家的,也就不能确定对它应该讲哪一种语言。

他一回到自己的医院,大家都争前恐后地向他祝贺。"他们的消息还真灵通啊!"日瓦戈对他们的热忱感到十分惊讶。

他来到大家称之为"小酒馆"和"脏水坑"的主任医生办公室。因为医院里拥挤不堪,严重超员,现在医生们都是来这间屋子里换衣服。人们穿着套靴走进来又出去,有的人把外面带来的一些东西也丢在这儿,烟头和废纸扔得满地都是。

一脸横肉的肥胖解剖师正站在窗前,他把两只手举起来,对着亮光透过眼镜观察着玻璃管里的混浊液体。

"恭喜。"他随便说了一句,眼睛还是继续着观察,甚至看都不看一眼日瓦戈。

"谢谢。我很感动。"

"不用感谢我。这不是我干的。是波楚什金解剖的。大家都非常吃惊，因为还真是条水胞虫。大家都在说你眼力好，你才算是真正的诊断医师呢！现在大家纷纷谈论着这件事。"

这时，医院的内科主任医生也走了进来。他跟他们两人打过招呼之后就说：

"真是活见鬼了。这哪里是主任医师的办公室，这简直就是个过道，实在是太不像话了！不错，日瓦戈，您都清楚了吧？的确是水胞虫！是我们诊断错了。祝贺您。可是，还有一件不愉快的事。您的专业类别又被重新检查了一遍。这次可真没办法把您留住了。前线部队医务人员缺得很严重。您只能去闻闻火药味儿了。"

6

安季波夫夫妇在尤里亚金安顿了下来，实在是出人意料地顺利。这得归功于吉沙罗夫，他使拉拉在这个新地方很快地安居下来。

拉拉整个人都被辛劳和操心的事给占据了。她不仅要照料这个家，还要操心三岁的小女儿卡坚卡。无论在他们家里帮忙的长着火红色头发的女佣玛尔富特卡怎么勤快，还是不够的。帕沙的所有事务她都要参与。她自己还得在女子中学教课。拉拉非常忙碌地工作着，但是却感到很幸福。这就是她一直以来所渴望的那种生活。

她也喜爱尤里亚金这个地方。这个城市使她感到亲切。它坐落在雷尼瓦河边，中下游便是通航的地方，同时还有一条乌拉尔的铁路线经过这里。

在尤里亚金，冬天快来的时候，有船的人家就会用大车把船从河里拖上来，然后再把船运回城里，放在自己家的院子里过冬。很多人家的院里摆着的那些底朝天的白色船只，其实就等于其他地方此时出现的南飞的鹤群，或是第一场瑞雪。

安季波夫夫妇租住的院子里就有一艘这样的白色的船，底朝天地扣在院子里，卡坚卡常常在这艘船下面玩耍，就像是在花房的凉亭里一样。

拉拉打心底里喜欢这个偏远的地方，甚至喜欢当地那些穿着毡靴和暖和的灰法兰绒上衣、操着浓重北方口音的知识分子，以及他们待人的纯朴和信任。拉拉总是爱恋着这种田园风格和朴实的老百姓。

奇怪的是，帕沙这个莫斯科铁路工人的儿子，却是一个习性难改的城里人。他比妻子对待当地的尤里亚金人要冷漠得多。他们的粗犷和无礼都会使他感到恼怒。

帕沙在涉猎群书方面具有非凡的才能，他非常善于汲取知识，博闻强识。以前他时常是在拉拉催促之下才读书，而在尤里亚金平淡的年头里，他的求知欲反而变得越来越旺盛了，如今的拉拉在他眼中就是个没什么学识的人。他在自己的那些同校教师中初露锋芒，而且和这些同事谈不拢，经常抱怨和他们没有话题而感到苦恼。处于战争时期的他们，胸怀时髦的官方爱国主义，言谈中带着些惺惺作态的官腔，同时又有些迂腐沉闷的味道，这些跟帕沙比较复杂的爱国思想是走不到一块的。

帕沙是学古典语文出身的。他现在教的课是拉丁文和古代史。可是他这个职业性学校毕业的学生突然对那些已经很久不用的数学、物理及精密学科产生了极大的兴趣。他通过自学，又完成了大学里的这些课程。他期盼着有朝一日可以参加州级的科目考试，重新取得一个数学方面的学位，这样就可以举家迁往彼得堡去。帕沙总是在夜里紧张地学习,这已经严重影响到他的健康了——他开始失眠。

他们夫妻俩的关系很融洽,不过也非常特别。她善良,对他无微不至,体贴入微,帕沙也决不允许自己对她有半分的伤害。他处处小心翼翼,就怕他的一些无意的言辞会让她莫名地当成是暗指的责备——比如说她出生在一个门第高贵的家庭里,而他出身卑微,又或者之前的她曾不属于自己。只怕她会怀疑他怀有这些荒唐的想法而使她伤心,以至于在他们的生活中出现了种种弄虚作假的成分。尽管他们相互尊敬,反而使情况更加复杂。

有一天,安季波夫夫妇家来了一些客人,其中有几个是帕沙的同事,有拉拉工作的那所学校的女校长,还有帕沙曾经当过一次调解人的仲裁法庭的一位成员,以及另外的一些人。在帕沙眼中他们都是十足的蠢材。拉拉如此热情地对待他们让他感到奇怪,而且他根本不相信她会真的喜欢这群人当中的任何一个。

等客人们都告辞以后,拉拉花费了很长的时间把窗子打开来换空气,然后打扫房间,与玛尔富特卡一起在厨房里清洗餐具。她做完这些事以后,再去检查一下卡坚卡是否盖好被子,确定帕沙也睡了,自己才迅速脱下衣服,关了灯,躺在丈夫的身边,像个让妈妈抱到床上的孩子那般自然。

帕沙假装睡着了,其实他并没有入睡。最近失眠频频发作。他知道这样辗转反侧还得持续三四个小时。为了让睡意更浓,同时能够躲避客人留下的满屋子的烟味,他轻轻地起身,穿上大衣,戴上帽子,走到院里去了。

这个秋夜寒冷而又澄澈。帕沙的脚下,那薄脆的冰面,发出细碎的裂声。繁星满天的夜空就像是燃烧着的酒精火焰,那蓝色的火焰照亮了黑乎乎的地面和那些冻结的烂泥巴。

安季波夫夫妇的房子坐落在与码头相对的城市的一个角上,在街道的尽头。田野就在前面不远处,有条铁路从中横穿而过,铁路边上有一个值班房,有条通道横跨铁轨。

帕沙坐在底朝天的船上,遥望着星光。这几年来常涌现在他心头的一些念头如今又填满了他的心,让他感到惶恐。他认为迟早要把这些令人感到惶恐的念头从头到尾地理清楚,那不如就在现在吧!

"不可以再这样下去了,"他想。这一切应该早就料想到的,现在才发现已经为时已晚。为什么拉拉总是能让他像个小孩子那样依赖她,并能随心所欲地摆布他?为什么当初在他们结婚的那个冬天,她曾坚持想离开的时候,就没同意她呢?其实,她对他的这份感情不是爱,而是责任,这是一种高尚的义务,这一切难道不是她所体现的一种伟大吗?这是感人肺腑而又值得称赞的责任感,但这又和现实中的家庭生活有什么相同的地方呢?糟糕的是,他对她的爱还是如同过去那般浓烈。她还是那样美得让人窒息。或许,他对她的感情也不是爱情,只是对她的美和她的那种宽容的钦佩,产生了一种怅惘及感激之情吧?"唉,你呀你,这种事你能想明白吗?就连上帝也束手无策吧?"

可是现在这种情形要怎么办才好?如何才能使拉拉和卡坚卡从那种虚幻的家庭生活中挣脱出来呢?这似乎比他自己挣脱更为重要。"要用什么方法呢?离婚?跳河自杀?呸,这太丢人了。"他生着自己的气,"我永远也不会走上这条路的。这种卑鄙的念头为什么又会在心里产生呢?就是想到这个都觉得自己无能!"

他望了一眼夜幕上的繁星,似乎在向它们寻求答案。繁星挂在天边，不动声色地眨着眼。它们疏密相间、大小不同，有的是蓝色的、有的彩色斑斓，一起闪耀着。忽然，一道晃动着的耀眼的亮光一闪而过，横扫过星空、房屋、院落还有那只小船和坐在上面的帕沙，像是有人举着燃烧的火把从田野往大门跑来。原来是一列军车，向西行驶时经过了岔道口。火红的烟雾穿过了天空并投去了一道黄色的光柱。从去年起，就有数不胜数的军车日日夜夜地不断经过这里。

他淡淡地笑着，站起身来，回屋睡觉去了。他想要得到的答案，已经找到了。

7

拉里莎·费奥多罗夫娜听到了帕沙的决定后，一下子愣住了，她简直不敢相信自己的耳朵，以为是听错了。"真是些鬼念头。又是他那些稀奇古怪的想法。"她认为，"不搭理他，时间一长他就抛到脑后了。"

可是这件事情越来越明朗，丈夫都已经准备了两个星期，报告已经被兵役局批准了，学校里也安排了接替他的代课老师，鄂木斯克已经送来了军校同意录取的通知。报到的日期逼近了。

拉拉像位乡下妇女那样放声大哭起来，抓着他的两只手，跪在他的脚边。"帕沙，帕沙，"她不停地喊着，"你走了，我和卡坚卡怎么办呀？你不能这样对我们，你不能呀！现在还不迟。我给你想想办法。医生都没对你的心脏做一次全面的检查。你怕丢脸吗？你把家庭作为发疯的牺牲品，难道这就不丢脸了吗？志愿兵！之前你不是总嘲笑罗佳是个庸俗坏子吗？怎么会忽然又羡慕起他来了！帕沙，你这是怎么了，我都不认识你了！你是不是换了一个人，还是在发疯呀？可怜可怜我吧，跟我说实话，看在上帝的份上，别再说那些冠冕堂皇的话了，俄国真的就差你这样的一个人入伍吗？"

她忽然间知道了事情根本不是这样的。她虽然不善于揣摩细节，但她却能抓住问题的要害。她猜想到大概是帕沙误解了她对他的态度。他误解了她把所有力量都集中在那含情脉脉的爱情中并夹杂着的母性的感情，他也无法想象这样的爱情是超出一般女人所能给予的。

她像是挨打了一样紧紧地咬着嘴唇，把所有伤痛和委屈都深深地埋藏在心底，默不作声，静静地把泪水往心里吞，为丈夫收拾上路的行装。

帕沙走了以后，拉拉觉得全城都变得死寂般宁静，就连飞在天上的乌鸦都变得寥寥无几了。"太太，太太。"玛尔富特卡不停地呼唤着她。"妈妈，妈妈。"卡坚卡也一个劲地叫唤着，扯着她的衣袖。这件事是她一生中受到的最沉重的打击，她所有最美好、最璀璨的希望都随着这件事的到来而破灭了。

丈夫从西伯利亚寄来了一封信，拉拉可以了解到他的一切情况。帕沙到了那儿之后，很快就恢复了理智，非常想念她和女儿。再过几个月，帕沙就会提前毕业，并且获得准尉军衔，不出人意料地被派往前线的作战部队里服役。在紧促的战斗途中，他远远地绕过了尤里亚金，即使在莫斯科也没与任何人见面。

他从前线寄信回来，看上去已经褪去了鄂木斯克军校里的那种忧虑，文字中透露出生气来了。安季波夫迫不及待地想要展示自己的实力，只是为了得到一次军功或者受点轻伤可以获得一次回家探亲的机会。这种机会的确出现了。就在后来被称为"布鲁西洛夫大突破"的那次出名的突围战役之后，俄军便转入了进攻。忽然安季波夫的信中断了，开始并没有引起拉拉的不安。她认为一时没有收到帕沙的消息，是因为战事不断，行军途中不能天天写信。

秋天悄悄地来了，俄军的行动暂停，部队开始修建阵地。安季波夫的消息石沉大海。拉里莎·费奥多罗夫娜开始担心起来，想方设法地打听。起初是在尤里亚金当地打听，没有任何回应之后写信到莫斯科去打听，然后按照帕沙部队之前的作战地址给前线继续写信。到处都没有帕沙的消息，得不到任何答复。

拉里莎·费奥多罗夫娜跟当地的那些善心的太太们一样，战争一开始就热心地去尤里亚金县医院扩建成的陆军医院里帮忙，尽一份力量。

拉拉非常认真地学习医务护理方面的基础知识，并且通过了医院里的考试，取得了护士资格。

她以护士的身份跟学校请了半年的假，让玛尔富特卡照管着房子，她带上卡坚卡到莫斯科去了。她把女儿安顿在莉帕的家里，莉帕的丈夫弗里津丹柯是德国侨民，跟其他一些被捕的侨民俘虏一起被拘禁在乌发。

拉里莎·费奥多罗夫娜知道通过这种单纯的书信方式寻找是不会有什么结果的，斟酌之下，她决定直接到帕沙参战的地方去寻找。她怀揣着这个目的，在里斯基市开往匈牙利边境梅佐－拉勃尔的一列救护火车上当了护士。因为帕沙寄出的最后一封信的地址就是这里。

8

一列由塔季扬娜伤员救援会赞助者出资装备起来的救护火车往

师司令部的前线驻地驶来。这列火车由许多短小而难看的货车组成,列车只有一节头等车厢,里面坐着莫斯科来的社会人士,他们给士兵和军官们带来了一些礼物。戈尔东也在其中。他听说他小时候的朋友日瓦戈就在前面不远处一个村子里的师部医院里。

戈尔东通过关系得到了在前线附近地区行动的许可,拿到通行证后,他就坐上了一辆向那个村子驶去的军用四轮车,去看望老朋友了。

车夫的俄语讲得不好,他不是白俄罗斯人就是立陶宛人。生怕敌人的奸细在俄军的范围内搞侦察活动,所以说的都是些事先能猜得到的冠冕堂皇的客套话。这种故作姿态的谈话很枯燥乏味。这一路上大部分时间他和车夫都缄默寡言。

司令部的人习惯于动辄以几百俄里的距离来计算调动整个军队的行程,大家肯定地告诉他这个村子应该就在附近二十或二十五俄里的地方,实际还有八十俄里。

一路上,恶意而又沉闷的轰响声从前进方向左边的地平线上传过来。虽然戈尔东从来没有经历过地震,但是他能够断定远处那些依稀可辨的敌人的大炮威风而又沉闷的声响完全可以跟火山爆发或地震的轰鸣相媲美。天色逐渐昏暗下来,眼前的景物慢慢模糊不清。那个村子的天边出现了接连不断地闪动着的火光,一直闪烁到天亮。

马车载着戈尔东从许多被烧毁的村庄前经过,有些地方已经荒无人烟了,另一些地方的村民都躲进了深邃的地窖里。被毁了的村落看上去只剩下一堆堆的垃圾和碎土丘,却整整齐齐地排成一行,如当初的房屋那样。战火把这些村庄夷为平地,就如同站在寸草不生的荒漠里,从头一直望到尾。那些劫后余生的年迈的奶奶,都在各自的废墟上搜挖着，翻拨着面前的灰烬，不时地把一些东西藏起来，感觉周围有墙挡着一样，以为别人都看不见她们。她们用目光迎送着戈尔东，似乎是在询问：世界什么时候才会清醒过来，什么时候才能重新过上太平的日子？

　　他们在深夜里驾车赶路，迎面撞上了侦察班。他们被勒令从这条大路上退回去，再从乡间的小道绕过这里。车夫并不认识那条新路。他们盲目地转了近两个小时，天亮前才到了戈尔东想找的那个村子。可是村子里的人从来都没听说过什么师部医院。经过打听，很快就了解到这个区有两个村子是同名的，这个村子并不是他们要找的。第二天清晨他们终于抵达了目的地。当戈尔东经过村口时，一股药用的除虫菊粉和碘酒的气味从里面散发了出来。他心想不能在日瓦戈这里留宿，最多只在白天待一阵子，晚上就立即赶回火车站去，跟那里的同伴们住一起。可是，事与愿违，情况有变后他不得不在这里滞留了一个多星期。

9

　　这些天，战线向前移动了，突然间发生了一些变化。戈尔东在到达这个村子之前，俄方一个兵团的部分兵力进攻取得了胜利，从敌人固守的一个阵地缺口突破了。突击队的战果正在继续扩大，先头部队迅速地向敌方纵深前进，但是增援的部队由于要在后边不断地拓展突破口，渐渐地落在了后面，离开了先头部队。结果有一部分士兵被俘虏了。在这种情况下，安季波夫准尉在损失了半个连的士兵后，自己也被俘了。

关于安季波夫准尉的消息，还有一些互相矛盾的说法流行着。大家一致认为他已经殉国了，尸体被草草地埋在弹坑里。这种说法是他同团的熟人及朋友加利乌林少尉说的。他说，自己在观察所拿着望远镜亲眼看到安季波夫率领自己的士兵冲锋，好像在进攻的时候阵亡了。

加利乌林所看到的是突击部队屡见不鲜的战斗场面。他们的任务是迅速冲过两军之间的田野，那里满地滋生着随风摇曳的干枯了的艾蒿和一动不动地屹立着的刺蓟草。突击队必须以勇猛顽强的动作逼迫敌方跳出战壕短兵相接，或者使用大波的手榴弹把固守在战壕里的奥地利人全部消灭。这片田野好像也跟在他们的脚下与他们一起奔跑着，一望无际。脚下踏着的像是松软晃动着的沼泽地。起初，安季波夫准尉跑在前面，之后根据战况而忽前忽后地跟士兵齐肩并进。他把手枪高举在头上挥动着，拼命地把嘴张到最大，大声喊着"乌拉"，只是他的喊声无论是他自己还是周围跑着的士兵，都一点儿也听不见。每隔一段时间，奔跑中的士兵就会突然卧倒，片刻后又突然站起来，再次喊叫起来，继续向前方的敌人冲去。他们每一次前进，总会有几个人中弹，如同被砍倒的参天树木那样，整个身子就那样僵直地倒了下去，再也无法站起来。

"炮弹超过了目标范围，立即给炮队打电话。"忐忑不安的加利乌林跟站在身边的炮兵军官说，"噢，不。他们干得不错，正把火力延伸转向了纵深。"

此时，突击队已经离敌人很近了。攻击的炮火停止了。一片寂静突然降临，观察所里的人心跳节奏更加快了，扑通扑通的，好像自己就是安季波夫正带领着大家一起冲到奥地利人的战壕前，接下来就是看自己是否有超乎寻常的机智和勇敢了。就在这顷刻间,前面接连爆炸了两颗十六吋①的德国炮弹。两股黑色的烟柱夹着尘土弥漫开来,一切都被遮住了。"上帝保佑!完了!全完了!"加利乌林认为准尉和他的士兵都已阵亡,那发白的嘴唇微微地颤动着。接着第三发炮弹落在了观察所的旁边。大家都压下身子,赶紧跑开了。

之前加利乌林和安季波夫同住在一个掩蔽所里。团里认为安季波夫已经牺牲了,不可能回来了,决定委托熟悉安季波夫的加利乌林暂时保管他的遗物,以便将来有机会转交给他的妻子。在安季波夫的遗物当中,有很多他妻子的照片。

在应征入伍前,加利乌林曾是个机械师,不久前才被提升为准尉,他就是季韦尔辛住的那个院子的看门人吉马泽特金的儿子,那时大家都叫他尤苏普卡。他还是个钳工学徒的时候经常遭受到工长胡多列耶夫的打骂,不过如今,他之所以能有出头之日还多亏了那位过去虐待他的胡多列耶夫。

加利乌林刚刚当上准尉,在不久后不知为什么就被派遣到了一个气候温和、地处偏远、环境幽静的后方卫戍部队里。在那里,他手里的士兵有一半是残废的,每天早上就是由那些有战斗经验的老弱的兵对这些残废的士兵进行操练。除此而外,加利乌林还要确定他们是否在兵站仓库布置了哨岗。这样的日子是无忧无虑的,上级对他再也没有其他什么要求了。突然,一批年长的后备役军和莫斯科新入伍的士兵成了他们的补充人员。他非常熟悉的彼得·胡多列耶夫竟然也一起出现在这儿。

"啊,我的老朋友!"加利乌林脸色阴沉,冷笑着说。

---

①吋,指英寸,1英寸=0.0254米。

"是的，长官。"胡多列耶夫回答，并且立正行了个军礼。

事情并不是这么简单就能了结的。第一次队列胡多列耶夫就出现了疏忽，被这个准尉长官大声地斥责了一番。加利乌林觉得这个老兵行礼时没有正眼望着他，而是斜眼望着别的地方，把手举起来打了他几个耳光，并下命令把他关押到禁闭室里，四十八小时没有吃的喝的。

加利乌林的言行举止总有一种隐约要算老账的味道。在这种严格的部队隶属关系之下，这种报复方式成了一场只赢不输的游戏，看上去并不高尚。该怎么办呢？这两个人已经不可能留在同一个地方。但是除了把他移交到惩罚营去，一名军官还能找什么借口把手里的士兵从自己的服役部队里抽调出去呢？换句话说，加利乌林能以什么理由和法子将他调走呢？于是加利乌林以后方勤务无事可做为由，主动申请上前线，他的请求很快就被批准了。这样做让加利乌林得到了一个不错的表现机会，不久后，他在另一次战斗中显露了自己另一方面的才能，这一切都证明了他是个出色的军官，很快，他就被提升为少尉了。

加利乌林是在季韦尔辛的家里认识安季波夫的。一九〇五年，帕沙·安季波夫住在季韦尔辛家里有大半年的时间。那时的尤苏普卡（加利乌林的小名）总在过节的时候去找他玩耍，也就在那时候，他两次见到了拉拉。之后，就失去他们两人的消息了。当帕沙从尤里亚金来到他们团以后，这位老朋友身上发生了巨大的变化，使得加利乌林大吃一惊。以前的帕沙腼腆得像个姑娘似的，洁癖已经达到了可笑的地步，而且又是一个很顽皮的人，如今俨然成了一个神经质的、知识渊博而又傲慢、多愁善感的人。他聪颖，勇敢，缄默少言，喜欢讥笑他人。有时，加利乌林看着他就会打趣地说：安季波夫深邃的眼神似乎像一扇窗，在那黑洞洞的深处好像隐藏着另一个他，看到了藏在他心底的思想，或者看到了他对女儿的思念、看到了他妻子的面容。安季波夫好像是神话里被魔化了的人物。可是，这个人忽然间消失了，只留下一些证件和照片，还有他身上变化的秘密。

拉拉的查询早晚都会到加利乌林这里。他本来已经准备好了要怎么回答她。只是安季波夫的事情才发生不久，他没有勇气把实情一五一十地告诉她。他希望拉拉能承受即将到来的打击。他准备给她写一封经过深思熟虑的信，却一直拖着，现在知道她成了军队护士，亲自来前线寻找了，知道不能再拖下去了，但是眼下他却不知道要寄给她的信写什么地址。

10

"怎么样？今天有马吗？"每天中午日瓦戈医生回到他们住的农舍吃饭时，戈尔东都要问上一遍。

"问什么马呀！现在是前进无门，后退无路，你还想去哪儿？周围的情况混乱地一点儿头绪都没有。谁也说不清楚。在南边的几个村庄，我军从后面包围了过去，可能已经突破了德军的防线。不过，听说我们的几支分散的队伍还是在前进中落入了敌人的陷阱。北边，德国人已经渡过了斯文塔河，在此之前他们一直认为这一段地区是不可逾越的天险。那是一个军的骑兵。他们把铁路破坏了，并且摧毁仓库，据我分析，他们正在以包围的方式向我军袭来。你看，这样的形势下，你居然还在关心马。好吧，卡尔片柯，赶紧开饭，麻利点儿。我们今天吃的是什么？啊，牛蹄啊，棒极了。"

这个村子在这战火连天的时候，竟然奇迹般地保存了下来，卫生队、医院和其他的师属单位都分散在这里。村里的房屋也完整地保存了下来，墙上那些窗户上的玻璃还是亮闪闪的，一扇也没有毁坏。

正是晴朗的秋季。金色的阳光洒下一片片温暖，时光不停地流逝着，秋天里最后几个晴朗的日子也很快就要过去了。中午的阳光很好，医生和军官们把窗子打开，不停地扑打着那成群地爬在窗台上和低矮的顶棚糊纸上的苍蝇，解开制服、军便服的扣子，大汗淋漓地喝着热汤或者茶；晚上，他们还得蹲在炉门前把那些湿柴下面即将熄灭的炭火吹旺，一面被烟呛得眼泪直流，一面咒骂着不会生火的勤务兵。

这天的夜晚非常安静。戈尔东和日瓦戈躺在两面相对的墙边的长凳上。他们中间有一张桌子，另一面是一扇长条形的长窗。屋里被炉子烧得暖烘烘的，烟气在屋子的上空翻腾。他们打开了窗户两头的气窗，享受着秋夜里的清新空气，冷气一吹，就在玻璃上蒙了一层水雾。

他们随便地闲扯着，这些日子的白天和晚上都是这样度过的。淡紫色的火光持续不断地在前线那个方向的地平线上闪耀着。每当这种持续不停的、均匀的射击声响起时，总是夹杂了几声低沉的、清晰的、沉重的炮弹声，似乎地面也被移动了，又好像是在远处的地板上一点点擦着地面移动着笨重的铁皮箱。这时，日瓦戈会暂时停止谈话，以示对这种声音的尊重，然后说："这就是德国人的十六口径的大炮，有六十普特重的大玩意。"接着又继续之前的谈话，可是又把刚才聊的内容都忘了。

"村子里是不是总有一股莫名其妙的气味?"戈尔东问了一句。"前天我一来就察觉到了。有点儿既甜腻又讨厌的气味。估计是老鼠的气味。"

"哦!我知道你指的是什么。那是大麻。这儿有很多大麻田。大麻本身的那种气味就使人很难受,跟烂果子的气味一样。还有,作战地区里,会把敌人的死尸直接扔到大麻田里,时间一长没人发现就会腐烂了。这就是这一片到处都有死尸气味的原因。又是那大玩意的炮声,你听到了吗?"

这些日子以来,他们无话不谈,几乎把这世上的所有事都谈了个遍。戈尔东知道自己的这位朋友对战争、当前形势有着不一般的看法。日瓦戈跟他说自己很不习惯这种势必要彼此残杀的血的逻辑,不忍心看到那些负伤的士兵,尤其是可怕的现代武器给战场所带来的创伤,也更不习惯看那些被新技术变成畸形的人——他们身上的肉块不堪入目地残挂在肢体上。

戈尔东每天都会跟着日瓦戈出门,也亲眼看见了一些情况。他为自己无所事事地在一旁看着别人是不是英勇,看着人家是怎样以刚强的力量来战胜恐怖的死亡,并看他们为此付出多大的牺牲,又会冒多大的风险,感到很难为情。可是,自己也只能对这些发出几声无奈的、毫无作用的叹息。这样做也不是什么高尚的事。他觉得,为人处世要符合现实生活的处境,要老老实实的,要坦诚自然。

有一次戈尔东到西边离火线很近的战地去了一次,来到了作为包扎所的红十字流动支队,这次他亲身体验到有些伤员的样子的确令人无法接受,差点使人昏厥。

他们来到大森林中间的空地上，这座森林有一半已经遭受到了炮火的摧残。几辆被打坏的炮车，头向下躺在被毁坏和践踏过的灌木丛中。一匹战马被拴在一棵树上。远处有一幢林务所的木房子，房顶被削去了一半。包扎所就在这栋看林人的木房子和树林中间的两座非常大的灰色帐篷里。帐篷搭在通往林务所那条路的两边。

"没有必要把你带来的，"日瓦戈说，"这儿紧挨着战壕，差不多只有一里半或者两里的路程，我们的炮队就在树林的后面。你听，什么声音？就别装英雄好汉了，我才不相信呢！你心里肯定吓得要死，这是正常反应。情况随时会变化。炮弹也有可能会落到这里的。"

一些年轻的士兵叉开穿着笨重皮靴的两腿躺在林中道路的两旁，有的俯卧着，有的仰卧着，他们满身尘土、疲惫不堪，军服的前胸和后背都被汗水浸湿了。这是伤亡惨重的一个班，仅有几个幸存者。他们是从持续了三天三夜的战斗中撤下来的，到后方稍作休息。士兵们筋疲力尽地躺在地上一动不动，跟块石头似的，没有力气笑，更没有力气咒骂。即使是从树林深处的路上传来了轰隆隆的马车声，也无法令他们转一下头。这几辆没装弹簧的双马车，颠动着疾驶而来，他们是来送伤员的，一路上几乎要把这些运气差的人的骨架子都给颠散了。临时搭建的包扎所只能简单地处理下伤口，很快把绷带缠上，有些情况特别的就进行简单的手术处理。伤员们都是在半小时前炮火稍停的间隙中，从战壕前面的空地上运下来的，人数多得吓人，并且半数以上的人都处于昏迷状态。

马车把伤员运到办公室门廊前，卫生员带上担架从屋里走出来，开始把伤员从车里抬下来。一个护士从下边把帐篷的底边撩开，望望外边。现在不是她的班，比较清闲。从树林里传来两个人洪亮的争吵声。苍翠的参天大树用响亮的回音将争吵的余音向四周迅速传播开来，不过还是听不清到底在争吵什么。伤员送到后，那两个争吵的人走出了树林，回到路上，走进了办公室。那是一个怒气冲天的年轻军官对着医疗分遣队的一个医生不停地叫嚷着，非得从他那里得知之前驻扎在树林里的炮兵站向哪里转移了。其实，医生根本不知情，这与他没一点关系。医生请那位军官先等一会儿，别再喊叫了，新的伤员送到了，他得做事了。那位军官依然不依不饶，把红十字会、炮兵机关以及这世上所有的一切统统大骂一通。日瓦戈走到医生面前，两人一番寒暄后，就顺着台阶走进了林务所。军官依旧在那胡乱地骂着，一边给拴在树上的马解下绳子，轻轻一跃，跳上马背往林子的深处跑去了。那护士把这一切都看在眼里。

顿时，她的脸吓得变了形。

"你们这是要干什么？发疯了吗？"她对着两名不要人扶、站在一个担架旁的轻伤员喊着。她赶紧从帐篷里跑出来，向着他们的方向追了过去。

担架上抬着一个伤势非常严重的伤员，已经血肉模糊，惨不忍睹。这个不幸的人非常吓人，一块炮弹壳碎片把他的脸炸得粉碎，嘴唇、舌头成了模糊的一团血泥，彼此已经分辨不出来了，但是人还侥幸地捡了条命，那块弹片紧紧地插在削掉了的腮帮上，陷在颌骨缝里。这个人的嘴里发出微弱的、断断续续的呻吟声。这根本已经不是一个人的声音了，凡是听到的人都会认为他这是在请求尽快结束他的生命，消除他遭受的难以想象的痛苦。

护士似乎知道，那两个轻伤员就是在这种呻吟声的乞求下受不了了，正准备徒手把这人脸上的那块深嵌的铁片给拔下来。

"你们想干什么,难道你们认为你们能这样做?这可是外科医生的事,得用专门的器械。要是需要的话,医生会这样做的。"

戈尔东在心里说:"上帝啊,上帝,请把他带走吧,请别让我质疑您的存在!"

转瞬间,就在他们准备上台阶的时候,这个惨不忍睹的伤员用尽全力地喊叫了最后几声,然后全身颤抖了一下,就没气了。

死去的这个伤员是预备役士兵吉马泽特金,之前那个在树林里吵闹着的军官正是他的儿子加利乌林少尉,那个偷看的护士就是拉拉,戈尔东和日瓦戈亲眼见证了这一切,他们都来到了同一个地方,都近在咫尺,却没有互相认出来,有些人有些事是彼此没认出来,有些是根本就不认识,而有些今后就永远不会再见,有些事要等下一次的机会,等另一次相逢才会相互认出。

11

这一带能有几个村庄保存下来真算得上是奇迹了。它们在这废墟的海洋里就像是意外出现的一座座难以想象、死里逃生的小岛。黄昏的时候,戈尔东和日瓦戈回到了住处。西斜的太阳已经躲到了山的后面。他们路过一个村子的时候见到一个年轻的哥萨克人正被围在一片哄笑声中。他把一枚铜币抛起来,一位穿着长袍的白胡子的犹太老人被强迫着去接。只是,那个犹太老人总是接不到,铜币每次都躲开他那双可怜巴巴叉开的手,掉到泥里。他只要一弯下腰去捡那铜币,那个哥萨克人就拍打一下他的屁股,围观的人就会捧腹大笑,上气不接下气,眼泪都快流下来了。这就是大家寻开心的方法。尽管目前还没有什么恶意，但是谁也不敢保证这样下去事态会不会变得严重起来。他的老伴儿从对面的小屋里跑出来，伸出双手向他喊叫着，但是害怕使她又不得不跑回屋里去。他们的两个孙儿哭着，站在屋里的窗前望着窗外的爷爷。

赶车的人也觉得这很有意思，故意让马把步子放慢一点，也让车上的先生们开开心。日瓦戈把那个耍弄犹太老人的哥萨克人叫过来，狠狠地训斥了几句，让他立即停止这个荒唐的闹剧。"是，是，长官。"那个哥萨克人立刻就换上了一脸恭敬，说，"我们不明事理，只是闹着玩玩而已。"

戈尔东和日瓦戈离开那个村庄后，一路上再也没有说什么话了。

"真是太可怕了。"快到他们的住地时，日瓦戈医生终于说话了，"你难以想象，犹太人在这场战争中遭受到了多么大的苦难。犹太人居住的地区正是硝烟弥漫的战场。他们一直以来都在受罪，苛税繁重以至于倾家荡产，还有许多不合理的摊派也推在了他们身上，他们不断地忍受着侮辱与指责，被指责没有爱国心。如果他们在敌人那边能够得到应有的权利，而在我们这边只能遭受到迫害，他们怎么会拥有爱国心？说到底，对他们怀有强烈的憎恨心理是没道理、没有根据的，对于这些人反而应该同情。他们困窘、小气、软弱和无力抵抗，应该用一颗仁慈的、宽容的心对待他们。真搞不清楚，这似乎是宿命在开着可悲的玩笑。"

戈尔东听着日瓦戈的这番议论，一言不发。

12

　　他们还是那样各自躺在矮小狭长的窗子两边。夜深了,他们两个还在闲聊。

　　日瓦戈告诉戈尔东,他在前线亲眼看到了沙皇。他眉飞色舞地描述着。

　　那是他在上前线的第一个春天。他被派往一个驻扎在盆地里的部队,司令部就设在喀尔巴吁山的大山谷里。这支部队的任务是把通往匈牙利方面的盆地入口封锁起来。

　　火车站就在山谷的底部。日瓦戈向戈尔东描述着山谷的地形:白云悠闲地在那些粗壮的枫树、松树的高高的顶端漫步,森林里忽隐忽现的灰色板岩与石墨岩峭壁就好像是浓密的毛皮被磨出了一块块秃掉的疤痕。四月里的一个清晨,天还没有亮,空气湿漉漉的,周围的一切都是灰蒙蒙的,如同那些岩石一样;高山把这里团团围住,似乎眼前的一切都被定格了一样。出奇的闷热涌上来,让人难以呼吸。地上蒸发出来的水汽在山谷中弥漫开来,形成一股连续不断的气流,往天边升腾。车站那边的火车头的烟气也混合了进去。潮湿的草地、远处的山都是灰色的,正好跟苍黑的森林及片片乌云拼凑成一幅风景画。

　　沙皇这几天正在加利奇亚地区巡视着。突然传来通知说,他要到这个驻守部队来视察,沙皇是这支部队的荣誉长官。

　　沙皇随时都有可能抵达驻地。欢迎的仪仗队围着站台排开了。将士们等候了一两个小时,开始疲乏了。一连接着两列豪华的火车开过去了。没过多久,沙皇的专列到了。

陛下是在尼古拉·尼古拉耶维奇大公爵的陪同下检阅这支部队的，这支精锐的部队是由近卫军组成的。沙皇的声音并不大，但是每一句问候都会获得一阵阵雷鸣般的欢呼声。仿佛是摇晃了一个个颠簸的水桶里的水一样。

沙皇的笑容带着些腼腆，让人感觉好像比起纸币和勋章上的肖像要显得更为沧桑和萎靡。他很憔悴，还有点浮肿。他不知道在这种场合里应该做些什么表示，因而时不时地侧过头来，带着歉意地看一看尼古拉·尼古拉耶维奇。尼古拉·尼古拉耶维奇恭恭敬敬地弯着身子凑到他的耳边，不需要说话，只需要眉头或肩膀的动作就足以使他摆脱这种窘迫的局面。

山谷里的清晨灰蒙蒙的，非常湿热，让人觉得沙皇的确很可怜。但是这位统治者的本性虽然胆怯，却是个暴君。一想到生杀大权正是被这种性格软弱的人掌控着，就让人毛骨悚然。

"他本应该发表一些演说的，例如：'我，我的剑和我的人民……'就像德皇威廉那样，总之就是这一类的话。当然，必须得提一提人民，这个可不能少。可是他虽然流着的是俄罗斯的血液，但却庸俗浅陋。在俄国这种装腔作势是匪夷所思的。这就是装腔作势，不是吗？如果说在恺撒统治下的民族，比如高卢人、斯维夫人、伊利里亚人，我倒是还能理解。那个时期过去之后，一谈到人民就是空话，就是为了那些国王、政客和贵族在演说时的必备辞藻：人民，我的人民……"他停顿了一会儿，继续说，"一听到沙皇到前线来巡视的消息，新闻记者多得泛滥了。各种各样的'见闻'，记录下所有的名言警句，探访了伤员并且提出了反映民意的新见解。一种是如同达利[①]先生还活着的时候，一样是擅长杜撰、有文字癖、追求辞藻华丽的写作狂。另一种是喜欢用些零星的词句精雕细刻，而且还充满质疑和悲观的情绪。比如说，我以前读过一位记者是这样写的：'天色昏暗如同昨日一般。雨从清早就一直下着，遍地是泥淖。从窗前瞭望大路，那是陆续前进着的看不见头的俘虏。伤员被运上了车。大炮还在不停地射击，今天跟昨天一样，明天还是会跟今天一样，每天如此，每小时如此，循环往复……'你瞧，这是多么深切，多么调皮！只是他为什么把怒气都撒在大炮上？居然要求大炮变着法儿地打出来，太自以为是了！为什么只觉得大炮奇怪，而不认为他自己每天用千篇一律的方式记流水账奇怪呢？为什么不让这种像跳蚤似的匆忙发出的冠冕堂皇的词句停止呢？他该知道，这与大炮根本没有关系，而是他自己必须好好更换下面貌了，不要总是一副陈腔滥调，在那笔记本上记下大量没用的、没有任何意义的东西；要是没有自己的见解，没有一点奔放的想法或者某种非凡的色彩，他的报道不会有任何价值的。"

"说得很对，"戈尔东突然打断了他的话，"我现在得说说今天我们亲眼看见的那件事。哥萨克人居然拿一位长者来嘲笑取乐，就像数不清的类似的情况一样，是一种再普通不过的卑劣下贱的行为。很明显，对这种行为是完全用不着讲什么大道理的，狠狠地抽他几嘴巴就可以了。关于犹太这个种族的问题就需要讲讲道理了，它会存在于让人意想不到的道理的另一个面。只是，我也没有任何新的见地。我们的这些想法都是源自于你舅舅。

"人民是什么？这就是你之前所问到的。对他们是否需要过于迁就和照顾？难道不是一心一意来取悦人民的，而是用自己的丰功伟

---
①达利（1801—1872年），俄国作家。

业使民族不断前进，为民族增光，并受到歌颂而名垂青史的人，对于民族的贡献更大吗？哦，当然是的，这肯定是。不过话说回来，基督教的时代还有必要谈民族吗？这显然不是个普通的民族了，这是被劝服和同化过的。因此转变才是关键。并不在于信守着旧的原则。就说说《新约》吧。它是怎么解说这个问题的呢？首先，《新约》并没有下断言：必须这样，必须那样。它只把一些朴素的、稳重的话天真而含含糊糊地提出来。它提到：你是否愿意过上幸福的生活，是否愿意得到精神上的快乐？最后，大家自愿接受了这个劝谕，一直流传了几千年。

"《新约》提到天堂里没有古希腊人和犹太人的分别，难道这就是在说上帝面前人人平等吗？当然不是，如果是单纯地为了这个问题，自然也就不需要《新约》来解释了。在此之前，希腊的哲学家、罗马的圣贤以及《旧约》的先知们早就提及过这个问题了。不过它是说：在冥思苦想的心灵中，出现的新的生活方式，新的社会交往范围里，就是说在所谓的天国里，没有民族之分，只有个人的存在。

"你刚才说，要不是人把某种意义加进去的话，事实就不会有任何的意义。但是基督教和个人奉行的宗教仪式中就是加入了很多意义进去，所以觉得事实更有意义。

"我们谈到了那些庸庸碌碌的人，他们对生活、世界来说没有任何的贡献。那些鼠目寸光的二流货色，他们的着眼点就是喜欢谈论人民，弱小的人民就要遭受苦难，就得听任他们的摆布，同时可以满足他们身上大发善心、自吹自擂的欲望。犹太人便是这种灾难里绝对的受难者。民族意识规定他们保持着无动于衷地长久充当百姓的观念，子子孙孙都不能改变。在这期间，他们中出现了那么一个人,受他的影响,全世界都从这种微贱的束缚中拯救了出来。多奇怪呀!这是怎么解释呢?这是个令人振奋的节日,这种从平凡的世俗之中脱颖而出的飞跃改变了整天碌碌无为的状态,这一切就出现在他们的土地上,用的是他们的语言,属于他们的种族。他们怎么会对这些都视若无睹、漠不关心呢?他们怎么能让自己的精神失去这种美德和力量的引导呢?他们不会同意在这股力量取得胜利、能控制一切地位的时候,理所当然地继续充当被他们抛弃的这种怪事的虚有其表的外壳。这样自寻烦恼到底对谁有利,到底是谁需要生生世世地忍气吞声,让那么多的灵魂,无辜的老人、妇女以及儿童流血?为什么这个民族的精神支柱不将这种廉价的、闻名遐迩的受苦的方式和带着讥讽的智慧远远地甩开?为什么不愿冒险放弃自己的这项不可更改的职责,而像锅炉在巨大压力之下爆炸一样,把这支不知道为了什么而正在挣扎和受到残害的队伍释放出来?那些人怎么不说:'你们该清醒了,都受够了。不能再这样了。不可以像以前那样自以为是了。散开吧,跟其他人住在一起。你们理应跟所有人一样。你们就是这世界上最早、最好的基督徒。你们不要做那些最低级的、最软弱的人,那是你们的对立面。'"

13

第二天,日瓦戈回来吃午饭的时候说:

"你总是急着说要走,这话可真的应验了。我不能说'你真幸运',我们再一次被包围了,这算是哪门子的运气?东边的路还通着,可敌人又从西边向我们逼近了。所有的医疗单位都接到命令正在撤退。我们明天或者后天就要转移了。不知道要到哪儿去。卡尔片柯,米哈伊尔·格里戈里耶维奇的衣服肯定还没洗好,是吧。真是说也说不清楚。总是干亲家、干亲家地叫着,你要正经问他是怎么个干亲家来着,他自己也不知道,真是蠢驴。"

他没去听勤务兵怎么在那儿东拼西凑地为自己辩解,也没有留意临走前因不得不穿上日瓦戈的内衣而不怎么痛快的戈尔东,接着往下说:

"唉,我们这种行军中设置的住所,真赶得上吉卜赛人的窝了。起初,我觉得看什么都不顺眼,炉子放的地儿不对,天花板低得都要挨到头了,又脏又闷。现在,就算你把我打死,我也想不起来此之前还住过什么更好的地方了。炉子角边的瓷砖把阳光反射过来,路边那棵树的影子在那儿摇晃着,如果就在这儿住上一辈子也行啊!"

他们不慌不忙地收拾着行李。

夜幕降临后,喧嚷声、喊叫声、射击声、奔跑声把他们从睡梦中惊醒了。不祥的火光把村子照得亮堂堂的。窗户上人影凌乱地晃动。隔壁的房东也醒了,翻着身子。日瓦戈医生说道:"卡尔片柯,快跑到外边去打听打听,乱糟糟的,到底是怎么回事。"

情况很快就明了了。日瓦戈赶紧穿好衣服,亲自跑到师部医院去,想证实这是谣言,没想到这是实情。俄军在这一地段的抵抗被德军突破了。防线向村子这边退来,越逼越近。这个村子已在炮火的射程之中了。撤退的命令还没有下来,师部医院和机关就开始匆忙地撤离了。天亮以前应该可以完全撤退。

"你跟着第一梯队走,坐上那辆敞篷大马车现在就走,我已经让他们等你了。再见了。我送你上车。"

他们向村子的另一头跑去。经过房屋的时候,他们弯下腰,借着墙角的掩护。子弹在街上放肆地呼啸着飞过。田野边几条路交叉的道口上,仍然可以看见榴霰弹爆炸的火光,像一把撑开的巨伞。

"那你怎么办?"戈尔东一边跑一边问。

"我随后就走。还要回去取些东西。我会跟第二梯队一起。"

他们在村口握手告别。几辆大车和一辆敞篷车组成了一支车队出发了,一辆挨着一辆,然后逐渐排成一线。日瓦戈医生挥着手,给远去的朋友送上最后的关心。烧起来的木板棚的火光把他们的身影照亮了。

日瓦戈医生尽量倚着房檐屋角,赶紧往回跑。再跑过两幢房屋就到他住的地方了,突然间一股强烈的爆炸气浪把他推倒在地,一颗开花弹打伤了他。日瓦戈医生就这样跌倒在路的中间,鲜血不断地流着,他渐渐地失去了知觉。

14

陆军医院撤下来后孤单地设在西部边境的一座城市里,那儿离铁路不远,大本营就在附近。二月底的日子很是温暖。军官病房里,他们的身体即将要复原了,日瓦戈医生也在那里治疗。他要求医护人员把临近他病床的那扇窗打开。

午饭的时间快到了。伤员们以自己的方式消磨着开餐前的这一小段时光。他们听说有一个新到的护士要来这儿查房,今天是她第一次来这里查房。加利乌林正躺在床上翻看着刚刚收到的《言语》和《俄罗斯之声》。日瓦戈医生就睡在他的对面,东尼娜的信被野战邮局送到了日瓦戈医生的手上,他正在读,因为战事的耽搁,东尼娜的信积压了不少时日。暖暖的轻风吹动着信笺和报纸。一阵轻缓的脚步声传了过来。日瓦戈医生把注意力从信纸上转移了过去,把眼睛抬起,原来是拉拉。

日瓦戈医生跟少尉都把她给认出来了,只不过他们彼此都不知道而已。拉拉也不认识他们俩。她说:

"你们好,为什么把窗户打开了?难道你们就不怕冷吗?"她一边说,一边往加利乌林的跟前走去。

"哪里不舒服吗?"她一面问着,一边抓起他的一只手,准备量一下他的脉搏,可是拉拉立刻又把少尉的手放开了,自己坐到离床不远的椅子上,窘迫的神情堆了一脸。

"拉里莎·费奥多罗夫娜,真是想不到在这儿见到你啊!"加利乌林少尉回答说,"之前,我和您的丈夫帕维尔·帕夫洛维奇在一个团里,我们曾经住在一起。我这里还保存着他的东西呢!"

"不,这不可能,"她连声说,"真是缘分啊。少尉大人您认识我的帕沙,对不对?请您快点告诉我,这一切都是怎么回事儿?您之前的意思是他牺牲了,已经埋进土了?求您什么都别瞒着,您不必为我担心,我能接受。"

加利乌林还没有足够的勇气去告诉她真实的情况。他决定暂时对她说一个善意的谎言,好让她把心安下来。

"敌军抓了安季波夫。"他说,"他在发起攻击的时候,率领着自己的那队人冲在了前面,离主力部队太远了,最后,就剩下他一个人被包围了,他没得选,只能投降。"

对于加利乌林的话，拉拉一点儿也不相信。这番话让人感到太突然了，她的情绪十分激动，眼泪控制不住，就像泉水那般迅速往外涌，拉拉不愿意在外人面前哭泣。她赶紧站起来，快速地向病房外走去，打算在走廊里平复下来。

不一会儿，表面已经平静了的拉拉再次走进了病房。她刻意控制住自己不往加利乌林那边看，不想忍不住再一次哭出来。她径直走到日瓦戈医生的床前，漫不经心地、职业化地说：

"您好，请问您什么地方不舒服？"

日瓦戈看见她一脸的悲楚，双眸里蓄满了泪水，想从她那里知道究竟发生了什么事。他们曾经两次相遇，一次是他在中学时代，另一次是在大学之后，很多话想讲，但日瓦戈心里很徘徊，欲言又止，他认为这样有些失礼，会让她觉得他故意套近乎。突然，他想起在西夫采夫时，去世的安娜·伊万诺夫娜躺在棺材里的样子和东尼娜的哭喊，就忍住了，说了一句：

"非常感谢。我是医生，我会照顾好自己的。您不必管我。"

"我哪儿得罪他了？"拉拉想，吃惊地看着这位鼻梁高高的、长相并不好看的陌生人。

一连几天的天气都是多变的、不稳定的，夜晚潮湿的泥土气味吹来，温暖的风就开始飒飒作响。

最近，一些奇怪的消息不断地从大本营里传出来，家里、内地也相继传来了令人惶恐的谣言。跟彼得堡的电讯联系中断了。政治话题在各个角落里谈论起来。

每一次轮到安季波娃值班，早晨和晚上她都会查一次房，查房时会和病房的伤员，还有加利乌林、日瓦戈说上两三句闲话。"这人真奇怪，耐人寻味，"她这么想着，"这么年轻就对人不客气。还长了个高鼻梁，也算不上漂亮。不过，他正经、非常聪明、头脑灵活机智，让人感觉不错。这不是主要问题。目前最要紧的是赶快完成自己的工作，然后调去莫斯科，跟卡坚卡离得近一点。到莫斯科后，就要求解除护士一职，再回尤里亚金去，回学校去工作。"因为她想知道的关于帕沙的情况也都知道了，所有的希望都落空了，没有必要再充当什么战地女英雄了，她此行目的不就是为了找他吗。

卡坚卡现在怎么样了呢？她还那么小就失去了父亲（想到这儿她又哭了起来）。这段时间以来变化太大了。不久前，满脑子都是报效祖国，军人的英勇以及崇高的社会感。战争打败了，这是最主要的灾难，其他的所有也就失去了光彩，神圣的意味荡然无存了。

突然一切都变了，言论变了，空气也变了，不会思考了，感到无所事事。像个孩子那般，原本一直是让人牵着手走的，现在忽然就放开了手，得自己学着走。没有亲人和权威人士在身旁。这时，只想依赖最主要的东西——生活的力量、美、真理，让它们，并非是让已经被人类打破了的各种法规来支配着你。让这些东西支配着可以使你过一种更加充实、毫无遗憾的日子，这些比过去的那种平静、熟悉、安逸的生活更加令人向往。但是，在这种情况下，拉拉很快发现了一点——抚养卡坚卡就是她唯一的目的。帕沙离开了，拉拉作为一个母亲而活着，她要把所有的力量都倾注在卡坚卡这个失去了父亲的可怜的小女孩身上。

戈尔东和杜多罗夫来信说他们没有得到日瓦戈的同意就把他的

书出版了,书非常受欢迎,这暗示着他在文学上前途一片光明。莫斯科目前的形势令人非常感兴趣,同时也使人惶惶不安,贫民里隐伏的愤怒情绪越来越强,大家好像正处于某一重要事件的前夕,严重的政治风暴已经逼近了。

夜深了,日瓦戈一直勉强打着精神。他时醒时睡,心里觉得在这样紧张了一天后,他是不会睡熟的,当然,现在的确没有睡着。窗外,睡意正浓的微风好像轻轻打着哈欠。似哭似诉的风好像是在说:"东尼娜,萨申卡,我非常想念你们,我十分渴望回到家去工作啊!"在日瓦戈和微风低声的诉说中,睡了又醒,醒了又睡,一股时而甘甜、时而痛苦的感觉在这个时刻更迭着,如同这捉摸不定的天和那阴晴不定的黑夜。

拉拉想:"少尉的关心似乎过了点,怀念着可怜的帕沙,并且保存着他的遗物,我蠢得像头猪,连他是谁、从哪儿来的都没问清楚。"

次日早晨查房的时候,她为了弥补前几次的疏忽,以及想要遮掩下自己的失礼,她仔细地询问了关于加利乌林的一些情况,中间不停地发出惊叹声。

"天啊,您真是太高明了!在布列斯特街二十八号,季韦尔辛一家,一九○五年革命的那个冬天,尤苏普卡?不,对不起,我不知道尤苏普卡,或许是忘记了。就在那一年,那一年还有那个院子!啊,没错,是有一座院子的,也就是在那一年!"她忽然间把所有的都回忆起来了!当时还有那些枪声,还有(什么来着,突然间又想不起来了),还有《基督的意愿》啊!小时候的那些最初的记忆,真的具有巨大的力量啊,让人终生难忘!"对不起,请原谅我的惊讶,少尉,我该怎么称呼您?噢,对,对,您之前告诉过我了。谢谢,非常感谢您,奥西普·吉马泽特金诺维奇,是您唤醒了我沉睡了多年的美好回忆以及思念!"

她这一整天,心里只装着"那座院子"到处走,叹息接连不断,那些盘算差点就要脱口而出了。

"想一下吧,在布列斯特街二十八号!又是枪声,眼下的枪声可比那时候的可怕多了!已经不再是那些'小男孩们在放枪'了。当年的小男孩子如今已经长大成人了,他们都在军队里,来自那些同样的院落、同样的村庄的普通人。变化太惊人了!太不可思议了!"

旁边病房里的那些轻微伤残能够起床的病号,纷纷撑着手杖和支着拐跑进房来,大家抢着喊道:"发生特别重要的事情了。彼得堡街上开打了。防卫彼得堡的部队都站到起义军这边了,革命了。"

第五章 告别旧时代

1

梅留泽耶沃小城,坐落在一片黑土地上。蝗虫漫天招摇着,像是一整片乌云悬挂在城市屋顶的上空,黑色的潮水也带来了灰蒙蒙的尘烟,那是部队及辎重车队正从梅留泽耶沃城穿过。熙熙攘攘的人流和车辆不分日夜地从这里路过,他们都是从战场撤下来或者是上前线的。没有一个人可以说清楚,是在继续打仗呢,还是这场战争已经打完了呢?

每天都会有一批新的职务像雨后春笋般冒出来。这些新的职务都要选一批人去就职,医生日瓦戈、中尉加利乌林、护士安季波娃,以及他们那个圈子里的其他几个人,可都算得上是来自大都市,见过世面的,屈指可数的人物。

他们不仅在市自治的各个机关里任职,还兼任了部队和医疗队分驻在那几个小地方的政委。他们觉得处理公务不过是在玩户外捉人的游戏而已,持着一种娱乐、消遣的态度。渐渐地,他们开始对这种游戏厌烦起来，想要以最快的速度结束这种游戏，好赶回家去，重操旧业，以谋生计。

因为工作上不可避免的往来关系，日瓦戈与安季波娃经常会见面。

2

雨水把黑漆漆的烟尘搅乱了，成了咖啡色的泥浆，把梅留泽耶沃城的街道弄得泥泞不堪。梅留泽耶沃城非常小。走在街上，随意找个地方，沿着街角往外走上一小段路程，就可以看到一望无垠、忧郁的田野和灰蒙蒙的暗色天空，这儿是战争与革命的战场。尤里·安德烈耶维奇给妻子写了封信：

部队里还是那样溃败、杂乱。已经采取了一些措施，想办法增强士兵的纪律性，提高他们的作战能力。我一有空就到附近的部队去勘察。最后，我想告诉你的是，可能我很早以前就跟你说过了——在这里，我和乌拉尔人安季波娃在一起工作，她就是那个从莫斯科来的护士。你还记得你母亲逝世的那个可怕的夜晚吗？圣诞节的晚会上有个姑娘对着检察官开了一枪？好像她之后还被审判过。我还没有忘记，那时跟你提到过的，她还是个在师范学院就读的女学生，我和米沙以前在一个条件不好的旅馆里见过她。如今也记不起来当时是因为什么事跟你父亲在那个风雪狂肆的晚上一起去的了，好像就是在普列斯纳武装起义的时候吧。她就是跟我一起工作的安季波娃。有几次，我想尽所有的办法准备回家的。只是，这并不容易。工作还不是最主要的，那些事儿可以叫别人代办，这倒不会有什么干扰。眼下最难的就是交通。要么就是没有火车,要么就是挤不上火车。

不过,看样子是不会这样一直下去的,因此,有几个伤势痊愈的、退役的、辞职的人,当然,也包括我、加利乌林以及安季波娃。我们决定下周一不管怎样也要出发。为了方便坐车,我们分散开来,把各自离去的日子岔开。

没准儿哪天我就到家了,像雪花那般飘落到你的头上呢!不过,我还是会事先给你发个电报。

在准备起程前,尤里·安德烈耶维奇收到了安东尼娜·亚历山德罗夫娜的回信。

安东尼娜·亚历山德罗夫娜是在痛哭的情况下写的这封信,连字眼都没时间斟酌、泪痕遍布了整张信纸,一眼望去,像极了标点符号。她尽全力去说服丈夫干脆不必回莫斯科了,直接跑到乌拉尔去找那个不同寻常的女护士得了,她即使是穷尽一生也无法比得上那个女护士所经历过的那些遭遇的。她写道:

你不用担心萨申卡还有他的未来,你没有必要因为萨申卡而觉得羞愧。我一定会像当年你在我们家所见到的那些规矩来养育他的。

尤里·安德烈耶维奇赶紧把笔拿起来,在信纸上笔走龙蛇地写着回信:

东尼娜,你是不是疯了?东尼娜,你的疑心病真大啊!难道你还不清楚吗,或者是还没有理解透彻,正是因为对你的日夜想念,对你以及我们家庭的忠诚,我才能在这两年战争期间里战胜了死亡,逃脱了所有可怕的、毁灭性的东西。事实上，说这些话也都是多余的。我们很快就要相见了，又像以前那样生活，那时所有误会都会水落石出。不过，你能给我回复这样的信，倒也引起了我的担心。要是我的信真的使你产生怀疑的话，那么可能，是我的举止确实有轻率之处，如此说，我在那个女人面前的某些不经意的举动会使她觉得迷惑不解，我理应向她道歉。等她从附近的几个村子巡视回来后，我一定立即去道歉。以前只是省、县一级才有地方自治会的，如今在更低一级的机构，在乡里，也有了。安季波娃去帮助她的一位女性朋友了，那人是负责指导这些新设的法定机关工作的视导员。

虽然我和安季波娃住在同一幢房子里，可是到现在我还不清楚她住在哪个房间，当然，我也从来没想要知道，可这感觉倒真是棒极了。

3

有两条大路，从东往西贯穿了梅留泽耶沃城。一条是土路，穿过森林后，就通往了济布申诺。济布申诺是个买卖粮食的小镇，行政区隶属梅留泽耶沃的下一级，可是，梅留泽耶沃在别的方面还不如济布申诺呢！另一条是碎石路，可一进入夏季它就会变成干涸的草地，这里是通往比留奇的。那是离梅留泽耶沃很近的两条铁路交会的一个枢纽站。

六月份的时候，济布申诺出现过一个由当地的磨坊工人布拉热依柯宣告成立的济布申诺共和国，这个独立的国度存在了两个星期后就消失了。

济布申诺共和国是依靠着二百一十二步兵团的部分逃兵组建的。

这部分逃兵携枪离开了驻守的阵地，经过比留奇来到济布申诺，碰巧撞上了革命。

这个由部分逃兵组建起来的共和国不认同临时政府，并且脱离了俄罗斯。布拉热依柯年轻时，曾经跟托尔斯泰互通过书信，是个教派分子，他宣布济布申诺的成立是恒世不变的统治，会实施集体劳动与财产公有化，还要改乡的行政机关为使徒会。

各种奇谈怪论总是从济布申诺层出不穷地冒出来。它隐藏在一片枝繁叶茂的树林里，且不利于通行，混乱时期的文献里已经记载了这里一些不寻常的情况，之后，因经常有强盗活跃在这附近而令此地家喻户晓。人们休息或空闲的时候，时常会提起它，这儿有很多富庶的商贾，还有肥沃的土壤。靠近前线西面的那一片地方，有些风俗信仰与方言特色也都是从济布申诺传过去的。

现在有一些关于布拉热依柯的那位主要助手的谣传。人们断定聋哑人是凭借着灵气才可以开口说话的，一旦灵气散开，就成了个名副其实的哑巴。

六月间，济布申诺共和国被瓦解了。效忠于临时政府的一支军队攻占了这里。把那部分逃兵驱逐出境了。溃不成军的逃兵们只好向比留奇撤去。

比留奇的铁路线外边有片被砍伐过的森林残址，大概有几俄里的范围，那儿到处都是剩下的树桩，遍地都是草莓，没有运完的乱七八糟的柴垛铺满了一半的地面，还有之前那些季节性伐木工人居住的房屋，如今全都坍塌了。击溃的逃兵就在这片森林里扎了营。

4

扎布林斯卡娜伯爵夫人的别墅成了日瓦戈医生之前在那儿疗养、后来便留下工作、现在又即将要离开的陆军医院。伯爵夫人在战争刚刚爆发的时候就把它捐献给伤兵了。伯爵夫人的这座别墅有两层楼,就修在梅留泽耶沃最好的那块地上,而这栋别墅刚好就在城里主街道与中心广场的十字路口的位置上。以前,士兵们都在这个广场上出操,现在,晚上会在这里召开群众大会。因此,人们把这里称之为操场。

这个广场处于交叉路口上,从别墅几个不同的角度往外望去,视野都非常的开阔。除了主街道跟广场之外,还能看到旁边一所相邻的院落。那里住的是户外乡人,寒碜得跟农村住户一模一样。伯爵夫人的旧花园就在别墅的后墙外,旧花园里有道门可以直接通往邻家的院子。扎布林斯卡娜一直没把这幢别墅当回事儿。她在县里还有一块名为"逍遥津"的领地,这幢别墅只是她在城里办事的落脚点。夏天的时候,客人们会从各个地方往这里汇集。这栋房子的女主人在彼得堡被捕后,就只剩下两个仆人了。一个是伯爵夫人女儿们的家庭教师——弗列里老小姐;另一位是女厨师乌斯季尼娜,她的肌肤似雪。弗列里小姐的头发已经花白了,却是个面色如苹果那般红润的老太婆,一双便鞋懒散地拖在脚上,穿着一件过于宽松的邋里邋遢的长褂。弗列里小姐就以这副模样披头散发、蓬头垢面地在医院里穿梭,打打下手。她对医院产生了感情,一如当年对待扎布林斯卡娜一家那般,见人就用那蹩脚的俄国腔调谈论点什么,把俄语的尾音参照法语的习惯去掉了。

她总是喜欢手舞足蹈地说话，不断地挥动着双手，接近尾声的时候就会爆发一阵沙哑的笑声，最后难免是由一阵长咳结束话题。弗列里小姐非常了解护士安季波娃。她一心认为医生与护士相互倾心是上天注定的事。弗列里小姐非常喜欢浪漫，有撮合男女的嗜好，这位年纪比较大的小姐总是会非常快乐地把他们两个撮合在一起。每到这时，她就会用手指耐人寻味地在一旁指指画画着，那副模样怪吓人的，调笑似的跟他们眨巴着眼睛。安季波娃感到不明所以，医生倒是觉得非常生气，而这位老小姐还是一如所有脾气怪诞的人那样，一直以来都是把自己的错误观点摆在首位，无论如何都不愿丢掉。

这栋房子里另一位女士乌斯季尼娜古怪的天性更是有过之而无不及。她是个天生下身肥胖的女人，像极了一只抱窝的母鸡。她为人古板，却又干练到狡黠的地步，但是，她的头脑是由极强的理智和幻想力组成的，尤其是对迷信有一种无法控制的偏好。

乌斯季尼娜熟知很多民间的咒语，每次要离开家外出时，她都会对着钥匙孔念上几句咒语。说上几句请求炉火安然无恙以及自行避邪的话后，她才会放心迈出步子。乌斯季尼娜是济布申诺某个乡村巫师的女儿。

一旦那股奇怪的激情没有把乌斯季尼娜压倒，她可以整年不说一句话，如果一夕爆发就没有办法阻止了，她满心所想的只有为真理而战。

自从济布申诺共和国被攻陷后，梅留泽耶沃就展开了一场反对各地无政府潮流的运动。每天晚上，居民们会自发地在操场上形成平静的集会，人数不算多，闲着无聊的当地居民都会悠闲地散步到这儿来,如同以前夏季的时候去消防队的前面,露天闲坐着那般。这种集会受到了当地文教干事的赞赏,时常会从文教局或是路过的人群中委派些人给他们做指导。他们一直觉得最荒诞无稽的就是济布申诺那个聋哑人的传说,因此在发言时会不停地加以揭露。尽管如此,梅留泽耶沃本土的小手工业者、士兵和原来老爷们家里的女仆,却有着不同的看法。他们认为那个聋哑人的传说不是完全荒诞的,因此,都站出来为他辩护。

乌斯季尼娜也经常挤在乱哄哄人群里,帮着聋哑人辩解。一开始,她还在为是否去抛头露面而犹豫不决,女人的羞涩心理一直在牵绊着她。后来,她渐渐地鼓起了勇气,大胆地顶撞那些在当地并不受欢迎的演讲者。她在不经意间就成了讲台上的主要发言者。

操场上的说话声混成一片穿过打开的窗子,传到了别墅里。如果在非常宁静的夜晚,还能够断断续续地听到别人的发言内容。每次轮到乌斯季尼娜发言时,老小姐弗列里都会跑到一边说服大家要小心翼翼地去听,一边用那蹩脚的俄语,杂乱无章而又兴高采烈地模仿着说:"说不过了!说不过了!跟串连珠炮似的!叫了一声!哑巴!变了,又变了!"

这老小姐的心里暗自将这个口若悬河的刁蛮女人当作崇拜的偶像。这两个女人总是会体贴入微地体现出彼此之间唇齿相依的关系,尽管如此,还是会永无休止地互相唠叨和责备。

5

尤里·安德烈耶维奇循序渐进地准备着自己的旅程:逐个去和

朋友道别，从单位那边领取到了那些重要的证明文件。

这个时候，这支前线部队的新政委正在上任的途中，在城里歇息了下来。不少传闻说这位新上任的政委还是个乳臭未干的毛孩子。

那时，政府正在准备一次大规模进攻，竭尽全力地想要把部队的士气提高。部队集结完毕后，组建了革命军事法庭，恢复了前不久才取消的死刑。

在临走之前，日瓦戈医生得去城防司令那儿办理注销手续。这儿的城防司令是军事长官，大家都称呼他为"县长"。

他那里常常被围得水泄不通，使人望而却步。不管是走廊上还是院子里，就连办公室窗外的那半条街，都是一片闹哄哄的。

在这种情况下，根本没有办法挤到他的桌子前，几百个人都异口同声地叫嚷着，最后谁也听不清到底说了些什么。

这天是休息的时间。那间办公室里空落落、静悄悄的，几名文书对公文的程序越来越复杂感到不满，安静地书写着，不停地互相交换几个带有讽刺意味的眼色。一片欢声笑语从首长办公室传了出来，那人必定是把制服的领子给敞开了，正休闲地享用着清凉的饮料。

加利乌林刚好从内间走出来，一见到日瓦戈，他的动作就如同准备开跑那般，热情地招呼医生也一同进去分享那儿的快乐。

医生也正好要进办公室去找首长签字。进去后，他才看到他们衣冠不整，到处都是乱七八糟的。

新政委在这个小城镇上已经是目前头号风云人物了，但是他并不着急前去上任，而是在这间与司令部急务一点儿干系都搭不上的办公室里逗留，他站在这几个部队文职人员的面前滔滔不绝地讲着。

"这是我们的另一位主角儿，""县长"就这样把日瓦戈医生推荐给了新政委,只是这位新政委只顾着自我陶醉,看也不看医生一眼。"县长"为了给医生签字,把原来的姿势改变了一下,又立刻恢复了原来的姿势,他很客气地用手势示意日瓦戈,让他坐在屋子里那个低矮的软坐凳上。

整间屋子里就只有医生中规中矩地坐在那儿,其他人的姿态,一个胜过一个的放纵、不加检点。"县长"用手把头托起,学着皮却林①的样子斜躺在写字台旁;他的助手身体肥硕,就坐在对面沙发的扶手上,盘起双腿,仿佛胯下是一副女式鞍具;加利乌林倒着骑在了椅子上,用双手夹紧椅背,把头靠在上边;年轻的新政委时而用手撑起坐到窗台上,时而又从窗台上跳下来,像极了一头出洞不久的狼,一分钟也不愿意歇息下来,踩着那细碎的步子在屋子里踱来踱去。他不停地说着比留奇逃兵的事。

这位新政委跟传闻说得如出一辙。他的确是个体形修长、匀称但是还没有发育完全的少年,还要装出一副为崇高的理想而燃烧的样子来。传说他出生在一个富有的家庭里,父亲好像曾经是枢密官。在二月的时候,他可是第一批领导自己的部队转到国家杜马方面的军官之一。估计他不是姓金茨就是姓金采,在给他们做介绍时,医生没听清楚。政委的口音是纯正的彼得堡腔调,不过,还稍带着一丝波罗的海东部沿岸的口音,吐字十分清晰。

他上装是一件直领的紧身衣。或许是觉得自己太年轻,感到浑身都不舒服。而为了看上去成熟一些,他把脸板起来故作演讲的姿态,还刻意摆出拱肩驼背的姿势。他把双手插到马裤的裤兜里,深深地藏着,耸起佩戴了新肩章的双肩,显得特别威武,从双肩到双脚,

---

① 莱蒙托夫小说《当代英雄》的主人公。

能够从上到下画出两条逐渐相交的直线。

"哥萨克团就在这附近,不过是几站铁路的距离。是个信得过的红军团。要是可以把他们调过来,把暴乱分子包围起来,事情就可以迎刃而解了。可是,军团司令非得要在最短的时间里将他们的武装解除。""县长"跟新政委汇报着情况。

"哥萨克?不管怎样都不可以!"政委突然间脸色大变,"一九〇五年早就不存在了,你现在说的都是些陈芝麻烂谷子的事!关于这个问题,我们的看法迥然不同,您的将军真是自以为是。"

"目前还什么都没有做呢,只是这么着打算。"

"我们跟军事指挥员有个协议,不干预作战部署和命令。我无法取消调动哥萨克团。还是让他们按照原来计划的那么办好了。只是,理智告诉我,这必须得采取相应的措施做好防范。他们在那边扎营了吗?"

"也可以这么说,设防还是非常牢固可靠的。"

"哦,那好。我到他们那儿去下。请把这个危险的地方,也就是那伙绿林侠客所在的位置告诉我。虽然是群暴乱分子,还有着逃兵的头衔,却仍然还是老百姓。各位,请不要把这一点给遗忘。老百姓就是婴儿,得主动地去了解他们,摸清楚他们的心理,当然,这得要运用不同寻常的办法。得擅长主动触及他们最美好的、最敏感的心弦,这样才可以发出声响来。

"我非得去那个被砍伐过的林场一趟不可,还要跟他们真心诚意地畅谈一番。您就等着瞧吧,他们会服服帖帖地返回之前被他们放弃了的阵地的。想要打个赌吗?还不相信吗?"

"这可不见得呀。不过,愿上帝保佑!"

"我要跟他们说：弟兄们，来瞧瞧我吧。我是家里的独子，是家里的希望，而我不惜一切，牺牲了家庭、父母的爱，就是为了给你们力争其他国家的人民都无法享受的自由。还有很多的青年都和我一样，也是这么做的，更何况是那些老一辈的革命家们呢？没有必要再去述说那些受尽了苦难的民粹主义者和民意派了。难道我们这般卖力的奋斗就只是为了自己吗？莫非我们一定得这样做？如今的你们都不再是曾经的那种士兵了，你们是这世界上第一支革命队伍中的军人。你们可以平心而论，能否配得上这个崇高的称号？正逢祖国的身上在流淌着鲜血，应尽最后的气力去挣脱缠在身上如同毒蛇一样的敌人时，你们竟然情愿遭受那群不明出处的路人的糊弄，让自己在不知不觉中成了败类，成了一群不受拘束的、得寸进尺的恶棍。这就像是把猪放在桌子底下养，猪蹄子肯定会扒到桌子上来的——哼，我倒是把这群人给看得通透了，必须得让他们晓得羞耻是什么！"

"不，这可不行，这个风险太大了。""县长"试探着把自己的不同意见提出来，一面私底下跟助手交换了一个耐人寻味的眼色。

加利乌林极力劝说新政委打消他那种极其不符合常理的奇特想法。加利乌林非常清楚第二百一十二步兵团的那群胆大妄为的人，他曾在该团隶属的师里服役过。只是，新政委压根儿就听不进他的话。

尤里·安德烈耶维奇早就想起身离开了。新政委那番天真稚嫩的表演让他觉得非常不自在。"县长"和他的助手虽然精于冷言冷语、诡计多端，但夸耀聪明的手段并不比他出色。这种愚昧和狡黠正好抵消了。这一切都是在长篇累牍的废话中体现出来的，没有一点存在的意义，没有确切的含义。生活原本就是急需摆脱这些的。

啊，有时是多么希望可以远离这些平庸而又高调、毫无趣味的老生常谈啊！在好像无声的大自然的寂静里恢复自然的状态，要么就默默地长期献身于坚强的劳动中，要么就干脆沉浸在酣睡、音乐以及心灵交融之乐的无言里！

医生这才想到，他得向安季波娃做出并不令人开心的解释。为了与她相见，他觉得十分高兴，当然，这得付出不小的代价。只是，她是否已经回来了，还说不清楚。最后他抓住一个方便的机会，立即站起来，悄无声息地从这间办公室走了出来。

6

她已经回来了。她回来的消息是弗列里小姐告诉日瓦戈的，她还不忘加上一句：拉里莎·费奥多罗夫娜回来时，显得疲惫不堪，匆匆吃过晚饭后，就回自己的房间去了，她叮嘱任何人都别打扰她。"当然，您不妨试着去敲敲她的门。"这位老小姐热情地建议着，"她可能还没睡。""她的房间在哪儿？"医生的问题，让这位热心肠的老小姐颇感意外。其实安季波娃住在二楼走廊的最后一间屋子里，相邻的房间已经锁起来了，里面存放的是扎布林斯卡娅在这里的所有家具，医生一直没有到那边去过。

天色一下子就暗了下来，街上的行人变得多了起来。房屋与篱墙被笼罩在傍晚的暮色里，与之融为一体。灯光照耀着庭院深处的树木，远远看上去像是把窗口的距离给缩短了。这晚非常闷热，只要轻轻地动一下就会出汗。煤油灯的光带斜射到院子里，仿佛是几道脏水沿着树干往下流。

医生在楼梯的最后一阶，停下了脚步，心里想着：在舟车劳顿的人的房门上，即使轻轻地叩一小下，也是非常不合适且招人厌的。还是明天再来，把谈话推迟下。带着改变主意的惆怅，他踱到了走廊的另一边。那儿的墙上有扇窗子正对邻家的庭院。医生把身子从窗口探出去。

寂静的夜是由许多神秘的声响所组成的。在走廊周围能听到水池滴水的声音，每隔一小会儿就会均匀地冒出滴答声来。是哪儿的窗里有人低声细语地交谈着？有人在菜园里给黄瓜畦浇水，把水往另一只桶里倒，提水的铰链发出声响来。

空气中弥漫着花花草草的芬芳，大地仿佛只是在白天里昏昏地沉睡着，现在正是因为这些香气才逐渐恢复了神智。公爵夫人的旧花园里，那些坠落的树枝随处可见，阻碍了通行，一株高龄的柞树新开着花簇，它的香气宛如浓雾那般从园中缓缓升起，若隐若现地浮动着，如同一堵高耸的墙壁。

熙熙攘攘的人声从篱墙外的街上传来。那是一伙儿度假的人在嬉闹着，他们中有人不停地用力开门关门，还有几句零零碎碎的歌声也飘了过来。

公爵夫人花园里的树上有一个乌鸦巢，它的后面，露出来一轮特别大的、暗红色的圆月，起初像极了济布申诺那座用砖堆砌的磨坊的蒸汽磨粉机，随后它的颜色开始变黄，又变得像是比留奇火车站上的那个供水塔。

窗下，院子里的新鲜麦草的幽香，就像是睡美人的气息中还夹杂着花茶那般。院子里有一头母牛，是前不久，从很远的村子里买过来的，那头母牛被牵着走了整整一天。它已经很疲倦了，一心怀念着之前的牛群，不愿吃陌生的新的女主人手中的饲料。

"唷，唷——别耍小性子，你这鬼家伙，不准顶人。"女主人小声地责备着，这头母牛还是生气地把头甩来甩去，等会儿又伸出脖颈，哀怜地哞哞叫起来。一片星光在梅留泽耶沃那排黑漆漆的仓房后眨巴着眼睛，如同数不清的隐匿着的光线，似乎是从另外一个世界里的牲畜发来的怜悯。

四周的一切仿佛是块酵母正在不断地发酵，膨胀，升起。生活的深切感受宛如一阵潇洒的轻风，掀起了一股宽广的浪潮向前涌去。它没有固定的方向，只顾沿着田野还有城镇，穿过墙壁和篱栅，透过树木与人体，使得路上的所有事物都能感觉到它的颤动。为了平息这股洪流所带来的影响，医生朝着广场走去，想去听听集会上的那些谈话。

7

一轮明月高高地悬挂在夜幕的上空，洒下一片柔和的皎洁的光辉，滋润着万物。

在广场周围几幢公家的带廊柱的石砌房屋的阶前，一整块宽大的阴影就像是给地面铺上了一条黑色的地毯。

广场的另一边就是集会的所在处。只要你肯用心去仔细聆听，即使是隔着一个广场也能区分出集会的人说的话。但是，医生是被眼前这宏伟的精致景物给深深地吸引住了。他在消防队门口旁边的长凳上坐了下来，不去分辨对面街传来的人声，而开始向四周东张西望。广场的附近有几条荒僻的小巷子，顺着巷子望过去，在尽头那里隐隐约约可以看见几幢歪歪斜斜、破旧不堪的小屋。小巷里到处都是烂泥，不利于行走，跟乡下的土路一个样子。一排排长栅栏立在泥泞的地面上，那些栅栏都是用柳条编的，既像是被扔到池子里的烂篓子，又像是沉到水底用来抓螃蟹的篮筐。

几幢低矮的房屋把窗子敞开着，一些亮光映射在污暗的玻璃上。小花园里种了些玉米，它们把湿漉漉的长着淡褐色毛须的头往窗里面伸去，亮晶晶的花瓣像是被涂了一层油一般。锦葵显得有些苍白、消瘦，穿过歪斜的篱栅后，注视着远处，像极了被炎热从小屋里驱赶出来，单单就穿了件单薄的小汗衫到外面来吸上几口冷气的农户。

月光笼罩下的夜色真是奇妙，洋溢着温馨的、慈祥的疼爱。就在这明朗清澈的宁静里，忽然闯入了一个十分熟悉的、像是之前听到的谁的不紧不慢而又高亢的说话声。这种动听的嗓音里还夹杂着满腹的热望与信心。医生细细地聆听着，顷刻间就知道是谁了。那是新上任的政委金茨在广场上发表着演讲。

肯定是梅留泽耶沃当局想要凭借他的权威来获取支持。他慷慨激昂地指责当地的人缺乏组织纪律性，责怪他们轻而易举地就在布尔什维克的干扰下屈服了，并多次让大家相信布尔什维克就是济布申诺事件的罪魁祸首。秉持着这个精神，他用了在司令部讲话的口吻，谈及残忍而又强大的敌人，还有祖国所要面对的考验。讲到一半，大家开始打岔。

要求别打断发言的呼喊声和不同意他继续说下去的喊叫声交织在一起。反对声，一浪高过一浪，喧嚷声也逐渐大了起来。陪同金茨一起来的那个人，在此时扮演起了主持者的角色，大声嚷嚷着不准乱发言，大家必须遵守秩序。有些人提出要求，让他们中间的一位女公民说上几句话，另一些人发出了一片唏嘘声，表示要她别打搅金茨的演讲。

一个女人从人群中向那个翻过来暂时充当讲台的大木箱挤了过去。她没有想要走上台去,只是想靠着大箱子站着。大家都认识这个女人,之前的骚动立即停了下来。她把人们的注意力都吸引了过去。她就是乌斯季尼娜。

"您之前提到了济布申诺,政委同志您接着又说到了眼睛。您说,我们得把眼睛睁大,不要遭受蒙蔽。我是非常用心地在听您的讲话,您只是来来回回地说布尔什维克跟孟什维克,但是除此之外,您就没有提到其他的什么。目前,最重要的还是不要再继续打仗了,相互之间要以兄弟的情谊相待,这可是上帝所提倡的慈悲,跟孟什维克可没有任何的干系。所有的工厂都要交给穷人来管理,这也跟布尔什维克扯不上什么关系,这些都是凭着人的怜悯心。而那个聋哑人嘛,您不用亲自出马的,我们早就把他给骂够了,早都听烦了。他就像是你们的心病!不过他哪里得罪您了呢?不会就因为他是哑巴,没有得到您的允许突然就开口说话了?仿佛这是前所未见的稀罕事似的。怪事可不止这一件呢!比如说,瓦拉穆的驴就能说人话,这是众所皆知的。它说:

'瓦拉穆呀,瓦拉穆,求您别去那儿,到那儿会倒大霉的。'是不是啊?这些大家都是知道的。谁让他听不进去,最后还是去了。您说的那个聋哑人,和那头驴的情况也没差多少。他心里所想的是:凭什么听它的,一头驴,不过是个畜生而已。您还真别瞧不起畜生。最后您还是得后悔。估计您也知道,最后发生了什么事。"

"结果怎么样呀?"人群里有人好奇地问道。

"得了吧,"乌斯季尼娜反唇相讥地说,"操太多心会老得快呢!"

"不行,这可不行。你倒是说说,最后是个什么结果呀?"那人不肯罢休地追问着。

"结果,结果,你这纠缠不清的蠢货!还是碰个钉子吧!"

"你就别信口开河了,亲爱的。那不是洛特的故事吗,'洛特的老婆'。"远处有人喊道。大家顿时都笑了起来。那个临时担任主席的家伙让大家遵守秩序。日瓦戈则回去睡觉了。

8

直到第二天的晚上,日瓦戈才跟在储藏室里忙活的安季波娃见面。一堆熨好的衣服摆在了拉里莎·费奥多罗夫娜的面前,她在那儿继续熨着衣服。

储藏室就在二楼最后一排房子中,正对着花园。屋子里放着一些茶炊,在厨房里通过手摇式的升降机把食物送上来,分别盛放在那些盘子里,脏了的餐具也是从这里往下送到洗碗池去的。这间屋子里还存放了一些部队医院的物品。人们会来这儿对着账册清点食具还有卧具,闲暇时也会来这儿休息和小聚一会儿。

正对着花园的窗户都已经敞开了。院子里柞树的花香也跑到屋子里来了,还有那种只有在古老的花园里才会有的掺杂着兰芹干枝的苦涩味儿。一缕缕炭火的水汽从两只熨斗的身上发出来,拉里莎·费奥多罗夫娜交替着用它们来熨衣服,时而把这一只、时而又把另一只放到蒸汽管上加热。

"您昨天怎么没敲门?老小姐弗列里都告诉我了。当时您的选择是对的。我已经歇息了,不能请您进来。您还好吧?当心,别把我的衣服给弄脏了，那里撒了一些煤屑。"

"不难想象，您这儿的衣服是医院的吧，熨了这么多。"

"也不全是，大部分都是我的衣服。您总是取笑我别想离开这里。可是，这一次却是真的要走了。您瞧，我正在收拾行李呢，整理完毕就会立即动身。我回我的乌拉尔，您到您的莫斯科去。如果以后有人问起：'尤里·安德烈耶维奇，您听说过梅留泽耶沃吗？''我不大记得啊。''那么，安季波娃呢？''嗯……我也没有什么印象了。'"

"唉，就算是这样好了。您下去巡视了一遍，有什么发现吗？情况怎么样？"

"这可不是一两句话就能说完的——熨斗凉得还真快呀！要是不麻烦的话，请把那只热的递给我。对，就是放在管子上的那只。请把这只放到管子上去。对，就这样，非常感谢。每个村子的情形都不相同。有的村子里的老百姓勤劳、能吃苦，情况相对而言还不错。有的村子里则到处都是醉鬼，庄稼都荒废了，看着都觉得恐怖。"

"怎么可能，哪有什么醉鬼？事实上，您是知道不少情况的。主要的问题是：找不到人，男人们都被征去当兵了。好啊，先不说这些了。新革命的地方自治会怎么样了？"

"说到醉鬼这方面的问题，您没有说对，我还得纠正您的观点。地方自治会？自治会的事是很伤脑筋的。很多项规定无法落实，地方上也找不到一个能商量事的人出来。现在的农民只关心土地。我顺道去了一趟拉兹多利诺耶。那个地方真漂亮！您也应该去一趟。春天，那儿被烧了一部分，有些东西被抢走了。仓房被烧了，果树被烧得光秃秃的，大门也被烟熏坏了大半部分。没有去成济布申诺。尽管如此，任何地方都在说那个聋哑人的事情，这就可以断定那并非是谣传了,他的外貌也被大家描述了一番。听说,他是个年轻、有学问的人。"

"就在昨天晚上,乌斯季尼娜还站在广场的讲台上为他辩解呢!"

"我才刚回来,从拉兹多利诺耶运过来了很多的破铜烂铁。已经跟他们说过很多次了,让他们不要再动这些家具。您瞧,都还不够我们用的呢!早晨,卫戍司令部又派人把'县长'的条子送过来了。他急着要那套银茶具和水晶酒瓶。他保证只用一个晚上,用完之后马上归还。天晓得他们说的是归还还是别的什么。大部分的东西都在他们手里没了踪迹。当时准备拿走的时候都说会还的。说是因为要举办晚会,好像是来了个什么重要的人物。"

"啊,我想我知道了。是有一位前线部队的新上任的政委来了。我在一个偶然的机会中见过他一面。当时好像是在说如何处理那些逃兵、实施包围和缴械。那个新上任的政委不过是个乳臭未干的毛孩子而已,处事并不干练。曾经有人提议调用哥萨克。他的想法倒是新奇,想用他的眼泪去把问题给解决了。他把老百姓比作是婴儿,还有诸如此类的意思,他觉得这不过是哄着小孩子玩玩而已。加利乌林反复规劝他不能这样做,说这是作茧自缚,不过一旦新政委决定了,即使是九头牛也不可能把他拉回来。来,您听我说,请把你手里的熨斗稍微放一会儿,让我说完。这儿不久后就会闹出无法想象的乱子,我们根本没有办法去阻止。我希望您能在乱子爆发前,离开这儿!"

"这儿什么事都不会发生的,您只是把事态的严重性给夸大了。再说了,我也正在准备离开呢!可是,我总不可能急急忙忙地一走了之。我得对着账册把这些东西都做个交代,否则就像是我偷了什么似的。只是,这一切该向谁做个交代呢?这就是问题所在。为了管理好这些东西,我已经够操心的了,却换来了数不清的埋怨。我把扎布林斯卡娜捐献给医院的所有财产都做了登记,这可是法令规定的范围,如今弄得好像是我要这样做,为了利用这种方法帮助伯爵夫人保护财产似的。真是够卑鄙的!"

"唉,我说,您就别管这些地毯还有瓷器了,让这些该死的东西都去见鬼吧。没有必要为这事来影响心情!哦,对了,昨天没跟您相见才是我最大的遗憾,我就像是遭受了极大的打击。原本完全能够跟您解释明白,阐明那些令人烦恼的问题!这可是真的,不是在跟你说笑,我一肚子的肺腑之言即将呼之欲出。先来说说我的妻儿、我的生活吧!哦,天哪,真是活见鬼,难道成年的男人就不可以跟成年的女人在一起谈谈吗?这也会被质疑有什么龌龊的'勾当'吗?呸!让这些破布呀、衬里呀都见鬼去吧!

"您继续仔细熨您的衣服好了,用不着管我!上帝都无法阻止我继续说下去,我还得说上很长的一段时间呢!

"您或许在想,现在是什么时刻!而我们就是生活在这种时刻里的!这是前无古人的机遇。您想想看:整个俄罗斯的屋顶好像都被撤掉了一样,我们所有人瞬间裸露在青天白日之下。不会有人来偷窥我们。这才是真正的自由!这可不是嘴里说说和书面里要求的那种自由,这是真实的、从天上掉下来的不可思议的惊喜。当然,这是偶然、无意的自由。

"一切都开始变得非常的巨大!您瞧见没?每个人都好像被自己以及自己所表现出来的威信给制伏了。

"我说我的,您熨您的吧!不用说话。您不会觉得枯燥吧?来,我帮您换个熨斗。

"昨晚,我去了广场的集会,真是大开眼界。我们俄罗斯的老妈妈们都开始行动起来了,她们四处游走着,如坐针毡,而且总有说不完的话。不仅仅只是人在讲话,就连天上的繁星和地上的树木也在连续不断地交谈着,夜里的花花草草都在探讨着哲理,就连那些石砌的房屋也一样参与了集会。就跟福音书上说的一样,难道不是这样吗?像是又回到了使徒时代。保罗的话还记得吗?'开口说话,发出神启。为布道的才能祈祷。'"

"您说树木还有星星也去参加集会了,这些我都可以理解。我明白您要说什么,我曾经也体验过这种感觉。"

"战争和革命各做了一半的事。战争——是人们刻意地将生命停止下来,就像是能把生存延缓一个时期似的(真是废话)。革命控制不住就奔腾而出了,就像是一股空气被憋得太久了。所有人和事物都复苏了、重生了,一切都开始进行转化、转变。或许,可以这么说,每个人都遇到了两种革命:自身的和共同的。我认为,社会主义就像是一片海洋,自身的革命都会像不计其数的溪流那样汇集其中,这便是生活的海洋,特别存在的海洋。我所说的这个海洋,是指那种用绘画来展示的生活,是能用智慧来创造的丰富的生活。然而,如今的人们不会在书上去感受它了,而是在自己的实践行动中,不再是那种抽象的了。"

意料之外的声音在颤抖,也显示出医生的意志正在发生动摇。拉里莎·费奥多罗夫娜突然间停止熨衣服了,神情变得严肃而又好奇起来,望着他。医生似乎显得有些困窘,把自己说的什么都给忘了。顿了顿后,他又讲了起来,想也不想就随口说了下去。他说:

"这段时间里我希望可以活得真诚而有成绩！我迫切希望可以成为这种兴奋精神里的一部分！这一切都沉浸在欢乐里，我看见了您那让人琢磨不透的闷闷不乐的神情，那就像是不知遗落在哪里的一种表情。我愿意把一切都付出，只要它能够消失，请您务必看到自己的命运是令您感到心满意足的，在其他的方面对别人也没有什么所需求的。我倒是希望能有一位亲近您的人，朋友或者丈夫（当然，军人是最好的），可以把我的手握住，打消我对您的所有担心，我的关心也就不会徒增了。那时，我会把手抽回来，摆动着手，示意不能那样……唉，我又开始忘乎所以啦！请原谅我的疏忽。"

医生的嗓音再次无法控制了。他摇了摇手站了起来，满腹都是那种无法克制的心情，走到窗前。他背对着房间，用手掌把脸颊托起，手肘则架在窗台边，双眸里失去了以往的神色，内心正在寻求平静，注视着沉醉在昏暗夜色里的花园深处。

拉里莎·费奥多罗夫娜绕过用来熨衣服的木板，它一头搭在椅子上、另一头靠在窗台上，她就在医生身后几步之遥的房间里站着。"哦，上帝啊，我一直都害怕这事儿！"她自顾着轻轻地说。"这种误会真的会致命的！尤里·安德烈耶维奇，请不要再说下去了，您不能这样。哎呀，您看，都是因为您，我都干了些什么事呀！"她大声嚷嚷着向工作台那边跑去：忘记把熨斗拿开了，下面的女上衣被烤焦了，一股刺鼻的轻烟升起来了。

她生气地把熨斗砰的一声重重地扔到炉盖上，接着往下说，"尤里·安德烈耶维奇，麻烦您清醒点，您还是去老小姐那里待会儿吧！喝点水，亲爱的，您再过来时，得是我想看到的以往的那个样子。听见没，尤里·安德烈耶维奇？我晓得，您绝对可以做到的。必须得这样，算是我求您。"

一个星期后，拉里莎·费奥多罗夫娜走了。

9

不久以后，日瓦戈也整好行装准备上路了。出发前的那天晚上，梅留泽耶沃迎来了一场令人后怕的暴风雨。

狂风在天空中怒喝着，伴随着倾盆而下的暴雨。它们合二为一，力度更为强大，雨水自上而下，瞬间砸在了屋顶上，突然间又随着风把方向给改变了，沿着街道洒去，好像是用自己那汹涌的水柱一步步向前逼近。

轰隆隆的雷声不停地凝聚成一片不急不慢的轰鸣。闪电非常紧密，照耀着大地，把一条条远去的街道还有曲折地朝着同一边跑的树木显现了出来。

深夜，大门外传来了可怕的敲门声，把老小姐弗列里从睡梦中惊醒了。她战战兢兢地坐起来，细细地倾听着。突如其来的敲门声依然没有停下来的意思。

她想着：这么大的一个医院，怎么就没有一个活着的人愿意出去开门？这不就是明摆着要让她这个可怜的老太婆大半夜的前去开门，莫不是因为她为人正直还有责任心较重吗？

那么好吧，扎布林斯基娜一家都是有钱的富裕人家，是上流社会的贵族。但是这家医院已经捐献给他们了，这里已经是人民的公共财产了。如今又想把它丢给谁呢？比如说，我真想知道卫生员都到哪儿去啦？不管是负责人、护士，还是医生，听说他们都急着去逃命了。但是，还有不少伤员还在医院里。两个失去了腿的士兵还在楼上的外科手术室里——也就是之前的客厅，楼下洗衣房旁边的储藏室里还有一屋子伤员。乌斯季尼娜这个妖婆又不知道跑到哪里去串门子了。眼看着大雷雨就要来了，这个傻瓜还是鬼使神差地出去了。这下，她倒是有了有力的借口，能够堂而皇之地在外过夜了。

"啊，感谢上帝，这场雷雨总算停下来了，风也跟着停了下来。那人肯定是没看到有人开门，索性走了。在这种鬼天气下还来敲门真是活见鬼了。难道是乌斯季尼娜吗？不对呀，她不是有钥匙的吗？哎哟，我的上帝呀，这可怕的敲门声又来了！

"这也太欺负人啦！这日瓦戈倒是可以例外的。明天他就要离开了，他的心早就飞回莫斯科了，要么就是还在路上。这加利乌林倒是真的太不像话了！他怎么睡得这么死，或者理所当然地躺在床上，安心地听着别人敲门，还指望我这个体弱多病的孤老太婆在这可怕的夜里爬起来，在这么骇人的地方去给不知来历的人开门？"

"加利乌林！"她一下子就想起来了，"哪儿来的加利乌林？"这个荒谬的想法只会在她半睡半醒的情况下才会有！怎么可能还会有加利乌林呢？他早走得没影了。不就是她和日瓦戈将他藏匿起来，把便装给了他，让他换上，给他说清楚了附近的地形，好让他晓得该逃往哪儿的吗？恶棍们在火车站执行了私刑，把金茨政委给打死了，从那以后，就开始在比留奇和梅留泽耶沃对加利乌林一路上开着枪追赶。他们还把全城都搜了个遍。怎么可能有加利乌林！

要是没有那些装甲兵，这座城市恐怕早就被摧毁得干干净净了。那个装甲师正好从这里路过，使老百姓免于战乱的困扰，及时阻止了那伙恶棍。

暴风雨的呼啸声逐渐减弱了,慢慢向天边远去。零零碎碎的雷声还在远处若隐若现。雨还是那么放肆地倾泻着,不愿停下脚步,雨水沿着树叶的叶脉和屋檐缓缓地往下流。乌云里的闪电开始变得有力无气,时不时地给老小姐的房间和她身上增添一点色彩,稍作停留,好像是在寻找着什么东西似的。

已经停下了许久的敲门声再度响了起来。这一次,敲门声就像是谁在求救那般竭尽全力。风又来凑热闹了,还催促着倾盆大雨再一次降临。

"来啦,来啦!"老小姐胡乱地嚷嚷着,她听到自己说的话也会觉得害怕。

一个意料之外的想法在她的脑子里徘徊着。她把脚从床上放下去,穿上拖鞋,一件长睡衣披在肩上就跑去找日瓦戈了,免得她一个人会感到害怕。日瓦戈也听到了这阵急如大雨的敲门声,他带上蜡烛下来了,恰好跟老小姐在楼下碰着,他们的揣测是一样的。

"日瓦戈,日瓦戈!有人在敲大门了,我可不敢一个人去开门。"她情不自禁地用法语喊道,然后又用俄语去补充,"您出去看看吧,估计不是拉拉就是加利乌林。"

这阵来势汹汹的敲门声把尤里·安德烈耶维奇也从睡梦中给惊醒了。他心里琢磨着,这必然是自己人,可能是加利乌林在中途受到了阻碍,不得不又回到这里来藏匿,要么就是安季波娃在路上遇到了什么困难,才折回来的。

在过道里,医生让老小姐拿着蜡烛,自己则去把门扣扭动起来,将门闩拉开了。强而有力的一阵风从他手中把门掀开,瞬间把烛火给吹灭了,还把冰冷的雨点往他们的身上泼。

"是谁?谁在那儿呀?有人在吗?"老小姐和医生被笼罩在黑暗

里,迫不及待地抢着喊道,可是,周围没有任何回音。忽然间,他们又听到了之前那阵猛烈的敲门声,不一样的是在另一边响了起来,好像就在后门那边,转瞬间又感觉像是在花园里敲打着窗子。

"可能是风。"医生说,"但是,为了安全起见,我们还是去后门那边看看,弄明白究竟是风在放肆还是人在作怪,要不这样,我还是在这里等等,怕是真有什么人来,还是另有其他什么原因。"

老小姐往屋里走去,医生走到大门的外檐下。他的眼睛早已习惯了黑暗,知道天很快就要亮了。

那片乌云像是在躲避追赶似的飞地划过城市的上空。低沉的灰蒙蒙的云朵差一点儿就要擦到向另一边偏斜了的树梢,它们像极了数不清楚的、弯折了的扫帚在打扫着天空。雨水刚刚从房屋的木板墙上跑过,就从原本的灰白变成了黑色。

"什么情况?"医生看到老小姐走了回来问。

"您想的对极了。没有一个人影。"她把查看了屋子后的情况告诉了他。一节柞树的枝干把储藏室的窗户玻璃给打碎了,一摊雨水留在了地板上。拉拉之前住的房间也跟这间储藏室一样,满地上都是水,几乎成了一片海洋。

"百叶窗掉了,正拍打着窗框呢!您瞧,这就是全部的事实。"

他们又说了一会儿,然后把大门锁上,各自回屋去睡觉,他们心里都暗自为这场虚惊感到遗憾。

最初认为只要把门打开,一定会是那个早就非常熟悉的女人进来,像一只落汤鸡似的,被冻得僵硬。她急急忙忙地擦身上的雨水,他们就在一旁向她提出一连串的问题。等她把衣服换好后,走到厨房,借着炉子里剩下的火把身子烤暖,不停地用手梳理着头发,不时地笑着，把自己遭遇到的磨难都一一跟他们道来。

他们对自己的想法都深信不疑，把门关上后，这种感觉的迹象还在屋外的墙角边，似乎看到了她所带来的水迹或者她的身影还在他们的眼前游荡着。

10

科利亚·弗罗连科是比留奇的报务员，他被误认为是车站兵变的间接鼓动者。

科利亚的父亲是梅留泽耶沃当地非常出名的钟表匠，当地人是看着他长大的。他幼年的时候曾被寄养在伯爵夫人"逍遥津"的女仆那儿，跟伯爵夫人的两个女儿一起在家庭教师的照料下玩耍。科利亚的任何一点情况都逃不过弗列里小姐的眼睛。科利亚也就是在那时学了点法语。

梅留泽耶沃的人们，时常看到科利亚不分春夏秋冬，一直都穿得很单薄，帽子也不戴，脚上则穿了一双夏天里才穿的帆布鞋，骑在自行车上。他不扶车把，挺直上身，双手成一个倾斜了的十字架状摆在了胸前。他就是这个样子骑着自行车奔跑在公路上，穿梭在城里的每一个角落，不时地向电线杆和电线多看上几眼，勘察线路的状况。

铁路电话的支线还有车站把城里的几幢房子连接了起来。科利亚所在的车站机房就是专门为这条线路服务的。

科利亚在站上负责铁路电报、电话，工作非常繁忙。如果波瓦利欣站长短时间内不在，信号以及扳道的事也由他来管理，这些设备也放在报务机房里。

为了同时兼顾到几件设备，科利亚养成了一种与众不同的说话方式。他说出的话很含混，句子也是断断续续的，让人无法参透，当他不情愿回答或者对谈话没有任何兴致的时候，就更加严重了。当地的人都说，出事那天他滥用了职权。

正因为他逃避接电话，真真切切地让加利乌林从城里打来电话的一片好意落了个空，这也在无意中给之后事态的发展带来了不幸。

当时加利乌林要求正在车站或者在车站附近的政委过来接电话，为的是要通知金茨：自己马上就出发到伐木场，去跟他相见，他必须得稍缓片刻，在此以前不能有任何的行动。谁知，科利亚居然不愿意去找金茨过来接电话，借口说：那个时候正在给开往比留奇的列车发送信号。与此同时还用各种半真半假的理由让这列车在不远处的会让站上滞留了下来，而这列车上运载的恰好就是调往比留奇的哥萨克。

当列车终于开过来时，科利亚并不想遮掩自己的不满。

机车像一只乌龟似的向着月台匍匐前进，驶进它那黑漆漆的遮檐下面，不偏不倚地停在报务机房的窗前。科利亚猛地把织着铁路缩写字母的深蓝色窗帘给拉开。一只非常大的托盘就在石砌的窗台上放着，托盘上放着一个装满了水的大凉瓶和一只厚厚的玻璃杯。科利亚把水往杯子里倒了一些，喝了点儿，视线却往窗外扫了过去。

司机看到了科利亚，友善地向他点头示意。"哼，败类，臭虫！"科利亚的心里任由仇恨这么放肆地乱窜着，向司机吐了吐舌头，还不忘记举起拳头做出恐吓的样子。司机很清楚科利亚这种表情的意思，自己则是回敬着把肩膀耸了耸，把头扭向了车厢那边，是想说："能有什么办法呢?要不你来试试看。它是有惯性的。"科利亚也用表情做出了回复:"不管怎么样,都一样是下贱,浑蛋!"

哥萨克开始把车厢里的马匹往外牵了。马匹蹭着前蹄,不愿意走出去。跳板是木质的,马蹄踏在上面,发出了沉闷的声音,随后,又逐渐变成了踩在站台石头地上的镀铝声。接二连三抬起前蹄的马让人拉着走过了几道铁轨。

铁路的尾端不仅生锈还长满了青草,两列报废的车厢就停放在轨道上。经过雨水的冲蚀,油漆脱落了,再加上虫蛀以及湿气的损害,这些久经风霜而破旧不堪的车厢再度呈现出了与列车旁边的原始森林最初的亲戚关系,白禅树的枝干上布满了孔菌子,一团团深灰色的乌云盘旋在森林的上空。

哥萨克们在林间的一片空地上,听从命令立即跳上了马背,向伐木场的残址直奔而去。

第二百一十二步兵团里那些拒绝服从命令的人,都被团团围起来了。在林子里穿梭的哥萨克们比在空旷的地方要显得更加高大和威严。他们的出现使得藏身在土窖里的士兵大吃一惊,尽管他们每个人的手里都有枪,但依然无法摆脱这种恐惧。哥萨克们把马刀抽了出来。

金茨被骑兵包围了,他跳到一堆木垛上,跟旁边的人交谈起来。

他还是像以往那样,谈起了军人的天职、祖国的意义以及一些光鲜的客套话。这些空乏的想法在这个时候却没有得到任何同情。相继聚拢来的人很多,他们早就受够了战争所带来的各种折磨,已经变得心肠冷酷而又疲惫不堪。金茨所说的,早就已经把他们的耳膜给磨破了。这四个月里,他们已经被右的捧场和左的甜言蜜语给带上了一条不归路。他们曾经都是平凡的老百姓。站在木垛上说话的人并不是俄罗斯的姓氏，再加上波罗的海一带的口音，让他们无一不感到扫兴。

金茨也发觉自己说话的时间太长了，一股懊丧的情绪在身体里弥漫开来，只是在转瞬之间的一个念头，他又觉得这样能让听众更方便接受，只是后者对他并没有表示感谢，反而表现出了包含着一丝丝敌意的厌恶之感。人群逐渐被激怒了，于是，他决定使用更为强硬的口气，把早已准备好的威胁性的言辞说出来。此时，他已经听不到慢慢变大的抱怨声，只是警告着他们别忘了，军事法庭还在正常的执行任务，并且借助死亡来威胁恐吓他们把武器放下，把带头的人给交出来。金茨还要求，如若不这样做，就说明他们自己是叛徒、没心没肺的蠢货和不知利害的下流坏子。只是，这些士兵早就习惯了这种腔调。

几百人一时间不约而同地高喊道："你说完了没有，说够了没有！"人们众口一词地喊叫着，只是没有包含什么恶意。然而，紧跟着又响起了情绪异常的叫喊，声音很洪亮，带着满腹的恼恨。大家都仔细地听着。他们叫喊的是：

"同志们，大家听到了吧，瞧他骂我们的时候是多么粗野？都是以前的那套！还是军官的习气，一点儿也没改！我们是叛徒？那么请问尉官大人，你又是什么东西？跟他没必要客气。你们还没有发现吗，他是德国佬，是谁派来的？喂，把你的证件交出来，你这个老爷！你们不是来镇压的吗？怎么还站在这儿发呆啊？来啊，我们就站在这里让你们捆，最好把我们都给吃了！"

金茨的这番话很是不中听，就连哥萨克们也觉得极其的不顺耳。

"都是些下流坯、蠢货，这帮老爷！"他们互相悄声说着。最初只是个别人，随后就是大多数人都把马刀收入了刀鞘，陆陆续续地下了马。等哥萨克下马后达到不少数量时，就乱腾腾地走向了二百一十二步兵团的人。他们混在一起，友善地交谈起来。

"您得想办法在不动声色的情况下溜掉。"忐忑不安的哥萨克军官们劝告着金茨，"停在铁道过路口的车就是您的。我们派人去把它开到附近来。您还是快点离开吧！"

金茨听从了他们的建议，立即行动起来，不过，他认为就这样悄无声息地离去会很没面子，所以放松了戒备，差不多没有任何掩饰地就向车站走过去了。他的精神已经紧绷到极致了，惊恐紧张地走着。但是自尊心的左右使得他的步子迈起来十分安详，不慌不忙的。

就在车站的不远处了，再往那边走一点就是紧紧挨着的森林。林间空地上的那段铁路已然近在眼前了，此时，他回过头去望了一眼。一群士兵手里都拿着枪跟在他的身后。"他们想干什么？"金茨心里嘀咕着，把脚步加快了起来。

后面追上来的人也跟走在前面的人一样，互相间保持了一定的距离。两节破损的火车车厢像堵墙似的，拦住前进的路。金茨绕过这两节车厢后，就跑了起来。载着哥萨克来的列车已经到了调车场内，线路是空的。金茨用尽全力地奔跑过去。

他跳上高处的站台。这个时候，追赶而来的士兵从几辆破败的车厢后跑出来了。波瓦利欣还有科利亚对着金茨喊了几声，打手势让他快点进车站去，他在那里才可能得救。

但是，还是那种在城里所培育出的、不合时宜的献身精神的荣誉感，切断了他的求生之路。他以超出寻常人的意志力想尽一切办法去控制住将要炸裂的心的颤抖。得让他们知道："弟兄们，你们会弄清楚的，我是什么奸细？"他想着："要说上几句能够使他们清醒、打动内心的话，这样才能把他们都给控制住。"

最近几个月来，功勋感还有内心呼之欲出的欲望在他身上不知不觉地跟木板搭成的讲台或者椅子紧紧地联系在了一起，只要站上去，就可以对着聚拢的人群发号施令，怂恿性的言语就会不假思索地涌出来。

车站用的钟就挂在站房的门口，那座钟的下面放着一只消防水桶，非常高，盖得严严实实的。金茨一个箭步就跳到了水桶的盖子上，对着走过来的士兵断断续续地说了一些打动人的、不同寻常的话。只是需要几步的距离就能够跑进门去的，他此时此刻的举动非常愚昧却又十分勇敢，竟然令追来的士兵张口结舌地呆住了。他们把手里的枪都放下来了。

此时，金茨来到了木桶旁边，一脚就把盖子给踏翻了。他一只脚踩进水中，另外一只脚悬在桶外，正好就骑在了桶上。

他的这副样子十分难看，这倒逗得士兵们捧腹大笑起来，追上来的一个士兵就站在最前面，对准他的颈部放了一枪，这个冠冕堂皇而又愚昧无知的可怜人就这样死了，周围的士兵都纷纷赶上来对着金茨的遗体用刺刀一阵乱捅。

11

科利亚接到了弗列里小姐打来的电话，弗列里小姐是想让他给医生在车里安排好一个座位，要不然就揭穿科利亚的秘密。让他愉快不起来。

科利亚一边应付着老小姐的来电,一边如同平时一样还接着另一通电话,他的谈话里还不时地冒出一些有小数点的数字来,由此可见,他应该是在发送密码电报。

"普斯科夫……接线员……能听见吗?暴乱分子?什么一只手的?这是怎么了,喂,小姐?手相术,得了吧,简直是胡言乱语。好了,您就赶紧把电话给挂了吧,您这样就是在给我添乱子。喂,普斯科夫,接线员。三〇、六、小数点、〇、〇、心。唉,您应该让狗给叼走才好呢,这该死的电报机,带子全都被弄断了。什么?什么?还是听不清楚。怎么又是您,弗列里小姐啊?我不是跟您说得非常清楚了吗,不行,我管不了。您还是去找波瓦利欣吧。什么看手相,乱七八糟地说胡话。三〇、六……啊,真是活见鬼……得了,你就放过我吧,弗列里老小姐。"

尽管科利亚都已经告饶了,我们的老小姐弗列里还是说:

"你可别指望还能欺骗我,什么普斯科夫、普斯科夫,你骗不了我的手相术,我早就把你看得彻彻底底了,你在我眼里不过就是一张白纸。你必须在明天把医生给送到车上去,我就不会再跟任何杀人犯说话了,你就是个小犹大,你把上帝都给出卖了。"

12

那天,天气非常闷热,恰好就是尤里·安德烈耶维奇离开的日子,跟前天别无二样,一场缓解闷热的暴雨又在酝酿中。

整个天空就像深海,黑漆漆的,还带着一丝丝凉爽,这种黑色还把雷雨给酿造出来了，它们注视着大地：车站的地面上已经被葵花籽的壳给占满了，邻近的小镇上，矮得像个冬瓜似的土坯房还有白色鹅群，被这黑云压城城欲摧的阵势吓得丢了魂似的，远远望去好像就是一片白色。

一块宽敞的草地跟车站紧紧地挨着，这是片向两边伸展开的草坪。昔日的青草坡，如今已经被践踏得杂乱无章，不计其数的人们连续几个星期都是在这儿等候着往四面八方开去的火车。

有些身穿原色粗呢外衣的老年男子混在人群中，挤来挤去地探听着新近的谣言和消息。一些正处于十四五岁的孩子们，把身子侧卧在地上，用手臂支着头，远远望去像极了一尊弥勒佛，手里还拽着根没有叶子的枝条，就像是在放牲口一样。年纪再小一点的弟妹们把衬衣撩起来，放在他们的脚边，来回走着，裸着的脊背是绯红色的。那些母亲把腿并拢坐在地上，把吃奶的婴儿抱在怀里，婴孩儿是被褐色的粗呢外衣歪歪扭扭地包起来的。

"枪炮声只要一响，就跟羊群似的向四周逃窜去。他们还无法习惯！"波瓦利欣站长的语气里显得似乎少了些友好的成分，跟医生一同在车站里面和外边的地上躺着的一排排的人们中间歪歪扭扭穿了过来。

"这块空地终于露出来啦！总算是看到了土地的样子了，真让人开心！一连四个月无法见到空地，是这一大群人把空地给遮住了，差点就不记得了，他那个时候也躺在那儿。说起来也很奇怪，在战争中对各种可怕的事都算是司空见惯了，应该早就见怪不怪了，但是，这一次真的是让我感到可怜！最主要的就是——不需要任何的道理。这到底是为什么？他做了什么对不起他们的事？那些家伙难道还能称之为人？请向右拐过去，对，对，就是这边，这是我的办公室，请进。眼前的这趟车您就别指望啦！人挤人，都可以把人给挤死了。还有另一次区间的车，我会把您安排上去的。这完全是由我们编组的，马上就要挂车了。当然，上车前您可千万别出声，千万千万不要跟任何人说起！要是走漏了风声，还不等挂车就会被拆开的。晚上，您可以在苏希尼奇换车。"

13

等到这列秘密的列车编组完成之后，从机务段往站上倒退着开过来的时候，那些躺在草地上的人全部挤得一团糟，从斜刺里跑向缓缓退来的火车。候车的人们飞也似的沿着土丘滑下来，迅速冲上了铁路的路基。他们你推我，我推你地挤着，有的人以起跑的冲劲儿跳到了缓冲器和踏板上，也有的人直接就从车窗边爬了进去，或是爬到车顶上。一眨眼的工夫这列刚刚启动的火车就人满为患了，等到月台旁停靠时，早已是没有立锥之地了，上上下下、里里外外满是急着赶路的人。

医生不知道是怎么被挤到车厢门口的，那里只有豆腐那么大块地儿能够让人站着，紧跟着又不知所以地被人流挤进了过道里。

他这一路上一直被塞在过道里坐在自己的行李上，直到抵达苏希尼奇。

上车前所看到黑漆漆的雷雨云早就不知道去向了。火辣辣的阳光如同辣椒油一般，洒满了整片田野，周围满是些吵闹的蝈蝈叫声，它们乐此不疲的叫唤着把火车的行进声都给压倒了。

窗前站的人把光线给挡住了。他们的影子非常修长，落在了地板、椅子以及座位之间的隔板上，几个人的影子又重叠起来。车厢里就连这些影子都容不下了，被挤到对面的窗口外，终于和其他影子汇聚在一起，在另一边的斜坡上雀跃地奔跑着。

四周尽是些嘈杂喧闹的声音：歌声、笑骂声，还有打牌的声音。车停下来的时候，候车人的喧嚷又与车上的嘈杂交织成一个旋律。此时，这些杂乱的声音已经可以跟海上风暴的振聋发聩声相媲美了。更像极了在海上航行途中停下时忽然间出现的莫名其妙的瞬间寂静。此时，人们顺着火车快速走过的脚步声都可以听到。有人跑到行李车的旁边，还起了争执。从远处还时常传来送行的人一两句间间断断的话。公鸡轻轻地啼叫，中间还夹杂着小花园里树木沙沙作响的声音。

这个时候，好像是在途中拍的一份电报，又像是从梅留泽耶沃带来给尤里·安德烈耶维奇的问候，一阵并不陌生的香气飘进窗来。它时而在你不察觉的时候在你的附近变得非常浓厚起来，时而又像是从田野跟花圃里的鲜花无法到达高处落下的。

整个车厢十分拥挤，医生没有办法动弹，更别想靠近窗前了。不过，他并不需要用眼睛去看，在脑海里就可以见到这些沙沙作响的树木了。估计它们就长在不远处，安谧地朝着火车的顶部把积了满身风尘的枝条伸过去，繁茂的叶子就像是一幅天幕，缀满了亮晶晶的眨巴着眼睛的星星。

这样的景致在路上从来没有间断过。随处可见喧嚷的人群，所见之处都是怒放着鲜花的柞树。

空气里弥漫着的这股香气，像是要超过这列向北行驶的火车，车上的旅客似乎到哪里都可以听到那些有板有眼的传闻，不翼而飞地传播到大大小小的车站还有道口的守望点。

14

抵达苏希尼奇已经是夜里了。一个热心的、打扮得有些老式呆板的搬运工领着医生穿过了一条黑灯瞎火的路,从后面把他送上了一列二等车厢。这列车才到站,行车表上都还没有这列车次。

搬运工拿着乘务员的钥匙打开车后门,把医生的行李放进门里,正当一位列车员想要立即把行李扔下去,阻止他们的时候,列车员好像对尤里·安德烈耶维奇莫明其妙地发了善心,很快消失了。

这列客车的身上有着不同于其他列车的任务,并且,没有多少人知道,行进的速度非常快,就连停车的时间都十分短暂,与此同时还设了警戒。车厢里空落落的,人数并不多。

日瓦戈进了一间包房,桌上的蜡烛正滴着油,强烈的光线把整个房间照得很亮,微微开着的窗口跑来了一阵风,烛焰就开始不停地摇晃了起来。

这支蜡烛是这间包房里唯一的一位乘客的。他是个年轻人,头发是淡黄色的。他的双臂和两腿非常修长,这样看来,他的身材估计不会矮到哪里去。他四肢的关节好像十分松弛、灵敏,就像是一件能够随意折叠的没能衔接牢固的零件。这位青年就坐在靠窗的沙发长椅上,随意地往后仰靠着,见到日瓦戈走进屋来,便非常客气地把身子欠了欠,把原本半躺的姿势变成了比较有礼貌的坐姿。

一堆毛茸茸的像是碎布的东西躺在他的长椅下。突然间,那堆东西动了几下,一只猎狗耷拉着两只耳朵从长椅下急急忙忙地爬了出来。它在尤里·安德烈耶维奇的脚下绕了几圈，前前后后都仔细打量了一番，还不忘嗅嗅医生身上的气味儿，随后，这只猎狗就在包房里兴奋地跑过来又跑过去，四只爪子灵敏地伸来伸去，像极了它那位高个子的主人。没过多久，主人命令它赶紧钻回椅子下面去，它又变回了之前那种如同一团毛茸茸的碎布的样子了。

这个时候，尤里·安德烈耶维奇才发现一杆双筒猎枪装在套子里，皮革的弹带和塞满了禽鸟的猎网都挂在了衣钩上。

原来这位青年是个猎人。

他十分喜欢和人说话，亲切的微笑总是挂在脸颊上。看到医生，就迫不及待地跟他搭讪起来。每当医生说话的时候，他的双眼就会直直地盯着医生的嘴。

他的高音嗓门十分难听，说话时声音会从最高点直接降下来，听上去像金属感觉的假嗓音。另一种奇怪的现象就是：尽管他是个完完全全的俄国人，可总是单单把"y"这个音说得非常古怪，这些音像极了法语的"u"，仔细一听又觉得是德语的"ü"。除了这些以外，"y"的音也发不准确，似乎对于他而言不是那么简单，需要耗费非常大的力气，声音还很尖锐。相比之下，别的音就会显得低一些了。他刚一开口就差点儿就让尤里·安德烈耶维奇大吃一惊。

"昨弯（晚）我打到了不少亚（鸭）子。"

"他这是怎么了？"日瓦戈在心里想着，"似乎在书里看到过，有点印象。我是名医生，我不该不了解的，只是，突然间无法想起来而已。估计是大脑因为某种因素所致语音上的不正常。当然，这样男生女气的说话方式实在十分好笑，让人没有办法严肃起来。没办法与他继续往下谈，我最好是爬到上铺去躺一躺吧！"

医生果真爬到上铺去了。他安顿好之后，年轻人就说要不要把蜡烛灭了，免得干扰他休息。医生表示非常感谢。他把蜡烛吹熄后，整个包房就像陷入了一片黑暗。

只开了一半的车窗。

"需要帮您把窗子关了吗？"尤里·安德烈耶维奇问道，"难道您就不怕贼吗？"

那个青年人并没有任何的答复。尤里·安德烈耶维奇把分贝扩大了一些，又问了一遍，室友仍然没有什么反应。

尤里·安德烈耶维奇只好点上一根火柴，看看这位发不准音的青年人究竟是怎么了，是出去了，还是早已睡熟了。

医生的这两个揣测都没有发生，那个青年把双眼瞪得大大的，还是坐在原来的地方，看到医生从上面把身子俯下来，就淡淡地笑着。

火柴灭了，尤里·安德烈耶维奇接着又划燃了一根，在火柴那微弱的光下，第三次把之前的话给重复了一遍。

"您想怎么样就怎么样吧，"猎手马上就回复他道，"我这儿能有什么值得贼去偷的呢？当然，最好不要关窗。这鬼天气，太闷了。"

"还真没有想到！"日瓦戈心里嘀咕着，"他真是个怪人，有亮光的时候才会说话。你瞧瞧。他刚才说得这么清楚，没有一点错误！真是让人百思不得其解！"

15

由于之前的这个星期发生了太多的事、临行前波澜翻滚的心情加之收拾行李的劳累，而且凌晨就上了车，医生感觉整个身子就像是被人给拆散了。他认为在这种情况下很快就能沉沉睡去,便给身子换了个更为舒服的姿势。可是,天不遂人愿,过度疲劳的他始终无法安然入睡。直到天边出现了一丝鱼肚白的时候,他才得以进入梦乡。

之前的两个小时里,不管在他脑海里浮现出的思绪是多么杂乱无章,事实上都只是围绕着分分合合、扯不清楚的两个圆周。

一个圆周——对东尼娜、家庭还有以往生活的怀念,那种生活是被诗情、诚恳、圣洁所填充的。这样的生活对于医生而言是惊喜的,医生盼望着它可以完好无损地保存着,现在,这列火车在夜空下飞驰着,而他正坐在上面,迫不及待地想重新回到两年前的生活中去。

这个圆周还包括了对革命的忠诚与赞美。这里的革命——是被中产阶级所认同的革命,也就是一九〇五年那些崇拜布洛克的青年学生所追崇的革命。

这个圈子既亲近又熟悉,也把开战之前一九一二年到一九一四年里俄罗斯的思想、艺术领域还有俄国跟日瓦戈的命运所体现出的征象跟预兆都包括进去了。

战后,医生情不自禁地想再一次把这股潮流捕捉到手,只为它可以重现、延续,思乡的情绪此刻是如此的强烈。

第二个圆周——蕴藏着某种新的思念,这些思念却显得非常异样,与此同时又是这般美妙!而这不是革命吐故纳新的新意,是种本能的、非虚幻所能决定的,如同地震来得那样迅速。

新的因素就是战争、流血、恐惧还有它的附带品——家园沦丧和斯文扫地。战争的考验以及从中得到的聪慧的处事方法,也就成了这种新的成分。战争把医生带到的偏僻的小城镇和他交往的那些人,都是新鲜的。革命自然也是崭新的因素之一,与一九〇五年大学里所议论的那种愿望化的革命相比,如今的这种革命是战争的产物,还带着士兵们的血腥气。

护士安季波娃也在这个圈子当中,天才晓得战争会把她还有她那难以捉摸的生活扔到哪里去。她与世无争,也从不喜形于色,她的缄默虽然令人迷惑不解,却又让人感觉这般强劲有力。尤里·安德烈耶维奇竭尽全力不去爱她,正如他全心全意地去爱所有人那般,就更不必说去爱家庭还有亲人了。

火车在全速前进着。迎面吹来的风钻过窗户,把尤里·安德烈耶维奇的鬓发给弄乱了。夜里停车的小站,跟白天的景象一模一样,人声鼎沸,还有那些柞树簌簌作响。

有时,有一阵马车声从黑夜的深处传到了车站。这个时候,人们的交谈声、车轮的声音还有沙沙作响的树木声都汇集在了一起。

在这个时候,是什么在夜里唆使着树影盘旋舞动着,这些树影彼此间通过叶子小声诉说着些什么,都可以理解了。在卧铺上辗转难眠的尤里·安德烈耶维奇思索着:跟整个俄国相关的信息,革命以及这场革命有可能获得伟大的结局。

16

第二天,医生十二点才醒来。"侯爵,侯爵!"那位年轻的猎人用低沉的声音招呼着他的那条狗,那个小家伙儿正在不停地翻着身子。尤里·安德烈耶维奇觉得非常奇怪,这间包房里还是只有他们两人,这一路上并没有第三个人进来。路过的车站,都是他打小就非常熟悉的。他们穿过了卡卢加,正向着莫斯科驶去。

在洗脸间里匆匆洗漱后,这位让人十分感兴趣的年轻猎人邀请医生一起共进早餐。趁此机会,尤里·安德烈耶维奇可以好好地对他打量一番了。

他的特点是非常喜欢说话,还很喜欢动来动去。他喜欢说话并不是为了攀谈和交换思想,而是为了让舌头不必消停还有把吐字的声发出来。他说着说着就像坐在弹簧上似的,整个身子都开始抖动,无缘无故地就哈哈大笑,在得到满足后还不忘快速地搓动双手,要是感到这还无法满足自己的心情,就会用手掌对着膝头敲打起来,把眼泪都笑出来才罢休。

他们说的是昨天的怪事。这家伙说话总是没有条理,真是让人吃惊不已。他时而喋喋不休地自我介绍——尽管没有人要求他去说,时而又满不在乎地提出不需要任何答复的丝毫没有意义的问题。

他说了一大堆自己的事情,令人无法想象的是,没有一句是能连贯的。由此可见他喜欢撒谎。他的观点有些极端,否定了所有的公认事理,他自己倒是觉得他可以说服别人。

这个年轻人说他是个有名的革命家的侄子,可是他的父母却是一对执拗的人,正如他说的,他们都是死硬派。他们有块非常大的领地,就在离前线不远的地方。他是在领地长大的。父母跟叔父向来水火不容,叔父心胸开阔,正是依靠着他的关系,他们才免去了诸多麻烦。

这家伙说他是跟随叔父的,不管是生活、政治还是艺术,都是非常极端的。他的这段表白当然不免让人想起了彼坚卡·韦尔霍文斯基,只是不是说那些左的思想,而是呈现出堕落的思想以及一点儿也不觉得难为情的夸张。"如今他必然会夸耀自己就是未来派了。"尤里·安德烈耶维奇心里这样叨咕着,话题跟意料中的一样果真转到这来了。"如今估计得把体育运动给拿出来说说了。"医生还是先他一步的揣测着,"大概会说说赛马,要不就是溜旱冰,再不就是法式摔跤。"果不其然,话题最终谈到了狩猎上。

年轻人说他还在家乡时就已经开始打猎了,还自吹说自己是个非常不错的射手,要不是由于生理上的缺陷无法成为一名士兵,在战场上必然会百发百中,崭露头角的。

见日瓦戈的神色中有一丝疑问,他大惊小怪似地把分贝提高说:

"怎么?难道您还没有发现?我还以为您已经知道了我的缺陷呢!"

他从衣袋里拿出了两张纸片,递给了尤里·安德烈耶维奇。一张是他的名片。原来他是复姓,全名是马克西姆·阿里斯塔尔霍维奇·克林佐夫-波戈列夫席赫,他要求医生称他为波戈列夫席赫,以显示对同样这样自称的叔父的尊敬。

另一张纸片是个表格,分出了很多的栏目,上面画着各种各样交叠起来的不同手指的手势。这是手语符号,专为聋哑人设计的。所有的东西瞬间就清晰明了了。

波戈列夫席赫之前是加尔特曼或者奥斯特罗格拉茨基学派的一个非常少见的有才华的学生,他不靠听觉,仅仅是通过视觉观察老师的喉部肌肉动作学会了说话,而且还能懂得对方的话,这实在是令人不可思议。

医生把他从哪里来,在哪里打过猎的情况在心里合计了之后,就问道:

"恕我冒昧，当然，您可以选择沉默——您跟济布申诺共和国还有它的建立有关系吗？"

"您是从哪里……请让我……这样说，您也晓得布拉热依柯？有，当然有关系！"波戈列夫席赫激动地连珠炮似的说，还得意地大笑着，全身都开始向两边摇摆起来，用力地拍打着膝盖。接着又是一通胡言乱语。

波戈列夫席赫说布拉热依柯给了他一个借口。济布申诺对他而言就是个展示他个人想法的一个无足轻重的地方。尤里·安德烈耶维奇感到认真地听他的叙述十分吃力。波戈列夫席赫的空论是由无政府主义的假想和猎人的胡说八道所组成的。

波戈列夫席赫是用先知者的理所当然的语气，判定随后即将会发生难以想象的社会震荡。尤里·安德烈耶维奇心里也认同这个观点，也认为这是无法避免的。这个并不讨人喜欢的小青年谈论这种预言时所体现出的不可一世，使尤里·安德烈耶维奇有些反感。

"您等等，请听我说，"他一点儿也不胆怯地回敬着说，"这些或许会发生。但是我认为在这种混乱与被破坏的情况下，在敌人逐渐紧逼的时候，进行这样冒险的试验是非常不合适的。必须得让国家清醒一阵子，在转折转变前总得有个喘气的时间。这得期待某种平静还有秩序出现，即使是相对的也可以。"

"您的想法真是太天真了。"波戈列夫席赫说，"您说的破坏与您中意的秩序如出一辙，都是些常规的现象。这些破坏是为了建设、规划符合规律的先决部分。社会的发展还是不够成熟。就该让它垮得彻彻底底的，届时，真正的革命政权才会按照一个崭新的原则把社会一点点地重新组建起来。"

尤里·安德烈耶维奇的心里感到很难受,只好走到过道里去。

列车飞也似的向着莫斯科奔去。一片片的白桦林、紧紧相接的一幢幢别墅向车窗扑来,一分钟都不舍得停下来,就一闪而过了。露天的站台非常狭长,与那些站满了度假男女的别墅一起闪过。列车把尘雾给掀了起来,就像是被旋转的木马给带到了一边。火车不断地拉响汽笛,空旷的树林里回荡着汽笛的声音,慢慢地传向了远方。

这一路走来尤里·安德烈耶维奇才第一次了解到他是在哪里,做了些什么,还有一两个小时后他所要面临的又是什么。

不过是短短三年的时间里,发生了各种各样的变化,失去音讯,四处转移,战争,革命,脑震荡,枪击,各种死亡以及毁灭的现场,炸毁了的桥梁,被破坏的瓦砾,大火——这所有的一切转瞬间全部都化为了没有一丝意义的空白。长时间的隔绝后,第一件有意义的事便是在这车上离自己心驰神往的家越来越近,家里的一切都完整无缺。到亲人的跟前、重返家园、重获新生,这才是曾经的生活,这是探险者的追寻,也是艺术的真理。

树林早就被扔在了后面,列车好不容易才从拥挤的林木中得以解脱。一块缓缓倾斜的草地从谷底向上面爬来,到了远处就成了一片宽广的丘陵。一条条墨绿色的马铃薯田埂在它的上面纵向排列着。在马铃薯田的尽头,有一扇地窖温室的玻璃窗。草地的另一边,正在奔跑着的列车末端方向,半空中悬挂着一团紫黑色的云。阳光穿过了乌云从它的后面向四周射去,趴在了温室的玻璃窗上,耀眼的光芒从玻璃窗上反射出来。

突然,一阵晴日的阵雨从云层中倾斜着飘洒下来,阳光下的雨滴闪烁着光亮。突然来袭的阵雨声刚好跟行进的火车车轮声、车身的震颤声相互交织在一起,好像是要不遗余力地追上去,生怕落在后面。

医生还没注意,远处的基督大教堂的轮廓已经出现在了山的后面,紧跟着就是那圆形的教堂屋顶、市区里的房屋还有一座座高耸的烟囱。

"莫斯科。"他说着就走进了包房,"可以整理东西了。"

波戈列夫席赫突然跳了起来,翻了翻他的狩猎袋,把一只最大的鸭子拿了出来。

"送给您,"他说,"算是做个纪念。跟您相处了一整天,我感到十分快乐。"

不管医生怎么委婉地推辞,都不管用。"那么,好吧,"他只好接受了,"我收下这只鸭子,就当作是送给我妻子的一份礼物。"

"妻子!妻子!给妻子的礼物。"波戈列夫席赫手舞足蹈地重复着,仿佛这是他有生以来初次听到这个词,全身一起扭动着大笑起来,从座位下跳出来的"侯爵"也跟他一起扭动着。

列车开进了月台。车厢里如同进入了夜间,变得黑漆漆的。这位年轻的猎人把野鸭子用半张铅印的传单包好后送给了医生。

第六章 莫斯科宿营地

1

一直静静地坐在狭小的单间里,感觉时间仿佛已停滞,只有火车在呼啸前行。

黄昏将至,马车才拉着医生和他的行李蹒跚着从人头攒动的斯摩棱斯克车站挤出来。

或许当时情景正是如此,或许是医生将这般光景蒙上了一层岁月的影子,后来,回首当时,他突然觉得人群全都挤在一起只不过是出于一种习惯,没什么缘由。因为在这脏兮兮的门可罗雀的广场上,根本没有什么可以买卖的货物,很久都无人打扫了。那些货摊连遮阳篷都没有撑,还早已上了锁。

他回忆起那个时候,似乎依稀可以看到穿着体面、身形消瘦的老先生和老妇人站在人行道上蜷缩着,哀怨地注视着来来往往的路人,向他们兜售一些毫无吸引力的东西:缎做的假花、煮咖啡用的带有玻璃盖和汽哨的圆形酒精炉、黑纱晚礼服和已经撤销的政府机关的过时制服。

人们买卖的是更简单实用的货物：硬邦邦的限量供应的面包头，脏兮兮的、已经开始融化了的糖块，还有原本一整包的马合烟草，被分了好几次出售。

市场上只有这些不知从哪弄来的、毫无用处的破烂东西，但它们的价钱却随着转手的频率而节节攀升。

车夫驱车前行，拐进了一条和广场相通的巷子里。落日的余晖映射着他们的背影。从面前驶过的一辆四轮空马车轰隆着掀起了一阵尘土，顿时，被夕阳的金黄染成了古铜色。

最后，前面挡住他们道路的大车终于被赶超了，于是马车迅速加速前行。让医生感到惊讶的是，整条马路上到处都是从墙上和栅栏上撕下来的旧报纸及广告。风把它们吹起来，马蹄、车轮及行人的脚步又将它们带回到另一边去。

穿过几条横巷，两条街拐角处的那幢房子便是自己的家了。马车停了下来。

尤里·安德烈耶维奇从马车上走下来的时候，便听到自己扑通扑通的心跳声和急促的呼吸声，他匆匆向大门走去，按响了门铃，静静的无人应答。尤里·安德烈耶维奇有些不安，于是又按了一次。仍旧毫无结果。他着急了，急促的一次又一次地接着按门铃。突然，侧门打开了，门里门外的两个人同时呆住了。此时此刻，甚至都没有听到对方的惊叫。开门的正是安东尼娜·亚历山德罗夫娜！她一只手伸开支在门上，敞开的门好似张开双手迎接他的拥抱。随后他们才回过神来，两个人疯了似的一下子紧紧地抱在一起。过了一会儿，他们迫不及待地打开了话匣子，争先恐后地说起来。

"快点告诉我,全家人身体都安康吗?"

"好,好,你放心吧,一切都好。我在信里说了些傻话,请您原谅。不过这事以后再说。你怎么不发个电报来呢?马克尔马上就会来给你提东西的。哦,我知道了,因为不是叶戈罗夫娜给你开的门,你还不放心是不是?她在乡下呢!"

"你瘦了,但还是那么年轻,那么漂亮啊!我这就把车夫打发走。"

"叶戈罗夫娜运面粉去了。别的佣人都辞了。现在只有一个叫纽莎的小姑娘是这里的新女仆,你不认识她,我们安排她照看萨申卡,再也没其他人了。我已经通知了大家,说你应该快到家了,戈尔东,还有杜多罗夫,所有的人都盼着你早日回来呢。"

"萨申卡怎么样?"

"上帝保佑,他很好。他才刚刚睡醒。你不是刚从外面回来吗?换好了衣服后就可以去看他了。"

"爸爸在家吗?"

"信里不是告诉你了吗?一天到晚都在区杜马,当了主席。你现在知道了吧?车钱付了吗?马克尔!马克尔!"

他们站着,网篮和皮箱横在人行道中间,把路给挡住了,任由行人从他们身边绕过,有些人饶有兴趣地打量着这两个人,看着渐渐远去的马车,然后又盯着敞开的大门,好奇地揣测着下面将会发生的故事。

此时,一个身穿印花布衬衣,外面套了一件背心,挥舞着园丁帽的人朝这对年轻的主人跑过来,他就是马克尔,他一面跑一面喊:

"感谢仁慈的上帝,这是尤拉吧?可不就是他吗,好小子!尤里·安德烈耶维奇,真的是他!作为你的朋友,我们可没少操心,天天为你祈祷,盼着你早点回来。喂!你们想要干什么?啊,有什么好看的?"他讥讽凑热闹的路人说,"快走吧,先生们当心点啊,小心眼珠子会掉出来!"

"马克尔,你还好吗,咱们拥抱一下吧。你还套着背心,真是个古怪的人。情况怎么样?妻子和女儿们都好吗?有没有什么新情况?"

"她们一切都好,谢谢您,都养得挺好的。新情况嘛,你在前方拼搏,我们在家里也不敢闲着。眼下四处都是乱七八糟的,真是让人厌恶,根本都没办法弄清楚到底是怎么一回事!没人清扫街道,也没人修房顶、粉刷,肚子里面没有实在货,像吃斋似的,一点油沫星子也没有。"

"马克尔,当着尤里·安德烈耶维奇的面,我可要说说你了。尤拉,他一直都是这样子,说些莫名其妙的话,真让人忍受不了。可能是因为想让你高兴才会这么拼命说。不过,他私下也在盘算着。马克尔,住嘴吧,你什么也不用说了。马克尔,你这个傻瓜,这么久也应该学着点儿了,不管怎么说,你还是在一个明白事理的家庭里啊!"

马克尔提着东西走到房子里,急忙关上了大门,压低声音一字一句斩钉截铁地说道:

"听见了没有,安东尼娜·亚历山德罗夫娜总是这样发牢骚。她常说我,马克尔呀,你从外黑到里啊,简直就是烟囱里的黑油烟子。她说,如今的小孩子,就算是小猫小狗,也该通人性了。当然,这也没什么好说的了,不过尤拉,不管你信不信,只有懂学问的人才见过那本整整被埋了一百四十年不得见天日的书,一个伟大的共济会会员写的书。现在我们却被他们出卖了。尤拉,你知道吗?为了那么一点儿小钱就把我们出卖了,到头来我们连一根马哈烟都不值。

你瞧,安东尼娜·亚历山德罗夫娜又在跟我摆手,她就是不想让我说话。"

"为什么不能摆手?好了,好了,这些东西放下吧!谢谢你,马克尔,你可以走了。有需要的时候,尤里·安德烈耶维奇会叫你的。"

2

"总算摆脱他了。别理他,如果你相信他说的话,那你就跟他一样了。他简直就是在胡说八道,有人在的时候他就装成傻傻的样子,背后心里不知道有多少怨恨。都不知道自己到底要对付谁,就在这儿博取同情!"

"唉,依我看,你说的这话有点过了!他只是喝醉了的时候,才会这样唠叨一下,别小题大做了。"

"那你看见他有清醒的时候吗?算啦,别管他了。我为萨申卡担心,怕是又要睡不着了。听说一种伤寒病在铁路上流行……不会有虱子在你身上吧?"

"应该没有。一路上乘车跟战前一样舒服,不过洗一洗还是有必要的,随便洗一下,一会儿就好了,这样会放心一些。你这是要去哪儿?为什么不从客厅穿过去?你要绕道另外那道楼梯上去吗?"

"哦,对啦,还没告诉你呢!我和爸爸商量了几次,决定把楼下的房子租给农学院。如果不租出去,冬天取暖的木材都不够烧了。现在楼上还有空房,让给他们也可以,不过他们暂时还没说要租。他们要在这儿建一个研究室,专门培育植物标本、收藏种子。我觉得种子倒无所谓,只要不养老鼠就行了。房间还算整洁,现在这都称为居住面积。到这儿来,这儿。真笨!绕过后边的小楼梯就过来了。知道了吗?随我过来,我带你上去。"

"你们能想到把一些房子租出去实在是不错。我上班的那个医院也是租在有钱人家的房子里。上下两层的房间加起来多得出奇,还有一些镶木地板。木桶里的棕榈像一个个幽灵,晚上睡在病床上看那些枝叶的话,连做梦都会被吓醒的。不过,虽然那些伤员久经战火,但都是一些神经受过伤的。到最后,这些树被搬了出去。其实我觉得,即使是富有的人家中,生活也不尽如人意,还有,多余的东西太多了,数也数不清。比如过多的家具,过多的房间,过于腻味的柔情,言语中的赘述。其实,大家紧挨着住就很好了。现在这样还不够,可以再紧密一些。"

"你的包里面鼓鼓的是什么东西?鸭嘴?是个鸭头?太好了!从哪儿弄来的野鸭子?这年头它可算是一个宝贝!真是不可思议!"

"说来话长,在火车上人家送的。具体的以后再告诉你吧。你觉得怎么样,先放到厨房去?"

"那是肯定的。我马上就让纽莎去拔毛、开膛。有消息说到了冬天情况会更糟,挨饿、受冻是免不了的。"

"是的,大家都这样传。方才我盯着车窗外发呆的时候还在想,难道还有比家庭美满、工作顺心更值得珍惜的吗?此外,其他的东西都是我们无法掌控的。说真的,多数人都面临着这样或那样的困境。有的想逃往南方的高加索,走得远远的。可这样做不是我们的方式。我时刻谨记着一个男人要能屈能伸,要和家乡同生死共命运。不过你们就另当别论了。我真切地希望能保护你们,不让你们受到灾难的侵袭,把你们送到更安全的地方,像芬兰这样的地方应该会好一些。不过,恐怕连楼上也到不了——要是我们再站在楼梯上半个钟头的话。"

"等一下,我还有一件事要告诉你。我想说什么来着?突然间我就给忘了。啊,尼古拉·尼古拉耶维奇回来了。"

"你说的是哪一个尼古拉·尼古拉耶维奇?"

"舅舅。"

"怎么可能!东尼娜!他怎么会来这儿?"

"是呀,这是真的,他绕道去了伦敦和芬兰,然后从瑞士回来的。"

"东尼娜!别开玩笑了?他在哪儿?你们见面了吗?现在能找到他吗,马上?"

"别心急!他说后天就会回来,现在他住在城外一个熟人的别墅里。他变了很多,和以前不一样了,恐怕你见到会失望。他中途在彼得堡的时候受了布尔什维克很大的影响。回来后和爸爸争得不可开交。真的,我们为何要这样走走停停啊?走吧。你也知道,以后会困难重重、危机四伏的,还不知会发生什么危险呢!"

"我也这样觉得。算了吧,我们可是韧性十足的。一定不会弄得统统完蛋的。了解一下别人的情况怎样吧。"

"他们说到时候木柴、水、电都没有了。货币要废除,运输也要中断。哎!走吧,我们怎么又停住了。我告诉你,大家都说有一个作坊制作的铁炉子特别好,在阿尔巴特街。煮饭只用报纸点火就可以了。我知道地址在哪儿,我们应该先买一个吧,趁着还没被抢购一空。"

"对,东尼娜,肯定要买。你太精明了!可是舅舅呢……舅舅怎么办!你出出主意!我不知道该怎么办才好!"

"我倒是有个想法。我们楼上还可以腾出一间房来,我们和爸爸、萨申卡,还有纽莎可以搬去另一边的两间或者三间房住,这几间一定要是连着的,这幢房子里其他房间我们就不住了。正好临街的那边和我们这几间隔开了,再在房子中间架上那种铁炉子,安一个可以从气窗伸出去的烟筒,这样就可以在这个暖和的房子里烧水、洗衣、煮饭、会客。上帝保佑,这样我们应该能熬过这个冬天了。"

"也只能这样了!肯定能熬过去的,不用担心。你的点子还真不错,实在太棒了!这样吧,为了庆祝你想到这么好的计划,拿那只鸭子烧一烧,也请舅舅一起来庆祝我们乔迁之喜吧!"

"太好了。戈尔东在那个什么实验室里可以弄到酒精。我让他弄一点。你过来看,你觉得这间行吗?房间是我挑的。先把皮箱放下,去楼下把网篮拿过来。除去舅舅与戈尔东之外,还有杜多罗夫跟舒拉·施莱辛格也要请来。没意见吧?到洗脸间去给自己喷点消毒水。还没忘记那儿的位置吧?我先去瞧瞧萨申卡,叫纽莎下楼去。我弄好了,就来叫你。"

3

来到莫斯科他最关心的、对他来说最重要的就是他的儿子。尤里·安德烈耶维奇刚应征入伍,萨申卡就出生了。他又怎么能了解这个孩子呢?

那一天,他接到动员令,快要出发之前到医院去,打算与东尼娜见面。碰巧赶上给婴儿哺乳,他就没有被允许进去。

他在走廊那等着。这时候,十几个新生儿的啼哭声从那一排产科病房尽头直拐过去的婴儿室的走廊上传来,响亮的哭声连成一片;看护怕襁褓里的婴儿着凉,匆忙地把两只胳膊肘下面夹着的一对婴儿送到母亲那里去喂奶。好像夹着从外面买来的两大包东西似的。

"哇,哇!"这些小家伙们几乎都是用同一个调子大声哭着,任何情感成分都不含,似乎是在执行一项上天赋予的使命。不过,有一个哭声在这齐唱当中与众不同。这种"哇、哇"声,也是一样让人觉得没有丝毫的痛苦,不过似乎是故意不大高兴而使声音低沉下来,带点儿生气的意味,而不是出于本能。

尤里·安德烈耶维奇决定用自己岳父的名字亚历山大给儿子取名,来纪念岳父。毫无缘由的,在那个时候他就觉得儿子的哭声就预示着儿子的性格和命运。尤里·安德烈耶维奇觉得,冥冥之中,仿佛"亚历山大"这几个字早已伴随着哭声印刻在了儿子的生命中。

后来,尤里·安德烈耶维奇知道那确实是萨申卡在哭,他没有猜错。这个哭声,就是他对儿子最初的理解。

之后,尤里·安德烈耶维奇在前线收到东尼娜给他寄的信,里面有儿子的照片。照片上一个惹人喜爱的活泼胖小子,抬着大头,撅起小嘴,两腿叉开半蹲着站在摊开的被子上,两只胳膊还举过头,好像是在模仿跳盘腿舞的动作。照片上,他刚满一周岁,才学会走路,现在都满两岁了,应该会说话了。

尤里·安德烈耶维奇把地板上的皮箱拿起来,将皮扣带松开,把皮箱里的东西清理出来放到窗前的牌桌上。以前这间房子是用来干什么的呢?医生早已不记得了。看样子是东尼娜重新整理过的,旧家具都被搬走了，不然就是把墙重新粉刷过了。

医生把箱子打开，找一找刮胡子的东西在不在里面。窗口正对着的一座教堂钟楼，一轮皎洁的圆月高悬在钟楼两根柱子当中。箱内的衣服、书和洗漱用具都被月光镀上了一层银色，突然，整个房间变得与众不同起来，这时医生认出了它。

这腾出来的房子是已故的安娜·伊万诺夫娜放坏了的桌椅和用不着的杂物的储藏室。还有她家的族谱资料，那些大木箱是装反季节用品的。她还在世的时候，这里面的杂物多得几乎堆满了整个房间，平时是不会让人随便过来的。只是每逢节日聚会，亲戚们的孩子来家里做客才把这个房间打开。他们会在楼上到处跑来跑去，玩捉强盗游戏。那时候孩子们会用木炭涂到脸上，藏在这个房间的桌子下面。

医生站在这儿，回忆过去的这些事情，然后下楼去前厅取网篮。

在楼下的厨房里，蹲在灶前的是纽莎——一个害羞的姑娘，正在那儿拔鸭毛，底下摊开一张报纸。注意到尤里·安德烈耶维奇来了，纽莎的脸一下子就变得绯红，她麻利地起来，一面弹着围裙上的鸭毛，一面就要去接他提的网篮。不过她的好意医生心领了，他说不重，他自己拿上去。

当他走进安娜·伊万诺夫娜以前当储藏室的那间房子，妻子就在隔壁的或后面几间房子里面叫他："过来，尤拉！"

于是他朝萨申卡的房间走去。

当年他和东尼娜的书房改成了现在的这间婴儿房。萨申卡躺在小床上，样子不如照片上可爱，不过和尤里·安德烈耶维奇已去世的母亲玛丽亚·尼古拉耶夫娜简直太像了，甚至比她去世后留下来的照片还像。

"这是爸爸,爸爸,来,跟爸爸打声招呼。"为了让做父亲的可以抱抱孩子,安东尼娜·亚历山德罗夫娜一边说一边把小床边上的栏杆放下。

这个满脸胡须的陌生男人走到萨申卡跟前,可能是陌生面孔惊吓和烦扰了他,当这个陌生的胡子男人弯下腰准备抱抱他的时候,他立刻站起来,紧紧拽住妈妈的衣襟,恶狠狠地给了他一巴掌。也许是萨申卡被自己这勇敢的行为惊住了,立刻扑到母亲怀里,把脸埋到她的衣服里,他又急又气,放声大哭。

"哦,哦,萨申卡,不能这样。"安东尼娜·亚历山德罗夫娜轻声地责怪他,"爸爸会觉得萨申卡不乖的。来,让我们看看到底乖不乖,快亲亲爸爸吧!不要哭啦,哭什么,傻孩子。"

"随他去吧。东尼娜,"医生温柔地说道,"别勉强他了,你也别多想。我猜你又会胡思乱想的,认为兆头不好,一定是个不祥的预兆。完全是无稽之谈。其实这是很平常的事情,孩子这才第一次见到我。等过几天熟悉了,就能亲热地相处了。你放心吧。"

虽然这样说,但他自己却垂头丧气地走出了屋子,离开时,有种不祥的预感袭来。

4

后来的日子里,他果真发现自己是如此孤单。这不是别人的错。显然,他享受着孤独也就真的变得愈加孤独起来。

朋友们一个个都异常消沉。每一个人好似都没有了自己的特色,没有了思想,也没有了见解一样。在印象中,这些人的形象本应该鲜活得多。这样看来是从前高估了他们。

只要有钱人靠剥削穷人而寻欢作乐在情理上还过得去,那么,多数人受苦而少数人享乐的权力自然而然就成了富人的面子和身份,且被认为是天经地义的真理了!

不过,这一切终将会黯然失色。当底层的人不在反抗拥有特权的上层,人们会毫不吝啬地丢掉独立思考的能力,好似从不曾有过一样!

现在,和尤里·安德烈耶维奇可以谈得来的只有那些沉默内敛、不会高谈阔论的人,以及妻子、岳父和很少的几个同事、几位谦逊的朴实劳动者。

在他回来后的第二或第三天,已经事先准备好的晚会如期举行。他们为晚会准备了野鸭和酒。晚宴举行前,他已经私下见过了所有被邀请的人,所以,晚上的会面他们都不是第一次。

在挨饿的时期,珍贵且稀有的奢侈品——这只肥鸭因为没有足够搭配的面包,使这道佳肴变得不够丰盛,甚至让人心生懊恼。

戈尔东带来了药房用的那种毛玻璃塞封住的酒精瓶。在当时,投机小贩最喜欢交易的东西就是酒。安东尼娜·亚历山德罗夫娜紧握着瓶子,按需要加水进去,然后将它分成几份,随心情的好坏调制,有时候酒性过烈,有时又太淡。原来,这种通过酒性的变化而使人醉意不断变化的酒,效果竟比烈酒和稳定度数的酒酒劲厉害得多。这也让人有得受了。

这种和现有的条件无法融合的聚会是最让人伤感的。无法想象,此时此刻巷子对面那些房间里的人也能像他们一样吃饱喝足。悄无声息、阴暗寂寞、饥肠辘辘的莫斯科正在窗外展示着。城里的商店空空如也，野鸭、伏特加，类似这样的东西，想也不敢想。

原来，真实的生活是自己和周遭的环境融为一体，真正的幸福绝不是独享的幸福，因为野鸭和酒在整个城市已经是独一无二的东西了，所以也就失去了它们原有的滋味。这是最最令人绝望的。

一些不愉快的思绪也在客人们的头脑中闪现。戈尔东是尤里·安德烈耶维奇最好的朋友，他的情绪不高，心事重重，说起话来前言不搭后语。中学期间，他可是人见人爱的人物。

现在，他很想改变一下形象，因为他自己都讨厌自己，但这种改变实际上是徒劳的。他硬着头皮，故作轻松，一副满不在乎的样子，还一个劲儿地说俏皮话，把"有意思"和"有趣"这类他以前很少用到的字眼挂在嘴边，其实戈尔东对待生活从未如此儿戏。

他给大家讲了自认为可笑的杜多罗夫的婚事，在杜多罗夫没来以前，朋友们对这件事情早已有所耳闻，除了尤里·安德烈耶维奇。

原来，杜多罗夫和妻子离婚时结婚才不到一年。这件事情本来很平常，但是有趣的是下面的故事。

杜多罗夫被征去当兵纯粹是因为误会。在服役期间，他因为没有在街上向长官敬礼被罚做勤务。从军营出来以后，军官一出现在他眼前，他便会不自觉地把手往上举，仿佛看见到处都闪烁着的肩章一样两眼放花。

在那段时间里，他连连失误，做任何事情都觉得不对劲。也正是在这个时期，好像是在伏尔加河的码头上等船的时候，他认识了一对姐妹花。不知道是不是有太多的军人在他旁边来来往往，让他有点晕头转向，他患上的那种怪癖令慌乱的他总是不自觉要敬礼。

甚至都还没来得及仔细看看,他就稀里糊涂地爱上了姐妹花中的妹妹,还迫不及待地向她求了婚。"很有趣,不是吗?"戈尔东一次次地反问。到此,故事的结局还没有揭晓,故事主人公的声音就从门外传了进来。是杜多罗夫走进来了。

他身上发生了翻天覆地的变化。从一个肆意妄为的、轻狂的、不稳重的人,转变成一位严谨、专注的学究。

他在少年时期因为协助政治犯逃亡,被中学开除过。后来,他又读过几个艺术学校,最后选定了文科。杜多罗夫大学毕业的时候正值战乱,比其他同届同学都晚毕业许久,然后他就留在学校主讲俄国史和世界史。他通过对俄国史的研究,写了有关伊凡雷帝的土地政策的书,其世界史的研究方向是圣茹斯特。

如今的他无论对什么问题都表现得兴致勃勃。他的嗓音不高,略带一些沙哑,有点像患了伤风,若有所思的目光注视着某处,眼睛平视着,像老师在授课一样。

晚会接近尾声的时候,舒拉·施莱辛格突然冲了进来加入其中,大家争先恐后地嚷起来,因为人们正好在兴头上。杜多罗夫中学的时候就习惯与尤里·安德烈耶维奇以"您"相称,他一连几次地问道:"您看过《战争与和平》和《脊柱长笛》吗?"

尤里·安德烈耶维奇之前就告诉过他,他正在思考这个事情,但是嚷嚷的声音实在太大了,杜多罗夫没有听见。过了一会儿,他又问道:"您读过《脊柱横笛》和《人》吗?"

"我早就回答您了。您自己没有听清楚。好吧,算了,我再次告诉您。马雅可夫斯基的文章我一向喜欢。他延续着陀思妥耶夫斯基的某些方面,确切地说,是由陀思妥耶夫斯基式的年轻有为的叛逆人物所写成的一部由抒情诗构成的作品，如伊波利特·拉斯科利尼科夫，或者《少年》里的主人公。真是天才的作品，多么有气魄啊！这真是一言以蔽之，既坚定又锋利！不过，他勇敢地把这一切都统统投向了社会，抛到更广大的世界和宇宙里，这也是最重要的一点！"

不过，聚会中大家关注的焦点人物还是舅舅。安东尼娜·亚历山德罗夫娜说他住在熟人的别墅里。其实不然，医生到家的那天，尼古拉·尼古拉耶维奇就回来了。他没有去别墅。尤里·安德烈耶维奇已经和他碰过两三次面，双方交谈许久，说够了，也笑够了。

在灰暗、阴雨的晚上，飘着蒙蒙细雨，尤里·安德烈耶维奇来到尼古拉·尼古拉耶维奇所住旅馆的房间，那是他们第一次见面。当时要有市政当局的许可才能入住旅馆。不过，尼古拉·尼古拉耶维奇关系挺广，他还保有一些门路。

旅馆像是无人管理的疯人院。里面空荡荡的，混乱不堪，走廊和楼梯好像很久没人打扫了。

凌乱的房子开了一扇大窗，从窗户俯瞰外面是一个无人的广场。因为动乱，这种恐怖的空旷似乎只有在梦中才会见到，而现在却如此真切地呈现在面前。

这是一次激动人心、令人难忘而意义重大的见面！现在真真切切地出现在他面前的是他童年崇拜的偶像，少年时期思想的导师。

尼古拉·尼古拉耶维奇斑白的头发倒是别有一番风采，剪裁合身的进口西服。以他这个年纪来说，还显得很挺拔，很潇洒。

当然，在这风起云涌的年代，他个人的经历就显得不足挂齿了。现在发生的大事掩盖了他的光彩。但是，尤里·安德烈耶维奇根本没有从这个角度来评价他。

尼古拉·尼古拉耶维奇谈到政治话题时异常冷漠和平静,还有那种玩世不恭的口气,都让他觉得十分诧异。他那种自制力在今时今日的俄国几乎是不可能存在的。从这个角度来看,又恰好是他本色的体现。但这样的特点实在是过于突兀了,显示出不合时宜的落后和古板。

但初次见面时,他们考虑的并非这些,他们泪水涟涟也不是因为这些。异常投机且热烈的谈话因为激动的拥抱而常常被迫中断。

尽管种种回忆纷至沓来,往事浮上心头,那些日子里各自发生的许多事也历历在目,但是,两个亲缘相连、创造力极强的人在一起,只要一说到投机的地方,涉及那些创造人士都熟知的领域,除了血缘关系,好像别的东西就都不重要了。舅舅和外甥的身份消失了,也没有年龄的界限,只剩下相似的气质、爱好、热情和信念。

差不多有十年,尼古拉·尼古拉耶维奇都没有机会这样与自己志同道合的人一起评论一个作家的魅力和创作使命的实质,直到现在才可以这样酣畅淋漓地交流。此外,如此深刻透彻、精辟的见解,尤里·安德烈耶维奇也从未听到过。那些一针见血的评论使他深深折服。

两个人口中不时发出惊叹声,双方那不谋而合的想法使他们激动得抱住头在房间里到处跑,或者来到窗户前,轻轻地击打着玻璃。不需要任何语言,他们为彼此的惺惺相惜而感到惊喜。

他们第一次见面时的情形就是这样,不过,后来在公共场合,医生和尼古拉·尼古拉耶维奇又见过几次,在众人面前,他的表现和第一次有着天壤之别。

他觉得自己只是在莫斯科的一个过客,不过,他同时享受着这份感觉。他也许认为自己的家在彼得堡或者其他什么地方，这成了一个不解之谜。他安于充当一个能言善辩的政客、吸引公众视线的角色。也许他会认为一些像在罗兰夫人家里举行的那种在巴黎的国民杜马开始之前举行的政治聚会在莫斯科也会开放。

在莫斯科僻静的小巷里，有他那些慷慨好客的女友，他常常去拜访她们，亲密地同这些人还有她们的男伴们调侃，嘲弄她们墙头草一样摇摆不定的思想、坐井观天的旧习惯和落后的生活。此次此刻，他可以尽情卖弄自己在报纸上看到过的铺天盖地的新消息，在以前，俄耳甫斯派教徒宣讲伪经也是这样。

据说，在瑞士他结交了一位年轻的新女伴，还有未处理的事务和没有完稿的著作，这次回来投入到祖国沸腾的革命旋涡只不过是暂时的。幸运的话，他平安脱身后，还是要重返阿尔卑斯山脚下定居。

他支持布尔什维克，把两个左派社会革命党人视为知己，常常提起他们的名字。一位是笔名叫作米罗什卡·波莫尔的新闻记者；另一位是专栏作家，写政治评论的，名叫西尔维亚·科捷利。

亚历山大·亚历山德罗维奇唠唠叨叨地责备道：

"太可怕了，你和他们来往，尼古拉·尼古拉耶维奇！就是那个米罗什卡，算什么！还有那个利季亚·波克利。"

"是科捷利，科捷利。"尼古拉·尼古拉耶维奇纠正了他的错误。

"不论是波克利还是波普利，反正都一样，叫什么名字无关紧要。"

"科捷利，对不起。"尼古拉·尼古拉耶维奇十分耐心地解释着。他和亚历山大·亚历山德罗维奇争了起来：

"我们不用争了，这些道理都是些毋庸赘述的基本常识。千百年来，底层人民群众的生活实在难以启齿。可以翻翻那些历史教科书，那些称之为封建主义、资本主义的时期,老早就展现出了这种不合理和不公正的制度,一场合乎正义的变革早就在酝酿,最终将指引人民群众奔向光明。

"您是明白的,只是形式上对旧制度稍作修补有如隔靴搔痒,必须要从本质上将它连根拔起。这样才可能会使整个体系完全坍塌。但是那又如何呢?不可能因为听起来太可怕,就无动于衷。时代的步伐总是向前的,只是时机未到。这难道不是真理吗?"

"唉,我们说的压根就不是一回事儿。你觉得我是这个意思吗?我是怎么说的?"亚历山大·亚历山德罗维奇生气地说。随后,他们更加激烈地争论起来。

"像波普利和米罗什卡之流,都是没有良心的人。喜欢说一套,做一套。这样难道是做事的方式?言行不一。哦,稍等一会儿,我马上就可以证明给您看。"

写字台的抽屉被他弄得哐当作响,似乎要用这种声音激发他继续舌战的灵感。他在到处找一本刊物,上面刊登了自相矛盾的文章。

亚历山大·亚历山德罗维奇喜欢一边说话一边做一些无关紧要的事情,以此来掩饰他不太流畅的话语,诸如停顿和哼哼哈哈的语气,表明这种话语节奏是自然的。每次在找一些东西,比如说在昏暗的房间里找一只鞋子时候,就会是他最有兴致说话的时候;或者站在浴室的门槛上把毛巾搭在一边的肩上、吃饭时给客人们斟酒或者在就餐的时候帮忙传递盛菜的盘子的时候,也会如此。

尤里·安德烈耶维奇非常熟悉岳父的说话声,那是一种传统的莫斯科腔,带点儿轻轻的鼻音,像唱歌一样的尾声长长地拖着,似乎格罗梅科家族的人都有一个特点就是卷舌音和非卷舌音有点儿区分不开。

留着修剪整齐的小胡须的亚历山大·亚历山德罗维奇,他上嘴唇比下嘴唇微微突出,配合着他系在胸前的微微上翘的蝴蝶形领结。亚历山大·亚历山德罗维奇的形象带着些天真的、好玩的、又惹人亲近的孩子气。

那天深夜,在参加聚会的人快要散去的时候,舒拉·施莱辛格来了。她刚开完会就直接过来了,穿着短皮袄,头上戴着鸭舌帽,大步流星地走进来,一边依次和大家握手寒暄,一边对着他们埋怨起来。

"东尼娜,你好。你好,萨汉奇卡。你们也太过分了吧,是不是?到处都听说了,全莫斯科都知道他回来了这件事,可是我最后才知道。真见鬼。你们就这样对待我?他在不在,那个让人望眼欲穿的人?请让一让。这么多人堵着像一堵墙。啊,你好!了不起的,真是太了不起了。我看了你的书。虽然读不太懂,不过,我真的知道确实是写得好。这个大家都知道。您好,尼古拉·尼古拉耶维奇。等会儿我过来找你,尤拉。抽个时间我要专门和你慢慢聊一聊。年轻的小伙子们,你们好。哦,戈戈奇卡,你也来了啊?您是鹅吗?你嘎、嘎、嘎干什么呢?要给你喂食了,是吧?①"

她对格罗梅科家那位远亲戈戈奇卡叫喊着,此人对新兴的强大势力很是崇拜,他愚蠢又好笑,大家喜欢叫他"小鲨鱼",从身材来看他又高又瘦,所以,又戏称他作"绦虫"。

"你们是在享受美酒佳肴吗?我也来和你们比比看。喂,先生们,先生们。你们什么都不知道,看不清这个世界!世界变成什么样了?发生了多大变化啊!你们不要纸上谈兵,得去看看那些真正的工人

---

①俄国儿歌。

和士兵，或者到真正的群众集会中去看看。如果你们敢在那儿说出反战的言论来，那些人会让你们吃不了兜着走！有个水兵刚刚说了一些话。尤拉，你要是听见他说了什么，你准会发疯的！那种激情太炽热了！说得太有道理了！"

所有的人都自顾自地大声嚷嚷，舒拉·施莱辛格的话被大家打断了几次。她到尤里·安德烈耶维奇旁边坐下，拉住他的手，为了让他能听清楚，把嘴凑到尤拉的耳边，像是冲着喇叭那样喊道：

"我带你去外面看看吧，尤拉，让你知道什么是真正的群众。你要知道，你现在迫切需要去和大地接触，就像童话中的安泰那样。不要把眼睛瞪那么大，你认为这句话很奇怪？我可是传说中那匹身经百战的老战马，曾经的贝斯土热夫女子高等学院的一员。尤拉，我参加过街垒战，蹲过班房。可你想的是什么？哦，我们还不了解人民群众！我来自他们当中，就在刚刚。我正在帮他们建一个图书馆。"

她喝了很多酒后，似乎有点儿醉了。而尤里·安德烈耶维奇也感到发晕了。他晕乎乎地搞不清自己在这一头的桌子边上，舒拉·施莱辛格为什么却到另外一边角落去了。他站在桌子边上，没有任何准备，自己也意想不到地说了起来：

"先生们……我说……米沙！戈戈奇卡！……别嚷嚷，东尼娜，这些人都没听，又能怎么样呢？先生们，我来说几句。史无前例的、闻所未闻的大事将要发生了。现在这些事情将要降临到我们头上，我希望各位当它真的发生的时候，我们还能像现在这样在一起，不会失去信心。戈戈奇卡，等会儿喊万岁。还没说完呢。角落那边的人安静点，仔细听着。

"经历三年的战争后，老百姓就会明白战争前线和战争后方的界限将不复存在,血海会波及我们这儿的每一个人,所有企图逃避的人都无法幸免。这股无法阻挡的潮流叫革命。

"在革命的过程中,我们就如前线参战的士兵,你会感觉到自己的生命已经停止了,一切个人的东西都被抛到脑后,除了杀戮和战死以外,我们一无所有;如果有幸能活下来,把这一时期的历史进行记录,以后回顾这些记载时,我们能体会到,虽然只有短短五年至十年的时间,但我们所经历的比整整一个世纪的经历还要多。

"我不知道,这种排山倒海之势是由人民群众自发组成的,还仅仅是以人民的名义展现出来。装腔作势的论证在这种历史性的时刻是毫无意义的。我相信并不需要这种形式。在伟大的事件中刨根究底毫无必要,而且未免过于浅薄。家庭中的争吵就属于说不清的家务事,开始倒是有一个源头,一旦发展到揪头发、摔盘子、砸碗的地步,到底哪一个先动手也就不重要了。总之,宇宙是没有源头的,真正伟大的事物都是如此。革命在眼前突然爆发,仿佛是早已存在着或者突然从天而降。

"我也觉得,俄罗斯注定要成为一个社会主义国家。当这一切变为现实时,我们一时半会儿肯定回不过神来,在以后很长一段日子里都会觉得不可思议,已逝去的那一半记忆也就无法追回了。这些事情发生的先后顺序我们早已忘记,革命带来的剧变也不需要寻找理由。新的制度和习惯像空中的白云将我们团团围住,再不会有别的结果了。"

接下来,他还在说一些话,酒渐渐地醒了,不过周围人讲的话还是听不清,回复的话也是牛头不对马嘴。但是大家对他的爱戴,他是了解的。即使是这样,也无法驱赶走那种不知所措的忧伤。所以他说：

"谢谢，谢谢。你们对我的喜爱，我很清楚，可是我无法承担。大家没必要现在就急急忙忙地、毫无保留地喜欢我，不要因为担心而这样放任自己的感情，在今后还有机会把更加强烈的感情表达出来。"

大家觉得这是他故意说的玩笑话，放声地大笑着，还拼命地鼓起掌来，不过他却因此而有些惊慌失措，一种不祥的预感向他袭来。虽然他是一片善心，且认定自己可以争取到幸福，但他也意识到对未来的无能为力。

客人们纷纷离开。因为疲惫，大家都垂着头，打着哈欠，嘴一张一合的，像一张张马脸在晃来晃去。

有人临走的时候，撩开窗帘，打开了窗户。天边露出淡黄色的曙光，潮湿的天空飘浮着许多灰色云团。"看来在聊天的时候，一定有一场雷阵雨造访过。"有人说。"在过来的路上就正好下雨，我是跑着过来的。"舒拉·施莱辛格证实道。

在空旷黑暗的巷子，雨水滴滴答答从树上滴下，夹杂着湿淋淋的麻雀不住的叽叽喳喳的叫声。

突然响过一阵雷鸣，仿佛一道犁横过天空，然后万物重归静寂。不料，四声沉闷的雷声传来，像是铁锹翻动着饱满的马铃薯，刨松了的时候，马铃薯朝四处滚落的声音。

雷阵雨让烟气腾腾的房间顿时充满了清爽的气息。这时，所有的生活元素，空气、水、幸福的希望、大地和天空，都像被电击过一样让人觉得清晰。

散去的人们还在小巷里嘟嘟囔囔。出去后，他们仍和刚才一样继续大声地讨论着。声音越走越远,慢慢消失归于寂静。

"已经不早啦。"尤里·安德烈耶维奇说道,"在这个世界上,你和爸爸是我最爱的人。"

5

八月已经过去,九月也接近尾声。时间流逝着。冬天的脚步近了,而人们最关心的也是议论得最多的就是准备御寒的东西:食物和木柴。就像动物在冬眠前做准备一样,备足食物和木柴是必需的事情。

现在唯物主义获胜欢庆的时期,物质只是一个概念,食物和木柴变成了粮食问题和燃料问题。

住在城市的人都束手无策,面对日益逼近的未知的日子仿佛自己是个小孩子似的。未知的东西在生活的道路上横扫了所有的旧习惯,只留下身后一片寂寞的废墟,尽管它本身也是由城里人所创造的,也是城市的产儿。

四处都是让人失望的不着边际的高谈阔论。平淡无奇的日常生活还勉强按照老习惯在婆娑着向前,朝某个地方走去。不过,医生觉得生活本来就是如此。那些残酷的真相逃不过他锐利的眼睛。他看到自己和这个世界的旧秩序是注定要灭亡的。他所面临的艰巨考验甚至就是死亡。他活着的日子屈指可数,眼前的日子一天天悄悄溜走。

要不是这些生活琐事、劳动和忙碌的事情要处理,他可能会疯掉。妻子、孩子、赚钱维持生计,让他的生活有所依托。最迫切的现实是每天得赚取日常生活所需的开销,要继续工作,为病人看病。

他十分清楚未来是个奇特的庞然大物，而自己则微不足道，心中满是恐惧，却又那么喜欢这个未来，且引以为豪。他常常像将要离别一样，用恋恋不舍地期待眼光注视着空中的浮云和排列整齐的树木，望着路上的行人，以及这座淹没在不幸中的俄罗斯城市。如果能让一切都好起来，他甚至愿意牺牲自己，但实际上，他对此却无能为力。

旧马厩街拐角处就是俄国医师协会的药房，当他从药房旁边穿过阿尔巴特街的时候，常常看到这样一片天空和街上穿梭的行人。

他重回原来的医院上班。医院仍叫作圣十字医院，尽管圣十字会已经解散了，但一下子还找不到一个合适的名称给医院。

医院里的人已经开始分化。对那些迟钝的温和派来说医生是危险分子，他也觉得温和派过于落后；而在那些激进派的人看来，他还不够红。最后，他跟不上激进派，又难以靠近温和派，落得个上下都靠不上的处境。

他在医院里除了要负责本职工作，院长还让他负责监管全部的统计报表。包括各种调查表、意见表和其他表格，还要填写详细的严格审核的申报材料。死亡率，发病率，职工的工资状况，他们的思想觉悟和参选的比例，燃料、食品、药物的供需情况，这些都是上级统计部门需要的数据，都要按要求提交。

主治医师办公室窗边有一张旧办公桌，医生就在那里完成这些工作。侧面放着一沓沓各式各样的表册。除了要定期填写个人的医疗工作日志之外，他自己的《人间游戏》一书也是闲暇时在这里诞生的，其实也就是写写当时的大事记或者札记，内容有散文、诗、各种形式的随笔杂感，都是在感慨有半数的人已经失去了真我，而且手足无措地不知道如何将这种伪装的自我延续下去。

这间四壁刷得雪白的主治医师办公室里，光线明亮，洒满了金秋时节里暖暖的、淡黄的阳光，这种光芒只有在圣母升天节以后的日子才能看见。在这个时节，清晨降下的薄霜已经让人感到微寒。山雀和喜鹊也在准备过冬，纷纷飞向色彩鲜艳、清新明快的稀疏树林。这个季节的蓝天更加清澈，在天地之间，一股深蓝色的冷空气从北方涌过来。世上万物，都看得更清晰，听得更清楚了。别处传来的声音愈加响亮、明晰，容易辨别。世界是如此的清明透彻，似乎那洞穿人间的眼界瞬间被打开。这种空旷平和的感觉，如果不是短暂的一刻，且仅在秋天某日的末尾、几近黄昏时刻才出现的话，那真叫人难以接受。映照着主治医师办公室的，正是这种短暂的秋日里的阳光。它格外明媚，带着琉璃般的透亮与润泽，又像是熟透的苹果。

医生坐在桌子前，用笔蘸着墨水，一边沉思一边记录。近处几只飞鸟静静地在从办公室明亮的大窗前掠过，把寂静的影子投入室内，投在医生执笔的手上、堆满表册的书桌上、地板上和墙上，接着又悄无声息地消失了。

"枫树开始落叶子啦。"解剖室主任一边走进来一边说道。这个男人先前身体非常结实，如今消瘦得皮肉耷拉了下来。"风吹雨打都没掉叶子，可是一个早晨一降霜就撑不住了！"

医生抬起头。果真如此，先前以为是从窗外悄悄掠过的无名鸟，原来是枫树上的红叶在飘落。那枫叶离开枫树枝的时候，先是随风在空中轻轻地飘荡，然后缓缓地落到了枫树旁的草坪上，像是为草坪撒上了一点泛着橙黄色光亮的星星。

"窗子封好了吗？"解剖室主任问。

"没有。"尤里·安德烈耶维奇一面回答一面继续写着。

"怎么回事？这个时候该封了。"

尤里·安德烈耶维奇专心在写着，并没有回答。

"唉，可惜塔拉修克不在。"解剖室主任接着又说，"他真是个可遇而不可求的人才。会修鞋，修钟表。什么都会，世上就没有他不会做的事。该封窗户啦，还是自己动手吧！"

"没有腻子呀。"

"这个可以自己调配的。配方是……"解剖室主任自顾自地讲起了如何用油灰和石灰粉调制腻子。"看来，我在这儿打扰您了，您随意吧！"

他来到另一扇窗前，倒腾起他的那些玻璃瓶和标本。天色渐暗。又过了一会儿，他说：

"这么暗的光线，您还看书写字，会把眼睛弄坏的。又没有电。咱们回去吧！"

"我待会儿再走，还要二十分钟。"

"他的老婆就是医院里的看护。"

"你说谁的老婆？"

"塔拉修克的。"

"我知道。"

"可是你知道他本人去哪儿了吗？这人全国各地跑。夏天回过两次家，还到医院里来了。现在不知道是在哪个乡下创建新生活。您在大街上和火车上经常看到那些布尔什维克派士兵吧？他就和那些人一样。您不想知道底细吗？这个塔拉修克？我告诉您吧。这人非常能干，什么事都难不倒他。只要他一出手，问题就迎刃而解了。即便是在战争时期，不管什么事他都能干得非常漂亮。对于打仗，他也像干手艺活那样用心钻研。结果成了一名神枪手。不论在战壕里或是在哨位上,眼尖、手准、弹无虚发。他不是因为英勇的战绩,而是由于百发百中的枪法获得了他所有的勋章。您看,他就是这样一个人物,不管做什么他都能干一行爱一行,所以也爱上了打仗。他明白武器有强大的力量。他本身也想成为一个强者。人只要武装起来,就不同凡响。要是在古代,神枪手往往就会成为绿林好汉。如今想要叫他丢掉武器……不信您试试看。要是突然有人喊上一句口令'掉转枪口',他的枪口立刻就会转过来。故事就是这样,这就是马克思主义。"

"是完全来自生活本身。您认为呢?"

解剖室主任走到自己的窗前,摆弄了一会儿那些试管,然后又问道:

"那个修炉匠怎么样?"

"谢谢您的介绍。他是个挺有意思的人。我们谈黑格尔和克罗奇谈了差不多有一个小时。"

"当然啦!他可是海德堡大学的哲学博士。那炉子呢?"

"别提了。"

"漏烟吗?"

"就是这个问题啊。"

"烟筒没装好。应当砌在炉子上,这样烟才能刚好从气眼拔出去。"

"是把它砌到炉口上了。可是不知道怎么总漏烟。"

"那就是排到风道里去了,烟道没找准。可能是通风口出了什么问题。唉,可惜塔拉修克没在!您就凑合着忍一忍吧。一天也弄不好。生炉子这事也不简单,要学一学。木柴都有了吗?"

"去哪儿弄木柴啊?"

"我替您去找教堂的更夫来。他有门路可以搞到些木柴,把篱笆墙一拆不就是木柴了?不过我可提醒您要跟他把价钱谈好。不然他会漫天要价。或者到那个卖臭虫药的老太婆那儿去。"

他们下楼走到门房里,穿好外衣,来到街上。

"找卖臭虫药的干什么?"医生说,"家里又没有臭虫。"

"我说的和臭虫无关,我说东,您就给我说西。不是说臭虫,是说木柴。这个老太婆什么生意都做。能把整幢的房子买下来,然后把屋架拆了当木柴卖,她手头上的东西多着呢!当心,别绊倒,这儿太黑了。这一片地方,以前闭着眼睛我都知道路。这里的每块石头我都认识。我可是土生土长的本地人。不过自从栅栏都被拆掉了以后,我就是睁大眼也认不出来了,这里就像是个陌生的城市。这一片的东西都裸露出来,成了现在这个样子!古色古香的几幢房屋旁长满了灌木丛,花园里面的圆桌,还有腐烂了一半的长椅,都这样露在外面。几天前,在一个三岔路口,我就看见这么一处荒废的地方。那儿还有一位年近古稀的老婆婆用手杖在刨地,我就说:'上帝保佑您,老奶奶。您不是在挖蚯蚓,想钓鱼吧?'当然,这只是和她开玩笑。可她当真了,一本正经地告诉我:'不是挖蚯蚓,老爷,我是在找野蘑菇。'说得真贴切,现在城里和森林里没什么两样,到处都有烂树叶和蘑菇的味道。"

"你说的这个地方我知道。就在谢列布良内和莫尔昌诺夫斯卡之间,不是吗?我每次路过那,总碰到些意外的事情。要么是碰上几十年都未曾谋面的旧相识,要么是碰到些什么新鲜玩意儿。据说,那个拐角处还发生过抢劫。这没什么奇怪的,那个地方四通八达,每一条路都可以通向斯摩棱斯克那些残留下来的贼窝。把东西一抢,衣服一扒,然后逃之夭夭,你连个人影也抓不到。"

"灯光实在太暗啦。路灯之所以叫作紫斑就是这样子的。说得真贴切。"

6

确实,医生在之前说到的那个地方曾遭遇过各种意外的事。深秋,就在十月革命发生前的一个夜晚,又冷又黑,他在这个拐弯的地方碰上一个昏迷不醒的人,横在人行道上。他两只胳膊伸开躺在地上,头靠着石礅,两腿耷拉在马路上。不时有些微弱的呻吟从他口中发出,断断续续的。医生尝试让他苏醒,大声喊他,想问他点什么。这人只低声含糊地嘟哝了几声,然后又昏迷了过去。他的头撞破了,鲜血直流,经过初步检查,颅骨还没破。几乎可以确定这个昏迷的人是遭遇了抢劫。"皮包,皮包。"他嘟囔着说了两三次。

医生就近来到阿尔巴特街药房打电话,把派到圣十字医院的马车夫叫来,立刻送这个陌生人到医院治疗。

这位受害者原来是个重要的政治活动家。医生为他进行了治疗。在此后多年,医生都得到了他的庇护,在那个处处受到怀疑和充斥着极度不信任的年代,他让医生避免了许多麻烦。

7

星期天,医生闲来无事,也不用上班。按安东尼娜·亚历山德罗夫娜设想的那样,他们准备在西夫采夫街家里的那三个房间里度过冬天。

天气寒冷、风大,阴霾的乌云低低地压着,这些都是降雪的预兆。

一家人从清晨就开始生炉子,烟气腾腾。安东尼娜·亚历山德罗夫娜对如何生火一无所知,却一直给纽莎出些馊主意,最后自己也搞不清楚了,纯粹是在帮倒忙。再加上原本木柴就有些潮湿,纽莎这时已经被这个烟炉子弄得狼狈不堪。医生见这情形,知道该如何处理,就想插手,可是妻子走过来抱住他的肩膀,送他离开房间,同时说:

"你还是到自己房里去吧!本来事情就让人挺头疼的啦,还来凑热闹。你老习惯插手我的事情。你要知道,你越帮越忙,这不是等于火上浇油吗?"

"浇油?东尼娜,我的办法很妙的!这样炉子一下子就能点燃了。不过,我既没看见到油,也没看到火。"

"你这俏皮话说得不是时候。你要知道,现在这个时候根本顾不上听俏皮话。"

生火没成功,星期天的计划就要泡汤了。大家原指望在天黑前把要做的事全部都做完,晚上就空闲了,但现在计划都打乱了。午饭要推迟,原本打算用热水洗洗头和做点别的什么事也都不可能了。很快就浓烟四起,让人呼吸困难,大风吹着把烟往屋子里倒灌。烟熏的黑雾顿时在房间里弥漫开来,就像神话中阴森的鬼怪即将来临。

尤里·安德烈耶维奇让所有的人都到隔壁房间去躲躲,他把气窗打开。然后再把炉子里的木柴拿出一半,剩下的一半木柴支起来空出一道空隙,然后用细柴和桦树皮做一条引火道。

气窗里新鲜空气冲了进来,窗帘被风摆动着飘了起来。书桌上的几张纸飞走了。远处的一扇门砰的一声被风给关上了，风像猫捉老鼠似的回旋地追赶着角落里残存的烟雾。

木柴点着了，迸发出鲜红的火焰，噼里啪啦地响起来。小炉子像一个被旺盛的火呛到的人，不停地喘息着。铁皮炉膛一圈圈鲜红的斑点燃烧着，有点像肺结核病人两个红色的腮帮。屋子里的烟渐渐散去，最后空气终于变得清新了。

房间渐渐明亮了。照解剖室主任的指导，尤里·安德烈耶维奇前不久已经封好的几扇窗，这时都凝结起了一层水汽，一股暖烘烘的油脂气是油灰散发出的。炉里的碎木柴烧着，散发出混合的气味：云杉皮是呛喉咙的那种苦辣味，像化妆水一样清香的是白杨木的味道。

这时，尼古拉·尼古拉耶维奇像从气窗吹来的风一样，飞速地跑进来说道：

"街上打起来了。支持临时政府的士官生和拥护布尔什维克的卫戍部队的士兵开战了。到处都在发生冲突，不计其数的地点发生了暴动。在来你们这儿的一路上，我遇到了好几次麻烦，在德米特罗夫卡大教堂的拐角处遇到一次，还有一次是在尼基塔城门附近。直走过来的路已经不能通行了，我是绕道走的。尤拉，赶快！穿上衣服，一起走吧。过去看看，这是见证历史的时刻，一辈子都难遇到的。"

可是，他滔滔不绝说起来，一下就讲了两个小时，后来就在家里吃了午饭，等到准备回家，拉上医生一起出去看的时候，戈尔东也像尼古拉一样风一般飞快地跑来，连带来的消息也是一样的。

但是在这段时间里，事态又有了新的发展，增加了一些新的情况。戈尔东说，双方火力都增强了，不少行人被流弹意外打死。据他说，在城里，交通已经中断，他能够活着走到这个巷子里来要谢天谢地了，随后回去的路就被切断了。

尼古拉·尼古拉耶维奇不听他们的劝告,想要到外面去打探打探情况,可是才过一会儿就回来了。他说,根本不可能走出巷子了,子弹横飞,打得角落上的砖头和墙皮乱飞。街上连个人影也看不见,交通确实也被切断了。

萨申卡这几日着了凉。

尤里·安德烈耶维奇生气地说道:"我说过几百次了,把孩子抱到火炉跟前是不行的,要知道受热要比着凉坏一百倍。"

萨申卡的喉咙肿痛,发起高烧。这孩子脾性比较独特,异常地怕恶心和呕吐,仿佛这种症状每时每刻都要发生。

尤里·安德烈耶维奇手里拿着喉镜,萨申卡推开他的手,喊叫着、挣扎着,然后闭上嘴不让他检查,无论怎么哄、怎么吓,都不起作用。突然,萨申卡毫无准备地美美地打了个哈欠,正好张大了嘴,医生抓住机会,闪电般地把小汤匙放到儿子嘴里,压住他的舌头,这才看到萨申卡喉头已经红肿,扁桃体也化脓了。这状况使得尤里·安德烈耶维奇慌了神。

又过了一会儿,医生采用同样的方法从萨申卡嘴里取了一个涂片。尤里·安德烈耶维奇用涂片勉勉强强在显微镜下进行了观察。还好不是白喉。

但在到了第三天晚上的时候,萨申卡的喉炎突然变成了假性格鲁布喉炎。他发高烧,呼吸困难。尤里·安德烈耶维奇对孩子的痛苦无能为力,不忍心这样看着可怜的孩子独自受苦。安东尼娜·亚历山德罗夫娜觉得这孩子快不行了,她抱着他在屋子里来回踱步,这样萨申卡似乎没那么难受了。

要是弄点牛奶、矿泉水或者苏打水灌给他喝应该会好一些。不过，这时正值巷战最激烈的时候，枪声和炮击声一刻也没有停息过。即便尤里·安得烈耶维奇不畏危险冲出去，在火线的另一边也不会有一个活人，现在城里的生活已经完全停顿了，在局势明朗之前是不会有起色的。

很快，局势就渐渐明朗起来。有消息说，工人已经取得了优势。被击散的士官生和指挥部联系不上了，只有个别的一小群还在顽强抵抗。

西夫采夫这个区属于从多罗戈米罗夫方向朝市中心进攻的士兵的作战范围。坐在街巷战壕中的士兵和少年工人是参加过对德战争的，他们和住在附近的居民已经熟识，对那些向外探望或者走出来的人，像邻居似的不时地和他们开开玩笑。市区一些地方的交通已经渐渐恢复了。

在日瓦戈家待了三天的戈尔东和尼古拉·尼古拉耶维奇这时候也可以回家了。令尤里·安德烈耶维奇感到高兴的是，在萨申卡生病的日子里有他们陪伴，安东尼娜·亚历山德罗夫娜也不介意在如此混乱的时期他们额外增加的一些麻烦。为了感谢主人悉心的关照，他们两个有意识地与主人说说话，而尤里·安德烈耶维奇却被这整整三天东拉西扯的谈话弄得疲惫不堪，以至于当他们走的时候反而觉得很庆幸。

8

听到消息说两个人都平安到家了。不过，仅凭他们能顺利回家就做出局势已经全面稳定的判断还是有些过于草率。其他的地方好像仍存在着军事行动，有些地区的交通还没有恢复。暂时还不能回思念已久的医院，医生办公桌的抽屉里还有他的《游戏人间》和病历记录。

只是在个别市区内,有些人清早出来到附近的一些地方买面包,看见有人手里拿着瓶装牛奶,就一窝蜂围上去打听牛奶在哪些地方能搞到。

有的时候,爆炸声再次响起,又吓跑了大家。这些人揣测可能是双方就某个问题的谈判没有达成协议,要知道谈判进展得顺利与否从炮火的强弱就可以看出来。

旧历十月下旬的一个晚上,九点钟左右,尤里·安德烈耶维奇大步流星地走在路上,去拜访附近的一个同事,不过也并不是去办什么特别的事。往日这一带是很热闹的,但此刻却空荡荡的,路上几乎都没有行人。

尤里·安德烈耶维奇走得很快。灰蒙蒙的天空中,稀稀疏疏地飘着雪花,风却越来越猛,眼看着一场暴风雪就要来临了。

尤里·安德烈耶维奇穿过小巷拐到另一边,都不知道转了几次弯。雪越下越密,开始变成暴雪了。在空旷的田野,暴风雪会呼啸着在大地上飞驰,然而在城市却像迷了路似的,一直在狭窄的街巷里团团乱转。

在精神世界和物质世界,无论在近处或远方,大地和天空,都出现了类似的事情。一些地方零零落落的抵抗声不断传来,之后渐渐减弱。火灾现场的淡淡余光忽明忽暗地闪现着,在尤里·安德烈耶维奇的脚下,在湿冷的地面和人行道上,风雪卷起形成一阵阵雪雾。

走到十字路口的时候,一个报童从他身边跑过,腋下夹着一大卷刚印出来的单张报纸,高喊着"最新消息"。

"不用找钱啦。"医生说道。男孩费力地从卷着的报纸上分出湿湿的一份塞到医生手里,像刚刚突然冒出来一样,转眼就迅速消失在暴风雪中了。

医生走了几步，前面有一盏亮着的路灯，他走过去想马上扫一遍大标题的内容。

这张只印了一面的号外版，上面刊登的内容是来自彼得堡的关于成立人民委员会、在俄国建立苏维埃政权和实行无产阶级专政的政府公告。再往下就是新政权的第一批法令还有电报、电话传来的各种各样的消息。

医生的眼睛被雪吹打着，风沙沙响着，报纸上的文字被灰色雪粒不时地掩盖住。然而，这些并不妨碍他继续读下去。这伟大和重要的时刻让他震撼至极，使他一时半会儿回不过神来。

他无论如何都想读完这些消息，于是医生四处打量，想找个能避风雪的地方。后来他退回到了之前那个神秘的十字路口，在谢列布良内和莫尔昌诺夫斯卡的街角上，因为旁边正好竖着一幢五层高楼，大楼的前厅很宽敞，玻璃门透着明亮的灯光。

医生走了进去，全神贯注地在前厅最里面的灯下读起了报纸上的新闻。

在他头顶上响起了脚步声。有人朝楼下走来，中途似乎犹豫着不时停下来。果然，继续往楼下走的步子突然停住，转而向上跑去。楼上某间房门开了，两个人的对话声传出来，不过有太强的回声，说话的是男是女也不知道。接着砰的一声关了门，有个脚步坚定地跑了下来，和先前下楼的脚步是一样的。

尤里·安德烈耶维奇双眼盯着报纸，全神贯注看着新闻。他对这个下楼的脚步毫不在意，压根没有打算抬起眼来瞧瞧。但是跑到楼下时，那人停住了。尤里·安德烈耶维奇抬起头，看了一眼下来的这个人。

他面前站的是一个少年，十八岁左右，脸色黝黑，长着两只窄细的吉尔吉斯人的眼睛。身上穿着一件里外翻毛的鹿皮袄，像在西伯利亚常穿的那种，头上戴的是顶同样的皮帽。某种出身高贵的气质从他脸上流露出来，那灵活的目光掩藏不住好像是来自异国他乡的、只有在混血人身上才独有的纤细表情。

这男孩子显然认错人了，把尤里·安德烈耶维奇认成别人，他感到茫然不知所措，腼腆而又紧张地打量医生，好像认识他一样，但又迟疑着没有说什么。尤里·安德烈耶维奇为了避免误会，上下打量了他一番后，就摆出一副冷淡的表情以此来打消他接近的念头。

男孩子糊涂了，什么也没说就走向大门口，到门口又转头看了他一眼，然后打开沉甸甸的、稍有松动的门，接着砰的一声把门闩带上，走了出去。

过了十来分钟，尤里·安德烈耶维奇也走了出来。他已经忘记那个男孩和之前准备拜访的那位同事，一心想着刚刚在报纸上读到的内容，心事重重地往回家的方向走去。在路上又碰到了另一个情况，就当时来说是一件不可小觑的事情，把他的所有注意力都吸引了。

在离家不远的地方，他看到靠近马路边有一大堆木板和圆木横放在人行道上。那条巷子里是个什么机关，看样子是在郊区把一栋圆木房子拆掉了然后当作木柴来烧。院子里放不下这些圆木，所以一部分街道被占用了。守着这一大堆东西的是一个持枪的哨兵，在院子里走动着，不时走出来到巷子里瞧瞧。

突然刮来一阵狂风，在空中卷起浓密的雪花，哨兵正好返回院子，尤里·安德烈耶维奇抓住时机，从没有光亮的阴影处偷偷溜到这堆木料跟前，慢慢地摇晃了几下，一根很重的短粗木桩被他从最底处弄得松动了。他费力地从一堆木桩的下面把它抽了出来扛在肩上，但没有觉得太重（自愿承担的担子就不感觉重），然后偷偷地顺着墙根下阴影的地方把它扛回西夫采夫街的家。

家里的木柴刚好快要烧完了。把这段木头锯开，劈成了不少的碎柴。尤里·安德烈耶维奇就蹲下来，给炉子里面加柴火。他在颤动得叮咚直响的炉门前面一声不响地蹲着。亚历山大·亚历山德罗维奇将扶手椅推到炉子跟前，在旁边烤火。尤里·安德烈耶维奇从上衣旁边的口袋里把报纸掏出来递给岳父，一边说：

"看过吗？给您吧，您看一看。"

尤里·安德烈耶维奇仍坐着，一边用小火铲把炉子里面的木柴摆弄来摆弄去，一边大声自顾自地说：

"多么了不起的外科手术啊！发臭多年的溃疡立刻就绝妙地被割掉了！干净利索地对几百年来人们顶礼膜拜的奉为神灵的不合理制度做了判决。

"关键是这件事情都无所畏惧地完成了，这里边蕴含着一种千百年来固有的民族精神，有一种普希金式的毫无杂念的光明磊落和托尔斯泰式的一丝不苟的传承。"

"普希金的？你的意思是什么？等一等。我马上就看完了。我可没办法边看边听。"亚历山大·亚历山德罗维奇打断了女婿的话，他误以为尤里·安德烈耶维奇的自言自语是在对他说话。

"我们首先要知道这了不起的事件表现在哪里。如果让谁去开创一个新纪元，创造新的世界，他一定先要求整理出相应的地盘。他需要等待旧时代的结束，而为了实现新世纪的创建，他一定要求有一个完整的体系重新开始，要的是像一张白纸一样未经开采的地盘。

"但现在却一鼓作气。这是伟大的奇迹，是历史的壮举，是为熙熙攘攘的正常生活注入新鲜的血液。它半路杀出而不是从头开始，不是在事先选定的某个时刻，而是在川流不息的历史长河里碰到的平凡的日子。这才是最了不起的。只有如此重大的历史事件才会如此特别和不注重形式。"

9

冬天来了，正如大家所预料的那样。这个冬天还不像之后接着的两个冬季那样可怕，然而却相差不多，同样的黑暗，同样的寒冷，同样的饥饿。所有习惯的生活基础都受到了破坏，同时又在不断地改造之中拼命挣扎着想要抓住生活的希望。

这样可怕的三个冬天一个跟着一个接踵而来，感觉这个时期是从一九一七年末到一九一八年初，有些人觉得或许是那几年后才发生的事。因为这三个陆续到来的冬天已经融合，分不清哪个是哪个了。

旧的生活和新建立的制度还不和谐。虽然像一年以后在内战时期存在的那种浓烈的敌意，这个时候还没有产生，但是两者缺少联系。它们是区别开来对立的两方，但谁也压不倒谁。

在房产部门、各种组织、机关、居民管理机构里，选举都在进行着。很多成员都发生了改变。到处都在选派和任命委员，他们有无限大的权力。他们意志坚定，穿着黑色短皮外套，佩着手枪，借用各种恐吓手段作为武器，很少刮脸，也不怎么睡觉。

他们十分了解那些卑躬屈膝的俗人，连小市民的想法和小面额公债券的持有者的性格他们也都一清二楚，对待他们如同逮到小偷一样，说话时毫不怜惜，刻薄地冷笑着。

这些人按照纲领规定的精神，掌管着一切，一次次地行动，一次次地联合，布尔什维克的队伍就这样渐渐形成了。

圣十字医院更名为第二改良医院，医院内部也发生了变化。解雇了一部分人，还有很多是认为待在这儿供职划不来，主动离开。这些都是高薪聘请的医生，他们掌握着国内高精尖的临床技术，又能言善辩。他们原本是因为顾及个人私利而离开的，却装作是为了表示抗议，用堂皇的理由，而且对那些留下来的人表示鄙视，几乎要和他们不相往来，日瓦戈也在留下来的人之列。

晚上，这对夫妇常常有这类对话。

"别忘了星期三去取冻土豆，在医师协会的地窖里。我一定弄清楚下班的时间，好及时过去帮你。有两口袋，得要两个人用小雪橇才拖得动。"

"好吧。不着急，尤拉。你还是赶快休息吧，已经不早啦。反正事情一下也做不完。你该休息了。"

"传染病正在流行。大家的体质都比较虚弱，抵抗力也弱。你和爸爸的脸色我简直都不敢看。要想点办法才行。不过还能怎么办呢？连我自己也没怎么注意身体。以后更要多多注意。你在听我说吗？睡着了？"

"没有。"

"我倒是不担心自己的健康状况，我的身体结实着呢。不过，万一我病了，你千万别稀里糊涂地把我留在家里。要马上送我去医院。"

"你说什么呢,尤拉!上帝保佑你。干吗说这些不吉利的话?"

"你记住,已经没有忠诚可靠的朋友啦。什么医术高明的人更谈不上。一旦有什么事情发生,唯一值得依靠的只有一个人,就是皮丘日金。当然,如果他没出什么事情的话。你睡着了吗?"

"没有。"

"这帮坏家伙,明明占尽了好处,看起来却正气凛然又有骨气。握手的时候显得那么勉强,不情愿地伸出手来说:'您还在为他们服务?'然后把眉毛一扬。'还在为他们服务,'我说,'请您不要见怪,我们虽然穷,但我为自己自豪,我们穷,但是我们感到光荣。我也尊重那些向我们奉献了贫穷的人。'"

10

很长一段日子,黄米粥和青鱼头煮的汤成为大多数人的日常食物。青鱼的身子用油煎一煎就算是第二道菜。黑麦不用磨,小麦也带着壳,用它们煮粥来保证营养供给。

在屋子里,荷兰式壁炉旁边,一位熟识的女教授教安东尼娜·亚历山德罗夫娜在炉底烤面包。其中的一部分拿去卖钱。小铁炉老冒烟,火烧不旺、不暖和,太磨人了。面包吃水以后变重了一些,再加上卖来的钱可以抵消使用这种瓷砖壁炉的开支,免得再用铁炉了。

安东尼娜·亚历山德罗夫娜烤面包的技术很好,不过用这个还赚不了什么钱。于是,原来打算用瓷砖壁炉的想法也就不得不打消了,只好重新把退役了的小铁炉拿出来使用。日瓦戈夫妇遭罪的日子又开始了。

有一天早晨，尤里·安德烈耶维奇和往常一样出去上班了。安东尼娜·亚历山德罗夫娜身体虚弱，但家里只剩下两块劈柴了，她只得上街去"采购"。她穿上皮大衣，那件大衣就是在暖和天气也会让人冷得发抖的。

她在附近的那几条巷子里徘徊了半个小时，有时候郊区农村的农民会拿蔬菜和土豆到那儿去卖。不过这些人来的时间不定，需要自己去碰运气。卖蔬菜的农民是很受欢迎的，常有人拦住他们买东西。

她在周围搜寻着，很快发现了目标。安东尼娜·亚历山德罗夫娜找到了一个壮实的青年人，他身穿一件粗呢上衣，她领着他绕过街角，来到格罗梅科家的院子。

一堆粗细不超过过去照片上那种老式庄园围墙栏杆的桦树原木装在编织袋里面，用雪橇车推着，下面还铺着一张蒲席。安东尼娜·亚历山德罗夫娜知道桦木表面上好看，当劈柴可是不经烧的，何况这都是新砍下来的，用来生炉子是不行的。但是没有挑选的余地，就连盘算的机会都没有。

这个青年农民替她把木柴送到楼上——来回搬了五六次。作为交换，安东尼娜·亚历山德罗夫娜把一个带镜子的小橱柜给了他，他准备回去送给老婆。他连拉带背地把柜子从楼上弄到自己的雪橇上，他们一边说定了下一回捎些土豆的事一边往外走着，门旁的钢琴还把他的衣角挂了一下。

尤里·安德烈耶维奇回家以后对妻子买的东西并没有评价。其实把换的那个小柜子直接劈成细柴烧了会更实用，只是没人忍心下手。

"桌子上的字条你看到了吗？"妻子问道。

"是院长的条子吧？跟我说了，我知道的。是要我去出诊。我是一定要去的。先休息一会儿就去。不过,挺远的。我记下了地址,好像是在凯旋门附近。"

"诊费倒是付得真奇怪。你看到了吗?你看看吧。拿一瓶德国白兰地酒或者一双女人的长袜子当作出诊费。这么有诱惑力的东西。是什么人呢?财大气粗的,好像跟我们过得完全不是一种生活。一定是个什么暴发户之类。"

"对,那是个采办员。"

政府取消了私人买卖以后,在经济紧张时期会稍稍松动点,就和那些私人小业主签订各式各样的供销合同和契约。那些人就被称为采办员、合同承包人、代办人。

这些人当然不包括原来那些老字号的大老板。后来他们被整垮了,受到致命的打击后想东山再起几乎是不可能了。如今的这些做投机倒把的生意人,都是没根没底的外来户,他们都是借着战争和革命从底层爬上来的。

喝了些乳白色的加了牛奶的糖精开水,医生就去病人那儿了。

街道两边的人行道和桥面都被积雪掩埋了。有些地方积雪都淹没了一层楼。在这宽阔的白色大道上缓缓地移动着稀疏的身影,有的用雪橇拉着可怜的少许食物。乘车的人几乎见不到。

偶尔有几处房子上面还残存着原先的招牌,下面消费品门市部和合作社早已有名无实,都落了锁,用栅栏或者木条钉死窗户,里面都空置着。

这些关了门的店铺不只是因为没有货物才这样,而是由于包括商业在内的生活改组还只进行到最普遍性的一般化阶段,暂时管不到这类歇业的私人小店。

11

医生要去出诊的这一家,原来是在特维尔城门附近,布列斯特街的尽头。

那是一栋式样古老的营房式建筑,用砖砌成的,里面有院子,三排房屋由沿着后院墙的木走廊连通。

这一天这里的全体居民正在开群众大会,一位来自区苏维埃的女代表也参加了。突然,一支军事巡察队冲了进来,要检查有没有私藏非法的武器,如果有的话是要被没收的。巡查队队长请那位女代表留在原地,并保证说这次检查不会耽误她太多时间,被检查完的居民们陆陆续续的回来后,被迫中断的会议马上继续进行。

医生到大门口的时候,搜查快结束了,该轮到的下一个搜查的住户就是请他看病的那家。放哨的士兵背着用绳子挽住的步枪在一条走廊的楼梯口守卫,他和尤里·安德烈耶维奇争吵起来,不管怎样也不让他进去,一会儿,巡察队长听到了双方的争执过来了。他没有为难医生,而是答应暂停一会儿检查,先让他给病人诊治。

这家年轻的主人温文有礼,他出来接待医生。这人脸色微黑,毫无光泽,两只乌黑的眼睛更衬着忧郁。很多原因使得他现在非常激动:妻子的病、马上面临的搜查以及他对医学和医生超乎寻常的尊重。

为了医生没有过多的负担,又节约宝贵的时间,主人尽量长话短说,但正是因为又着急又激动反而说出来的话变得冗长而杂乱。

一些奢侈品混杂着廉价货摆满了房间,看样子是为了防止天天在贬值的货币而匆忙购买的。家具也不成套,因为凑不成双数,都是单件拼着的。

这户的一家之主觉得他妻子因为受到了惊吓神经系统出了问题。他说话没有主题，讲的时候会绕很多弯子。他说，家里有座老式八音钟，是一座早就坏了的破钟，很便宜。他们当时觉得这是一件难得的钟表工艺品（男主人领医生到隔壁房间去看那只破钟）。这对夫妇根本没有打算修理它，也没给它上发条，可是它突然就走了起来，奏了一段法国的小步舞曲后又戛然而止了。妻子被吓到了，说这是预示着她生命的末日，之后就一直躺着说一些胡话，不吃不喝，连自己丈夫也不认识了。

"您觉得就是这件事情使她的神经受刺激了？"尤里·安德烈耶维奇将信将疑地问道，"先领我看看病人吧。"

他们来到隔壁的房间，房间里有一盏枝形吊灯，两只红木矮脚凳靠着宽大的双人床的两边。一个身形瘦小的女人侧躺在床的一边，毯子拉到下巴上面，只露出一双黑色的大眼睛。看到进来的人，她把双手从毯子下面拿出来，摆动着示意他们赶快走开，肥大的睡衣袖子从小臂滑到腋窝。她不认识自己的丈夫，之后在屋里旁若无人地轻唱起来，那是一首充满忧伤的歌曲，也不知道歌名是什么。她顾影自怜地动情歌唱，唱着唱着就哭了起来，还像孩子一样哽咽着，请求回到哪里的家去。医生从床的一边走到她那儿，她不让检查，医生从另一边走到她那儿，她也不让检查，还转过身用背对着他。

"我要给她检查检查，"尤里·安德烈耶维奇说，"不过，光这样看我也知道。她现在患的是很严重的斑疹伤寒。这个情况下她应该很难受，真可怜。我觉得她现在最好是去医院。这样她可能会没有住在家里方便，但是在得病的头几个星期最好住到医院，这样才能更好地治疗。您马上去把交通工具准备准备，去租马车。或者到院子里请搬运工帮忙把病人送过去。不过，走之前要把她好好地包裹起来。我立刻去开个入院证明单给你。"

"好的。我马上去想办法。可能需要等一会儿。她真的是得了伤寒？实在是太可怕啦！"

"是伤寒，我非常遗憾。"

"她要是去医院了，我真害怕会失去她。您看能不能不去住院，您多来几次，到家里来治疗？您要多少诊费都可以。"

"我刚跟您说过了。现在需要时刻观察她的病情。您相信我吧，我给您出的是好主意。您去找个车夫过来，不管用什么办法，我这就去开入院证明。通过这个片区的住宅委员办理是最好的。要办一些手续，要盖章什么的。"

12

问讯和检查完毕后，居民们一个个裹着披肩，穿着厚大衣回到一间没有生火的地下室。这里之前是放鸡蛋的仓库，现在变成了居民委员会的办公室。

一张办公桌和几把椅子放在办公室的一头，就这几把椅子肯定不够坐。所以把装鸡蛋的空箱子倒过来摆成一排一排的当长凳使用。在屋子的另一头这样的箱子堆起来一直垒到天花板。碎了的鸡蛋黄流出来粘成一团团，冻在那边的角落里。老鼠有时候跑到光光的地上来，一会儿又钻到那堆碎鸡蛋屑里去，在那里上蹿下跳的。

每次发现老鼠的时候，一个有着大嗓门儿身材肥胖的女人就跳到一只箱子上发出尖叫。她娇气地跷着小手指头提着衣服下摆的一角,穿着一双时髦的长靴子的两只脚跺得像敲鼓一样,故意装成醉酒后的嗓子嘶哑地喊着说:

"奥莉卡,奥莉卡,怎么这么多大耗子呀。瞧,又来了一只,这脏东西!哎、哎、哎,好像听懂了呢,小畜生!哟,讨厌。哎呀,要爬到箱子上来了!千万别钻到我的裙子里面。真可怕,我吓死了!先生们,快来看看啊。对不起,我忘了,现在都叫公民同志,叫先生不流行了。"

这个叫嚷着的女人披着一件宽大的卡拉库尔绵羊皮大衣。她起了三层褶的下巴像果冻一样颤动着,浑圆的胸部和圆滚滚的肚子被一件丝绸连衣裙紧紧地裹着。看样子,她以前在那些三流的商人和店员中还是个有名的交际花。现在,她那两只眼肿胀着眼皮,眼睛只能眯成一条缝。不知道是在什么时候,一个情敌想对她泼硫酸,泼的时候没打准,左脸上溅了两三滴而已,只是两道不怎么明显疤痕留在了左嘴角,浅浅的印记反而增加了她的几分魅力。

"别叫嚷啦,赫拉普金娜。这样简直叫人没法安心工作。"桌子后边坐着的被选为此次会议主席的区苏维埃女代表说。

有一些老住户对她很熟悉,他们之间也早就相互了解过。还没到开会的时间,她就私下里和一个叫法吉玛的看院子的女工交谈了一会儿。以前,法吉玛还有她的丈夫、小孩只能住在脏兮兮的地下室,现在她和她的女儿一起住到了二楼的两间明亮的屋子里。

女主席问她:"法吉玛,怎么样啊?"

法吉玛抱怨道:"这个大院子住了太多人,又没有帮手,一个人照顾不过来,我把院子和街道分配给每家每户打扫,也没有人放在心上。"

"别发愁,法吉玛,你放心吧,我们要给他们动真格的。这样哪是什么居委会?这像话吗?那些没有登记的可疑人士,甚至还有窝藏在这里的犯罪分子,我们要把这些人清理出去,再选举新的。我推举你来当这个住宅管理员,你要好好干。"

管院子的女工请她不要这样,但是对于她的恳求,女主席没有听进去。等房间里的人差不多到齐了后,她就开口请大家安静下来,说了几句开场白后就宣布会议正式开始了。她对原来的居委会的无所作为提出了批评,之后,又提议改选新居委会的成员,接着还说了几个别的问题,这些都讲完了以后,她就说:

"是这么回事儿,同志们。咱们开门见山地说吧。这座房子很宽敞,非常适合做宿舍。用来安置各地来开会的代表再好不过了。所以宣布一个决定,区苏维埃把这房子收公了,用来做宿舍。季韦尔辛同志在流放前就住在这里,名字就以他的名字命名。这个事情是大家都知道的。大家有不同的意见吗?那么房子怎么腾呢,我来跟大家说说。不是说要大家立刻腾出来,给你们一年的时间。我们会为劳动人民成分的住户提供搬迁后的住所,但那些非劳动人民的,给你们十二个月的时间自己找地方。我可是提前告诉你们了。"

"这里有谁是非劳动人民?我们这儿都是劳动人民,没有非劳动人民!"到处喊了起来。有一个声音盖过所有的人喊着:

"这是大国沙文主义!现在各民族一律平等。我知道您这是暗示着什么!"

"大家不要一起说,一个一个来!我都不知道要先回答谁。什么民族不民族的?和民族没什么关系,瓦尔德尔金同志?你看像赫拉普金娜根本谈不上什么民族不民族,她也肯定是要搬出去的。"

"要我搬出去!我倒想看看你用什么方法让我搬出去。你这个烂床垫子!"赫拉普金娜无端给女代表送了一个莫名其妙的外号。

管院子的女工气愤地说:"你真是不知羞耻,你这条毒蛇!恶魔!"

"法吉玛,你别插嘴。我可以对付她。赫拉普金娜你给我住口。给你点面子,你就蹬鼻子上脸了!赶紧给我闭嘴,不用等到人家抓你私自酿酒和窝藏赃物,现在我就送你到机关去坐一坐。"

当医生走进了这间库房时,已经吵得不可开交了,根本没办法讲话。这时,他在门口碰到一个人,就问他谁是居委会的——不管是谁都行。那人将双手拢成个喇叭形放到嘴边上,试着用盖住大家的声音一个字一个字地喊了起来:

"加——利——乌——林——娜!快过来,有人找你。"

听到喊出的名字,医生惊讶得不敢相信自己的耳朵。一个有点驼背的瘦女人走了过来,她就是管院子的女工。这位女工的面貌和儿子太像了,让医生十分惊讶。不过,他保持着淡定。他说:"这儿有位妇女,是你们的居民,她患上了伤寒(同时说了她的名字)。要注意防止传染。另外,病人要去医院治疗。我现在给她开个入院证明,需要居委会证明一下。这事要找谁办理呢?"

管院子的女工以为只是要把病人送去医院,而不是办什么证明手续,她回答道:"一会儿有辆马车从区苏维埃过来,是来接杰明娜同志的。她人很好的,我先去问一下她,借一下马车。医生同志,别担心,病人我们一定会送去医院的。"

"哦,我不是这个意思!我想知道入院就诊的证明还需要到什么地方办手续。不过要是马车也有的话……请问,您是不是加利乌林·奥西普·吉马泽特金诺维奇中尉的母亲？在前线服役的时候，我和他是一起的。"

女工哆嗦了一下，脸色刷的一下白了。她激动地抓住医生的手，说道：

"我们到外面去，到院子里去说。"

刚刚走出门口，她就急忙开口说道：

"小声点，可别让别人知道了。别害我。尤苏普卡走了歪路。你知道的，尤苏普卡是什么人？他原本是有手艺的学徒出身。尤苏普卡现在知道就连普通老百姓的生活都比他好得多，这是连瞎子都能明白的事情，不用多说什么。我不知道你怎么看，也许你没什么关系，可是有罪的是尤苏普卡，上帝也饶不了他。尤苏普卡的父亲在当兵的时候给打死了，最后，胳膊腿都没有找到，连个完整尸首都没有。"

她已经难受得无法继续了，摆摆手，整理一下心情，然后又接着说：

"走吧，我们这就去找马车。我已经记得你了。他回来过两天，都告诉我了。他说，你认识那个叫拉拉的好姑娘。她以前还常去我们家的。现在不知道怎么样了。难道说先生们也能你对着我干，我对着你干吗？尤苏普卡真倒霉啊！走吧，我们去借车去。杰明娜同志会同意的。你认识杰明娜同志吗？就是奥莉妮·杰明娜。她也是从这儿出去的，就是这个院子，以前还在拉拉妈妈的作坊里打过工的。我们走吧。"

13

天已经完全黑下来了,周围的一切都被夜幕笼罩着。只有一小圈光亮在五步开外的一个个小雪堆上跳跃移动,那是杰明娜的手电筒,这样的亮光非但没有照亮路,反而更让人摸不准方向。周围漆黑一片,那座房屋已经远远地落在了身后。她小的时候就住在那儿,所以大家都认识她。据说拉拉的丈夫安季波夫小时候也是在那儿长大的。

杰明娜用一种宽厚的、玩笑的口气对他说:

"您当真不用手电就能继续往前走,最后到家吗?啊?我的电筒给您好吗,医生同志。是的,当时我们都还小,她们家有个缝纫作坊,我是那儿的学徒工。我真的发疯似得迷恋过拉拉。今年我还遇到了她。她中途路过莫斯科来过我这里。我告诉她说,你真傻,还要去哪儿啊?留在这儿吧,我们一起住,工作多的是。都白说!她不愿意。只好随她去了。后来,她没有按自己的心意行事,仅凭着理智嫁给帕沙。从那以后对待生活就喜怒无常了。说到底她还是离开啦!"

"您觉得她怎么样?"

"小心,这地方很滑。跟他们说了好多次了,不要把脏水倒在门口,可一点也不管用。我对她?我能说些什么呢?没什么可想的。没空想这些。我就是如此活着的。她那当军人的弟弟,好像是给处决了。我都没敢跟她说。还有她母亲,因为是我之前的老板娘,我还可以帮一下忙。好啦,我到了,再见吧!"

他们就此分开了。杰明娜的电筒的亮光向一级级窄小往上走的石砌楼梯扫过去,接着点亮了前方剥蚀得斑驳的墙壁,医生就只留下黑乎乎的一片了。左右两边分别是篷车花园路和凯旋花园路，远处的雪地一片漆黑，这两条路面就是夹在石砌楼房当中的人迹罕至的两条林间小道，好像是乌拉尔或西伯利亚人的原始森林。

既明亮、又温暖的家到了。

"这么晚才回来？"安东尼娜·亚历山德罗夫娜问他，他还没来得及回答，她就接着说："你没在家的时候有一件怪事发生，太奇怪了，没办法解释。我忘了告诉你。昨天闹钟被爸爸弄坏了，很伤脑筋。家里就只有这一个闹钟了。他倒腾了半天，也没办法修好。去问修表匠，在街角上的那家，他一开口就是三磅面包，这价钱也太离谱了。那能怎么办呢？爸爸垂头丧气的。可是就在一小时以前它突然就响了，铃声清脆震耳！一看才知道，它自己又动起来了！"

尤里·安德烈耶维奇开玩笑地说："这是我要得伤寒的钟声敲响了。"接着就把那位女病人和座钟的事告诉了家里人。

14

在这件事情过了很久以后，他确实得了伤寒。这个时期，日瓦戈一家吃穿都是问题，他的身体也快坚持不住了，困窘到了极点。尤里·安德烈耶维奇找到了那位政治活动家。当这位活动家遭抢劫时医生救过他。那人竭尽全力地帮助医生。但是，开始打内战了。经常出差在外的这位庇护人也帮不上什么忙了。此外，根据自己的信念，活动家认为这种困难是正常的，他没告诉别人自己其实也在挨饿。

尤里·安德烈耶维奇也试着到特维尔城门附近去找之前见过的

采办员。但是，一连几个月都找不到这个人，还有他病愈的妻子也毫无消息。那栋房子也变成另外住户的了。杰明娜已经到前线去了，管房子的加利乌林娜也没有看见。

有一次他凭购买证得到了配给的木柴，正要把它们从温达夫斯基车站运回来。他和车夫用一匹劣马拖运这笔意外财富，沿着望不到尽头的梅山斯卡亚大街一路走着。医生突然感到梅山斯卡亚大街变得和以前不一样了，他自己也摇摇晃晃起来，两腿发软。他意识到自己出事了，糟了——是患上了伤寒。他倒了下去，车夫忙把他救起来。医生记不清他是如何被扶到劈柴堆上拉回家去的。

15

他断断续续地说胡话，不然就持续昏睡，这样整整有两个星期。在幻觉中，他看到左边的篷车花园路和右边的凯旋花园路被东尼娜摆到了书桌上，他那盏温热的橘黄色台灯被推到两条大街前。于是街上明亮了起来，可以写字了，他于是就写了起来。

他写得非常顺利，而且十分兴奋，内容都是他早就想表达的东西，只不过从来没有形成过文字，但现在却如泛滥的河水一涌而出。只是有个长着两只窄小的眼睛，像吉尔吉斯人，穿了一件在西伯利亚或者乌拉尔常见的内外带毛的鹿皮袄的男孩子偶尔来打扰他。

显然，他的死神就是这个男孩子，换一种方式说就是他面对的死亡。不过，这孩子还帮他写了一篇长诗，又怎么会是真的死神呢？莫非死亡还能有助于人？在其中还能获益吗？

他的诗既无关复活，也不描述死亡，而是在生死间流逝的时光。

他那首诗的名字叫《失措》。

他想用文字去描述,在这神奇的三日,风暴是怎样从天而降,冲击着永恒的爱的化身。风暴一阵阵扑过来,就像是惊涛将海岸埋葬于身下。整整三天,黑压压的人间风暴咆哮着,怒吼着。

两行有韵脚的诗句从心中随之而来:

接纳是欢欣的,苏醒当是必然。

表示欢迎的是苦难,是瓦解,是崩溃,是死亡,但同时带来的还有春天,有新生,也还有生命。而且,应该苏醒。并且立刻醒过来。复活过来。

16

他的病情逐渐好转。最初似乎是呆呆的样子,对事物之间的联系还有些糊涂,任凭别人做什么,他都不记得,对一切都没有兴趣。妻子喂他吃抹了黄油的白面包,喝加糖的茶和咖啡。似乎他认为在康复期吃这些东西都是理所当然的,像是在欣赏一首诗歌和一篇童话那样享受着这些美食。但一旦意识开始恢复,他就问妻子:

"这些东西你都是从哪儿弄来的?"

"都是格兰尼亚拿来的。"

"哪个格兰尼亚?"

"格兰尼亚·日瓦戈。"

"是格兰尼亚·日瓦戈?"

"不错,你的异母兄弟,就是住在鄂木斯克的叶夫格拉夫。在你昏迷不醒的时候,他经常来看我们。"

"他穿的是鹿皮袄?"

"对,对。难道说,你在昏迷的时候见过他?我听说,他遇见过你,他说在一个什么地方的一幢房子里,在下楼梯的时候,他认出你来了,本打算自我介绍的,可是当时感觉你有点凶,吓到他了!他对你十分崇拜,几乎到了迷恋的程度。他费尽心机从一些地方弄来了这些东西!有大米、葡萄干、白糖。他回到自己家去了,也想让我们一起去。他真是个奇怪的人,神神秘秘的。我觉得他应该认识那些当权的人。他说,最好不要待在大城市,到其他的小地方去隐居起来,过一两年后再回来。我和他商量到克吕格尔家如何。他极力推荐去那儿。因为那里附近就是森林,还有种菜的园子。像现在这样乖乖地待着就等于是坐以待毙了。"

就在这一年的四月,日瓦戈全家去了遥远的西伯利亚,就是到尤里亚金市原先的领地瓦雷金诺。

第七章 旅途中

1

三月的月末是季节转换的日子，四处都传来春天虚假的消息，乍暖还寒。在每年三月以后气候仍然会急剧变冷。

格罗梅科一家好像正在忙活复活节前的大扫除一样收拾着上路的行装。这幢楼的住户增加了很多，楼道里的人比街上的麻雀还要拥挤。

尤里·安德烈耶维奇曾经反对这次搬迁。但他没有对所做的准备工作进行干预，他一度认为即使干涉了也毫无用处，纯属多此一举。他希望在搬迁的时候，某个关键的地方突然出现问题。然而，事情按部就班地进行着，而且即将顺利完工。既然如此，尤里·安德烈耶维奇就不得不认真地来谈一谈这个问题了。

"你们的意思是，我这样说不对，我们还是应该离开？"他站在与自己对立的角度用反问的语气说道。妻子应答道：

"你的意思是先这样凑合一两年，等到新的土地政策颁布后，我们再在莫斯科郊区申请一块土地种菜。不过在中间这段时间我们的日子怎么过,你也没有一个主意。我们担心的是这个事,也是最希望解决的事情。"

"那纯粹是在做梦。"亚历山大·亚历山德罗维奇也赞同女儿的意见。

"好吧,我认输了。"尤里·安德烈耶维奇答应了,"我不赞成走的原因是对于未来我们都不知晓。我们闭着眼睛往前走着,不知道去向何处,对我们将要去的地方也是一无所知。有三个人在瓦雷金诺待过,妈妈和祖母,还有一个就是祖父克吕格尔,他如果还健在也早就是个被关押的犯人了。

"他对森林和工厂做了违法的事情,就在战争发生的最后一年里,好像把它们卖给了子虚乌有的人或银行,或者是和谁在形式上办理了过户手续。这样的勾当,我们谁能知道?不论那些土地的所有权是谁,我们都不知道如今是谁在看管,隶属于哪个机关,林木现在被砍伐的情况,工厂还有没有继续开工……最后,那里现在是谁在当权?我们到那之后,又将会是谁的政权呢?

"米库利钦对你们来说就是一根救命的稻草,你们也最常提到他。但是,这位老管家还健在吗?你们又如何得知这些情况,而且难道他就会一直住在瓦雷金诺?除此之外,我们对这个人还了解其他什么呢?仅仅是祖父艰难地说出这一个姓名,我们便记住了他。

"我们争论这些已经没有意义了,你们想要走,我都已经答应了。现在就不能再耽误了,马上弄清楚下一步该怎么办才是正事。"

2

于是,尤里·安德烈耶维奇就到雅罗斯拉夫斯基车站去打听了。

有一条小通道直穿大厅,两边竖着栏杆限制过多的人流。

大厅的地面是用石板铺成的,许多穿灰色军大衣的人直接躺在地上。大厅有一个高大的穹顶,只要他们一说话,就会产生很强的共鸣,回音异常大。但他们毫不在乎地不停地说着话、转身、咳嗽、吐痰。

这些人中大多数都患上了传染斑疹伤寒。因为医院病人超负荷了,只要一过危险期,马上就安排他们办理出院。尤里·安德烈耶维奇作为一名医生也曾遇到过这类无奈的事情,但是遭遇这种不幸的人如此之多,竟然连车站都变成了这些人的栖身之所。

"您最好去把出差证明弄来。"一个穿着白围裙负责搬运货物的工人告诉他。"现在的车次少得很,每天都得来这儿碰运气。其实明摆着就是……(他把拇指和食指捻了下)干什么都要打点。要想走就得花点儿钱。哦,用这个……(他把手指碰碰喉咙)现在可是最管用了。"

3

这期间,好几次国民经济的高级会议都邀请亚历山大·亚历山德罗维奇去参加。尤里·安德烈耶维奇这时则要去给一位身患重病的政府官员看病。因为这两件事情,他们获得了当时最高的奖励——从新设立的首个内部供给处领取物资的配给券。

供给处设在一个仓库里,它是驻扎在西蒙诺夫修道院里面的卫成部队的。穿过教堂和营盘两处院子，医生和岳父走进没设门槛从地平面渐渐延伸下去的地下室，上面的拱顶由石头砌成。在地下室的最深处横着一排长条柜台，一个从容安详的管理员站在旁边，正有条不紊地称食品和发食品。他不时地离开柜台去库房取货物，已经发过的就在清单上用铅笔画去。

这个时候没有太多人来领东西。保管员飞快地瞟了一眼医生和教授递过来的清单，就对他们说道："把用来盛东西的袋子拿出来。"他们拿出几个口袋，那是用女式小枕头套和大靠垫罩做的，把面粉、大米、通心粉、糖，通通装了进去。接着还往里面塞了块状的猪油、火柴和肥皂，然后给每个人发了一块什么东西，外面用纸包着——回到家里打开一看原来是高加索干奶酪，看到这些东西，当时他们惊讶得眼睛都瞪直了。

女婿和岳父忙把这些小口袋绑成两个可以肩扛的大包，免得老待在这儿让保管员烦心，他那种神情既慷慨又大方，让他们觉得浑身都不自在。

从地下室走到地面上，两个人有点晕乎乎的了，不是因为贪图享受这一点口腹之乐，而是感觉到在世上他们所做的事情也并非没有价值，回到家里面对年轻女主人东尼娜的赞扬，他们也能问心无愧地接受了。

4

男人们从清晨到日暮都在外忙碌，忙着去各相关机构办理出差证明和保留原来居住的这几间房屋的所有权，安东尼娜·亚历山德罗夫娜则在家里整理需要打包的东西。

现在这三间房子，格罗梅科一家已经登记了，她满怀心事地在房间里踱步，把每一件小玩意儿都反复地在手里掂量掂量，每当要把它随意整理到准备带走的那些行李之前都要把玩一下。

放在个人行李里面的只有少量比较值钱的物品，剩下的东西都是为了在路途中和到了目的地后用做交易的。

春风带着点新鲜的刚被切开的白面包香味从开放的小气窗悠悠地吹进来。院子里的鸡在高唱，玩耍的孩子们在叫嚷。房间通风后空气变得清新起来，冬季的那些旧衣服刚从箱子里取出来，散发出浓烈的樟脑丸气味。

哪些东西应该带着走，哪些东西不能带着，这是有一套道理的。是早些离开的人留下来的经验，现在的人就按照熟人圈中所流传的经验那样做。

这些简短明确、必不可少的嘱咐清晰地印在安东尼娜·亚历山德罗夫娜的脑子里，似乎院子里麻雀叽叽喳喳的叫声和游戏中孩子们的叫嚷声里都蕴含着这些嘱咐，又好像外面有个神秘的声音在不断地提醒着她。

"布料这些东西。"头脑中有个声音在回响，"路上遇到检查会比较危险。最好的办法就是裁成一块块的，然后把边给缝起来。通常情况下，衣服的布料或者半成品是可以带的，一件件的衣服也可以。穿的衣服不要太破旧。尽量少带那些不太值钱的，又重的东西。因为通常东西都需要自己拿，篮子、箱子什么的都别带了。打包的东西要精简实用，东西太多了不行，把它们捆成小包袱，女人和孩子也能提得动。实践证明，盐和烟草最管用，不过风险也极大。纸币带上二十和四十卢布面额的。最后，证件是最困难的一关。"另外，还有那些诸如此类的嘱咐。

5

准备出发的前一天，暴风雪来临了。飘荡的雪花被风卷成一片片灰云，然后吹到远处的高空，形成一股股白气旋侵袭到陆地，窜进黑沉沉的街道深处，给街道盖上了一条雪白的毯子。

屋子里所有的东西都已经收拾妥当了。安东尼娜·亚历山德罗夫娜去年冬天在叶戈罗夫娜的介绍下，通过她在莫斯科一对年老的亲戚卖了一些破旧东西和不用了的家具，用这些换了木柴和土豆，就这样认识了这对老夫妇。这次拜托他们照看这几间房屋和剩下的一些财物。马克尔现在靠不住了。民警局成了他的政治俱乐部，虽然在那里他并没有控诉以前的房主格罗梅科一家如何吸他的血，但是有一次却责备他们在过去的这些年总是让他愚昧无知，故意不告诉他人是由猴子变来的。

安东尼娜·亚历山德罗夫娜领着叶戈罗夫娜的这两位亲戚最终检查了一遍房间。告诉他们哪把钥匙开哪扇门的锁，东西存放的地方，柜橱的门怎么开关，抽屉怎么开关，教他们把一切都弄明白，什么东西都解释得清清楚楚。

他们把房间里的桌椅都移到墙边，把路上带的包袱堆在一旁，所有窗户上的窗帘都取了下来。以前，为了保持室内暖和把门窗遮得严严实实，现在，暴风雪可以肆无忌惮地闯入空荡荡的房间了。这样的情形使每个人都回忆起过去的一些往事。尤里·安德烈耶维奇想起了自己的童年和母亲去世的时候，安东尼娜·亚历山德罗夫娜和亚历山大·亚历山德罗维奇想到的是安娜·伊万诺夫娜的去世和葬礼。一切阴暗的回忆都让他们感觉到这是在这幢房子里度过的最后一夜，今后再也没有机会回到这里了。他们对这件事情都看错了，不过，为了让彼此的情绪都不受影响，大家都不承认这种感受，也没有表达出来，每个人都重温着在这片屋檐下生活过的日子，强忍着的泪水在眼睛里直打转。

安东尼娜·亚历山德罗夫娜在外人眼里仍旧保持着应有的风度和礼节。她与照管房屋的那个女人一直交谈着，对她的帮忙表示出夸张的谢意。一面说不能白白要他们关照这房子，一面不住地向她道歉。她跑到隔壁房间，一会儿拿出一块头巾、一件女短衫，一会儿又搜出一块花布料子或绢丝送给这个女人。所有送的东西都是黑色底带白格子或白点点的布料做的，好像是砖砌的墙上的白色镂空方格。

6

天还没有完全亮的时候，他们便到火车站赶车了。住在这幢房子的邻居们都还在睡觉。有一位妇女姓泽沃罗特金娜，她最喜欢凑热闹，挨家挨户地敲那些正在睡觉的人家的门，边敲边喊道："起来了，同志们！我们这栋的格罗梅科一家子要搬走啦。起来送行吧！快点，快点！"

墙旁边和备用楼梯上面的遮檐处（楼前面的正门整年都落着锁）挤满了出来送行的人，好像是为了照集体照一样聚集在一起。

起床的人紧挨着台阶围成半个圈，因为刚醒来，不住地打哈欠。

人们弯着腰,让披在身上的单薄的大衣不会掉下来,然后把匆忙中套倒了的毡靴调换过来。

马克尔居然能在这个难得见到一滴酒的日子里,喝得烂醉如泥。他瘫扶在楼梯的杆子上,像是被拦腰砍断的树一样,压着栏杆,仿佛快把它压断了。他积极地提出要帮忙去车站送行李,但格罗梅科一家礼貌地回绝了他,他还不高兴了。最后,费了好大的劲儿才摆脱了他的纠缠。

天还没亮,没有风,天上飘着雪,比前一天夜里更加稠密。大雪像鹅毛一样缓缓地降落,在飘到地面前好像还会在空中停留一下,似乎迟疑着是否要降到地面。

穿过巷子来到阿尔巴特街的时候,天空变亮了一些。由白雪组成的缓缓移动的帘幕高悬在街道上方,下端的毛边儿欢快地舞动着,与行人的脚步连成一片,看上去他们如同原地踏步一般。

街上没有一个人影。只有几个从西夫采夫徒步走过的赶路人。一路走来没有遇到任何人。不久,一辆沾满积雪的空马车赶上了他们,像是在湿面粉里滚过似的。驾车的马夫也浑身覆满白雪。只用了很低的价钱,人和行李就都装上马车了,只有尤里·安德烈耶维奇把行李放上车,要求自己徒步去车站。

7

车站里面,安东尼娜·亚历山德罗夫娜和她的父亲挤在用两排木栏杆隔着的看不见头的长队里。现在已经不是直接从月台上车,而是要走到出站口那边的路轨旁上车,离这儿大概半俄里远。因为人手不足,临近站台的走道无人清理,车站旁的地面上有接近一半都是污物，有些地方还结了冰，机车也不会开过来。

纽莎和萨申卡在进口处附近的大遮檐下边闲晃。他们偶尔从大厅跑来瞧瞧是不是该和大人们一起排队了。为了防止传染上伤寒，他们把煤油涂在脚腕、手腕和脖子上。所以，有浓浓的煤油味儿从他们身上散发出来。

安东尼娜·亚历山德罗夫娜瞧见刚刚赶到的丈夫，连忙冲他挥手，不是让他走过来，而是大老远就喊着让他去某个窗口把出差证件给办好。他听见后就按指示朝那边大步迈去。

"给我看看，给你盖的章是什么样的。"他一回来，她就问他。医生把折起的几张小纸从栏杆后边递过去。

站在安东尼娜·亚历山德罗夫娜后面的一个人凑过来看清楚证件上加盖的章，说："这是给公务人员车厢派发的乘车证。"

另一个站在她前面的人，似乎什么都知道，包括各种情况下的规章制度，他详细地解释道：

"盖了这个图章，就能去高等车厢坐，也就是在旅客车厢可以有座位，当然车上要有高等车厢才行。"

听到这些话，排队的人都议论纷纷。

"现在这个时候得等，高等车厢要去前面找。这么多的人。现在就连货车的缓冲器上都坐着人。"

"这位先生，您是出公差，别听他们胡说。我告诉您吧，现在那种单一编组的车次已经取消了，全都是混合的车。军车、囚车都是一样的，牲口和人也毫不区分地一起装走。嘴巴长在别人身上，随便他们说什么，不过想要告诉别人的话，就应该说清楚。"

"你可真说清楚了，就你是聪明人。有了公务人员车厢专用乘车证,这才完成乘车的一半。你想想他们的身份,然后再来讨论。如此显眼的打扮,难道上那个车厢会没有问题吗?在那节车上的都是什么人?那可都是当兵的!水兵眼睛敏锐,腰里佩着枪。他们是有产阶级,瞧一眼就知道。而且还是老爷堆里面的医生。好家伙,要是水兵抄起家伙,打死他们就像拍死一只苍蝇一样容易。"

他们对医生一家表示同情,一直不停地议论着,正在这个时候发生了新情况。

透过车站厚实的玻璃窗,候车的人们早就被远方所吸引。月台遮檐将远处落雪的景象凝结在空中。远远望过去,像是空中静止不动的雪花,如投到水中喂鱼的面包渣,缓缓地掉落下去。

早就有单个或者一群群的人朝很远的地方走去。当只有几个人走过去的时候,人们会误认为是检查枕木的铁路工作人员。

他们的身影在雪花编织成的幕布后面晃动着。可是一下子人多了起来,聚拢成一堆。在他们跑去的那个方向升腾起一阵机车的浓烟。

"开门,你们这些浑蛋!"队伍中的人吼了起来。人群开始向门口挤去。后面的人迫切地挤压着前面的人。

"这算怎么回事儿!这里用墙把我们挡住,那边一下子就绕进去啦!那边的人一会儿就挤上车了,把车塞得满满的,我们却不知道要等到什么时候,还叫我们像绵羊一样等啊等!鬼东西,给我开门!大家把门砸开啊!喂,伙计们,用力地挤,挤啊!"

"糊涂蛋,你们还羡慕人家呢?"那位见多识广的法律专家说话了。"那些人是从彼得格勒抓来服劳役的。开始准备去北部的沃洛格达,不过现在是要赶到东部前线去。他们百般不愿意,是被送去挖战壕的。"

8

日瓦戈一家已经上路三天了,但离开莫斯科并没有太远。沿路白雪皑皑,展现出一片冬日的雪景。铁路、旷野、树林和村舍的房顶都覆盖着白色的雪毯。

他们非常幸运,家人都没有分开,在车厢前部靠左边的上铺安顿下来,全家坐在一起,旁边开了一扇昏暗的长方形小窗。

安东尼娜·亚历山德罗夫娜是第一次乘货车。刚上车的时候,还在莫斯科,尤里·安德烈耶维奇需要用双手把女人们举着,她们才能爬上车厢,有一扇沉重的活动门在车厢边上。一段时间以后,她们已经习惯了爬上爬下,不用帮忙也能爬到取暖货车里面。

起初,安东尼娜·亚历山德罗夫娜看这些车厢就像看见了牲畜栏,不过多了几个轮子。照她猜想,这么像棚子的东西,应该经不起碰撞和震荡,大概很快就会垮掉。但是一连行进了三天,尽管车厢下面的轮轴像玩具一样叮当作响,但货车经历了无数次转向,拐了无数个弯、晃动着通过无数岔道口,还是行驶得顺顺当当。安东尼娜·亚历山德罗夫娜所担心的事情根本没有发生。

列车挂了二十三节车厢(日瓦戈一家坐在第十四节),要么是车头,要么是车尾,或是在那中间的几节,在停车的时候才能靠近沿途那些短短的站台。

车头的一些车厢坐的是军人,普通乘客在中间几节,车尾是抓过来服劳役的人。

车尾的这一类乘客有差不多五百人,他们年龄不同,身份各异,从事五花八门的职业。

这一类人足足装满了八个车厢。有一些是衣着考究的富人，比如彼得格勒的交易所经纪人和那些律师，还有一些是被划为剥削阶级的不要命的马车夫、给地板打蜡的工人、澡堂搓背的、从事旧物买卖的、从医院跑出来的精神病人、小贩和修道士。

前一种人围着温暖的火炉子，用短圆木桩当椅子坐着，彼此欢快地交谈着什么。他们关系网很广。自然并不因此而沮丧，家里有关系的亲属正在帮他们在外打点熟人，可能还没到目的地就得到了赦免。

后一种人要么脚上穿着高筒皮靴，披着敞开的长袍或外衣，要么穿着束腰的长衬衫，光脚站着。有的蓄着胡子，还有一些没有蓄胡子。他们站在封闭而又闷热的车厢门口，稍稍打开一点车门透透气，有的手抓着门框，有的扶着门前的横杠，凄凉地望着沿路经过的地方和那些地方的人，没有交谈的欲望。他们没有门路，也不能指望谁。

并不是所有的人都坐上规定的这几节车厢。一部分穿插在列车的中部，与普通乘客混杂成一堆。第十四节车厢就有这样的情况。

9

安东尼娜·亚历山德罗夫娜躺在上铺觉得不太好受，因为上铺离车顶太近，她腰都伸不直。所以每当列车进站的时候，她总要从上铺把头探出去，从打开的门缝处看看远方出现的停车点，看看有没有值得交换的东西，需不需要离开铺位到外面去。

这一次也同样如此。火车开始慢慢减速，将她从睡意中唤醒。

岔道很多，取暖货车不停颠簸着，说明到达的是一个大站，停车时间很长。

安东尼娜·亚历山德罗夫娜弯着腰坐了起来，揉揉眼睛，整理下头发，然后把手伸到口袋里，里面装满了东西。她从底下翻出一条绣着几只公鸡、几个年轻小伙、一些曲线和几个车轮的大毛巾，此时医生也醒过来了，他先从铺位上跳了下来，然后去扶妻子，让她从铺位上下来。

在鸣几声汽笛和飞闪过几次灯光后，车门打开了。外面车站旁的树木被积雪压弯了腰，挺拔的枝干像是为迎接列车而捧着面包和盐。车仍在快速行驶时，那些水兵就迫不及待地跳下车，在站台上无人踩过的雪地里留下鲜明的脚印。他们在其他人没下车前就跑到车站站房的拐角背面，那儿躲着一些出售违禁食品的商贩，他们往往凭借着山墙的掩护而进行交易。

水兵穿着黑色制服、肥大的喇叭裤，戴着无檐帽，飘带迎风飞舞，使他们的脚步显出非常勇猛，像是冲锋的姿态。其他的人不得不为他们让开一条道路，就像看见滑雪或滑冰运动员飞速冲过来一样。

车站外面的拐角处，附近一些村子里的农妇兴奋得像是等待算命似的，一个个激动不已，互相遮挡着躲在那儿。她们用缝制好的棉套装上那些准备拿来卖的黄瓜、奶渣、熟牛肉和黑麦奶渣饼，在寒冷的季节，这样才能保持住东西原有的热气和香味。妇女们和年轻姑娘们把头巾扎到袄子下面，一些水兵开的酸溜溜的玩笑弄得她们脸颊绯红，又急又怕，因为那些反投机倒把和严禁自由交易的行动队大部分都是由他们这些水兵组成的。

农妇们无所适从的情绪一会儿就不见了。列车停稳后，下车的乘客接踵而至。各路人群多了，生意一下子好了起来。

安东尼娜·亚历山德罗夫娜把那条大毛巾披在肩上,围着这些做买卖的女人转圈子,装作要在这里用雪水洗脸的样子。人堆里有几个妇女朝她喊了几次:"喂,喂,城里太太,这条毛巾你想换点儿什么?"

安东尼娜·亚历山德罗夫娜和丈夫一同继续朝前走去,并没有理会她们。

一个围着黑底红花头巾的女人站在卖东西行列最末端。她看见那条绣花毛巾,眼睛立刻发出了光芒。她环顾四周,确认是安全的,便加快步伐走到安东尼娜·亚历山德罗夫娜的跟前,把盖住的东西打开来,急切地悄声说:"快看看这个。大概不知道是什么吧?想吃吗?好啦,别想太多了,不然待会被没收了。我拿半只兔子换你这条毛巾。"

她最后这句话安东尼娜·亚历山德罗夫娜没听太清楚,好像听见说的是换一条毛巾,于是又问了一次。

这女人说的正是她手中那从中间分开、全部用油煎过的半只兔子。她又说了一遍:"用你那条毛巾换这半只兔子。还有什么好考虑的?你觉得这像是狗肉吧?这是兔子呀,我男人打回来的兔子呀。"

双方达成了交易。而且都觉得是自己捡了大便宜,对方吃亏了。安东尼娜·亚历山德罗夫娜觉得过意不去,似乎自己没有诚实的交换愚弄了这个淳朴的农妇。那女人却对这样的交换满意得很,于是急匆匆离开了,害怕有什么变数。走之前她还招呼一个同样做完生意的女邻居,一起离开。她们沿着雪地上踩出来的一条小路向远处走去。

这时,人群里一阵骚动。不知道哪儿的一个老太婆在喊叫着:

"骑兵老爷,不能走,要先给钱哪!什么时候给我钱哪?你这黑心的人?喂,你这个贪吃的东西,我叫他给钱,他理都不理我,连头也不回一下。站住,你给我站住,同志!哨兵!有人抢东西啦!抢东西啦!是他,就是他。抓住他!"

"怎么回事?"

"那个没胡子的人,还边走边笑的。"

"是那个胳膊上袖子破了的那个?"

"对,就是那个人。哎呀,老爷们,快抓住那个抢东西的人啦!"

"他的袖口上打了补丁吗?"

"没错,是的。哎呀,抢东西啦!"

"发生了什么事情啊?"

"那家伙吃了老太太的馅饼又喝了牛奶,吃完后不给钱,转身就跑。老太太在那儿哭着呢,这太坑人了。"

"不能让他跑了。要把他抓起来。"

"别慌。没看见他身上又是手枪又是弹带的。你抓他?他不抓你就算走运了。"

10

几个被征到劳役队的人也在第十四节车厢里。由一个押送兵看守着,叫沃罗纽克。由于种种原因,有三个人最引人注目:一个是普罗霍尔·哈里托诺维奇·普里图利耶夫,他是彼得格勒一家公营小酒店的出纳员,车上的人都叫他"出纳";另一个是瓦夏·布雷金,小五金店十五六岁的男学徒;还有满头银丝的科斯托耶德-阿穆尔斯基,是一位合作主义革命家,在旧时代已经体验了种种苦役,到了新时期又轮到他感受新一轮服役的滋味了。

这些被抓来的人原本素不相识，因为别无选择的遭遇聚集到一起，在路上慢慢熟悉起来。从聊天中偶然知道，出纳员普里图利耶夫和小学徒瓦夏·布雷金原来都是维亚特省的人，而且再过不久，火车就要经过他们的故乡。

普里图利耶夫身材敦实，以前是马尔梅田市的市民。他留着平头，脸上有点麻子，浑身邋遢。他穿的灰色敞领上衣已经发黑，腋下浸透了汗渍，绷紧在身上，仿佛是女人的长裙包住丰满的腰身。他话不多，动作有些迟缓，好像在独自想着心事，双手上长满黑斑，他不由自主地挠着已经开始化脓的小疣子，最后挠得流了血。

一年前的秋天，他正好遇到一次街边的大搜捕。在涅瓦大街和铸工街拐角处巡逻队要求检查他的证件。从他身上搜到一张第四类的食品供应卡，是发给非劳工的，不过拿着这张供应卡是领不到任何东西的。就因为这个原因他被扣留了，街上还有许多因同样理由而被扣留的人。巡逻队就是用这种方法征集来一批人的，将他们聚在一起押到了兵营。按照惯例，他们要被发配到沃洛格达去阿尔汉格尔斯克战线修战壕，不过后来半路返回了莫斯科，改派往东部作战区。

战争没有开始的时候，普里图利耶夫没有来彼得堡，他在路加上班，还有妻子也在那儿。妻子听说他遭遇了不幸，就急忙去沃洛格达找他，想去劳役队里搭救他。可是两个人却走岔了道，她白跑了一趟。如今情况怎么样都毫无头绪。

普里图利耶夫在彼得堡和一个叫佩拉吉娜·尼洛夫娜·佳古诺娃的女人住在一起。他和她在街角分手，准备到别处去办事，走到在涅瓦大街的十字路口时被拦住，在铸工路匆匆行走的人群当中，远远地还能望见她渐渐远去的背影。

佳古诺娃是个身材高大、仪表端庄的女人，双手非常美，每次深深叹气时，她的粗辫子就从任意一边的肩上甩到胸前。她是自愿陪同普里图利耶夫一起乘车的。

除了佳古诺娃，普里图利耶夫还有另一个相好的，是一位姓奥格雷兹科娃的姑娘，她在另一节取暖货车上，离机车比较近。她有着淡黄色的头发，身形瘦弱。"大鼻孔"和"喷壶"是佳古诺娃恶意地给她取的侮辱性绰号。像普里图利耶夫这种相貌的人也能成为好几个女人追捧的偶像实在是令人费解。

这一对水火不容的情敌，都避而不见。奥格雷兹科娃从没到这节取暖货车上来过。大家都不知道她用什么办法和自己崇拜的心上人约会。也许，在所有乘客下车帮忙装木柴和煤的时候能偶尔瞥见，她就心满意足了。

11

瓦夏的经历与众不同。在战争中他父亲被打死了。母亲把他从乡下送到彼得堡，跟随叔叔当学徒。

他的叔叔在阿普拉克欣大院有间小五金店。冬季的时候，有一天他的叔叔被叫到苏维埃去问话，认错了办公室的门，走到隔壁劳役委员会的接待室，里边聚集了很多人。等到人数达到一定数量的时候，红军士兵就赶过来把他们团团围住，先带到谢苗诺夫兵营过夜，第二天清晨就押到车站，坐火车到沃洛格达。

押上火车的当天，车站聚集了不少家属，他们都是去给亲人送行的，包括瓦夏和他的婶娘。

在车站，瓦夏的叔叔向卫兵请求到栅栏外边去见见自己的妻子。这卫兵就是沃罗纽克，现在第十四节车厢的这些人也是归他押送。沃罗纽克没有允许瓦夏的叔叔出去见家人，因为他没有确实可靠的担保。于是，叔叔和婶娘提出以侄子作担保。沃罗纽克同意他出去了。可是，瓦夏一关进去把叔叔换出来后，他的叔叔和婶娘就一去不复返，消失得毫无踪影了。

瓦夏对于让自己作担保的事情毫无戒心，当他发现自己被欺骗了以后，不禁失声痛哭起来。他跪在沃罗纽克的脚下，吻他的双手，苦苦地哀求他放了自己，但这些都是徒劳。不是因为这个押送兵性格残忍、毫无怜悯之心，而是处在非常时期，制度异常严格。被押送的人都是有数的，如果数目不对，押送兵是要掉脑袋的。瓦夏就这样被带到了劳役队。

不管是在沙皇时代还是现政府的治下，合作主义者科斯托耶德－阿穆尔斯基都备受看守们的尊重，他和他们也一直保持着相当融洽的关系。对于瓦夏的这种情况他也多次请押送兵想办法处理。后者也认为这确实是非常严重的误会，不过因为在押送的中途，手续方面还不能处理，只好等到达了目的地之后再去解决。

瓦夏这个孩子长得五官端正、眉清目秀，酷似画中沙皇的御前侍从和上帝身旁的小天使。他的穿着格外整洁，而且一直保持着干净。坐到大人们的身边就是这孩子最大的乐趣。他用两手交叠着抱着膝盖，仰起头聆听大人的谈话。他那丰富的表情就像一面镜子，展示着说话的内容。时而强忍住眼泪不哭，时而含笑不露，根据他那丰富的面部表情，就能判断别人说的是什么。

12

科斯托耶德到日瓦戈这里来做客。他们一家请他吃一块兔子的肩胛骨肉,他美滋滋地吸吮着。他特别怕穿堂风,觉得会患上感冒。"怎么有这么大的风!这是哪儿来的风?"他问道,来回变换着座位,试试能不能找到一个避风的地方,最后总算找到了一个风吹不到的地方才坐定下来,就说:"这会儿好了。"他把骨头啃完了,连手指头都舔净了,最后用手帕擦了手,并为这顿美味向男女主人道谢,接着说道:

"你们应该把这透风的窗缝给堵上。我们刚刚说什么来着,还是回到正题吧!医生,根本不是您说的那么一回事。油煎兔子肉自然是不可多得的美味。不过,要是单单因为这样就觉得待在农村过日子挺好的,对不起,那这个结论下得是有点过早了——有这种想法实在是太夸张了。"

"唉,您先别急,"尤里·安德烈耶维奇反驳道,"您瞧瞧这些车站。树木都完好无缺地生长着,栏栅围墙也没有被破坏。还有这些小集市!那边那些做买卖的妇女!想想看,这些景象看着让人多么心满意足!还是有人过着正常的生活,有一些人还是高高兴兴的。不是所有的人都熬不下去。这一切都足以说明问题。"

"那好,就算这里的情况是这样。不过,这并不代表其他地区也这样。您怎么会得出这种结论?您不妨到一百俄里外的地方去看看。农民起义接连不断。如果要问,他们反对谁?白党和红色分子都反对,看是谁掌权。您一定会说,是啊,任何一种制度他们都反对,他们根本不知道想要什么。对不起,您不要以为您的猜测是对的。其实,他们比任何人都要清楚,其实,他们要求的和你我所要求的那些是截然不同的。

"农民一旦被革命唤醒后,他们就认定千百年来梦想的生活就要变成现实了——无政府的一家一户的独立生活,自给自足的田园生活——不向谁索要权利,也不承担任何义务。旧的国家体制的枷锁被破除,他们又卷入了新的革命的超国家体制的旋涡中。所以农民会起义,不可能有安定的地方。您还在说农民的日子过得很好。老兄,其实您什么都不知道,依我看,您也不想了解。"

"那又如何,我确实不想了解。您说得对。啊,您先别忙!我为什么非得全部了解呢,我干吗必须追根究底地知道这些事情呢?这个时代没有考虑过我的感受,而是随心所欲地强加于我。我对于这种事实又凭什么认同?您说我没有尊重事实。可是,如今在俄国还有没有实际呢?我认为,实际根本就不存在了。我宁愿相信农村生活得很好,而且越来越繁荣。如果连我这一点愿望也落空,那么我该如何面对?我的生活还有什么希望,还有什么信仰?但是生活还得继续,我还有家庭。"

尤里·安德烈耶维奇挥挥手,让亚历山大·亚历山德罗维奇和科斯托耶德去争论,往铺位边上挪了挪,探出头去望着下面那些人。

普里图利耶夫、沃罗纽克、佳古诺娃和瓦夏几个人在下边一起聊天。火车越来越靠近故乡,普里图利耶夫聊起来该怎么去那边:该在哪一站下车,然后该怎么走,徒步或是骑马。当那些熟悉的家乡村镇的地名一一传到瓦夏的耳朵,他立刻兴奋地站起来,眼睛闪耀着光芒,激动地重复这些地名,好像这些地方是存在于一个神奇的让人兴奋的童话中。

"您大概在苏霍依渡口下车吗?"他激动得上气不接下气地问。"当然!我们就是在那下车!然后,朝布依斯克耶村那边走?"

"对,往下面走就是布依斯克耶土路。"

"布依斯克耶乡道,就是这条。布依斯克耶村,怎么会不知道?我们在那儿拐弯,然后右拐几次,就可以看见韦列坚尼基镇了。哈里托诺维奇叔叔,如果想要去您那边,应该是过河以后左拐。您知道佩尔加河吧?不用说!那可是我们的河。沿着河岸往前直走就到我们韦列坚尼基镇了。我们村就在这条河上,离佩尔加河上游不远。河岸真陡!我们的村子在那边上,我们都把那儿叫采石场。你知道那儿多险。站在那里好像会掉下去似的,根本不敢往下看。千真万确!当地人都会用凿好的石头做磨盘。我的妈妈就是韦列坚尼基镇人。我的两个妹妹,阿廖卡和阿里什卡也住在那。帕拉莎大婶(即佩拉吉娜·尼洛夫娜·佳古诺娃),我妈妈和您一样脸蛋白皙很显年轻。跟沃罗纽克大叔您差不多,沃罗纽克大叔!大叔!我求求您,以基督上帝之名……沃罗纽克大叔!"

"你这是干什么?你是布谷鸟吧?怎么老是叫我'沃罗纽克大叔,沃罗纽克大叔'?难道我还不知道我是个大叔,不是大婶?你要我怎么办,求我有什么用?让我私自放了你?你说,是不是这样?你走了,我可就活不成了,非得把我关进黑屋子里不可!"

佳古诺娃默默地一言不发,心不在焉地望着远处的某个地方。她是在想着自己的心事,一面轻抚着瓦夏的头,拨弄着他浅褐色的卷发,一面偶尔冲着这孩子点头、微笑,用眼神暗示他不要傻乎乎地当着大家的面和沃罗纽克谈这事儿。她的意思是,到了恰当的时机,问题自然会迎刃而解,不要太担心。

13

当列车远离中部俄罗斯驶到东边地带以后，就开始意外连连。因为列车进入到有武装匪帮出没、刚刚才平息了叛乱的不稳定地区。

列车在旷野接二连三地停车，有队伍拦阻列车的行进，到车厢内反复巡视，过来检查证件和行李。

在一天夜里又停了下来。但是没有让大家起来，也没有人来检查车厢。尤里·安德烈耶维奇既好奇又有些担心，怕出什么事，于是他跳下取暖货车。

外面漆黑一片，是在正常区间，突然停在一个路标附近，也不知道是何缘故。一片人工种植的云杉林立在路基两旁。尤里·安德烈耶维奇旁边的几个人先下去了，在取暖货车前来回走动着，据他们了解也没出什么事情，好像是司机自己停了车，他说这一带很不安全，需要探路的检道车先去探探，确保这个区间没有危险，才继续开。据说，有乘客代表过去和他商量了，必要的时候还打算塞点儿钱。可是，他们说水兵们也跑去插手这事，这些人会把事情弄糟。

尤里·安德烈耶维奇向这些人了解情况的时候，机车旁边那片平坦的雪地被列车烟筒和取暖炉灰箱里进出的火星照亮，像篝火一样闪耀着。突然一道火舌乍现，一小片雪地、机车和从车厢旁边跑过去的人影瞬间都被照亮了。

前面的那个人影，好像就是司机。他跑到前面，踩着踏板一端，往上一跃，飞过缓冲器的长杠就不见了。后面那些追他的几个水兵也用同样的方式跳过去。凭借着踏板在空中一跃，落地的时候就不见人影了。

尤里·安德烈耶维奇看到这样的情况，就和其他几个好奇的人往前边的机车跑去。

他们看到的是这样一个情景：在列车前方宽敞的路基上，司机站在枕木旁的雪地里，雪一直埋到了他的腰。水兵们也被雪淹没了一半身子，他们像猎人追捕野兽一样成半圆形把他包围住。

司机吼道：

"谢谢你们这些小海燕！居然有这种事情！枪口用来对准自己的工人弟兄！我难道是故意不把车往前开？旅客同志们，请你们帮我作证，这是个普通地方吗？谁都可以随随便便把这儿的铁路道钉拧走啊。你们滚吧，你们想干什么，难道我这样做为了自己？坐车的是你们这一车的人！这不是为了我，是为你们着想，怕出什么事。我一片好心你们还不领情。来吧，朝我开枪，你们这些人是吃了火药！旅客同志们，你们都看着，我绝不躲闪一下。"

周围各式各样的叫喊此起彼伏。有的人惊慌地叫着：

"你怎么了？……快清醒点儿……别瞎说……他们不会这么干的……他们就是装个样子……吓唬你一下……"

另一些人高声给他鼓劲，叫喊着：

"不要怕他们，加夫里尔卡！挺住，要挺住啊！"

有一个棕黄头发、身材魁梧的水兵最先从雪堆里走出来，他的脑袋很大，所以脸看起来成扁平状。他从容不迫地转过身，面对着大家，压低着嗓子轻声说了几句，和沃罗纽克一样，他说话的时候带着乌克兰口音：

"对不起，大家都在这儿干什么？出来喝西北风是吗，公民们？大冷的天，都赶紧回车厢去吧！"在这个非同寻常的夜里，他这种镇静自若的态度反倒使他的话语显得幼稚可笑!

人群开始渐渐散去,大家都返回到自己的车厢,这个时候,大个子水兵来到还没有平静下来的司机跟前,说道:"不要再发神经啦,司机同志。快从雪坑里面出来,我们走吧!"

14

第二天,因为担心在被大风雪埋住的路轨上行驶会导致车轮下滑,列车经常减速,车行平稳。列车终于在一处荒无人烟的旷野停下,那是一处车站遗迹,早已被大火烧毁。"下开尔密斯"的字样残留在被熏黑的残垣断壁的正面。

不只是车站留下火烧的痕迹。车站后面,皑皑白雪覆盖着一个空荡孤寂的小村落,还有从车站到小村子的那片凄凉的空地。村口处的一栋房子被烧得面目全非,隔壁房子的屋角也已经倒塌,几根圆木掉了下来,一端搭到室内;被大火肆虐后留下的雪橇残骸、倒塌的篱笆墙、生锈的铁器和破旧的日用品散落得四处都是。白雪混杂着碳屑、烟黑显得脏乱不堪,露出黑乎乎的地面。污水混合着烧焦的木头屑冻成了冰,这些都记录着起火与灭火的时刻。村子里和车站并非空无一人。有的时候还会出现几个人影。站长从残破的站台走出来,列车长跳到上面关切地问他:

"整个村子都烧了吗?"

"您好。祝贺您安全到达。是都烧了,还不只是被火烧了。"

"我不太明白。"

"最好不要问得太多。"

"难道是斯特列利尼科夫？"

"就是他。"

"你们做错什么啦？"

"这根本就不是我们的原因。都是我们邻居惹的祸，我们无辜受到牵连。你看到后面那个村子了吧？他们就是罪魁祸首。就是乌斯特汉姆金斯克乡所统领的下开尔密斯村。全都怪他们。"

"他们做了什么？"

"犯下好几桩滔天大罪。首先是赶跑了贫农委员会，这是一桩；又拒绝向红军捐献马匹，而且您清楚，这一带本来人人都是在马背上长大的，这又是一桩；而且不服从动员命令，这是第三桩。您看，就是这些。"

"原来事情是这样的，我都清楚了。所以他们就遭到炮击了？"

"一点没错。"

"是从装甲车上开的炮吗？"

"是啊。"

"真惨，太悲惨了。不过，这不是我们所能讨论的事。"

"何况事情现在都已经烟消云散。已经没有什么令人振奋的消息能让您高兴了。你就在我们这里休息几天吧。"

"别开玩笑。我的车上坐的可不是什么乱七八糟的人，都是给前线输送的士兵。我可没那么多时间在这里停下来休息。"

"我可没开玩笑。您自己向四周看看吧，路上这些积雪有多厚。狂风暴雪在这个地区狠狠地肆虐了一周的时间才停住。这儿除了雪连个人影都见不着。半个村子的人都逃走了。就算把剩下的人都拉来也清理不完啊。"

"您现在两手空空！这可怎么是好啊，太糟糕！现在应该怎么办啊？"

"总得找个办法清出个路来让人走啊。"

"雪积得厚吗？"

"还不是特别厚。是一条条的雪沟。大风是斜着吹的，和路基有一定角度。其中中间那一段困难重重，要清理三公里的路程。那一段路确实让人头痛，被埋了很厚一层。再往那边雪就被树林子挡住了，路上的雪就少多了。路的前面这一段清理起来也不难，因为是平川地，大风把雪都吹跑了。"

"唉，那就只好麻烦你了啊。真是莫名其妙！我把车停在这儿，去喊大家都来帮忙吧。"

"我想也只能这样办了。"

"但是一定不要惊动水兵和赤卫军战士。这儿有整车的劳役队，还有将近七百名普通乘客。"

"人是足够了。只要等铁锹运来就可以开始清理了。但是现在没有足够的工具，我已经派人到附近的村子去了。希望能弄到。"

"我的天啊，这也是件麻烦事！您认为能借得到吗？"

"一定没问题。俗话说得好，众志成城。这条铁路是交通的大动脉。您不要那么担心。"

15

清路的工作持续了三天三夜。包括日瓦戈一家，都认认真真地参加了。这是他们在路上度过的最愉快的一段时光。

在这里弥漫着一种内在的、不可言传的氛围。它让人感到在这里好像还保留着普希金笔下农民起义领袖普加乔夫的遗风和阿克萨科夫所描写的那种野蛮的气息。

破败的村落和少数留下来的居民那种不露声色的神情,更为这个地方增添几分神秘的色彩。那些村民们都被吓坏了,一直避免与车上的乘客接触,他们相互间也没有交流,害怕有告密者。

铲雪这项大工程并不是全体乘客同时参加,而是分批进行。作业地点的周围有人看守。

他们把人分成了两队清除路上的积雪,每队各自从指定的位置开始扫雪。最后清除干净了的地段都推出了一小堆积雪,把彼此间的小队伍分隔开来。清理工作全部结束时这些雪堆再统一铲掉。

寒冷的冬天天气晴朗,乘客们白天的时光都是在铲雪中度过的,晚上在车厢里休息。因为工具多,干活儿的人手足够。劳动是间隔很短就倒班轮换,所以并不累,非常轻松,甚至可以说简直是一种享受。

日瓦戈一家负责清扫的地方,地势开阔,景色优美如画。从铁路开始,地势向东渐渐低下去,然后又波浪形起伏上升,一直延伸到远方的地平线。

旁边的山上有一幢孤零零的房屋,旁边有个花园。可以想象它的夏天一定是花团锦簇的,但如今挂满冰霜的稀疏的树枝,却丝毫保护不了房屋。

在大雪的覆盖下,曲线显得浑圆而平坦,但几道倾斜的坡度在积雪下还是能看见的,到了春天,积雪将化作一条小溪沿着曲折的洼地流到路基下面旱桥的涵洞里,小溪现在被大雪掩埋,像一个婴儿被从头到脚用鸭绒被紧紧裹住。

房子现在还住着人吗?或许已经是毁坏了的空房子,闲置在那儿,由乡或县土地委员会收回了。它的主人现在在哪儿呢?近况如何?是逃到国外去了?还是丧命在那些农民手中?或许凭借不错的名声或某项专长在县里安顿好了?要是如今他们仍留在这里,斯特列利尼科夫会不会宽恕他们呢?还是和富农一样被惩治呢?

山包上的这幢房屋当时并没有回答人们提出的这些问题,它不时地撩拨人的心弦,自己却哀伤地独自耸立在那里。太阳照射到雪地上,反射出炫白的光亮,让人无法睁开眼睛。铁锹切出一块块线条笔直的方雪块,然后从前方落下!干燥的雪花因为铁锹铲下去而如一粒粒钻石粉末般散开!那遥远的童年回忆随即弥漫开来——头戴银饰浅色长耳风帽的小尤拉,穿着一件上面缀了一圈圈卷毛的黑色羊皮袄,在家乡的院子里,纯白的积雪砌成金字塔、方形雪堆、奶油蛋糕、城堡和战壕。啊,这种日子真美好,所有的一切都让人流连忘返!

短短三日的户外生活异常充实且丰富多彩。每天晚上都有一些不晓得按什么规定、也不知道从什么地方运来的新烤的精粉面包发放给参加铲雪的人。香喷喷的面包四面光油油的,边上开裂了,厚厚的一层外皮烤得金黄,小粒的煤渣还沾在边上。

16

大家都很喜爱这个残破的车站,舍不得走,正如在登山途中看到白雪覆盖的山间木舍一样,让人依依不舍。印刻在他们的脑海当中的有它的地形、形状和破烂的景象。

太阳快要落山时,他们返回车站。夕阳留恋着自己的过去,在窗户旁边有一片历经风霜的白桦林,阳光依依不舍地越过树林在报务员值班室后才渐渐沉落。

值班室的外墙已经从里面坍塌,除了窗户对面靠后的一个角落仍然空着外,其他地方已经被里面的碎片占据了。那里还有没有被破坏的东西,有咖啡色的墙纸、圆形通风口的砖砌火炉,旁边的通风口上还有用铁链拴着的铜盖子,此外还有一个挂在墙上的黑镜框,陈列着财产清单表。

落日的余晖照在炉灶瓷砖上,仿佛为墙上咖啡色的壁纸增加了热度。白桦树枝的影子映挂在墙壁上好似为它披上了一条女人的披巾。

房间的另外一头,有一扇门直通接待室,门已经封住,一张通告还残留着,猜想可能是二月革命之后不久留的,内容是:

鉴于储存的药物和包扎材料不足,请各位患者暂勿入内。因以上原因,故将此门封闭。

特此通知。

最后的雪被铲掉之后,间隔在各个路段堆成小山丘的雪堆也清扫完毕,伸向远方的笔直而又平坦的轨道已然清晰地显露出来。两侧铲出来的雪堆像一条白色的山脉,外缘的两排松树像是为它镶嵌了一排黑色的条纹。

放眼望去,在轨道的各个位置都站着一群群手执铁锹的人,他们看到如此多的乘客站在一起,感到十分惊讶。

17

天色渐暗,就快要黑了,不过听说几小时后列车就准备出发了。尤里·安德烈耶维奇和安东尼娜·亚历山德罗夫娜在发车以前仍对铁路沿线的风光恋恋不舍,又去欣赏了一次清扫完毕后的铁轨。铁路旁已经没人了,医生和妻子停住,眺望着远方,互相交谈了几句,就转过身走向取暖货车车厢。

在回到车厢的路上,奥格雷兹科娃和佳古诺娃恶狠狠带着哀怨的对骂声传到他们耳边。医生夫妇的散步路线是从车头往车尾走,两个女人也是这样,一个在车站一边,另一个在靠近树林的一边。医生夫妇来到树林的最后面,吵架的两个女人离他们有一段距离。

看样子,佳古诺娃一直在追着奥格雷兹科娃,可能还动手了。她破口大骂着尽是些肮脏不堪的话,因为这些话居然是从一位声音甜美的太太口中说出来的,越发显得比男人说的那些难听的粗鲁的咒骂更不知羞耻。

"哼,你这破烂货,你这个婊子!"佳古诺娃骂着,"不管到哪里,你都死皮赖脸黏着,走路扭着腰,狐媚样子!你这母狗勾引我们家那个蠢货还不满足,连小孩子也不放过,还想勾引他,要毁掉他才满意。"

"这么说,瓦夏的合法妻子是你?"

"你这臭不要脸的瘟神,让你知道什么才是妻子的样子。你来了还想活着离开,你做梦去吧!"

"哟,看看你这样子,还想打我!拿开你的手,疯女人!你能把我怎么样?"

"我想让你去死,下贱货,癞皮狗,不要脸的东西!"

"随便你说我什么。我是猪狗不如,那又怎么样?你是富贵人家的贵妇人哪。你是出生在阴沟洞里,婚礼举行地点是在门缝底下,怀孕是和老鼠一起,生了个刺猬……哨兵,哨兵,快来啊!这泼妇要杀人啦。喂,救救我这个弱女子吧,谁来帮帮我这个孤单的人呀……"

"我们马上走吧。实在听不下去,让人恶心。"安东尼娜·亚历山德罗夫娜赶忙叫丈夫赶紧离开。"这样下去肯定没什么好结果的。"

18

忽然,地形和气候都改变了。平原无影无踪,列车行走在丘陵和山川之间。刮了许久的北风突然也停了,从南面吹过来的阵阵暖空气像是从炉灶里吹出来一样。

列车要穿过一片片的树林。首先要顺着路基爬坡,到中部又开始走下坡。列车呼啸着在树林当中艰难前行,就像是年老的护林员带着游客在森林里徒步前行,这些人既新鲜又兴奋,对什么都感兴趣,不断地四处张望着。

不过现在没有什么值得观赏的,密林深处仍像沉浸在冬眠中一般,既安静又寂寞。只是偶尔有树木沙沙作响,积雪纷纷抖落下来,仿佛摆脱了紧箍在脖子上的脖套或是把领口解开了似的。

尤里·安德烈耶维奇睡意正浓。这些日子以来他一直躺在铺位上休息,醒来时就想想自己的事情,听听周围的动静,希望能从中了解些什么。然而,暂时没什么东西可以听。

19

正在尤里·安德烈耶维奇酣睡的同时，春天已经悄悄来临，积雪被甜蜜地融化。这场雪一路不曾停过，从他们离开莫斯科的那天开始，在乌斯特涅姆达他们又整整铲了三天雪，几千俄里空间的大雪以不可思议的厚度一层又一层地覆盖着。

雪是从内部开始融化的，没有让人察觉到。当这宏伟工程完成一半的时候，就显现出了内部的变化。奇迹出现了，温湿的流水在松动的雪层下面流淌。人迹罕至的密林打起精神，一切也随之苏醒了。

流水自由自在地徜徉在广阔的天地间。从悬崖上直泻而下，蓄成一处处清潭，然后向四周扩散开去。没过多久，沉闷的响声在茂密的林子里响起，到处是水雾。积雪也阻挡不了一股股的水流，它们像蛇一般蜿蜒前进，钻到积雪下面，遇到平坦的地方就潺潺流过，到了悬崖边上就激起一片水的尘埃。大地开始畅饮。那些高耸入云的数百年历史的云杉用巨大的根须拼命地吸收着水分，树根旁边留下一团团变干的浅褐色泡沫，就像人的嘴唇边遗留的喝啤酒残迹。

春风吹得天空也醉了，醉意中蒙上了片片黑色密云。森林上空毛毡似的黑云低悬着，低垂的云脚偶尔落下丝丝阵雨，暖暖地散发出泥土的气味，将地面上最后剩下的破碎的黑色冻块冲掉。

尤里·安德烈耶维奇醒了。从那扇没有框的方形小窗口，他探出身子，撑起手臂支着头，听着外面的声音。

20

火车离矿区近了,沿线的人口也稠密起来,每一站之间的距离也缩短了,列车频繁地靠站停车。乘车的人上上下下。有一些在小站上车的短途乘客并不安顿下来久坐和躺下睡觉,夜里就凑合着在靠门的车厢中部休息一下,他们小声地谈论着那些当地的事情,一到站就立刻下车。

从最近三天车厢里来往的当地人谈话的只言片语当中尤里·安德烈耶维奇得出一个结论,那就是白党分子在北边占了优势,已经或者准备攻占尤里亚金。除此以外,在这个方向指挥白党武装的就是尤里·安德烈耶维奇很熟悉的那个加利乌林。

尚未确定之前,尤里·安德烈耶维奇对家里人只字未提此事,免得让他们白白担心。

21

医生入睡后在深夜醒来,充满了一种莫名的幸福感。列车停了,车站在透明的夜色之下安静地沉睡。这种色彩既恢宏又壮烈。它说明这是一个开阔的地方——车站坐落在十分宽阔的高地上。

有几个人影沿着站台在车厢外面走着,轻声地交谈。尤里·安德烈耶维奇非常感动。从这轻轻的脚步和悄声细语当中,他感觉到这是对深夜的一种尊重和车上睡着的人的关心。这种关心似乎是战前和更早的年代才会有的。

医生的感触其实完全错了。和其他地方一样,站台上也是喧嚷一片，到处是人声和皮靴走动的声音。因为附近的瀑布送来的一股清新自在的空气扩大了夜的界限，也让医生在梦中不由自主地生出一种幸福感。奔流不息的瀑布淹没了车站上所有的声音，于是才产生了一个寂静的错觉。

他不知道是瀑布在作怪，但是神奇清新的空气使医生又沉沉地入睡了。两个人在铺位下边谈话。其中一个人问另一个："情况如何，我们的人都安静下来了吧？对那帮人给点教训没有？"

"是那小铺的老板吗？"

"对，就是那帮粮食贩子。"

"都老实了，现在很听话。杀一儆百起到了作用，处置了他们当中的一个，其余的就都老实了。罚款也交了。"

"一个乡罚多少？"

"四万。"

"你胡说！"

"我没必要胡说？"

"真不赖啊，四万！"

"四万。"

"嗯，你们干得非常好，真不错！有两下子。"

"四万精磨粉。"

"想想看，这事也真巧。正是做面粉生意的好地方。沿着雷尼瓦河往上一直到尤里亚金，沿途一个个村子都是码头，全部都是粮食收购点。舍尔斯托比托夫弟兄几个，还有佩列卡特奇科夫和他的几个儿子！都是干倒手批发的……"

"轻点声！别人还在睡觉呢。"

"好吧。"说话的人打了个哈欠,另一个就说:"躺下再睡一会儿,怎么样?车好像又启动了。"

这时,震耳欲聋的隆隆声从后面传来,越来越大,淹没了瀑布的轰响。在另一道上,一列老式的快车响着汽笛全速赶上来,

闪过几点灯光,随即毫无痕迹地消失在前方。下面的人又开始了谈话:"嗯,这回要开车了。停够啦。"

"快啦。"

"大概是斯特列利尼科夫。这是有特殊任务的装甲快车。"

"可能就是他。"

"对付反革命分子,他就像一头野兽。"

"他是去追赶加列耶夫。"

"追赶谁?"

"白党的长官加利乌林,据说这家伙带了一批捷克人守在自己占的一个码头那儿,就在尤里亚金附近。"

"也许是加利乌林公爵,你记错了。"

"没有这个姓的公爵。也许是阿里·库尔班。你弄错啦。"

"也许是库尔班。"

"那是另一回事了。"

22

尤里·安德烈耶维奇在接近天亮的时候又醒了。他做了一个愉快的梦,心里那种乐滋滋的幸福未曾离去。列车不知道是仍旧停在原来那个车站还是到了另外一个车站。瀑布声依旧轰隆响着,看起

来很难辨别出到底是在哪里。

　　尤里·安德烈耶维奇又晕乎乎地睡去。半梦半醒中乱糟糟的叫嚷声吵醒了他。叫喊声是押送队队长和科斯托耶德发出的。在车厢外，景色愈加迷人。有一种新鲜又独特的味道弥漫在空气中。好似春天特有的气息，又像有一阵灰白色的淡薄稀疏的雪花从五月间飘落，飘过来的时候不带白色，更加深了土地的黝黑。有一种灰白晶莹而又芳香好闻的气味在空气中弥漫。"啊，这是稠李！"尤里·安德烈耶维奇在梦中猜测。

23

　　一大早，安东尼娜·亚历山德罗夫娜就说：

　　"尤拉，你这人太奇怪了。你是一个让人捉摸不透的人。有的时候哪怕是只苍蝇飞过来你都会醒，然后就再也睡不着了。这里这么闹腾着，又乱七八糟的，你却一点也不受影响，睡得这么熟。晚上的时候，普里图利耶夫，就是那个出纳员和瓦夏·布雷金逃走了。你不知道，佳古诺娃和奥格雷兹科娃也跑了。等会儿，还有更奇怪的呢。沃罗纽克也是其中之一，对，是的，他也跑了，全逃了。你听听这事。我还告诉你，不知道他们是一起逃走还是分开逃走的，怎么走的都不知道。其他人跑了，沃罗纽克是要负责任的，他自然不会留下来送死。其他那些人呢？是不是都是自愿离开的，还是有人逼迫他们才这样？譬如说，那两个女人就值得怀疑。不过，她们是怎么争斗的？是佳古诺娃把奥格雷兹科娃杀了，还是奥格雷兹科娃杀了佳古诺娃？只有上帝知道。押送队队长为此急得团团转。'你们简直就是胆大妄为,'他嘶吼着说,'不能开车。我要按照法令,找到逃跑的人以前不准开车。'列车长不管他。他说:'我这趟车是给前线补充兵员的,是最重要的紧急任务。您别在这里说疯话了。难道我还要听您的!您也想得太好了!'接着两个人一搭一唱地说起科斯托耶德来。队长说:'就这么说还算个民粹派呢!'科斯托耶德身为一名合作主义者,应该很明白事理,他就在旁边,也不去管一管这个没有觉悟的士兵。照我看,责任不在科斯托耶德。列车长说:'真有意思!你的意思是,看守应该归囚犯看管?那可真是让母鸡替公鸡打鸣啦。'当时我试着推你,又抓着肩膀摇,大声喊你:'起来啦,有人跑了!'你太厉害了,就算大炮轰你也不醒……对不起,待会儿再聊这些。现在……啊,太神奇了!……爸爸,尤拉,快过来看啊,美极了!"

他们躺在窗边,透过窗户可以看到一片无垠的汪洋。附近有一处决堤了,河水一直漫到了路基跟前。因为住在上铺,从上往下看容易造成距离缩短的错觉,就好像列车在水上漂着一样。

水面上有几处地方泛着铁青色,像是一位厨娘用浸了油的羽毛在热馅饼上涂来涂去。另外一些地方犹如清晨温暖的阳光追逐的一片片镜面似的油亮的光斑。

在这一大片水域,不仅草地、坑洼、灌木丛沉没在水中,还有一条条拱形的白云的云脚也沉入其中。

水域中有一片狭长的陆地,上面的树木不知道是朝上还是朝下长着,好像是悬在半空的双重影像。

亚历山大·亚历山德罗维奇朝那个方向望去,"鸭子!是家鸭!"他急忙喊出来。

"在哪儿？"

"小岛那儿。不是那边。往右,再往右。唉,该死,飞走了,吓走的。"

"啊,真的,看见了。有一件事情我想和您说,亚历山大·亚历山德罗维奇。还是下次再说吧。车上那几个服劳役的和那两个女人都跑了。我看这也不是什么大事情,只要不去祸害别人。跑了就跑啦,就像水总要流动一样。"

24

北方的白夜结束了。附近的小山、树林和悬崖都变得非常清晰。仿佛这些是人造的,不那么真实。

这片林子长在峭壁下面一块不大的向远处倾斜的平地上。树林出现了嫩绿的色彩,还有几株稠李已经开出花朵。

瀑布就在不远处,但从这边的角度是看不见的。只有顺着小树林的方向,从峭壁边上过去才能看见它。疲乏的瓦夏无法走过去,他既害怕又惊奇。

与周围的景色相比,瀑布显然算得上一个庞然大物,周围的一切都无法与之匹敌。它令人望而生畏,又惊又怕,仿佛是一种有着生命和意识的东西,变成了一条神话中掠取贡品的龙或蛇,这使得它具有了独一无二的地位。

瀑布倾泻到一半的时候,突出的岩石将它劈成两股。上边的水柱似乎静止着,下面的两股轻微地摆着,像是跟跟跄跄想挺起身来但接着又滑下去的样子,总是重复着这个动作。

瓦夏把羊皮袄铺好,在树林旁边的草地上躺了下来。天色渐渐明亮起来，一只大鸟扇着沉甸甸的翅膀从山上平稳地滑下来，然后在离瓦夏不远处的一棵冷杉树冠上停下。瓦夏抬头看了看这只佛法僧鸟的蓝色脖颈和青灰色的胸脯，高兴地小声说："野鸽子。"这是乌拉尔地区的人给这种鸟取的名字。然后他站起来，拿起羊皮袄披在身上，穿过空地，来到同伴跟前，说道："走吧，婶。看我冻得，牙齿都打架了。唉，您这是怎么啦，吓成这样子？我跟您说真的，是该走啦。要想想办法，哪有村庄就往哪走。到村子里，他们不会害我们，会保护咱们的。我这没吃没喝的都已经两天了，再这么下去，咱们非得饿死不可。恐怕是沃罗纽克叔叔惹事了，人家这才追赶他。婶子，和您在一起可真有我受的，这么多天我就没听您说过一句话！您有什么不愉快吗，我的老天爷。您瞧，有什么伤心的事情啊？就说卡佳大婶，卡佳·奥格雷兹科娃，您是从车上推了她，我也看见她是侧着倒下去的，可您完全没有恶意啊。后来她不也好好地爬起来，然后就跑了？普罗霍尔叔叔，普罗霍尔·哈里托诺维奇，也是这样。他们会赶上来的，大家能待在一起啦，您难过什么？不要闷着发愁啦，只要不发愁，您的舌头就听使唤了。"

佳古诺娃从地上站起来，把一只手伸向瓦夏，轻声说：

"咱们走吧，好孩子。"

25

列车顺着高高的路基往山上爬，车厢咔咔作响。旁边杂草丛生，新生树林的树顶还没有路基高。低洼处是一片不久前被水淹没过的草地，横七竖八地排满了做枕木用的圆木。圆木混杂着泥沙在青草地上散开，大概是哪个采林区伐下来准备用木筏送走的，结果让大水冲到了这里。

路基两旁的新生树林还是像冬天那样光秃秃的，只有树杈中挂着仿佛一滴滴蜂蜡似的嫩芽，它们显得杂乱而又不协调，既像污垢又像赘疣等额外的东西。然而这些额外的、杂乱的污物就是生命，是它们让枝头浓密的绿叶装点林中，是它们让树木开始生发。

到处可见桦树挺起的躯干，那对称的、锯齿形叶片如同箭羽似的向四面八方伸展开。叶子散发出的气味是可以用眼睛判断出来的——散发着气味的木醇发着光亮。木醇是熬制清漆的原料。

火车很快就来到原来堆放木料的地方。在树林拐弯的地段，地面上到处散落着粉屑和碎木片，中间还堆着一堆三丈来长的圆木。在这片伐木场，司机突然刹了车，列车震动一下，微微地弯着身子停在弯道的中心。

机车发出几声短促而又嘶哑的汽笛声，接着有人喊了几声。其实，不用听这信号乘客们也明白，司机停车是为了添加燃料。

每节取暖货车都把车门打开了。很多人都来到路基上，数量和一个小城镇的居民差不多，只有前面几节车厢里的人没有下来，那些应征的军人一如既往地不参加这紧急的临时工作。

木柴太少了，有些不够用，长的圆木需要锯开后才能装上车。

机车乘务组那里有锯子，大家就两两自由结合成一组开始工作。日瓦戈和岳父也分到了一把锯。

前面几节车厢的门打开了，探出来一些笑嘻嘻的面孔，那些是海军学校高年级的学生。他们都还不曾受过炮火洗礼。为了排解心中的烦闷，他们和年长的水兵们开着玩笑。大家都感到巨大的考验即将到来。

看到那些锯木头的男女乘客,这群军人无聊地开着粗野的玩笑:

"喂,老爷子!你可以这么说:我年龄不小了,妈妈都没来得及给我断奶呢,这活我没法干。喂,玛芙拉!小心别把裙子锯开了,当心往里灌风啊。喂,年轻姑娘!不要到树林里面去,给我做老婆吧。"

26

树林里竖着几个用削尖的木桩绑成的用来锯木头的架子,架子的一端埋在土里,另一端则支了起来。有一副架子是空着的,尤里·安德烈耶维奇和亚历山大·亚历山德罗维奇就来到这个架子上锯了起来。

正是春天气温开始回暖的时节,积雪融化了,大地又恢复到半年前没有被雪覆盖时的样子,土地也显露出本来的色调。林子里湿漉漉的,遍地是去年留下的落叶,仿佛是房间里到处散着撕碎的旧单据、信件和表册的碎片,没来得及打扫一般。

"不要这么用力,不然会累倒的。"医生对亚历山大·亚历山德罗维奇说,他边说边慢了下来,并且提出要休息一会儿。

林子里其他的人也在吱吱呀呀地锯木头,有的一来一往很协调,有的时而间断着,时而又速度不均匀地锯着。在很远的什么地方,一只夜莺在展示它的歌喉。还有一只鸫鸟像是演奏一支不大通气的长笛,隔很长时间才突然叫一声。机车的气阀发出咕咕声,向上喷吐着蒸汽,仿佛育儿室里一壶牛奶煮沸了。

"你之前说要和我谈谈,"亚历山大·亚历山德罗维奇提醒说,"你忘记了吗?就是在那片水洼处,正好几只野鸭子飞起来,你那时若有所思地说：'我有事想和您谈谈。'"

"啊，是的。不知道要怎么才能说得既简单又明白。您看，我们走得越来越远了……这里都动荡不安。也即将到达目的地。不知道我们要面对什么样的局面。我们要事先商量好，以防万一。我说的不是个人的观点和见解问题。在这春意盎然的树林里不可能通过五分钟的交谈就能搞清楚这类型的问题，或者能马上下什么决定。我们彼此非常了解。我们三个人，包括您、我和东尼娜，还有存在于这个世界上的其他人，我们对世界的理解都不一样。这是常识，不是我现在想讨论的问题。我想说的是别的事情。我们现在就约定好再遇到事情的时候如何去处理，这样才不会让对方为难，也不会对不起彼此。"

"我知道你的意思了，我明白。你能说出来，我很高兴。这确实需要好好聊聊。好吧，听我告诉你吧。你还记得有一个冬日的晚上，刮着大雪，你给我带回来的号外传单上面印着第一批法令。你应该记得，当时我们的态度是多么坚定。这种直言不讳最终赢得了人心。不过，这类事只是最初的时候在创始人的头脑中存有纯洁性，而且仅限于宣告胜利以后的第一天。到了第二天，政治的诡计多变就把它彻底变了个模样。所以，这还能怎么说？这种哲学对我是格格不入的。这个政权和咱们是对立的。对于这种破坏，没有人征求我的意见，但他们却非常信任我，因此，虽然我是出于不得已，但同样我也有责任继续走下去。

"东尼娜问我们会不会误了种植的季节，播种的时机是不是已经错过了。我要怎么回答她呢？我不知道那边的情况。气候条件如何。短暂的夏季东西能不能种熟呢？

"不过，我们跑这么远到这地方来，就是为种菜吗？甚至连'跑七俄里去喝一口粥'这句俏皮话用在此都不妥了，要知道我们可是跑了整整三四千俄里啊。不行，说实在的，我们跑这么远还有另外的目的。我们到这里来是要度过现在的困难时期，将外祖父一辈留下的森林、机器和用具全部丢掉。我们到这来不是为了创业，而是为了尽可能的谋生，所以才挥霍掉这些钱，并且来到这用这种荒唐的模式去过乱糟糟的生活。这似乎就是赤身裸体的野蛮文化，或者迫使自己忘记那些曾经有过的文明。不对，在俄国私有制已经结束，至于我们几个，也就是格罗梅科一家，上一代的时候就已经和贪财的欲望决裂了。"

27

　　车厢里面闷热无比，空气一点也不流通，简直让人无法入睡。枕头都被汗浸湿了，医生满头大汗，辗转难眠。

　　为了不惊醒别人，他轻轻地从铺位上爬下来，悄悄地把门打开。

　　一股黏糊糊的潮气扑面而来，仿佛在地窖里撞上了蜘蛛网一样。"是雾，"他心想，"下雾了，今天肯定会是个大热天。难怪胸口闷得难受，就像心头压了块重东西似的，连呼吸也困难。"

　　医生在门口站了一会儿，凝神听了听四周的动静。除了冷寂的雾气以外，四周显得空旷而又荒凉。这辆火车好像已经被人遗忘了，在一条最偏僻的线路上停着，与车站隔得很远。仿佛即便在站台上发生了天塌地陷，列车上的人也无从得知。

　　远方传来两种微弱的声音。

　　后面传来有节奏的噼啪声，好像是有人在漂洗衣服，又像是一面潮湿的旗子被风吹动着拍打到旗杆上似的。

前面隐约地传来隆隆声,一听到这声音,上过战场的医生马上紧张起来,不由得竖起耳朵听下去。

"这是远射程火炮。"医生听到这种平稳滚过的低闷的隆隆声,心里判断道。

"原来如此。应该快到前线附近了。"医生心里盘算着,摇了摇头,就从车上跳了下来。

他向前走去,过了两节车厢,发现列车中断了。火车头和前边的几节车厢不知道开到哪里去了。

"难怪昨天他们突然表现得勇敢起来。"医生在想,"看样子他们是感觉到了一到这边就要立刻上战场。"

他绕过车尾,跨过线路,想看看有没有到车站去的路。

一个持枪的哨兵在车厢拐角处闪出来,像突然从地底下冒出来一样。

"你去哪?通行证!"

"这地方是什么站?"

"这儿什么站都不是,你是什么人?"

"我是从莫斯科来的一名医生。和全家人一起乘这趟车过来的。这是我的证件。"

"你那证件能管什么用。你没看见这么大的雾吗?这黑乎乎的一片你叫我怎么看,别伤了我眼睛。就算不看证件,也能看出你是个什么样的医生。你们那帮医生正在那边开着十二吋的大炮呢。真应该把你给毙了,不过饶你一回吧!趁着还有条命,快回去。"

"把我认成别的什么人了吧。"医生这样想着。真犯不着和哨兵吵一架。不错,还是趁早离开这里好。医生转身往回走。他身后的炮声停止了。太阳从浓雾中升起，不时从一片浮动的雾气中露出模糊的面庞，仿佛浴室的水汽中裸体人影在晃动。医生顺着列车走到车尾处，过了车尾还继续向前走去。在疏松的沙地上深深印上自己的脚印。

噼啪的炮击声均匀地逼近，地势慢慢下降。又走了几步以后，一个庞大的物体展现在医生面前，但是因为雾气太重，看不清楚底是什么。他又向前走了几步，才在浓雾中发现迎面是几条被拖到岸上来的船的船尾。他原来是站在一条大河的岸边，水面的波纹懒洋洋地拍打着船舷和岸堤。

"谁叫你在这儿东张西望？"另一个哨兵走过来问道。

"这是什么河？"有了刚才的经验，医生本不打算再问什么了，可是又不由自主地问道。

哨兵没有理会他，却把哨子放到嘴里，不过还没等他吹响。那个一直尾随在医生后面的先前那个哨兵就跟了上来。两个人同时说：

"这没什么可考虑的。一看就能明白。'这儿是什么站，这是什么河？'真能打马虎眼。你说，是干脆把他扔到河里，还是带他回车上去？"

"我看还是带他回车上吧。看看首长的意思如何。把你的身份证拿出来！"后一个哨兵大声喊道，把医生递过去的证件一把抓起来捏成了一团。

"看住他，老乡。"不知道对谁说了这么一句，然后两个哨兵一起朝路旁车站走去。

一个躺在沙地上的渔夫模样的人咳了几声，为了弄清到底是什么情况，起身走了过来："你运气真好，他们要带你去见头儿。说不定你能保住命了，我的好人。你别怪罪他们。这也是职责所在。如今是人民的天下，以后日子可能会好。但现在并非如此。我知道，他们认错你了。他们准备抓一个什么人。现在心里大概想着，准没错，就是他，工人政权的死敌，可让我们给抓到了。其实是弄错了。万一有什么事的话，一定要求见领导。可别让这些人瞎摆布，在他们看来，你的命不算什么。要是让你跟他们走，可别去啊。你就说：我要见你们头儿。"

从渔民那里，尤里·安德烈耶维奇知道了面前这条河就是有名的雷尼瓦河，可以通航；河边的车站叫拉兹维利耶，是尤里亚金市郊一个靠水吃水的小工业区。他还了解到，坐落在上游两三俄里外的尤里亚金一直在进行着争夺战，不过现在红军差不多已经将白党打退了。渔民还告诉他，拉兹维利耶也发生过叛乱，不过目前的局势已经得以控制了，周围这一带之所以这么安静，是因为附近的居民已经跑光了，这里也在实行着严格的戒严。最后他还打听到，线路上停着的几列火车是军事机关的临时办公点，其中有一列就是区军事委员斯特列利尼科夫的专车，哨兵拿着医生的证件就是要送到那儿去。

没多久，另一名哨兵从那边来传唤医生。和前两位哨兵不同的是，他的枪有时在地上拖着，有时被斜抱在身前，它就像是架着一个跌跌撞撞、烂醉如泥的朋友似的。如果没有它，喝醉的朋友早就摔倒了。这个哨兵领着医生去了军事委员的车上。

28

哨兵向警卫说明了情况后领着医生进入一个用皮革蒙着的走道。

走道连通着两节带有客厅的车厢。他们刚刚走进去,里面的人就打住了说笑声和走动声。

哨兵带着医生穿过窄窄的过道,来到中间一节很宽敞的车厢里。里面很安静,而且非常整洁。几个着装讲究的人正在这节车厢里工作。在医生看来,曾在这个地区显赫一时的军事专家的指挥兼起居的地方完全不应该是这样的,和医生想象的完全不同。

不过,他的活动中心应该不在这里,而是在前面靠近火线的司令部里面,这儿只是他的私人办公处,是个暂时的宿营地。

所以这里才显得这么安静,有点像海滨热水浴室供人休息的走廊,走廊的地面上铺满了软木和小块地毯,服务人员都穿着软底鞋走在上面,悄无声息。

车厢中间的单间原来是餐室,现在也铺上了地毯,加上几张桌子就变成了一个临时办公的地方。

"马上就可以了。"靠门口的一个年轻军人说了一句。这句话说完后,房间里的另外几个人就都认为可以不用再理会医生了。那个年轻的军人漫不经心地摆了摆头,示意哨兵可以走了,哨兵就拖着步枪,任凭枪托在走廊上的铁框子上碰得叮当直响。

医生一进门远远地看见了自己的证件。它被放在最远的一张桌子的边上,桌子后面坐着的是一个年纪偏大,派头有点像上校模样的军人。他是一个军事统计员。他一边小声地叨念着,一边查阅资料、看军用地图,比比画画地剪贴着什么。随后,他依次扫视了每一扇窗子,然后说:"今天会很热的。"他这个结论似乎是在查看了所有的窗子后才得出来的,只看一扇窗户还不行。

一个军事技术员在几张桌子间的地板上爬来爬去,正在检修已经坏了的电线。当他爬到一位年轻军官桌子下面的时候,年轻军官连忙站起来,免得碍他的事。旁边是一位身穿草绿色男士制服上衣的女打字员,她正在吃力地用一架坏了的打字机打字,滑架总是在一边卡住。年轻军官忙跑到她后面,从上面弯下身帮她找原因。那位军事技术员这时也爬到打字员跟前,从下面查看扳手和传动装置。那位上校模样的军官也起身过来,一时间所有的人都在为这架打字机忙活。

看到这情况,医生安心了不少。这些人比他自己更清楚他的命运,很难想象他们会在一个他们想要处决的人面前还能如此专心致志地处理这种琐事。

"哎,不过也难说,谁知道他们是怎么回事?"他不禁这样想,"他们怎么能这么不在乎?周围炮声不断,随时随地都有人丧命,他们却在谈论今天的天气,根本不管前线激烈的战斗。也许是司空见惯了,什么都不觉得了吧?"

因为无事可做,他就站在原地,透过窗口望着窗外的景色。

29

列车的这一侧,可以看见很大一部分铁路线路,再过去就是坐落在小山上的车站,车站就位于和它同名的拉兹维利耶地区的城郊。

铁路和车站之间架着一条没有上过油漆的木质天桥,木桥的转弯处有三个小平台。

从列车的这边放眼望过去,铁路的尽头已经成了废机车的堆放场。没有煤水车的老式蒸汽机车像是大酒杯或皮靴筒,它们烟筒对着烟筒胡乱地停在一堆堆破损的车厢当中。

这废机车的堆放场和城郊的墓地,以及铁路上那些奇形怪状的废铜烂铁和郊区一片片生锈的屋顶、招牌,在清晨的阳光里汇合成一种凄凉破败的景观。

在莫斯科的时候,尤里·安德烈耶维奇很难意识到那些很体面的房屋会被大量的招牌所遮挡。但是这儿的情景却让他想到这一点。招牌尺寸非常大,以至于站在火车上也能清楚地看清上面的字。它们悬挂在倾斜的房屋窗前,矮小的房子被遮在下面。这景象就如同乡下孩子的头上戴着父亲的帽子。

这时候,雾已经完全消散了,只是在远处东边天空的左侧还留着一片残雾。不过就连那一部分残雾也动起来了,像舞台上的帷幕被拉开了。

在距离拉兹维利耶三俄里远,比这个地区地势更高的山上,出现了一座很大的城市,不知是区中心还是省城。阳光给它镀上一层金黄,远远看去,感觉非常模糊。整个城市一层层像阶梯一样贴在山坡上,就像廉价木版画上的隐僧修道院——房子上面还有房子,街道上面还有街道,在城市的最中间是一座尖顶的教堂。

"尤里亚金!"医生激动地想,"这是安娜·伊万诺夫娜生前常常谈起的地方,安季波娃护士也总提到!这个地方我已经听熟了,却没有想到是在这种情况下第一次见到它!"

这时候,那几个低头摆弄打字机的人的注意力被窗外的动静吸引过去了。他们都扭过头朝那边看去。医生的视线也跟着看了过去。

天桥上,几个俘虏或者是罪犯被带着走过去,其中有一个是头部受了伤的中学生。伤口虽然已经包扎好了,但是血还是不断地从纱布里渗出来。他不时用手去擦，擦得黑黑的、汗涔涔的脸上布满了血痕。

中学生走在队伍的最后，左右是两个红军士兵，他那张英勇的脸上流露出坚决的神态。如此年轻就是叛乱分子，这惹得众人不禁起了怜悯之心，他和押送他的两个人那些反常的举动也不断吸引着大家的关注。他们一直在做着一些不应该做的动作。

中学生戴的帽子时不时从头上缠的纱布上往下滑。但是他却不把帽子摘下来，反而不顾对伤口的伤害，往下戴得更紧，两位红军士兵也常常主动帮他这么戴。

这一反常态的荒唐做法好像有某种象征意义，即便它并没有象征着什么，医生还是禁不住想要跑上楼梯去拦住这学生，同时想要告诫他的话几乎就要脱口而出。医生情不自禁地想要向这学生和车里所有的人大声呼喊，让他们知道，拘于形式是没有出路的，摆脱形式的束缚才是该做的。

医生把目光从窗口移过来。迈着矫健的步伐走进来的斯特列利尼科夫来到了车厢的正中间。

医生见过的人可以说是不计其数，为什么之前偏偏不曾见过显得这般突出的人呢？并且两人之前居然都没有机会相逢？他们间的生活竟各不相干？

没有任何缘由地，他马上就感应到，这个人就是意志最完美的化身。他的境界几乎到了尽善尽美的地步，他身上展现的一切都具有典范性：匀称的身材，挺拔的身姿、轮廓优美的头型和穿着高筒靴的两条长腿；哪怕是那双皮靴已经沾了些许泥污，但是穿在他脚上还是非常得体；穿着的那件灰呢制服可能有些皱，但却让人感觉平整，非常完美。

这是天性的流露，绝无矫揉造作的仪态，在任何处境下都有着惊人的征服力。

这个人一定拥有某种特殊的才华。虽然不是出类拔萃的，但是这种才华在他的一举一动之中展现得淋漓尽致，于是成了人们学习的榜样。他可以成为历史上的英雄，可以担当战场上或城市动乱中的风云人物，或者声名显赫的权威、敢为人先的先驱者。总之，非此即彼。

出于礼貌，他并没有对一个陌生人的忽然出现表现出任何惊讶或拘谨的意思，相反，倒像是把医生当作他们中的一员。他说：

"告诉大家一个好消息。咱们把他们打跑了。这好像是一场战争游戏，根本不算是真正的作战，因为他们和我们一样都是俄国人，只是他们迷失了方向，所以我们不得已用战争打醒他们，让他们认清现实。他们的司令官曾经是我的朋友。他也是无产阶级，我们是在一个院里长大的。这一辈子他对我帮助很多，我是欠了他人情的。但是我更高兴的是把他赶到河对岸去了，也可能更远一些。古里扬，快把电话线接好。不能总是用信件和电报。天气真热，你们不觉得吗？好歹睡了一个半小时。啊，对了……"他忽然想起被扣的人还站在这里，转向了医生。正是因为这件小事才将他喊醒。

"是这个人？"斯特列利尼科夫用探询的目光从头到脚打量着医生，心里在想，"一点也不像，这些笨蛋！"他微笑着对尤里·安德烈耶维奇说：

"对不起，同志。他们把您当成了另一个人了。我们的哨兵抓错人了。您可以走了。您的证件在哪里？好，这是您的证件。对不起，让我顺便看看。日瓦戈……日瓦戈医生……来自莫斯科……咱们走，还是请您到我房间坐一下吧！这是秘书处，我在旁边的一个车厢里。请吧，不会耽误您很长时间。"

30

这个人到底是谁？他是莫斯科人，大学毕业后就去外省教书，一参加战争就成了俘虏，长期没有音信，一度被认为已经牺牲了，这样一个党外人士竟能被提拔担任这样的职务，而且还站稳了脚跟，真是一件奇怪的事。

童年时期的斯特列利尼科夫在进步的铁路工人季韦尔辛家里住过。正是因为季韦尔辛推荐了他，并为他作了担保，那些负责人事的领导才对他很信任。在局势混乱和偏激观点日益盛行的日子里，斯特列利尼科夫那十分激进的革命性显露了出来，并且表现出无与伦比的真诚与狂热，而这种狂热并非模仿别人，是他特有的，也并非偶然，是个人生活所孕育的。

斯特列利尼科夫的确没有辜负人们对他的信任。

最近一段时期，他打胜了在乌斯特汉姆金斯克和下开尔密斯发动的战役，镇压了古巴索夫的农民武装反抗粮食征收队的暴乱和大熊洼车站第十四步兵团抢劫粮食的事件。他还解决了土尔卡图拉市的拉辛派士兵武装倒戈投靠白卫军，以及奇尔金河口码头发生的武装暴乱、忠于苏维埃政权的指挥员被杀等几件事。这些都是他所取得的辉煌成绩。

在所有的这些事件中,他都是以迅雷不及掩耳之势展开行动,认真地分析和判断,迅速、冷酷、毫不留情地解决了问题。

在整个边区,他的列车所到之处,逃兵的现象均被遏制。对征兵机构的监察工作也很快面貌一新。红军的征兵工作顺利展开,新兵接待站也是热火朝天。

前不久,白党分子对北边进攻,局势十分危急。上级又让他充当救火队员,把有战略性、战役性的军事行动交给他,他一接手,局面就立刻改观。

斯特列利尼科夫也知道,有人给他取了个外号"枪决专家"。他对此淡然处之,一点也不害怕。

斯特列利尼科夫出生在莫斯科,是一个工人的儿子。他的父亲参加过一九〇五年的革命并因此而遭受厄运。由于他年幼并且没有参加革命运动,所以逃过一劫。后来他上了大学,因为出身贫寒所以他更加珍惜学习的机会。当时那些富家学生所掀起的热潮,他并没有参加。大学毕业后,他已经掌握了渊博的知识,除了所学的文史专业外,他还自学了数学。

依照法律,他本可以免除军役,但是他自愿应召入伍奔赴前线,以准尉的军阶被俘。后来一九一七俄国爆发了革命,他知道后就逃回了祖国。

他拥有的两个特点及两种激情使他异于常人。

他的思路清晰准确,富有正义感并且拥有高尚的道德品质,感情炙热而又懂得感恩。

然而他还缺少应付突发状况的思考力,不善于利用意料之外的新发现去推翻原来严谨却空泛无益的设想。

此外,他的原则性还缺乏内在的非原则性,只了解个别与局部,不懂得还有普遍与一般的存在,他心胸宽广就在于肯做琐碎小事。

斯特列利尼科夫从小就向往崇高和光明磊落的事业。他认为生活就是一个宏伟的竞技场,大家必须认认真真地遵守比赛规则,才能够进行夺取胜利的各种竞赛。

当他发现事实不是如此的时候,他根本没觉得是自己错了,他看待世界的方式太简单了。在内心深处他把自己那种失望的心情掩埋,后来他幻想着自己成为一个仲裁者,有朝一日能对那些肮脏做法下达判决,以此来表示他对生活的捍卫并且替它报复。

失望让人严酷起来。革命成了他思想上的武器。

31

他们来到车里,"日瓦戈,日瓦戈。"斯特列利尼科夫一直自言自语地念叨着,"这名字听起来似乎是个经商的,或者是贵族也说不定。啊,这上面写的是要从莫斯科到瓦雷金诺。奇怪了,在莫斯科的人怎么无缘无故要跑到那么偏远的乡下去。"

"就是这个意思。我们想到这样的地方去生活。偏僻而安静的地方,没有人知道我们。"

"哇,您是这个意思啊。瓦雷金诺?我很熟悉那个地方。克吕格尔家从前的工厂在那儿。您也许是他们家的亲戚?还是继承人?"

"您是在讽刺我吗?'继承人'难道还会是我吗?不过,我妻子的确是……"

"您瞧,我猜得不错吧。你是在想念白党吗?不好意思,让您失望了。您来晚啦,那些白党都被我们给打跑了。"

"您何必这样讽刺人?"

"我没有这个意思,医生。现在是战争时期,而我是军人,这是我的职责所在啊。现在逃兵也要跑到树林里躲着。你需要到安静的地方,是什么原因?"

"我负伤两次,完全获准免除兵役了。"

"您有没有教育人民委员部或者保健人民委员部开的证明,证明您是真正的'苏维埃的人',是'同情革命人士'和'奉公守法者'?现在世界已经在进行最后的审判了,亲爱的先生,您或许并非是真正有同情心和奉公守法的医生,而是启示录中那佩剑的勇士和飞禽走兽。但是我告诉过您,您是自由的了,我决不食言,但只此一次。我们还会见面的,我有预感,到时候和现在可不一样,您保重吧。"

对这种威胁和挑战,尤里·安德烈耶维奇并不担心。他回答道:

"从您那方面来说,这是可以理解的。您对我的一切看法我都明白。不过,您试图和我去辩论的这个话题,一辈子都在我心中与那个责难者不断地开展辩论,并且应该说,结果已经有了。不过几句话是说不明白的。如果我现在是自由的,能允许我不去解释为什么就离开吗?如果不行,由您处置我吧。我不想在这里辩解什么。"

他们的谈话被丁零零的铃声所打断。电话修好了。

"请接古里扬,谢谢。"斯特列利尼科夫拿起听筒,对着话筒边吹了几口气然后说。"好伙计,日瓦戈同志在这里,请派个人送一送。我不希望还出现什么误会。请给我接通拉兹维利耶肃反委员会运输局。"

只有他自己一个人待着的时候,斯特列利尼科夫往车站打了个电话：

"一个小男孩被你们弄过来了，就是那个头上缠了绷带，帽子耷拉到耳朵上的人，太不像话。对，如果需要，给他看下医生。对，要好好保护，你负责这件事情。要是他饿了，就发一份饭给他，对。喂，我还没说完呢。见鬼，又一个人的声音。古里扬！古里扬！这电话好像是串线了。"

"也许还是我以前的学生。"他心里思考着，他把要与车站通话的想法丢到一边了。"长大了以后，就变成造反分子了。"斯特列利尼科夫计算着这孩子的年龄是不是正好在自己教书、参战以及当战俘的时间刚好吻合。然后，他在地平线的背景上寻找河道上游的尤里亚金城门附近的一个地方，从车厢的窗户望过去。那里是他以前的家。妻子和女儿是否还在那个地方呢？如果可以真想立刻就到那边去看看！不过那只是一种想象，不是吗？那完全是不现实的生活。如果那种生活要继续下去的话，这种新的人生就要被终结。这天总会在将来的某一天到来的，一定的。只是，究竟要等到何时才能实现？

日瓦戈医生(下)

【苏联】帕斯捷尔纳克 ◎ 著
舒莎 郑明生 ◎ 译

第八章 抵达

1

　　日瓦戈一家乘坐火车在此地停靠,虽然此时火车还停在倒车线上,但其他几列火车正好把它挡住了,这让人觉得在这个早晨,他们与莫斯科的联系似乎突然中断了。

　　与在首都生活的人相比,这里的人彼此之间更加了解。尤里亚金至拉兹维利耶铁道已经被红军部队封锁起来,附近的人都被撵走了,不过当地郊区的乘客还是能神不知鬼不觉地钻到铁路边,也就是他们说的"捡漏子"。他们挤进车厢,把取暖货车的车厢塞得满满的,铁轨旁也有人走来走去,还有人站在车厢门口的路基上。

　　他们都是一些熟识的人,隔得老远就互相打起招呼来,赶上去彼此寒暄。他们的衣着、谈吐和首都的人不一样,饮食、生活习惯也不同。

　　真想知道他们何以为生,靠什么来充实精神生活,怎样应对困难,如何逃避法律的制裁?

　　很快,答案就会以最生动的形式呈现了。

2

要么拖着步枪,要么把步枪当手杖的那个哨兵陪着医生返回自己的列车。

天气闷热,铁轨和车厢顶被炙热的阳光暴晒。有些汽油染黑的地面,经过太阳一照泛着黄光,反射出的光芒像是镀了一层金。

沙土地哨兵的枪托划过一道长长的印记,中途碰到枕木就发出砰砰的声音。哨兵说:

"天气不会再有太大的变化了。是时候播种春麦、燕麦和黍子了。要是种荞麦就还早了点。在我们家乡要到阿库林娜节①才开始种荞麦。我们不是本地人,我们是唐波夫省的马尔山人。唉,医生同志!内战真是害人不浅,要不是因为它,这个季节我还用得着在他乡消磨时光?内战把我们各个阶级之间弄得鸡犬不宁。你瞧,它都干了些什么呀!"

3

车厢里的人探出身子来,伸出手想扶医生上车。"谢谢,我可以自己上去。"尤里·安德烈耶维奇婉言谢绝了。他双手抓住车门往上一拉,就跳到车厢上了,顺势抱住妻子。

"可回来啦。谢天谢地,躲过一劫。"安东尼娜·亚历山德罗夫娜反复说,"不过,我们早就知道无论什么时候你都能化险为夷,今天也不算是新鲜事儿了。"

"怎么就不是新鲜事儿?"

"我们可都知道了。"

---

①阿库林娜节:俄国民间荞麦节。

"你们怎么知道的?"

"哨兵说的。如果我们收不到一点消息,那怎么能挨得住?就算是这样,我和爸爸还是急得快发疯了。你瞧,他现在可算是睡着了,睡得这么沉,激动得倒头便睡,变成一堆木头似的,怎么推也不醒。有几个新乘客上车了,我来给你介绍一下吧。你知道大家都在议论什么吧?整个车厢的乘客都祝贺你平安归来。这就是他!"她突然转换话题,扭过头去,向一个刚挤上车的旅客介绍自己的丈夫。因为车厢太挤,他一下就被拥到车厢的里头。

"桑杰维亚托夫。"新乘客从那边自我介绍道,在那边拥挤的人群头顶上举起了一顶软帽,这人试图穿过人群,挤到医生这边来。

"桑杰维亚托夫。"尤里·安德烈耶维奇默念着。"这名字让人想起的形象是旧俄罗斯风味的——身材魁梧,长着大胡子,穿着腰部带褶子的外衣,束着金属装饰的皮带。可这人却留着卷发,里面露出银白色的发丝,一撮山羊胡子。活像艺术爱好者协会里的人。"

"怎么样,没被斯特列利尼科夫吓到吧?您跟我照实说。"

"没有,为什么会吓着呢?他说话很严肃。看上去就像是个有魄力有影响的大人物。"

"那当然。我对他也略知一二。他是你们莫斯科人,不是我们本地人。正如我们这里的时髦东西一样,都是从你们首都那边出现后,我们才跟随的。我们自己的脑袋可无法造出这些新名堂。"

"这是安菲姆·叶菲莫维奇·桑杰维亚托夫。尤拉!他是个百事通。他知道你,还知道你父亲,也认识我外祖父,他什么人都认识的。"安东尼娜·亚历山德罗夫娜神情冷漠地随口问了一句,"当地的女教师安季波娃您大概是认识的吧?"桑杰维亚托夫含

糊地回答道:"您问安季波娃干什么?"他们俩的对话尤里·安德烈耶维奇听见了,但他没插话。安东尼娜·亚历山德罗夫娜继续说:

"安菲姆·叶菲莫维奇是布尔什维克。要小心点,尤拉,跟他在一起要多长点心眼。"

"真的?真是出乎意料。他看起来还有些演员的架势呢!"

"我父亲曾经是旅店老板,有七辆三套马车跑生意。但我念过大学,是个名副其实的社会民主党党员。"

"你听见了,尤拉,安菲姆·叶菲莫维奇都在说些什么!顺便提一下,您别见怪,您的名字和父称叫起来真拗口。好啦,尤拉,我就告诉你吧。我们很幸运。尤里亚金站我们是不能通行了。城里起火了,桥也被炸了,没法过去。我们只好绕到与这条铁路相连的另一条支线上,正巧是我们要去的托尔法纳亚就在那条路线上!不用转车,也没有必要提着东西穿过这座城市,从这个车站赶往下一个车站。在火车启动之前,一下叫我们往这边,一下又叫我们去那边,真把人折腾惨了。还要转好几次车我们才能到达。这都是安菲姆·叶菲莫维奇告诉我的。"

4

安东尼娜·亚历山德罗夫娜没猜错。火车不但重新挂了车厢,还添加了一些新的,在排满火车的轨道上移来移去。因为同时也有其他的火车在行驶,所以他们坐的这趟火车花了老半天时间也没有进入到辽阔的原野上。

从远处看，山坡将城市的一半都遮住了。只有屋顶、工厂烟囱顶、树立在钟楼顶上的十字架零散地显露在地平线上。郊区的某处正在起火。风刮起阵阵浓烟，像马鬃似的从天空中飘过。

医生和桑杰维亚托夫坐在取暖货车最靠近车门的地板上，将腿随意地垂在车门外。桑杰维亚托夫的一只手指着远方，向尤里·安德烈耶维奇不停地解释着什么。火车发出的巨大的轰隆声淹没了他们的谈话声，让人很难听清他到底说些什么。尤里·安德烈耶维奇只好再问一遍。安菲姆·叶菲莫维奇把脸凑过去，对着他的耳朵使劲地叫喊，把之前说的话再重复一遍。

"被点着的地方叫'巨人'电影院。那里是一个士官驻扎地。不过他们早就投降了。要么就是战斗还没有完全结束。那些钟楼上的黑点你看到了吧。那是我们的人，他们正在清理捷克人呢。"

"我什么都没有看到。您的眼睛怎么这么好？"

"正起火的是一个手工作坊区——霍赫里基区，旁边是柯洛杰耶夫商业区。我们的旅馆就在那附近，所以我才这样关注。看样子火势并不是很大，还不至于烧到市中心。"

"您再讲一遍，我听不到您说的。"

"我是说市中心有大教堂、图书馆。我们桑杰维亚托夫这个姓氏，是圣·多纳托的俄文译音。听说我们是杰米多夫家族的后代。"

"我还是一点也听不清。"

"我说桑杰维亚托夫就是圣·多纳托的译音。听说我们是杰米多夫家族的后裔。圣·多纳托·杰米多夫公爵可能是我们的先祖。不过也许是无稽之谈，这只流传在家庭里罢了。这地方叫下斯皮尔金，到处是别墅和供人游玩的地方。不过这地名听起来有些怪怪的，你说呢？"

他们眼前是一片辽阔的原野。纵横交错的铁路从不同方向把原野分割开来。一根根的电线杆向后疾驰而过，不一会儿便消失在了天边。铺满了石头的宽阔公路向远处蜿蜒伸展，好像存心要与铁轨一比风姿。时而在地平线的尽头隐没，时而在拐弯的地方摆出一道弧线出现在你眼前，接着又消失了。

"我们这里的这条公路是很有名的，它横穿了整个西伯利亚。苦役犯的歌里所赞扬的便是它。现在它的沿途都是游击队的据点。总的说来我们这儿还是不错的，你会慢慢习惯的。城里的新奇事儿您一定会有兴趣。比如说，那些设在每个交叉口的公用供水所，到了冬天那里就是妇女们的露天俱乐部。"

"我们没计划住在城里。我们要去瓦雷金诺。"

"我知道。您的妻子和我说过了。城里和乡下其实都差不多，有些事还是需要进城办的。我一眼就认出她来了。眼睛、鼻子、额头简直和她的外祖父克吕格尔一模一样。我们这里的人对克吕格尔的印象很深，人人都记得他。"

原野尽头是几座高大的用砖砌的圆形油库，表面泛着红光。高耸的柱子上挂着各式广告牌。其中有一幅竟两次进入到医生的眼帘，上面写着：

莫罗与韦钦金公司。销售播种机和脱粒机。

"这家公司本来是很不错的。专门生产质量精良的农业机械。"
"我听不清，您说什么？"
"我说的是这家公司。公司，明白吗？它生产农业机械。是一家股份公司。我父亲也曾经是一名股东。"

"您刚才不是说他是开旅店的吗?"

"是的,也开了旅店。但这并不妨碍他其他的投资啊。他的眼光真不赖,总是把钱投入能赚钱的企业。'巨人'电影院里他也占有一些股份。"

"听起来,您好像以此为荣?"

"您的意思是我以父亲的精明能干为荣?那是肯定的了!"

"那你们的社会民主党会如何看呢?"

"得了吧,这不关他们的事,同他们有什么关系?从来没有一个地方说过,信奉马克思主义就意味着要成为毫无主见的窝囊废。马克思主义是真正注重科学和实践的学说,是一门研究历史的哲学。"

"马克思主义怎么会是科学呢?同一个彼此并不是很了解的人辩论这种问题还是太草率了一些。但不管怎么说,马克思主义作为一门科学显得浅薄了一些。科学要严谨得多。马克思主义是否真的具有客观性?在我看来,马克思主义是一个有点闭塞和脱离了现实的学派。每个人都以实践经验来验证自己的思想,而当权者只会全力宣扬自己永不犯错的神话,而又想方设法地背离真理。事实上,什么东西也不可能通过政治途径来告诉我们。我不喜欢对真理无动于衷的人。"

在桑杰维亚托夫看来,医生的这些话就是一个尖酸刻薄的人所讲的奇谈怪论。但他只是笑了笑,没有把医生的话顶回去。

火车又开始倒车了。当火车快要到出站的道岔时,一位腰带上系着盛牛奶的铁桶的女扳道员将毛线换了一下手,俯身扳动出站道岔的圆盘，让火车又退了回来。当火车慢慢向后移动时，她便直了直身子，冲着火车挥动着拳头。

桑杰维亚托夫还以为她这个拳头是冲他来的。"她这是给谁看呢？"他寻思着，"有点面熟。不会是通采娃吧？有点像，我什么时候招惹过她啊？不一定就是她。她没这么老。可这和我有什么关系呢？俄罗斯母亲正在发生剧变，铁路系统也杂乱无章，这个可怜的人生活不如意，难道认为这是我的错，所以向我挥拳头？去她的，犯不着为她伤脑筋！"

女扳道员最后挥了挥小旗，大声地向司机打了几声招呼，便打信号旗让列车通过了。当第十四节取暖货车从她身旁驶过时，她向坐在车门口地板上的让人讨厌的非常无聊的两个人吐了吐舌头。桑杰维亚托夫旋即被带入了沉思中。

5

正在燃烧着的城市郊区、桶形的蓄油罐、电线杆和广告牌都一一闪过并消失在远方，出现在眼前的是另外一番景色：一片片的小树林、一座座山冈以及蜿蜒于山冈上的公路。此时，桑杰维亚托夫说：

"站起来活动一下筋骨吧。我马上要下车了。到下一站您应该也到了。当心点，可别坐过头了。"

"这一带您应该非常的熟悉吧？"

"熟悉，当然熟悉啦，方圆一百里就没有我不知道的地方。我在这一带当了将近二十年的律师，常因为各种案子而各处奔走。"

"现在还在做这些业务吗?"

"是啊。"

"目前手上有什么样的案子呢?"

"很多,要什么样的案子,就能有什么样的。比如说没有办妥的旧合约和一些纠缠不清的买卖纠纷,堆积如山,多得不得了。"

"难道这类活动还没被废除吗?"

"名义上是废止了。可事实上还是同时存在着很多互相排斥的事情。既然企业要国有化,燃料也要归于市苏维埃,就连省国民经济委员也需要兽力牵引的交通工具。但所有人都还得过日子啊。理论与实践是分离的,这就是当前过渡时期的特点。所以,当下非常需要一批如同我这种性格的、并且精明又能干的人。那些与他们背道而驰的人,抓住大把钱之后就什么都不管了。正如我父亲所说的那样,有时也得挨嘴巴。现在差不多半个省的人都得靠着我过活了。我还要为了办理木材供应的事到你们那儿去一趟。肯定的,要去你们那就必须要骑马,可我仅有的那匹马腿瘸了。不然的话我怎么会坐这破车晃荡。真不像话,瞧这慢劲儿,还敢说自己是火车呢!您要到瓦雷金诺去的话,没准有用得到我的时候。米库利钦家的人,没有我不了解的。"

"您知道我们这次来的目的和打算吗?"

"大概了解一些,看得出来。你们有对田园生活的向往,有想靠着双手养活自己的理想。"

"怎么啦?你好像不太赞成?你有什么不同的意见吗?"

"这种愿望太天真了,太具田园般的诗意了。非得去那儿吗?愿上帝保佑。可我不相信。有点过于乌托邦了,几乎都是手工业的生产方式呢。"

"米库利钦会如何对待我们呢？"

"拿鸡毛掸子把你们轰走，压根儿就不让你们进门。这样做并不是完全没有道理的。他那儿就算没有你们也够乱的了，不如意的事一件接一件——工厂倒闭了，工人们都散伙了，就连起码的生计都很成问题，吃的东西也没有。可是你们突然来了，真是岂有此理，就算他把你们都杀了，我也会站出来替他做无罪辩护的。"

"瞧，您虽然是布尔什维克，可是您也承认这并不是真正意义上的生活，而是一场史无前例的荒诞不经的梦。"

"当然。但这是历史必然的阶段，是发展的必经之路。"

"为什么是必然的现象呢？"

"怎么啦，您是个没长大的小孩还是故作天真？难道你是从月亮上掉下来的？那些饿鬼和寄生虫骑在忍饥挨饿的劳动人民的头上，直到把他们逼向死亡的深渊，这样的事情还要长存吗？还有更多其他的凌辱和暴虐的方式吗？人民对此非常愤怒，他们要求正义、寻求真理，这些不都是很容易理解的吗？您是不是觉得在杜马里通过议会制，这一切都会发生改变？不通过专政手段就能根本摧毁旧制度？"

"我们说的完全不是一码事，这样下去的话，就算辩论几百年也不会有结果的。我非常拥护革命，但我现在觉得暴力并不能真正给我们带来什么。应该以善意来引导更多的善，但我们讨论的问题根本不是这回事。再回到米库利钦身上，如果我们将面对的是那样的处境，那我们又何必去呢？我们应当打道回府才对。"

"真是可笑。首先,难道只有米库利钦家的窗子才能透出光芒吗？

其次，米库利钦是一个善良至极的人。一阵大吵大闹后，也有可能是死也不会答应，但接下来他的心就会软下来。他会毫不吝啬地和你分享他的东西，他甚至可以把身上的最后一件衬衣脱给你，和你分食仅有的面包皮。"于是，桑杰维亚托夫便讲了更多的情况。

6

"二十五年以前，米库利钦刚从彼得堡来到这里，那时他还是一名工学院的大学生，他在警方的监督下被遣送了过来。到了这里他便当了克吕格尔的管家，并结了婚。那时通采娃四姐妹都还在我们这儿，她们比契诃夫的作品里还要多一个。阿格里平娜、叶夫多基娅、格拉菲拉和西拉菲玛，父称是谢韦里诺夫娜。她们是所有尤里亚金学生的追求对象。人们通常用父姓称呼这四位姑娘，或干脆将她们的名字念成谢韦良卡。米库利钦娶的便是谢韦良卡的大小姐。

"没过多久他们的儿子便出世了。出于对自由思想的崇拜，爸爸糊里糊涂地给小男孩取了一个奇怪的名字：利韦里。他们平时都叫他利夫卡。这位利夫卡很顽皮，但同时又非常聪明，在很多方面都表现出非同一般的才能。在他十五岁那一年，战争爆发了，于是他把出生证上的年龄改大了一些，如愿地当上了兵，上前线去了。他的母亲本来就有些体弱多病，这个无法承受的打击让她一病不起。前年冬天，在革命的前夕，她死了。

"等到战争结束了，利韦里也回到了家乡。此时的他是一个什么样的人呢？他是一位身佩三枚十字勋章的准尉英雄，同时也是一个被从前线调派回来做宣传工作的布尔什维克的忠实代表。之前您听说过'林中兄弟'吗?"

"不好意思,我没听说过。"

"这样的话讲起来就有些乏味了。效果要大打折扣。那您也不必往公路上打量了。这条路有什么值得关注的地方呢?眼下这路被游击队给占了。游击队是一些什么样的人呢?是内战中的骨干分子。两个方面的因素促成了这支力量。一是取得革命领导权的政治组织,另一部分是战败后不愿服从旧政权的底层士兵。这两股力量联合在一起便产生了游击队。它的人员构成非常复杂,大部分是中农。此外还有些各色各样的人物,有贫农、被驱出教门的教士、同家庭对立的富农子弟、无政府主义崇拜者、不明身份的乞丐、从中学就被开除的大龄青年、希望获得自由和返回家乡的德、奥战俘。这支人数众多的人民军队中,由利夫卡,即利韦里·阿韦尔基耶维奇,也就是阿韦尔基·斯捷潘诺维奇·米库利钦的儿子所领导的队伍叫'林中兄弟'。"

"您说的都是真的?"

"确实如此。让我接着说下去吧。在妻子死后,阿韦尔基·斯捷潘诺维奇又再婚了。新妻子叫叶连娜·普罗科洛夫娜,也叫列诺奇卡,她中学还没毕业就被生拉硬扯地弄到教堂成了亲。她本性单纯,本来就年轻,还刻意打扮得更年轻。整天叽叽喳喳的,表现得像一个天真无邪的傻丫头,极像一只小云雀。一见到谁,就忙着出题来考人'苏沃洛夫是何年诞生的''三角形相等的条件是什么',当你被她难倒而不知所措时,她就变得非常高兴。隔不了几个小时,您就能亲眼见到她了,您可以亲自验证一下,看我讲的对不对。

"米库利钦本人倒有另外的特点:时刻叼着烟斗,说话的时候喜欢咬文嚼字。什么'绝不迟疑片刻'啦,什么'务须''鉴于'啦,这些都是他的常用词。可以让他大展宏图的应该是大海。他学的专业是造船。从他的外表和习惯等方面还可以发现相关的痕迹。刮得干干净净的脸,整天叼着烟斗,说话时慢吞吞的,从他嘴里说出的字仿佛是从牙缝里挤出来的一样。当然他是一个和蔼可亲的人。如同所有酷爱抽烟斗的人一样,下巴显得有些外突,一双灰色的眼睛给人一种冷漠的感觉。哎,差点忘记了两个细节:他是社会革命党成员,并且还是立宪会议的地方代表。"

"这可不是寻常的事。他们父子俩岂不是水火不容,因政治变成了针锋相对的敌人?"

"看起来确实如此,但实际上绿林好汉并不和瓦雷金诺为敌。您还是让我接着往下说。通采娃的几个姐妹,也就是米库利钦的小姨子们,至今仍没出嫁,都成老姑娘了,全都住在尤里亚金。只是时代不同了,这些姑娘们也变得不同以往了。

"姐妹中最大的叶夫多基娅·谢韦里诺夫娜在市图书馆当管理员。是一个皮肤黝黑的可爱又非常羞涩的姑娘,常常无缘无故地就像芍药一般满脸通红。阅览室里安静得出奇,就如同置身于坟墓一般。而她又得了慢性鼻炎,打喷嚏时一连二十多个,这让她羞得很,恨不能找个地缝钻进去。能有什么办法呢?她的神经过于敏感了。

"老二格拉菲拉·谢韦里诺夫娜是四姐妹中最出色的。性格泼辣而又非常能干,什么活都肯干。大家都众口一词认为游击队的队长利韦里非常像她。你刚看到她在缝纫组干活或者在织袜,但转眼间她又变成了理发师。不知道你刚刚有没有注意到尤里亚金铁路上那个向我们挥拳头女扳道员？我当时还以为派格拉菲拉又看守铁路去了。不过那个女人好像不是她，看起来太老了。

"最年轻的西拉菲玛——她是家庭的麻烦制造者。很聪明，有学问。她读的书很多，喜欢钻研哲学，喜爱诗歌。革命的年代到来时，人们的情绪变得格外高涨，在到处可见的街头游行、广场演讲的影响下，她有些精神失常了，成了一位宗教狂热分子。就算姐姐们上班的时候把门锁上，她还是要从窗口跑出来，跑到大街上召集人群，宣传耶稣再次降世和世界末日的思想。

"哎，我只顾说话了，都要到站了，您还要再坐一站，准备收拾一下东西吧。"

等安菲姆·叶菲莫维奇下车后，安东尼娜·亚历山德罗夫娜说道：

"我不知道你有什么想法没有，依我看来，这个人是命运安排给我们的。我觉得他将在我们的生活中起很大的作用。"

"是的，非常有可能，东尼娜。但令我担心的是人家会将你认出来，你和你外祖父太像了，而且这儿的人对他好像还留着很深的印象。比如说斯特列利尼科夫吧，我刚提到瓦雷金诺，他马上开始不怀好意地插嘴道：'瓦雷金诺，克吕格尔的工厂？你不会是他的亲戚吧？难道是继承人？'

"我担心我们在这儿比在莫斯科还惹人注目，我们是为了逃避别人的关注才从莫斯科离开的。不过现在也没有其他的办法了。俗话说'脑袋都掉了，还用得着担心头发吗？'但最好不要过于抛头露面，尽量隐藏自己的身份，少和别人来往。我有一种不祥的预感。将他们都叫醒吧，把东西都收拾好，系紧皮带，准备下车了。"

7

安东尼娜·亚历山德罗夫娜站在托尔法纳亚车站的月台上,不断地清点着家里的人和行李,生怕将什么东西落在了车上。她觉得踩在脚下的是被人踩得非常结实的月台沙地,但害怕坐过站的那份紧张的心情仍没消失,尽管她看到火车一动不动地停在她面前的月台旁边,但耳中还响着火车行驶时的轰隆声。这扰乱了她的眼睛和耳朵,使她暂时不能集中注意力。

没有下车的旅客从取暖货车上向她道别,但她没有注意到。她甚至没有发觉火车已经开走,直到她看见火车开走后露出的空荡荡的第二道铁轨、绿色的田野和蔚蓝的天空时,才发觉火车已经离开了。

车站是用石头建成的。入口处的两边有两条长凳。从西夫采夫来的莫斯科旅客是在托尔法纳亚车站下车的唯一旅客。他们放下行李,在一条长凳上坐下来。

车站的寂静和洁净使刚从车上下来的人感到惊讶。看不到周围拥挤的人群,听不到嘈杂的吵架声,这让他们感到有些不习惯。在这个偏僻的地方,生活仿佛停滞在历史的长河中,落在了后面。还需要一些时间,它才能学会首都的那种野蛮风尚。

车站掩映在一片白桦林中。当火车进站的时候,车厢里的光线便开始暗了下来。微微摇曳的树梢将移动的阴影轻轻地照射在人们的脸和手上,在清洁的黄沙月台上,在屋顶和地面上,树林中的鸟鸣与车站的清幽搭配在一起显得非常和谐。那不曾夹杂着丝毫杂响的纯粹的鸟鸣,环绕着整个树林连成一片,仿佛这世界除了鸟鸣便不存在其他的声响了。铁路和公路将树林分割开来,它们被如同长袖般低垂着的茂密树枝遮盖着。

安东尼娜·亚历山德罗夫娜忽然间感到耳目一新。她对周围的一切有了全新的感知。比如鸟儿的婉转歌声,树林的清幽以及笼罩着四周的寂静。在她的心中涌出这样的话语:"我不相信我们真的能平安抵达。你知道吗,那个斯特列利尼科夫有可能只是在你面前暂时地表现出宽宏大量,把你放了,但同样的,他也可以往这儿发一份电报,下令等我们一行人一下车就将我们扣压起来。亲爱的,我不相信他们能有如此的气度。一切都是做做样子罢了。"不过从她嘴里说出来的却是另外一番话。"太美了!"周围那迷人风景让她脱口而出。除此之外她再也没说什么。接下来她的眼泪夺眶而出,让她有一种窒息的感觉,她大哭起来。

车站站长是一个小老头,听到东尼娜的哭声他就从房子里走出来。他迈着细碎的步伐跑到长凳前,把手伸到红色制服帽的帽檐前,彬彬有礼地问道:

"是不是需要一些镇静剂给这位小姐?车站药箱里有。"

"没关系的。谢谢。一会儿就好了。"

"出远门多少会有些不适应,总是提心吊胆的。这种情况很常见。再说天气太热了,简直就像到了非洲,在我们这个纬度区域是很少见的。再加上尤里亚金发生的一些事情。"

"我们在火车经过的时候,看到城里发生了大火灾。"

"如果我没猜错的话,你们是从俄罗斯来的吧?"

"是白石城来的。"

"从莫斯科来的?那这位夫人精神有些不正常就没什么奇怪的了。听说莫斯科已经变成了一片废墟?"

"有些言过其实了。不过很多的地方的确如此。这是我女儿和女婿。还有他们的儿子。这是我们家的小保姆纽莎。"

"您好,您好。见到你们我感到非常高兴。情况我多少知道一些。桑杰维亚托夫从萨克玛会车站打电话来告诉过我。他说日瓦戈医生和他的家人从莫斯科来,请多加关照。您大概就是日瓦戈医生本人吧?"

"不,这位才是日瓦龙医生,他是我的女婿,我在完全不同的另外一个行当供职,我是农学家格罗梅科教授。"

"对不起,我弄错人了。请原谅。非常高兴认识您。"

"看起来,您认识桑杰维亚托夫?"

"怎么会不认识他这位魔法师呢?他是我们的恩主和希望。没有他我们早就死了。不错,他说要我对诸位多加关照。我说一定照办,我都向他作了保证了。所以,如果你们需要马或者别的什么东西的话,我都可以帮忙弄过来。你们打算去哪儿呢?"

"我们要去瓦雷金诺。那儿离这里不是很远吧?"

"上瓦雷金诺?怪不得我总是在寻思您女儿像谁呢!您去瓦雷金诺!一下子全都明白了。眼前的路还是我们跟克吕格尔一起修的呢。我马上去张罗一下,找个引路的人,弄辆大车,好好准备准备就上路。多纳特!多纳特!先把这些行李放到候车室里去,趁着办事的时候先在那儿休息一会儿。马怎么办呢?伙计,你到茶馆里看看,问问是不是可以借匹马?好像早上我还在那儿看到瓦克赫了。说不定他还在那儿。你跟他说把四个人拉到瓦雷金诺,没什么行李。快点。夫人,我向您提一个老人的忠告。我有意没向您打听你们和克吕格尔是什么样的亲戚关系,但在这件事情上您要多加留意。不要把什么事情都告诉别人。时代变了，什么事情都得小心点。"

一听到瓦克赫的名字，日瓦戈一家不禁惊奇地相互看了看。他们还记得安娜·伊万诺夫娜在世时讲过的一个造了一条铁肠子的神话般铁匠的故事，以及当地一些其他荒诞的传说。

8

拉车的是匹刚下了驹的马，而替他们赶车的则是一位头发雪白，还有着一双大大的招风耳的老头。由于各种不同的原因，他浑身上下都是白色的，新的草鞋还没穿脏，而裤子和上衣也是一种灰白的颜色，这是由于穿的时间过久而褪色的缘故。

那小马驹就如同夜色一般乌黑，顶着一头卷曲的鬃毛，迈着还不是很结实的小腿，像只乌鸦似的在白母马后面跑着。

马车行驶在坑坑洼洼的路面上，不断地摇晃着，坐在车上的人连忙紧紧地抓住车上的木柱，免得从车上摔下去。日瓦戈一家人的内心非常宁静。他们正在驶向目的地，心中的理想也将实现。天气晴朗而美妙，傍晚前最迷人的时段，总是缓缓地不肯降临。

马车时而穿过树林，时而经过树林间的旷野。当车轮碰上树根的时候，被颠起的车使得坐在车上的人挤作一团。他们皱紧眉头，弓腰弯背地紧紧靠在一起。当大车驶过林间旷野时，他们的心灵不禁被一种辽阔之感充实着，变得振奋起来，仿佛有人帮着他们脱掉帽子向周围致敬似的。他们伸直了腰，以更舒服的姿势坐好，扭动着脖子开始欣赏起周围的景色来。

这一带是山区。每一座山都有着自己的模样。远远望去，它们那雄伟傲慢的身影将远方抹成黑压压的一片,一声不响地注视着旅途中的路人。玫瑰色的余晖欣慰地伴随着旅客穿越田野,同时也安慰着他们,给予他们希望。

一切都使他们由衷地感到兴奋和新奇,然而最让他们高兴和惊奇的是这个古怪的赶车老头,他滔滔不绝地讲着闲话。在他的言语中残存着古俄罗斯语的痕迹,同时也有着当地方言的特征,其中甚至还夹杂着的一些令人费解用语。

当小马驹被落下时,母马便停下来等它。小马驹则不慌不忙、一窜一蹦地跑过来。它笨拙地迈着四条离得很近的腿从马车的旁边经过,伸长脖子低头伸到车辕下去吃奶。

"我还是不明白。"安东尼娜·亚历山德罗夫娜逐字逐句地向丈夫喊道。马车颠得很厉害,她的牙齿不断地相互磕碰着,她不得不小心防止那突如其来的颠簸使她咬掉舌尖。

"这个瓦克赫是不是母亲说过的那个瓦克赫呢?还记得那些稀奇古怪的事吗?一次打架的时候肠子被打断了,于是身为铁匠的他为自己做了一条新的铁肠子。我当然明白这只是传奇故事,难道这就是他的故事吗?难道他就是传说中的铁匠吗?"

"当然不是。首先,正如你所说,那是个民间传说。其次,母亲说过她也是在很小的时候听到这个故事的,据说它已经在民间流传有一百多年了。我不明白你为什么这么大声嚷嚷?老头听见了会不高兴的。"

"他耳朵背,什么也听不见的。就是听到了也不一定懂,他有点傻。"

"喂,费多尔·汉费德奇!"不知道老头子为什么用男性的称谓来催促这匹母马,他当然比车上所有的乘客更清楚它是一匹母马。"天真是热得要命!就如阿拉伯子孙被装进了波斯火炉炙烤!该死的畜生!快走,听到没有,混账东西!"

他突然唱起歌来了,是从前这儿的工人们编的小调:

再见吧,账房主管,
再见吧,隧道及矿场。
老板的面包我已吃腻,
池子里的水我已喝光。
天鹅掠过湖边,
身下漾起一道道波纹。
我身子摇摆不是那美酒的缘由,
而是要送万尼亚去战场。
可我,玛莎,不是傻瓜,
可我,玛莎,不会上当。
我要上谢利亚巴城,
给辛杰丘利哈当雇工啊。

"哎,马啊!你这个不知好歹的东西,上帝的恩宠你都忘了!你们瞧,它这一身烂肉,一个骗子!你打它,可它却偏偏不好好走。费多尔·汉费德奇,你到底什么时候才能走到家?这座被叫作大莽林的树林一望无边,那里面藏着农民军的队伍,喂,喂!'林中兄弟'就在前边。哎,费多尔·汉费德奇,怎么又停下来啦?不要脸的鬼东西。"

他突然回过头,盯着安东尼娜·亚历山德罗夫娜说:

"年轻的太太,你真以为我看不出你们从哪儿来的吗?你的脑子太简单啦。我要真认不出来那还不如找个地缝钻进去得了。认出来啦！我没法相信我看到的这一切，活生生像格里果夫（老头把克吕格尔说成格里果夫）。我不认识格里果夫吗？我在他家忙活了一辈子，什么样的活我没干过啊。帮忙打过矿坑柱，伐过木头，还养过马。走啊！又不动了，没长脚的东西！叫你快走呢，你没听见吗？

"你刚才问这个瓦克赫是谁，是不是传说中的铁匠？夫人，你眼睛长得挺大，怎么脑子就如此不灵光呢！你口中的那个瓦克赫姓波斯坦诺果夫，铁肠子波斯坦诺果夫，五十多年前就进棺材入土了。我们姓梅霍宁，名字一样，姓氏却不同，不是一个人。"

老头用他那独特的语言又把他们先前从桑杰维亚托夫那儿听到的有关米库利钦一家的情况细说了一遍。他将男主人称为米库利奇，称他妻子为米库利奇娜。他将管家第二个妻子叫后老婆，在谈到"第一个妻子，死了的那位"时，说她是个好女人，是白衣天使。当说起游击队的首领利韦里时，了解到他的名气并没有远传到莫斯科，莫斯科居然不知道"林中兄弟"的事迹，对此他觉得简直不可思议。

"没听说过？'林中兄弟'，真是怪事，真弄不明白莫斯科的人耳朵是干什么用的？"

天色逐渐暗了下来。乘车人的身影越来越长，始终在他们前面奔驰着。他们正在一片林中旷野中前进。路边随处可以看到木质的滨藜、飞廉和那些高高挺立的柳兰。柳兰的枝茎上面开满了穗子般的小花。这些花草的下部在落日余晖的照耀下亮闪闪的，增大了的虚影仿佛是立在稀疏田野中的哨兵，正在昂着头执行巡逻的任务。

在前方道路的尽头，原野一直伸展到一座隆起的坡地。山坡如同一堵墙一般横躺在大路上,仿佛在山的那一边会有一片谷地或溪流似的。天空就像被围墙包围着的城堡,而通向围墙大门的正是这条大路。

一幢孤零零的白色平房浮现在前面山坡的陡峭处。

"看见山顶上的那座小楼了吗?"瓦克赫问道,"那就是米库利奇和米库利奇娜住的地方。下面有一条峡谷,人们称之为舒契玛。"

那个方向传来连续的两声枪响,接着四周传来一阵阵的回响。

"怎么回事?不会是游击队吧,老大爷?枪不是朝向我们射击的吧?"

"上帝保佑!哪里会是什么游击队。那是米库利奇在山谷里开枪吓唬狼呢。"

9

刚抵达的客人在管家的院子里见到了主人。最初的场面让人十分难堪,大家首先都沉默不语,接着乱哄哄地吵成一团。

米库利钦的妻子叶连娜·普罗科洛夫娜,也就是列诺奇卡,傍晚去林中散步刚回来,走进院子。同她秀发一样颜色的金黄的斜阳紧随着她,从这棵树射到那棵树,直至穿过整个树林。她身着一身轻盈的夏装,热得满脸通红,不时用手帕擦着脸上的汗。草帽在她背上摆动着,而草帽的松紧带套在她裸露的脖子上。

背着枪的丈夫正迎面向她走去。他刚从峡谷里上来,正打算回家擦烟熏过的枪筒。刚才退子弹的时候,他发现枪有些毛病。

这时,瓦克赫突然威风凛凛地驾着一驾大马车轰隆隆地通过大门口进了院子，接着走下来一批不速之客。

亚历山大·亚历山德罗维奇飞快地从大车上跳下来，一会儿摘下帽子，一会儿又戴上帽子，吞吞吐吐地说明了来意。

主人们有些不知所措，待了好一会儿，绝不是装出来的，他们真的惊呆了，老半天都说不出话来。而几位来客看到了自己的窘境，脸上火辣辣的。这种感觉没掺杂丝毫的虚假。情况再明白不过了，不仅是当事人，就连瓦克赫、纽莎和萨申卡也非常清晰地意识到当时的尴尬。这种难堪的感觉也迅速传染给了母马、马驹还有那金色的阳光，甚至就连那些不时地围着叶连娜·普罗科洛夫娜的脸和脖子转的蚊子也感觉到了。

"我弄不清，"阿韦尔基·斯捷潘诺维奇·米库利钦终于打破了沉寂，"不明白，一点都不明白，而且永远也弄不明白。我们南方，是白军占领地区，你们为什么偏偏瞧上了我们这儿，何苦跑到这儿呢？"

"真有意思，不知道您想过没有，这对阿韦尔基·斯捷潘诺维奇来说要承担多大的责任啊？"

"列诺奇卡，你别打岔。不过，确实是这么回事。她说得不错。您考虑过没有，这对我是个多大的负担啊？"

"这是哪儿的话啊。您完全没有搞清楚我们的来意。这只是件微不足道的小事。我们决不会侵害或者打搅你们的。我们只要这破旧的空房子里的一个角落，再找一块没人要的荒地种种菜就行了。没有人的时候到树林子里弄一车劈柴。这样的要求难道过高吗？能给你们带来侵害吗？"

"不错，话虽如此，可是世界这么大，怎么就想到了我们？为什么这种荣幸偏偏就落到我们身上，而不是别人？"

"我们听说过你们，估计你们也多少了解我们一些。我们之前算不上是外人，所以我们没有打算投奔其他人。"

"噢，是因为克吕格尔，因为你们是他的亲戚？您怎么在这个时候绕着弯来承认和他的关系？"

阿韦尔基·斯捷潘诺维奇生得五官端正，头发往后梳着，走路时迈着很大的步伐，穿着一件斜领的衬衫，扎着一条带穗的腰带。这种装扮的人，像极了古时候的江湖好汉，而在现在他却像大学生。

阿韦尔基·斯捷潘诺维奇青年时代曾投身于解放运动，将自己的青春献给了革命，他唯一担心的是不能亲眼看到革命到来的那一天，或者当革命爆发时，它过于温和而不能达到他所期盼的激进的、流血的程度。如今革命来了，其激烈程度远超于他之前最大胆的设想，而他，这位天生的并始终不渝地支持着工人阶级的战士、"勇士"工厂委员会及工人监督机构的最初创建人，到最后却连一官半职也没捞到，只能待在这个荒芜的村子里。工人们早已逃散，一部分跟着孟什维克走了。这件荒唐事，这些不请自来的克吕格尔的后人们的到来，简直是命运对他的讽刺和有意地嘲弄，让他无法忍受。

"不，这实在荒唐，根本让人无法接受。您是否知道您的到来对我是何等危险，您是否明白您会使我陷于什么样的处境？我准是疯了。我不明白，怎么也不明白，永远也搞不明白。"

"我想问问，您了不了解，就算你们不来，我们都早已坐在火山口上了？"

"别急,列诺奇卡。我内人说得对。你们不来,我们就已经够糟糕的了。我们过的就是如同狗和疯子一样的生活。两头受气,毫无办法。一边责备我说'你儿子干吗当红军,当受人爱戴的布尔什维克;另一边也不满意,'怎么会把你选进立宪会议当代表'。两边都不讨好,只得挣扎于其间。现在你们又来了。被拉出去枪毙倒是件轻松的事了。"

"您这是怎么啦!冷静点!上帝保佑您!"

过了一阵子,米库利钦的气消了些,说道:

"好啦,已经在院子里嚷嚷够了,进屋再继续谈吧。不过,我是想不到会有什么好的结果,掉进了墨水缸里就算洗也洗不干净,我们不是土耳其大兵,更不是异教徒,不会将你们扔在林子里喂狗熊。列诺奇卡,先让他们在书房边的那间放猎枪的屋子里住下来再说,然后我们再考虑如何安顿他们。或许住在花园里是个不错的选择。请进!请进!欢迎光临!瓦克赫,请帮帮他们,将行李搬进来。"

瓦克赫按照吩咐搬行李,不断叹气说道:"圣母啊!他们跟出远门朝圣的人一样。所有的财产只有几个小包裹,连一口箱子也没有。"

10

夜晚一阵凉意袭来。安排客人们洗漱完毕。女人们给他们安排了房间,正在收拾床铺。萨申卡从小就习惯用他那牙牙学语的话语逗大人们哈哈大笑。为了讨大人们的欢心,他经常说得非常起劲,不过今天他却没什么兴致。他在说的时候大人们没有理睬他,也没有人被逗乐。另外,黑马驹没有牵到家里来,也让他特别失望。

随后,当大人们叫他停止嚷嚷时,他忽然大声痛哭起来。在他的世界中,他是父母从一个婴儿商店买来的,他害怕此时他们会把他当作一个不听话的婴儿送回商店去。他十分真诚地把自己担心的事情讲给他们听,虽然这件事情既可爱又荒唐但没有达到期望的效果。在别人家里时大人们有些拘束,比平时的事情还多,都在一声不响地忙各自的事情,萨申卡难受极了,就像保姆说的"发蔫了"。后来大人们喂他吃过了饭,哄了好久才让他睡下。等他睡着了,米库利钦家的女仆乌斯季妮娅让纽莎到她屋里吃晚饭,还把这个房子里的秘密告诉她。安东尼娜·亚历山德罗夫娜和男人们都被请去喝晚茶。

亚历山大·亚历山德罗维奇和尤里·安德烈耶维奇跟主人打招呼说要失陪一会儿,出去透透气。

"好多星星啊!"亚历山大·亚历山德罗维奇说。

夜色正暗。岳父和女婿虽然没离多远,但谁也看不清谁。峡谷中有一道明亮的灯光从后面住宅角落处的窗户内射出。因为这道光束,沉浸在朦胧而湿冷的树丛、树木和其他若隐若现的东西变得更加朦胧。正在交谈的人没有接触到这亮光,越发加深了身旁黑暗的感觉。

"明天清晨我就得去看看他们给安排的住房,如果确实还能住的话,我们就得立即修整。等到房子整理完毕,土地也解冻了。那时,我们就不能错过耕地作畦的时机。刚刚我好像听说他答应给我们弄点马铃薯种子来种。我没听错吧?"

"他答应了,我也听见了。我亲耳听见他说还有别的种子。

"他给我们住的地方,刚穿过花园的时候,我看见了。在什么地方您知道吗?被荨麻遮住了的,就是正房后面的那几间屋子。木头搭建的,可正房是石头盖的。当时在大车上我指给您看过的,还记得吗?要开垦那个地方可真好呢。那块地以前可能是花圃。因为从远处看觉得特别像。也可能是我看错了。那边要修一条小路才好,那块土地肥料应该是上足了的,有丰富的滋养土层了。"

"到明天再说,我还不清楚。地上杂草丛生,土地也硬得像石头。房子旁边一般都会有个菜园子。那块土地要是还空着就好了。明天去看看就都知道了。早晨会有霜冻。夜里寒气逼人。我们能顺利抵达目的地,这是多么幸运啊!就单单这一点我们就要庆贺一下。这儿很好。我很喜欢这儿。"

"这儿的人,特别是男人,很友好,女人有点装腔作势。她应该是对自己有些地方不自信,她对自己身上的某些东西充满羞愧。所以唠叨个不停,说得都是一些废话。她的行为好像急于将别人的注意力分散开来,好让别人不去看她,这样就不会对她有不好的印象。至于她忘记把帽子摘掉,也不是因为她的粗心大意,而是觉得这样背在背后,和她很搭配。"

"咱们还是回屋去吧。别在这儿待太长时间了,主人还有自己的事情呢。"

餐厅里灯火通明,吊灯下的圆桌旁,主人们和安东尼娜·亚历山德罗夫娜此刻正坐着喝茶。岳父和女婿穿过管家漆黑的书房来到了他们那儿。

书房的一面是整块玻璃砌成的落地窗户,窗外正对着一道峡谷。这里的视野宽广到可以鸟瞰远处峡谷那边的平原。当瓦克赫拉着他们从这里走过的时候天还亮着,医生就发现了这个窗口。

现在，尤里·安德烈耶维奇再次经过的时候，又被这扇大玻璃窗给吸引了。窗前摆着一张与墙同宽的桌子，像是设计师或绘图员用的。桌上横着一支枪，两边仍空着很大的地方，可见桌子多么宽大。不仅如此，华丽的陈设、宽敞的房间都让人感觉眼前一亮。当他和亚历山大·亚历山德罗维奇走到茶桌前时，立刻向主人表示赞叹：

"这儿太美了。您的书房真是一个能激励人心、使人不知疲倦的地方。"

"您要用玻璃杯还是茶杯？要淡点还是浓点？"

"尤拉，你瞧这是阿韦尔基·斯捷潘诺维奇的儿子小时候做的立体镜，真聪明啊。"

"他到现在还跟小孩似的，还不怎么成熟，别看他为了苏维埃政权从科木奇手里一个接一个地夺了很多地盘。"

"您说什么？"

"科木奇。"

"哪个科木奇？"

"是西伯利亚政府的军队，他们主张恢复立宪会议的权力。"

"对您儿子的夸奖我们每天都能听到。他是您的骄傲，您的确应该以他为荣。"

"这些也是他的作品，用自制的镜头拍摄的乌拉尔的立体风景照。"

"小饼里放了糖精吧？饼干好吃极了。"

"噢，哪有啊。这种穷乡僻壤，怎么会有糖精？白糖而已。您难道没看见我刚才从那糖罐里给您加了糖？"

"哦,我欣赏相片去了,真没注意。茶是真的?"

"花茶,这肯定是真的。"

"从哪儿弄来的?"

"往台子上铺上魔术台布,一揭开的时候想要变什么就有什么。有个熟人,是当代活动家,左派,同时是省经委会的官方代表。从我们这儿运木头到城里,因为他的关系我们能拿点米、黄油和面粉。西韦尔卡(她这样叫米库利钦),西韦尔卡,那糖罐给我一下。我问您一个问题:格里鲍耶阳夫逝世是哪一年?"

"他好像是一七九五年生,但哪一年初遇害的就不记得了。"

"还要茶吗?"

"不用了,谢谢。"

"有个问题我还想请教一下。奈梅亨和约是在哪一年签订的?分别有哪几个国家参加?"

"行啦,列诺奇卡,别折磨人啦。他们坐了这么久的火车,让人家休息一下吧。"

"现在还有件事我想知道,放大镜有多少种,它们的影像分别在什么情况下是实的、变形的,何时又是正的和倒的?"

"这么多的物理学知识您是从哪学的?"

"尤里亚金有位了不起的数学老师,他同时在两所中学教书,男校和我们这儿的女校。他讲的课非常好!简直是出神入化!无论多难的知识,都讲得深入浅出,就像将食物嚼烂了才放进你嘴里一样。他姓安季波夫。同附近的一位女教师结婚了。所有的女孩子们都被他迷得神魂颠倒,都爱上他了。他自愿入伍,就没回来,被打死了。有人说,这里的斯特列利尼科夫委员就是安季波夫。

这当然只能算得无稽之谈。不可能是真的。不过谁又说得准呢?一切皆有可能发生的。再来一杯吧。"

第九章 瓦雷金诺

1

冬季一来,日瓦戈逐渐空闲,他便慢慢在杂记本上写各种散碎的杂记。他如此写道:

夏天是多么美丽,夏天是多么美好!
它就像神奇的魔术。
试想,它能够让我们魂牵梦绕,难以忘怀,
难道毫无原因吗?

从早到晚,为了自己和家人辛勤劳动,这是一件多么幸福的事情啊!建造房屋,为了糊口去耕种。这就像鲁滨孙,或者如同创造万物的造物主。在养育我们的大地上,我们用双手建造属于自己的一片天地,让自己得以一次次地重获新生。

有多少新鲜的念头闪过你的脑海,又有多少离奇的想法蹦出你的心田。就在你的双手因繁重的体力活而肌肉酸胀时,就在你完成自己预期的任务即将欢呼雀跃时,就在你在燥热的空气中用斧头连续六小时砍木头或者拿铁锹挖土时,这些念头、想法不期而至。这些突然的思绪、临时的揣测、奇妙的联想,即使因为没有来得及记录在纸上,而转瞬即逝,也并非是什么遗憾,或许还可以称之为一种意外的收获。只知一味依赖于黑色浓咖啡和强烈的烟草的刺激,来召唤自己麻木的神经,激发可怜的想象力的城市中的隐士,永远不明白最有效果的麻醉药其实乃是出于自然的需求与强健的体魄。

我不想喋喋不休,我不会去宣传托尔斯泰的平民主义和那些通过躬耕劳作追求质朴的思想,我也不会去对社会主义的农业问题提出修正。我所想要弄明白的就是事情的真实一面,我不会把我生命当中偶然发生的事件当作命运的必然。我们所讨论的事例是备受争议的,所以无法由此得出结果。我们的经济构成十分复杂。除了像蔬菜土豆这样经济中的很小一部分由我们生产提供,其余一切都得靠其他地方支援。

在这里如果我们私自利用土地是违反法律的行为。我们违反国家政策,自作主张擅用土地。我们偷偷去树林中伐木会被视为盗窃,因为我们这样做实际上是偷盗了以前属于克吕格尔、现在属于国家的财富。米库利钦宽容我们还给我们提供保护,因为他过着的生活也和我们相差无几。但幸运的是我们距离城市很遥远,距离挽救了我们,目前城里的人对我们的所作所为还毫不知情。

我已经不再行医治病,并且刻意隐瞒了我医生的身份,这样可以不因这个身份而束缚自己的行为。但总是有住在遥远的地方的心地善良的人打听到瓦雷金诺新来了一个医生,于是风尘仆仆地赶上好几十里的路,来这里找我治病。他们总是非常友善,有的带上一只母鸡,有的带上一些鸡蛋,还有的可能带上黄油或者其他东西作为报酬。虽

然我一再推辞,拒绝接受他们给我的馈赠,可依然没有办法达成目的,

因为他们坚持认为凡是不接受酬劳的治疗是没有效果的。如此,给当地人治病给我也带来了一些收入。但是我们家和米库利钦一家最主要还是依靠桑杰维亚托夫。

我始终无法猜透,在他身上究竟蕴藏了多少矛盾。他是真诚地支持革命的,也受到了尤里亚金市苏维埃的信任。他可以利用手中所掌握的巨大职权,轻易征用并运走瓦雷金诺的木料,他完全不用跟我们和米库利钦家打招呼,而我们也根本奈何不了他。如果他想要窃取国家的财富,也可以毫不费力地装满自己的口袋,不会有人敢站出来反对。他的待遇和地位无人可比,他完全不需要向别人送人情献媚,没有人值得他这么做。那他为什么要关照我们,给予米库利钦一家还有这附近的所有人以便利呢?比如他对托尔法纳亚车站的站长就给予很多帮助。他总是四处奔波,给我们送这送那;不论是对陀思妥耶夫斯基的《群魔》还是《共产党宣言》,他总能讲得头头是道。这一切在我看来是他故意为之,如果他不让生活过得如此丰富多彩的话一定会活活地闷死。

2

过了几天,日瓦戈又写道:

我们搬到了老房子后面的两间木房。在安娜·伊万诺夫娜小时候,克吕格尔曾经把这两间屋子指派给特定的家用裁缝、女管家还有退休的保姆居住。

这两间屋子已经彻底破败了。我们很快把它修葺好,在工匠的

帮忙下，换上了新的炉子，可以连着这两间屋子。现在，烟道经过我们的修改，使整个屋子比以前暖和多了。

过去的花园，现在已经被四处丛生的荒草掩盖住了，一点花园的痕迹都找不到了。此时正值寒冬，四周一片萧条沉寂，即使有活的东西也掩盖不住这种死寂，被大雪覆盖的大地上以往的痕迹清晰地显露出来。

我们还算走运，今年秋季干燥而温暖。所以我们有足够的时间在雨季和寒冬来临以前挖出所有的土豆。我们的收成除去偿还给米库利钦家的以外，还剩余二十袋。我们把收获的土豆储藏在地窖中最大的粮仓里面，还在它上头的地面上加盖了一层干草和几条破旧的被褥。地窖里还存放了东尼娜腌制的两桶脆黄瓜和两桶酸白菜。房梁上两两一捆地悬挂着一些新鲜白菜。打算过冬吃的萝卜、甜菜、大头菜都被埋在干净的沙子里，豌豆、青豆之类的都堆放在阁楼上。草棚里储存着足够烧到明年春天的木柴。冬天地窖里充溢着暖和的气息，让我特别开心。在冬日的清晨，手提一盏微弱得似乎马上要熄灭的灯，轻轻地打开地窖的小门。门刚被打开，一股混合着根茎、泥土还有雪的气息便扑鼻而来。

当你从草棚里出来的时候，天还没有亮。开门时吱的一声，你情不自禁的一个喷嚏声，或是脚踩积雪发出的咯吱声，总是能惊起几只野兔。它们纷纷从远处的菜畦里积雪覆盖的白菜茎下跳出来，慌忙逃窜，在四周雪地上留下了一连串纵横交错又奔放洒脱的脚印。就在不远的地方，有一群狗，一只接着一只地叫着，好半天才停下。剩下来的几只公鸡已经打过鸣了，正静默不语，呆立一旁。这时候，天边就慢慢地泛起了鱼肚白。

除了野兔逃跑时留下的脚印外,在被大雪覆盖的一望无垠的荒野上,还点缀着山猫的足迹,这些小小的坑印,一个接着一个蜿蜒地分布在雪地上,好像是在认真地穿一条线。山猫走路跟家猫是一样的,脚掌连续的一个接一个,据说,它们一夜之间能够走出去好几俄里。

人们挖了很多陷阱去捉山猫,这些陷阱被称为捕兽坑。但是经常是野兔掉进了这些陷阱,山猫却很少中埋伏,等到人们把这些死在陷阱中的野兔取出时,它们已经被冻得僵硬,并且就要被雪埋掉了。

我们刚到这里时,春天和夏天两季十分难熬。农活把我们累得精疲力竭。现在冬天已经降临,到了晚上,我们能够睡个安稳觉了。我们要感谢桑杰维亚托夫给我们送来煤油,这让我们可以围坐在一起,女人们做针线活,我或者亚历山大·亚历山大罗维奇就大声地读书。家里生好了炉子,我是被大家公认的烧炉子的能手,所以就负责照看炉子。我必须及时关好风门,否则热气就会散逸。如果有没烧起的木头压着火势,我就取出来这块冒烟的木头跑到门外,使劲扔到雪地里。它如同一个火星四射的火把在空中掠过,照亮了正在沉睡的黑洞洞的花园和几块被雪覆盖的白色方形草地。木块落进雪堆里,火瞬间就灭了,发出嘶嘶的声音。

我们总是会一遍又一遍地读《战争与和平》《叶甫根尼·奥涅金》和其他的史诗,我们还读司汤达的《红与黑》、狄更斯的《双城记》的俄文本,还有克莱斯特的短篇小说集。

3

春日将近,日瓦戈写道:

我告诉东尼娜，我觉得她怀孕了。她并没把我说的话当真，但是我却对此丝毫不怀疑。虽然还没有明显的怀孕迹象出现，但是那些隐秘的先兆是难逃我的法眼。

女人的脸会产生一些变化，这种变化不一定就是变得难看。但是过去完全在她掌控之中的外表，现在就会逃离她的掌控。她受腹中宝宝的支配，而变得不再是她自己了。这时候女人的外表不受其控制会呈现出一种源自生理紊乱的形态。这种状态下女人的脸色就没有了光泽，皮肤也会变得粗糙，眼睛无法像她自己所期望的那样神采奕奕、光芒四射；她已然控制不了自己容貌的变化了，只能顺其自然。

我和东尼娜感情亲密，从未彼此疏远过。而且因为这一年来一起辛勤劳作，我们的感情反而更加深厚了。我总是很欣赏她做事的干练。她能够很好地安排各种活计，在几种活计需要交替轮换着做的时候，她总是从容不迫、毫不费时。

我总认为，怀孕对女性来说是无可厚非的、是贞洁的。

但是因为女人必须独自面对分娩，这时候就会有一种被遗弃的孤独感。在此紧要关头，男人表现得毫无用处，仿佛这一切都与他没有瓜葛。

女人把自己的孩子带到这个世界，自己则退居生存的第二位。在那里很安静，能够平安地放下一个摇篮。女人便独自一人默默无闻地谦卑地哺育着婴孩，把他抚养成人。

孩子是母亲的荣耀，每个女人都可以如此引以为傲。她的上帝就是她的孩子。伟大人物的母亲一定对这种感觉更是深有体会。但是，所有的母亲都无疑是伟大的，即使生活欺骗了她们，也不是她们的过错。

4

我们一遍遍反复阅读《叶甫根尼·奥涅金》和其他史诗。昨天桑杰维亚托夫来过,带来了很多礼物。我们点亮煤油灯,大饱口福,畅谈艺术。

我很早就认为,艺术并不是一种范畴称谓,也不是包罗无数概念以及由这些概念所派生出的各种纷乱现象的称谓,相反,它是一种狭小集中的东西。它体现着艺术作品的构成原则,体现蕴含在作品中的力量和真理。我一直不认为艺术就是一种对象或者说就是它的一方面,而我更愿意把它看作是隐藏在内容中神秘的部分。对于我来说,这如同白昼一般明确,我对它体会甚深,但是如何去表述或者形成这样的观点呢?

作品可以用各种各样的形式来表达:比如题材、论点,还有情节、人物等。但是最重要的是,它们是以存在于其中的艺术来表达。深藏在《罪与罚》这本著作中的艺术,必将是更加撼动人内心的。

原始的艺术,埃及、希腊还有我们的艺术,经过几千年的传承并没有多少改变,仍然是同一种艺术,独一无二的艺术。这是一种对人生的思考与见解,这种见解应当是一个无所不包的复杂整体,很难被割裂成散碎的只言片语。如果这种对人生的思考和见解哪怕是有一丁点儿融合进其他更加复杂的混合物,那么艺术的成分一定会成为压倒其他部分的内涵,摇身变成被描摹的事物的本质、灵魂和根基。

5

患上了轻微的感冒，伴有咳嗽，也许还发着低烧。一整天咽喉都憋气难受，嗓子里就好似堵住了一块东西。我的身体糟透了。这样的反应是因为大动脉在作祟。是从我母亲那里遗传来的病症征兆，可怜她一生都被心脏病困扰。难道事情真要如此吗？我还如此年轻，如果这一切都是真的，那么我在这人世的时间也就不会太长了。

房间里弥漫着一股淡淡的木炭的气味，还夹杂着熨烫衣服的怪味。她们正在熨衣服，时不时地从还没烧旺的火炉里取出冒着热气正在燃烧的木炭，放进盖子像牙齿一样上下磕碰得咯咯直响的熨斗里。这样的场景勾起了我的什么想法呢？我居然都无法记起。由于身体糟糕，记忆力也在不断减退。

桑杰维亚托夫给我们送来了上好的肥皂。为了庆祝此事，我们满心欢喜地大洗了一番，就连萨申卡也被遗忘在一边，两天都没有人看管照顾。我写东西的时候，他就会钻到桌底，在两条桌子腿之间的横木上面坐着，还会模仿每次来这里都会带他去坐雪橇的桑杰维亚托夫，并假装带着我坐雪橇。

等我的身体恢复了，我一定要去一趟城里，好好读一读这个地区的民族志和历史书。有人对我说，当地有几个非常不错的图书馆，曾经有很多人想给这里捐赠书籍。真的很想好好地写一些东西。时间不多了，得抓紧一些。否则，一旦春天到来。我就再没有闲暇读书和写作了。

头疼的毛病越来越可怕。就连觉都睡不好。我一晚上连续做着一些混乱的梦，但是当我迷迷糊糊地醒来时，又什么都不记得了。

这些杂乱无章的梦就像是从脑子里莫名其妙地蹦出来又逃走一样,没有留下一点踪影,只是让我突然惊醒罢了。这次我是被一个女人的尖叫惊醒的,在梦境里我听到了空中四处回荡着她的声音。于是我便记下了这个声音,尝试着在自己的记忆里还原它的主人,我一一回想我脑海里能够记起的女人,努力想要找到能够具备这样浑厚洪亮、低沉忧郁而又嗓音圆润的人。遗憾的是她们中谁也不具备这样的嗓音。之所以会如此,我想可能是我太过于习惯东尼娜的声音了,所以就连我自己的听觉都对她不够敏感了。我想方设法去忘掉她是我妻子,然后从远处悄悄听她的声音。但可惜,梦里声音的主人并不是她。这一切到底是什么原因,梦里那个莫名其妙的声音让我困惑至今。

顺便说说做梦吧。通常大家都认为夜里的梦境就是白天给你留下最深刻印象的东西。但是,根据我自己的观察,事实恰好相反。

我曾经多次发现,恰恰是白天里恍惚之间看到的东西或者那些不经意间产生的想法,还有随口说出的不被人注意的话,到了夜晚却变化成生动具体的形象回到了你的脑中,成了你今晚梦境的主题,就好像是白天的那些不经意的事物特意在晚上来惩罚你对它们的忽略一般。

6

这个夜晚晴朗却十分寒冷。夜空下的万物显得异常真切完整。大地、空气、月亮和群星都簇拥在了一起,好像被这冬夜的寒冷冻结在了一起。公园里斑驳的树影稀疏地投射在小道上,仿佛给道路雕饰了花纹。风吹摇曳，让人总觉到处有黑影不时地从小路上掠过。明亮闪烁的星星点缀在树林枝叶的空隙中，好似一盏盏青蓝色的云母灯笼。更远更小的星星就像是点缀在夏日草地上的野菊花铺满了整个夜空。

我们在夜晚继续讨论诗人普希金。认真研读第一卷中皇村中学时代的诗歌。总有这样的感叹：对于诗来说，韵律是那么的重要！在诗句很长的诗歌当中，少年阿尔扎玛斯就是虚荣心的代表。他因为不想落在成年人的后面，就用神话故事、荒诞之辞描写、故作深沉早熟来欺骗叔叔。

从模仿奥西扬或帕尔尼开始，或者说从《皇村回忆》起，年轻人就能忽然联想到《橡树城》或《致姐妹的信》或者是在基什尼奥夫写的《献给我的墨水瓶》中的短诗句，以及《致尤金》的诗韵，让人仿佛看到了未来的大诗人普希金的身影。阳光、空气、生活的喧嚣、事物、本质这些元素进入到诗歌之中，就像是穿过大街上的窗户冲到房屋里面。外在世界的事物、日用品和各种名词拥挤着霸占整个诗行，把那些模棱两可不确定的语言全部赶了出去。事物，事物，事物，它们化身为诗律排列在诗句的末尾。

这样的风格慢慢成为后来著名的普希金四步韵，成了俄罗斯生活中的测量单位和尺寸标准。四步韵脚就像是从整个俄罗斯的内在上复制出来的一般，好比是通过画的脚样制作皮靴，为一双手配上大小刚好合适的手套。再后来，俄语的节奏还有俄国人说话声腔，也从涅克拉索夫的三步韵脚诗歌和涅克拉索夫扬抑的韵律中展现出来。

7

我是多么想在耕种劳作或者为人治病的同时,酝酿出一些具有恒久价值的东西,我是多么想创作一部科学著作或是一件艺术作品啊。

每一个人都与生俱来和浮士德一样,热烈地渴望拥抱整个世界、感受周围的一切事物并充满智慧地表达他们。过往的人和今天的人的失误促使浮士德成为伟大的学者。科学的发展总是要摒弃过往,淘汰落后,总是以推翻曾经占有至高地位的谬误和虚假理论的方式不断前进。

前辈大师们作为榜样充满着强烈的感染力,促使浮士德成为一位杰出的艺术家。艺术也在不断进步,但是它的准则是吸引。艺术的起步是从模仿和崇拜自己心仪的题材开始的。

是什么阻碍我,让我不能安心地工作、行医、写作呢?我想这一切的原因并不是苦难和颠沛,并不是不安定的生活和命运的变幻无常,而是现在到处盛行空虚浮夸的清谈言辞。比如说这样的话:即将来到的黎明啊,创建崭新的世界,人类的明灯之类。乍一听,你会觉得这些话是有多么开阔的视野和多么丰富的想象力啊!但是究其根本,无非是因为没有真才实学而以堆砌辞藻为能事罢了。

天才的伟大在于他能化腐朽为神奇。普希金就是这样难得的天才。你看!他是那么极力讴歌劳动、赞美我们日常生活中的习俗!然而今天的我们呢?凡是"小市民"和"市井之徒"似乎都带着谴责的意味一般。这种谴责,在《家谱》这首诗的字里行间就展露无遗了:

我是市井之徒,我是市井之徒。

在《奥涅金的旅行》中也有这样的句子：

现今我的愿望就是成为家庭主妇，我希望过上平静的生活，并能够煮上一大砂锅汤。

在一切俄国人所具备的气质当中，我最为欣赏的是普希金和契诃夫的纯真质朴。他们谨守本分，从来不去空谈人类的终极目标还有诸如自我救赎这样的高调。对于这些问题他们难道没有什么真知灼见或体悟吗？无非是他们的自知之明使他们能够谦逊自持罢了！果戈理、托尔斯泰、陀思妥耶夫斯基都是向死而生的，他们呕心沥血、竭尽所能地去寻求真理，找到各种答案，但是最终他们都被他们艺术家独特的偏好所误导。只有普希金、契诃夫执着于具体的艺术创作中，把除此以外的事物抛到脑后。现在他们的一生已经成为人类共有的财富，就好像是从树上摘下来的青涩的苹果，传到后人的手中已逐渐地成熟，并且越来越香甜可口，也越来越富有意义。

8

冰雪融化是大地回春的前兆。空气中充满了薄饼和伏特加酒的香味，仿佛置身于谢肉节的狂欢之中。太阳惺忪的睡眼，眯着缝透过树林，树林里一切都昏昏欲睡，松树也无精打采地耷拉着睫毛一样的松针，一洼洼的小水塘泛起油亮亮的光。大自然还没有睡醒，打着哈欠，伸着懒腰，翻了翻身又昏睡过去了。

《叶甫根尼·奥涅金》的第七章的主题也是春天，在奥涅金离开以后住宅变成一片荒芜，山脚下的河边是连斯基的坟墓。

野玫瑰绽放着，弥漫青春般的芬芳，春天的恋人在听，夜莺整夜地欢唱!

为什么偏偏要用"恋人"这个词?通常来说这个修饰语是自然又恰当的。当然应该是恋人啦,而且它还可以和"野玫瑰"押韵。但如果仅仅是为了求押韵①,难道不可以使用猛士赞歌中的"夜莺强盗②"吗?

在猛士赞歌中奥狄赫曼的儿子就叫"夜莺强盗"。赞歌把他的性情展现得淋漓尽致啊!

听到了夜莺的口哨,听到那野兽般的咆哮,小草们簇拥在一起,蓝色的小野花纷纷凋落,阴暗的树林伏卧在地上,可怜的百姓们,一个个纷纷倒地而亡。

初春时节,我们来到了瓦雷金诺。没过多久草木都着上了绿装,尤其是米库利钦房屋后那个被称为舒契玛的小山谷,在那里生长着野樱、赤杨还有胡桃等植物,满目苍翠。过了几个晚上夜莺便开始歌唱。

我仿佛是第一次听到夜莺的歌声一般,惊奇地发现,夜莺的歌喉与其他鸟类的鸣叫声是何等不同!夜莺歌声的音调是突然提升的,婉转跳跃着!大自然是如此厚爱它们,为它们提供了这样与众不同又动人心扉的歌喉。它唱出的每个音节都有变化,声音是多么清脆洪亮!就连屠格涅夫都曾经用笔描绘过这种宛若魔笛的嗓音。这种嗓音有两个转调尤其悦耳动听。其中一个是啾——啾——啾的声音,时而连续三次,时而一连数声,难计其数,这啼叫令花草都变得精神抖擞,纷纷抖落身上的露珠,就好像人被搔到了痒处,咯咯地笑得前仰后合。另外一种啼叫只有两个音节,就好像是饱含深情的召

---

①俄文中"恋人"同"野玫瑰"押韵。
②俄文中"强盗"同"野玫瑰"押韵。

唤或请求，又好像是规劝："醒一醒！醒一醒！醒一醒！"

9

写杂记是一件能够让我身心愉悦的事情，但是一旦春天来临，我就必须准备播种，没有闲暇再写，只能暂时搁下笔墨，等待冬天的到来。

这几天正值谢肉节，有一位生病的农民乘坐雪橇穿越泥泞不堪的道路来找我治病。我很自然地谢绝为他医治。我向他解释道："非常抱歉，先生，我已经很久没有行医了，我连药物和医疗器械都没有。"可是这样的解释并没有能够摆脱他的祈求。农夫诚恳地请求我："先生，请您救救我吧。我身上的皮肤都在溃烂了。我求求您怜悯一下我的病痛吧！"

他如此哀求，我又如何能够铁石心肠地拒绝他呢？只能为他治病。"脱下你的衣服，让我看一看吧。"我为他检查了一番。"先生，你患上的是狼疮。"就在我为他检查的时候，我斜眼瞥了一下窗台，在那里放着一瓶石炭酸（老天！千万不要问我石炭酸和其他那些不可或缺的东西来自于哪儿！这所有的东西都是桑杰维亚托夫送过来的）。我无意中望向院子，天啊！不知什么时候又来了一辆雪橇，当时我以为又来了一个找我治病的病人呢。意外的是叶夫格拉夫弟弟从天而降，仿佛是随风飘来的云彩。于是家里所有的人、东尼娜、萨申卡、亚历山大·亚历山德罗维奇都忙着招待这位客人。我为病人治完病后，就来到了他们中间。全家人都十分关心叶夫格拉夫，你一言我一语地问他：你是怎么来到这儿的？你是从哪里来的？他一如既往地说话支支吾吾、拐弯抹角,始终没有正面回答我们的问题,他只是面带微笑,说他的到来让大家感到惊奇吧?哈哈!这是一个秘密啊。

他在我们家住了两周左右,经常去尤里亚金,后来又突然失踪了,仿佛钻到了地底下一般,从人间蒸发了。我感到他比桑杰维亚托夫更具权威,他的工作和交际让我无法捉摸。他是什么来头呢?他怎么会有这么大的势力呢?他是做什么的呢?他在忽然消失之前曾许下诺言,要减少我们的劳动负担,让我们过得轻松一些,也好让东尼娜有空闲教育萨申卡,让我有空闲可以行医和创作我所热爱的文学。他的话,让我们充满疑问和好奇,我们问他如何能够做到,他只是微笑而没有告诉我们答案。但是事实上他并没有欺骗我们。慢慢地我们的生活真的出现了即将改变的迹象。

这一切真是出奇。虽然我们两个是同父异母的兄弟,我们拥有同一个姓氏。但是说句实在话,我对他的了解少得可怜。

这已经是他第二次突如其来地以救世主的身份闯入我的生活给我帮助、庇护,把我带出困境了。也许人生中,除了我们遇到的真实的那些人以外,在冥冥之中还存在着一种不为人知的神奇力量,会有一个具有象征性的能够不请自来的救世主。也许我的人生之中弟弟叶夫格拉夫就扮演着这种角色。

日瓦戈的杂记到此为止。他没有继续往下写。

10

尤里亚金市图书馆的阅览室非常大,能够容纳上百人同时读书。

此时，日瓦戈正在这个阅览室里浏览订购的图书。这个宽大的阅览室里布满了窗户，排列着一些条桌，窄的那头挨着窗户。春天，城里的夜晚都不开灯，所以天黑以后，阅览室就会关门。但是日瓦戈从来不会在那里待到黄昏，通常午饭前就会离开。他把从米库利钦那里借来的马寄养在桑杰维亚托夫的客栈里，只读一个上午的书，到了中午就骑马回到瓦雷金诺。

日瓦戈在去图书馆以前，很少会到城里去。在尤里亚金他并没有私事需要处理，对这个城市也很陌生。但是当他置身于阅览室大厅，看着这里远处近处满满当当的人，他就会感觉自己正站在人群熙熙攘攘的十字路口，观察着整座城市，而阅览室里的读者也变成了城市里的房屋和街道。

但是通过阅览室的窗户他可以看到这个城市真实的、活生生的居民。在阅览室最大的窗户附近有一个开水桶。读者们休息时就聚集到楼梯上抽烟，围着开水桶喝水，喝剩下的水便倒在一旁的洗杯盆里，有些人也趁这个时候，站在窗口欣赏一下城市的风景。在这里看书的人可以分成两类：一类是本地的宿儒，他们占大多数；另一类占少数的是普通市民。

前一类人大都衣衫褴褛，不修边幅。因为各种各样的原因，比如饥饿、黄疸病、水肿病，他们被折磨得皮肉松弛、身体浮肿。这些人都是阅览室里的常客，他们很熟悉图书馆里的管理员，在这如同在自己家中一样毫无拘束。

后一类人通常面色红润光亮，衣着整洁，如过节一般。他们都比较怯懦拘谨，就像在教堂一般，小心翼翼地走进大厅。但是他们无法控制自己强健的步伐带来的脚步声和说话的声音，因此常常触犯阅览室的规则。

正对着窗户的墙面有个凹槽，一张高桌子把这里和阅览大厅隔开，形成一个类似壁龛的小空间。这里就是阅览室的管理员和他的两名女助手的办公场所。其中一位助手看上去很生气，她围着一条羊毛的头巾，反复地把夹鼻眼镜摘下戴上，她这样做并不是出于视力的问题，更多是源于情绪的变化。另外一位穿着黑丝的上衣，可能是有点胸口疼的毛病，所以手绢从来没有离开过鼻子和嘴，说话和呼吸的时候也都用手绢捂着。

和绝大部分的读者一样，图书馆的职员也都身体浮肿，脸上的皮肉松弛得像要掉下来一样，一脸灰绿，和腌过的黄瓜如出一辙。三个工作人员轮换着完成同样的工作程序：小声向刚进来的读者解释借书规则，讲解如何根据自己的需求选用各种标签，怎样借书、还书，还利用这段时间整理年度总结。

真是奇怪，当日瓦戈面对窗外活生生的城市、景象和大厅里自己假想出来的城市，从大家普遍一致的浮肿中，他仿佛感觉这里所有的人都患了甲亢。日瓦戈脑海里浮现出那天早晨当他们抵达这个城市时，铁轨上的那个满脸忧郁的女扳道员。他回想着那天的情景：他从远处凝视这城市的风景，身旁车厢的地板上坐着的桑杰维亚托夫，他回想着他们的对话。日瓦戈想把在外地听到的那些话，和他在这里所看到的联系在一起。但是他忘记了桑杰维亚托夫到底对他说了些什么，也无法将这一切联系到一起。

11

　　日瓦戈坐在阅览室的最里头，身边堆满了各种书。他的面前有几种当地的统计表格和一些民族志。他想再借两本关于普加乔夫起义的史学书籍，但是那位穿着黑丝上衣的女图书管理员用她被手绢紧紧压着的嘴唇轻声对他说，每一个人一次不可以同时借出这么多的书，如果他想要借其他感兴趣的书，那么必须先还掉一些书或者杂志。

　　日瓦戈听后赶忙把那一堆没有打开的书仔细浏览了一遍，从里头挑出了自己认为最需要的，剩下的书都被他还掉，这样他就能够借那些对他更有吸引力的历史书了。他全神贯注地翻阅各类文集的目录，表情凝重专注，双目一刻不离书本。阅览室里有很多人，但是他们并没有影响到专注读书的他。坐在自己左右的人他早就熟悉了，即便不抬头他都能准确地知道他们是坐在自己的左边还是右边。他知道这些人在他离开阅览室之前都不会变动自己的位置，如同窗户外面的教堂和城里的房屋不会移动自己的位置一样。

　　但是时间在流逝，没有什么可以阻止太阳的运动。它一刻不停地移动着，此时此刻已经绕过了图书馆的东墙角，正照亮着南墙上的窗户。阳光透过玻璃照射进来，让坐在窗边的人无法睁眼阅读。

　　窗户上装着白色的窗帘，可以阻挡刺眼的阳光。那位患伤风的女管理员从工作室里走出，来到了窗户前，她把所有的窗帘都放下，只剩下阅览室尽头光线最差的那扇窗户。她拉动绳索，把气窗拉开，却情不自禁地接连打喷嚏。

　　这位女管理员大概一连打了十个还是十二个喷嚏，日瓦戈猜到她是米库利钦的小姨子，也就是桑杰维亚托夫曾经说到过的通采夫家的四姐妹当中的一个。日瓦戈像其他读书的人一样抬头望向她的那个方向。

这一望，他发现此时的阅览室里发生了一些变化。就在他的对面多了一位女读者。日瓦戈立刻认出了她就是拉拉。她转过自己的身体，背对桌子而坐。日瓦戈恰好坐在其中一张桌子的前面。此时她正与患伤风的那位女管理员轻声交谈着。女管理员站着，俯着身子对着拉拉的耳朵窃窃私语。她们之间的对话似乎是一服收效不错的良药——不仅治好了女管理员的伤风，还缓解了她紧张的神经。她满怀感激地看着拉拉，把捂着嘴巴的手绢收进了自己的衣袋里，脸上绽放出幸福自信的笑容，回到了她的工作台。

这个令人感动的一幕，没有逃过读者的眼睛。阅览室四处角落都有人冲拉拉微笑，投以赞许的目光。日瓦戈由此判断，尤里亚金城里的人大都认识她，而且非常爱戴她。

12

日瓦戈立刻产生了走过去找她的冲动。但是，一种与他洒脱的本性相冲突的拘束和由于缺乏自信而产生的羞怯使他没有敢于迈出步伐。他下定决心不去打扰她，仍然埋头继续看书。为了避免向她张望，他调整了坐姿，把椅子横对桌子而坐，这样几乎是背对着阅览室里的读者。他将一本书举到自己的面前，膝盖上放着另一本被打开的书，他把自己埋在书里，躲避着拉拉。

纵然如此，此时他的心已然飞到了九霄云外，再也无法专注于自己所要研究的对象。突然间,他想到那个冬夜他在瓦雷金诺睡梦中反反复复听到的那个独特的女人声音正是来自于拉拉。这是一个绝对震惊的发现,于是他不顾他人的目光,立刻换回原来的坐姿,以便仔细端详拉拉。

他侧着身子望着她的背影。她的上身穿着一件浅色的格子短衫,一条宽大的带子系在腰间。她把头微微偏向右肩,像孩子一样聚精会神地读着书,忘却了自我。她偶尔抬头凝望天花板思考,有时又会眯着眼睛凝视前方,然后用手臂撑着头,手持铅笔在笔记本上奋笔疾书。

日瓦戈检验并肯定了自己在梅留泽耶沃小镇时做过的观察。他认为"她不想成为一个美丽动人的女子,她看不上女性的容颜,就好像美丽是一种对自己的惩罚一样"。而这种高傲的身姿更令她魅力无穷,倾倒万千。

"她读书时那副从容淡定的神态,就好像并不是在做一种属于人类的高级活动,而是就连动物都可以完成的简单的事情。就好像是提水或者削马铃薯一样的小儿科。"

想到这里日瓦戈心情逐渐恢复平静,慢慢收拢自己的思绪。他不禁暗暗地笑了笑。拉拉的出现不仅让神经质的女管理员恢复了平静,也让他感到心神安宁。

他又回到了自己的书本,不在乎周围的人和事,比拉拉到来以前更为专心地读了一个或一个半小时的书。他把面前堆得像小山一样的书翻阅完毕,从当中挑选出自己最需要的,甚至还顺势读了读其中的主要篇章。他对今天的收获感到满意,开始收拾书本,准备送到还书台去。没有什么事情会影响他轻松愉快的心情,他觉得自己认真地把功课做完了，可以问心无愧地去会见一位老朋友，一起享受朋友相聚的快乐了。他起身扫视了一下阅览室，发现阅览室里已经没有了拉拉的身影。

日瓦戈走到还书台还书，台上拉拉还来的书还静静地放在那里。她还来的都是关于马克思主义的指导书籍。看来她想要重登讲台，正为此努力补习政治。书里还夹着她的借书单，下端露在书外，上面清晰地写着她的地址。日瓦戈感到这个地址很奇怪，便抄了下来：商人街，带雕像房子的对面。

日瓦戈询问他人才知道"带雕像房子"的这种叫法在这里十分盛行，就像在莫斯科会以教区的名字来命名市区，或者像彼得堡的"五角场"一样。

这座被人称为"带雕像房子"是有一座有女神像柱和手持铃鼓、竖琴、假面具的古雕像的房子。它是上个世纪一位热衷于戏剧的商人给自己营建的私人剧场。后来这个商人的后代把这所房子出卖给了商会，因为这所房子位于街角，于是人们就称呼这条街叫商人街。"带雕像房子"成为这个地方的地标，现在市党委会就位于其中。房子建在山坡上，顺坡而下的那面墙上，是曾经张贴话剧和马戏海报的地方，现在换上了政府的法令和告示。

13

五月初的一天，天气寒冷，刮着风。日瓦戈在城里办完了事，到图书馆里逛了一圈。他突然改变了原有的所有计划，而径直去寻找拉拉。

一路上风常常吹起一团团的沙子，阻碍他的前行，他不得不停下脚步。日瓦戈背过身体，眯着眼睛，埋着头，躲避风沙。风沙过后，又继续前行。

拉拉住在商人街角上的诺沃斯瓦洛奇巷里面，面对着青黑灰暗的带雕像房子。这所房子确实和它的外号一样，让人一看就感到一种莫名其妙的不安。一阵风沙卷过，医生忽然觉得房子四周环绕着的女神雕像仿佛从住宅走上了阳台，伏在栏杆上看着他和风沙。

这里有两条路可以到拉拉的家：第一条是从商人街的正门进去，第二条是通过小巷里的后门，从后院穿过去。日瓦戈并不知道有第一条路，于是选了第二条。

当他从小巷子走到后门，一阵狂风把院子里的沙尘还有垃圾都卷到了天上，遮蔽了院子，什么也看不到。他的脚下，一只公鸡把几只母鸡追赶得咯咯直叫。

等到尘埃落定以后，日瓦戈看到拉拉正站在井边。刚才大风席卷的时候她刚打满两桶水，挑在左肩上。她害怕风把沙土吹进她的头发，赶紧披上了头巾，在额前打了一个蝴蝶结，不让它被风掀起。她刚想要挑着水回家，却又被另外一阵风拦下。这阵狂风把她的头巾吹到了围墙的另一头，几只母鸡正躲在那里咯咯地叫着，她的头发也被风吹乱。

医生跑上前去追赶被风刮跑的头巾，捡起来递给了站在井边手足无措的拉拉。她的表情一如平常，没有惊恐，只是叫了一声医生的名字："日瓦戈！"

"拉里莎·费奥多罗夫娜！"

"您怎么来到这了？是什么风把您给吹来了？"

"请把水桶放下,我来帮您挑吧。"

"我做事情从来不半途而废、有头无尾。不过如果您是来看我的,那我们就一起走吧。"

"除了你,我还能看谁呢?"

"哈哈!那谁知道您会看望谁呢?"

"还是让我来帮您挑水吧,您干活我闲着很过意不去。"

"这算什么活啊!我不要您来挑,您会把水洒在楼梯上的。

"今天是哪阵香风把您给吹来了呢?来这里一年多了,您可一直没有抽出时间来看我哦!"

"您是听谁说的?"

"大家都在说啊!而且在图书馆我还见过您哩!"

"那您为什么不叫我呢?"

"您难道觉得我会相信您没有看到我吗?"拉拉颤颤巍巍地挑着两桶水,医生紧随其后,两个人穿过了低矮的拱门。一楼的过道很昏暗。拉拉迅速蹲下,把两桶水放在泥地上,卸下了扁担,伸直了身子,用一块不知道从哪儿拿出来的小手绢擦着手。

"跟我走,我把您带到前面的大门,那边比较亮堂,您先在那边等着我。我从后门把水提上楼去,稍微收拾一下,换上一身干净的衣服。您仔细看看这楼梯,台阶是铁制的,上面还有镂空的花纹。从上面透过镂空,可以把下面看得清清楚楚。这个房子很有年头了。打炮的时候被震坏了,墙壁上有裂缝了,砖头上也是一个个窟窿眼。我和卡坚卡出门时就把家里的钥匙藏在这个窟窿里再用一块砖头堵住洞口。记着这个地方,以后您要是来这儿我不在家,您可以自己开门进去坐一坐,等我回来。钥匙就放在那个地方,但现在我不需要,我一会儿从后门进去，从里头把门打开。这个地方最让人头疼的是老鼠，多得数不胜数，整天在你头顶上来回跑跳。这个房子太老、太旧了，墙都晃晃悠悠的，四处全是裂缝。可以堵住的地方我都堵上了，我同这些老鼠死战到底，可是却没有一点用处。您如果有空，过来帮我一起把地板、墙角的窟窿堵上好吗？那您就先在楼梯口等着我，想想心事也好！我保证很快回来招呼您，绝不让您在这儿久等。"

日瓦戈医生一边等着拉拉，一边四处张望着斑驳的墙面和铸铁的楼梯。他在想："在阅览室的时候我以为她专注于读书的劲头和她干活的劲头是一样的。其实反过来说也是一样，她干担水这样的活就好像是读书那样轻松惬意，一点也不费力。无论什么事情，只要她干起来，都显得从容不迫。就像她还是在童年的时候就开始向着生活起跑，现在做什么事情都能水到渠成，毫不费力。这些从她弯腰时的背影，微笑时微微张开的嘴巴和圆润的下巴，还有她的谈吐和思想里都可以看得出来。"

"日瓦戈！"上面一层楼梯口的一个门洞里有人冲下面喊了一声。于是医生爬上了楼梯。

14

"把手伸给我，跟着我走，千万不要乱动。这里有两个房间都堆满了东西，一直码到屋顶，这里又黑，一不小心就会碰伤。"

"这里就像是迷宫一样，要是我一个人，可能连路都找不到。搞成这样是因为在修缮房子吗？"

"不是啦。根本不是这样的，房子是别人的。具体是谁的我也不知道。我们本来住在学校的房子里。自从尤里亚金市苏维埃房管会占用了我们的学校之后,我和女儿就被迁居到了这座没人要的空房子里。房子原来的主人们把所有的家具都留在了这里,所以这里的家具多得不得了。但是我不贪恋别人的财物,就把他们留下来的东西堆在了这两间空屋子里面,窗子也刷成了白色的。不要松手,否则你会迷路的。跟着我走,这里向右拐。好啦!我们走出了迷宫。这里就是我的房间。马上就会亮堂许多。小心门槛,别踩空了。"

日瓦戈跟随着拉拉走进了她的房间,房间正对门的墙上有一扇窗户。医生向窗外眺望,窗外的景色令他大吃一惊。窗外是院子、邻居的后院还有河边的一块荒地。绵羊和山羊正在荒地上面吃草,羊身上长长的羊毛拖到了地上,就好像是敞开的皮袄大襟一样。除了这些羊之外,在荒地的两根柱子中还有一块招牌对着窗户,医生熟悉这块招牌的内容:"莫罗与韦钦金公司。专营播种机和打谷机。"

日瓦戈看到了这个招牌,便向拉拉讲述了他带着一家人到瓦雷金诺的过程。此刻他遗忘了人们说斯特列利尼科夫是她丈夫的传闻,坦率地把自己在火车车厢里和斯特列利尼科夫见面的经过告诉了她。他所说的给拉里莎·费奥多罗夫娜留下了极为深刻的印象。

"您说您看见了斯特列利尼科夫?"她赶忙问道,"我现在什么都不能告诉您。但是这件事情很重要!老天爷专门安排了你们的见面。等以后有时间了,我再把事情告诉您,您听了一定会大吃一惊的。听您的话音,我感觉您对他的印象很不错啊!是吗?"

"是的,就是这样的。他完全可以不搭理我。我们路过的正是他镇压和毁坏过的地方。过去我认为他就是一个粗暴的军人或者是一个革命暴徒,但是这两类他都不属于。其实如果一个人真实的样子和你的想象不太一样是一件好事。幸亏他不是那样的人,否则他会受到谴责的。如果他不属于某一类人,不是其中的典型的话,那么他身上就还有一些作为一个人所不可或缺的东西。他就超越了自己,获得一些可以永生的东西。"

"听别人说他不是党员。"

"是,看样子我不觉得他是。他有什么讨人喜欢的呢?我觉得他的灭亡是一定的,不会有什么好下场,他要为他的所作所为付出代价的。革命党的可怕之处并不是因为他们是干坏事的恶棍,而是因为他们完全失控了,就像是冲出铁轨的火车,太可怕了!斯特列利尼科夫也是这样的人,疯子一样的人。不过他倒不是因为读了什么书,而是被自己以往的遭遇和痛苦逼成如此的。我并不知道他有什么不可告人的过去,但是我相信他一定有自己的难言之隐。他和布尔什维克的联手合作出于偶然。他们觉得他有利用价值的时候,还可以忍让他,在一起合作,一旦他们觉得他毫无价值了,就必定会抛弃他并弄死他。他一定会和那些军事专家有一样的结局。"

"您是这么想的?"

"结果肯定就是这样。"

"难道说他必死无疑了吗?要是逃跑呢?"

"逃跑?往哪里逃?拉里莎·费奥多罗夫娜啊!您以为还是过去吗?要是现在是沙皇的天下,也许还有可能。现在您逃一个试试看。"

"真是可怜啊。您这么说的话,我倒有点同情他了。您和以前不一样了。过去您谈到革命的时候还很心平气和,并没有这样尖锐。"

"拉里莎·费奥多罗夫娜,这就是问题啊!什么事情都得有个度。已经过去这么长时间了,总应该有所结果了。但是你看,混乱和暴动是这些所谓的革命家唯一的爱好。他们可以不吃饭，也得去掌握整个世界。什么建设世界还有过渡时期就是他们的根本目的，除此以外他们别无所能。您知道他们为什么总是在做这些没完没了的准备工作吗？因为他们的无能，对要做的任何事都没有准备。但是生活的好坏和本领这才是最重要的事情！为什么要让这些胡闹的行为取代我们真实的生活，为什么要让契诃夫笔下的逃学生来主宰我们的生活呢？好了，轮到我来问您了！我们来的那天正是你们城里发生政变的时候。双方交战的时候您在不在城里？"

"哦，当然，我当时就在城里。到处都是火。我们差点没把自己的命丢了。我刚才跟您说过，房子被炮弹震动得厉害。就在外面的院子里面，现在还有一颗没爆炸的炮弹。太可怕了！抢劫，炮轰，和所有的政变一样，一切可怕的事情都出现了。对这样的混乱我早已见怪不怪，都快成为这方面的专家了。这已经不是第一次了。白军来的时候还是一样！杀人，报私仇，敲诈，什么坏事他们都干过。对了，我差点忘了告诉您一件非常重要的事情。咱们的那位加利乌林，在捷克军队当上了总督之类的高官，是个人物了！"

"这个我曾有耳闻。您见过他吗？"

"我们常常见面。幸亏有他帮忙，我才能够救了好多人的命！掩护过好多人！说到他我们还是应该平心而论。他还是个好人，有绅士的做派，和哥萨克大尉、警察那群无耻之徒是不同的。但是那个时候，能够有权有势的都是那些小人，没有什么正派的人能够掌权。他曾经帮过我不少忙，说实话还真是要感谢他。您知道我们算是老朋友了。小时候我常去他住的院子里玩。那里住的都是铁路工人。从那个时候我就知道什么是贫苦和辛劳。也就是因为这些原因，我对于革命的态度和您还是不同，我更能够理解和认同。革命给我带来许多亲切感。比如以前扫院子的人的儿子居然当上了上校，甚至可能当上白军将军。我不过是个历史老师，家里又没有当兵的，所以我是分不清楚这些官职的。就是这样，日瓦戈，我帮助过许多人，也常常去看他，我们还经常会谈到您。在政府的各个部门都有我的关系和靠山，当然各个方面也给我带来不少的痛苦和损失。只有在那些愚蠢的书本里，人才会绝然分成两个互不来往的阵营。在现实生活中，一切都是相互交错在一起的。如果你想要在一生当中只扮演一种角色，在社会上只占有一个位置，那么你只能是一个卑微下贱的人。咦！你回来啦？"

一个扎着两条小辫子的七八岁的小女孩走进房间。两只眼睛的眼角吊着，显得眼睛很小，透露出一副调皮的样子。一笑起来，眉毛就微微扬起。虽然她没进门前就知道家里有客人，但是她还是觉得有必要表现出惊奇，然后向客人行了一个屈膝礼，眼睛一眨不眨地盯着日瓦戈，一点都不羞怯畏惧。只有从小就在孤独中长大并会思考的孩子才会用这样的眼神看人。

"这是我的女儿卡坚卡。请您多多关照。"

"呵呵！以前在梅留泽耶沃的时候您给我看过她的照片。居然都长这么大啦，我都认不出来了！"

"你怎么在家里呀？我还以为你跑出去玩了。我一点都没有听到你进来。"

"我刚从墙壁窟窿里拿钥匙的时候，看到那里有一只巨大的老鼠。吓死我了，我叫着赶紧逃跑了。"

她说完做了一个鬼脸，把两只调皮的小眼睛瞪得圆圆的，噘着嘴，就像是一条刚刚被钓起来的鱼。

"好啦,你回自己的房间吧。我要请叔叔留下和我们一起吃午饭。等饭做好了我再叫你出来。"

"非常感谢您的邀请,但我还是要谢绝。自从我开始到城里看书,家里就改在六点吃晚饭了。我从来不愿意迟到,但是回去的路骑马至少也得三个小时,有时甚至要四个小时,所以我才早早过来看您。非常抱歉,我坐一会儿就要回去了。"

"那再待半小时吧。"

"可以。"

15

"好吧,您对我如此坦诚,我也应该向您说实话。其实您刚才提到那个的斯特列利尼科夫确实就是我的丈夫帕沙,帕维尔·帕夫洛维奇·安季波夫。我曾经到战争的前线去找他,大家都传言他已经死了,但是我不愿意相信。"

"您这么说我并不感到吃惊,因为我早听说了各种传言,思想上也有所准备。我认为那些谣言都是荒谬可笑的。所以,我才会无所顾忌地跟您聊到他,就好像我从来都没有听到类似的谣传一样。但是这些谣言太过荒谬,那个人我是见过的,我绝对不能相信你们之间有什么联系或共同点。"

"日瓦戈,可这一切都是真的。斯特列利尼科夫就是安季波夫,他确实就是我的丈夫。我认同大家的看法。就连我的女儿卡坚卡也知道他就是她父亲,并为此感到骄傲。就像其他革命者一样,斯特列利尼科夫是我丈夫的化名,他不得不用假名字生活和工作。他攻打尤里亚金的时候,炮轰这里,他知道我们就在这里,但是他怕泄露了秘密,从来也没有打听过我们母女的下落和安危。这就是他的职责所在。如果他想知道我的态度的话,我也支持他这么做。当然您可能认为,我们母女至今平安、市苏维埃能够为我们提供现在的住地还有其他一些便利——这也暗中证明了他还是在秘密地关心我们。不过无论您怎么说,我也不会同意您的看法。我们近在咫尺,他居然可以抵制回家的诱惑!这也是我无法理解的。对于我来说这样的行为不属于生活的范畴,是一种我所无法理解的行为,这恰恰是罗马时代的一种美德,当今最为盛行的一种做法。但是刚才您的一番话让我受到了您的影响,开始接受您的一些见解和看法,但是我并不想这样。我们不是同道中人,在一些细枝末节上我们的看法和理解也许是一致的,但是在大的原则和处事的态度上,我们还是互相敌对为好。我们还是再谈谈斯特列利尼科夫吧。您的有些话是有道理的,我也听到了一些对他的谴责,确实让我很寒心。此刻,他正在西伯利亚的前线,可怜的加利乌林曾和他是一个院子里的朋友,还曾经是同一战线上的战友,现在被他打得一败涂地。加利乌林知道他的底细还有我和他的关系。但是他处处谨慎,虽然连斯特列利尼科夫的名字都会令他浑身发抖,也始终没有让我感觉到他知道一切。嗯,他现在就在西伯利亚。当他住在这儿的时候(他曾经很长一段时间都驻扎在这儿,就住在您上次见到他的那辆列车上),我多么希望能有机会见他一面。因为他有时候会到司令部去,司令部就设在科木奇的立宪会议军事指挥部里。一切都像是命运的有意嘲弄。司令部进门处的厢房,以前我每次有事求见加利乌林,他都在那里接待我。比如,有一次士官学校的枪击事件闹得沸沸扬扬,士官们借口教官支持布尔什维主义，暗中伏击他们。还有残害、屠杀犹太人的事件。我们都算是这个城里的居民还同样都是脑力劳动者，我的朋友当中有一半都是犹太人。在对那些犹太人用卑鄙的手段进行残害时，我们除了愤怒、羞愧和怜悯以外，还总感觉到自己身处其中的尴尬，两面为难，就连那种同情都似乎是被迫的，这种虚伪令我非常不快。

"那些曾经把人类从对偶像的崇拜中解放出来的人，现在又开始为把他们从社会的恶行里解放出来献身。他们自己却身不由己地忠实于那些迂腐的观念，无法解脱，也无法超越自己的思想。

"他们没有办法融入于其他人之中，但是那些人的宗教基础都是他们塑造的，如果他们可以很好地理解那些人的话，他们之间应该是非常亲近的。

"也许迫害才是带来这种无益的、致命的态度的根源，是带来这种众叛亲离的孤立状态的原因。但是这其中也还有源自内部的衰朽造成的疲惫。我并不喜欢他们那种类似嘲讽的自吹自擂。概念如此平庸，想象力如此匮乏。这实在令人不快，就好像老年人谈往事、病人谈自己的病一样，您是否这么认为呢？"

"我倒没有考虑过这些。我有个姓戈尔东的朋友也有你这样的想法。"

"所以呢，我就常常到那等候帕沙，希望能够在他进出的时候与他见面。那间厢房以前是总督的办公室，门上现在挂上了'控诉处'的牌子。您应该看到了，那里是这个城市最美的地方。门前的花园广场是用条石一块块铺就的，穿过这个广场就是市立公园。公园里长满了绣球花、枫树和山楂。我和一些求见他的人混在一起，站在人行道上等着见他。我当然不可能去硬闯接待室的门,告诉他们说我是他的妻子。我们现在又不是一个姓,光凭良心有什么用呢?他们有他们的原则。比如说他的亲生父亲,帕维尔·费拉蓬特维奇·安季波夫,过去是个工人,还曾经是政治犯,被流放到这儿。他现在就在公路旁的一家法院里工作,那里正是他流放时住的地方,那里还有一位他的老朋友季韦尔辛,两个人都是革命法庭的成员。你也许无法想象作为儿子连自己的父亲都不去相认,而他的父亲也觉得他这样做是应该的,一点儿都不生气。既然自己的儿子隐瞒了真实身份,那就说明不应该前去相认。他们都是木石之辈,毫无人性,整天只知道纪律、原则之类的东西。

"就算我能够向那里面的人证明我就是他的妻子,那又有什么用呢?这个时代,妻子管什么用?什么全世界的无产阶级改造宇宙,这些才算得上事。而一个妻子算什么,对他们来说就是一只两条腿的动物,一只遭人厌弃的跳蚤。有一位副官出来询问我们这些人为了什么事情求见,时不时地放进去几个人。我没有说我的姓名,只说是为了私事求见。结果你猜也猜得到,那位副官好像很怀疑的样子,上下打量着我,耸一耸肩膀,拒绝了我。所以我连一次都没见过他。也许您觉得他讨厌我们,不再爱我们了,早把我们抛到了九霄云外。其实不是这样的,我非常了解他!他恰恰是因为太爱我们了才这样做的!他是要把他在战争中所获得所有荣耀桂冠都呈放在我的脚下,为此他必须努力征服,载誉而归。他要让我们永垂史册,光彩照人!多么像个孩子啊!"

此时,卡坚卡又进来了。拉里莎·费奥多罗夫娜把女儿抱了起来转着圈,挠她的痒痒,亲吻她,然后又把她紧紧地拥入怀中。

16

日瓦戈骑着马从城里回到了瓦雷金诺。这条路他已经不知走了多少次,对它熟悉到失去了任何新鲜感,再也不会在意它。

他骑着马走到树林中的一个岔路口,前面的大路一直通往瓦雷金诺,旁边的岔路通往萨克玛河上的渔村瓦西里耶夫沃。岔路口树立着这里的第三块路标,上面还挂着出售农业机器的广告牌。按照惯例,日瓦戈总是在落日时分到达这里。

自从他那次进城晚上住在拉拉那儿未回,却对家里撒谎说有事耽搁了住在了桑杰维亚托夫的旅店里算起,一晃已经过去两个月了。此时他早已和安季波娃以"你"来互相称呼了,他叫她拉拉,她叫他日瓦戈。日瓦戈欺骗了自己的妻子东尼娜,事情愈演愈烈,向不可原谅的地步发展,这是过去从来没有发生过的事情。

日瓦戈十分爱东尼娜,爱到近乎崇拜的程度。妻子内心的安稳对他来说是世界上最为重要的事情。他非常在乎她,甚至比她的岳父和妻子自己还要爱惜她的名誉。如果有谁敢冒犯他的妻子,他一定会亲手把这个罪人撕得粉碎。但是现在,他亲手冒犯了自己妻子的尊严。

在家人面前,他感觉自己是一个没有被发觉的逃犯。然而家人一点都没有感觉到他的变化,一如既往地爱他,这让他内心充满了自责和痛苦。一家人围坐在一起聊得很开心的时候,他会突然想到自己卑鄙的行径,然后坐着发愣,再也听不进周围人的一言一语。

如果是在吃饭的时候突然想到,他立刻会难以下咽。把饭勺放下,推开盘子。强忍着不让自己自责地落泪。"你这是怎么啦?"东尼娜感到莫名其妙,"你是不是在城里又听到了什么不好的事情?是谁又被关进了监狱还是谁被枪毙了?你把心事告诉我吧,不用担心我会厌烦,说出来也许你会好过一些。"

他是因为更爱别的女人而对自己的妻子不忠的吗?绝对不是。他绝对没有看上除了他妻子以外的任何女人,他不会把自己的妻子和别的女人进行对比。什么"自由恋爱、情感自主和情感需求"这样的话,与他格格不入。谈到或者仅仅是想到这样的事都让他觉得庸俗不堪。他并不喜欢在生活中寻欢作乐,也不会把自己当成半仙或是超人,不想享受特权。内心的自责太过沉重,这简直要让他崩溃了。

如果一直这样该怎么办啊?他时常反问自己,却又总是找不到答案。于是他希望有一天一些出乎意料的事情能够让他摆脱这个困境。

现在他希望改变,决定自己来了断这件事情。他想回家便把一切都告诉妻子,并祈求妻子的原谅,保证自己再也不会和拉拉见面。

不过,这并不顺利。他此刻觉得他要和拉拉断绝关系的心似乎不够坚决。今天早上他对拉拉说要把自己所犯的过错向东尼娜坦白,以后再也不与她见面,但是他感觉当时说话的语气柔弱而不坚定。

拉拉并不想用哭闹的方式使日瓦戈伤心,她心里清楚,这件事情已经让日瓦戈痛苦极了。她心平气和地听完医生的新决定。他们的谈话在拉拉那间没人住的空屋子里进行,这间屋子面对着商人街。拉拉没有觉察到自己已经哭成了一个泪人,眼泪如同窗外的雨水沿着对面带雕像房子的石雕像一滴滴地滚落下来。她并没有装作很大度的样子,而是真诚地轻声说道:"不用考虑我,只要你觉得合适就好,我什么都可以承受。"她因为没有察觉自己的哭泣,也没有去擦拭满脸的泪水。

一想到拉拉可能会误解他的意思，判断错误而仍抱有一些不现实的希望，他就想立刻掉头回到城里，把该说的都说完，更主要的是要温情一些与她告别，就像所有恋人的真正诀别一样。他好不容易才克制住了自己的情绪，继续往家走。

太阳渐渐落山，树林里愈加昏暗，寒气也渐渐升腾。树林中弥漫着一股浴室里潮湿的桦树枝的气味。蚊子聚集成团，就像浮在水面上的浮标一样在空中飞舞，发出嗡嗡的声音。日瓦戈不断地拍打着额头、脖子上的蚊子，也不知拍了多少次。手拍在出汗的皮肤上作响，与他骑马前行的声音相映成趣，勒马的皮带吱吱响，沉重的马蹄踏在泥泞的道路上嗒嗒地响。远处响起一阵阵清脆的枪声。突然间，从悬在天空中的落日那边传来了夜莺的啼声。

"醒一醒吧！醒一醒吧！"夜莺呼唤着、劝告着，就好像是复活节前的召唤一样。"我的灵魂啊！我的灵魂啊！快快从睡梦中清醒吧！"

日瓦戈的脑子里忽然萌生了一个极简单的想法。为什么非要急着赶路回家呢？他不是后悔了要改变先前的决定，但是坦白真相，祈求原谅也不一定就要在今天啊！先缓一缓也好，而且他应该进城和拉拉把话说清楚，以绝后患。希望最后一次谈话可以消除她的痛苦。如果那样不是更完美吗？多好，真是奇怪，之前我怎么就没有想到呢？

一想到自己还可以再见拉拉一面，日瓦戈就开心得手足无措，心跳加速。这种感觉就像恍若初见时。

郊外的木屋巷子还有和木头铺成的人行道慢慢出现在他的眼前。他向那个方向走着。当他走进诺沃斯瓦洛奇巷，荒野和木屋就消失了，展现在眼前的是石头房子。城郊的房舍一闪而过，就如同是在快速地翻阅着一本书，而且不是用食指一页页地翻，而是用拇指按着书口，让书页在拇指下迅速滑过。此时他激动地快要窒息，她的房子就在前面，就在街的那头。雨过天晴的傍晚，天空中露着一丝亮光。他感觉自己非常爱那些直立在这条通向她家的路边的房屋！要是能够把它们从地上抱起，一个个尽情地亲吻一番该有多好啊！看！那些屋顶上只有单窗的阁楼啊！地上水洼里灯光的倒影如同一个个浆果！整个街道笼罩在阴霾天空中露出的一片亮光下，他又将从造物主的手里接过那件白色的神奇礼物。一个上下一身黑的人影为他开了门，她的矜持，宛若北方明亮的夜，她的柔情不属于别人，只为你准备，就好像黑夜里，你沿沙滩奔向大海时，向你冲来将要拥抱你的第一个海浪。

日瓦戈激动地扔下缰绳，伏在马背上，抱着马脖子，把自己的脸埋在了鬃毛里面。马把这种亲热当成对他的鼓励，撒开四蹄飞奔起来。

马平稳地向前奔跑，四蹄生风，好像都不用点地，大地在身后迅速地倒驰而去。日瓦戈除了自己激动狂喜的心跳外，似乎还听到人的叫喊声，他以为这是他的幻觉。

附近一声巨大的枪声几乎要把他震昏过去。日瓦戈抬起头来，急忙抓紧缰绳。飞奔的马突然停下，猛地叉开腿，向一旁跑了几步，紧接着向后退了几步，便要下蹲，预备直立起来。

前面就是一个岔路口。晚霞映照着路旁的广告牌："莫罗与韦钦金公司。专营播种机和打谷机。"三个骑着马带着武器的人横在路上，截断了他前行的道路。其中一个戴着制服帽子、穿着腰上带褶的上衣的中学生,身上十字交叉地挂着几条子弹带;另外一个是身穿军官大衣、头戴长筒皮帽的士兵;还有一个像是舞会上装扮的凶神,穿着红色的棉裤、棉袄,一顶宽沿的神甫帽低低地扣在头上。

"医生同志,不许动!"戴长筒皮帽的士兵说,他是这三个骑马人当中年纪最大的。"您要是听话,就保您平安!否则,就别怪我们不客气了,我们是会开枪的。我们军队里的医生战死了。现在我们要征用您做我们部队的军医。赶紧下马,把您的缰绳交给这位较年轻的同志。我再次提醒您:如果您动歪念头想要逃跑的话,可别怪子弹不长眼。"

"您是不是米库利钦的儿子利韦里·列斯内赫同志?"

"不是,我是他的联络官卡缅诺德沃尔斯基。"

第十章 大路上

1

一路过去公路两旁全都是零零散散的城市、村庄与驿站：圣十字镇、奥梅利奇诺车站、帕仁斯克、特夏茨科耶、新起来的小村子亚格林斯科耶、兹沃纳尔斯克镇、沃利诺耶、古尔托夫希基驿站、克梅姆斯克自然村、卡泽耶沃镇、库捷内镇和小叶尔莫莱村。

一条驿道从这些村镇中穿过，这条驿道算得上是西伯利亚最为古老的一条驿道了。它贯穿了市中心，就像是切面包片似的将这些城镇一分为二，至于村庄，便直接向前延展开去，将身边一排排的农舍甩到两边，要么来个急转弯从它们旁边绕过。

在很久以前，铁路还没架设到霍达斯克村，在这条路上跑的都是三匹马拉的邮车。装满了茶叶、粮食和铁货的大车朝着一个方向奔驰着，士兵押解着一排排的囚犯朝着另一个方向齐步走。他们整齐划一地脚步每迈出一步便能听见脚镣哗啦哗啦的响声。他们可都是些亡命徒和死灰一般的人，就如同黑夜里的闪电那般让人毛骨悚然。无法穿透的阴森恐怖的莽林在周围喧嚣号叫。

沿着驿道生活的居民就如同一个大家庭。城镇与城镇之间，村庄与村庄之间，互通往来，彼此结亲。在雷达斯克村，驿道和铁路相交会的地方，有机车修配厂和机械厂，劳动营里挤满了穷得像叫花子一样的挨饿受冻的人。他们经常生病，不断有人死掉。有点儿手艺的政治犯服刑完毕之后便留下来当技师，他们就定居于此了。

驿站沿线最开始创建的苏维埃早已经被推翻了。之后建立了西伯利亚临时政府，而现如今全部地区都已经由最高统治者高尔察克的政权所取代。

2

有段驿道要走很久的上坡，越往上就越感觉视野开阔，坡路似乎永远没个尽头。当人和马都已经累得不行了要停下来歇息的时候，山顶就在前面了。向前方延展开去的驿道穿过了一个桥，激流奔腾的克日姆河从桥下奔去。

河的另一面是一个更为陡的山坡，山坡上面是圣十字修道院的砖墙。驿道环着修道院的斜坡，从它后面的几户院子中转了几个圈直接伸到了城内。

驿道又一次穿过了修道院，这是因为修道院那扇绿色的铁门是面向中西广场开放的。铁门上面的圣像四周写了一行类似半个花圈样的金字："欢乐吧，富有生命活力的十字架，这是不可征服的信仰的胜利。"

冬天将要过去了。这是复活节的前一个星期。驿道上积雪已经慢慢融化变成了黑的，这是解冻的前兆，可是屋顶却还是白茫茫一片，就好像戴着一顶厚重的高帽子。攀爬到圣十字钟楼顶去看敲钟人的小家伙们，感觉地上的房子像是摞在了一起的小匣子和小船。像豆子一般大的人们朝着房子走去。从钟楼上远远望去，凭动作能辨认出来几个人。走过来的人念着那些贴在墙上的最高统领者颁布的征召三种年龄的人入伍的命令。

3

黑夜里发生了很多出人意料的事。天气开始暖了起来，这个时节就变暖是很少见的。天空洒落下来的雨滴还没落到地上便化为水汽消失干净了。可是这仅仅是一种错觉。那股暖流样的雨水足以将地面上的积雪冲刷干净。如今地面已经变得黑亮亮的了，就好像发出了一身汗一样。

长得不高的苹果树开始吐出嫩芽，将自己的枝丫越过花园边上的篱笆墙伸到了大路上。雨水顺着树枝滴滴答答地落在了木板人行道上。整个城镇都能听得到雨水滴落的声音。

拴在照相馆院子里的那只小狗托米克总是一个劲儿地哀号着，直到天蒙蒙亮。或许小狗的叫声惹怒了符拉斯·帕霍莫维奇·加卢津家花园里的乌鸦，它们呱呱地乱叫起来，那叫声全城都听见了。

位于城市低处的地方住着商人柳别兹诺夫。有人给他送来了三车货，他拒绝了，说是送错了，他从来没有订购过这批货。赶车的车夫说天已经黑了，请求他可以收留他们住一晚。商人和他们吵了起来，轰他们走，不为他们开门。他们的吵架声传遍了全镇。

修道院里的七点钟,也就是平时的子夜一点,圣十字修道院里那口大钟发出了一阵神秘莫测、缓慢有力、安详宁静的钟声,夹杂着那灰蒙蒙的细雨。声音从钟上悠扬地飘荡出来,就如同春水冲开的泥巴游离了河岸,缓缓沉入并消融在河中。

这是大斋前夜,细雨中灯光缓慢地移动着,映亮了人的额头、鼻子和脸庞。斋戒的信徒们正在去教堂做早祷。

大概过了一刻钟,从修道院人行道的木板上传来了不间断的脚步声。这是店主加卢津的老婆,早祷刚开始便要回家。她头上裹着个头巾,大袄敞开着,步子迈得不匀,跑两步就歇一会儿。教堂里的空气有些闷得慌,让她感觉有些窒息,跑出来呼吸下新鲜的空气。她感觉有些不好意思,因为自己都还没有做完祷告——她已经两年都没有参加祷告了。可是让她感到难过的并不是因为这个。白天,铺天盖地的动员入伍的公告让她十分难受,因为这关乎她那可怜兮兮的傻儿子捷廖沙。她试图将这种念头赶出她的脑袋,可是那个在黑暗中随处可见的布告总是会让她想到这件事。

她家几步路就到了,就在拐角那边,可是她感觉在外面更舒服一些,家里让人憋得慌,不好受。

各种阴郁的想法在她内心里翻涌。她很想将这些东西都倾诉出来,可是却没有那么多的词来表达,而且这要说的话说到天亮都说不尽。可是如果在街上的话,这些冲着她扑来的阴霾的念头几分钟就能烟消云散,从修道院墙角往广场拐角走上两三回就可以了。

复活节转眼就到了,可是家里冷清得连个鬼影都没有,全都走了,现在只剩下了她自己一个人。真的是她一个人?如果不算她收养的克秀莎的话,就只有她一个人。更何况她是什么人?知人知面不知心呐！她或许是朋友，或许是劲敌，抑或是暗中潜伏的情敌。她是丈夫的前妻留下来的女儿，说是他的养女，或许就不是养女，而是私生女？抑或根本就不是养女，完全是另外一种情况。哪有人能看得透男人的心？但是也瞧不出这姑娘有哪里不好。她聪明伶俐、漂亮可人，没有什么可以挑剔的。这可远远胜过那个傻小子捷廖沙和她那口子。

这个复活节就只剩下了她一个人在家里，其他的人都已经走了。

她的丈夫加卢津顺着驿道去向新兵演讲，祝他们在战场上立战功。他要是能把心思放在自己的亲儿子身上，别让他面对死亡那该多好啊！

儿子捷廖沙也待不住，在复活节到来之前就溜到库捷内镇亲戚家玩儿去了。小伙子被学校开除了。留级了四回，直等到上到了八年级学校便再也不发慈悲，将他开除了。

唉，真是让人心痛！啊，主啊！怎么会变得这么糟糕？几乎没什么希望了。什么都弄不好，真是不想活了！怎么搞成了这个样子呢？是革命的力量造就的？不，啊，不是。这全都要怪战争。战争抹杀了男人的精华，只剩下了一些没有半点用处的蠢物。

当承包商的父亲家里是不是也是这样呢？父亲滴酒不沾，是一个识礼的绅士，家里样样不愁。两个妹妹波利亚和奥莉妮，名字不止好听，相处也十分的和谐，一对小美人儿。去父亲那里的木匠师傅们都是相貌堂堂的俊朗小伙。忽然有一次，她们想织一种六种颜色混搭的围巾（并不是因为家里困难需要这样），变个方法玩儿。但是最终如何呢，她们的手艺都是那么灵巧，县上所有的人都夸奖她们的围巾很棒。有的时候什么都会让她们很开心，比方做祈祷、跳舞等。俄罗斯也像一位准备出嫁的姑娘,她有真心实意地喜欢她的人,一心想保护她的人,而不是现如今的这些人。现在所有的都失掉了往日的光芒,只留下了一批窝窝囊囊的文人,整日整夜翻来覆去地重复着那几句话,迟早都会被话呛死。加卢津和他的朋友们想借助香槟酒和美好的心愿重回那个黄金样的日子里去!可是又如何争回失去的爱情呢?必得要移山填海才行!

4

加卢津娜已经不止一次走到圣十字市场来了。她家就在旁边。可是她每次都改了主意,转身又朝着修道院的小巷里走去。

市场很大,就像是旷野。之前每逢赶集,市场里就摆满了农民的大车。市场的一边紧邻叶列宁街。另一边由两层房子围成了一个弧线形。这些房子大部分是货仓、账房、做买卖的地方和工艺作坊。

在太平的年岁里,十分嫌恶女人的布留汗诺,身着长款礼服,戴着眼镜,坐在自己家开着的大门前面的椅子上,假模假样地看着报纸。他是个粗俗不堪的人,做皮子、焦油、车轮、马具、燕麦和干草等生意。

昏昏暗暗的小窗子上,堆放着几只硬纸盒,盒子上面铺满了沉积多年的灰尘,盒里还盛着几对装点着缎带和小花束的结婚蜡烛。窗户后面的那间小空屋里,没有什么家具,也没有堆放过物品的痕迹——如果不算摞在一起的一堆蜡圈的话。可就是在这间屋子里,那位十分神秘不知道现居何方,坐拥几百万资财的蜡烛制造商代理人,做过成千上万卢布的地板蜡和蜡烛的交易。

在这条街上的这排商铺中央，是加卢津家开的杂货铺。杂货铺有三间，以卖茶叶、咖啡、糖等为生。每天都必须打扫三遍没有上过漆的开裂的地板，因为老板和伙计们整天都在喝茶，他们把泡过的茶叶全都泼到地板上。年轻的老板娘十分喜欢坐在柜台后面收钱。她偏爱淡紫色，这是教堂在举办盛大典礼的时候神父所穿的教袍的颜色，是那种丁香花苞的色彩，是她最喜欢的天鹅绒衣服的颜色，也是她那套维也纳器具的颜色。这是充满快乐的颜色，溢满回忆的颜色。她认为革命之前俄罗斯处女时代的颜色也是这种紫丁香色。她特别喜欢坐在钱柜那里，在那满是淀粉、糖和紫色黑醋栗水果糖味道的店铺里，余晖下那抹淡淡的紫色恰巧是她心里特别喜欢的色彩。

院子一角的木材仓库旁有一座早已破败不堪的陈旧的二层楼房，楼房就好像是一个二手的马车，全部都用旧木板搭建而成。楼房由四套房间组成，两个楼的楼角处可以出入。一层左边是扎尔金德的药店，右边是公证人的办事地点。药店上层住着什穆列维奇裁缝一家人。裁缝家对门，正好在公证人的上一层，紧紧巴巴地住了好几户人家，门上挂满的各种招牌指出了他们都是干什么的。这有修表的、补鞋的，还有菇克和施特罗达克合伙做起来的一家照相馆，除此之外还有卡明斯基的一个刻字铺。

因为房子里人太多了，摄影师的两位助手，修版的谢尼亚·马吉德松和大学生布拉仁就把实验室搭在了院子里的那个木仓库的过道里。瞧一眼红指示灯便知道他们正在那里面忙活呢！指示灯闪一下，那窗户就跟着淡淡地亮一下。一条叫作托米克的小狗拴在了窗子的下面，小狗要是叫起来整个叶列宁街都能听得真真切切。

"人们又闹又乱地挤在一起，"加卢津娜一路过那个灰色的楼房时便这样想，"穷苦肮脏的贫民窟。"可是她又立刻得出"符拉斯·帕霍莫维奇厌恶犹太人的做法是错误的"的论断。这些卑微的人们是无法影响俄罗斯帝国的命运的。但是，倘若问一下什穆列维奇老头，为什么局势变得如此混乱，他指定会冲着你深鞠一躬，再做个怪脸，龇着牙说："这全都是犹太佬在搞鬼。"

唉，但是她在想什么？脑子里都塞满了什么？难不成这就是问题的所在？倒霉也倒霉在了城市里。掌握俄罗斯命运的可不是它们。受城市文化水平的诱惑，试图要去追赶它们，但却没有追上。离开了自己的岸，却没爬上别人的岸。

或许正好相反，坏也就坏在了什么都不知道。有文化的人隔着一堵墙就能瞧得见，未来的一切都能揣测得到，可是对于我们来说只有等到掉了脑袋的那一天才能想起帽子，就如同行走在一片暗淡无光的树林里。但是如今有学问的人生活也很艰难，饥饿这只猛虎将他们从城市里追赶了出来。越想越想不明白。

但是我们住在乡下的亲戚目前的状况就完全不同了。就以谢利特温一家、舍拉布林一家、帕姆菲尔·帕雷赫、莫德赫家的两兄弟、汉斯托尔和潘克拉特来讲的话，依靠双手自力更生，自己当家做主，在大道的两边都盖起了新房子，光是看着就让人高兴得不得了。每家每户都有十五俄亩的土地，有马、羊、牛、猪。储存的粮食吃三年都足够了。生产工具让人称赞，甚至连收割机都有了。高尔察克都在拍他们的马屁，一心想拉他们加入到自己的阵营中去，政委们则是试图拉拢他们去参加林中游击队。那些打完仗的一回来，便会被推着去当教官，不管你拿没拿到肩章。只要你在行，走到哪儿都吃香，绝对不会没有用武之地。

该回家了，一个女人要是在外面逛了这么久还不回家实在是太不像话了。如果是在自己家的园子里就没什么关系了。可是那里满是泥泞，站都站不住。现在心里好受点了。

加卢津娜这一路都在胡思乱想，最终也不知道自己想的到底是什么，这个时候已经到了家门口。当她踏进家门之前在台阶那里把自己脚上的泥巴弄掉的时候，她又把心里的很多事情重新想了一遍。

她想起了现今霍达斯克村的那些头头们，她对这些人都十分地了解，他们这辈子弄出过很多乱子，估计是又想着谋划什么了，否则他们便活不下去。他们一辈子都在靠着这些机器过活。他们自己冷漠无情，就和机器一样。他们在绒线衣外面又套上了一件上衣，等到抽烟的时候就用骨头烟嘴。只喝开水，不想传染上什么病。符拉苏什卡白费一番功夫，任何结果都不会有。这些人想让自己的意志统领一切，别人永远都要随着自己的意思做。

之后她又想到了她自己。她晓得自己非常出色、与众不同，身子保养得相当不错，人也聪明，人品不错。可是在这种鬼影都难见的偏僻之处，她身上的任何优点都没有人赞赏，或许在其他的地方也不会有人赞赏。她忽地想起了那个外乌拉尔全都熟知的、讥笑傻子先杰秋利哈的那支下三烂的污秽小调，只能唱出开头的前两行：

先杰秋利哈卖了大车，
用卖车的钱买了一把三弦琴……

紧接着下边的话就污秽不堪了，她感觉在圣十字市场上人们去哼这首小调完全是在唱给她听。

她禁不住长长叹了一口气进了家。

5

她没在前厅多做停留，穿着皮大衣就径直进了卧室。卧室里的窗子正好面对着花园。这个时候正好是在夜里，窗户内外的各种影子差不多都要叠加在一起了。垂下去的窗帘的影子和院子里光秃而又黑漆漆的树的影子很像，整个轮廓都是模模糊糊的。冬季就要结束了，花园里那黑色绸缎般的夜晚，被将要到来的暖春的那种紫色的味道包围了。屋里两个相似的因素估计也是这样融合在一起。将要逼近的暗紫色的节日氛围，使得还没有打扫干净的窗帘散发出的闷燥的灰尘气变得稍微舒爽了些。

圣龛中的圣母将一双手向上抬起。好像她的每只手掌里分别握有她拜占庭圣名的最前和最后的两个字母。放置在金灯托上的石榴石圣灯，就如同一只墨水瓶，把那斑斓的星光般的光芒洒落在卧室的地毯上。

加卢津娜将头巾和皮大衣脱了下来，略显笨拙地扭了下身子，肋骨就如同被刺了一下似的突然痛了起来，她胸口堵得慌。她嚷了一句，有些害怕了，自己念叨了起来：

"帮助悲痛的人排除忧虑，我那圣洁的圣母，及时助人，守护世间。"她禁不住呜呜哭了起来。这阵疼痛过去后，她开始脱衣服。衣领和背上的束胸扣钩从她手里滑脱了下来，掉进了衣服烟色的褶皱里。她费力寻找着它们。

她走进家门的时候把养女克秀莎吵醒了，克秀莎进了她的房间。

"您怎么也没点灯呀，妈妈，需要我帮您拿一盏灯过来吗？"

"不用。摸黑我也能瞧得见。"

"我的好妈妈，让我来帮您脱衣服吧，别受这个罪了。"

"手指头要是不听使唤，真是什么办法都没有。裁缝不长眼睛，都没把扣钩钉在合适的地方。瞎了狗眼的东西。我恨不得一把把扣钩扯下来直接甩到他那张丑脸上。"

"圣十字镇的赞美诗唱得真好听。夜里又分外安静，静得在这里也能听到了。"

"唱得真是太棒了。但是我，妈呀，没一点能让我舒服的。全身又开始疼起来了，哪里都疼得难受。真是作孽啊！都不晓得该怎么办了。"

"顺势疗法医生斯特多勃斯基给您诊断过。"

"他说过的那些治疗方法总没办法实行。这位顺势疗法大夫曾经是给牲口看病的，什么都不明白。这是其中一点原因，还有一点是他离开了，还不仅仅只是他一个人。这些人都在节日前夕搬出了城市。是不是他们已经料想到了这里将要发生地震？"

"但是那个被俘虏的匈牙利医生给您看病看得很不错呀。"

"又乱讲了。让我来和你说吧，谁也没留下来，全都跑了。克列尼·劳什和其他匈牙利人一样都到分界线那边去了。他们逼迫着那家伙看病，将他拉到了红军的阵营里面。"

"您想的太多了，神经过敏症。民间流行的一种暗示疗法创造了许多奇迹。您还记不记得，那个老巫婆，就是那个士兵的老婆，曾经为您念咒治病，效果不是还不错吗？后来真是一点都不痛了。只是忘记了她叫什么名字了。"

"不,你几乎就把我当作了愚昧不堪的人了。怕是你还在我背后唱先杰秋利哈小调奚落我呢!"

"您怎么不对上帝产生敬畏呀!您不能说出这样的话呀,妈妈。您还是想想那位士兵的老婆叫什么吧。名字就挂在嘴边,想不起来我真难受。"

"她的名字比她的裙子都多。我不晓得你说的是哪一个。她叫库巴利希娜,又称作梅德维吉哈,还叫兹雷达里哈。除此之外还有十多个外号。她不在咱家附近了。演出已经结束,还能去哪儿找见她?她被关在了克日木监狱,因为她为人打了胎还卖什么药粉之类的。但是她嫌牢房里太过沉闷,竟然越狱去远东了。我就这么跟你说吧,已经都散了。符拉斯·帕霍莫维奇、捷廖沙、心善的波利娅姨妈也全都跑了。城里剩下的唯一的正派女人就只有咱们两个笨蛋了,难不成是有谁在和我取乐?哪儿都不能瞧病了,万一要是有个什么事,谁也叫不来。据说在尤里亚金有一个很不错的医生,一位来自莫斯科的教授,他父亲是一位自杀的西伯利亚商人。我正想着请他过来,红军便已经在路旁安置了二十个哨所,我还怎么找他啊。你去睡觉吧,我也眯一会儿。大学生布拉仁把你迷得神魂颠倒的,又有什么好抵赖的呢?你无论怎么躲都躲不过他,看你那小脸儿红得跟虾米似的。你那倒了霉运的大学生得在复活节的晚上冲洗相片,全部都要自己动手印。自己不睡觉也让别人不得睡。他们那条狗的叫声扰得哪里都能听见。可恶的乌鸦就落在咱们的苹果树上呱呱地叫着,我这一整晚又没得睡了。你在生什么气呀,性子怎么这样呢,嗯?大学生,自然讨女孩们喜欢啦。"

6

"那狗怎么叫这么凶？去看看到底出了什么事儿。没来由它是不会乱叫的。先等等，利多奇卡，怎么老是不停地骂人呢？停停吧，先要搞清楚状况。万一要是警察突然冲了进来可怎么办？你别走，乌斯金。你也待在这里，西沃布留伊，没你们什么事。"

可是中央代表利多奇卡没听到让他停下来的话，就如同演讲家一样继续拖着倦怠的嗓子讲，而且语速越来越快：

"西伯利亚的资产阶级军事政权所执行的抢掠、勒索、强暴、枪杀和拷打的政策，一定会让那些处于迷茫中的人睁大双眼。它不仅站到了工人阶级的对面，事实上也站到了所有人的对立面上。西伯利亚和乌拉尔的百姓应该晓得，只有将城市无产阶级和士兵联合起来聚拢在一起，只有将吉尔吉斯和布里亚特的贫农结合在一起，才会……"

他最终听见有人要他先停下来。于是他用手绢擦去脸上的汗珠，疲倦地耷拉下了虚肿的眼皮，合上了双眼。

靠近他的那个人压低声音对他说：

"先稍稍歇一会儿吧，多喝点水。"

有人对着心神不宁的游击队首领说：

"你这么激动做什么？什么事儿都没有。窗台上有信号灯，岗哨正紧盯着四周。我觉得可以继续讲报告。接着说吧，利多奇卡同志。"

大仓库里的木材全部都移开了。在收拾出来的地方正进行着秘密会议。一摞垒到了天花板上的圆木垛，就如同一个屏风一样，将这些聚拢在一起的人挡住，同时将那空出来的一半与过道里搭建的照相馆和出口分隔开。要是有意外情况出现，这些聚会的人便可以一下溜进地道里，再从修道院墙后面的康斯坦丁死胡同的地下钻出来，溜到偏僻的地方。

报告人头戴黑棉布帽，帽子将他的秃顶整个遮挡住。他那张脸苍白而毫无血色，一脸的络腮胡。他一紧张就全身冒汗，一直大汗淋漓。他靠近桌子上的煤油灯，用里面的火苗点着烟，一口接一口地抽着剩下的烟头，身子低低地压在散在桌子上的文件上，拿着他那双近视镜焦躁地盯着文件看来看去，就好像是在拿着鼻子闻它们，之后再用枯燥而倦怠的语调继续往下说：

"这种城市与农村贫苦人的团结只能靠苏维埃来实现。西伯利亚的农民，无论他们愿意与否，想要抵达的，也正是西伯利亚工人很早以前就已经为之奋斗的目标。他们一致想要达到的目标就是推翻海军将军们和哥萨克军事首领们的敌视人民的专制统治政权，建立农民士兵苏维埃。与此同时，在同武装到牙齿的资产阶级所雇用的哥萨克骑兵进行抗战之时，起义军必须要进行正确的阵地战，然而这种抗战是坚韧而长久的。"

他又停了下来，擦去了脸上的汗，合上了眼睛。有人顾不得会议议程，站起来举手想要插一嘴。

游击队的头儿，说得更精确点，就是外乌拉尔克日水游击纵队指挥官，满脸毫不在乎的挑衅的神态，坐在了报告人的对面，一点面子都不留给他。真是让人难以相信，年纪如此之小的一个军人，几乎就是个毛头小子，统领着几个军和几支联合纵队，但是他的手下都对他很顺从、拜服。他坐在那里，手脚都裹在大衣襟里。脱下的大衣上半截和两只袖子都放在了椅子背上，里面的军装便都露了出来。军装上的准尉肩章不知道什么时候撕了下去，只留下了两个肩章的印记。

他左右两边各站着一名与他年龄不相上下的护卫兵，穿在他们身上的卷毛粗羊皮羔的白羊皮袄早已经旧得泛着灰色了。他们呆滞的面部除了看到对头领的盲目效忠，时刻准备着为他肝脑涂地以外，就看不出其他多余的表情了。他们对会议没什么兴趣，对会议里提到的事情和激烈辩论的过程也不感兴趣，一句话都不说，脸上也没有什么笑容。

除了这些人之外，仓库里还有十到十五个人。有站着的，有坐在地板上的，伸展着腿抑或将膝盖缩起来，身体靠着墙或者倚在摞在墙边的圆木头上。

放了一排凳子给贵宾们。而坐在这几把凳子上的是三四位参加第一次革命的老工人。他们之中有脸上始终阴沉着的季韦尔辛，他的容貌一点都没变，还是什么都听他的老朋友安季波夫老头的。他们已经被列进了圣明的队列之中，革命将自己的祭礼都敬献给他们。他们默不作声地坐在那，就如同两个严肃的木偶，可是表露出来的在政治上的高傲却是任凭谁都能感受到的。

仓库里还有其他几个值得注意的人。比方说，无政府主义的主力、"黑旗"伏多维钦科。他什么时候都安静不下来，一会儿站起来，一会儿又坐在地板上，一会儿在仓库里来回踱着步，一会儿又停在那里。他是个胖子，五大三粗的，脑袋和嘴巴看起来都很大，头发像是狮子毛。他参加过俄土战争和日俄战争，他也是里面差不多唯一侥幸活下来的军官。他整天都在自己的梦想里过活，是个地道的梦想家。

他天生敦厚，大高个子，这让他有时候留心不到与他不相称的、小规模的情况。他对于周边的一切都没能细心观察，经常会误解，把相反的意见误以为是自己的意见，对什么都表示同意。

坐在他身边的是他的朋友，名叫斯维利德，是一位森林猎人和捕获野兽的专家。即便斯维利德不耕作，可是从他那黑呢衬衣的襟口里还时不时会让人感受到一种泥土的气味。他把衬衣与领口下面的十字架揪成一团，来来回回地蹭身体，抓胸脯。他的身体里流着一半布里亚特人的血，他待人诚恳，识不得几个字，头发被他梳成了几条细辫子，髭须稀少，胡子更是很稀，总共没几根儿。蒙古人的脸形显得他的脸更为苍老。他的笑容里永远有一丝同情，笑容又无形为他的脸添上了更多皱纹。

报告人已经怀揣着中央委员会的军事指示跑遍了整个西伯利亚，他已经带着他的思想走遍了他想要去的地方。他对这里出席会议的大多数人都不感兴趣。可是作为一个自小就投身革命并爱护着人民的一员，他十分偏爱地瞧着这些坐在他面前的年轻的军官们。他不但谅解了那个小伙子粗暴的举止，把这些举止看作是有着浓郁乡土味道的革命性的展现，而且还很赞赏小伙子那有些放荡不羁的举动，就如同一个痴情的女子一心迷恋着她的征服者的粗鲁和蛮横。

米库利钦的儿子利韦里是游击队的统领，中央来的报告者就是劳动大军里的合作主义者科斯托耶德－阿穆尔斯基。他之前加入过社会革命党，之后转变了自己的态度，坦言承认了自己当时态度的错误，并且发表声明说出了自己的忏悔之意，因此他不仅被接受入党，而且还在加入不久之后便被委以重任。

虽然他没有打过仗，可是却把这项工作交给他，足以看出这是对他的革命资历和监狱生涯的敬佩，而且还考虑到他曾经是一名合作主义者，对西伯利亚起义地区的百姓的情绪比较了解。从这一点来考虑的话，这可比一些军事知识来得更为紧要了。

政治信仰的转变让科斯托耶德产生了极大的改观。它转变了他的举止与行事风格。没有哪个还记得他之前的秃顶和满脸的胡碴了。或许也都是乔装？党禁止他泄露他自己的身份。他的化名是贝伦杰或利多奇卡同志。

当伏多维钦科对看过的命令条款表明同意时，会场出现了一些混乱，等到安静下来之后，他继续往下说：

"为了尽最大可能引导不断高涨的农民群众运动，必须赶快与省委会管辖地区内一切游击支队建立联系。"

之后，科斯托耶德说到了设立接头点、暗号、密码和联络方法等一系列问题。接着他又说到了细节问题。

"将白军机构和组织存放武器、装备和粮食仓库的地点以及大量存储金钱的地点与他们的储存体系通报给各个游击队。

"必须详细分析游击队内部的组织结构存在的一些问题，仔仔细细地研究他们的指挥官、军事和作战规划、秘密活动、游击队与外面联系的保持、对待当地居民的态度、战地革命军事法庭、在敌占区内的各种破坏活动，就像破坏桥梁、铁路、轮船、驳船、车站、修理厂及其技术设施、电话局、矿山、粮食等策略问题。"

利韦里已经在那里忍了很久，最终忍不下去了。他感觉科斯托耶德所讲的都太虚幻了，这只是一个外行人在这里胡说八道。他说：

"讲得很好。我全都放在心里了。看来要是希望有红军的支持，就必得接受这一切而不能反抗是吧？"

"当然。"

"我的利多奇卡，在你这些杂七杂八的训教冒出来的时候，我手下的三个团还有炮兵和骑兵，早就奔赴战场去迎击敌人去了，你让我怎么来想你这些幼稚的话呢？"

"说得太对了！这才够劲！"科斯托耶德想着。

季韦尔辛将他们的争论一下打断了。他很讨厌利韦里这种骄横无礼的语气，说道：

"不好意思，报告人同志。我有个问题。或许其中有一条我记得不是很对，我来念一念，我想看看是不是记错了：'最好能将在革命阶段拼杀在前线并且加入士兵组织的老战士接纳到委员会里。在委员会里最好有一两位下级士兵和军事作战专家。'科斯托耶德同志，我这样记得对不对？"

"对，一个字都没错，记对了。"

"既然这样的话，请允许我提一些看法出来：有关军事作战专家这一项让我感觉忐忑不安。我们这些加入过一九○五年革命的老工人对那些旧长官不怎么信任。他们中间总会混着反革命分子。"

周围的人开始喊：

"这就够啦！表决，表决！该散会了。时间差不多了。"

"我同意大部分人的态度。"伏多维钦科开始插话了，嗓门大得如震雷一般。"如果想要诗意一点就应该如此表述：非军事指示理应来自于下面，出生在民主的土壤里，也就如同在地里埋枝一样，而不是像钉桩子一样从上面直直的钉下去。雅各宾党专政的弊病就是这个地方，于是国民会议才会在热月政变中被推翻。"

"这再明白不过的了。"和他一起漂泊的朋友斯维利德对他表示支持，"这个连小孩都明白。早就应该想到的，可是现如今却晚了。

我们现在需要去做的就是对抗,无畏地朝前猛冲,一口气朝前冲。要是这样胡乱说一通,然后再退缩,这算怎么一回事?自己种的恶果自己尝。自己要是一个猛子扎进了河里就别给我喊救命——淹死才算完。"

"表决!表决!"周围所有人都要求表决。大家又各自说了一下意见,越说越跑题,各自怀有各自的观点,直到黎明时分才散了会,一个个非常警惕地各自回家了。

7

在路上有一处景致特别美的地方。激流奔腾的帕仁卡小河隔开了原本在坡上相互挨着的两个村子——库捷内镇和小叶尔莫莱。库捷内顺着斜坡从上面蜿蜒下来,在它的下面小叶尔莫莱已经展露了足够耀眼的色彩。库捷内镇里此时正在欢送这次入伍的新兵,这些新兵正在被施特列泽上校领导的验收委员会检收,验收员在帮小叶尔莫莱村和紧邻乡入伍的年轻人检测身体,因为要庆祝复活节,所以耽搁了几天。为了能让新兵入伍这项工作圆满完成,村子里便住下了骑兵民警和哥萨克兵。

这次的复活节到达的很晚,而春天转眼就到,比平时也更快。这是节日后的第三天,温暖而又安宁。库捷内镇的街道上全都放满了用来招待新兵入伍的桌子。从路的一头开始,免得阻碍通行。桌子全都没排在一条线上,就好像是一根弯曲扭转的肠子,铺在桌子上的白桌布都垂到了地上。

人们一起举办酒宴来招待入伍的新兵。主要的食物是复活节过后剩下的东西，两只熏火腿，一些圆柱形状的大面包，还有两三块奶渣甜糕。桌子上也放满了盛咸蘑菇、黄瓜和酸白菜的盆子，还有放切片面包的碟子，所有这些面包都是农民自己烤出来的。一碟碟的复活节彩蛋摞成了个小山。彩蛋主要是由淡淡的红色与蓝色构成的。

外面淡红和浅蓝而里面是乳白色的空鸡蛋壳胡乱地扔在了桌子四周的空地上。这些年轻人外套露出来的衬衫也是淡淡的红色和浅浅的蓝色。姑娘们裙子上的颜色也都是淡红和浅蓝色。浅蓝色是天空的色彩，淡红色是云的色彩。云彩飘浮在空中缓慢地移动，就如同整片天空都在随着它飘移。

符拉斯·帕霍莫维奇·加卢津身着粉红色衬衫，腰扎一条宽丝腰带，皮靴敲击着地面发出嗒嗒的响声，两只脚左右摇晃着，从潘夫努金家的高台阶上跑了过来，跑到桌子旁边。潘夫努金家就在摆宴席的山坡上。他立刻说道：

"我就用这杯百姓自己做的烧酒代替香槟向你们致敬，兄弟们，我祝你们长寿！各位新兵们！我在这里祝你们万事如意。请注意！你们即将踏上一个崭新而遥远的征程，挺起胸膛捍卫祖国吧，击败那些让俄国人民相互残杀、血流成河的施暴者们。百姓都在期望通过不流血的方式来获得革命的果实，可是那布尔什维克党却是外国资本家的仆人，人们一心拥戴的立宪会议被他们用强暴的手段拆散，让血浸染了大地。即将奔上前线的伙计们！俄国武装的荣誉遭到了玷污，将它洗刷殆尽！我们对不起我们忠诚的盟友，我们遭受了侮辱，我们发现紧挨在红军的后面，德国和奥地利也开始横行。兄弟们，上帝与我们同在。"加卢津还想着继续讲下去，可是"乌拉"的喊声和要求他不要再往下说了的叫嚷声淹没了他的声音。他拿起酒杯贴到嘴边,一口一口缓慢地喝着还没过滤过的白酒。这种酒完全不能满足他的需求。他已经习惯了喝甘美的葡萄酒。可是当他感到他这是在为社会奉献着、牺牲着,便很知足了。

"你老爹真是不错,说得可真够劲儿!那个米留可夫算是个什么东西。"嘈杂的吵闹之声中,醉醺醺的格什卡·里亚贝赫对坐在自己身边的朋友,捷廖莎·加卢津,说道,夸赞着他的父亲。"真的,真是有野性。不过应该不会无端地这么出力,他想凭借着这舌头来免除你去服役。"

"算了吧,格什卡!你可真好意思说。竟然能想得到'免服兵役'。我俩会在同一天里收到入伍通知书的,还什么免服兵役!我和你会去同一个部队的。他们这群混蛋把我从学校里赶了出来,我老妈真是难受死了。幸好没当志愿兵。说让我当民兵。爸爸的确挺会说话的,那是自然不必说的,人才。可是他这种才能是从哪里来的?天生就有的,没受过任何正规的教育。"

"你听说了桑卡·潘夫努金得病的事情了吗?"

"听说了。病得真那么严重?"

"一辈子也好不了了。病一入骨髓就没救了,这完全是他自作自受,告诉过他别去的,最主要的是别和什么人乱搞。"

"那他现在可怎么办才好?

"真是挺悲惨的,他想自杀。今天,叶尔莫莱村的征兵委员会对他进行检查,或许能收他。他说他要加入到游击队中去,要对这个世间的风言风语进行复仇。"

"你先听我说,格什卡。你说这是一种传染性的疾病,但要是不去投奔那里,或许还能得别的病。"

"我明白你在指什么。这样来看你正探究这个问题,这可不是病,而是一种见不得光的隐疾。"

"格什卡,当你说出这种话的时候我真想揍你一顿。你竟敢欺瞒侮辱你的朋友,你这个谎话连篇的赖皮头!"

"我只是开个玩笑,你别动怒。你猜我想跟你说什么。我在帕仁斯克过了复活节。一位陌生的过客在帕仁斯克作了一篇关于'个性解放'的演讲。我简直太开心了,我要去加入到无政府主义之中了。他说力量是由我们自身散发出来的。他说性和性格来自于动物电磁的启动。啊?很奇妙吧?但是我喝的酒太多了。四周叫嚷的是什么我全都听不见,耳朵都快被震聋了。我实在是受不了了,别出声,捷廖沙。我说,脓包,妈妈的乖宝贝,堵住耳朵。"

"你和我说点其他的吧,格什卡。我对社会主义不是很明白。比方说,什么叫怠工者。那什么意思?什么时候用的?"

"虽然对于这个问题我算得上是专家,但是我跟你说,捷廖沙,离我远一点,我已经喝多了。怠工者指的是那些结成一派的人。明白啦,傻瓜?"

"我想也是一句骂人话。你提到什么电磁力,你说得没错。我瞧见了一条广告,下定决心从彼得堡邮购一条电磁腰带,好提升活力。但是却忽然闹起了革命,哪里还顾得上什么腰带。"

捷廖沙的话还没有说完……醉鬼们的叫嚷声就被不远处爆发出的一声响动给镇住了。桌子上的喧嚷声停了一下,过了一阵子又恢复了原样,而且吵嚷得更凶了。一些人站了起来,神智稍微清醒些的还能站住脚;另外一些则两只腿颤颤巍巍地想走开,可却站都站不稳,一下跌到桌子底下去了,立刻打起了呼噜。女人们的尖叫声四起，陷入一片混乱之中。

符立斯·帕霍莫维奇·加卢津拿眼四下扫了下，想找哪个是罪魁祸首。刚开始他感觉爆炸声就位于库捷内镇离宴席不远的地方。他脸色通红，脖子上青筋突起，扯着嗓子大声嚷起来：

"是哪个犹大溜到我们这里来捣乱？到底是哪个浑小子没事扔手榴弹？无论是谁，就算是我的亲生儿子，我也要把这个浑蛋给一把掐死。公民们，我们绝对不允许开这种玩笑！我要搜捕，把整个库捷内镇全都包围起来，一定要把这个奸细揪出来！绝对不要让这个狗腿子给跑了！"

刚开始人们还都在听他说什么，后来这些注意力全都被小叶尔莫莱村公所那直冲上天的烟柱给吸引过去了。人们都奔过去想看看究竟出了什么事。

从乡公所的火光里跑出来几个没披外套的新兵，打着赤脚，只穿着紧身短裤。施特列泽上校和几个对新兵进行检查的军官也从里面跑了出来。哥萨克和民警们骑着高头大马在村子里来来回回地奔驰着，身子就好像是蛇一样在马背上扭来扭去的。他们好像是在搜寻什么人。很多人都顺着直通库捷内镇的大路奔了过来。小叶尔莫莱村的钟楼急促地敲打了起来，民警在后面追逐朝这边跑的人。

事情发展的极为迅速。约莫黄昏时分，施特列泽带领着哥萨克来到和小叶尔莫莱村相邻的库捷内镇搜查。巡逻队把整个村子全都包围了起来，一户一户地进行排查。

这时，有接近一半加入到庆祝队列中的人还没有走呢！他们酩酊大醉，脑袋倚着桌角或者直接横躺在了桌子底下酣酣大睡。等到所有人都晓得村子里进了民警，天都已经暗下来了。

几个年轻人避着民警，跌跌撞撞地从小路溜走了，从一个栅栏门的下面溜进去了。黑夜里搞不清这到底是哪一家货栈，可是从鱼腥味和煤油味上来看，应该是合作社的地窖。

躲避起来的人其实没有做过什么坏事。他们这样躲起来实在是犯不上。很大一部分人是因为一时紧张，酒喝太多，脑袋稀里糊涂的。有的人是感觉自己相识的人上不得台面，他们有时候或许会毁掉自己。现如今所有一切都牵连上了政治色彩。捣蛋和一些流氓行为在苏维埃政权这里都视作黑色百人团①的证据，然而在白军那边却被误当成布尔什维克。

哪承想有很多人已经比这几个年轻人更早溜了进来。地窖里面全是人。有库捷内镇上的人，也有来自小叶尔莫莱村上的人。库捷内镇的人喝的几乎不省人事，他们中有一部分人就像是在呻吟一般打呼噜、磨牙，发出阵阵酣睡声，而另外一些人则恶心地在一旁吐了。地窖里一点儿光都没有，简直让人出不来气，臭气都能把人给熏死。最后爬进来的那拨人将他们进来时的通道用土和石块紧紧堵死了，以免让人看见。不一会儿，这些醉鬼们的呼噜声和呻吟声就全停了下来，一点儿声响都没有了，全都在安静地睡觉。只剩下吓得不轻的捷廖沙·加卢津和小叶尔莫莱村喜欢用拳头说话的科西卡·涅赫瓦林内没静下来，待在一个角落里悄悄地讲着话。

"小声点儿，兔崽子，你这动不动就哭的鬼家伙，千万别把大家都给毁了。听着没，施特列泽的人可是在到处都搜呢！他们从村头折回来到了集市上，要不了多久就会搜到这儿来的。嘘，别动了！别出声！小心我一把掐死你！算你小子走运——他们已经走远了，

---

① 一九〇五年由警察、宪兵和保皇党组成的武装团体。

已经过了咱们这儿了。你是怎么躲到这儿来的?瞅瞅你这个笨蛋也来这里躲着!哪个能动你一下?"

"我听见格什卡叫嚷着'赶紧躲起来',然后我就溜进来了。"

"格什卡是另外一回事,里亚贝赫一家全都是怀疑的对象。在霍达斯克那里他们有亲戚,有着一门手艺,算得上是工人出身吧。你可别嚷嚷啊,你个傻蛋,老实给我躺着。四周全都是屎,还吐了一地,你稍微一动就粘一身,连带着我都得抹上。你就闻不见这里有多臭吗?施特列泽为什么要沿村子跑?他是想搜从帕仁斯克来的人。"

"科西卡,这到底怎么回事?怎么弄的?"

"这全都怪桑卡,就是那个叫桑卡·潘夫努金的。我们把衣服全脱了站成一排检查身体。轮到桑卡的时候,他不肯脱衣服。他喝了点酒,直到村公所酒都还没醒过来。文书对他说'麻烦您脱下衣服',很客气的称桑卡为您。这可是部队上的文书。但是桑卡却对他十分粗鲁:'我就是不脱,我身体上的某一部分不想让你们看到。'就好像他很不好意思一样。他一转身贴近文书,抡圆拳头朝着他腮帮子就来了一拳,结结实实的。你猜怎么着,一眨眼的工夫,桑卡弯下腰就把桌子掀翻了,将桌子上面的墨水瓶、兵役名单全部都摔到了地上!施特列泽从门的后面嚷道:'我绝对不能容忍有谁敢在这里胡闹。我要让你知道知道这不是不流血的革命,你们竟敢在政府的地盘藐视法律。谁带的头?'

"桑卡跑到了窗户那儿,大声喊道:'快跑啊,快拿好自己的衣服!我们的末日就要来了,兄弟们!'我一把拿过来衣服,就跟在桑卡的后面跑,一面跑一面穿我的衣服。桑卡上来一拳就把玻璃打碎了,蹭地跳到了大街上。我跟着他跑。后面还跟了几个人。

我们在前面跑，他们就在我们后面追。要是你问我这到底怎么了，谁也搞不清。"

"炸弹呢？"

"什么炸弹？"

"谁扔的炸弹？不是炸弹的话，难不成是手榴弹？"

"我的天，难不成是我们扔的？"

"不是你们的话，会是谁？"

"我哪儿知道？肯定是别人干的。他一瞧见都乱哄哄的，便想趁着乱把整个村公所全轰掉。让他们怀疑是别人做的这事儿，他肯定是这么想的。这人肯定是个政治犯。这里到处都有帕仁斯克的政治犯。轻点，先别出声。有人在说话，你听见没？施特列泽的人又过来了。唉，死定啦。别说话。"

声音渐渐近了。皮靴发出咯噔咯噔的响声，马刺也传来了磕碰的响动。

"您别争辩了，这可骗不到我。我可不是那种轻易就会上当的家伙。这儿肯定有人在讲话。"上校高傲地说着话，带着一口浓重的彼得堡口音，这从地窖里可是听得越来越清楚。

"大人，或许您听错了。"小叶尔莫莱村村长奥特维亚日斯金试图让上校相信，这老头是个渔夫。"村子里有人说话是正常的，没什么好奇怪的，这又不是坟圈子。或许是有人讲话。屋子里待的又不是不会讲话的畜生。或许是家神在做梦的时候压着人的胸呢！"

"好吧！你要是再在这里装傻充愣，拿出一副可怜兮兮的样子，我就给你点颜色瞧瞧！家神！你们太张狂了！你们想要弄心机到共产国际那可就晚了。"

"那怎么会呢,大人,上校先生!哪里就会到共产国际呢!我们这都是一些不认识字的人。就连旧圣经书都看不了,哪里懂什么革命。"

"没有真凭实据之前你们都来这一套。来人给我把合作社翻个遍。但凡是箱子里面有的东西全部给我搜一遍,柜台底下也给我搜了。挨着合作社的房子也全部给我搜了。"

"是,大人。"

"潘夫努金、里亚贝赫、涅赫瓦林内这几个人不管活的死的都给我抓来。就算是掉进海里,也得给我抓来。还有捷廖沙·加卢津那个家伙。无论他老爸怎么宣扬爱国演讲,怎么绞尽脑汁地推脱,我们都不会大意了。如果店铺老板会去演讲,里面一定会有缘由,让人质疑,这完全不正常。我们听到密报说他们在圣十字镇的家里藏匿政治犯,召开秘密会议。我要逮住那个小杂种。我还没想好怎么处置他,但凡要是被我发觉了有什么问题,我必得绞死他,杀鸡给猴看。"

搜查的人向前走了。等他们走远后,科西卡·埋赫瓦林内朝着已经吓得脸上没了血色的捷廖沙·加卢津问道:

"你听见没?"

"听见了。"他回话的时候声音全变了。"现如今我们两个和桑卡、格什卡只能奔着树林这一条路去了。我没有说一辈子都不回来。等他们的火气没那么大了再说。等到他们冷静下来知道搞错了对象的时候再看,或许还能回来。"

第十一章 林中兄弟

1

尤里·安德烈耶维奇在游击队里已经当了一年多的俘虏了。可是这种囚禁的意味不怎么明显,囚禁他的地方不设围墙,没人守着,也没人盯着。游击队总是在不断地转移,尤里·安德烈耶维奇就随着他们一起走。这支部队和人民大众没有隔开,经过的都是村庄,与村民交杂在一起,与他们融合在一起。

就好像这种俘虏的状况并不存在似的,他很自由,只不过他还不会怎么利用他的这种自由。他的这种受拘束的囚徒生活,就好像和实际生活中的拘束没什么差别,这一切的一切都是看不见和摸不着的,就好像没有存在一样,完全都是自己想象出来的虚幻。即便他的手脚没上锁,也没人监视,可是他却还是不得不顺从这个就好像是臆想出来的囚徒生活。

他曾经有三次想要逃离游击队,可是全都被逮了回来。虽然他三次出逃都没有受到追究,可他知道他这是在玩火,所以从那以后他也就不再逃了。

游击队长利韦里·米库利钦十分看重他,让他和自己睡在一个帐篷里,喜欢跟他在一起,这种单方面所给予的亲近让尤里·安德烈耶维奇觉得十分的恼火。

2

这段时期,游击队差不多一刻不停地朝着东方转移。有时,这种转移是将高尔察克驱逐出西伯利亚的攻势计划的一个组成部分。有时,白军抄到游击队后面,试图将他们围困起来。这时,游击队还是朝着一个方向撤。医生想了很长时间都无法理解这是为什么。

游击队经常顺着大路两边的城镇和乡村平行移动,有的时候还会走大路。这些城镇随着时局的变化而变化着,时而属于红军,时而属于白军,很难从表面看出来城镇现在在谁的手上。

当这支游击队从村镇中穿过的时候,它们之中最为明显的便是这支拉长了的队伍。路两旁的村社就如同一下压到了地底下去了,踏着泥泞的骑兵、马匹、大炮和背着背包相互挤着的那些大个子步兵朝前走,好像高过了房屋似的。

一天,就在一座这类的村镇上,医生接到命令去接收游击队缴获的战利品——一座英国药品库,这是卡比尔将军的军队逃跑时丢掉的。

这是一个黑漆漆的下雨天,天幕下只辨得出两种颜色:照到光的地方是白色,照不到光的地方便是黑色。医生的内心世界也是如此,省去了中间的过渡,没有一点快乐。

军队转移频繁,所经道路完全踩踏坏了,现在道路上满是黑色的泥浆，甚至有的地方根本过不去。街道上只有几个隔得很远的地方能够过去，无论从哪个地方拐，都必须拐个大弯。在这种状况下，医生在帕仁斯克碰见了一位曾经的旅伴佩拉吉娜·佳古诺娃。

是她首先把他给认出来的。刚开始他没有立刻就记起这个面相有点熟悉的女人是谁。她在路的对面，就如同站在运河的对岸一样朝着他瞥来富有深层意味的目光。

隔了一小会儿，他已经全部想起来了。在满是人的车厢里、押解着服劳役的人们、看押着他们的卫兵和辫子置于胸前的女旅客，以及自己的家人。去年全家乘车的景象全部都印在他的脑海里了。他一心牵挂的家人的面孔全部浮现在了他的眼前。

他向着她点了点头，让她朝前走几步，走到那个扔两块石头便能过去的泥泞的地方。他也朝着这个地方面对着佳古诺娃走去，和她打了声招呼。

她跟他讲了很多事。她提起同一个车厢里被非法逮进了劳工队却没有受到污染的相貌可人的男生瓦夏——瓦夏曾经与医生一起坐在同一节车厢里，她还对他讲起了自己在瓦夏家韦列坚尼基镇的日子。她住在那里感觉很不错。可是村里的人经常刁难她，因为她是个外来的人，还指责她和瓦夏有私情，这些全都是村里人在胡言乱语。她迫不得已才离开了那里，否则就要被他们那些污言秽语给淹没了。她搬到了圣十字镇姐姐奥莉加·加卢津娜家去住。听说在帕仁斯克有人瞧见过普里图利耶夫，她便到了那里。可是消息却是假的，但她已经在那里找到了工作，于是便住下了。

这段日子以来，与她联系最为紧密的亲戚们全都遭了劫难。韦列坚尼基镇传来消息说，因为违抗了余粮征收法，整个村子全都遭到了军队的镇压。瓦夏布雷金家的房屋几乎烧了个精光,家里也死了人。在圣十字镇上,加卢津娜的房子被人霸占,财产也被没收了。姐夫要么就是被关进了监狱要么就是被执行了枪决;外甥也失踪,至今都没有消息。姐姐奥莉加刚开始身无分文,挨饿受冻,后来在兹沃纳尔斯克镇一个亲戚家做苦工勉强糊口。

医生接收的财产恰巧就是佳古诺娃在帕仁斯克当清洗工的药房。对于一切依靠药房过活的人——这其中包括佳古诺娃——对药房的接收无异于让他们失去饭碗。可是医生对于这个征用的决定一点儿办法都没有。佳古诺娃眼睁睁地看着药品被移走。

尤里·安德烈耶维奇的大车开到了药房后院那个仓库的门口。成捆的药品,堆满药瓶和药盒的筐被抬上了车。

马厩里那匹长满癣的瘦马和药房老板一起无比哀伤地看着药品被一筐筐地抬走。阴霾多雨的天已经接近黄昏,天空开始转晴,被乌云笼罩着的太阳也时不时地展露下笑容。快要日落西山了,它那和着淡淡的紫色的余晖洒进了院子里,将化粪坑涂满了金色,这应该不是什么好兆头。风刮不动它们,粪浆太稠了,根本都撼不动。可是大路上那坑洼存下的雨水却被风吹得出现阵阵涟漪,泛着微微的红光。部队绕过那些深水沟和坑洼的地方,沿着路边朝前走着。在收缴的这些药品中找到了一罐可卡因,游击队队长这段时间以来迷上了吸这玩意儿。

3

医生的工作实在是太多了。冬天治斑疹伤寒,夏天治痢疾,除此之外，战斗又一次爆发，伤员总是在增多。

虽然打了败仗，队伍在不断地撤退，可是新加入的人员却在一直增多，有的来自路过的农村村镇，有的是来自对方阵营里的逃兵。在医生这一年半的俘虏时光里，游击队整体的人数增多了一倍。利韦里在"十字架节"镇上的秘密会议上说到过他军队的人数，那个时候他夸口了。现如今，他们真的达到了这个数。

尤里·安德烈耶维奇有了自己的帮手，他们其中的几个还是有着一定经验的新加入的卫生兵。协助他的主要有匈牙利共产党员、做过俘虏的军医克列尼·劳什，另外一个帮手是一位叫作安格利亚尔的医士，克罗地亚人，也是奥地利战俘。尤里·安德烈耶维奇和前面那个人用德语说话，医士因为出生于斯拉夫人居住的巴尔干半岛，所以稍微能听懂一点俄语。

4

根据国际红十字公约的有关规定，军医和部队医务人员不允许加入到双方作战的军事战斗中去。可是有一次医生违背自己的意愿不得已违反了这个规定。当战斗发生的时候他正巧在战场上，因此他只好和战斗人员一样对着敌人射击，来保证自己的生命安全。

游击队的卫兵散布在了树林的边上。他们背后是大片的森林，而前面是一览无余的大草地，周围一点可以遮挡的东西都没有，白军正是从这片什么遮掩物都没有的地方冲过来的。敌人的炮声刚一响，医生便马上卧倒在了游击队电话员的身边。

敌人靠得越来越近，医生甚至都能辨认出他们每个人的长相。

这些人大部分都是来自于彼得堡社会非军事阶层的青少年和被煽动起来的后援队伍中的有了一把年纪的人。可是这里面的骨干力量却是同一类人——一年级的大学生和八年级的中学生,不久之前刚刚报名参加志愿军的。

医生看到这些人一个都不认识,可是他却感觉有接近一半人的脸他很熟悉,似曾相识。看到他们便让他回忆起了中学的同学,或许这些年轻人是他们的兄弟?另一部分人他好像之前在剧场里或街道上也碰见过。他们那有着丰富表情、惹人喜欢的面孔让他备感亲切,感觉就好像看到了自己人。

出于对自己职责的忠诚,就像他们所认为的那样,他们激动万分,露出一副挑衅的模样。他们横成一排呈一字形向前挺进,身板挺直,大无畏的姿态已经让那些正规军都感叹。他们做出蔑视危险的模样,不躲避,也不趴下,即使是地面上有能够掩护他们的小土丘和坑洼。但是游击队手里的枪很轻松地就能把他们撂倒。

在白军向前走的广阔而光秃秃的荒地上面有棵烧死的枯树,不是遭雷劈过,就是被野火烧过,再不然就是在前几次的战中被炸过。每一个朝前行进的志愿兵都会看它一眼,抑制住拿它当挡箭牌的诱惑,继续前行。

每一位游击队队员手里的子弹数都是一定的,所以必须要好好利用。上面下了死命令,只能在近距离范围内,且目标确定的情况下才能射击。

医生手上没枪,只能趴在草丛里观察敌情。他所有的同情心都放在了那些勇于牺牲的孩子们那一边。他一心期望他们能够获胜。

他脑袋里忽然出现了一个想法:面对着他们奔过去,投降于他们,从而得到解脱。可是这样做太过于危险了，可能危及生命。

当举起双手朝着草地中央奔过去的时候，很可能两边的人都会一枪把他给毙了，枪膛对准他的前胸与后背。游击队是为了对他进行惩罚，白军则是搞不清楚他行动的目的。他已经碰到过很多次这样的情形，曾经思考过很多种可能，而且早就断定以这种方式来寻求解脱是完全行不通的。医生处在这种纠结的情况之下匍匐在地上，脸对着草地，手上没有任何武器，眼睛盯着前方的战场。

然而在进行生死抗争的时候，一个人在场外旁观是让人无法想象的，这是每个大活人都无法办到的事情。不是因为要自保，而是要遵从现在这一刻的法则，顺从周边发生的事情的规则。将自己置于事外是违反规则的。必须做和别人一样的事。战斗正在继续，他和同伴们都受到了对方的攻击，他应当还击。

当他身边的电话员抽搐了一阵之后僵直了身体最终不再动了的时候，医生把他的子弹袋拿了下来，端过步枪，爬回到原来的地方，一枪连着一枪地开了起来。

可是怜悯的心肠让他无法对着他赞赏而又同情的年轻人开枪。随便冲着天开枪又显得太过蠢笨，不是他的本心所想。当他看到他和那棵枯树之间没有人的时候，他便冲着枯树射击。这是他自创出来的好办法。

医生慢慢锁定目标，瞄准，轻叩扳机进行射击，可是并没有按到底，就好像没有刻意去射击一样。最终扳机扣下，子弹就像走火一样发射出去。医生和往常一样，枪法很准，直打得枯树上的树枝纷纷落在它的四周。

但是，真的很可怕。无论医生多么小心翼翼，多么不想中伤别人，可是前进中的敌人,这一个,那一个,总会不合时宜地闯入他和枯树之间,恰巧在开枪的时候挡在了中间。他已经打伤了两个,第三个倒霉蛋也倒在了枯树旁边,估计也没命了。

白军司令最终断定进攻不会起到丝毫作用,于是便下令撤军。

游击队人数很少。其中的主力一部分在路上,另外一部分一心与更加强劲的敌军进行对抗。支队为避免暴露自己人员不足的状况,便没有去追击败退的敌军。

医士安格利亚尔将抬着担架的两个卫生兵带到了树林边。他让他们去抢救受了伤的士兵,自己则到那个已经不动了的电话员身边。他希望电话员还能有口气在,还能救活他。但是电话员已经死了。尤里·安德烈耶维奇想要知道他是不是真的死了,便解开了他胸前的衬衫去听心脏。心脏早已经停止了。

死者脖颈上套着个护身香囊。尤里·安德烈耶维奇将它拿了下来。香囊里裹着一个几乎都要折烂了的纸片。医生把纸片打开了,碎片从他手上掉了下来。

纸上记录的是第九十一诗篇的摘录,可是与原文有很大的不同,这是人们在做祷告的时候自己添加进去的。人们口口相传的时候会有些夸大,所以到最后差异也就很大。古斯拉夫文这段是用俄文写上去的。

诗篇中说道:"得到全能者的庇佑。"而在俄文中这句已经变成了咒语的标题"庇佑"。诗篇"你不必再害怕暗夜带来的恐惧或白昼暗藏的危险",改为激励的话"你没必要恐惧战争所带来的危险"。"因为他知晓我的名讳",俄文变成了"以后知道我的名讳"。"在危难一刻,我必得与他同在,我要将他拯救……"在俄文中改成了"不久就会带他入冬"。

诗篇一直被认为有抵御子弹攻击的功效。早在帝国主义战争的那段时间,士兵就拿它当作自己的护身符随时挂在身上。时间已经过去了很多年,抑或在更晚些的时候,被捕的人将它们缝在衣服里,每到夜里去受审的时候,他们便会在心里默念这些诗文。

尤里·安德烈耶维奇从电话员旁边经过来到了草地上被他打死的白军士兵的尸首前面。年轻俊美的脸颊上显现出圣洁与宽容所有悲苦的表情。"我为什么要把他杀死呢?"医生想道。

他将死者的外套解开,衣服上整整齐齐地绣着这名卫兵的名字:谢廖扎·兰采维奇。估计是心疼他的老母亲亲自缝上去的。

从谢廖扎的衬衫处掉出来一条垂挂在项链上的十字架、鸡心和一个又扁又平的小金匣子,坏掉的匣子盖就好像用钉子弄上去的。小匣子开了一半。里面掉下来一个叠起来的小纸片。医生把纸片打开来看,几乎都不敢相信自己的眼睛,这个也是诗篇中的第九十一篇,只不过是依照古斯拉夫体印刷的。

这个时候谢廖扎全身抽搐了一下,呻吟了半响,他还活着。检查之后才发现,他的内部器官稍微受到了一些震动,子弹刚巧射在了母亲的辟邪物外侧上的时候,已经没什么力量了,这才救了他一命。可是该怎么处置这个射倒在地上现在已经处于昏厥状态的白军士兵呢?

这个时候的交战双方都已经凶狠到了极点,战场上捕获的俘虏是不会被活着押解到指定的地方的,敌方的士兵会当场被刺死。

那个时候游击队的人员变动都很大,新成员随时都会加入,老成员有一些也会时不时地投到敌人的阵营里去,如果可以保守秘密的话,倒是可以把兰采维奇说成是刚刚加入到游击队里的新队员。

日瓦戈把那个被打死的电话员上衣扒下来,医士安格利亚尔(医生把秘密告诉了他）帮忙给还没有苏醒过来的少年换上。

他和医士一直悉心照料着这个小伙子，很快兰采维奇便恢复了健康。虽然他没有对救助自己的医生们欺瞒，但仍坚持要返回高尔察克队伍中去继续与红军抗争，最终医生们还是放了他。

5

这年秋天，游击队选在了一个高土坡上的小林子安营扎寨，这里名叫狐湾。湍急的河水三面环绕着这块高地，将河岸已经冲成了一条一条的小沟壑。

在游击队来此之前，卡比尔的部队曾经驻扎在此处过冬。他们和当地百姓一起在树林周围修筑了防御工事，可是一到春天他们便全都离开了树林。游击队队员们此刻就在用着他们还没销毁的掩体、战壕和通道。

利韦里和日瓦戈住在一个洞穴里。他又和医生聊了起来，医生已经被弄得两天都没得休息了。

"我真的很想搞清楚，我那位让人敬服的父亲大人，让人拜服的老爷子，如今正在干什么呢？"

"天哪，这种小丑一样的腔调几乎让我都受不了，"医生心里叹道，"和他家老爷子如出一辙！"

"从我们之前的聊天内容里我得到了一点东西，您十分了解我父亲，我感觉您对他的印象应该十分不错，是吧，阁下？"

"利韦里·阿韦尔基耶维奇，明天我们要到山坡上举办个预备会。除此之外，还要对几个擅自酿酒的卫生兵进行审理。我与劳什对于这方面的资料还没有准备齐全。明天我们还要一起商量这件事。我已经两夜没合眼了。我们以后再讨论可以吗？您就谅解一下吧。"

"不行。"科韦里又把话题扯到了父亲身上，"您对老头儿有什么看法？"

"您父亲还很年轻，利韦里·阿韦尔基耶维奇。您怎么会说他是老头儿呢？现在就让我来回答一下您。我经常和您讲，我搞不清社会阶层的种种联系，瞧不出布尔什维克与另外一些社会党人之间有什么明显的差别。您父亲是在这几年里引起俄国动乱的其中一员。您的父亲从内而外都是属于革命的，你们很像，全都是俄国社会动荡不安因素的典型代表。"

"这是褒奖还是鄙薄？"

"我再次请您另择时间和我争论吧！除此之外，我还要提醒您一点，您又没节制地吸食可卡因了。您自作主张地从我负责保管的药品中将它拿走。它还有其他的作用，暂且不说这是毒药，我应该为您的健康着想。"

"昨晚您又没有过来上课。您的社会活动机能退化，和那些不认字的老娘儿们或迂腐固执的小市民一个样子。但是，您是个医生，看过那么多的书，好像自己也在写。烦请您帮我解答一下，两件事是如何连接起来的？"

"我也不晓得如何连接的。或许一点儿联系也没有，半点办法也没。我感觉自己真的很可怜。"

"谦逊远大于骄傲。与其用这种嘲讽的口气来谈，莫不如先来熟习一下我们讲习用的大纲，这样您就会感觉这种骄傲用得不是地方了。"

"随便您怎么讲，利韦里·阿韦尔基耶维奇。哪里是傲慢呢？对于您的教育工作我实在是非常拜服。办事议程上每一天都有您对于问题的解答,我全都拜读过。我了解您对于士兵在道德方面如何去发展的观点,这令我十分佩服。您所提到的人民军队士兵对待同志、弱者、没有人保护的人、女人以及圣洁和荣誉的观念的看法,同宗教改革团队的主张差不多是一模一样的,这是托尔斯泰主义的一种观点,这是人一定要活得有意义的另一种解释,我年轻的时候脑子里全都是这些东西,我又怎么会去讥笑它们呢?

"可是,最首要的,就像是十月革命之后人们所设想的并不能打动我的心。其次,所有的目标都离现实很遥远,但是只是因为这些所谓的议论,生灵就要遭受涂炭的话,目标就无法和手段相抵了。再次,而这也是最为主要的,我只要听说要改变生活这一类的话时,就无法自控,掉入深深的绝望之中无法自拔。

"改变生活!一些人或许经历了岁月的风雨,但是却从来没有真切地体味过生活,从来没感觉到生活所带来的气息与灵魂的震颤是什么样。对于他们来讲,生活只不过是未经加工的原材料,需要他们动手去加工。但是生活其实不是材料或是其他物质。它处于不断更新之中,一直都是随着自身发展的规则进行着的,一直都在自我推进,自我变换,它可比咱们那些蠢笨的理论高得多。"

"但是我想大胆地建议你一下,过来参加会议,和我们的那些出类拔萃的人交流,会让您的心情变得开朗乐观起来,这样您就不会变得这般阴郁了。我晓得您阴郁的原因,我们在经受着苦难,这让您感到非常难过,瞧不见一丝光明。但是,我的朋友,不管在什么时候都不要恐惧。我经历了太多令人恐惧的事情,全都与我有关(它们暂时还不能公开),但是我却没有手足无措。我们的失败都只是暂时的。高尔察克的灭亡是命中注定的。请记住我的话。您会亲眼看到我们的胜利的，振奋起来吧。"

"这可真是太奇妙了！"医生想，"太幼稚了！见识短浅！我一直和他说我们的观点是完全相反的，他将我捕获过来，又强制性地把我扣押在他身旁，他误以为我不开心是因为他的失败，以为我听到他的计划与期望便能振作起来，竟然这么盲目！从他的角度来看，革命利益所处的地位都能与太阳系的存在相媲美了。"

尤里·安德烈耶维奇不禁哆嗦了一下，他什么话也没说，只稍微耸了下肩，一点儿都不掩饰他对于利韦里的无知的忍耐，他强力地压抑着自己，可是这却没有逃脱利韦里的眼睛。

"医生你生气，是因为你错了。"他说。

"您总要明白，一些话没必要对我说。'不要恐惧慌张''您要是说一，我就得要说二''摩尔人已经发挥了它的作用，是时候放他离开了'——这些粗俗的观点不用和我说。我说一不二，您就是有天大的能耐也不行。也许你们是灯塔，是俄国的解放者，没有了你们俄国要堕入穷困与无知的境地，但是你们提不起我半点的兴致，我很鄙视你们，讨厌你们，你们都去见鬼吧。

"你们灵魂的主控者喜欢讲俗语，可是很重要的一点却忘了：强扭的瓜不甜。他们已经习惯了解放并且施恩于那些并未曾祈求他们施与这种要求的人。您或许以为，对于我来讲，世间最为美妙的地方就是你们的营地，就是与你在一起了。估计我还应该对您致以祝福，因为您的囚禁而向您致以谢意，您将我从我的家庭、孩子、住处、事业以及我所挚爱并且靠它为生的一切之中放出来。"

"据说有一支来路不明的外国军队突袭了瓦雷金诺。据说他们被打败了，可是整个村子都遭了劫。卡缅诺德沃尔斯基证实了这个信息。听说您和我家里的亲人全都逃过了这一劫。这群神秘莫测的斜眼儿人，身穿着短棉袄，羊皮高帽戴在头上，冒着刺骨的寒冷从上了冻的雷尼瓦河上经过，一句恶语都没讲，将村子里一切生物全部开枪射死之后便再无踪迹，就好像他们刚出现时候那样神秘莫测。您没听说过吗？这是真的？"

"这简直是胡诌，这全都是搬弄是非的人胡乱编造出来的。"

"如果您要是真如对卫兵进行教育时那样的真挚善良，那么宽容大度，那么就请您放过我吧。让我去找我的亲人，我连他们是不是活着，他们现在在哪里都不知道。如果您仍然不放了我，那么就请您住嘴，请不要再来打搅我了，因为我已经对任何事情都失去兴趣，并且还能做出些过分的事情出来。而且我很想睡觉，这样一点小小的权利总还是会有的吧，真是见鬼！"

尤里·安德烈耶维奇朝床上一扑，脸朝着枕头。他尽量不去听利韦里的争论，对方还一个劲儿地让他宽心，过不了春天，白军肯定会败北的。内战即将结束，自由便会到来，处处都洋溢着幸福与安宁。那个时候任何人都不敢扣押医生。可是需要有点耐心来等待那一刻的来到。已经经历了如此多的困苦，遭受了如此多的牺牲，没必要再等很久了。如今这个时候医生又有哪里可以去呢。出于为他考虑，如今不能放他一个人去其他任何的地方！

"又是那套，魔鬼！说起来就没个头儿！这么多年絮絮叨叨地重复这一套你也不嫌害臊吗？"尤里·安德烈耶维奇被他气得叹了口气。"他为自己的话所陶醉了，这个耍嘴皮子的人，可怜的可卡因鬼。夜晚对于他来说不再是夜晚，和这个让人厌恶的家伙在一起根本就没办法睡，几乎都让人活不下去。我真是烦死他了！苍天为证，总有一天我会一刀宰了他。

"噢，东尼娜，我可怜的小姑娘！你还活在人世间吗？你现在在哪里啊？我的天，她早就应该分娩了！你分娩还好吗？咱们家又添了个男娃还是女娃？我的那些亲人们，你们现在都还好吗？东尼娜，你一直都怨恨我吧，是我的错！拉拉，我不敢直呼你的名讳，生怕自己在呼唤你的时候窒息。天哪，天哪！这个烦人的家伙还在这里一直说一直说，停都停不下来，这个让人恶心的麻木不仁的畜生！噢，总有一天我忍受不了，我就宰了他。"

6

温和晴朗的初秋已经远去，迎来了万里无云的金秋时节。狐湾的西边有一座木塔，它位于白军修建的地堡里。尤里·安德烈耶维奇和他的助手劳什医生约好了在这里碰面，一起讨论几件事情。尤里·安德烈耶维奇遵守约定准时来到了这里。他没有什么事情做，于是便在崩塌了的战壕边上来回踱着步，爬上了木塔，溜进了守卫室，从机枪巢的空枪眼里瞧着河对面那片伸向远方的大片树林。

秋天早就在针叶树木和阔叶树木之间划开了一道分明的界线。针叶树木就像一面漆黑的墙一样堵在了林子深处，阔叶树木却闪现着如同葡萄一样颜色的斑斑光点，仿佛树林中有一座用树干构建起来的带着金色顶楼的古城。

脚底下、壕沟里、遭晨寒冻住的小路上的车辙里落满了枯萎的细长的柳树叶，柳叶就好像裁剪过一样卷成了吸管的样子。秋天所特有的气息就是从这些酸涩的褐色枯叶以及许多其他的地方中飘散出来的。尤里·安德烈耶维奇将这些经霜的涩苹果、苦涩的枯枝、甜腻的潮气和九月淡蓝色的薄曦相混成的香气全部吸进肺来。薄雾能让人想到被扑灭的火苗以及刚被扑灭的火灾里面所散发出的水汽。

尤里·安德烈耶维奇没有发觉劳什已经走到了他的身后。

"您好,同事。"他用德语说着。然后便探讨起公事来。

"咱们今天要处理三件事。第一,对于私自酿酒的人员应该怎么样去处置;第二,对于野战医院和药房进行改制重组;第三,讨论一下在这种环境下如何对精神病进行治疗。我亲爱的劳什,或许您感觉这完全没必要,但是根据我自己进行的观察,我们正在失去理性的控制,而如今的各种疯狂极具传染性。"

"这个问题特别有意思。稍微等一下我们再就这个问题进行详谈。我们先说一下别的事情,营地里人心开始有些波动了,他们对于私自酿酒的那个人产生了同情心,很多人在担心从白军霸占的村镇里逃亡出来的亲戚的下落;一部分队员因为送妻儿亲人的车还没有到来,拒绝转移。"

"是啊,是应该等他们的。"

"这所有的一切都发生在推选司令官之前,他会将所有的支队统一进行管理。就我来看,唯一的候选人便是利韦里同志。有一些年轻人推选伏多维钦科。有一批与我们不和,他们和私自酿酒的那个家伙暗中勾结,他们都是富农和店员的孩子,还有高尔察克的逃兵。他们折腾得很凶。"

"照您来看,那些私自酿造、倒卖白酒的卫生兵应该怎样处理?"

"我觉得应该先判处死刑,之后再宣判死缓。"

"这扯得太不着边际了,还是说正事儿吧。怎么样进行野战医院改制重组,这是第一件需要讨论的事。"

"好吧。不过我想和您说的是,对于在精神病这方面您所提出的建议其实没有让我感到意外,我自己也有过类似这样的想法。而今出现并且流行开来的精神病具有典型性,有着时代自身的特点——这是时代所含有的历史因子直接引发的。咱们这里有位叫作帕姆菲尔·帕雷赫的士兵,他有着很强烈的天生带来的阶级本能,曾经服役于沙皇军队。他就是因为这得了病,甚至快要发疯了。他担心如果有一天他被敌人打死,亲人落在了敌军手里,就会因为他而受到无辜的牵连。这种心理状态十分纠结。他的亲人们就在赶来的大车队里。我的俄语不太好,所以没有办法去详尽地向他询问。您去问一下安格利亚尔或卡缅诺德沃尔斯基吧。应该为他做做检查的。"

"对于帕雷赫我十分熟识,我太知道他了。有一段时间,我们经常会在军人苏维埃里接触。他面色黝黑,额头很低,十分冷漠残酷。我实在是搞不清楚您到底在他身上看到了什么美好的品行。他对待一切都是采用一种近乎极端的措施,赞成严厉的惩戒、处死等措施。我向来都不怎么喜欢这个人。好吧,我帮他检查检查。"

7

天气晴朗,空气有些干燥,已经连续一个多星期都没有下雨了。营地里熙熙攘攘地传出人们躁动的声响,就如同远方海浪的声音。林子里行走的脚步声、说话声、斧子砍向木头发出的声响、铁砧叮当声、马的嘶鸣声、狗叫声和公鸡啼叫声,一刻也不停。皮肤黑黑的、牙齿很白的一群人笑着从林子里走来。其中有人认得医生，便向他施了一礼，不认识的便招呼也不打直接从他身边经过。

即便游击队队员在运送亲人的大车追上他们之前不想拔营起寨，可是亲人已经离他们很近了，所以仍在做着转移的准备工作，打算将营地向东移动。把一些需要修理的修理好了，该清洗的清洗干净了，木箱已经装订齐备，把大车查看了一遍，检查是否有毛病。

林子里有一大片空出来的地方，就好像是一个城堡的遗址，当地人都称它为"高地"。一般都会在这里举行会议，宣布紧要的消息。

树林里有很多树还没有染上黄色。树林深处的地方依然青绿苍翠。下午日渐西落的暖阳将整个树林映透。阳光透过叶子，叶子显现出晶莹的绿光，就好像通透的绿色小玻璃瓶。

在一片宽阔的空地上，一摞摞的档案边，联络官卡缅诺德沃尔斯基正在烧着那些看过了的没有什么用的文件，这些都是卡比尔军官团留下来的东西，里面还有一些游击队自己内部的东西。纸张全部摊开了，火苗朝着太阳。阳光透过火焰就如同穿透叶子似的。瞧不见火焰，只是从那个轻轻颤动着的气流中可以感觉得到是在燃烧。

树林里各种颜色的果子全都熟透了：碎米荠的漂亮果子、砖红色的有些蔫掉的接骨木、或红或白的绣球花串。略带一些斑斑点点的和扇动着透明翅膀的蜻蜓，和火苗的颜色似的，在天空下缓缓飞行。

尤里·安德烈耶维奇从很小的时候就很喜欢看夕阳余晖映衬下的小树林。在这一刻，他会感觉自己都能被这些光芒刺透。阳光仿佛充溢着灵魂的生灵一股脑扑进了他的胸膛，透过他的身体，幻化成一双翅膀从肩膀溢出。每个人一直在生命中雕刻着少年时期的形象，会在后来永久定格心底。最为原始的能量全部在他身上复苏了，与此同时也会迫使大自然、森林、余晖连同那些目之所及的一切事物全部都变幻成了少年时期所期冀的、能囊括所有美好形象的小女孩的样子。"拉拉！"他闭上双眼，喃喃自语地朝着整个生命在呼喊，朝着大地呼喊，朝着被太阳照耀着的空间呼喊。

可是眼下的事情还是要继续下去，俄国爆发了十月革命，他变成了游击队的战俘。他无意识地走到了正在烧文件的卡缅诺德沃尔斯基的前面。

"在烧文件？还没烧完呢？"

"还早呢！就这些东西就够烧半天的。"

医生拿皮鞋踢了踢，从这堆纸里踢出一些文件来。这是关于白军司令部之间相互沟通的电报。他忽然一瞬间有一种模糊不清的感觉。他或许就能在这堆文件里看到兰采维奇的名字，可是感觉却欺骗了他。这只是一些单调乏味的上一年的密码归总，简单得几乎没什么人能够看得明白。他拿脚扒拉开另一堆。里面是一些游击队的零零散散的会议记录。最上面的一张纸上写着这么几句话："加急。有关释放关押者的一些相关事宜。监察委员会再次进行选举。鉴于对乡村女教师伊格纳托德沃尔察的控告毫无证据，军队苏维埃认为……"

这个时候，卡缅诺德沃尔斯基从衣服口袋里拿出一张纸片递给了医生，说：

"这是关于你们医务部门撤退的日程表。运送游击队亲人的大车已经很近了。营地里的分歧今天就能够得以解决。就这一两天的时间我们就要转移了。"

医生瞧了一眼那张纸，惊叹地说道：

"这次的车子可比上次的少,但是伤员又增加了那么多!脚还能走路的和缠着绷带的就让他们自己走,可是他们人数很少啊,那些重伤员可怎么办才好?还有一些药品、病床和一些医疗器械怎么办?"

"想法儿挤挤,人总得要适应环境。现在我们说件别的事。大伙拜托我求您帮个忙。有一位历练了很久的同志,他经历过很多的考验,一心为革命事业奋斗。可是这位优秀的战士却有点不太对劲儿。"

"是帕雷赫吧。劳什和我谈过他。"

"就是他。您还是去他那看看吧,给他做个检查。"

"精神有点不太正常?"

"我看着有点不对劲。他说他能看得见鬼,我想这应该是幻觉,他整夜都睡不着觉,说头疼得很。"

"那好吧,我现在就去。我现在恰巧没事做。会议要什么时候开?"

"我想应该快了。只是这和您有什么联系?您看,我也没去。咱们要是不去一点关系都没有。"

"那我就去看看帕雷赫了。我现在都快连脚都迈不开了,困得想死。利韦里·阿韦尔基耶维奇特别喜欢三更半夜里高谈阔论,这实在是太让人讨厌了。帕雷赫住的地方在哪儿?应该怎么去?"

"石头坑附近有个小桦树林,你知道吧?"

"我能找到。"

"在林子的空地上是几个长官的帐篷。我们把其中的一个给了他,是用来给他的亲人住的,他老婆和孩子的大车快到了。于是他便和长官们住在了一起,和长官们有着一样的待遇。因为他战功卓著。"

8

在去找帕雷赫的路上,医生感觉自己实在是走不动了,简直困死了。他怎么也克服不了睡意,这是一连几夜都不睡觉的恶果。他完全能够回到地窖稍微睡一下的,但是尤里·安德烈耶维奇却很怕回去,利韦里随时都可能去干扰他休息。

他找了一块全是金黄色树叶的空地躺了下来,枯叶从四周的树上飘飘荡荡地落下。掉下来的树叶就如同一个个棋格一般疏落有致。暖阳也铺满了这块金色的地毯。这种相互交错的色彩让人晕眩,就像读小字印刷品抑或听着单调乏味的自语声一样让人忍不住想睡觉。

医生躺在这片丝一样舒服的窸窸窣窣的枯叶上,把手臂搭在坑洼不平满是青苔的树根上当作枕头。他立刻打起盹儿来。璀璨的斑斑碎光让他很快进入梦乡,阳光在他伸展的身上投下一个个小方格。他已经与这片暖阳和多彩的树叶融为一体了,就好像是一个隐形人一样藏匿在这个世界里。

对于睡觉的过度渴求,但很快便再一次醒了。最为直接的原因便是睡意只能在适当的范围内起作用,超越了一定的范围便会适得其反。时时刻刻都在警惕着的头脑已经没有办法停歇下来。思绪断断续续地来回穿插,就如同一只坏了的汽车轮子一直在不停旋转。医生时刻都在忍受着这种内心深处传来的不安因素,这让他相当愤怒。"利韦里,你这个畜生,"他愤愤不平地想着,"如今这个社会已经有千万条的理由足够导致他发疯了,可他还感觉少。他抓你过来当他的俘虏,之后再像朋友似的,整天胡说八道,像得神经病一样非得把一个心智健康的人折磨到精神出问题。我非宰了他不可。"

一只身上有着斑点的深褐色蝴蝶如同一块多彩的小布条,扇动着翅膀从夕阳边飞过。医生迷迷糊糊地瞧着它,它停在了和它颜色相近的、带着斑点的褐色鳞状杉树上,这样它就能与杉树合二为一,让人无法辨识出来,就好像日瓦戈处在阳光和树影的庇护下,让人瞧不见他一样。

尤里·安德烈耶维奇的脑子现在又被那些常出现的想法缠绕住了。这些想法曾经在他这么多年的职业生涯中经常出现。他想到作为逐渐善于适应环境的意志和适应性,想到拟态,想到保护色,想到最适应生存的人活了下来,想到自然淘汰的途径就是意识形成和诞生的途径。什么是主体?什么是客体?又怎么因为它们的一致性而对其下一个准确的定义呢?在医生的脑海里,达尔文与谢林碰了面,而翩翩飞过的蝴蝶与现代派油画和印象派碰了面。他思绪里塞满了创造、生物、创作与伪装。

他再一次睡了过去,可不一会儿就又醒了过来。他听到不远处有人在低声的谈话,确切地说是他们聊天的声音惊醒了他。尤里·安德烈耶维奇听了没几句便明白了这些人原来是有所图谋。商量计策的人很明显没有发觉他就躺在不远的地方。倘使他这一刻要是稍微动一动,将自己暴露在他们面前,很有可能就会因此丧命。尤里·安德烈耶维奇屏住呼吸,偷听他们在讲些什么。

他们是游击队里的渣滓,在游击队里混事的坏子桑卡·潘夫努金、格什卡·里亚贝赫、科西卡·涅赫瓦林内以及跟在他们屁股后面的捷廖沙·加卢津,这是一帮什么缺德事都能做得出来的流氓。扎哈尔·戈拉兹德赫也和他们混在一起,这个混蛋更为恶毒,私自酿酒的勾当他也有份,可是一时还没有给他惩处,因为他出卖了他的头儿。他们之中的一个人让尤里·安德烈耶维奇感觉很惊讶,他便是"银连"

里的游击队员西沃布留伊，他可是游击队队长的贴身士兵。从拉辛和布加乔夫那个时候便有着这样的传统，利韦里非常相信他的身边人，于是这位心腹便成了首领的耳目。原来他也参与其中。

这些打算造反的人正和敌军派来的人进行密谋。敌军来的人说的话声音太小一句都听不清。尤里·安德烈耶维奇只能凭着说话是否停止来猜想敌军的人是否在说话。其中讲得多的人是酒鬼扎哈尔·戈拉兹德赫。他声音有些哑，边说边骂，这么看起来他是领头羊。

"你们都给我听着。现在最紧要的便是不能透风，谁要是投降去告发，瞅见这把刀了吗？我一刀把他肠子给挖出来，明白了吗？大家已经没什么退路可以走了，应该将功赎罪，好好地大展一下手脚。他们要活的，拿绳子把他五花大绑。据说他们的总头儿古列沃要过来了（有人给他提了个醒，总头儿的名字没说对，他叫作加利乌林，可是他没听清楚，又讲成了加列耶夫将军）。这个机会可是难得，这是他们的代表人，会将具体的行动告知你们。他们非说要逮活的。你们自己来问吧，你们都说说，伙计们，和他们说说要怎么办吧。"

几个陌生人开始在那里讲话。尤里·安德烈耶维奇什么都听不清。只是，从这么久的无声之中能够想象得出商讨的大致内容。戈拉兹德赫又开始讲话了：

"听见了没，兄弟们？如今你们搞清了咱们是在什么宝贝手里了吧，这是个什么人渣，值得咱们为这种人卖命吗？这还算个人？他是头猪，是个愣头青，和那些什么都不懂得的屁孩或者隐士一样，你有什么好笑的，捷廖沙！你咧嘴做什么，又不是说不得！这没有你讲话的地方，没错，他从小就是个隐士。你要是全听他的话，他一准儿就会把你变成癞头和尚，变成个光棍儿。你瞧他说的都是个什么？要改掉自己的臭毛病，不允许骂脏话，不允许酗酒，不许随便搞女人，要是真这样的话还能活得了吗？我已经决定了，在河边渡口的那堆石头那边碰面，就在今天晚上我就引他过去，到时候咱们大家一块儿上。这么多人对付他一个有什么困难的，一点儿劲都不用费。有点犯难的是他们要逮活的，要将他捆住。万一要是捆不住他，我也就只能亲手干掉他了。他们会派人来协助的。"

说话的人还在一直说着他的筹划，只是和其他的人一起走远了，医生也没有再听他们说话。

"他们原来是要把利韦里活捉啊，这群流氓！"尤里·安德烈耶维奇恐惧而又气愤地想着，他自己已经忘了自己以前多少次咒骂着这个折磨自己的臭家伙，恨不得他早点死了。"这帮流氓想将他出卖给白军或将他杀死。怎么做才能阻止这件事情的发生呢？应该假装不是故意地走到火堆那里，不要提及任何人，将这件事转告给卡缅诺德沃尔斯基，不管怎么说都得让利韦里做好防备工作。"

卡缅诺德沃尔斯基早已经不在了，卡缅诺德沃尔斯基的助手在火堆边上守着，免得火势蔓延开来。

可是阴谋没有成功，被击碎了。原来利韦里等人早就知道了他们的密谋。当天就拆穿了这个图谋，凡是参与到其中的人全都被逮捕了。西沃布留伊在这里有着两重身份：密探和拉人下水者。医生更加讨厌他了。

9

据说游击队队员的亲人们所在的大车距离狐湾只有两个昼夜的

车程。游击队队员们已经准备好了和亲人们团聚，随后立刻拔营。尤里·安德烈耶维奇去看帕姆菲尔·帕雷赫。

医生看见他手里拎着个斧头在帐篷门口站着。帐篷前面堆满了他砍下来的小桦树。帕姆菲尔还没有将树干上的枝丫砍下来。有倒在原地的，已经折断了的枝子插入了潮湿的土里。有的被他拖过来堆在了一起。树干上还有很多有着弹性的枝丫，颤颤悠悠地碰不着地，相互之间也不紧挨在一起。它们就好像是很多双手把砍它们下来的帕姆菲尔给拦了下来，郁郁葱葱的绿枝全部挡在了他和帐篷之间的路上。

"我这是为尊贵的客人准备的，"帕姆菲尔在对医生说明他砍树干的理由，"帐篷简直太矮了，实在不能让我老婆和孩子住。我想支几根柱子上去，然后我就砍了这些。"

"帕姆菲尔，你这是白耽误工夫，他们是不会同意你的家人和你一起住在帐篷里的。你见过有女人和孩子住在营地里的吗？他们一般都会将林子边上的大车作为临时栖息地。当有时间的时候就和他们聚一聚。把家眷放到军营帐篷的可能性很小。但是我却不是因为这个而过来的。我是听人说你越来越瘦，不怎么吃饭，也不怎么睡觉，是吗？不过看上去你的气色还可以嘛，就是胡子有点儿长了。"

帕姆菲尔身子强壮，黑色的头发永远都显得那么乱糟糟的，胡茬满脸都是，额头全都是疙瘩，猛然一瞅就好像是两个额头一样。

额骨又宽又厚，就好像是一个铁环紧紧地扣在了太阳穴上。这让帕姆菲尔看起来分外凶恶狠毒，就好像永远都斜着眼睛瞅人。

在革命最开始的时候，人们都担心和一九〇五年革命那次一模一样，只是上层知识分子在历史长河中发起的一个很简短的事件，无法渗透到下层去，不能在他们那里结出果实，于是就努力对人们宣传革命，发动大众。

在革命最开始的时候，就如同士兵帕姆菲尔这类人，几乎都不用怎么去煽动就会对那些知识分子、老爷和军官仇深似海，成为狂热左派知识分子的无形的瑰宝，受到了极大的重视。他们这些人的残忍无情被视为阶级意识的启蒙，他们粗鲁的行径被作为无产阶级那刚毅与革命天性的楷模。帕姆菲尔因此而出了名。游击队的各个领导者们都非常器重他。尤里·安德烈耶维却感觉这个冰冷阴暗、孤独怪癖的大力士完全是一个畸形的变态，因为他永远都冷漠无情、枯燥无聊，完全吸引不了他和他周围的一切。

"咱们进帐篷里面坐吧。"帕姆菲尔对医生说。

"不进去了，反正我也钻不进去，外面聊更好一些。"

"好啊，随您。里面确实挺像个狗洞。咱们就坐在这堆树干上聊聊吧。"

于是他们便在那些摇来摇去的桦树干上坐下了。

"别人都说故事讲完挺容易，可是我的故事一两句话说不尽，给我三年也说不尽，我都不知道从哪里开始讲。

"那我就说说吧，那时候我和我老婆都还年轻，一起过日子，她打理家，我去地里做活，日子过得还行，有了自己的小孩。我被抓去服役，被迫上了战场。哎，就这样上了前线，对于战争我有什么好对你讲的。你知道的，军医同志。革命开始了，我才明白过味儿来，睁开了眼睛。敌人并非是德国人，而是自己人。士兵是为了世界革命的，放下我们的刺刀，回到家朝着资本家进攻！之类云云，这些你都是知道的，军医同志。内战兴起，我便加入到了游击队之中。这里我就不再长篇大论地讲了，要是说的话也没有个头儿。现如今，不知道经过了多久的时间，我又瞧见了什么？他这个蛔虫，从俄国的前线把斯塔夫罗波尔第一兵团和第二兵团全部撤离，与此同时也撤离了奥伦堡的哥萨克兵团。难道我这都看不出来吗？我又不是个三岁的娃娃！难道说我就没有在军队里干过？我们面对的状况糟透了。这个坏子想做什么？他是想利用这些人攻击我们，他是想将我们整个都围住。

"如今我的老婆孩子全在我这，要是哪一天他得胜了，他们还能逃脱的了吗？他哪里晓得他们都是无辜的，跟我的事情完全不挨边儿？他可管不着这些。他会为了我而将我的老婆捆起来，毒打她；因为我而折磨我的孩子，将他们的肋骨打断。你怎么还能安心吃你的饭睡你的觉啊？即便你是铁做的也受不了这个，也会得了神经病的啊。"

"帕姆菲尔，你可太让我奇怪了，我实在是理解不了你，这么多年没有和你的家人在一起，没有一丁点儿他们的消息，你也没觉得有什么难受的，可是现在就快要见面了，你不但不开心，反倒替他们担忧起来。"

"那是之前，但这个可是现在了，早已经不同了。挨千刀的白军狗腿子想要打垮我们。我讲的可不是我自己，我反正都是要入土的了，免不得去走那条该走的路，但是我却不能将我的亲人们也一并送到那个世界去啊。他们陷入魔爪之中，会被他们折磨至死的。"

"鬼就是出自于这个地方吧？听人说你天天见到鬼。"

"算啦，医生。我没有把全部事情都告诉你。最主要的东西我都还没有对你说，我会把全部的真相都告诉你，你别再打破砂锅问到底，我全都告诉你。

"我杀过很多人——就像你们这样的人——我的手上满是老爷、

军官和一些不知名的什么人的鲜血,多少个人,什么名字我全都记不得了,往事如烟般消散了。可是有一个小伙子我却总是忘不了,我杀了他,我始终忘不掉。我为什么会杀了他呢?是因为他让我哈哈大笑,都快笑死了。我一时昏了头,边笑着边朝他开了一枪,没有任何理由。

"那是在二月革命克伦斯基还在当政期间,我们发动过叛乱,事情出现在火车站附近,他们派过来一个煽动家,是个毛头小子,他动员我们去进攻,直到战争取得最终的胜利。来了个士官生,劝我们克制。那个时候,他的口号是战斗到最后胜利。他一边喊口号一边跳到一个消防水桶上面,消防水桶就位于车站那里。他跑到了水桶上面原本是想站得稍微高一些,从而引导人们去加入到战斗的队列中,但是水桶盖突然翻了个儿,他一下就掉进了水桶,搞得身上全是水。哎呀,真是把人笑死了!我肚子笑得生疼,笑得都快背过气去了!我手里还拿着枪,瞄准了他一下就打死了。我也搞不清楚自己为什么会开枪。就像是有人故意碰到了我的手一样。

"我后来经常看见的就是这个鬼。夜里做梦总是会梦见那个车站。当时感觉挺好笑的,可是现在却真的很后悔。"

"是在梅留泽耶沃镇的比留奇车站?"

"我记不得了。"

"和济布申诺村的人一起发动的叛乱吧?"

"我记不得了。"

"东线还西线?是哪条战线,是不是西线?"

"好像就是西线,应该是。我记不得了。"

第十二章 粘满白糖的花楸树

1

游击队的家属们带着自己的孩子和行李，已经随着游击队的大车赶了很久的路。在他们的后面是一大群牲口，主要都是奶牛，差不多有几千头。

自从游击队员们的妻子来到了军营以后，这里便出现了一个新面孔，她是一个士兵的妻子名叫兹雷达里哈，也称库巴里哈。她是位兽医，还私下里充当着巫婆的角色。

她老是戴着一顶扁扁的帽子，穿着件苏格兰皇家射手穿的浅绿色的大衣，这是专门供给英国最高统治者的服装。她非得说服别人相信她的这些衣服是用囚帽和囚服改造过来的，就好像红军将她从克日木监狱里解救出来，然而她却不晓得高尔察克为什么将她关在了那里一样。

这个时候游击队正好驻扎在一个新地方。本以为不会在这里待很久，等到周围的地形排查清楚，找到一个能够稳定居住的地点之后就迁去过冬。没想到后来发生了些状况，让游击队只好留了下来驻扎于此过冬。

这个新选的营地和不久前刚刚离开的狐湾一点儿都不相同。这片树林简直无法通过，位于大路和营地的一侧是无限延展的密林。部队刚扎营时，尤里·安德烈耶维奇相对来说有一些空余时间。他从几个方位企图进入到树林里进行一番考察，但在树林里特别容易迷失。第一次考察时他注意到了两个角落，暗自记下了。

现如今，驻扎的地方和森林出口的地方，枯叶都已经离开了树木，就如同一扇门已经打开了，通过树与树之间的空隙望过去，能瞧得很远。在出口的地方有一棵富有风情的花楸树。在所有这些树中间它是仅有的一棵还没有落叶的树，它全身都是赤褐色的叶子。它出生在一片泥沼中的一个大土包之上，将枝叶朝向长空，把一树又硬又红的果子擎在这个阴晦的秋天里。小鸟儿们，比如一身有着朝霞般色彩羽翼的山雀，停在花楸树上，精细地、慢慢地啄着最大的果子，再扬起小脑壳，伸长脖子，费了很大的劲才把它们吞食下去。

在小鸟和花楸树之间有一种特殊的紧密关系。就好像花楸树抵抗了很久，最终看着这些小鸟心生怜悯，就像一位母亲一样解开了衣襟，把乳房让出来给它们。"唉，真是拿你们没办法。吃吧，吃吧，吃吧，吃个够。"然后连它自己也笑了起来。

密林中还有一个地方更加吸引人。这片高地就好像一个尖尖的土冈，一面便是笔直陡峭的悬崖。悬崖下面就好像和上面是不一样的，自有另一番美景——河流或谷地，还有从未有人割过的荒草野地。事实上下面和上面一样，不过是让人眩晕的深渊，脚底下便是从深渊里生出来的树木。这应该就是山崩所造成的。

可是这还不是这座高坡真正吸引人的地方,它还有另外一个地方,那里的四周被陡峭的花岗石团团围住。这些花岗石像史前时代打磨扁平用来砌墙的大石板。尤里·安德烈耶维奇第一次来到这个高地的时候,敢肯定这四周堆砌出来的石块绝对不是天然造物的结果,而是有着人为的因素存在。这里有可能是古时候人们建造的神庙,是他们举行祭祀与祈祷的所在。

十一名密谋谋杀长官的反叛分子和私自酿酒的卫生兵在一个阴冷的早晨被处死在这里。

以死命效忠司令部的特别卫队为核心的二十名游击队战士将犯人押解到这里。卫队排成了一个半圆将死囚徒围在里面,从背后推搡着他们把他们挤到了悬崖的边上,死囚徒在那里除了跳崖之外再无其他任何路可以走。

经受长期的严刑拷打逼问、长久的关押以及种种非人的侮辱之后,他们早已经被折磨地不成样子了。他们都一脸胡须,形容枯槁,活脱脱成了一群幽灵,令人恐惧。

刚开始审讯的时候,便把他们的武装卸下来了。没有人会去想在执行死刑前再对他们进行搜查。因为那样来说实在太过卑劣,是对于将死之人的讥讽嘲弄。

与伏多维钦科一起朝前走的是位无政府主义者,同时也是他的朋友勒扎尼茨基,突然朝着西沃布留伊开了三枪。勒扎尼茨基因枪法精准而出名,可是却因为他心跳得太过厉害手都在发抖,没有打中。西沃布留伊顾念着过去的情感,并没有朝他扑过去,也没下达什么将他提前射死的命令。其实在勒扎尼茨基的左轮手枪里还留有一发子弹，可是因为他太过激动了就把这发子弹完全忘记了，因为自己没有将他射中而懊恼，甩手就把枪扔在了石头上。手枪因与石头相撞便开了第四枪，恰巧射在了死囚犯帕契科利亚的腿上。

卫生兵帕契科利亚哎哟一声抱住了腿，倒地不起，痛得尖叫连连。就在他身边的潘夫努金和戈拉兹德赫将他搀了起来，架着他的胳膊朝前走，以免被处于混乱之中的其他人一脚踩死，因为除去自己，谁都不晓得身边还有没有其他人了。帕契科利亚一拐一拐地朝着石坡那边走了过去，所有的死囚犯都被逼到了那一角。他几乎都迈不动那条挨了枪子儿的腿，一刻不停地叫嚷着。他那凄惨的喊声感染了周围的人，就好像得到了信号一般全都失去了控制，场面马上骚乱起来，又是喊叫，又是漫骂，又是求饶。

一直将黄边学生帽戴在头上的捷廖沙·加卢津，将帽子摘了下来，跪在地上，和人群一样跪着朝着悬崖边倒退。他对着士兵们磕头，头磕得血流不止，号啕大哭，大声嚷着哀求他们：

"我真的知错了，兄弟们，饶了我这次吧，我再也不这样了。别把我打死，留我条狗命吧，我刚刚开始我的生活，不想死得这么早。我还要再多活些日子呢，我还要见我妈妈一面。兄弟们，原谅我这一次吧，放过我吧。我想要亲吻你们的脚，帮你们挑水。唉，真是倒霉，倒霉，我完蛋啦，妈呀！"

他们之中开始有人在哭，可是不知道是哪个：

"我亲爱的同志们，怎么可以这样呢？你们醒醒吧。咱们在两次战争中一起杀过敌流过血，为着共同的事业而奋斗过。就当是可怜下我们，放过我们吧。我们永远都不会忘记你们的大恩大德，我们会用行动证明不会忘本的。你们为什么不理我们啊，都聋掉了？难道都已经没有了人性了吗？"

他们之中有些冲着西沃布留伊大吼：

"你这个叛变耶稣的犹大！和你相比我们又算什么叛徒？你这条狗才是个双面的叛徒呢。就是应该让你不得好死！你对着沙皇忠诚，却亲手掐死了合法的沙皇。你起誓效忠于我们，之后又出卖了我们。趁着你还没有出卖你主子之前去亲一下他吧，你迟早都会叛变的。"

伏多维钦科虽然知道死期不远可是却依然面不改色。他抬起头，一头灰白的头发随着风来回摆动，就像一个公社社员对待另外一个公社社员那样对着勒扎尼茨基大声嚷道，这一嚷所有人都听得见了：

"不要对着他们卑躬屈膝！你对他们抗争是没什么用处的。这帮新走狗、这帮刑房的刽子手是不会听懂你在说什么的。别灰心，历史终究是会澄清的。后代人会将政委专制下的粗鲁人和他们的下作勾当一起钉在耻辱柱上。我们死在革命胜利曙光到来的前一刻。精神革命万岁！世界的无政府主义万岁！"

只有射击手才能搞得清低声的命令，二十支枪一起发射，有几乎一半的囚犯被立即击毙。还有些剩下喘着气儿的被再次开枪击毙了。男孩子捷廖沙·加卢津抽搐的时间比别人都久，可是他最终也不动了。

2

把军队向东转移并去寻觅另外一个地方过冬的主意，并不是一下子就打消了。很多次,军队都派人沿维茨科—克日姆斯克分界公路的一边去考察地形。利韦里经常扔下医生一个人,自己去密林那里考察。

可是已经没有什么地方可以去了,而且现在再转移的话也为时已晚。这是游击队遇到的最为悲惨的一段时光。白军在被彻底消灭之前决定再做一搏试图将林子里的游击队一举消灭,于是他们将把力量全部集合起来,将游击队层层包围。他们从四面八方朝着游击队围来。如果他们的包围圈再缩小一点的话,游击队便会全军败亡。白军的包围圈有些大,这才救了他们一命。冬天让敌人没有办法在这望不到边的密林里缩小包围圈,将这支由农民组成的部队更加紧密地围拢起来。

总而言之,朝着哪个地方进行转移都已经不现实了。当然,倘使能早些制定出优越的军事计划的话,他们便还可能突围,进入一个新的地方。

可是,现在并没有类似这种的作战方略。人们已经累得没有了半点儿的气力。下层的军官连自己都灰心了,丧失了在士兵中的威望。上层的军官每个晚上都在进行军事会议,但没有拿出一个统一的方案来。

现在只能放弃去别的地方过冬的计划了,在密林深处打造防御工事,驻扎在那里过冬。冬天的雪很大很厚,没有雪橇的敌人进不了树林。游击队必须要深挖战壕,用来储备更多的粮食。

游击队军需主事比休林上报说面粉和土豆缺乏。牲畜很多,他估算着,冬天一来,供给的主要食品便是肉和牛奶。

冬季御寒的衣服很少。一部分士兵几乎衣不蔽体。营地里的狗全部被打死了,狗皮用来给士兵做棉袄。

他们不允许医生动用运输工具,因为大车还有更重要的任务等待执行。所以在这次阵地转移中,最后那四十俄里的路都是抬着重伤员走的。

尤里·安德烈耶维奇手中的药品如今只剩下奎宁、碘和芒硝。用于手术和包扎的碘全部结成了晶块,要用的时候还要在酒精里稍微溶解一下。于是他们后悔不应该把那些私自酿酒的设备销毁,又得让在那次审判中罪行最轻的酿造私酒的人去把酿酒装置修理好,又或再去造出一个新的。本着医疗的目的又将酿造私酒合法化了。人们在营地里只是相互递个眼色,摇摇头。营地里的酗酒现象又开始了,这让本来就混乱的营地更加混乱不堪。

酿造出来的酒精浓度几乎达到了一百度。这么高浓度很容易就能将碘结晶体溶解。后来初冬时节,尤里·安德烈耶维奇又将金鸡纳树皮放在了这种酒里,用它治疗随着天气寒冷而再次袭来的斑疹伤寒。

3

这些日子以来,医生经常能够见到帕姆菲尔·帕雷赫和他的亲人。他的妻儿已经在尘土漫天的大道上颠沛流离了一整个夏天。他们已经被曾经的恐惧场景吓坏了,每天都害怕还有新的灾祸等待着他们。漂泊已经在他们身上留下了深深的印记。帕姆菲尔的妻子和三个小孩(一个儿子和两个女儿)的淡黄色的头发已经晒成了亚麻色,因为整天都经历着的风吹雨打而已经有些黑的脸上有着两条齐整的白眉毛。孩子们现在都还很小，在他们身上还没有留下很深的恐惧的痕迹，可是恐惧却将他们母亲脸上的青春活力驱赶得干干净净，只看见一副面色枯黄，脸型端正的容颜，嘴唇紧紧闭成一条缝，永远都绷着一张脸，就好像时时刻刻都要进行自卫一样。

帕姆菲尔特别爱他们，尤其是几个孩子，实在太讨人喜欢了。他用锋利的斧子把木头削成各种形状，小兔子、熊、大公鸡，手艺之巧让医生看了都大为惊异。

他们过来之后，帕姆菲尔特别开心，身体也开始慢慢恢复。后来传出消息说家属住在营地有扰军心，所以士兵们必须和亲人分开，以便让士兵们不会有什么负担；他们的大车便被送往更为远一些的地方，扎在那里过冬。可是这件事情也只是传言，还没有什么实际的行动出来。医生感觉这套措施不会施行。但是帕姆菲尔的心情却变得有些抑郁了，之前的旧病又复发了。

4

冬天来临的时候，惶惶不安、茫然无措、恐惧与杂乱，荒谬而奇怪的现象让整个营地陷入了混乱之中。

白军依照之前的计划将游击队包围了起来。这次战役的领导者是维岑、克瓦德里和巴萨雷格。这三位领导人向来以行动果断而闻名。游击队的家属们与还没有离开故土的平民百姓，以及被敌人围困起来的村民们，只要一听到他们的名字便吓得要死。

前面已经讲过，白军还没有找到可以缩小包围圈的可行性方案。这一点上游击队就不用怎么担忧。但是，也不能完全无视敌人的包围政策。只单单依靠着环境反倒纵容了敌军日益增长的气焰。即便所处包围圈之中没有什么太大的危险，可是总须将包围圈打破，就当是对敌人进行的示威也行。

游击队大部分力量分出来，让他们集中力量朝着西面的圆弧地区突围。历经了几天的血战，游击队将白军击溃，从这里撕开了一个口子，深入到了白军的后方。

这道口子已经变成了一个可以自由出入的地方，扯开了通往密林中游击队的道路。成批的"难民"从这里涌向了游击队。这些从农村逃离出来的平民百姓并不是游击队的直系亲属。四周的百姓害怕白军的惩治策略，纷纷逃离了自己的村子，奔着林子里的农民军队过来，他们已经把游击队看成了自己的保护者。

可是游击队正在想办法如何摆脱一些在军营里吃闲饭的人。他们顾及不了新的难民。他们去林子外面阻止难民进来，将他们拦在了大路上，并将他们带到了林子旁边契里姆卡小河上一座磨坊附近的空场上。这块空场周围全都是农舍，人们都称它为农舍村院。游击队计划将这些难民安置稳妥来过冬，而且把分配给他们的粮食也积存在这里。

已然有了这样的决定，事情便这样按部就班的安排下去，就连游击队司令部都忙得不行。

打败了敌军后问题更加复杂化了。白军将冲破包围圈的那部分游击队员放到自己的后方之后，紧接着又将缺口封紧。从而将突破了缺口出去的那部分游击队员切断在了林子的外面。

而游击队家属这一方面也有了问题。密林之中因为没有什么路可以走，很容易迷路。派出去接应她们的人找不到她们，只好原路返回营地。幸运的是这些女人们发挥了极佳的聪明与智慧：把两旁的树木砍倒，铺桥搭路。

这所有的举动都违抗了游击队司令部的意图，将利韦里的策略和命令完全搅乱了。

5

利韦里和斯维利德两个人站在离公路很近的地方，大发雷霆。有段不太长的公路穿过大森林。他手下的几个军官们正站在公路上争辩是不是应该将沿线的电话线给割掉。最终这事交到了利韦里的手里来裁夺，但是他和那些流浪汉兼捕兽人聊得正在兴头上，直对着他们摇手，示意他一会儿就去他们那儿，让他们稍微等等他，先不要走。

斯维利德对于判处伏多维钦科死刑一直有些不满，他自认为伏多维钦科本来就没有什么罪，只是因为他自身的影响，他和利韦里争得谁高谁低从而让军队分裂。斯维利德想要离开游击队，

想念过去那种无忧无虑自在的日子——这自然是不可能的事。他受雇于游击队，已经将自己卖给游击队了，倘使他要是真的离开了林子里的兄弟们，那么在前面等待着他的便是枪子儿了。

天气简直糟透了。一阵擦着地皮掠过的急风，吹动那些像是一块块的烟煤块一样的浓云。浓云忽地下起了雪，就好像一个身着白色衣服的庞然怪物忽然发起疯来一样。

不一会儿便全都是白茫茫一片了，大地盖上了一层白雪。可是白雪又立刻消融了个干净，整个天地就如同一块木炭。暴雨从天上

泼下来。地面再也吸纳不了多余的水分了。可是过了一阵子浓云便散开了，如同想给天空换换气一样，于是便从上面打开了泛着清冷光芒的透明玻璃窗。土地上那些容纳不了的雨水也好像要做回应似的，将那扇同样泛着光亮的水洼和池塘的窗户打开。

雨水就如同一阵薄烟一样轻拂过针叶林灌满松脂的松针，可是却没有办法将它们穿透，就好像水中融不进油一样。雨滴打在电话线上，仿若变成一串串晶莹透亮的水晶珠。它们颗颗相连紧紧依靠在电话线上，落不下来。

斯维利德是被派去密林深处寻找亲人的人员之一。他想要对首长说明他所看到的一切，和首长说那些没有可行性、相互矛盾的命令所带来的混乱，对首长说那些妇女当中心志最薄弱、完全没有信心的人所做出的恶行。年轻的母亲们背着各种沉重的包裹和正在吃奶的婴儿长途跋涉，奶水没有了，走不动了，以至于发了失心疯，将孩子抛弃在路边，将袋子里的面粉全部倒光后就往回走。快点死去也比这种慢慢饿死的好。落入敌军之手总好过把自己喂了林子里的野兽。

还有其他一些意志力非常坚强的妇女，她们的忍耐力与果敢是男人都无法比及的。斯维利德还有许多其他的事需要向利韦里报告。他想去提醒首长，营地里很可能还会发生一场新的暴乱，这可比上次的暴动更加危险，可是不晓得应该怎么讲，因为利韦里显得没什么耐心，一个劲儿地催他赶快说，催的他都不知道要说什么了。利韦里总在打断他并不是因为路对面有人在等着他，冲着他挥手，叫他，而是因为近两个星期以来很多人都对他提出了这一类的问题，利韦里心里已经对这些很清楚了。

"你不要催我,首长同志,我本来就嘴笨。话全卡在了嗓子眼儿里,都快把我憋死了。我想要和你说什么来着?你去难民车队瞧瞧啊,让那些女人们别乱来。她们闹得实在是太过了。我反过来问问你,咱们是打算'全力对抗高尔察克'还是和那些娘们儿干一架?"

"简单点说,斯维利德。你看他们都在喊我呢。别绕圈子了。"

"至于那个女妖精兹雷达里哈,鬼晓得这个娘们儿是个什么人。她说要给我当女通风机……"

"是兽医,斯维利德。"

"我说的什么?我说的就是兽医。可是你瞧她现在哪儿还给牲口医治啊,倒成了一个老巫婆,帮牛做弥撒,都把那些刚刚逃过来的家眷们带坏了。她说这只能怪你们自己,谁让你们撩起裙子就跟小红旗跑了的呢?下次别再这样啦。"

"我搞不清楚你说什么难民,你说的是咱们游击队里的还是从其他地方过来的?"

"自然是从其他地方过来的。"

"但是我已经下达命令将她们安置在农舍村院里了,也就是那个契里姆卡河上的磨坊。她们是怎么到这里来啦?"

"你还提农舍村院呢。你的那个农舍村院早就被烧成了一撮灰了,就连同那个磨坊和树木全都烧了个精光。她们到那里一瞧,什么都没有,有一半的人马上就要起了疯,哭闹叫嚷着,又回到了白区,剩下的人就来这儿了。"

"那她们是怎么穿过密林的,还有泥塘?"

"锯子和斧子是拿来做什么的?我们已经派了士兵去保卫她们的安全,也帮了忙。据说她们已经砍通了三十俄里,还架了桥,这些个娘们儿真是厉害！三天里就折腾出来了这么多事，有哪个能相信呢？"

"臭家伙！你高兴个什么劲儿，笨货，这下可好，砍通了三十俄里的路，正着了维岑和克瓦德里的道儿。给他们通了一条大路，这下连大炮都能开进来了。"

"命人去堵住，堵住就没事了。"

"这个不用你提醒我也知道。"

6

白天变短了，五点的时候天就黑了下来。临近黄昏的时候，尤里·安德烈耶维奇从前几天利韦里和斯维利德谈话的地方穿过大道，朝着军营走去。在草地和长着一棵花楸树的小山丘附近，他一下就听出了库巴里哈逗乐的激情澎湃的声音。医生笑称这位巫医是自己的对手。库里巴哈现在正在唱着一首欢快的、粗俗的小调，应该是民间的小曲儿。她在唱给别人听，她的歌声不时被一阵赞美之声淹没，有男有女。后来便安静了下来，估计是听的人都走了。

库巴里哈以为只有自己了，便用低沉的声音唱起了另外一首小曲儿。尤里·安德烈耶维奇小心翼翼地朝着沼泽走过去，在漆黑一片中慢慢摸索着顺着林间空地的小径走去，忽地停住不前了。库巴里哈哼的是一支古老的俄罗斯民歌。尤里·安德烈耶维奇从来就没有听过，或许是她即兴编的？

俄罗斯民歌就好像是拦河坝中被阻拦的水一般。表面上看起来甚是平静，可是在它的深处从未停止朝闸门涌去的脚步，平静的表面只是掩人耳目。

她采用重复、排比等方法来放慢内容前进的节奏。一段结束后又会接着进行下一段,让人感到十分惊奇。抑制自己并且来驾驭自己悲痛的力量就这样展现了出来。演唱者试图通过语言来阻止时间的流逝。

库巴里哈边说边唱:

> 一只野兔狂奔在大地之上,
> 飞奔在白雪覆盖的原野上。
> 跑过树林,跑过旁边的花楸树,
> 跑过树林,朝着花楸树痛哭倾诉。
> 我的兔子是不是有颗羞怯的心,
> 一颗羞怯的心,一颗紧绷的心。
> 我害怕猛兽的脚印,
> 猛兽的脚印,还有那饿狼的空肚。
> 就怜悯我吧,花楸树枝,我的美人儿。
> 你千万不能将我敬献给那凶残的敌人,
> 凶残的敌人,凶残的大乌鸦。
> 你要将坚挺的浆果迎风扬散,
> 扬散在大地上,扬散在雪原上,
> 将它们扬洒在故土的土地上,
> 扬洒在村里最后的那座茅屋中,
> 扬洒在那扇窗户里,
> 那里有位独处的女修士,
> 那是我最亲爱的,我魂牵梦绕的人儿。

请将我赤诚的心里话低声相告,
遭人俘虏的我没有自由,
备受煎熬,在异国他乡是多么伤心孤单。
我要挣脱这痛苦的枷锁,
飞向你,我的心肝,我的美人儿。

7

士兵家属库巴里哈正在给帕雷哈的母牛念咒驱病。帕雷哈就是帕姆菲尔的老婆阿加菲娜·福季耶夫娜,可是人们都叫她法杰夫娜。母牛刚从牛群里被牵出来。女主人用绳子套住了牛犄角并把母牛拴在树上。女主人就坐在母牛前腿边上的树墩子上,库巴里哈就坐在了后腿旁边的挤奶凳上。

其余的牛群全都挤在一块很小的空地里。山尖一样的云杉就好像一面高墙从四周将牛群围拢起来。云杉那粗壮的树干就好像蹲坐在地上一般,下面的枝丫纵横交错着。

在西伯利亚养殖的全都是瑞士良种牛,皮毛都是黑白花色的。没有什么草可以吃,千里跋涉,紧紧地靠在一起,早就把母牛折腾的没什么气力了,它们遭的罪一点儿都不比人少。它们身体贴着身体就快发疯了,它们竟然忘了自己是母牛了,和公牛一样怒吼着,费劲地拖着自己那耷拉下来的乳房,窜到别的母牛身上。被挤压在下面的母牛翘起了尾巴,挣脱开来,奔向了密林之中,一些树枝和矮树林都被踩断了,看牛的人和孩子们就在后面高声喊叫着去追它们。

林子空地上方积聚成的浓云,就好像被云杉顶围在了天空中。

它们横七竖八地摞在一起，重叠交织，就像是空地上的母牛一般。

在一边凑热闹的人们打搅到了巫婆念咒语。她凶恶地对着这些人上下打量，可是如果承认他们让她不自在，那她就跌了身份，专家的自尊心让她抑制住了自己的愤怒。她假装做出一副心下无人的样子。医生站在人群的后面看着她，可是她却没有瞧见医生。

他第一次这么仔细地看她。她依旧戴着那顶美国船形帽，还是穿着那件淡绿色军大衣，衣领随意地倒向一边。然而，从她高傲的表情中流露出一种隐秘的情欲，这可以从为了感觉年轻而描的眼线看得出来，她好像对穿什么和不穿什么都不怎么在意。

可是帕姆菲尔妻子的模样让尤里·安德烈耶维奇感觉非常的惊异，他差一点都认不出她了。仅仅几天她就苍老了好多。两只眼睛鼓鼓地都快从眼眶里跳出来了。细瘦的脖子上面都能见到青筋了。内心的恐惧已经将她摧残了。

"不出奶的，亲爱的。"阿加菲娜说，"我以为它怀孕了，按道理来说早就应该有奶啦，可就是不下奶。"

"哪里是什么下奶了！你看那个奶头上有一个脓包。我给你点草药膏你往上涂涂。此外，我要念一下咒。"

"另外还有一件倒霉的事便是我的丈夫。"

"我念咒让他别去乱搞，这能做得到，他会时刻都黏在你身上，你想让他离你远点儿都做不到。讲讲你的第三件倒霉事吧。"

"这哪里是乱搞呀。要真是乱搞那倒好了。他正好相反，他几乎都要跟我和孩子们长在一块了，为我们操心。我明白他的想法。他是打算将军营一分为二，他去一个地方，我们去另外一个地方。他怕我们可能会遇见巴萨雷格的手下，而他又不和我们在一起，没有一个可以保护我们的人。他们百般对我们进行欺凌,以我们的痛苦为乐。我明白他怎么想的。他可别出什么事儿呀。"

"让我想想招儿,消除你的愁闷。说出你第三件扰心的事吧。"

"哪有什么第三件事!就这两件,母牛和丈夫。"

"唉,就这么丁点儿的扰心事儿呀?亲爱的,上帝对你多好呀。就像这样的人去哪儿找!你这个可怜的人儿只有这么两件烦心事,而且有一件还是那么爱你的老公。我帮你把母牛治好,你给我什么好处?我要准备念咒治病啦。"

"你想要什么好处呢?"

"一个精致的白面包再加上你家男人。"四周的人哈哈笑了起来。

"你在开我玩笑?"

"你要是实在不舍得的话,那就不要面包了,只要你家男人。"四周的人笑得更欢了。

"它叫什么名字?母牛的名字,不是你家男人的。"

"美人儿。"

"这边有接近一半的牛都叫这个名字。好,就让我们祈求上帝降福吧。"

接着她开始对着母牛念起咒来。刚开始她的咒语是对着牲畜的。后来她便有些入迷了,向阿加菲娜施了一整套的巫术。尤里·安德烈耶维奇好像入了魔,听见她这么念着,就好像他曾经从莫斯科坐火车到西伯利亚来的时候听马车夫瓦克赫声色并茂的聊天一样。

库巴里哈念道:

"圣姑莫尔格西娜,烦请下凡到我家。星期二,星期三,掀掉脓疮。脓疮赶紧离开乳头。美人儿,别乱动,不要把凳子掀翻了。站得稳如山,牛乳流成河。让人惊骇的斯特拉菲拉,快去掀掉它身上的癫疤,将癫疤扔给尊麻。巫师的话会显灵。

"阿加菲娅,你什么都要学懂,辞谢,训示,逃离咒和保护咒。你以为你看到的只是一片森林,但实际上却是妖精在和天使厮杀,相互追砍,就如同你们和巴萨雷格作战那样。

"我再打个比方,你沿着我手指的方向看去。你瞧的方向不对,亲爱的。你要用眼睛瞧,而不是后脑勺,顺着我指的方向瞧。对啦,对啦。你见到了什么?你是不是感觉到风把两个枝丫吹到了一起?你感觉到鸟儿要筑巢?千万不要那么想。那只是耍的把戏。那是美人鱼在为她的女儿编织花冠。它听见有人朝着它走去,一下扔了花冠,吓跑了。到了夜里它一准儿就编好了,你瞧着吧。

"再说说你们的这个红旗吧。你是如何想的?你感觉它是面旗子?实际上它才不是呢,它是瘟疫姑娘引诱别人的紫手绢。我为什么说是引诱呢?她朝着年轻人挥弄那个手绢,眨巴着眼睛,引诱他们去杀戮,去送命,然后将瘟疫释放出来。可是你们却相信它了:整个世界的无产者与穷苦人全都聚集到了旗子下面。

"什么都需要知道,亲爱的阿加菲娅,什么都不能忽视。无论是哪一只鸟儿,哪一块石头,哪一株小草。比方说,那只鸟是一只灰色八哥,那只野兽是一头獾。

"现在我再举一个例子。你瞧上谁了尽管和我说,我一准儿能让他迷恋上你,即便是你们的首长也好,不管是列斯内赫还是高尔察克,或者是伊万皇太子。你认为我是在吹嘘?我才不是呢。不相信的话你就接着听吧。一到冬天,狂风暴雪肆虐,卷起了很大的雪柱,我用刀子一刀刺进雪柱,直没到刀柄,当拔出来的时候刀子上便全都是血。

你这个都没听说过？啊？你认为我吹牛皮？但是雪柱里哪会有什么血？这是风、空气、雪沫。奇妙就奇妙在这里，大嫂，这个雪柱可不是因为风卷起来的，而是女巫丢了的孩子变的。女巫正在荒地里到处找他，哭号着，可就是没有找到。我刀子捅下去的就是她，所以才会有血嘛。我还可以靠这把刀将任何一个男人的脚印割下来，拿线把它缝在你的裙子上。无论是高尔察克，斯特列利尼科夫，还是新的皇太子，他们都会跟在你后面，你去哪里他们便会跟你到哪里。你认为我吹嘘？这和'全世界无产者和穷人都汇聚到旗子这里来'一样？

"再比如说从天上往下掉石头，就好像下雨一样。只要刚一出家门，石头便正好打在人头上。有人瞧见过骑兵飞驰在天上，马蹄都碰到了屋顶。之前的魔法师也发现过：有的女人身上会有谷物或者蜜或者皮货。武士们将她们的臂膀划开，就如同打开宝箱一样，从女人的肩胛骨里取出了一斗麦子，另外一个人有松鼠，还有一个人有蜂房。"

我们所处的这个世界上有的时候会有一种伟岸而强烈的情感。在这种情感之中总会掺杂一些同情的因素。我们越是喜欢我们所喜欢的对象，便会愈加感觉她就像是一个牺牲品。一些男人对女人的怜悯远远超出了想象。他们的怜悯心肠将她放置在一个远远不能达到的、不会存活在人世间的、只处于幻想之中的位置。对于她周边的空气、日常的琐事以及她出生之前的几千年时光都心生妒忌。

尤里·安德烈耶维奇的文化修养足够让他在巫婆的结束语里听出某部编年史，不是诺夫戈罗德编年史就是伊帕契耶夫编年史最开始的话，可是已经完全被曲解了。多少年来，它们被人们口口相传，被那些巫师和讲故事的人随便编排。它们刚开始的时候就乱了，后来又被这些抄录的人一字不差地全抄了下来。

为什么这么粗鲁的传说竟然能够打动他?为什么他竟然能够将这种胡言乱语、荒谬至极的混话当作现实呢?

拉拉的左肩被划破了,就如同将钥匙插进保险柜一样。利剑稍微一划,便将她的肩胛骨划开了。她深埋于心底的秘密全都暴露出来了。她所去过的让人陌生的城镇、街道、房屋以及那个陌生而又宽广的地方,就像卷起来的带子一样全都散开了。

噢,他是那么爱她!她真是美啊!就像他心里一直想象的那个样子。可是她的美又在哪一点上呢?能否说出来她的美是在哪里呢?噢,不。这是上帝从上而下一气呵成的,她便是在这曼妙的线条中将灵魂交给了他,就如同沐浴之后的婴儿一般裹得紧紧的。

但是他现在身处何方?有什么事发生?在西伯利亚树林的游击队里,他们被包围了,他也和他们一样分享着被包围的命运。真是荒谬可笑。尤里·安德烈耶维奇开始有些头晕了。所有的一切都从他的眼前掠过。这个时候本应该是下雪的季节,却不合时宜地下起了雨。林子里面空地的上空扯起了一个十分巨大而又让人有些惊讶的朦胧的幻影,就好像挂在街道上空的巨幅标语。幻影在抽泣,雨下得越来越大了,不停地朝着它浇过去。

"你走吧。"女巫对着阿加菲娅说,"我已经帮你为母牛念过咒语了,它会好起来的。对着圣母祷告吧。那全世间最为光明的源头,什么牲畜的病都能被治好。"

8

大森林的西部正在进行着战斗。可是这片树林实在是太大了,这场战斗就好像在国家的边界上发生的一样，然而隐藏在密林营地的人实在是太多了，无论多少个人出去战斗，都会有大量的人留守在营地，所以这片森林永远都不会是空寂的。

以往营地的人几乎听不到战争的枪声。一天，密林里忽然几声枪响。就在不远的地方一声连着一声，随即不久就变得更加密集。枪声响的地方出现了一阵躁动，大家匆忙地朝着四面奔去，后备队的人都朝着大车跑去，现场一片慌乱。士兵们都做好了开战的准备。

慌乱很快便平定下来了。原来是虚惊一场。人们又全都涌向开枪的地方，人越聚越多。新来的人不断加入到围着的人群中。

人们围着一个被砍掉了手脚的人。他全身都是血已经分辨不出样子了。他的右手和左腿被砍掉，只是还有最后一口气，这几乎让人难以想象，这个家伙竟然只用一只手一只脚爬到了营地。砍下来的血肉模糊的手和腿捆在了这个人的后背上，上面树了一块牌子，牌子上留有很长的一段话，在这些难听至极的话语中写着，这是对于红军支队的劣行进行的复仇。可是林子里的游击队员和那个部队一点关系都没有。除此之外，木牌上还写着，倘使游击队员们不依照木牌上面所写的规定时间里向维岑军团的军代表投降的话，那么他们便对游击队里的每个人都这样处理。

被折磨的人全身都在流血，他用虚弱的声音讲述了他在维岑将军的后方军事侦察队和讨伐队里所受到的严刑拷打。他几次失去知觉，之前他被判处了死刑，可是却没有将他吊死，而是代之以砍去手脚，标榜他们的宽容大度，之后便将他放回了营地，来恐吓游击队员。他们将他扛到了去往游击队营地前哨线的路上，之后便扔在地上，让他自己爬，同时在后面鸣枪胁迫。

被折磨的快要没了气息的人轻轻动着嘴唇。旁边的人弯下腰，将耳朵靠在他的嘴边，想要听清楚他含含糊糊地在说什么。他说：

"兄弟们，小心点。他已经冲破防线了。"

"我们已经派出了阻截队。这是一场恶战，我们能够挡得住。"

"进来了，进来了。他想来个出奇制胜，我明白。啊！我实在不行啦，兄弟们。你们瞧我全身都在淌血，吐出来的也都是血，我马上就要完蛋了。"

"你稍微躺着歇一歇，缓口气。别说了。别让他再说话了，你们这些没良心的家伙，没看见他已经受不住了吗！"

"我全身上下没有一块好肉，吸血鬼，狗娘养的！他说，你要是不说出来你是谁，我就叫你泡在自己的血里！我跟他说，我是一名真正的逃兵。我就是这么讲给他听的，我从他们那里投靠你们来了。"

"你老说'他'。处决你的是哪个？"

"哎呀，兄弟们，肚子快受不了了，让我缓一口气。我来跟你们说，他是别克申首领，施特列泽上校，听命于维岑。你们在树林里什么都不晓得，全城的人都没有办法活下去了！他们将人生生煮死，剥人皮，揪着你的领子就往死牢里拉。你用手一摸——囚笼。囚笼里好像有四十多人的样子，每个人都只穿着一条内裤。不知道何时便打开囚笼，拎你出去，拎到谁算谁倒霉，提溜出去的就像宰小鸡一样被宰了。我一点都没瞎说。有的被吊死，有的直接拿枪崩死，有的拉过去审讯。把你打得到处都是伤，然后抓一把盐就撒在你的伤口上，再用开水浇。你要是吐了或者拉屎了，他们就让你把它吃了。再说到孩子和妇女，噢，天哪！"

这个倒霉的兄弟只剩下最后一口气了。话还没讲完，便一声惨叫，哽了一下，没了气了。大家立刻明白过来了，脱下帽子，在胸前画了十字。

到傍晚的时候，出现了另外一件比这个更加惨绝人寰的事，整个营地马上全都知道了。

帕姆菲尔·帕雷赫也在围拢着这位死去的兄弟的人群之中。他瞧着他，听他叙述经历的事情，看了写在木板上的让人不寒而栗的话。

他担心他死后妻儿的命运，这简直让他恐惧到了极点。他想象着他们经受的严刑拷打，看着他们因为疼痛而近乎变形的脸，听到他们的呻吟和呼救声。为了不让他们经受如此的苦痛和减轻自己心里面的压抑，他无法抑制自己的伤痛而最终决定自己将他们给结果了。他拿着那把锋利无比的斧头一下就把自己的老婆和三个孩子给砍死了，那把斧头就是在不久前他为他的孩子们做木头玩具的那把。

让人无法理解的是，他并没有立刻将自己杀死。他在想些什么？他会面临什么？他有什么打算？这很明显就是一个疯子，没救了。

利韦里、医生和士兵委员会成员召开会议探讨该如何对他进行惩处，他此时正低着头游走在营地里，昏黄的眼睛直直地看着。没有任何力量可以将这种痴呆的笑容压制下去，非人的痛苦浸满了他的整张脸。

没有一个人可怜他，人人都在躲避他，有的人说应该对他执行私刑，可是没有人支持。

这个世界上再也没有他能做的事情了。第二天的早上他便消失在了营地里，就好像得了狂犬病的疯狗一样逃走了。

9

冬季已经降临,天特别冷。时断时续的声音和完全不相关的影像经常出现在大雾里,它们停顿一下,又随之移动开来,直到渐渐消散。太阳也不是平时所见到的太阳,而是变成了红球一样的东西悬挂于林子里。蜜一样的琥珀色阳光晃动着,如同身处在梦里或者童话之中逐渐四散飘荡开来,飘散了一半便停滞在了空中,冻结在树枝上。

许许多多双穿着毡鞋的脚,在四面八方移动,就如同一面墙一样紧擦着地面,踏在雪地上发出阵阵的吱吱声响。那些戴着围巾帽、穿着短皮袄的影子就好像飘浮在空气中,仿佛围着宇宙间的星体运转。

熟人们停下脚步,开始聊了起来。他们就好像刚蒸过桑拿一般脸都是通红通红的,但是胡子却硬得很。一团团的热气流从他们嘴里喷出,和他们那些如同被冻僵了的很少的话不太相称。

利韦里在小路上遇到了医生。

"噢,是您呐?很久都没见了!晚上到我那窑洞去,在我那里过夜,就像以前那样聊聊天。我有些消息想和您说。"

"邮差回来啦?有瓦雷金诺的消息了吗?"

"我们家和你们家的人一个消息都没。但是我就是从这些里面得出了一个让人能够心安的结论:他们逃脱了,不然一准儿就能探听到一些情况的。至于其他的情况我们等晚上再详谈。就这么说定了,我等您。"

在地窖里,医生又把白天的问题重复问了一遍:

"我只想让您告诉我,您那里有没有关于我家人的什么消息?"

"您只晓得知道鼻子下面的事情。就我来看的话,您的家人没什么危险。只不过,我要和您说另外一件事,一个极妙的新闻。要不要来点冻牛肉?"

"不用了,谢谢。别把话题扯开。"

"随您便吧,我可是要吃啦。营地得坏血病的人很多,因为已经很久都没有吃过面包和蔬菜了。早知如此,秋天的时候我真应该命人多采摘些胡桃和浆果——趁着逃难的家属还在的时候。我跟您说,情况已经变得很不错。我平常预测的事全都发生了。高尔察克的部队已经开始全面撤退了。这是一场不战而败的大溃败。您能听得懂我说的吗?但是您却一直在叹气。"

"我什么时候叹气了?"

"一向都是这样。尤其是当维岑紧紧追逼我们的时候。"

医生回忆起刚过去的秋天,拿枪处决叛乱分子,帕雷赫将妻儿砍死,永不停止的杀戮。白军和红军比赛凶残,你对我施暴,我对你施暴,让暴行永远都在进行。鲜血让他呕吐不止,逼近他的喉咙,溅满一脸,浸满他的眼睛。这一点都不是在叹气,而是另外一种心境。但是如何才能和利韦里讲得清呢?

窑洞里弥漫着一种芬芳的味道,直扑到脸上,呛得鼻子和喉咙十分难受。三脚铁炉上烧着那些劈开的木片,将整个窑洞照得通亮。木头烧尽之后,剩下的炭灰便落在了接在下面的水盆里,利韦里随即又燃起了一根放进了三脚炉的铁圈里。

"您瞧我在烧什么?油已经没有了。劈柴太干了,一点儿都不耐烧。是啊,营地里发现了很多例坏血病。您确定不来点儿小牛肉吗?坏血病这事,您怎么看,医生?是不是要召开会议,讲讲现在面临的情况,给我们说说坏血病的大致情况和对抗它的方法?"

"天啊,别折磨我了。您给我说说我家里人现在都是什么情况?"

"我已经和您讲过了,我没有收到任何关于他们的确切信息。但是我还没有讲从最近的战报中得到的信息给您呢。内战结束了。高尔察克已经被完全击垮。红军正沿着铁路线朝东追赶,一直将他们逼到海里去。另外一部分红军正在和我们会和的路上,一起将分散在后方各处的余孽一举消灭。俄国南方的白军已经被消灭干净。您怎么不开心?难道这些都不足以让您开心吗?"

"不,我开心。可是我还是想知道我的家人现在都在哪里?"

"他们不在瓦雷金诺,这可是件幸运的事。尽管卡缅诺德沃尔斯基在夏天和您讲的那些,我那个时候也做过估算,可是却没有得到证实。您还记得什么有神秘莫测的分子进攻瓦雷金话的荒谬传言吗?但是村子倒是确实几乎变成废墟了。这样看来的话那里出过事情,幸运的是两家人全都逃脱了。就让我们相信他们已经脱离险境了吧。根据我的侦察员们得到的消息,留下来的村民就是这样说的。"

"但是尤里亚金呢?那边如何?在谁手里?"

"传言有点不靠谱,肯定就是错的。"

"怎么说的?"

"据说好像还在白军手上。这指定就是胡诌的。我如今可以给您找到确切的证据加以证明。"

利韦里又往三脚炉里加了一根,将一张揉的不成样子的地图卷到露出需要看的那部分,其他的部分又都卷起来,拿起一支笔边指向地图边对他进行解释:

"您瞧。这一地区的白军全都撤离了。这儿,这儿,还有整个这个区。您在认真听我说吗?"

"我在听。"

"他们绝对不可能在尤里亚金这个方向。换句话说,只要将他们的交通线一刀切开,一定会落入包围圈之中。无论他们的首领多么蠢笨,也不会不知道这个。您把皮袄穿上啦?去哪儿啊?"

"抱歉,我要先出去一下。这房子里的马合烟味实在是太呛鼻子了。我有点受不了,先到外面透个气。"

医生走出了窑洞,拿手套将门前当做凳子用的粗木墩子上的雪铲掉,坐了下来,两只手托住下巴,开始回想往事。寒冬里的大森林,树林里的营地,在游击队里经历过的这十八个月的日子,仿若一下子全都消失不见了。他将它们遗忘了。他的脑海里只有亲人。他对于他们命运的猜想一个比一个恐怖。

东尼娜出现在眼前,她抱着萨申卡迎着狂风踏着雪从野地里走过来。她将他紧紧地裹在被里,脚全部都深陷雪中,使出全力才将脚从雪里拔出来。但是暴风雪一直将她往后吹,以至于都把她吹倒在了地上,她又吃力地爬起来,双腿已经没有多少气力了,但还在勉强地支撑着。噢,他总是忘了,已经有了两个娃娃,小的还在吃奶。她一手抱着一个,就如同契里姆卡的难民,苦痛和超负荷的紧张已经让他们失去了理性。

两只手全都抱着孩子,但是四周却没有人能够帮她一把。萨申卡的爸爸不知道去了哪里。他在很远的地方,一直都在很远的地方,他这一生都没在他们的身边。这是爸爸吗,一个真正的爸爸就是这样的吗?然而她自己的爸爸呢?亚历山大·亚历山德罗维奇在哪里?纽莎在哪里?其他的人又在哪里?噢,最好不要问这些问题,什么都不要想,什么都不要搞清楚。

医生从木墩上站了起来,想走回到窑洞里去。忽然,他改变了主意。他不想再到利韦里那里去了。

雪橇、一袋面包干和逃跑所需要的所有东西他都已经准备妥了。他将自己的这些东西偷偷地埋在营地警戒线外的一棵大冷杉树下的雪地里，为了便于找到，他在树上做了一个特殊的记号。他顺着人们在雪地里踩出的小路朝那里走去。这个晚上天气分外好，一轮圆月高高悬于夜空。医生清楚夜岗查哨的位置，全都将他们避开了。可是当他走到了一层冰花的花楸树下面空场的时候，很远的地方一个哨兵将他叫住了，直着身体踩着滑雪板就朝他滑了过来。

"站住！不然我就开枪了！你是什么人？讲清楚。"

"我说兄弟，你糊涂啦？自己人。你不认得啦？你们的医生日瓦戈。"

"对不起。别生气，日瓦戈同志。我刚刚没看出来。就是日瓦戈我也不能给你放行。咱们要按命令做事。"

"那好吧。口令是'红色西伯利亚'，回答是'打倒武装干涉者'。"

"那就行了。你去哪儿都行啦。这大半夜的是要去哪儿啊？有病人了？"

"睡不着，总想喝水。想出来转转，吃两口雪。我瞧见花楸树上有冻的浆果，想去摘几个来吃。"

"大冬天的竟然想吃浆果，这估计是上帝给你们带来的臭毛病。三年来我们一直都在扫除你们这些个想法，可就是扫不干净，一点觉悟都没有。去摘吧，脑袋烧坏的人。我能有什么舍不得？"

哨兵用力一蹬滑雪板，一路滑了开去，速度越来越快。他经过一片还没有人踩踏的雪地，直滑到零零碎碎光秃秃的树丛后面。医生沿着这条小路走到了之前说过的花楸树前。

它有一半埋在雪里，另外一半是已经冻住的叶子和浆果，两个树枝上落满了雪，正在招手迎着他。他想到了拉拉两个胖胖的小胳膊，于是一把拉过树枝，放在了自己的眼前。花楸树就好像有思想似的回应着他，弄了他一身的雪。他自言自语，自己也搞不懂自己讲了什么，全部将自己给忘了："我就要瞧见你了，我的小美人儿，我尊贵的花楸树，我的小心肝儿。"

夜晚宁静，月亮悬于夜空。他偷偷地穿过密林，朝着那棵他朝思暮想的冷杉走去，把自己埋在那里的东西挖出来，离开了游击队的营地。

第十三章 带雕像的房子对面

1

商人大街曲折着连通了小斯帕斯卡亚街和诺沃斯瓦洛奇内巷,沿着斜坡蜿蜒而下。一些房屋和教堂地势稍高,可以俯瞰整条街。

一座深灰色的、带雕像的房子坐落在街道拐角处。一块巨大的四角形石板立在倾斜的屋基上,上面贴满了新近的政府法令、政府公报和公告。一些过路的人站在人行道上盯着石板,一语不发地看着。

不久前,天气解冻之后,开始变得干燥起来。如今,又冻住了。寒冷的空气再次来袭,感觉非常明显。这时候天还很亮,而在前些日子的这个时候,天应该是已经黑了。冬季才离开没多久。留下的空隙被阳光填得满满的,就这样,阳光一直依偎在黄昏的怀抱里,迟迟不愿离开。阳光的存在却让人又惊又喜,它让人们向往远方,但又恐吓他们。使他们恐惧、不安。

这座城市刚刚交到红军手里,白军都撤到了郊外。枪林弹雨、血流成河还有那些因战争带来的恐慌已经终止。尽管如此,人们依旧恐慌,就跟日升月落替换没有什么两样,也极像当下的天气,冬天过去,春天的日子就长了起来。

街上来来往往的行人借着逐渐变长的天光,读着墙上的公告。只见公告上这样写道:

"市民须知:本市合法的居民均可到尤里亚金苏维埃粮食局领取工作证,每张工作证需要缴纳五十卢布。地点:十月革命街(原总督街)五号一百三十七室。

"凡无工作证者,或工作证填写错误及伪造者,一律按战时条令予以严查。工作证细则及使用说明将在尤里亚金执委会第八十六号公告中公布,该公告将在尤里亚金苏维埃粮食局一百三十七室里公布。"

第二张公告写着:

"本市的粮食储备充裕,但已被资产者藏匿起来,其用心在于破坏配给制度,制造粮食问题上的混乱。"

公告的结尾很醒目:

"凡囤积粮食者,一经发现就地枪决。"

第三张公告说:

"为了使粮食供应正常,只有非剥削分子被准许参加消费者公社。详情可咨询尤里亚金粮食局,地点:十月革命街(原总督街)五号一百三十七室。"

还有一张是对军人的警告说:

"凡未上缴武器及未经新制度许可而携带枪支者,视情节予以严惩。可到尤里亚金革委会申请持枪证,地点:十月革命街六号六十三室。"

2

一个羸弱不堪、面色乌黑的流浪汉摇摇晃晃地走到看布告的人群跟前,他一副蓬头垢面、邋里邋遢的模样,大概是很久没有洗脸了。肩上胡乱挎着个背包,手里拄着根拐杖。他的头发有些不同寻常,长的令人吃惊,而且居然没有一丝白发。但他那满脸深棕色的胡子已经开始染上了灰白的痕迹。他就是尤里·安德烈耶维奇·日瓦戈医生。他的身上只穿着一件破旧的短袖外套,是绝对无法御寒的。他的皮袄若不是在路上遇到强盗恶贼,被扒走了,那就可能是他自己在饥寒之间做出了选择,最后忍不住拿它去换了吃的。

他可怜兮兮地揣着口袋里的最后一小坨没吃完的面包。而且那确实是来之不易,要知道饿肚子的大有人在,这是他经过附近的一个村子时人家施舍给他的,他们还额外赠了他一块牛油。从铁路那边到城里,他花费将近一个小时,但从城门的哨卡到这十字路口,短短的距离竟然也走了整整一个小时。这些天都是这样重复着,他忘了饥饿,人已经虚弱到了极点,长时间的行走使他筋疲力尽。他只能走走停停——可不是为了看风景。他内心感慨万千,他没想到还有这么一天能回到这座城市,还能见到这些石头,他暗暗地握紧拳头,调整呼吸，努力平复自己的心情，掩饰那种想立刻扑倒在地上去亲吻石板路的欲望，仿佛是见到了久别重逢的亲人，高兴得不能自已！

他走了很长时间，深一脚浅一脚地走走停停，有一半的路程几乎是沿着铁路线走完的。那些铁路已经完全废弃，铁轨把荒凉向两端无尽地延伸，雪把铁轨覆盖的严实实，两根钢轨载满了冷清。他一路不停地走着，一列列白军的列车停在那里，白茫茫的一片，客车和货车都掩埋在雪里。白军撤退了，高尔察克战事的失败已经无可挽回，全线溃不成军，燃料已然耗尽，白军不得丢下那些火车。这些火车失去了燃料，只能永远静止在这里。

无法开动的火车如同一条丝带蜿蜒延伸几十俄里。它们陷在这里找到了新的归宿，沿途的劫匪把它们辟为堡垒，刑事犯和政治难民——那些已经缺衣少食的流浪者也可以偷偷藏匿在这里把它当作避难所。可怕的可不止这些，在这些车厢中最拥挤的是因严寒和斑疹而死的人的尸体，铁路沿线的伤寒病把附近村庄变成了死城，一些村整村的人都死于伤寒。

这样的一幕幕情景，正应验了古人的一句谚语：凶狠的人比狼更残忍。恐惧蔓延一处又一处，行人看见别的行人就一定躲开，生怕自己感染上什么病；两人要是在路上相遇，更是狭路相逢勇者胜，为了自己不被杀死，那就只能杀死对方。不少地方还出现了人吃人的现象，这更让人心惊胆战。潘多拉的盒子已经打开，人类的兽性大发，所谓的人类文明的法则几乎荡然无存。人，在一个贫病交加、动荡不安的夜里，又梦回到了那个茹毛饮血的史前的穴居时代。

偶尔，那些鬼魂孤孤单单的身影，在尤里·安德烈耶维奇前面很远的地方游荡。他们要么偷偷摸摸地在角落里躲着，要么惊恐不安地穿过小道。医生不愿从这些身影旁走过,而是匆匆从旁绕开,他觉得它们好像似曾相识,总觉得在哪见过,常常感觉他们也是游击队营地里跑出来的。这样的幻觉经常出现,不少时候他都会弄错,但有一次他的眼睛还是没欺骗他。一个少年从国际卧车车厢的雪堆里钻出来,他是出来解手的,方便完后就又钻回雪堆里去。他定睛一看,还真是那林中兄弟的一员。他叫捷廖沙·加卢津,很多人都以为他被枪毙了。原来他命大,那一枪没有要他的命,他只是受了伤。他一动不动地躺在地上不知道过了多久后才慢慢恢复知觉。他离开行刑的地方,躲到树林直到养好了伤才离开。为了掩饰身份,他改名换姓,躲避着各种危险,赶回圣十字镇去寻找自己的家人,一路上十分警惕,一看见行人就躲到雪掩埋的火车里。

眼前的这些景象给人一种非凡人所拥有的、超脱的感觉。它们就像是某些星球上微妙而又深奥的生命,被错误地放到了地球上来。但是,只有大自然是一直忠于历史的,它所显现的模样,就与现代画家所描画的大自然没什么差别。

冬天的傍晚格外静谧,寒风让人不敢去面对即将来临的黑夜。晚霞余晖徐徐徜徉,黑黑的树顶也被这光芒照射得有些发白了,清秀得宛如古代名士的妙笔丹青。黑色的溪流涓涓而下,追赶嬉戏在薄冰的灰雾下,蜿蜒在银装素裹的峡谷中。虽说峡谷是山的凹陷处,可是大雪一层层的加盖,上端的雪已经堆得像座山,下端深色的河水流过。这样的黄昏寒冷却富有同情心,不知道有没有人发现过,这天灰得那么透明,心也舒畅得仿佛是飞扬的柳絮一样,这里就是尤里亚金,这是尤里亚金的黄昏!一两个小时之后,这柔软如丝的黄昏也会降临到那带雕像的房子对面去。

官方的通告还贴在房子的石墙上，医生想走到石墙跟前看看政府布告栏是否出了新的通告。但他时不时地向上看，目光落在对面二楼的几扇窗户上。有几扇沿街的窗户还是能看出曾经刷过的白灰。透过窗子，能看见主人的家具堆放在两间屋子里。窗棂上已经结了一层晶莹的薄冰，尽管有些朦胧，仍然看得出白灰已经洗刷掉了。这种变化是不是代表发生了什么事情？主人又重新住了进来？要么是拉拉搬走了，房间里搬进新的房客，不知道现在的房间是不是改变了模样。

这种琢磨不清的情况反而使医生有许多的念头涌起，激动的情绪让他自己都难以控制。他走到街道对面，通过大门钻进过道，登上正门楼梯，感觉是如此亲切而熟悉——他曾无数次午夜梦回这里。生锈铁梯的花纹让他常常回想起来，哪怕是在林地的营中也一样，连花纹上的涡纹都历历在目。在某个向上转弯的角落，往脚下看看，栅栏下楼梯的角落里放着破桶、洗衣盆和断腿的椅子。现在这番景象一如当初，没有丝毫变化，每个角落、每个细节几乎都和从前一样。此刻，医生的心情真是难以言喻，他恨不得对这楼梯说声谢谢，来感激他如此忠心于过去。

那个铃一直就在门上。医生记得在他被游击队俘虏之前，它就已经坏掉了。他想过上去敲敲门，可是发现门上的锁明显有问题，沉重的锁直接贯穿那个拧进旧式柞木门里的铁环里，笨重地挂在那里。门上的装饰一直保存得很好，其他很多地方已经脱落。以前这样的情况都视为野蛮行为，从不允许发生。门上以前一向是使用暗锁，相当牢固，要是坏了，钳工会及时修理。仅仅是这件小事就说明现在的情况是什么样了，一眼就知道比过去糟糕很多。

医生心里很清楚拉拉和卡坚卡不可能在这个家中，或许尤里亚金容不下她们，他心酸地想，她们也可能已不在人世了。看着这一幕，他做了最坏的打算。他打算到墙洞里摸一摸，那是他和卡坚卡都很害怕的地方，只是害怕后悔才试一试。他先走到墙边用脚踹了踹，免得伸手到墙洞里打扰到那些老鼠。他在洞里摸着，没有抱希望能在曾经约定的地方找到什么希望。一块砖堵住了墙洞。尤里·安德烈耶维奇扒开了砖，把手伸进去。哇，不可思议啊！钥匙和一张便条静静等待着被发现。他拿出来一看，便条写在一张大纸上，内容很长。医生万分欣喜，想要赶快看见内容，赶紧凑近到楼梯台的窗口跟前。不得不惊叹这一切是奇迹，更加神奇的事还在继续！便条是写给他的！他马上读了起来：

"神啊，这是多么美妙！有人在城郊看见你了，你竟然活着回来了，真是没想到啊。他们跑来告诉我。我猜测你一定会先赶到瓦雷金诺去，我把卡坚卡也带着，上那儿等着你。只是我把钥匙放在这个你知道的地方，怕你会到这里来找我。你就到家里不要离开，在这里等我回来，哪儿也别去。对了，你一定不知道吧，我现在已经搬到前面的房子去住了，就是离街道最近的那一排。楼里空空的，萧条得很，没什么办法，只好变卖了房主的一部分家具。我还留下一些食物，你可以拿来吃，几乎都是土豆。我把熨斗放在锅盖上，还有重的东西，你知道的这是防备老鼠的。我现在每天都很愉悦。快活得都不知道怎样才好。"

他匆匆看完便条正面上的话。背面写满了的内容他却没注意到。打开的便条被他托到唇边，也没看就叠起来，同钥匙叠在一起，一把塞进口袋里。锥心的痛苦和无比的快活搅拌在一起,纠缠在心中。既然她没有一丝犹豫、也没什么要求就去了瓦雷金诺,他的家是不会在那里了。这个细节在他心里翻腾,已经引起了惊恐,更重要的是亲人生死未卜,他感到心如刀割。他也不知道此刻他们在哪里,便条上始终没提到他们,好像这些人根本不存在似的?

看着天色慢慢变暗,他知道可供考虑的时间不多了。趁着天还有点亮,还可以做很多事情。当前还有一件重要的事就是去看看贴在街上的法令。要知道在那个不安定的年代,这事一定得放在心上,不容疏忽。因为不知道某项规定而不小心违犯可能会连命都丢掉。他来不及打开房门,就下楼去了,任沉重的背包把肩膀压得酸痛。走到墙跟前,各种印刷品已经把墙壁贴满一大片。

3

墙上贴的文件有很多,包括报刊文章、审判记录、会议演说词和法令等。尤里・安德烈耶维奇用极快的速度扫了一下标题:《对有产阶级征用与课税的办法》《关于工人的监督作用》《关于建立工厂委员会的决定》。这些条例是新政权所公布的指令,已经代替了先前的制度。公告的颁布是想提醒居民新政权的规定是不容侵犯的,政府不希望他们在白军统治期间忘记了那些应该遵守的条例。但这些东西像单一曲调的长笛乐曲,在永无止境地反复演奏着,把尤里・安德烈耶维奇的头都弄昏了。都忘了是哪个年头的标题了?是属于头一次变革时期呢,还是最后的这几个时期?是不是在白军几次暴动的时候呢?这通知是哪年贴上去的呢?去年?前年?他这大半辈子只有一次赞许过这种武断的言论和这种直率的思想。难道就因为自己的一次不慎的赞许,就得付出这么大的代价,年年只能听到那些虚妄的呐喊和疯狂的要求吗?难道就因为他一时的过分同情便要被永世踩在脚下吗?

一页纸飘落在他眼前,也不知道是哪里撕下来的总结报告。他读道:

"通过有关饥荒的报告来看,地方组织极其不称职。投机倒把活动极为猖獗,浪费现象十分突出,明显的犯罪事实得不到控制。可当地工会委员会干什么去了!城市和边区的工厂委员会都干什么去了!要是我们不对尤里亚金至拉兹维利耶地区和拉兹维利耶至雷巴尔克地区等区域的商店仓库进行大范围的彻底搜查,如果我们不采取强硬的手段,以就地枪决的手段震慑直至找出投机分子,那么城市将无法从饥饿中拯救出来。"

"这样的自我陶醉真令人羡慕啊!"医生想,"事实上早已经没有粮食了,还谈什么粮食,如果自然界里早已不长粮食的话?哪儿来的有产阶级,哪儿来的投机倒把分子,如果他们早已依照先前的法令被消灭干净了的话?如果他们已经不再存在了的话,哪儿还有农民和农村?他们难道忘记了自己早先的决定和措施早已彻底消失了吗?什么人才能年复一年地对早已不存在的题目保持如此经久不衰的狂热,对周围的一切闭目不见、充耳不闻呢?"

医生觉得天地都在旋转,然后失去知觉,倒在了人行道上。当他蒙眬地恢复知觉后,路人把他从地上搀起,要送他去他准备去的地方。他说了声谢谢,婉言拒绝了别人的帮助,赶紧说自己就是去街对面而已。

4

他又返回楼上,打开了拉拉住所的房门。楼梯口上依然那么亮堂,与他头一次上楼时相比光线差不多。他高兴地感激太阳的耐心等待。

门咔嚓一声打开了,引起屋内的一阵窸窸窣窣的声音。空荡荡的房间早已没有人居住,等待他的是罐头盒打翻的叮叮当当声。听见开门声老鼠抱头逃窜,整个身体都扑倒在地板上。医生很讨厌这群恶心的家伙,可是对它们也是束手无策。它们实在是太多了。

如果要在这里过夜的话,首先就得对付老鼠,需要找到一间门能紧闭、容易躲避它们的房间躲着,然后用碎玻璃、破铁片堵住所有的老鼠道。

他从前厅拐向左边那间他比较陌生的房间。穿过一条黑暗的走廊,他来到一间房里,这里两个窗户都朝街,光线很充足。正对面就是那座带雕像的灰房子。过路的人在灰房子墙下站着,看那墙上贴满的报纸,只留下背影。

室内外的光线没有什么差别,都是清新明亮的早春薄薄的光线。室内外的光线竟这般相似,就好像街道和房间是相连的,没有隔开一样。若说一定要有区别的话,尤里·安德烈耶维奇站在拉拉的房里比外面商人街上更冷一点。

尤里·安德烈耶维奇突然感觉头重脚轻,飘飘忽忽的,感到体力透支了。马上就要晕倒过去,医生觉得这是大病的前兆。

此刻,室内和室外的光线没有差别,他说不出自己为什么会这么开心。院子里和住宅里一样游荡着冷空气,寒气逼人,他越来越感觉到傍晚街上的行人,还有城里的气氛是一样的让人感觉亲近,人世间的生活慢慢与他建立了联系。他没有了恐惧。他也不去想马上要病倒。春天傍晚透明的光线照射进来，让他感觉到遥远的梦想和希望能有保障。他相信未来是美好的，他会如愿以偿，能把所有的亲人都找回来，什么都能说得清楚，也能表达出来，误会当然也可以化解。他认为最近一件能够看作是美好的保证的，是他接下来即将和拉拉的快乐相见。

难以自控的兴奋和无法停止的忙碌驱走了他的疲劳。比起不久前的虚弱，这种活跃可能是即将发病的征兆，这样描述也许更准确些。尤里·安德烈耶维奇在房间坐立不安。他又想到街上去，想去做点什么。

他要安顿在这里，需要做一些准备，先去理个发，刮刮胡子。他蓬头垢面地走在城市里，一直四处张望搜寻着以前那些理发店。一些理发店已经不复存在，要么就改为别的用途了。即便是照常营业的理发店，也是大门紧锁。尤里·安德烈耶维奇自己没有剃须刀，也没有地方理发刮胡子。在拉拉屋里或许可以找到剪刀，这样也可以救救急。他慌慌张张地把拉拉的梳妆台翻了个遍，最后还是没能找到剪刀。

记忆中小斯帕斯卡亚街上好像有一家裁缝店。他想，不知道老天还让裁缝店存在吗。祈祷那里还有人干活。来得及的话，还可以向女裁缝借一把剪刀。于是他又上街去了。

5

他的记性真好，记忆没有说谎。裁缝店真的在老地方，并且女裁缝们还在里面干活。这一间门面就是裁缝店的安身之处，一扇垂到人行道的大玻璃窗是朝着街面的，女裁缝们就在来来往往的行人面前展示自己的手艺。

屋里的人太多了。这里不仅仅有真正的女裁缝，业余缝纫爱好者才是使得这里人满为患的真正原因。为了领取工作证，尤里亚金上了年纪的太太们都到这里来。带雕像的房子墙上贴的法令里提到过领取工作证的办法。

她们的动作与真正的女裁缝比还是很不一样，这是一眼就能辨别的。裁缝店最主要的活计是做军服、棉裤和棉袄，还用狗皮缝皮袄，那些狗皮的颜色各不相同，尤里·安德烈耶维奇在游击队的营地里见过这种皮袄。那些业余缝纫爱好者不习惯于制作毛皮衣的活儿。她们用手指把衣边折短，然后笨拙地放在缝纫机下缝起来，看上去笨手笨脚，几乎无法完成。

尤里·安德烈耶维奇只好敲了敲窗户，他舞动着手，做了个让她们放他进去的手势。里面的人告诉他不接私人活计，当然也是通过手势。他始终不走，反复地做那些手势，他坚持一定要进去跟她们说几句。她们则不希望他来纠缠，她们向他摆了摆手做推辞的动作，想告诉他，她们不能做私活的，希望不要妨碍她们，让他往别的地方去。一个女裁缝对着他，一脸困惑，她翻了翻手掌，耸了耸肩，示意自己有些懊恼，问他到底想干什么。他伸出食指和中指比画剪刀的样子。她们认为这是挑逗她们的某种不雅动作。看他身穿破烂衣服，行为古怪，她们觉得这个人要么是病人要么是疯子。女裁缝们不好意思地笑着挥手叫他不要待在橱窗前。他灵机一动，突然想到通往后院的路。很快，他敲响了刚才找到的裁缝店的后门。

6

一个全身穿着黑衣的女裁缝开了门,她上了点年纪,黑脸膛,一脸的严肃。可能是店里管事的。

"你这人怎么喜欢耍赖!有什么事快说,我很忙。要不真的要惩办你。"

"您先不要惊慌,我就想借剪刀把胡子剪了,就当着你的面,剪完一定会还给您。我得首先对您表示谢意。"

女裁缝不敢相信自己是在和一个精神正常的人说话,从她的眼神里就能看出。她有些诧异。

"我是从很远的地方来的,由于路程太长,头发长得太长了,满脸胡须。本来到市里想把自己整理一下,可理发店统统关了门,打算自己动手剪一下,苦于没有剪刀。请您借我用一下吧。"

"好吧。如果只是理发那没问题。可是我得警告你,不要试图出于某种政治原因而乔装打扮,伪装自己。如果你敢玩这种花样牵连我们,那您可别怪我告发。我们可不想为您去送命。"

"天啊,问您借个剪刀,不需要这么多疑惑吧?"

女裁缝把医生带进一间屋子里,似乎比贮藏室大不了多少。他马上坐在椅子上像在理发店里似的,脖子上被围了一块必备的白罩单,白罩单的边一点一点塞进衣领里。

女裁缝出去了一会儿,手里拿着各种工具回来了:剪子、大大小小的梳子、推子、磨刀皮带和剃须刀。

"我这一辈子从事过的事情有很多。"她解释道,她察觉到医生的惊讶表情,她手里的工具不少啊,什么都有。"就在上一次打仗的时候，我还当了护士，学会了理发刮胡子。我也当过理发师，这样吧，先把胡子剪短，然后再刮。"

"尽量把头发理短点。"

"相信我，我会尽力清理好的。粗俗的样子是装的吧？你这样的人也算有文化。怎么都不知道现在已经不按星期计算，而是一句一句地计算。理发店逢七休息，刚好今天十七号。"

"我真的不知道，我为什么要假装呢。我刚才说我不是本地人，我是从远处来的。"

"坐好，别乱动。不然就要割破了。这么说您真的是打外边来的？坐的什么车？"

"全靠一双脚走过来的。"

"沿着公路走吗？"

"走了一半的公路，还有一半是铁路线。雪真不浅啊，沿途多少列车被埋呀！豪华的啦，特快的啦，什么样的车都有。"

"这儿再去一点，修理这一点就完了。好啦。是为了办家务事吗？"

"怎么会有家务事！最初是为了信用合作社联盟的事。我作为外埠视察员，被指派到各地视察。天南地北的，早都不记得都到过什么地方。然后在东西伯利亚被困住了。怎么也回不来。火车都不见影子。只好拖着疲惫的步子走回来，那些日子真是一个苦啊。走了一个半月。我见过的事太多了，大部分您可能都不知道呢，编成故事恐怕一辈子都讲不完。"

"我是劝您长点心眼。其他的也用不着讲。您等着我给您镜子照照。伸出手，接住它。好好欣赏下自己。嘿，感觉如何？"

"我觉得还是有点长了。要是可以话，再剪短点。"

"那样头就梳不起来了。我可告诉你,现在能不说话就少开口,最好对一切都沉默。像检查员和监察员、信用合作社、豪华火车被雪埋住、刚才说的那些话,最好不要提起。这些话要传出去您可要倒霉的!这不符合当下的形势。您最好说您是大夫或教师。胡子剪短,再刮干净。只要擦上肥皂,咔嚓咔嚓一刮,保管年轻十年。我这就去打水,顺便烧些开水来。"

"这女人到底是谁呀?"医生看着她走出去,心里这么琢磨。"我有一种感觉,好像我们之间会有什么相通的地方似的。我想知道她是谁。我是不是见过或者听说过她。莫非因为她我想起别人来。糟糕透了,她到底是谁呢?"

女裁缝过来了。

"现在开始刮胡子吧。记住,只要可以不说就不要多说一个字。这是不变的真理。俗话说说话是白银,那么黄金需要沉默才能得到呢!那些免费火车和什么信用合作社都要三缄其口。最好是编造点什么,说大夫或教师最好。把您见过的一切都埋藏在心里。这年头您还想跟谁炫耀?刮得不疼吧?"

"有点。"

"我知道剃须刀不怎么快了。忍一忍吧,朋友。不这样不行。胡子长的都发硬了,皮肤也有些不适应。是啊,这年头见过什么场面都不需要炫耀。现在是人人自危了。我们吃得苦难道还少吗。那帮土匪什么都做得出!烧杀抢掠、搜捕人。比如,一个小暴君,一位中尉没得他欢心,他在克拉普利斯基住宅对面,让士兵埋伏在树林子里,缴了他的械,然后把他押到拉兹维利耶去。要知道拉兹维利耶那时跟现在的省肃反委员会一样,都是执行死刑的地方。您怎么摇头呀？刮疼了吧，我知道，亲爱的，我知道，可是，需要一直刮到头发根，没有其他办法了啊，再说，您的头发硬得像鬃刷子一样。他妻子在那个地方歇斯底里地呼喊，就是那个中尉的妻子。她疯一样地大喊'科利亚！我的科利亚！'然后直接找最高的长官，'直接'也只是说说罢了。她根本就进不了门。有一个女人住在隔壁那条街上，她可以见到最高长官，还能为所有人说个情。有一个人富有同情心，他心肠慈善，没有人能同他比。他就是加利乌林将军。而私刑、暴虐和嫉妒的悲剧遍布各个地方，就跟西班牙小说里描写的相差无几。"

"她提到的是拉拉。"医生心里暗自猜想，可是他谨慎地没多说什么，也不好再详细询问。"当她说'跟西班牙小说里描写的相差无几'的时候，又很像某个人。特别是她所说的这句有点牛头不对马嘴。"

"如今已经是另外的境况了。不过，现在侦查、审讯、枪决也随处可见。但在思想上彻底不一样。第一，政权是新的。他们刚刚接管政权，还没来得及掌握要领。第二，不管怎么说他们的最终目的为的是老百姓，这也是他们的力量所在。包括我在内，我一共姐妹四个，都是劳动者。我们理所当然的倾向布尔什维克。一个死去的姐姐，她生前嫁给了政治犯。她丈夫在当地一家工厂里工作，当厂长。他们的儿子，也就是我的外甥，他带领农民起义，是起义者的首领，算得上是个名人。"

"竟是这样！"尤里·安德烈耶维奇恍然大悟。"原来这是利韦里的姨妈，米库利钦的小姨子，理发师、裁缝，扳道员，远近闻名的全能手。我还是不要搭话吧，免得他把我认出来。"

"我外甥从小就向往民主。当和父亲在一起的时候，在工人中间长大。不知道您到过瓦雷金诺的工厂没有，哎呀，你看看我干了什么！我越来越没记性了，和傻瓜没区别。半个下巴刮光了，还有半个没刮。都怪我刚才说话走了神。您在想什么，也不提醒我一下？脸上的肥皂都干了。我去换盆热水，这水都凉了。"

通采娃回来后，日瓦戈问道：

"瓦雷金诺是个安全的偏僻地方，不是吗？那里到处都是茂密的森林，任何动乱都危害不到那里。"

"说到安全那要看怎么说了。这些密林说不定比我们遭灾还严重些。一伙带枪的人从瓦雷金诺经过，不知是哪边的人。说话也听不懂，不是我们这里的。把各户人家统统赶到街上枪毙，毫不留情。走的时候一句训斥的话都没有。只留下雪地上的一堆堆尸体孤零零地躺在那，至今也没人去收尸。是冬天发生的事。您怎么总是动个不停？我差点割破了您的喉咙。"

"您刚才说过您的姐夫也住在瓦雷金诺。他遭遇了这场惨祸吧？"

"不，怎么会呢，上帝多么仁慈。他带着他妻子及时逃脱了。也不知道到什么地方去了，至少可以确定他们没有遭到伤害。还有一家人是从莫斯科来的。他们离开得更早。一家之主是个医生，一个年纪轻轻的男人，后来失踪了。可'失踪'意味着什么？说他失踪，只是安慰家人的话而已，免得他们伤心罢了。实际上他哪里还有机会活着，肯定被打死了。找啊，找啊，找了很久没找到。还有另一个男人，那个年纪大的，被召回了莫斯科。我听说是被政府召回去的。他是位农业教授。他们经过这里的时候是在白军再次占领尤里亚金之前。您老毛病又犯了，我说朋友。敢在剃须刀底下乱动、哆嗦，准会被割伤的。您这位顾客，可真是难伺候呀！"

"这么一来,他们应该就在莫斯科了!"

7

他第三次沿着生铁楼梯往上爬时,"在莫斯科了!在莫斯科了",这种声音久久在心中回荡,每迈一步都从心里发出来。空空的房子迎接他的还是那群四处乱窜的老鼠。尤里·安德烈耶维奇很清楚,有这群脏东西在,不管他多么疲乏,也永远别想合眼。他要打算在这里过夜的话,得先从堵老鼠洞开始。幸好卧室里的老鼠洞没有别的房间那么多,坏的严重的地方就是地板和墙根。得赶紧动手,否则夜幕慢慢降临了。还不错,厨房的桌上放着一盏从墙上拿下来的灯,灯里还有一半油,想必是为了等候他的到来而特意准备的。一个火柴盒放在油灯旁边,里面还有几根火柴,盒子是打开着的。尤里·安德烈耶维奇数了一下,刚好有十根。但煤油和火柴必须好好保存。值得庆幸的是,卧室里还看到一个油盏,油快要被可恶的老鼠喝光了,还有一点灯芯和灯油的痕迹。

有几个地方墙脚板已经膨胀离开了地板。尤里·安德烈耶维奇把一些玻璃碎片反复往缝里面塞,玻璃尖朝里。卧室里的门和门槛都还很好,门还能合得严紧,一把就拴住了,这样就把这间堵上了老鼠洞的房间同其他屋子隔开来了。尤里·安德烈耶维花了一个多小时,辛辛苦苦地把该堵的地方都堵上了。

墙角有些歪斜了,主要是因为卧室的瓷砖壁炉地挤压,砌着瓷砖的飞檐快要顶到天花板了。厨房里还储存着十几捆劈柴。尤里·安德烈耶维奇下定决心烧几捆拉拉的劈柴。他跪下一条腿,把劈柴一根根搂进左手里，然后把劈柴抱进卧室，在炉子旁边东看西瞧，弄清了炉子的情况，检查了一下炉子还能否使用。他锁上门的时候，发现门锁坏了，只好用硬纸把门塞紧，免得门又打开。尤里·安德烈耶维奇开始慢慢地生炉子。

他在往炉子里添柴时，看到一根方木条上有个印记。他惊奇的是自己还能认出这个标记，这个痕迹是旧商标遗留下来的，在尚未锯开的木材上印有两个开头字母，表明它们出自哪座仓库。克吕格尔在世时，把从库拉贝舍夫斯克林场运到瓦雷金诺来的木材底端都打着这两个字母，那时木材太多了，用不完的木材就被工厂当做燃料出售了。

这类劈柴出现在拉拉家里说明她认识安菲姆·叶菲莫维奇·桑杰维亚托夫，他关心她，就像他当年供应医生一家一切必需品一样。这个发现使医生心如刀割。先前他也曾对来自安菲姆·叶菲莫维奇的帮助感到烦恼。现在，他心里很不是滋味，不只是人情中的不安，这种不安中掺入了许多别的感觉。

安菲姆这样关照拉拉不可能只是为了她那双美丽的眼睛。日瓦戈回想起了安菲姆·叶菲莫维奇，那是个举止无拘束的人，还有拉拉是一个轻浮的女人，他们两人不会完全清白。

炉子里的火烧了起来，劈柴噼噼啪啪地越烧越旺。起初，日瓦戈只是有一点盲目的嫉妒，这只是一种很随便的缺乏根据的猜测而已，但这种情绪就像劈柴那样越烧越旺，他也越来越肯定，甚至坚定不移地相信这就是事实。

一个痛苦把上一个痛苦压住了，他的心又一次饱受蹂躏。他心中的疑惑就像不见天日的乌云，沉重地压在心头久久无法散去。他无法控制自己飘荡的思绪，一件接一件的事情在脑中闪过，然而对于亲人的思念情绪汹涌袭来，不得不让他暂时压住了心中因嫉妒而产生的猜疑。

"真不敢相信，亲爱的亲人们，你们竟然在莫斯科。"通采娃的话让他觉得可以确信他们安全抵达了莫斯科。"那就是说你们重复了一次艰辛而漫长的旅行，而且是在没有我的照料下进行的？""你们是用什么方法到达的？岳父这次被召回是什么性质？也许是学院请他回去重新教书？咱们的房子还好吗？算了吧，它是否存在都很难说。噢，上帝啊，多么心酸和难熬啊！不要多想，不要多想。脑子太乱了！我到底怎么啦，东尼娜？我是不是生病了。我和你们大家的未来是什么样的？东尼娜，萨申卡，岳父，你们将会怎样？上帝为何要狠心地将我遗弃？为什么永远要把你们和我分开？为什么我们不能永远在一起？让我们快点结合在一起吧，我们即将团聚，是吗？就算没有火车，就是用脚，我也要去你们的身边。我们一定会相见的。一切都将心想事成，不是吗？

"像我这么坏的家伙，上天怎么能容下我？我竟然忘了东尼娜要生产的事，或许她都已经生产了，这样的大事，我竟会忘记？健忘这毛病我也不是头一次了，她是怎么把孩子生下来的？他们回莫斯科的时候肯定在尤里亚金停留过。一定是这样，尽管拉拉并不认识他们，可他们的命运连完全置身事外的女裁缝兼理发师都那么清楚，拉拉怎么会在便条里没有对他们的情况留下只言片语，而是留下一张一般的便条？多么奇怪，多么冷漠和不在乎！如同她和桑杰维亚托夫的关系一样，尽管只字不提却让人难以理解。"

这时，日瓦戈的眼光变得挑剔起来，仔细瞧了瞧卧室的墙壁。

他心里很明白室内的这些摆件和挂饰没有一件是属于拉拉自己的，那些神秘的主人躲藏在陈设背后，无论多么神秘也不能说明拉拉自己的情趣。墙上挂的那些都是放大的男人、女人的照片。那些注视的目光，无论如何，都会使他不舒服。粗笨的家具似乎对他都不怀好意，在这间卧室里，他已经感到自己就是个多余的人，一个陌生人。

可他这个傻瓜还是有多少次想起这座住宅啊，无时无刻不在思念它，当他走进这里时，可不觉得这是一个简单的房间，其实他走进的是心中对拉拉的思念。在他人的眼中，这种感觉也许十分可笑。那些坚强的人，像桑杰维亚托夫那样非常实际的美男子，也能够跟他这样生活，这样表现吗？他这样软弱的性格，拉拉为什么会看得上，还喜欢他所表达的那些晦涩的、陈腐的语言呢？这种混乱是她想要的吗？她是否愿意成为他心中的意中人呢？

如同他刚才所想的那样，她又是他的什么人呢？天啊，这个问题他随时都能够做出回答。

春天的黄昏，阳光洒满整个院子。声音把空气填得满满的。远近各处传来儿童嬉戏的声音，好像整个空间都活了起来。而在远方，她历尽艰辛，是顽固的、癫狂的女人，她仿佛精神失常却又被人盲目爱戴，但她的身上带着无止境的不可捉摸的绚丽而致命的怪癖！啊，生活是多么美妙！活在世上，热爱生活是多么甜蜜！啊，面对生活本身、生存本身说声"谢谢"啊。当着它们的面说出这句话！

其实这就是他心中的拉拉。拉拉就是生活、存在的代表与体现，是那些不能言语的人的耳朵和嘴巴，那些本来无法言语的生存原则因她而拥有了生命。

他突然感觉在猜疑的那一瞬间，对她的所有责备是绝对错误的，有千万个不应该。她身上的一切都那么的完美，没有一点瑕疵！

欣喜中夹杂着悔恨的心情翻滚着，眼泪也不自觉地朦胧了视线。他打开炉门，拨弄了下炭火。他把烧得很旺的柴火往炉子的里头拨，把没烧着的木头弄到炉门口，那儿比较通风。他打开着炉门，享受着手和脸上感受到的温暖的火光，这对他来说多么难得。微微跳动的火炉反光拷问着他的心，他清醒地认识到自己现在多么需要她，他在这一刹那多想拥抱她，迫不及待地想触摸她曾接触过的东西！

他从衣袋里掏出那张揉皱的便条，他轻轻打开它，生怕弄坏了似的。他这才发现便条另一面也有字迹，不是他刚才读到的内容。他仔细地摊平信纸，很想看信的内容，颤抖地凑近跳跃的火光中读道：

"我猜你一定知道了你们家人的下落。东尼娜生了一个女儿。现在他们已经到莫斯科了。"下面本来还有几行字已经被划掉了。后面紧接着写道："我把这划掉了，因为我觉得在便条里写出来是件愚蠢的事。我想当面和你仔细谈谈，我得急着出门，去找一匹马。万一找不到马真的就不知该怎么办了。带着卡坚卡实在是太难了……"句子的最后几个字被磨掉了，模糊不清。

"她肯定是去向安菲姆借马，她应该是借到了，不然她没办法离开。"日瓦戈平静地想，"要是他们真有什么见不得人的事的话，那么她一定不会提起这件琐事了。"

8

炉子烧旺后，医生把烟道关上，随便吃了点东西。吃完后，他睡眼蒙眬，已经困得不行了。衣服都没脱，就倒在沙发上酣睡了。

门后和墙那边喧闹的老鼠对他没有丝毫的影响,那些家伙肆无忌惮的、震耳的吵闹声他都充耳不闻。只是接连做了两个噩梦。

他在莫斯科的一间房子里,玻璃门上了锁,他还不放心地用手使劲地抓住门把摇了摇,看是不是真的上了锁。门外有个可怜的小男孩子萨申卡哭着拉门要进来。他穿着儿童大衣,水手裤,戴着顶可爱的帽子,那么引人怜爱。他背后有股水哗啦哗啦地冲在他的身上和门上,不知道是不是从爆裂的管道或下水道里喷出来的。当时管道破裂是屡见不鲜的事,说不定正是裂缝直通门口,积蓄了几千年的寒冷和峡谷中的山洪在黑暗中奔腾而下。

流水奔腾发出的轰鸣把小男孩吓得六神无主。他在喊叫着,只是什么也听不见,喊叫声被轰鸣声吞噬。但日瓦戈从他嘴唇的张合中看出他在喊:"爸爸!爸爸!"

日瓦戈的心像被刀割一样。他马上跑过去想把孩子紧紧抱着,深深搂在怀里,只管拼命地往前跑,逃到天涯海角。

但他一边泪流不止,一边还是拉住上锁的门把手,小男孩无法进来,这是他怕另一个女人产生什么误会,只有牺牲小男孩。因为这个女人并不是小男孩的母亲,她在任何时候都有可能从另一扇门里走进来。

日瓦戈醒了,惊出的冷汗把衣服都弄潮湿了,满脸泪水。"我发烧了。一定是病了。"他马上想。"这恐怕不是伤寒。这是一种难以愈合的、危险的重症,是一种潜伏着的疾病,像所有可怕的传染病那样,是生命和死亡狭路相逢的时刻,问题的关键是看谁占上风了。可我想不了那么多了,实在想睡觉了。"于是他又睡着了。

他又梦见在莫斯科的一条人来人往的大街上,那是个昏暗的冬天早晨。街上还亮着路灯。大清早就非常拥挤,电车铃声叮当作响,街灯在铺满雪的石板路投下一个个黄圈。在这个黎明前的时刻,这是莫斯科冬天的早晨,也是革命前的早晨。

9

不是他自己,而是一些更为常见的能代表他的东西在声嘶力竭地呐喊,倾吐出温柔的、闪烁的、在黑暗中如流星闪过那样灿烂的话语。他仿佛和自己的灵魂相互倾诉着,他觉得自己是那么需要怜悯。

"我一定是病了,真的病了。"他在清醒的空当想道,"这应该是一种伤寒,只是没有写在我们读过的医学教科书上,必须弄点吃的,再不吃一定会被饿死的。"

他刚撑起胳膊,想从沙发上爬起来,虚弱的身体使他马上明白,他根本没有体力了。接下来,要么是昏昏欲睡,要么就晕过去。

"我穿着衣服在这儿睡了多久啦?"他在短暂的清醒时又想道,"几小时?还是几天?还记得我卧床的时候春天才刚到。可现在窗上已经结了霜花。那些霜松散而肮脏,房间里的光线变得很昏暗了。"

厨房里的老鼠把碟子打翻了,发出几声哐当声,它们又顺着墙往另一边爬,在半空中又重重地掉下,肥硕的身子重重地摔在地板上,唧唧地一顿尖叫,像一个讨厌的女人在不停地呜咽。

他昏睡过去,等到他醒过来,发现窗户上一片明媚,原先结满霜花的玻璃上映照出五光十色的光晕,在这片光晕中,霜花散发着红润的颜色,就像精美的水晶酒杯里盛放的红葡萄酒一般。他又糊涂了,搞不清这是黄昏还是黎明。

有一次，他感觉身边有人说话，他更加难过和绝望，他想这一定是自己开始神经错乱了。他想到可怜的自己，不禁眼泪盈眶，心里默默抱怨上苍的不公，为什么要对他置之不理，无人过问。"老天，你为什么要抛弃我，让我深陷在这永不见天日的黑暗深渊中！"

可就在这抱怨的一刹那，他忽然意识到这不是梦。他的衣服已经被脱下，身上也被擦洗得很干净，他现在已经不是躺在沙发上了，而是躺在刚铺好的被子里，他日思夜想的拉拉就坐在床边，俯身凝视着他的脸，头发几乎碰着他的头发，他们的目光相对，彼此都说不出话，眼泪一起流了下来。可这时，他又幸福地失去了知觉。

10

就在不久前，他还在病中胡言乱语，责备老天对自己的悲惨遭遇没有恻隐之心。可现在，整个辽阔的天空都落到他柔软的床榻上，女人两条雪白丰满的胳膊裸露到肩膀，正向他伸过来。他幸福得快要窒息，仿佛又要昏迷一样，又坠入幸福的深渊。

他一生都在工作，忙碌地研究、写作、整理家务以及思考和看病。可现在他停止了活动，停止了追求，停止了思考，而是把这些劳动暂且交还给大自然保管，要是自己被那双迷人的手，塑造成一件作品，或是展现一个构思，那是多么美妙的事啊！

日瓦戈恢复的很好，身体很快就康复了。拉拉在家忙前忙后，一双手像白天鹅般温柔地护理着他，用极其柔和温暖的耳语安慰他。

他们说着悄悄话，即便是最平凡的话语，也像柏拉图最经典的文艺对话一样，极富有深意。

把他们结合在一起的因素是比心灵相通更为重要的东西,能把他们与外界的喧嚣用深渊隔开。那些当代人身上最典型的特征,让他们不屑一顾。那种矫揉造作的激情,虚情假意的昂扬,还有那许许多多的科学和艺术工作者鼓吹的平庸、肤浅,其用意就是压制大部分天才的成长。

他们的爱情是让人赞叹的。然而,所有相爱的人都不会感觉到自己的爱情有什么不寻常。

然而对于他们而言——这正是他们与众人不同的地方——当一丝情意从内心涌起,宛如恒久的春风飘进他们不幸的生活中,在这些短暂的时间里,就是不断地揭示和认识生命中不断出现的新东西的时刻。

11

"你必须回到家人身边去。我一天也不想多留你。只是你应该知道当前的形势吧?咱们刚与苏维埃俄罗斯联合在一起,就只能眼睁睁地看着被它的崩溃所拖垮。他们想用西伯利亚和远东的力量来填堵它的缺口。可你一定不知道吧,在你生病的这些日子,城里发生了许多的变化!我们仓库储存的粮食已经源源不断地运往了莫斯科,可是对于莫斯科来说,这点粮食简直就是杯水车薪,这批粮食一到了莫斯科就像被倒进无底洞里,这样一来我们就没有吃的了。邮件也不通,客车早已停止了运输,只剩下几趟货车去运粮食。城里的状态很紧张,像极了盖伊达暴动前夕那样怨声载道,肃反委员会还是那样对不满情绪采取猖獗粗暴的措施。

"你现在瘦成了皮包骨,只剩下半条命了,要走到哪里去呢?难不成又步行吗?你走不到莫斯科的!把身体养好,先养精蓄锐,等病好了再说吧。

"我不敢说这是给了什么建议,不过我要是你的话,在找到家人之前,先得找到一份工作养活自己。你可以干自己的老本行。你这一行很吃香,比如,可以去省卫生局。它还是在先前的医疗管理局那个地方。

"不然的话,你自己掂量掂量。你父亲虽然已经自杀,可他的确是西伯利亚百万富翁,你的岳母又是当地地主及工厂主的女儿。你参加过游击队,又逃走了。这种事解释不清,脱离革命部队就是开小差。你一定不能赋闲在家,做一个失去公民权的人。我的情况也是比较糟糕的。我也得去工作,要到省国民教育局。我现在就像是案板上的鱼呢!"

"怎么会是这样的呢?是因为斯特列利尼科夫呢?"

"正是因为他,我才这般任人鱼肉。从前我也对你说过,他的敌人太多了。而现在红军赢了。现在那些非党的军人全都被从军队里剔除出来,因为他们职位接近上层,掌握的各项情报太多。如果只是把他们从军队里赶出来,而不是让他们销声匿迹,当局是不会觉得干净的。要是肯网开一面那还算好的。而帕沙在这批人中最为突出。他命悬一线,危险得一阵轻风都能让他坠入万劫不复的深渊。他还去过远东。传言中,他们说他逃跑了,现在应该到处搜寻他。唉,谈他已经够多了,我可不是个爱哭的人。如果再多说他一句,我就要号啕大哭了。"

"你从前爱他,到现在你还是那么爱他吗?"

"你知道,我和他结婚了,他是我的丈夫呀,尤拉。他不仅才华横溢,而且品性纯良。我对不住他。但是要说我做了什么伤害他的事,那就不对了。他那样一个了不起的人,非常坦诚直率,我这样的卑微女人真是不敢与他相比。这些都是我的错。好啦,别再提这些了。我答应你,今后有时间再聊,决不食言。你的那个东尼娜多么可爱啊!像波提切利油画里的人物。她生孩子的时候我陪在她的身边。我同她非常聊得来。这些事以后有空再说吧,怎么样?咱们一起出去工作吧。两个人都出去。每月的薪水能有几十亿卢布。西伯利亚的票子一直在咱们这里流通,前不久才被废止。你病了很长时间,这期间我们都没有货币。天啦,那样的日子真是难以想象,可是没想到也熬了过来。听说地方金库正在往国库里运纸币,大概有四十车厢,数量不少。钞票跟邮票差不多,票子印在大纸上,有红蓝两种颜色,上面分了一个一个的方格子,蓝的每个方格五百万,红的每个方格有一千万。印刷质量很差,颜色很容易就褪掉了。"

12

"这种货币我见过。我离开莫斯科之前才开始流通的。"

"你怎么在瓦雷金诺待这么久?那里早就荒无人烟了,不是吗?是什么牵绊住你?"

"我跟卡坚卡一起把你们的宅子打扫了一下。我怕你直接去那里。我不想让你看到住宅那副破败的样子。"

"什么样子?那房子是不是变成了断壁残垣、不堪入目了?"

"又脏又乱,不过现在我都收拾过了。"

"怎么这样含含糊糊，回答得这么简洁。你没有说出全部的真相，刻意对我隐瞒什么了吗？好吧，随便吧，我不会逼你的。给我讲讲东尼娜的情况吧。给孩子起了个什么名字？"

"玛莎。纪念你母亲。"

"给我讲讲她们母女的情况。"

"以后再讲吧。我告诉过你提起这些怕自己流泪。"

"借给你马的那个桑杰维亚托夫是个很有意思的人物。你觉得是吗？"

"非常有意思。"

"我和他很熟。他是我们一家人住在那里的一个朋友，当时，帮了我很多忙。"

"我知道。他都跟我说过了。"

"你们的关系一定很好吧？他也尽力帮你忙吧？"

"他对我的照顾确实是无微不至。要不是他，我真不知道如何是好。"

"这不难想象。你们之间相处得一定是很融洽的，应该是那种朋友式的吧？他一定拼尽全力地追求你吧。"

"那是当然。简直是纠缠不休啊！"

"你呢？哦，抱歉。我说得太过分了。我哪有资格问你这些？对不起。这太过分了。"

"哦，随你怎么想吧。你想知道的是我们之间是什么关系？你想知道，我们关系这样融洽会不会夹杂着别的什么私情？答案是绝对没有。我对安菲姆·叶菲莫维奇只有感激之情，他对我的恩情永远也报答不完，但即使他给我金山银山，甚至献出生命，也不会让他更靠近我一步。我从小就很反感那种与自己心性不同的人。在生活中处理事务的时候，他们精明强干，沉着老练，左右逢源，真是不可多得的人。可在感情上，总是高高在上，自以为是，与他相处动不动就发火，实在让人难以忍受。我们对于男女关系和生活的看法完全不一样。除了这个，我一想到安菲姆的精神境界，就让我联想到另一个更为可恶的人，我之所以变成今天这样子，全是他一手造成的。"

"我不清楚。可你是怎么样的人呢？这是指什么呢？给我说得更清楚点。你是世上最好的人。"

"唉，尤拉，你在胡说什么呢？我的态度是很真诚的，可你却像是在客厅恭维起我来。想知道我是什么样的人。我是个受过创伤，一直无法痊愈的人。我过早地失去童贞，早得不能容忍，这让我过早地进入最坏的生活里面去，我的一生都带着污点。并用旧时代老吸血鬼虚伪而下流的眼光看待它。这个神气活现的家伙什么事都干得出来，利用可以利用到的一切。"

"和我想的一样，我感觉到了。可是你听我说。当你还是少女的时候遭遇那样的凌辱和惊吓带来的恐慌，那些创伤和恐惧都是不难想象的。可这一切都过去了，不是吗？我只想告诉你的是，现在要是你还难过的话，就不仅仅是你自己的悲伤，而是我们这些爱你的人的悲伤。应当自责、羞愧的是我，我恨我知道得太迟了，我恨自己当时没在你身边，以便阻止这些事情的发生。可是那些对你真的是那么痛苦的话，说来奇怪，我只会强烈地、无以复加的嫉妒远不如我的、低贱的人。如果我所爱戴的并同我志同道合、心灵相通的人喜欢我倾心的那个女人，我便会对他产生手足之情，尽管是一种悲怆的感情,却不会去争吵,甚至打架。我当然是极其不愿意和另一个人分享我所钟爱的女子,但我会怀着一种不一样的痛苦退出竞争:就算有些撕心裂肺的疼痛,但也不会是嫉妒。我在与艺术家交流的时候,只要他的作品比我从事的相关的创作高明,那我就会被他深深地折服,那时我产生的感觉也和现在一样,我一定不会去重复同样的追求,因为他的探索已经胜过我了。

"我扯得太远了。我想,如果你的一生没有遗憾,或者幸运的没有任何事可以抱怨。我对你的爱就不会像火般炽热。那些没有跌倒过,或者从来没有过错、没有失足的人。她们的美是僵死的,是一具毫无生气的完美标本,谈不上任何价值。生命的美她们永远不会懂得。"

"我说的就是这样的美。要是想要看到它,我认为,必须有丰富的想象力和淳朴的感受。而这些就是我所缺少的东西。如果我最初没有用人们世俗的眼光去认识世界,也许就会有自己的人生观。但不仅仅是这样,由于一个没有道德的、只会贪图享乐的粗鄙的家伙干预了我刚刚开始的对人生的认识,导致后来我与一个伟大而优秀的人结婚都觉得不美满,虽然我们用同样热烈的方式爱着对方。"

"等一下再谈你丈夫的事情,我刚才说过,引起我妒忌的一般是低贱的人,对你丈夫我就不会嫉妒。因为他是和我一样的人。可那个人呢?"

"哪个人?"

"就是让你陷入深渊的下流的家伙。他是什么人?"

"他是一名律师,在莫斯科相当有名。他是我父亲的同事,爸爸去世后,我们家相当贫困,他来我家接济我们,他没有结婚,很有钱。我这样一番诋毁好像使得他更加特别起来,似乎他是个很有分量的人,其实他不过是个很普通的人罢了。要是你想知道,我也可以告诉你他的名字。"

"不用。我知道他,还见过一次。"

"你确定?"

"那天已是深夜,在一个旅馆里,你母亲服毒了。记得那时候我们都还小,只是中学生呢。"

"那天晚上的情景,我还记得很清楚。你们在黑楼道里站着。也许我自己再也想不起这件事情了,是你帮我回忆起来的。在梅留泽耶沃你曾告诉过我。"

"科马罗夫斯基去过那里。"

"是吗?很可能是的。常可以碰到我跟他在一起。我们经常在一起。"

"你干吗脸红啊?"

"听见'科马罗夫斯基'这个名字,觉得不习惯。而且从你嘴里说出来,这么突然。"

"一个同学和我一起去的,是我的同班同学。在旅馆时,他认出科马罗夫斯基来,他曾经多次意外地见过科马罗夫斯基,他就是米哈伊尔·戈尔东。有一次,这个男孩子在火车上亲眼见到我百万富翁兼工业家的父亲自杀了。火车风驰电掣,父亲从火车上跳下去,摔死了。当时科马罗夫斯基作为他的法律顾问陪同在父亲身边,科马罗夫斯基经常怂恿他喝酒,弄得他糊里糊涂的,把他的生意搞得乱七八糟,直到他破产,把他逼上绝路。我父亲的自杀和我成为孤儿,都是他一手造成的。"

"真想不到啊!竟然还有这么一件事。太不可思议了!这么说他简直是个恶魔,害了你们全家?同样的遭遇使我们同病相怜、惺惺相惜。难道真是命中注定的!"

"你现在知道我嫉妒的是谁了吧,还这般咬牙切齿,到了发狂的地步。"

"你说的这是什么话?我不仅不爱他,还蔑视他,视他如尘埃一般。"

"你确定你很懂自己的内心吗?要讨论起人的天性,那么女人的天性是怎么都梳理不清的一种心态,让人难以捉摸。就算你厌恶他,也会不自觉地听从于他,甚至超过了你心爱的人。这里面总有说不清、道不明的东西左右你。"

"你说得实在让人有些害怕。并且,你说话一向是温和的,不会这么尖锐。今天你这么一说,倒让我觉得好像是真的。不过那真让人心惊啊。"

"别急。别听我这些傻话。我想说我嫉妒的是捉摸不透的、玄妙的东西。嫉妒那些无法解释也无法猜测的东西。我嫉妒你为别人整理服饰、装扮容颜,嫉妒你肌肤上渗出的汗珠,嫉妒遍布在任何角落的病菌,因为它们能更加贴近你,甚至可以流入你的血液去。我嫉妒你丈夫就像嫉妒传染病一样,害怕有天他会把你抢走,就好像我也怕有一天,我们之间有个人要先离开这个人间,我们会阴阳两隔。我知道,我现在是语无伦次了,你肯定不能理解吧。我对你的爱到了极致,直到天荒地老。"

13

"你丈夫的事能不能多告诉我一点?讲讲'你我都是被记录在厄

运黑名单上的人',就像莎士比亚笔下描写的心碎的章节那样。"

"这是哪部作品里的话?"

"是《罗密欧与朱丽叶》的对白。"

"我在梅留泽耶沃镇寻找他的时候,那时和你讲过许多关于他的事了。然后到这里,在尤里亚金,咱们见面的时候,你告诉我,在他的车厢里他曾想过要把你抓起来。我好像告诉过你,也可能是我记错了。有一次他坐在车上,我远远地能望见他。真是让人惊叹啊,他身边的卫兵密密麻麻地站了一堆,我觉得他一点都没变。他的外表依然是如此帅气、坚定、果敢,是我迄今为止见过的最诚实的脸。毫不装腔作势,没有一丝做作的姿态,性格也依然是那样坚毅果敢。过去和现在都如此,始终如一。可是我还是发现了一些变化,这让我惶恐不安:他的面部仿佛注入了什么东西进去,那种表情变得难以捉摸,它已经失去应有的光华,一张生动的脸庞成了某种思想和教条原则的现实写照。当我发现这一点的时候,心就猛地紧缩起来。我明白这种力量是他全身心投入的结果,他献身于这种崇高伟大的力量,可它显得多么无情和冷酷,那是一种置人于死地的无情力量。会有那么一天,他也会被这样的力量吞噬。他隐约感觉到他身上已经画上了毁灭的标记。不过我弄得不是很清楚,或许你告诉我的那些关于你们见面的话已经深深地印在我的脑海里,除了你我感情上的心意相通以外,我跟着你学了不少东西。你深深地影响了我!"

"不如,我们聊一些你们革命前的生活吧。"

"我在童年时代就向往着纯洁。而他就是纯洁的化身。我和他,还有加利乌林,我们几个住在一个院子,算是青梅竹马吧。童年时的我,可是个小可爱,他们都迷恋着我,他一看到我就像一只呆头鸡,连手脚都冰凉了。我这么说好像并不太好,但是,要我假装不知道,那就更不好了。在童年,他就对我倾心,然而小孩子那种自尊心不允许他表达出那样炙热、顺从的爱。但除了他自己在遮掩,大家都能感觉出来。我们的关系非常好。我与他不一样的程度,就好比我和你相同的程度一样。那时,我的心就只装着他,我下定决心,只要我们一成年,我就把自己交给这个不同凡响的小男孩。就在那个时候,我的心就已经嫁给了他。

"真是了不起啊,他那么有才华!无与伦比的才华!他父亲只是个普通扳道工或铁路看守员,他用自己的天赋和坚持不懈的努力修完了大学数学和人文学科。这真不是开玩笑的。"

"既然你们这样深爱对方,那又是什么破坏了你们家庭这样融洽的关系呢?"

"唉,这叫我怎么回答呢?我马上可以告诉你。不过这个很奇怪,我这么一个孤陋寡闻的弱女子,怎么可以向你这样一个聪明人解释当今普通人的生活,以及俄国人的家庭发生的变化,是什么让这些家庭都支离破碎,其中也包括你的、我的家庭在内?唉!看上去好像是人们的性格是不是相投,彼此是不是相爱造成的。可事实并非如此。人们的生活习惯和家庭秩序以及与之有关的一切,都因为整个社会变动而化为乌有。所有的生活被搅得天翻地覆,被摧残殆尽,剩下来的都是无用的东西,无法填补饥饿寒冷的身体。人们的灵魂被剥得一丝不挂。对于赤裸裸的灵魂来说,它无论在什么时代都会冷得发抖,极度渴望一个最靠近它的、同样赤裸与孤独的心。我和你,就像世界上最初的两个人,亚当和夏娃,在世界形成伊始,夏娃和亚当都是赤裸裸毫无遮蔽,而现在世界灭亡之时，我们也是一样一丝不挂地飘散在凡尘中无家可归，此时的我们是几千年来许许多多不可胜数的伟大事业中的最后两个灵魂，正是为了悼念这即将消失的奇迹，我们只有呼吸、相爱、哭泣、相互依偎、相互拥抱。"

14

她停顿了一会儿，接着更加平静地继续往下说。"我可以告诉你。如果斯特列利尼科夫再变成帕沙，如果他不再疯狂，不再造反，如果时光可以倒退，如果能看见我家洁净的窗户，还能看见帕沙书桌上的书和灯光，哪怕在世界的尽头，我就算是爬也要爬去。我全身上下会感到热血沸腾、欢欣鼓舞。我无法控制不去倾听过去对我的召唤，那些忠贞的召唤。我会不惜牺牲掉现在的一切，哪怕是你我之间最为亲密的关系、那份温柔而自然的爱。天啊，原谅我。这不是我的真实想法。这不是真的。"

她忍不住一把抱住医生，痛哭起来。过了一会儿，她又平静下来，抹掉眼中的泪水说道：

"把你赶回到东尼娜那里去，不也是我的责任吗？天啊，我们多么可怜！未来我们要怎样去面对？要怎么办？"

直到她的心情完全平复以后，她又接着说：

"我还没告诉你我们的幸福是怎样被摧毁掉的呢，这个原因我直到后来才明白，让我来告诉你吧，这应该不仅是我们的悲剧，可能有更多人和我们有一样的遭遇。"

"说吧，亲爱的。"

"我们结婚是在战争爆发前两年,正当我们组织好自己的家庭,打算过称心如意的小日子的时候,战争就来了。到现在我还深信,我们社会和个人的不幸,都是这场战争导致的,使我们这一代人饱受灾难的折磨。童年的生活清晰地印在我的脑海中,那时,人们生活在一个和平的世界里,对人对事都是合理公平的。良心的存在是大家行事的准则,是不可或缺的。一个人被另一个人杀害是件让人震惊的大事,在日常生活中几乎不可能出现。这样一种可以称为谋杀的东西,只在侦探小说和报纸上才能看到。

"然而,这平静、安逸、井井有条的生活突然间变成充满了血腥和惨叫的疯狂世界。社会卷入了一场无休止的杀戮中,使那些杀人的勾当变得合法,而且受到褒奖。

"要知道这一切都是要付出沉重代价的,也许你比我更清楚,火车停运了、城市粮食停止供应了、家庭生活方式的原则、意识的道德准则瓦解了,一切都陷入崩溃之中。"

"你接着说吧。我明白你下面要说什么了。你讲得多么透彻,分析得多么有条理啊!听你这么一说,我心里顿时痛快不少!"

"于是撒谎的习惯降临到了俄国的土地里。最深重的不幸、祸害未来的根源,是人们已经不相信自己对人生价值的理解。在人们的概念里,似乎觉得那个按照道德准则办事的时代已经过去了,当下的生活就是人云亦云,不要有自己的看法。按照别人给你的按部就班的条令去生活。然后是空话、大话横行,先前有沙皇式的,后来就有革命式的。

"这样一种病毒,对社会的危害无处不在。可以说各个方面都被它感染了。哪怕是我们的房子都抵挡不住它的侵害,家里也发生了剧变。在我的家庭里，一向是轻松愉悦的氛围，可是到了后来，我们连说话都要像朗诵严肃的诗歌一样怪声怪气。生活中非要装腔作势地谈点政治不可，这样才能卖弄自己的聪明。而像帕沙那样感觉敏锐、严于律己的人，像他那样有能力准确无误地区别本质与假象的人，怎么可能没有注意到这种隐藏在生活中的虚伪呢？

"可是他走错了一步，以致酿成了终生遗憾。致使他的下半生在下那个决心后完全改变了。他把这种社会灾祸当作家庭现象，他认为我们矫揉造作的语调、生硬的官腔，都是对他而发的。他很自责，认为我们把他当成了冷漠无情、平庸无用、装在套子里的人。你可能不敢相信，就是这些琐碎的小事，竟然让我们之间的生活方式产生变化。你不知道，他为了这幼稚的行为做了多少蠢事。

"我们谁也没要求他去打仗，可他自己跑了过去。他觉得这样做的话，就能卸下我们心头的担子，他就这样开始了疯狂的行动。因为年轻气盛、内心又有强烈的自尊和自负，使得生活中那些人们毫不在意的小事，对他而言也成了奇耻大辱。他愤恨现实，愤恨历史。就算到了今天，他还在和历史斗气，非要与它较量。他带着这疯狂的挑衅走上了傲慢、自负的道路，这是一条不归路啊。上帝啊，我要是能挽救他该多好啊！"

"你对他的爱是多么真诚，多么强烈！去爱吧，你去爱他吧。我不嫉妒你对他的感情，也不阻挡你对他的感情！"

15

夏天在不经意间就来了，又在人们的不经意间溜走了。日瓦戈的身体痊愈了。他决心去莫斯科，为了筹措旅费，他同时做了三份工作。在通货膨胀使货币不断贬值的情况下，他只得多干几份差事。

日瓦戈每天天刚亮就起床，然后沿着商人街往下走，经过"巨人"电影院到原乌拉尔哥萨克军团印刷所，现在这里已被改成"红色排字工人印刷所"。在中心大街拐角上的办公厅大门口，他看见挂着一块"索赔局"的牌子。他斜穿过广场，来到小布扬诺夫卡街。经过斯捷贡工厂，他从后院穿过医院去陆军医院门诊所上班。这是他的主要工作单位。

他经过的这条街道绿荫遮掩，两旁的房子都是奇形怪状的木质结构，房顶很陡，房子四周都围上了栅栏，大门上装饰着花纹，护窗板上镶着饰框。

门诊所隔壁有个花园，原来住着的是一个叫戈列格利亚多娃的商人，这是祖传的家产。花园里有一栋老房子，它与一般建筑截然不同，是一幢具有老莫斯科风格的不高的房子。房子外面贴了一层菱形着釉的墙砖，各个边角都是锥形体，很像莫斯科老式大贵族的宅邸。

日瓦戈每旬有三四天，要去旧米阿斯克街利相吉家老房子里开会，现在这里是尤里亚金州卫生局办公的地方。

在城市的另一角，离陆军医院很远的地方还有一栋房子，是安菲姆·叶菲莫维奇·桑杰维亚托夫的父亲叶菲姆·桑杰维亚托夫捐献的。他曾在这里开办了一所妇产科研究所，是为了悼念他难产而死的妻子。现在这里改为以罗莎·卢森堡命名的外科医生速成班。尤里·安德烈耶维奇在这里给学员讲授普通病理学及几门选修课。

等把这些事情都办完，回到家里时已经夜色沉沉。他又累又饿，而拉里莎·费奥多罗夫娜这时还是在忙着家务活，不是在做饭就是在洗衣服。她常常一副居家的平常打扮，披着一头秀发，挽起袖口，把下摆掖在腰内。她身上那股特殊的让人窒息的女性魅力吓坏了日瓦戈,即使忽然看到她为了参加舞会精心打扮,穿着让身材更显修长的高跟鞋、大开领的连衣裙和那让人浮想联翩的宽裙子,也不会如此刻这般撩拨心弦。

她忙着洗衣做饭,然后用那些洗过衣服的肥皂水擦洗地板。或者是安安静静,不急不忙地缝补他们三个人的内衣。有时,在忙完这些家务活之后,她会教卡坚卡读书识字。要么会仔细阅读教材,对自己进行政治教育,以便能重新回到那些改造过的新学校任教。

他和这个女人及小女孩越亲近,他就越没有勇气把她们视为家人,因为他的家庭责任感及对妻子的不忠感给他带来了深深的痛苦,这些将他的思想牢牢地禁锢住。他的这种特意逃避并不是瞧不起拉拉和卡坚卡。相反,他们之间的这种非家庭的感情相处方式让彼此都充满了敬意,排除了那些轻浮与放肆。

但他的这种矛盾心理不断地折磨着他,让他痛苦伤心,不过尤里·安德烈耶维奇早已习惯了这种情形,就像他能够习惯还没长好、经常破裂的伤口一样。

16

就这样,两三个月过去了。到了十月,有一天尤里·安德烈耶维奇对拉里莎·费奥多罗夫娜说:

"你知道吗,看来我又得辞职了。还是那套老路子。在一开始时。一切都好得不得了。'我们会一直欢迎踏实工作的人,特别是欢迎那些新的想法'等。怎么会没有欢迎呢。欢迎啊欢迎。工作啊,奋斗啊,去追求啊!

"可到了后来,他们现在的这些所谓的新观点就是他们的一个幌子,实际上还是颂扬革命和当局那套腔调。这不仅乏味,而且令人作呕,当然我是不擅长去说这种话做这种事情的。

"也许他们是正确的。我是不可能和他们站在一起的。可这不意味着他们是英雄,是英明磊落的人,而我是渺小愚昧的,是宣扬黑暗和奴役制度的人。你听说过尼古拉·韦杰尼亚平这个名字吗?"

"当然,在认识你之前我就已经听说过了,后来还听你常常提起他。而且西拉菲玛·通采娃也经常提起他。她是他的信徒。不过说到他的书我惭愧得很,至今还没有读过。我不喜欢纯哲学的著作。在我看来,哲学就是艺术和生活的一些调味佐料。如果只是专门研读哲学的话,就好像只食用生姜一样奇怪。不说了,请原谅我的乱说一通,打断了你的思路了。"

"没有,一点都没打断。我非常同意你的说法。你这样说和我的想法是很接近的,好吧,再来说下我舅舅吧。也许我真的是受了他的影响才误入了歧途。可众人还是一同喊道:天才医师,天才医师。的确如此,我诊断时很少出错。可我靠的正是他们深恶痛绝的直觉,好像直觉的确是我的罪过,但它的确能一下子得到全面的认识。

"而且我还对保护色的问题很感兴趣,我觉得保护色就是一种机体外部颜色适应周边环境的能力。同时,在整个的仿色过程中存在着一个隐藏着的由内而外的神秘过渡。

"我在备课时大胆地提到了这个问题。当时就马上有人喊道:'这是唯心主义,神秘主义。歌德的自然哲学,新谢林主义。'

"我应该离职了。我自己申请离开州卫生局和速成班的工作,但我还是会尽量留住医院的这份工作,除非他们赶我走。我不是要吓唬你,不过我还是不时地有一种预感,要么是今天,要么是明天,他们随时会把我抓走的。"

"上帝保佑你,尤拉。幸运的是还没到这种地步。不过你说得对,小心点总不会是坏事。在我看来,每一个诞生不久的新政权的确立总要经历几个阶段。在最初的时候,是理智的胜利,是批判精神同偏见的斗争。

"然后会进入第二个阶段。那些'混革命'的伪装的黑暗势力渐渐占据优势。各种猜疑、告密、密谋和相互仇恨的风气不断增长。而你说得对,我们现在就处在这第二阶段的开端。

"我们不要说远了,说说眼前的革命法庭委员会。最近有两名工人出身的老政治犯从霍达斯克调了过来,一个是季韦尔辛,一个是安季波夫。

"他们两人对我非常熟悉,其中的安季波夫是我公公。但说真的,在他们调来后不久,我就开始为自己和卡坚卡的性命担心起来。他们那种人什么事都做得出来。安季波夫一直不喜欢我。说不定哪一天,他们就会以进行最崇高革命的名义把我同帕沙消灭掉。"

这次对话很快就有了结果。一天夜里,门诊旁边的小布扬诺夫卡四十八号的格列格利亚多娃寡妇家被搜查了。在她家里搜出了一批武器,还端掉了一个反革命组织。很多人被捕了,而且搜捕一直未停。人们都窃窃私语,说有一部分嫌疑分子已经逃到河那边去了。很多人议论纷纷:"这又有什么用呢?河不是有很多吗?但河与河也是不一样的。比如在海兰泡边上的一条河也只是一条河而已,但岸这边是苏维埃政权,岸的那边便是别的国家。往那河里一跳游过去之后，就不要再见了，消失得无影无踪，这样的河才叫河呢。这可不是国内的河能比的。一过去，就换了天了。"

"气氛愈来愈紧张，"拉拉说，"咱们的安全时期已经过去了。我们俩，肯定是会遭到逮捕的。如果那样，卡坚卡怎么办？作为母亲。我应当想办法避免这些悲剧发生，我得想个办法。关于这个，我还是得早做打算，每次想起这些，我几乎都要疯掉。"

"让咱们一起考虑下，看看可有什么好的办法。咱们也许能有机会逃掉这早已注定了的厄运。"

"逃绝对是逃不掉的，而且还无处可逃，也许可以躲起来，去那些没有人烟的地方，比如去瓦雷金诺。我常想起在瓦雷金诺的房子。在那个偏僻的地方，只剩下荒芜和死寂。在那儿没有人会注意到我们的存在，我们不会妨碍到任何人。冬天就要到了，我宁愿去那儿过冬。这样在他们找到我们之前，我们又能活上一年，这可是件好事儿。而且桑杰维亚托夫可以帮我们保持同城里的联系，也许他还会同意帮助咱们。是啊？你觉得呢？不过，现在那儿没一个人影，空荡荡的，荒凉得让人害怕。至少我三月份去的时候是这样的情形。听说还有狼群出没。真可怕。但是如今的人呢，特别是像安季波夫和季韦尔辛那样的人，不是比狼更让人害怕吗？"

"我不知道怎么和你说。因为你之前一直在催我去莫斯科，不断鼓动我动身，不要拖延时间。现在我倒是能轻松走掉。我去车站打听过了，对那些投机倒把的人都松于管理了。还有那些逃票的人也不一定统统被扔下车去。他们枪毙人枪毙累了，于是枪毙的人就少了不少。

"我寄到莫斯科的信一直没有回音，这让我很不安心。是得马上去那一趟，看看家里到底是什么情况。你也常常这样和我说。所以你现在说去瓦雷金诺,我感觉很难理解你的话,是不是没有我,你一个人也能去那种荒野生存?"

"那不可能,没有你我当然去不成。"

"可你不是让我去莫斯科吗?"

"是的,你必须去。"

"你听我说。你知道吗,我想起一个绝妙的方法:咱们一起去莫斯科。你带着卡坚卡跟我一起去。"

"去莫斯科?你疯了。我们去那干什么?不行,我得留下来。我必须在这附近留下来,做好准备。这里将决定帕沙的命运。我得在这一见分晓,以便在他需要的时候马上出现在他身边。"

"那咱们商量下卡坚卡该怎么办。"

"西玛·通采娃,她时常到我这儿来。就是前两天我还同你谈起过她的。"

"我知道。我看她经常来你这儿。"

"你真是个怪人,你那双男人的眼睛长到哪儿去了。我要是你的话,肯定会倾心于她。你看她多有魅力!长得又漂亮!个头也高,身材不错,头脑又活。有知识,心地善良,很有主见。"

"我从游击队逃回这儿的那天,就是她姐姐,那个女裁缝格拉菲拉替我理的发。"

"我知道。她们姐妹俩都跟她们的大姐叶夫多基娅住在一起,就是那个图书馆管理员,她们出身于一个老实本分的劳动家庭。我计划在情况糟的时候去求她们,如果咱俩都被捕,就求她们领养卡坚卡。只是我现在还没打定主意。"

"这确实是最坏的计划了。求上帝保佑,希望这糟糕的情形不要那么早降临。"

"只是有人说西玛有点古怪,她的情绪不大正常。的确不能把她当作正常的普通女人看待,因为她的思想认识深刻,观点新奇。同时她学识渊博,实属罕见,只是不是那种知识分子的教育,而是接受了民间的那种教育。但是你同她的观点惊人的相似。如果把卡坚卡托付给她抚养,我就完全放心了。"

17

他又去了一趟车站,结果还是一无所获。什么事都没弄好。他和拉拉都感到前途难测。天气阴冷晦暗,仿佛是初雪的前夕。十字路口的天空比大街上那拉长的天空显得开阔许多,更是呈现出一派寒冬之景。

日瓦戈回到家时,正好碰到了拉拉及她的客人西玛。她们正在畅谈,不过这场谈话听上去是客人在给主人讲课。日瓦戈不想惊扰她们。最主要的是他自己也想静静地待一会儿。女人们在他隔壁的房间里交谈着。那扇通往她们房间的门虚掩着。隔着那门框上薄薄的垂地的门帘,她们所谈论的每一个字都能听得清清楚楚。

"我先缝点东西,您不要在意,西玛。我竖起耳朵听着呢。我在上大学时就听过历史和哲学课程。我非常赞同您的思想体系。而且,我觉得听您说话心里痛快许多。我最近碰到了数不清的麻烦事,弄得我们好几夜都睡不好。作为卡坚卡的母亲,我现在担忧的是万一我们不幸被捕的话,我有责任让她幸免于难。所以我得认真地考虑怎么安置她。但我并不是个很会安排的人。一想到这些,我就万分悲伤。而徒增我悲伤的还有那些疲倦和睡眠不足。您的话让我的心得到片刻的平静。眼看就要下雪了。而在下雪的夜里听到这种精辟的长篇议论，真是一种难得的享受啊。在下雪天，如果推开窗户斜睨一眼，就好像有谁穿过院子向这边走来？真的！开始吧，西玛，我在听呢。"

"上次我们讲到哪儿来着？"

日瓦戈没听见拉拉回答了她什么。他开始留心听西玛讲的东西：

"关于'文化''时代'这些字眼我们都可以用，不过每个人对它们的理解都不一样。正因为它们这些含糊混乱的意思，我们就不使用这些字眼，用别的词代替吧。

"我想说的是人的组成部分，人由上帝和工作这两个部分组成。人类的精神发展是一个漫长的过程，其中可以分解成几项持久的工程。而这些工程是由许多先人一代接一代一步一步实现的。埃及是一项这样的工程，希腊也是一项这样的工程，《圣经》中先知的神学也是。而最后的一项暂时是任何别的都代替不了的，是由当代人所有的灵感实现的，那就是基督教。

"我首先与您一起分享几段祈祷文，很简短的几段，而且是提要，就是想要您直截了当地去了解基督教那些全新的、前所未有的新的观念，这些可与之前的那些老生常谈的熟悉的东西不同。

"在人多数的祈祷文中，《旧约》和《新约》中的很多观念混杂地结合在一起。把《旧约》中的一些故事，比如烧不尽的荆棘、以色列人出埃及、少年入火窟、鲸鱼腹中的约拿等，与《新约》中圣母受胎及耶稣复活等故事混杂在一起。

"在这种情形下，《旧约》的陈旧和《新约》的新颖之间的差别显得尤为明显。

"在很多关于玛利亚的祷文中，把她那贞洁的母性同犹太人过红海做比较。比如在一篇叫《红海就像处女新娘》的祷文中说道：'如同红海在以色列人走过后无法穿过，贞洁的圣母怀孕生下基督后一样闪着圣洁的光辉。'就是说以色列人全部渡过后，红海的海水就无法再通行，圣母在生了上帝耶稣之后仍贞洁无瑕，这两件用来做比较的事件是什么性质呢？它们都是超自然的，都被称为神迹。在它们各自的时代，远古原始时代和已经向前发展的古罗马以后的新时代，都是怎样看待这种神迹的呢？

"在第一个神迹中，以色列人在他们的领袖、教祖摩西的神杖挥动下，通过了被分开的红海海水，数以万计的浩浩荡荡的以色列民族在中间穿行，但当最后一个以色列人通过之后，海水又重新聚合在了一起，把追赶他们的埃及人悉数淹没。在这幅古风画卷里，可以看到耶和华的自然力量，看到如同罗马大军行进时那样浩浩荡荡的人群，有人民和他们的领袖，有一些看得到的也听得见的事物，还有令人诧异的事物。

"在另一个神迹中，讲的是一个普通的少女，在远古时代没人会留意到她。她悄悄地、神秘地产下一个婴儿，赋予其生命，给这个世界带来新的生命奇迹，这是众生的生命，后世称呼这个奇迹是'芸芸众生的生命'。但是这个事情不仅从正人君子的角度看起来是非婚生育，是非法的，而且还违反了自然的规律。因为她生育这个孩子不是正常的受孕生育，而是凭借奇迹般的感孕而生。《圣经》中通过这种对比把特殊同一般，假日同平常日对立起来，想借此建立一种完全没有强制的生活。

"这是多么意义非凡的转变啊！因为在上苍的眼里，为何一个人的微不足道的私事竟然能够与整个民族的迁移放在一起比较，让它们具有同等的意义呢？这是因为一切都要经过上苍的眼睛，一切都只能在上苍的面前评判，而且这一切都是在上苍的独特的条件与标准内进行的。

"世界永不停歇地进步着。罗马时代结束了，以数量决定权力的时代消失了，凭借武器来决定全体民众共同生活的体制被废弃了。领袖和民族都成为了历史。

"取代它们的是个性，以及对自由的追求。个别人的生活开始成了上帝的生活纪实，他的故事充塞在整个宇宙空间。就像一首赞美歌中说的，亚当想成为上帝，但他没想对，没有当上，如今上帝已经变成了人，就是要亚当当上上帝（'上帝变成了人，上帝就与亚当如同一个人了'）。"

西玛继续说着：

"我过一会儿再与您继续这个话题，我还有很多话没说完，现在请允许我谈点别的。关于我们这次革命在关心劳动者、保护母亲及反对拜金主义的斗争上，可以说是一个前所未有的、永不磨灭的伟大举动，并且取得了不可磨灭的成果。但是说到对于人生观的看法，现在向人们宣扬的幸福哲学，简直让人难以置信，竟然会把那些荒谬可笑的历史残余这么较真地提出来。值得庆幸的是这些歌颂领袖和人民的颂辞不可能使历史的车轮倒转，否则，我们就得回到《旧约》中所提到的几千年前的原始游牧部族和族长制的时代，幸运的是这是不可能成为现实的。

"让我再说几句关于耶稣和玛利亚吧。这并不是福音书中的故事，而是在受难周的祈祷文上,好像是在复活节前的星期二或星期三发生的。当然,这些故事就是我不说您也相当清楚,拉里莎·费奥多罗夫娜。我只不过想提醒您一下,可绝不是教训您。

"在斯拉夫语中,您肯定是十分清楚的,'情欲'这个词的首要意思就是受难,比如上帝的情欲就是说上帝自甘受难。另外,在后来的俄语中,这个词也可以表示'恶念'和'情欲'。'情欲奴役了我的灵魂,让我变成了禽兽。''我们已被逐出了天堂,只有克制情欲方能祈求重返。'等。也许我个人并不是道德高尚的人,并且我不喜欢在复活节前去朗诵这些克制情感和禁绝肉欲的祈祷文。我总觉得它们粗鄙平淡,缺乏其他教堂颂歌经文的诗情画意,它们应该是出自于那些大肚翩翩、满脸红光的胖僧侣之手。这里的问题并不是说他们自己违反戒律,并且写这些东西来欺骗别人,就算他们的作为不容置疑。因为问题根本就不是他们本人,而在这些经文的内容。因为这里过分地谈着肉体的虚弱和缺陷,不管它是营养充足还是骨瘦如柴。这是很让人生厌的。因为这样就是把那种肮脏的并且无关痛痒的次要问题摆到了它所不应有的和不属于它的一个高度。对不起,我扯得有点太远了。

"我一直在想,为什么会在复活节的前一天,就是在那耶稣死亡临近复活的之前提到抹大拉的玛利亚。我不明白其中的用意,但是在死前的弥留之际以及在生命复活前,能提到什么是生命仍是很及时的。现在您来听听吧,看看《圣经》里提及情欲是多么的真实率真。

"是的,还说不准这是抹大拉的玛利亚,还是埃及的玛利亚,也许是另一个玛利亚,但不管怎样,就是她们其中的一个向主乞求道:'请赦免我的罪孽吧,就如同解开我的头发。'也就是说:'就像我披散开我的头发一样宽恕我的罪吧。'这里祈求宽恕和忏悔的渴望是多么的具体,就像是能伸手触到。

"那天还有一首祈祷词里有一段更加详细的类似的内容,这里可是真真切切地说的是抹大拉的玛利亚。

"这里的她极其诚恳率直地悔恨过去,悔恨那些夜夜升腾情欲的罪!为自己的本性难改而绝望痛苦。'因为黑夜能撩拨起我无法克制的性欲,那暗夜里消失的月光就是我的罪孽。'她乞求耶稣能接受她忏悔的泪水,来倾听她内心的悔悟,能让她用头发来擦干他最纯洁的脚,夏娃被她那唰唰的擦脚声吓到,惊得发呆又感到羞愧难当地躲进了天堂中。'让我吻你最纯洁的脚,用我的眼泪清洗它们,用我的头发将上面的眼泪擦干,天堂中的夏娃被惊呆,感到了羞辱便躲藏在那头发擦脚的唰唰声响里。'突然,一句祈祷词高声喊出:'我的罪孽如此深重,你的命运又坎坷多难,又有谁去查清你的罪孽?'上帝和生命,上帝和个人,上帝和女人是那么的相近,多么地平等呀!"

18

日瓦戈从车站回来已经疲惫不堪了,这是他每工作一旬的一次节假日。这一天,他通常都会睡个够,想把这十天来没睡够的觉补回来。他靠在沙发上,时而半躺着,时而干脆伸直躺着。尽管他带着蒙眬的睡意听着西玛说话,但她的那些独到的见解还是令他非常愉快。"这肯定是她从舅舅那儿听来的观点。"他心里念叨着,"她是多么有才华,多么聪慧的女人啊!"

他从沙发上一跃而起,踱步到窗口。窗子和隔壁的那间房间一样，对着院子敞开着，此时拉拉和西玛正在那儿压低着声音交谈着，他听不大清楚她们是在说什么。

天气又变了。窗外很快就暗了下来。两只喜鹊闯进了院子里，在空中四处盘旋，想找个栖身的地方。风一下子就把它们的羽毛吹得鼓鼓的。喜鹊先是在垃圾箱盖上停了一下，接着就到栅栏那边去，落在院子里的地上，在那慢慢地踱步。

"喜鹊来了，预示着雪就要来了。"日瓦戈想道。这时他又听见了门帘后西玛的声音，她对拉拉说：

"喜鹊一到就会有好事啦。您家里应该要来客人了，要不就是有信来。"

没多久，不久前日瓦戈刚刚修好的门铃响了。拉里莎·费奥多罗夫娜赶紧从门帘后钻出来，跑到前厅去开门。从门口那边说话的声音可以听出来的客人就是西玛的姐姐格拉菲拉·谢韦里诺夫娜。

"您是来找妹妹回去的吗？"拉里莎·费奥多罗夫娜问道。"西玛在我这。"

"不是，我不是来找她的。当然，如果她想回家，可以和我一起回去。我这次来是为了别的事情。我这有一封信，是您那位朋友的。他应该感谢我曾在邮局呆过。所以这封信不知经了多少人的手才转到我手里。它从莫斯科过来一直辗转了将近五个月，一直没有找到收信人。可我却认识这个人，我还给他刮过胡子呢！"

这是东尼娜的来信，内容很多，写了好几张信纸，但是信纸已经十分皱巴，上面弄满了污迹，装在一个拆开的磨烂了的信封里。医生都弄不明白这封信是怎么来到他手上的，他也忘掉了拉拉是怎么把信交给他的。他在刚开始的时候还能意识到自己所处的城市，还能感觉得到自己在谁的家里，但是读着读着，他慢慢地忘却了这种感觉。西玛从里边走出来和他打招呼告别，他几乎像个木头人一样机械而有礼貌地回应了一下，但根本就没注意到她。他已完全地把周边忘得一干二净，他不知道自己身处何处，也忘了身外有何物。

安东尼娜·亚历山德罗夫娜的信是这样写的：

尤拉，我们拥有了自己的女儿，你知道吗？我给她取名叫玛莎，这样可以纪念你去世的母亲玛丽亚·尼古拉耶夫娜。

现在来谈一件大的变故吧！立宪民主党和右翼社会党人中的几位著名的社会活动家和教授，比如梅利古诺夫、基泽维杰尔、库斯科瓦还有其他的一些人，还有我的伯父尼古拉·亚历山德罗维奇·格罗梅科、爸爸以及作为他们家庭成员的我都被驱逐出了俄国。

这是极大的不幸，特别是你没在我们的身旁。但我们只得老实服从，而且还要感谢上帝，因为在这种恐怖的时代我们只是受到了比较温和的处理方式——驱逐出国，而且，我们接下来的情况很可能会更加糟糕。如果你来了，和我们在一起的话，你肯定会和我们一起走的。但是你在哪呢？我只能把这封信寄给安季波娃。如果她能碰到你的话，她就会转交给你的。还不知道伯父的事会不会牵连到同是家庭成员的你，以后，如果你也被牵连的话，不知道你是不是也会被允许出国，这件事一直挂在我的心头，令我痛心。我深深地相信你尚在人世，而且一定会找到你的。这是我的那颗爱你的心告诉我的，而我一直不怀疑这个声音。也许找到你的时候，俄国的环境会缓和一些，那时你能够申请到个人离境的护照，那么，我们就又能团聚在一起了。虽然我这样写着，但我自己都不相信我会有这种福分获得那么美好的幸福。

最大的不幸还在于我爱你而你却并不爱我。我一直在努力寻找这个想法的理由,想去寻找它的意义,去认识它,去为它作辩解,我反省自己的所作所为,把我们在一起生活的一切都逐一回顾一遍,可我还是找不到原因,根本想不起到底是自己做错了什么招致这样的不幸。我觉得你错误地用充满敌意的眼光看待我,其实是你误会我了,就像是从一面哈哈镜里看我一样。

但我还是爱你呀,唉,真的期望你能够想象到我是多么爱你!我爱你身上的一切特质,不管是好的或是惹人厌的,你身上的所有一切都平平常常,但是这些东西都不平凡地结合在了一起而显得可贵,我爱你那因为内在的美而显得端庄高雅的面容,虽然看上去并不是很英俊,但是因为这些内在的美而变得完美。还有你的才情和智慧,它们也弥补了你缺乏的坚强意志。这一切都令我感到很珍贵,在我的心里,没有人能和你相比。

不过我想请你听我说,即使你对我是那样的不珍惜,即使我对你的爱还没到这种程度,我还是看不到我那凄凉冷漠的心痛的事实,我仍然还是在爱着你。没有爱那是一件多么让人难堪的致命的惩罚啊!仅仅这个理由,我就一直不肯承认我不爱你。我俩不论是谁,永远都不会明白的。我自己的心都向我隐瞒,因为没爱的话等同于谋杀,我断然不会让任何人遭受这种打击。

尽管一切都没有最后决定下来,但估计我们会去巴黎。我将要去那个遥远的地方,去那个你童年时待过的、那个爸爸和伯伯曾经求学的异乡。爸爸向你问好。萨申卡已经长得很高了,虽然不能说很漂亮,但已经长得结实魁梧了,每当提起你时,他就会伤心地落泪。我写不下去了,我的心都碎了。好啦,再见吧。请让我为你画个十字祈祷吧!为了我们那无休止的分离,为了那些未知的考验和相见的磨难,为了你将走过的漫长的黑暗旅程。我对你的一切都没有丝毫的怨言,我对你没有半点责怪,你按照自己的意愿去生活吧,只要你称心如意就好了。

在我们即将离开那个决定我们命运的充满恐怖的乌拉尔之前,我对拉里莎·费奥多罗夫娜就有了很深的了解。我非常感谢她,她一直陪在我的身边,特别是在我最痛苦的时候,她陪我面对分娩,我真的应该对她有真诚的评价,我承认她是个真正的好人,但我不想说违心的话,因为她和我是截然相反的两个人,我来到这个世上是为了让生活变得更加单纯,而且去寻找一条正确的出路,而她却使生活变得复杂了,使人陷入迷宫。

再见吧!是结束的时候了。他们已经来收取信件了,也该去收拾行装了。啊,尤拉,尤拉,我亲爱的,我最亲爱的丈夫,我孩子的爸爸,我们怎么落到这步田地?我们此生将永不相见了。我说的这些话你都明白吗?你能明白吗?他们来催我了,好像是把我拖去刑场的号令一样,尤拉!尤拉!

日瓦戈茫然的眼从信上抬起,悲伤已经烤干了眼睛里的泪水。痛苦吸干了他眼睛的神采。周围的一切他都看不见了,他已经麻木得失去了所有的意识。

窗外雪花纷纷扬扬,在风的吹拂下往一侧斜斜地落下,越来越快,地上的雪越积越厚,好像这样能够填满那些过往时光里的坑洼。日瓦戈凝视着窗户外边,他看到的窗外没有下雪,而是在继续着东尼娜的信，在眼前不断飘舞的不是一片片晶莹的雪花，而是在那信纸上的黑色小字间的白色小间隙。白间隙，无穷尽的白间隙，白茫茫的一片。

日瓦戈不由自主地呻吟了起来，他用双手一把抓住了胸口。他感到自己就要昏倒过去了，紧接着摇摇晃晃地朝前走了几步，到沙发跟前，一下子昏倒在沙发上。

第十四章 重返瓦雷金诺

1

冬天悄然而至,大雪漫天飞舞着。尤里·安德烈耶维奇从医院出来就直接回家了。

"科马罗夫斯基来了。"拉拉跑出去迎接他的时候说,她把声音压得低低的,显得有些嘶哑。他们在前厅站着。她的神色变得惊慌起来,就好像是从后面被谁打了一棍似的。

"他要到哪里去?要找谁?在我们这儿吗?"

"不,当然不会是在我们这里了。他早些时候来过了。晚上的时候还想来。他马上就会来的。他好像有事要跟你商量。"

"他到这儿来想干什么?"

"我没完全听明白他说的那些话。他仿佛是说要经过这儿到远东去,刻意拐了个弯儿来尤里亚金看我们。尤其是你和帕沙。你们两个人的事他说了大半天。而且还让我坚定地相信他,我们三个,你,帕沙还有我,目前所处的环境十分危险,也只有他才能救我们,不过,我们都得听从他的吩咐,按照他的要求去办。"

"我想出去。我不想再见到他。"忽然,拉拉号啕大哭起来,她想跪倒在医生的脚下,抱住他的大腿,把自己的头紧紧贴在他的腿上,然而,医生制止住了她,没有让她那样做下去。

"我求求你,为我留下来好不好,无论从哪个方面来说,我都不害怕单独和他待在一起。只是,这真的让我没有办法忍受了。求你别让我和他单独见面好吗。你知道的,他这个人拥有丰富的人生经历,想法要比一般人多很多,或许,他真有什么办法可以帮助我们解决眼前的难题呢!我知道,你非常讨厌他,但是,我求你控制住自己的情绪,别离开我好吗?"

"你怎么突然这样啦,我的天使?请安静点好吗。你想做什么呀?快起来,别跪在地上了,高兴点吧。我来帮你解除附在你身上的魔力。他让你这样一辈子都活在担惊受怕里。而如今,我会一直陪着你。要是真到了那一步。只要你吩咐一句,我会杀死他的。"

夜幕在半小时后就降临了,天空如同一张白纸被人用黑色的颜料刷得黑漆漆的。半年前,地板上的窟窿都被堵得严严实实的。尤里·安德烈耶维奇非常细心地发现了新出现的窟窿,并且及时地把它们都给处理掉了。他们养了一只可爱的猫,那只猫的毛很长,它总是喜欢像尊雕像似的蹲在那里,神秘地注视着身边的所有动静。老鼠们仍然躲在屋子里的某个角落,只是,它们的行动比从前谨慎了。

拉里莎·费奥多罗夫娜仔细地把政府配给的黑面包切成了很多的薄片,将一盘煮熟的土豆放在桌上。她静静地等待着科马罗夫斯基的到来。他们还是打算在之前旧主人的餐厅里接待这个并不受欢迎的客人,这个旧餐厅还可以继续使用。餐厅里摆放着几张大柞木做的餐桌，附近还摆着一个柞木大黑酒柜，看起来十分笨重。柞木餐桌上放着一盏蓖麻油灯，是用药瓶罩着的，灯捻就露在外面——这是平常医生晚上随身携带的灯。

十二月正是寒冬之际，刺骨的寒风纠缠着圣洁如月光的雪花一起在深灰色的夜幕下追逐着，科马罗夫斯基从远处走来，片片雪花轻轻地附在了他的身上。薄薄的一层雪花从他的皮大衣还有帽子上落了下来掉在了地板上，被室内的暖气融化成了一摊浅浅的水洼。以前的科马罗夫斯基是不会允许胡子留在脸上的，可眼前的他却留起了胡子。他胡子上沾满了雪花，像极了小丑佩戴的假胡子。他里面穿的是套笔挺的西装，裤子的条纹也熨得非常整齐。他在跟主人打招呼之前，总是先用小梳子把那些打湿的头发梳理好，然后用手绢把胡子擦干净，擦干双手，最后露出那副令人难以揣测的表情伸出自己的双手，他用左、右手分别把拉里莎·费奥多罗夫娜和尤里·安德烈耶维奇的手紧紧地拽着。

"我们都是老熟人了，老早以前就已经认识了。"他对尤里·安德烈耶维奇说，"估计你早就知道了吧，我跟您父亲的关系很亲密。当年，他是在我的怀里慢慢死去的。我一直在观察着您，想看看，您什么地方像他。事实上，您一点儿也不像您的父亲。他是一个胸襟开阔的人，容易冲动，做事非常麻利。从外表上来看，您比较像您的母亲。她是一个十分温柔的女人，而且，她还很喜欢幻想。"

"拉里莎·费奥多罗夫娜说，您想跟我谈谈，所以我来见您了。我们是在迫不得已的情况下才谈话的。我觉得我不需要认识您，更不觉得我们是熟人。好吧，麻烦你赶紧进入正题吧。您究竟想要说什么？"

"亲爱的朋友们,你们好。你们所有的一切我都已经了解。你们是天造地设的一对儿。"

"我想,你可以闭嘴了。请不要管这些与您个人不相干的事好吗。况且我们并没有征求您的意见。您在我们面前实在是太肆无忌惮了。"

"年轻人,请您不要如此冲动,变脸就像变天似的。如此看来,您还是像您的父亲,你们都是非常容易冲动的人。那好吧,如果您允许的话,我会真心地祝贺你们,孩子们。然而,遗憾的是,并非是我说你们是孩子,而是你们的确表现得像孩子似的,好像什么也不知道,什么也不懂,而且不去思考。我才在你们这儿待两天,就很快知道了你们很多的事,比你们想到的还要多很多。你们心里是否想过,你们现在正站在悬崖的边缘。如果现在还不去防御这些危险的话,那你们往后自由自在的日子,你们能继续存活于这个世上的日子,也快到头了。

"目前存在的某种共产主义模式,只有非常少的一部分人才符合那个标准。可谁也不像您尤里·安德烈耶维奇这样,如此大胆,竟然敢公开地违背这种生活和思想方式。我不懂您为什么要去惹是生非。您讥讽、嘲笑着这个世界。要是没有别人知道,那还好,但是莫斯科那些非常有号召力的人物,他们对您的事迹也了解得十分详细。安季波夫同志还有季韦尔辛同志对拉里莎·费奥多罗夫娜跟您已经是恨之入骨了。

"您是一个男人,也是个自由的哥萨克。要是您还不听别人的劝告,依旧我行我素,要把生命当儿戏的话,当然,这也是您个人的神圣权利,我们没有办法去阻挡。可是,拉里莎·费奥多罗夫娜并不是一个无牵无挂的女人。首先她是一位母亲。她手里掌握着一个孩子的生命以及这个孩子的未来。她可不能跟你一样异想天开,把现实都抛弃,去胡思乱想。

"我白白地浪费了一上午的时间来劝说她,要她正视当前的局势。她却一点儿也听不进去。恳请您运用您的威望来影响影响拉里莎·费奥多罗夫娜吧。她没有权利去拿卡坚卡的生命当儿戏,也不应该无视我的话。"

"我这一生中没劝说过任何人,更别说强迫过任何人了,尤其是自己最亲近的人。拉里莎·费奥多罗夫娜听不听您的劝告,那是她的自由,是她的权利。此外,我根本不清楚你们说了些什么。您所谓的那些意见我也是一知半解的。"

"真的,孩子,您让我觉得,您越来越像您的父亲了,一旦认了死理儿就无法沟通了,既然如此,那就说说别的,我们还是先谈最主要的事情吧!您得有足够的耐心,慢慢听我说下去。请您在听的过程中别打断我。

"现在,上面正在谋划大的变动。不,不,我的消息来源是准确无误的,关于这一点,您可以放心。我所指的是要采取更为民主的方法,逼迫法律制度让步,这也是上面立即就要实施的项目了。

"也就是因为这样,必须废除的惩罚机构还在那里苟延残喘着,迫不及待地想要清算部分旧账。把您尤里·安德烈耶维奇给除掉,这已经是火烧眉毛了。您已经上了死亡黑名单。我这不是在开玩笑,我亲眼看到的,请您务必相信我。您得想想怎么去逃命吧,不然就晚了。

"这些话只是个开场白而已。现在,我得说说正题了。太平洋的滨海地区正在迅速集结那些忠诚于被推翻了的临时政府还有被解散的立宪会议的政治力量。国家杜马成员,社会活动家,之前在地方自治分子中的著名人物,商人,企业家,都往那里跑去了。就连白军的将军也把自己仅剩下的那点残余的军队也集中到那里去了。

"苏维埃政权对远东共和国的出现似乎一直都是持不冷不热的态度。在边界地区组织这样一对政府对它而言还是有利的,一旦有什么事发生,它就是红色西伯利亚以及国外的一个缓冲点。共和国将成立一个联合政府。共产党员成了主流分子,机会成熟的时候就可以发动政变,夺取政权。这种打算显而易见,问题是谁能把剩下的这点时间给利用起来。

"革命前,我曾在海参崴替阿尔哈罗夫兄弟、梅尔库洛夫家族还有其他几家商号、银行当律师。那里的人都知道我。正在建设中的政府派来了一位秘密的外交官——一半秘密、一半得到了苏维埃政权的默许。邀请我去担任远东共和国政府的司法部长。我答应了,现在就到那里去上任。我刚才所说的那件事儿,虽然是得到了苏维埃政权的默许,但并不能公开,因此,你们也不要声张。

"我能把您还有拉里莎·费奥多罗夫娜一起从这里带走。到了我们自治的领地后,您可以从海路轻而易举地去寻找自己的家人。显然您已经知道他们被驱逐出境了。莫斯科上上下下都在议论这件轰动一时的事。我答应过拉里莎·费奥多罗夫娜去救出帕维尔·帕夫洛维奇。我作为苏维埃政府所承认的独立政府的成员,可以在东西伯利亚找到帕维尔·帕夫洛维奇,并帮助他进入我们的自治领域。倘若他没有办法逃脱,我便会提议用他来交换莫斯科中央政权被联军扣押的一个很重要的人物。"

他们的谈话内容拉里莎·费奥多罗夫娜理解起来非常吃力,有些句子时常从她的耳边滑过。最后,科马罗夫斯基说到帕沙还有医

生处境危险的时候,她这才从无动于衷的游魂状态中惊醒过来。她的脸微微地泛了一圈红晕,她插话道:

"你明白吗,尤拉,这些想法对你还有帕沙有多么重要呀?"

"你怎么这么容易就相信别人了,我的朋友。你不能把还只是计划办的事当成已经办成的事。我并不是说维克托·伊波利托维奇故意让我们上当。而是这些都是虚无缥缈的东西!现在,维克托·伊波利托维奇,我替我自己说两句。非常感谢您对我的命运的关心,难道您觉得我会把自己的命运交托给您来安排吗?您对帕沙的关心,拉拉倒是得考虑清楚。"

"你这说的是什么话?我们是不是要商量一下他的提议,是跟他走还是不跟他走。你心里很清楚,没有你的话,我一个人是不会离开这里的。"

科马罗夫斯基不停地呷着掺了水的酒精(那是尤里·安德烈耶维奇从门诊部带回来,随手放在桌子上的),慢悠悠地嚼着土豆,渐渐地就有了几分醉意。

2

夜已经很深了。不时地剪去蜡烛的灯捻儿,火苗噼噼啪啪地响着,把屋里照得亮堂堂的。随着时间的推移,火苗又慢慢地缩小了,屋里的光线也变得阴暗起来。主人的倦意正浓,他们还想单独谈谈。可科马罗夫斯基却没有想走的意思。他的存在,使得主人们觉得非常压抑和郁闷,如同那笨重的酒柜还有窗外十二月里严寒的黑夜让他们感到的压抑一样。

他没有看他们,目光从他们的头顶越了过去,那双呆滞的眼睛注视着远处的一个点,半睡半醒地重复着他们早已听惯了的那一套,舌头都差点转不过弯来了。他的话题仍旧离不开远东。他总是喋喋不休地说这一点,向拉拉还有医生讲述关于蒙古的政治意义的论点。

尤里·安德烈耶维奇和拉里莎·费奥多罗夫娜都不知道他是从哪里突然间就转到蒙古政治这个话题上来的。而这个跟他们八竿子也打不着的话题就更让他们觉得讨厌了。

科马罗夫斯基滔滔不绝地说着跟他们没有一点关系的、十分令人厌恶的话题,终于把拉里莎·费奥多罗夫娜给激怒了。他叽里咕噜地说了这么久的废话,让她疲惫不堪,并且厌恶得要命,于是,拉拉果断地向科马罗夫斯基伸出了手,跟他做了最后的告别,非常不友好地说:

"这么晚了,您也该走了,我想睡觉了。"

"您这样做太过分了,竟然在这个时候把我赶出去。这么黑漆漆的夜里,我未必能在这座陌生的城市里找到回去的路。"

"那您怎么就没有想到这一点呢?谁让您坐得那么久的?更何况我们谁都没有挽留您!"

"呵,您何必如此针锋相对呢?您也不问问我,有没有地方过夜?"

"这跟我好像没有什么关系,反正您是不会让自己受委屈的。要是您非得在这儿过夜不可,我可绝对不会让您进我跟卡坚卡住的那个房间的,其他的房间里老鼠会闹得您难以入眠的。"

"老鼠,我才不怕呢。"

"那您自便吧。"

3

"你怎么啦,我的天使?你有多久没有好好休息了,桌上的食物你连碰都没有碰一下,像傻子似的迈着游离的步子晃来晃去的。总是在那儿想呀想的!究竟是什么让你这般郁郁寡欢?不能再这么胡思乱想了。"

"医院的看门人伊佐特又来了。他跟那个洗衣的女工有十分暧昧的关系。他顺道悄悄地拐过来,安慰我。他说有个让人害怕的消息:'您的那位逃脱不了坐牢的命运。您看着吧,他早晚会被关起来的。之后就是您了,真是可怜啊。'我问,'伊佐特,你这是从哪儿打听到的?''您就放一百二十个心吧,消息的来源绝对可靠,'他说。'那是波尔堪说的。'估计你也知道波尔堪,说白了就是执行委员会。"

此刻,拉里莎·费奥多罗夫娜与医生两人不约而同地哈哈大笑起来。

"伊佐特一点儿也没有说错。目前,危险正在一步步向我们逼近,快要到门外了。必须立即想办法离开这里。最主要的事情是我们应该往哪里逃。如果天真地想往莫斯科去的话那是绝对不可能的。在准备动身之前是需要做出周密计划的。不然的话,太显眼了,容易被察觉到。因此,我们必须得在神不知鬼不觉的情况下离开,这样一来,所有的人都不会怀疑我们的举动了。亲爱的,你了解这些情况吗?我们就按照你的计划去准备吧。我们现在需要消失一段时间。把瓦雷金诺当做目的地吧。我们去那边躲上两个星期或一个月。"

"谢谢,亲爱的,谢谢。呵,我真的很开心。我能体会到此刻你内心的挣扎与纠结,你的身心都在反对这个决定。我们不住你们之前居住的房子。能想象得到那儿是一间人去楼空的空荡荡的房间,加上心里的内疚,时过境迁的对比,我想这一切都会使你无法接受。难道你认为我就从没为你考虑过这些吗?用别人的痛苦作为基石来垫衬自己的幸福,把你灵魂最珍贵而神圣的东西拿来肆意地践踏。你的这种牺牲,我是永远不会接受的。现在的问题已经转移了。你们的房子年久失修,已经无法再住人了。我第一时间想到的是米库利钦的房子。"

"你说得非常正确。十分感谢你的体贴。请稍等片刻。有件事我一直想问问,可总是忘记。科马罗夫斯基去哪儿了?他是否已经离开了?自从那次我们吵翻了,我把他推到楼下之后,就再没听到过有关他的任何消息了。"

"我也是,很长时间没有听到关于他的任何消息了。让他去吧。你打听他干什么呢?"

"对于他的提议,我越来越觉得,我们俩应该以不同的方式去看待。如今,我们所处的环境不一样。你有义务抚养你那年幼的女儿。就算你多么想与我一起玉石俱焚,你也没有权利这样做。

"如果躲到瓦雷金诺,现在是冬季,我们不得不钻进荒山野岭去,没有储备的食物,没有力量,也不会看到一丝希望,到这么一个荒芜、贫瘠的地方,简直就是荒唐。如果我们的生活仅仅只剩下疯狂了,那就让我们放肆地疯狂一下吧。我们不得不再一次对安菲姆卑躬屈膝了,我得让他把马借给我们。除此之外,跟他,似乎也不是跟他,而是跟他手下的那些见风使舵的人借些面粉和土豆,这是我们理所当然应得的东西。我们还得让他明白,就算是帮了我们这么点小忙也不可以干扰我们的生活,等我们快要走,他要用马的时候再去找我们就好了。我们可以单独待几天。走吧,亲爱的宝贝儿。我们砍了这么多的木柴，足够勤俭持家的主妇烧上一整年了。

"恳请您再次原谅我。原谅我不经思考就随口说出的那些胡言乱语。我非常希望可以跟你正常地说话，而不像之前那样的激动。如今，我们确实没有别的办法了。你知道的，死亡的的确确敲响了我们的大门，还不停地向我们招手。唯一可以欣慰的是——那剩下不多的日子依旧是属于我们自己的。我们可以随心所欲地去支配这点所剩无几的时光，用这些日子去告别。我们在分手前得精心地准备最后一次团聚。同我们那些所有珍惜的告别，同我们的真理、梦想、良心、希望依依作别。我们把夜里说过的那些悄悄话再重复一遍，就像太平洋这个名称一样，伟大而渺小的话。你在曾经的和平年代以天使的身份，出现在我的面前，那时，我把你深深地藏在我的心中，像一枚伊甸园的圣果，却要在这烽火不断的岁月里站在我生命的尽头。

"依稀记得那年你还是个即将毕业的中学生。那晚，你穿着一套咖啡色的校服，站在旅馆隔板后面的幽暗中，一如眼前的你，同样美得让人无法呼吸。

"是你的光芒照亮了我心，从那以后，我时常想要为那一夜，正在逐渐消逝、黯然退去的迷人光芒思索出一个足以匹配的名字。也就是从那一刻起，占据了我生命里的所有，并成为我认识一切的一把钥匙。

"你穿着校服像影子一样从旅馆深处的暗影中走出来时，我这个对你没有一点了解的男孩，立刻就感同身受般体会到你的痛苦：这个纤弱的女孩像是一块蓄满了电的电池，散发出女人应有的所有的美，美若天仙，无与伦比。要是靠近她，用手指轻轻地碰一下她，地下迸溅出来的火花就会把整个房间照得亮堂堂的，可能会当场触电死亡,也可能一辈子都带着爱慕的渴望以及悲伤的电波。我的眼泪在泛滥,闪烁、哭泣填充了我的整颗心,那时,我十分怜悯自己,更怜悯你这个女孩子。对此,我觉得非常惊奇并且问道:如果爱着,同时消耗电流是这样的痛苦,而作为女人的你,充当电流、引人萌生爱意不是会觉得更加痛苦吗。

"好了,我终于把这些话都说出来了。否则会疯掉的。我的思想与内心世界是一致的。"

拉里莎·费奥多罗夫娜有点不舒服,头上蒙了块头巾,和衣蜷缩在床边。尤里·安德烈耶维奇在床边的椅子上坐着,小声嘀咕着,说话时总是习惯性地停顿一阵子。有时拉里莎·费奥多罗夫娜稍稍把身子欠欠,把下巴搭在手掌上,张开嘴,目不转睛地望着尤里·安德烈耶维奇。有时候,她紧紧地趴在尤里·安德烈耶维奇的肩上,莫名而又静静地流着幸福的眼泪。最后,她从床上坐起来,欢快地私语道:

"尤拉!你真是聪明啊!没有什么可以瞒得住你,所有的一切都掌控在你的手心里了。尤拉,你是我的城堡,也是我的避风港以及精神支柱,请上帝原谅我的轻浮举动吧!呵,我真幸福!我们去那儿吧,去吧,我亲爱的尤拉。到那儿以后,我再告诉你一件我所担心的事。"

他心里猜到了,她是在说她大概已经怀孕了,可是,这是不可能的事,便说道:

"我清楚了。"

4

冬天的清晨依旧被灰蒙蒙的乌云所笼罩着,他们趁此时离开了尤里亚金。这天是工作日。人们正忙着各自的事情。一路上遇到了许多熟人。凹凸不平的十字街口的配水站附近,排了很长一串家里缺水的居民,水桶、扁担就放在身体的侧边,一个个排队取水。医生立即勒住了向前冲的烟黄色的维亚特卡种马,这马是桑杰维亚托夫借给他们的。他小心谨慎地驾着马从取水的主妇们身边绕过去。雪橇飞也似的从洒出来的水又结上冰的陡峭的石板路上跑过去,雪橇冲上了人行道,跨杠撞在路灯和石柱上,咚咚地响个不停。

他们的雪橇从桑杰维亚托夫的身边飞驰而过,他们甚至来不及回过头去看看他能不能在这么仓促的时间把他们还有自己的马给认出来,会不会追在他们的身后叫喊着什么?科马罗夫斯基也出现在了他们的视线范围以内,他们赶紧绕了过去,也不跟他寒暄,只是顺便知道他还待在尤里亚金。

格拉菲拉·通采娃站在对面的人行道上对着他们飞驰而过的背影大声喊道:

"人们说,昨天你们就走了。这往后还有谁的话可以相信呀?去买土豆了吗?"她打着手势好像是说她听不清楚他们的声音,才跟他们摇手再见的。

为了等西玛,他们想把雪橇停在下坡的地方,但是要在这里停下来很不容易。就算不停在小山坡上,也得拉住那匹疾驰的马。西玛里里外外裹了两三条披巾,因此看上去像是一段被风雪冻得僵硬的圆木头。她艰难地迈着两条被冻得僵硬地打着哆嗦的腿,走到停在石板路上的雪橇边,向他们作别,祝他们平安到达。

"尤里·安德烈耶维奇,等您回来以后,我们坐下来好好谈谈吧。"

他们终于离开尤里亚金了。即使在冬天来临之后,尤里·安德烈耶维奇也曾在这条路上走过,但他的脑子里所存储的大多都是夏天的景色,如今已经不记得路了。

装粮食的口袋和行李被他们塞进了雪橇前面的干草堆里,用绳子把东西和雪橇捆得非常结实。尤里·安德烈耶维奇驾驭着雪橇。他时而跟当地人一样,用双膝紧贴在宽大的雪橇板上;时而又把身子侧过去,坐在雪橇的边上,一双腿是垂在外面的,还穿了一双桑杰维亚托夫的毡靴。

过了正午,黄昏的脚步已经悄悄地走近了,冬季里,人总会不知不觉地被它的昏暗所欺骗,就好像是立即要进入黑夜似的,实际上,现在的天色还不晚。此时,尤里·安德烈耶维奇有点着急地挥动着手里的马鞭,毫不留情地抽向那匹借来的马。马犹如一支正在快速向前飞驰的箭一般。凹凸不平的路又使得雪橇像一叶漂荡在海面上的扁舟。卡坚卡和拉拉穿的皮袄非常厚实,以至于无法动弹。每当雪橇跑过斜坡和坑洼的时候,她们就会情不自禁地尖叫起来,捧腹大笑着,左摇右晃的,如同两只麻袋跌到干草堆里一样。医生也会偶尔跟她们开个小小的玩笑,刻意地把雪橇弄到雪坡上去,由于惯性雪橇翻了过来,拉拉和卡坚卡都栽进了雪里,只是摔在雪地里不会受伤,直到雪橇冲过好几步远之后,尤里·安德烈耶维奇才把马给勒住,把雪橇的板子架在滑木上。气呼呼的拉拉还有卡坚卡一边哭笑不得地骂着他,一边忙着整理身上的雪,然后重新上了雪橇。

"等我们离开这座城市之后,我就给你们指指看,我曾经被游击队劫持的地方。"医生跟她们说。可是，他没能做到。令他没有想到的是，在冬季里所有的树木都已经褪去了树叶，像是一排排秃子，四周的环境被死寂还有荒凉的氛围所占据，当初的地点现在一点也认不出来了。"就是那儿！"他很快叫了出来，无法辨认出原来路线的医生误把立在田里的"莫罗与韦钦金公司"广告牌当成了他被抓走时，在树林里看到的第二个路标了。但他们从萨卡玛岔道口树林里的第二个真正的路标旁经过的时候却没有认出来，因为一层耀眼的冰霜把栅栏紧紧地包围住了，在树林中间隔出了一条黑色泛着白光的细丝。他们并没有看见路标。

天还没有黑下来之前，他们就架着雪橇到了瓦雷金诺，在日瓦戈一家住过的房子面前停了下来，它就坐落在大道最前面的位置，离米库利钦的家非常近。他们跟强盗似的往屋子里冲，天就要黑了。屋里已经被寒冷的黑色填得满满的。这栋房子被战火毁得只剩下一半了，还有少部分的家具保存了下来。瓦雷金诺已经了无人烟了，不会再有人能继续在它的废墟上进行破坏了。他发现家里没有一件日常用品。日瓦戈的妻子和儿子搬离的时候他还没有获得自由，因此不清楚他们把什么带走了，把什么留下了。这时拉拉说：

"我们快点整理整理吧。夜幕就要降临了。先别急着考虑其他的事情。我们想要在这儿住下的话，必须把马拉进仓库去，把粮食搬进来，放在过道里，把屋子打扫干净。可是……我并不想在这里住下。这件事儿，我们早就商量过很多次了。你跟我，这事不会让我们开心的。这是你和她的卧室吧？哦，不对，这是你儿子的房间吧。你们儿子的床对卡坚卡来说，真是小了很多。噢，太好了，至少对面的窗户还是好的，还有墙壁和顶棚都还没被战争破坏。尤其是那个炉子是保存得最好的了，上次来这里的时候我就很喜欢这个炉子。尤里·安德烈耶维奇，你非要我们都在你们之前的家里住下来，那我就立即把皮袄脱下，打扫一下这间房子。我得先把炉子的火生好。烧得旺旺的、暖暖的。整整烧上一天一夜。亲爱的，你这是怎么啦，你怎么一言不发的啊！"

"等等。没……没什么。对不起。不，听我说。我们去米库利钦的房子看看吧。"

他们又向米库利钦的房子走了过去。

5

米库利钦家的大门上挂了一把从吊环里穿过去的锁。尤里·安德烈耶维奇砸了好一会儿，想把锁给砸开，没想到，锁跟木头上的螺丝钉一起被拔下来了。跟之前一样，他们匆忙地跑进屋子，连脱下外套的时间也没有，穿着大衣、毡靴，戴着帽子径直闯了进去。

他们走到一个角落里时，发现了一些东西摆放得十分整齐，比如书房。从这些明显的痕迹来看，必定是有人在这里住过。会是谁呢？若是这房子的主人或是他们中的谁，也不至于不锁门，而用挂锁？还有一点就是，倘若主人们长期住着，那么整个房子都会被打扫得十分干净的，不可能只打扫个别地方。这一切都说明，临时住着的是米库利钦家以外的人。究竟是谁呢？尤里·安德烈耶维奇和拉拉并没有因为这个问题而去纠结。他们也不愿意在这个问题上消耗时间。被抢劫一空的住宅多如牛毛。隐姓埋名的逃犯更是数不胜数。"估计是某个在逃的白军将领。"他们不约而同地想到了一起，"如果他来了，我们就一起商量一下，在这儿住下。"

尤里·安德烈耶维奇跟刚才一样，站在书房的门前静静地思考着，书房很大，窗前的那张书桌又大又宽还很实用。这让他又联想到，这样的条件有利于顺利地完成工作。

米库利钦的杂物房旁有间马厩。马厩的门口也上了锁。尤里·安德烈耶维奇不知道它是否还能够继续使用。为了把时间节省下来，他决定先把这匹马牵到仓库里去，那儿是敞开着的。他把马背上的东西卸了下来，等马的身子干爽了之后，再让马饮了一些井水。马是不能吃那些干草碎末的。还好仓库及马厩的干草棚里还有一些干草。

他们还穿着衣服，只是盖了件皮袄就睡下了，像四处奔跑后累坏了的孩子似的，香甜地熟睡着。

6

第二天的早晨，他们相继醒来，尤里·安德烈耶维奇总会偷偷地瞄一瞄那张吸引人的书桌。他的心里像是围满了蚂蚁在爬一样，痒痒的，恨不得马上就坐到那张桌子前去写点什么。晚上，等拉拉、卡坚卡都睡觉后，他就去尽情地享受着书写的乐趣。眼下得把两个房间都打扫干净呢，这已经够他忙的了。

他只是一味幻想着夜里的写作，却没有想好具体要写些什么。他的脑子只有一个想法：写作，无论写什么都好，只随便写写就好。

他想随意地在白纸上涂写些什么。起初，他在回忆过去，想把以前没记录下来的东西，都一一写下来，想借此唤醒因为年久未书写而丢掉的那份才华。他想跟拉拉在这里一直住下去，所以有足够的时间去写一些新的、有价值的东西。

"你有别的什么事儿吗?你在干嘛啊?"

"我在给炉子生火。有事儿吗?"

"那你就把洗衣盆递给我吧。"

"以你目前的烧火趋势,估计连续劈三天柴,都是不够用的。我们还是去我们家的那个仓库弄点柴来烧,那儿可能还有点柴呢?如果,那边的东西很多,我就用雪橇多拉几次。这事儿,我明天就去办好。你不是要洗衣盆么。你瞧,我之前在哪儿见到的,在哪儿呢,想不起来了,真是莫名其妙。"

"我也是。好像是在哪儿看过,可一时间就是想不起来了。或许放在不该放的地方了。究竟是哪儿,我真的不记得了。还是算了吧。我烧了很多水,先把整个房子都擦洗一下,剩下的水我想洗个舒服澡。然后再来洗我和卡坚卡的衣服。你的衣服都给我,我一起洗。夜里,我们把这里都收拾整理好后,再一起商量下之后该做些什么吧!当然,你得先洗澡然后再睡觉。"

"我这就把脏衣服给找出来。十分感谢。我把衣橱还有其他笨重的家具都按你吩咐的那样搬开了。"

"太棒了。我干脆拿洗碗碟的盆来当洗衣盆用好了。这旁边实在是太油腻了。首先得把盆内壁的那层厚厚的油垢全部清理掉。"

"炉子烧好了,我把炉门关上了,现在就去翻别的抽屉。"不管是桌子上还是五斗橱里,哪里都有新的东西被发现。比如香皂、火柴、文具等。意外时时刻刻都会跑到你的眼前来。比如,油灯里的煤油是满的。而这肯定不是米库利钦的灯,医生的心里很清楚一定是借住在这里的人留下的。

"我们真是太幸运了！这都是那位神秘的住客留下的。就像是凡尔纳作品里的人。唉，你是不是还想说点什么？你瞧瞧我这个糊涂鬼，我们又在这里闲聊，水早就被烧得滚烫了。"

他们在屋子里忙成了一团，偶尔相互撞在一起，要不就是撞在卡坚卡的身上。卡坚卡挡在了他们来回经过的中间，在他们的膝盖下转来转去。这个小姑娘从这里跑到那里，妨碍了他们收拾房间，医生和拉拉指责她的时候，她还会紧蹙着双眉生气。她可能是被冻着了，总在一旁哆嗦着，嚷着冷。

医生在心里想道，这个小女孩是我们吉卜赛生活的牺牲品，她跟着我们一起过着流浪生活。但是他嘴里说的却是：

"好啦，亲爱的，别一直在那假装哆嗦了。你这个淘气的小家伙儿。炉子烧得很旺呢。"

"这炉子也许是烧得很暖和，可我就是觉得很冷啊。"

"卡坚卡，你就再忍忍吧。晚上，我再把炉子重新烧旺，再添点柴，妈妈说，要给你洗个舒舒服服的热水澡呢，你听见没？乖，你去玩这些玩具吧。"他把利韦里的玩具从冷冰冰的储藏室里全部都给抱了出来！玩具在地上堆成了一座小山，好的、坏的掺杂在一起：有各种各样的积木、拼字方块，小小的火车模型，马粪纸上画好了格子、涂上了颜色、标着一些数字，这是用来玩掷骰子还有计算游戏的纸盘。

"尤里·安德烈耶维奇，您这是怎么啦？"卡坚卡突然间像长大了似的，觉得有些委屈。"这是别人的玩具。而且这些玩具都不是我这个年龄的人玩的，我可不是个小孩子了。"

没过多久，卡坚卡又自己坐在了地毯上，她用那些玩具搭房子，无论是什么形状的玩具只要在她的手里都可以变成建筑材料。卡坚卡用这些旧玩具给她的洋娃娃宁卡盖了一栋住宅。她说房子很合理,比她经常住着的临时住所要好很多。

"这孩子居然还有这种爱家的本能,真是了不起呀!人类对家以及真理的渴望是永远也无法消灭的。"拉里莎·费奥多罗夫娜从厨房里看到女儿玩搭房子的游戏说,"孩子是最真诚的,做什么都无忧无虑,不会羞涩,而我们却害怕成为落伍的人,想要出卖自己那些最珍贵的东西,违心去赞扬那些让人憎恶的东西,跟着那些我们不懂的东西随波逐流。"

"我找到洗衣盆了。"医生打断了她。他拿着木盆从深灰色的过道里走过来,"洗衣盆的确是放错地方了。估计是秋天的时候被放在天花板下面盛漏下来的雨水了。"

7

拉里莎·费奥多罗夫娜做了足够他们三个人吃上三天的午饭。她把土豆汤还有羊肉炸土豆端了出来,医生和卡坚卡从来都没有吃过。卡坚卡吃得意犹未尽,边吃边呵呵地笑着,一直在那里淘气玩着,等她吃饱了以后,她觉得一点也不冷了,就睡在了沙发上,身上还盖着妈妈的披肩。

拉里莎·费奥多罗夫娜从厨灶那边过来,一脸的汗水,她跟女儿一样,十分疲惫,医生和女儿对她的手艺评价非常高,她不急着去收拾那些餐具,而是坐在沙发旁休息了一会儿。女儿睡熟后,她才随意趴在桌子上,用手撑起昏昏沉沉的头说道:

"我知道,我做的这些事是有意义的,它可以达到我预期的目的,我会不顾一切地去做，我可以在这里找到我想要的幸福。你得每时每刻都提醒自己，我们来这儿的目的是——为了可以好好地、永远地在一起。鼓励我吧，让我对这种生活充满希望吧，千万别让我后悔。用理性的思维来看，眼下我们所做的、我们之间所发生的，都是让人无法想象的。私闯民宅，直接破门而入的行为，还把自己当成了这里的主人，勤勤恳恳地打扫整理着这间屋子，这好像不是在生活，更像是在表演一场舞台剧似的，像极了小孩们经常说的'过家家'、木偶戏。所有的一切都荒唐到了极点。"

"哦，我心中最美丽的天使，是你坚持着一定要到这儿来的啊。你还没有忘记吧，我可一直不赞成的。"

"没错儿。我不想再去解释什么。这都是我一个人的过错。你可以随意地改变自己的想法，徘徊不定，而我的决定都是自始至终的，跟真理是同步发展的。我们一进来的时候，你最先做的事就是去看看你儿子的床，心里就开始难受起来，甚至差点晕倒过去。这是你的权利，我就没有为卡坚卡感到担心、没有疑虑我们的未来，因为我的心全部都被我对你的爱给占据了。"

"拉拉，我的天使，你先冷静一下。现在改变主意，立即回头还不晚。我之前就劝你要认真考虑科马罗夫斯基的那些话。我们还有马，只要你愿意，明天我们就可以回尤里亚金去。估计科马罗夫斯基还没有离开。我们不是在街上看见他了吗？我觉得，他还没有察觉到我们已经离开了。我们还能再找到他。"

"我还没有说什么，可你的语气里已经包含了那些厌恶的情绪了。你能保证，我的担忧是错误的吗？我们躲避得这么随意，甚至没有斟酌过逃跑的路线，这儿跟尤里亚金的日子没有什么不一样。想要自我解救，我们就得商定一个严谨的计划，而这个计划，就和那个阅历丰富并且头脑清醒、惹人憎恶的家伙所建议的一样。我们对这儿的情况并不了解，我无法弄清楚这里会比别的地方安全多少。这里是一片一望无垠的原野，我们时时刻刻都有可能被突然来袭的暴风雪给掩埋住。我们三个人相依为命，孤零零的，如果在夜里被风雪给埋在地底下，第二天就再也出不去了。如果之前留宿的那个人突然间又回来了，万一他是个强盗，发起疯来会把我们全给杀了。你有把握打赢他，保护我和卡坚卡吗？你是没有绝对把握的。你这种高枕无忧的态度让我很是提心吊胆，还把我也拉下了水。现在，我的脑子里一片混沌。"

"那么。现在你究竟想干什么？要我做什么？"

"我自己也不知道该怎么回答你。我只知道要跟着你的节奏走。不停地爱着你，做一个不跟你争辩并追随在你左右的奴隶。呵，我得告诉你，我们的亲人，你的妻子东尼娜还有我的丈夫帕沙，现在比我们过得好上不知道多少倍。但这是问题的根源所在吗？爱和别的天赋一样，它也是伟大的，要是没有得到祝福就不能把它的能量都释放出来。我们就像是在天堂学会了接吻，然后再落到这块土地上来，相互在彼此的身上找到这种本领一样。所有的一切都是和谐的，无边无际，毫无差别，无所谓高尚低贱，身体和心灵一样地对等，一切都是欢乐的、满意的。而这种粗鲁的、时刻都会绽放的柔情里孕育着孩子般不受拘束的、不被认可的东西。这是放肆的、毁灭的本能，跟家庭的和睦针锋相对。我不得不惧怕它、无法信任它。"

她用两只手搂住了他的脖子，克制着自己的泪水，继续说着：

"你知道吗，我们所处的环境不一样。上帝给了你一对飞翔的翅膀,让你在云端自由自在地翱翔,而我只是个女人,只能紧紧地贴在地面上,用翅膀保护雏鸟。"

她说的,他都十分喜欢听,但他只是把这些都藏在心里,以免无法收拾这一切。他对自己的感情拿捏得很准确,他告诉了拉拉自己的看法:

"我们这种野营式的生活,的确让人无法接受。你说得没错。可是,这种生活不是我们幻想出来的。我们是受到了当下时局的指引,才会像个神志不清的人似的到处流浪。

"早晨的时候,我跟你想的几乎是一样的。我竭尽全力去争取在这里停留得久一点。我非常盼望可以去工作。你知道的,我说的不是干这些农活儿。我们已经全家总动员地干过一次家务活,非常成功。我不会再有精力去干别的。家务活已经不再是我所考虑的东西了。

"生活即将步入正轨。没准儿什么时候又可以再出版书籍了。

"这件事才是我眼下所考虑的。我们或许能够跟桑杰维亚托夫商量下,请他来帮助我们,让我们在半年内的吃穿用度不用愁,就用我的劳动成果来回报他。在这半年里我一定会写出一本医学教材,或者说写出一部文艺作品、一本诗集来。再不,我还可以翻译世界名著。我精通几个国家的语言,前阵子我看到了彼得堡一家专门出版翻译作品的大出版社的广告。这种工作有交换价值。能干点这样的事,我会非常快乐的。"

"十分感谢你提醒了我。今天,我也想到这种事了。不过,我不认为我们可以在这里继续住下去。与之相反的是,我的第六感似乎告诉我,我们即将会躲避到更远的地方去。我们还在这里居住的时候,请你答应我一个请求——在这几个晚上为我牺牲几小时,把你在不同时期为我朗读过的东西都一一记录下来。已经丢了一半了，而剩下的还没写出来，我害怕再过一阵子你就会忘得一干二净，那就糟透了，用你的话来说，这事曾经发生过。"

8

晚上，他们用剩下的热水痛痛快快地洗了个澡。拉拉也给卡坚卡洗了澡。尤里·安德烈耶维奇怀着放松和喜悦的心情，坐在窗前书桌旁，背对着屋里。拉拉全身上下散发着阵阵清香，把浴衣搭在肩上，湿漉漉的头发被一块毛巾高高地盘了起来，卡坚卡躺在床上，拉拉为她盖好被子，自己也要睡觉了。尤里·安德烈耶维奇正享受着即将来临的写作灵感。他深情地、恍惚地感受着即将发生的一切。

午夜一点多钟的时候，假装睡着了的拉拉真的睡着了。拉拉和卡坚卡的衣服，还有床上的内衣，非常整洁干净，绣着非常漂亮的花边。即便是在这种岁月里，拉拉依旧想尽办法来浆洗着自己的内衣。

四下里是一片宁静，尤里·安德烈耶维奇觉得自己充满了幸福，被弥漫着的甜蜜的生活气息所滋润着。昏黄色的灯光倒映在白纸上，这调皮的温馨的灯光还在墨水瓶的瓶口上也留下了一点金光。窗外严寒凌驾一切，黑漆漆、凉飕飕的夜幕之中零零碎碎地泛着点浅蓝色的星光。尤里·安德烈耶维奇走进旁边那间黑乎乎的冰窖似的房间，在那儿可以把外面的景色一览无余。他的视线穿过玻璃窗，向外边望去。一轮满月洒下了薄雾似的光辉，把地面上这个银装素裹的世界都给裹住了，如同故意要在雪地上涂一层淡淡的、稠稠的蛋白色或是乳白色的漆。寒夜的独特美景只能意会不能言传。医生的心境却没有因此而泛起涟漪。他又回到房间,坐在书桌前开始写作。

害怕字迹无法展现出奋笔疾书的劲头来,失去了独特的字迹个性,变得呆板而没有灵魂。他把字写得很大,行间距也比平时宽。他反复地思考着,并不停地用完美的词语记下最为接近还有最难记的诗句,《圣诞节的星星》和《冬天的夜晚》以及这种类型的短诗,这些诗后来都被人们遗忘了,再也没有被谁提起,也就失传了。

医生把这些短诗完成后,又开始写之前已经动笔书写的、后来又因为各种原因而搁浅的东西,应和着它们的风格,接着往下写,没有想着会一鼓作气把它写完。他写的得心应手后,又开始写起诗歌来。

随随便便地就捏来了两三节诗与他自己也没有意料到的比喻后,他已经完全沉浸在写作中了,那久违的灵感来了。就像着了魔似的支配着他创作的力量似乎成为主导。而这种支配的力量好像不是他要表达的思想,而是他想借此表达思想状态的语言。语言、祖国、美和含义的孕育地,自己也帮助别人思考、说话了,这并非是外在音响意义上的,而在其内在的心潮磅礴奔流上,俨然成了音乐。那时,这诗句有如奔流不息的河水以自身的流动来雕琢河底的卵石,把磨坊的轮盘转动起来,顺理成章,创造出了诗格、韵律以及千千万万种形式、构造,迄今为止,却还没有被人们发现、注视还有命名。

此时,尤里·安德烈耶维奇认为,工作主要不是由自己来完成的,而是由精神的力量来支配着他,替他完成的——思想界与诗歌的现状,以及诗歌未来的命运,在历史的发展中它应该做的下一步。于是,他觉得自己只是让它进入这种状态的一个理由与棋子而已。

很快,他的自我责备与不满得到了自己的谅解,个人的渺小感也消失了。他回过头来张望着四周的环境。

他懂得了自己内心的想法,非常高兴,因为感到了人生的欢乐和光洁而流泪。

"上帝啊,上帝啊!"他努力地克制着,想要低声喊出来。"显然,这一切都是我的!为什么上帝会给我这么多的恩赐?你是如何让我接近你的,如何让我无意间闯入你那珍贵的领地,在你的星光指引下,拜倒在虽然屡经波折却又珍贵无比的女人脚下的?"

凌晨三点的时候,尤里·安德烈耶维奇抬起了眼睛。从与世隔绝的凝思中逐渐地苏醒过来,又回到现实中来,他的内心十分丰富——幸福、富有朝气还有平静。忽然间,他的眼神转向窗外远方的沉寂里,听到了一丝凄凉的声音。

他又走到隔壁那冰冷而又黑漆漆的房间里,从那儿透过窗子,向周围张望。就在他写作的时候,玻璃窗上结满了美丽的窗花,把外面的世界给遮挡住了。尤里·安德烈耶维奇把皮袄披上,抽出挡风用的塞在门缝那里的地毯,款款地走到台阶上。

坦荡荡的白雪被月光披上了一层耀眼的银光,起初那耀眼的光让他无法睁开双眼,什么也见不着。过了一小会儿,他听到远处传来了一阵悲凉的叫喊声,这才看到峡谷后的雪地上有四个不比连字符号长的影子。

四只狼排成了一排,站在窗户前,它们的脸面对着房子,趾高气扬地抬着头,挺直地屹立在雪地里。月亮或米库利钦住宅窗户折射出的银光和着喊叫的声音,尤里·安德烈耶维奇从这几声喊叫声中了解到它们是狼群。它们装成狗的模样夹着尾巴从雪地边跑开了,它们似乎察觉到了医生的心思。医生还来不及看清楚它们离开的方位，它们就消失得无影无踪了。

"这不是个好事儿！"他想道，"竟然还摊上这么倒霉的事儿了。它们的窝大概就在这栋房子的不远处？也可能是在山谷里。这多可怕呀！桑杰维亚托夫的马就在马厩里。那群狼估计是跟着马的气味才找到这里来的。"

他认为，先不告诉拉拉，免得吓坏她。回到屋里后，他把大门锁好，隔壁那间房过道的门缝也塞好了，然后，才安心地走到桌子前坐下。

油灯还像之前一样明亮、讨人喜欢。他却没心思再接着写了。他的心里忐忑不安。脑海里不断地翻腾着那几只狼还有即将可能发生的可怕的事儿。他已经十分疲倦了。拉拉在这个时候醒了过来。

"我心中的明灯，你依旧是那么明亮！"她的嗓子睡得有些沙哑了，轻轻地说，"来，到我的床边来，靠着我坐一会儿。我把之前做的那个梦都告诉你。"

医生走过去，把那盏明亮的煤油灯熄了。

9

就这样像是得了忧郁性精神病似的，他们度过了第二天。在住宅的某个角落里找到一副小雪橇。卡坚卡穿着皮袄，小脸颊被冻得通红，一边大声笑着，一边从花园里小路上覆盖的厚厚雪堆顶向下滑去。这个自然的冰堆是医生为她制的。他先把雪拍紧，再洒上水，于是冰堆就这样做成了。她脸上带着稚气开朗的笑容，不停地用绳子拉着雪橇爬上冰堆。

天气渐渐变冷，严寒凛冽，但院子里充满阳光。中午的太阳把雪地照得金灿灿的，又在它蜂蜜般的黄色中注入了黄昏过早降临的晚霞。

昨天拉拉在屋里洗完衣服和洗完澡后，屋里那一股热潮气直到现在还没散去。窗户上沾满了松软的窗花，可以清晰地看见水蒸气熏潮的壁纸上的水珠从天花板流淌进地板的痕迹。此刻这间屋里显得阴暗、郁闷。尤里·安德烈耶维奇生火劈柴，一面小心翼翼地仔细察看周边环境——并且总能发现新的东西；一面努力协助拉拉做事。拉拉从早晨到现在一直不停地做着家务，做完了一件又接着一件。

他们俩的手又在干活时无意识地碰在了一起，一只手轻轻地搭在另一只准备举起来搬重东西的手上，那只手没触到目标便把东西放下了，一阵无法控制的、使他们头脑发昏的柔情解除了他们的武装。他们放下手中的东西，此刻大脑里一片空白。几分钟过去了，几小时过去了，等他们瞬间醒悟过来发现已经很久没理会卡坚卡、没喂马和没给马饮水时，天色已经很晚了。他们彼此怀着忐忑而内疚的心接着去做那些还没有完成的事情。

由于晚上睡眠时间不足，医生感到头痛。但心里充满一种甜蜜的迷糊，浑身有一种虚弱的快活感，使他急不可待地期盼夜幕马上降临，好使他能早早恢复那已经中断的写作。

他拖着疲惫的身躯为将要开始的写作做好准备。仿佛神情全部都处于迷离恍惚状态，被那浓浓的思绪包围住了。写作前的准备工作使一切都显得若隐若现，宛如作家手中那杂乱的初稿，一整天无所事事的慵懒，正好是夜晚写作必不可少的情趣之一。

无所事事的慵懒对任何东西并不是对一切置若罔闻、一点变化都没有的。其实，一切都发生了变化，变成另一种样子了。

医生此时明白，他要在瓦雷金诺居住的梦想已经无法实现，同拉拉分手的时刻也在一天天临近，他会失去她，随之也伴随着失去生活的欲望，甚至生命。痛苦在敲击着他的心，但更折磨他的是等待着夜晚的降临，用文字把痛苦一字一句倾吐出来的愿望，痛得任何人看了都会为之深深流下热泪。

一整天的时间里，他的大脑幻想着的并非是那群雪地里的狼，而是变成有关狼的主题，变成了敌对力量的代表。这些敌对力量一心想要毁灭医生还有拉拉，或把他们排挤出瓦雷金诺。这种充满敌意的意识慢慢扩散到全身，到了晚上已经侵占了整个大脑，让人无法抑制，仿佛是在舒契玛发现了史前时代骇人的怪物踪迹，好像一条渴望着吸干医生的鲜血、吞食掉拉拉的神话中的巨龙，可以随时结束掉他们的生命。

夜幕渐渐降临了，医生依旧像昨天那样把桌上的油灯点燃。拉拉和卡坚卡比昨天更早地躺在床上休息了。

昨天写的东西分为两个部分。修改过的过去所写的诗，撰写得工工整整的。他新创作的诗，凌乱地写在纸上，其中有许多混乱的符号，字形扭曲难以辨认。

辨认这些书写凌乱的文字，与通常一样，医生为此感到很失望。幽静的夜里，这些草稿片段使他激动地不禁失声，几段得意之作让他惊喜万分。现在他又觉得这几段想象中的成功文字并不算好，这又让他开始长叹不已。

他一生都想要写出些自创的奇特作品来，文字既洒脱又优雅，内容既流畅又含蓄，形式既新颖又传统；他一生都希望形成一种淡雅朴实的风格，读者们遇到他的作品时，自己会在无意识间领悟它们，掌握住它们的实质。他一生都在追求华而朴实的文风，常常因为发觉自己离这种目标尚远而忐忑不安。

在昨天的草稿中，他本来想用简朴的像人们闲谈时的语言、用接近摇篮曲的方式表现出自己那种种的混合情绪，让它仿佛不需凭借任何华丽语言就自然显露出来。

如今浏览这些诗稿时，他发现需要一个内容丰富的好开端以把分散的诗篇融为一体。尤里·安德烈耶维奇在修改写好的篇章诗时开始采用先前那种抒情风格记述勇敢的叶戈里的神话。他着手从广阔的、写起来无拘束的五音步格开始。与诗内容无关的、诗格本身所具有的和谐特质，用它虚伪的形式主义的悦耳声音去刺激他大脑里的每一根神经。他去除了夸张的带停顿的诗格，把诗句压缩成四音步格，就像在散文中与长篇大论搏斗一样。这样写起来难度更大了，也更吸引人了。他写作的速度比以前快多了，但仍然掺入了一些废话。他尽量强迫自己压缩诗句。在三音步格里，那些字显得有些拥挤了，最后萎靡的痕迹从他笔下悄悄消失。他慢慢地清醒了过来，浑身热血沸腾，狭窄的诗行本身不停地向他暗示要用什么字来填充下去。那些几乎难以用文字描绘出的事物开始原原本本地显现在他所描述的画卷之内。他听见马在诗歌中的奔驰声，宛如肖邦的一支叙事曲中骏马溜蹄的嗒嗒声。常胜将军格奥尔吉在无边无际的草原上骑马奔驰，尤里·安德烈耶维奇站在背后看见他渐渐缩小消失的身影。他奋笔疾书，刚好把大脑中闪现的那些完美无缺的字句记下来。

他认真得似乎连拉拉从床上爬起来走到桌子跟前都没察觉到。她穿着垂到脚跟的长睡衣，那件长睡衣比她本人还长一些，使她显得更加苗条。当神色苍白、惊恐慌张的拉拉站在尤里·安德烈耶维

奇身旁时,他的心被吓得扑通一跳。她伸出一只手,低声问道:

"你听见外面的声音没有?一只狗在嗥叫。也有可能是两只在那里。唉,多么可怕的声音,多么不好的预兆!我们一定得熬到早上再离开,必须离开。在这里我再多待一分钟就感觉快要疯掉了。"

尤里·安德烈耶维奇安慰了她许久,大约过去了一小时,她的心才渐渐平静下来,又安静地睡着了。尤里·安德烈耶维奇走出房间,走到台阶上。发觉那群狼的距离似乎比昨天夜里离得更近,消失得也更快了。这一次,尤里·安德烈耶维奇依然没来得及看清它们逃走的方向。它们挤在一起,紧紧挨着,他来不及数清眼前的狼到底有多少只。但他很确定的是狼的数量更多了。

10

他们在瓦雷金诺已经生活了十二天了,同开始的一两天情况没有什么区别。在这一个星期之中,突然消失的狼又像他们到的第二天夜里那样嗥叫。拉里莎·费奥多罗夫娜又把它们当成狗与坏兆头,再次被这种可怕的声音吓坏了,决定第二天早上就离开。她的精神状态一会儿平稳,一会儿慌乱,这对一个朴实的家庭妇女是很自然的。她不喜欢那种整天无所事事、过分享受的奢侈而荒唐的爱情生活。

眼前重现同样的情景,在第二个星期的一天早上,拉里莎·费奥多罗夫娜像往常一样收拾行囊打算返回尤里亚金。仿佛发生的这一切就像一个梦,在这一个多星期里的生活似乎就像浮云一样。

屋子里既潮湿又阴暗,这大概要拜阴沉的天气所赐吧!寒风没有前几天那么凛冽,布满乌云、阴暗低沉的天空仿佛是要下雪了。

尤里·安德烈耶维奇一连几个晚上都没有睡好，他身心疲惫，濒临崩溃了。思绪乱七八糟，身体十分虚弱，常常冻得直哆嗦，缩着脖子不停地搓那两只手，在没生火的房间里踱来踱去，猜不到拉里莎·费奥多罗夫娜的决定到底是什么，同时自己对以后的生活也不知所措。

她的打算并不明确。现在她宁肯献出自己一半的生命，只要他们改变这种散漫的态度，服从并遵守任何一种正确的秩序，那时他们便能上班，便能正常而理智地生活。

这一天和往日一样，她打扫完房间，给医生和卡坚卡准备早餐，然后整理行李，让医生把雪橇套好。离开的决定是她做出的，坚决而不容改变。

尤里·安德烈耶维奇不会去要求她改变主意，他们曾经突然从人间蒸发，现在又要在四处逮捕的高潮中再返回城市里生活，简直是在发疯。但他们孤单单地躲在冬天寒冷的荒野里，没有武器，又陷于另一种可怕的威胁之中，这也未必是一种明智的选择。

此外，医生从临近的几家仓库中弄来的干草已经所剩无几了，而新的干草还不知道到哪里去弄。当然，如果要在这儿长期居住下来的话，医生会到周围去寻找草料和粮食，不过，如果只是短期的在这里过几天，就没必要花工夫再到处去寻找了，想到这里，医生摇摇头，便出去套马了。

他用愚笨的动作套上马，这还是桑杰维亚托夫教他的方式。尤里·安德烈耶维奇忘记了当初他教的动作。他用自己毫无经验的双手摸索着把该做的都笨拙地做好了。然后再去把其余的事情都做完，把马牵到台阶前，然后告诉拉拉可以动身了。

慌张的举止让他察觉到她内心忐忑不安的心情。他和卡坚卡把衣服都穿好，行李都已经整理好，但拉里莎·费奥多罗夫娜焦急地搓着手，努力克制住不让眼泪流出来。她请尤里·安德烈耶维奇坐下，自己坐下又站起来，用她那悦耳的声音不断地抱怨着，上句不接下句地迅速说道：

"我一点也没有做错。我更不想去弄明白到底是怎么一回事儿。可现在怎么能就这样离开呢？夜幕马上就要降临了。我们将在夜里穿过那片可怕的树林。我说得不对吗？你怎么吩咐，我就怎么办，可我自己却拿不定主意，像是被什么东西牵绊着。我心里现在乱七八糟的，你想怎么做就怎么做吧。难道我说的不对？你现在怎么沉默了，一声不吭呢？我们的大脑一整个上午都是处于混乱的状态，半天的工夫不知道都用到什么事情上去了。相信明天再不会发生此类事件，以后我们会更加谨慎小心一点，我说得不对吗？要不我们再在这里住上一夜？明天天一亮大家早点起床，六七点钟的时候大家就准备出发。你说呢？你把炉子的火烧好了，还能利用一个晚上时间多写点，我们在这里再住一晚。唉，这多么不容易，多么不可思议！你怎么不回答？难道是什么事情我又做错了，我是个多么不幸的女人啊！"

"你又言过其实了。黄昏离现在还早着呢，天色还很早。随你的意吧。我们再在这里住一晚。但你必须得安静点。你看你自己情绪多激动。是啊，先把行李打开，然后再把皮袄脱下。你看，卡坚卡她说肚子饿了。我们先弄点东西吃吧。你说得很正确，今天准备得太匆忙，太突然了。可你千万别太冲动，别哭。我现在就把炉子的火生好。最好趁着没把马鞍卸下，雪橇就在门口，我去旧房子的仓库里拉点劈柴，不然我们一根柴火也没有了。你别哭，我会快点回来的。"

11

仓库前面的雪地上留有尤里·安德烈耶维奇来来回回拉雪橇轧出的痕迹。前天拉劈柴他踩脏的雪在门槛旁边仍能看见。

早上布满天空的云飘散了。天空变得晴朗起来。不过气温渐渐低了下去。从不同距离围绕着这些地方的大园子一直延伸到仓库附近,似乎为了再看医生一眼,在向他暗示什么。今年的积雪很厚,超出仓库的门槛。仓库就像受了一记拳歪斜到一边。屋檐下依稀能看见一块融雪凝聚而成的冰片在那里悬挂着,像一个硕大无比的蘑菇,或者像一顶帽子似的盖在仓库脑袋上。

站在屋顶凸出的地方看过去,天边挂着一弯新月,像一把利刃戳进雪里,沿着月儿牙的边缘散发出昏暗的黄光。

尽管现在是白天,却更显得明亮,但医生却有一种似乎在很晚的时候置身于幽暗密林中的感觉。因他灵魂中有这样黑暗的一面,为此他感到十分悲伤。预示着将要分离的新月,代表着一轮孤独寂寞的新月,在他的眼前垂着,低垂到他的脸旁,皎洁的月光在他身上泛着黄光。

尤里·安德烈耶维奇感到十分疲倦,身体都有点站不稳了。他把劈柴从仓库里往雪橇上扔,尽量每次少抱点,不像前几次那样。就算戴着手套去抱那些被雪冻上的木柴,也会被冻得两手生疼。速度加快了,但那样仍没让他暖和起来。他身体里面像是有什么东西停滞不前,脱离轨迹了。他用最恶毒的语言诅咒自己这坎坷的命运,虔诚地祈祷上帝保护这位淳朴的、花容月貌的女人的生命。而新月仍然低低悬挂在天空上，说发光也没有那么光亮，说闪耀也没有那么闪耀。

马突然把头转向他们来的方向，抬起头嘶叫起来，开始时是胆怯而低声的叫唤，后来却高昂而自信了。

"它到底是怎么啦？"医生思索着，"怎么突然这么激动？这不像是受到惊吓的状态。马要是受了惊吓是不会嘶叫的，真是胡闹。它应该不会是闻到狼的气味就嘶叫起来，傻到让它们知道这里吧？看它是多么愉快呀。看来是提前知道自己快要回家了，也想念家了。等一会儿，就要起程了。"

尤里·安德烈耶维奇四处拣了一些碎木头片和桦树上撕下来的、像被火烤熟了的卷起来的树皮，把它们一起都堆放在雪橇上，这样在家里生火时就不用担心没柴引火。他用粗席把劈柴牢牢包好，在周围用绳子紧紧捆劳，然后全都堆放在雪橇旁边，随劈柴一起运往米库利钦家的仓库。

马突然慌张地嘶叫起来，从对面远处传来相回应的马嘶声。"这会是谁的马？"医生迟疑了一下想道，"我们本以为瓦雷金诺是个人迹罕至的地方，原来是我们想错了。"他一点也没有想到这些是他们的客人，从米库利钦的庄园处传出阵阵马嘶声，就在他们住所的门前。他急忙赶着雪橇到米库利钦庄园的杂物房旁边，穿过被掩盖了的住宅后面的小山坡。住宅前面的房子被遮挡的一点也看不见。

他不快不慢的，一点儿一点儿地把劈柴扔进仓库，然后卸下马鞍，把雪橇拖进仓库里，马被牵进旁边冰冷的空马厩内，然后把绳子拴在墙角的柱子上，因为那儿相对于别处风小点，接着从仓库里抱出几捆干草，全部都扔进倾斜的牲口槽里。

他百思不得其解地往家的方向走去。台阶旁边停放着一辆套好的大雪橇。一眼就能认出这是一辆农民用的宽雪橇，乘坐起来很舒服，雪橇前面套着一匹膘肥体健的黑色公马。一位小伙子穿着一件漂亮的紧腰长外衣，围着马一直晃来晃去的，时而拍拍马的两肋，时而看看马蹄上的距毛。日瓦戈从没见过这个人。

从屋里传出来一阵阵喧哗声。他没想过要去偷听，里面所说的话他一句也听不清。尤里·安德烈耶维奇逐渐放慢脚步，突然停住了，站在那里一动不动。他们所说的话他一句也没有听明白，但他听见了科马罗夫斯基、拉拉还有卡坚卡的说话声。他们估计是待在靠近门口的第一间屋子里。此时，科马罗夫斯基正与拉拉在激烈地争论着。从她回答的语气不难听出，她的情绪变得激动起来，大声地哭着，时而激烈地反驳他的话，时而又赞同他所说的观点。尤里·安德烈耶维奇从他们的谈话中得知，科马罗夫斯基此刻谈论的焦点人物正是他，估计是说他是个不守信用的人（"脚踩两只船"——尤里·安德烈耶维奇是这样理解的），搞不清楚在他的心里谁才是最在乎的人，究竟是家庭还是拉拉，拉拉不相信他，因为如果信任他的话，她就会一无所有。尤里·安德烈耶维奇进了屋子。

果真在第一间屋，就看见了科马罗夫斯基，他身上穿着一件拖到地板上的皮袄。卡坚卡大衣的领子被拉拉紧紧地拽在手里，她在给卡坚卡扣领钩，可怎么也扣不进去。她开始对女儿咆哮，命令她立即安静下来，不准乱动，不要反抗。卡坚卡发着牢骚："妈妈，你轻点啊，我快要被你勒死了。"他们三个穿得整整齐齐地准备外出。尤里·安德烈耶维奇刚一踏进门，拉拉就跟维克托·伊波利托维奇争先恐后地跑过去迎接他。

"你这半天都上去哪儿啦？我们在到处找你呢！"

"您好，尤里·安德烈耶维奇！无论先前我们的谈话有多么的不愉快，你瞧，我又不请自来了。"

"维克托·伊波利托维奇，您好。"

"你去哪里了啊？先别管他，现在最要紧的是替自己和我做出最重要的决定。我们没有多余的时间可以浪费了。快下决定吧。"

"我们干吗要这样站着？都坐下来吧，维克托·伊波利托维奇。不知道我去哪儿了？拉拉，我不是告诉过你嘛！我先去运劈柴，然后照料马。维克托·伊波利托维奇，您先来这里坐下。"

"你怎么一点儿也不觉得惊讶呢？我们曾经为他的离开而懊悔过，我们后悔没有接受他的建议，如今，他就站在我们的面前，而你却无动于衷。这一次，他带来了令人更为震惊的新消息。维克托·伊波利托维奇，请您把新消息告诉他吧。"

"拉里莎·费奥多罗夫娜说的是什么消息我不太清楚，但我想说的是——我可以对外宣称我已经离开了，实际上我多留了几天，为了给您还有拉里莎·费奥多罗夫娜更多的时间重新考虑那件事儿，几番思量后，也许你们不会再做出如此轻率的决定。"

"眼下，已经没有多少时间可以再去考虑了。离开的最好时机就是现在。明天一早——还是让维克托·伊波利托维奇亲自来告诉你吧。"

"能等一下吗，拉拉。非常抱歉，维克托·伊波利托维奇。为什么不把皮袄脱下呢！把外衣脱下，我们一起坐着聊一会儿。谈话应该是轻松的，而不是严肃的事！怎么能匆匆忙忙地做出决定呢。对不起，维克托·伊波利托维奇。我们争吵的范围蔓延到了灵魂深处某些敏感的地带。关于这些私事的分析让人感到可笑、不太适宜,我没有想过要跟你一起离开。拉里莎·费奥多罗夫娜的情况不一样。当我们所考虑的事并不是一类事儿的时候,我们才醒悟到,我们并不是孤零零的一个人,而是两个人,各自掌控各自的命运。我觉得拉拉,尤其是在为卡坚卡考虑的这件事儿上,要更加谨慎和周密。拉拉,一直都是这样做的,重复着这件事儿。"

"但前提是你必须跟我们一起离开。"

"我和你一样无法想象我们的分离,尽管如此,我们得强迫自己为之做出牺牲。所以,没必要再去谈论我是否离开的问题。"

"可你一点情况也不知道呢。你还是先听他说。明早……维克托·伊波利托维奇!"

"很明显,拉里莎·费奥多罗夫娜是要我再重复一遍那个新消息,尤里亚金有一列远东政府的专列。昨天它是从莫斯科开过来的,明天还得继续往前开。这列火车是我们交通部的。其中,有一半车厢挂着国际卧车的牌子。

"我不得不坐这列火车走。他们为我的助手也留了位子。我们的旅行会非常舒适而又愉快。这种好机会要是错过了,是不会再有的。我知道,您可不是那种信口开河的人,您经过反复思考后,也还是不会跟我们走的,我心里早就知道了。可您这次得为拉里莎·费奥多罗夫娜做出让步。您听好了,如果您不陪她一起走,她是一步也不会离开的。因此,请您跟我们一起离开吧,就算不去海参崴,到尤里亚金也可以呀。总之,先到了那儿再说。您同意的话,我们得立即起程了。没有时间可以再耽搁了。我带来了一个人,我可不会驾雪橇。雪橇无法坐下五个人。要是我没有猜错的话,桑杰维亚托夫的马应该还在您这儿,您刚才说用它去拉劈柴的。马鞍还没卸下来吧!"

"这您就说错了,马鞍已经被我卸下了来。"

"那您赶快再把马鞍套上啊。我的马车夫可以帮您。算了吧。您的雪橇还是一边待着去吧。一起挤一下我的雪橇。您不能再磨蹭了。把生活必需品带上。房子就别锁了。得先拯救小孩的生命,而不是为这间房子配钥匙。"

"您的意思我不太明白,维克托·伊波利托维奇。您说得好像是我答应了要跟您一起走似的。拉拉你要是也这么想的话,就跟他一起走。房子用不着你们来担心。我又没走,你们离开之后,我会把这里打扫得干干净净的,再给门安上一把锁。"

"你这说的是什么话呀,尤拉?你胡说八道的想干嘛。你说的这些话,就连自己也无法接受吧?什么叫'如果拉里莎·费奥多罗夫娜已经决定了的话'?你心里跟明镜似的,只要你不走的话,拉里莎·费奥多罗夫娜又怎么可能做出任何决定呢?你这又是何必呢,什么'我来打扫房子,剩下的都归我管'。这么说您无论如何也不会改变想法了。那我对您另外有一个恳求。如果拉里莎·费奥多罗夫娜同意的话,我想私下里与您说几句。"

"好吧。既然是有话要说,那就去厨房谈吧。拉拉,你同意了吗?"

12

"斯特列利尼科夫已经被捕了,被判处极刑,判决也已经执行了。"

"这太可怕了。这消息是真的吗?"

"我是听别人说的,我敢断定,这消息准确无误。"

"先别跟拉拉说。她要是知道了会发疯的。"

"那是肯定的。所以,我才把您叫到一边来说的。斯特列利尼科夫被枪毙之后,拉拉以及她女儿的生命也就危在旦夕了。请你帮我一起去拯救她们吧。您还是继续拒绝跟我们一起离开吗?"

"我已经说过了。我的决定不会变。"

"可是……您不陪着她一起走。她是不会离开这里的。这该怎么办啊。那,这样吧。您假装被我说服了,佯装出一副会考虑跟我们离开的样子。你们离别的场景简直让我难以想象。不管在当地还是在尤里亚金车站,如果您真的去送我们的话。那必须也让她对此确信不疑。现在还不愿意跟我们一起走的话,那就再等一段时间吧,等我再给你提供新的机会,您一定要答应不会再让那次机会白白浪费掉。您给她发个誓。这可不是缓兵之计。我用人格向您保证,只要您有意愿离开,无论什么时候,我都能把您弄到我们那儿去,再把您送到您想去的地方。眼下最重要的就是让拉里莎·费奥多罗夫娜相信您会来送我们。您得让她不再怀疑。您假装跑去套马,催促着我们立即离开,不必等您套好马与我们同行,然后说您会在路上追赶上我们的队伍。"

"帕维尔·帕夫洛维奇被枪决的消息让我觉得非常意外,我的心久久无法平静。您所说的话让我听起来很费劲儿。但这一次,我认同您的观点。按照如今的推论,镇压了斯特列利尼科夫之后,拉里莎·费奥多罗夫娜还有卡坚卡就会有生命危险。我们两人当中一定会有人被捕,我们迟早都会分开的。倒不如让您现在把我们分开好了。您带她离开这里,越远越好,即使是去天涯海角都好。不管怎么样,我都会按照您说的去做。我已经快支撑不下去了，暂时放下自己的骄傲还有自尊，顺从地爬到您的脚前，求您把她还给我、向您祈求一条活下去的路和让我通过海路去找我的妻子和儿子。先让我冷静一下，把一切都理清楚。您告诉我的消息让我方寸大乱了。痛苦压在我身上，它无情地把我的思考和分析能力给剥夺了。就这样乖乖地听从您的吩咐吗？我会犯一个命里注定却又无法弥补的错误，而我终生将为此担惊受怕。就在痛苦使神智慢慢变衰弱和渐渐模糊的时候，这一刻，我只能机械地迎合着您，盲目而软弱地拜倒在您的脚下。好吧，我装出迫不及待要走的样子，为了她幸福而又美好的明天，跟她说我先去套马，然后再去追你们，事实上，我要一个人留在这栋房子里。只剩下一些微不足道的事。你们怎么走呢，天就快黑了？树林里的路，四处都有可能遇到狼，路上要小心！"

"我明白。我已经把猎枪和手枪都带上了。您不必为此担心。我还顺便带了点酒精，等到温度很低的时候喝上几口。我带了不少来，要给你留一点吗？"

13

"我究竟在做些什么？我究竟在做些什么？我就这样让她从我身边离开了，放弃了陪伴她的权利，就这样妥协了。加快脚步去追逐他们，追上他们，让她不要从我的世界里离开。拉拉！拉拉！

"她听不到我的呐喊。风使声音朝着相反的方向传开。他们也许正相互交谈呢。无数的理由可以使她感到幸福和平静。但她被欺骗了，还没发觉自己现在已经处于何等的迷茫与惆怅之中。

"或许这就是她心里的想法。她这样想:一切规划实在是棒极了,与她心里所想的一切完全一致。她的尤拉,是一个幻想家,也是一个倔强的人,感谢上帝,终于为之妥协了,与她同行转移到另一个安全的地方去,逃到比他们更聪慧的那些人那里去,在他们的法律和秩序的保护下幸福地生活着。如果他固执己见,并且坚持不懈,明天倔强地不肯上火车与他们同行,维克托·伊波利托维奇也会派出另一辆车来接他,不用多久就会开到他们那儿的。现在他大概已经在马厩里着急地准备着,躁动的心和因激动而不停地发抖的双手,动作不连贯地套着雪橇,在他们的后面快速地追赶上来。他们还没进树林之前,他就能在田野上赶上他们了。这也许正是她所想的。

"他们甚至没有好好地告别,尤里·安德烈耶维奇挥了挥手臂就把身子转过去了,拼命地把那种痛苦往下咽,像是喉咙被一块苹果卡住了。"

医生一只肩膀上披着皮袄站在台阶上。没披皮袄的那只手使劲地拽着门廊下面的花纹柱颈,好像要把它掐断似的。他聚精会神地望着旷野中慢慢变远的一个小黑点。山坡上有一条小道儿,不远处有几棵稀稀疏疏的白杨。这一刻斜阳的余晖正洒落在这片开阔的土地上。刚刚消失在凹地中的飞驰的雪橇随时都可能出现在这块阳光照耀的空地上。

"再见了,再见了!"医生在雪橇出现之前默默地、木然地一遍又一遍地念叨着,把这些微微颤抖的声音从胸中吐露到傍晚寒冷的空气中。"永别啦,我将永远失去的仅有的爱人!"

"他们!是他们!他们出现了!"当雪橇驶出来了,跳过了白杨树,速度逐渐减慢了,令人兴奋地停靠在最后一棵白杨树旁时,他冷漠地用被冻得发白的嘴唇急切地说。

呵,他的心跳动得更厉害,更快了,双腿却变得没有力气了。他非常激动,全身软的像从肩上自由滑下来的毡面皮袄!"啊,上帝,难道你要让她重新回到我的身边吗?发生了什么事要在那儿停下来?在那儿干什么,在那遥远的落日的地平线上?要怎么解释它?他们为何偏偏要在那儿停下来呢?不,天啊,他们又开始向前飞驰了。也许,是她要求要休息一下的,再向他们的房子望一眼,挥手告别。也许,她想弄明白,尤里·安德烈耶维奇是不是真的已经在后面追赶着他们了?离开了,离开了。

"如果一切还来得及,如果太阳不比平时落山早(在黑暗中他看不清他们),他们还会再出现一次,这一次,将是最后一次了,狼前天夜里曾在峡谷那一方的空地上逗留过。"

而终于等到了这一刻的来临。深紫色的太阳又一次在雪堆上划分出显眼的蓝色线条。雪贪婪地吮吸洒在它上面的凤梨色的太阳光辉。看,他们出现了,像飞出去的箭一样。"永别了,我的拉拉,来生再见吧;永别了,我的美人;永别了,我无穷无尽的永恒的欢乐。"这时,他们渐渐消失了。"我这一生将永远、永远、永远不会再遇见你啦。"

天渐渐地黑了。洒在雪地上的紫红色的晚霞光点也跟着褪了色。柔和的淡灰色旷野与紫色的暮霭交织在一起,颜色变得越来越淡。那淡紫色的、仿佛暗淡下来的天空,好像用手清晰地勾勒出镶了花边的白杨树轮廓,四周还弥漫着灰蒙蒙的薄雾。

心灵的哀伤使尤里·安德烈耶维奇变得异常敏感。他的头脑比以往更清晰,在捕获着四周的一切。这些东西对他来说都具有罕见的独一无二的特性,就连空气也不例外。冬季的夜非常寒冷,像是一位怜悯万物的目击者,被不曾见过的同情感充实着。就像是之前一直都没有这样的黄昏,今天是第一次感受到一样,像是特意为了慰藉陷入寂寞的人才变成如此黑的模样。背对着地平线的树林围绕着山峦,似乎不是作为这里特有的景致才存在的,而是为了表现出怜悯才从山峦上长出来的一样。

医生差点要用手把眼前的这番美景给抹掉,就像是要抹掉那些难缠的怜悯的人,他想跟照在身上的晚霞说:"谢谢。没必要来照我。"

他仍旧站在台阶上,看着那扇关上了的门,自己就这样与世隔绝了。"我心中的那轮明亮的太阳落山了。"他心里反反复复地叨念着这句话。他的声音非常虚弱,勉强把这几个字按顺序读出来,因为喉咙在抽动,而引起一阵阵发痛,它们时常断断续续。

他走进了屋子,心里产生了两种不同的独白:对自己乏味的、虚假的事件性的独白,还有对拉拉繁杂的、无边无垠的独白。他想:"得立即回莫斯科去。首先是要好好地活下去。不要失眠。不要躺下睡觉。黑漆漆的夜幕下,写到疲惫不堪,头晕眼花。还有件事,就是赶紧把炉子里的火生好,不能让自己在今晚的寒夜里冻死。"

他又重新对自己说:"我这一辈子也不会把她忘记的,这个美丽的人儿。只要我的心里还记着你,只要我的怀中和我的唇上的爱恋还存在,我就会与你在一起。我将在流传万世的诗篇中洒尽思念你的眼泪。我将在温柔的、令人隐隐作痛的悲伤的回忆里写下对你的思念。我会在这儿把它们写完。我将把你的容颜刻画在纸上,如同风暴袭击之后,溅得比什么都有力、比什么都远的海浪留在沙滩上的痕迹。大海弯曲的曲线把浮石、软木、贝壳、水草以及所有它可以从海底卷起的最轻的和最没有重量的东西抛上岸。这是朝着远方无限伸展的波涛汹涌的海岸线。生活的浪头就是这样把你冲到我的面前,我的天使。我将怎样去描绘你才好。"

他走进屋里,锁上了门,把皮袄脱下来。他走在拉拉早上清扫过、离开时因慌忙被弄得十分凌乱的房间里,看到被抓乱的床铺、随意堆在地上和椅子上的东西时,他像个犯了错的小孩似的跪倒在拉拉的床边,胸口紧紧地贴着床沿,脸深深地钻进垂下来的羽毛褥子里,像个受伤的孩子那样放肆地哭了起来。但他只哭了一小会儿。就马上站了起来,赶紧把眼泪擦掉,用惊讶的、疲倦的眼神环顾了四周,翻出了科马罗夫斯基留下的酒瓶,把瓶塞打开,倒了满满一杯的酒精,掺了水,又加了点雪,犹如他刚刚宣泄的、无法慰藉的眼泪,开始心急火燎地、一小口一小口地尝起这种混合物来,并且喝得有滋有味。

14

尤里·安德烈耶维奇开始醉了。他慢慢地变得不太理智了。他还从未有过这种奇怪的变化。他不再收拾房间,不再在乎自己的饮食,黑夜和白天已经颠倒了。自从拉拉走后,他已经渐渐忘记了时间的存在。

他一边喝着掺了水的酒精,一边为她写作品。他的诗、札记里的拉拉,在他不停地修改、酝酿中,与那个真正的原型——跟卡坚卡一起在旅途中行驶的真实的妈妈,离得越来越远。

尤里·安德烈耶维奇的这些修改,出于极力表达准确和完善的考虑,但它们也符合内心压制的暗示,这种暗示不让他过于坦率地抒发个人情感和曾经真实的过去,生怕伤害或冒犯与他写出的和感受的直接有关的人们。这样,血肉相关的热气腾腾的还有那些未冷静的东西便不在诗里了,平静之后的广阔又把淌血和致病因素给取代了,个别的情形被这种广阔推崇到大家都熟悉的空泛的感受上去。他一直都没有追逐过这个目的,但这种广阔,自动而来,像行驶中的拉拉在路上给了他慰问,像她遥远的致意,像她在梦中的出现或者像她的手触及他的额头。他钟爱诗中的这种使人精神高尚的印记。

在为拉拉哭泣的时候,他把各个时期与自己有关的各种事物,比如自然、日常生活等东西重新在心里过了一遍。像往常一样,他写作时,所有的灵感都一起向他涌来。

这又让他联想到,对历史,所谓历史的发展,他与普通人的理解截然不同。他认为,历史就如植物王国的生活。冬天下雪的阔叶树林光裸的枝条干瘪得可怜,犹如老年人赘疣上的汗毛。春天,短短几天里树林就焕然一新了,高入云端,能在枝叶茂密的密林里迷路或躲藏。这种变化是运动的产物,植物的运动比动物的运动速度要激进得多。动物不及植物的生长速度,而我们永远不能注视植物的生长。树林不能随意搬移,我们不能罩住它,察看它位置的变动。我们见到它时,它永远都处于静止的状态。而在这种静止的环境中,我们却可以找到永远在发展、在变化而又无法觉察到的社会生活,这就是人类的历史。

托尔斯泰否认过拿破仑、统治者和领导者们所起的开创者的作用,但他这种看法并没有一直贯彻下去。这只是他所想的,却不能准确地阐述出来。谁都无法凭空捏造历史,谁都无法看到历史,就跟谁也无法看见青草生长一样。战争、革命、沙皇和罗伯斯庇尔们代表了历史上目光短浅的鼓动者。革命是发挥积极作用的人、片面的狂热者和自我克制的天才所制造的。他们能在短暂的时间内把旧制度推翻。变革持续几周,最多也就数年,这种变革的局限的精神将在往后几十年甚至几世纪都被人们所追崇着,像圣物一样被人供养着。

他一边痛苦地思念着拉拉,同时也为前不久在梅留泽耶沃度过的那个美好的夏天而伤心欲绝。那时革命就是人们的全部,在那个夏天革命从天而降,于是人人都按照自己的方式去疯狂着,每个人的生活虽然互不相干,却是万众一心地相信着最高政治的正确,但又不知道该如何解释,没有例证。

他在涂改各式各样的旧作时,又重新斟酌了自己的观点,并指出艺术永远是为美服务的,而美是掌控形式的一种幸福。生存契机则是一种形式,所有有生命的东西必须具有形式才能继续存在下去,所以艺术,包括了悲剧艺术,是一篇关于存在幸福的故事。这些想法还有札记让他感到幸福——那种悲剧性的和充满眼泪的幸福,他的头因之而感到疲惫和疼痛。

安菲姆·叶菲莫维奇来看望过他。他带来了伏特加,并告诉他安季波娃带着女儿跟科马罗夫斯基一起走的时候所发生的事情。安菲姆·叶菲莫维奇是坐铁路的手摇车来的。他责备医生没有照料好马,无论尤里·安德烈耶维奇怎么央求他再宽限几天,可他还是把马牵走了。他答应医生,三四天之后再亲自来带他离开瓦雷金诺。

尤里·安德烈耶维奇沉醉在写作中的时候,会忽然非常清晰地想起那个已经走了的女人,心中涌起一股柔情,心如刀绞,痛苦得不知如何是好。就像在童年的时候,在夏天那丰富的大自然中,在鸣禽的啼叫中使他好像听到了死去母亲的呐喊声。如此习惯于拉拉、听熟了她的声音的听觉,现在偶尔竟会骗他。他也会产生幻觉,好像她就站在隔壁的房间叫"尤拉"。

在这一个星期里,他还产生过其他的幻觉。周末的夜里,他梦见屋下有龙穴,就立即从梦中惊醒了。他睁开双眼。忽然,火光照亮了整个峡谷底,啪的一声巨响,不知道是谁放了一枪。奇怪的是,这种不寻常的事发生之后,不到一分钟医生又睡着了。第二天早上醒来,他以为这一切都只是个梦。

15

这件事儿,是那夜之后发生的。医生终于被他的理智劝服。他跟自己说,如果下定决心要把自己弄死的话,他可以找到一种更有效、更轻松的办法。他暗自发誓,只要安菲姆·叶菲莫维奇一来接他,他就迅速地离开这里。

黄昏前,天还很亮堂,他听见外面有人踏雪的咯吱声。他知道有人迈着轻快而坚定的步子向他的房子走来。

奇怪,会是谁呢?安菲姆·叶菲莫维奇必定会坐雪橇来的。谁会从荒芜的瓦雷金诺路过。"找我的吗?"尤里·安德烈耶维奇在心底暗自想着,"不是来接我回城的。就是来逮捕我的。他们会把我怎样从这里带走呢?肯定是两个人。是米库利钦。"他好像是从脚步声中听出了来的客人是谁,便兴奋起来。目前还没猜到另外那个人。客人停在扯掉插销的门旁,并没有发现他所熟悉的锁,立刻又跨着自信的步子向前面走,用熟悉的动作,跟主人似的轻而易举地打开了路边的大门，走了进来，又小心翼翼地带上门。

在那人做出如此奇怪的动作时，医生正背对着门口坐在桌前。当他站起来，转过身去见到陌生人的时候，那人已经走到了门槛上，惊住了。

"您找谁？"医生无意识地随口问问，这毫无意义。当没有听到回答的时候，尤里·安德烈耶维奇并不觉得惊奇。

进来的这个陌生人身体强壮，体格匀称，面容英俊，身上穿着皮上衣和皮裤子，脚上穿着一双暖和的羊皮靴，肩上斜挎着一支来复枪。

见到他的那一刹那，医生对他的出现是一点也不吃惊。屋里找到的东西和别的迹象使尤里·安德烈耶维奇早就有了准备。很明显，是他在屋里储备了这些东西。医生觉得他很熟悉，似乎在哪儿见过。他好像对于房子里有人居住也早有准备。医生住在这所房子里并不使他感到特别的惊奇。他也觉得医生很眼熟。

"这是谁？这是谁？"尤里·安德烈耶维奇拼命地回忆着。"上帝啊，我与他是在哪儿遇见过呢？会吗？或许是某年的一个炎热的五月早上。拉兹维利耶火车站。凶多吉少的政委车厢。明确的想法，态度的坦率，严厉的法则，真理的化身。对了，这是……这就是斯特列利尼科夫！"

16

他们谈了很久，一连几个小时，会这样谈话的也只有是在俄国的俄国人了，尤其是那些处于惊恐、悲伤、发疯、狂怒中的人，那时整个俄国的人都是这样的。已经是黄昏了,天色慢慢地暗了下来。

斯特列利尼科夫之所以滔滔不绝,除了跟别人一样有说个没完没了的习惯外,还有其他的因素在里面。

他的话似乎总是说不完,一直揪着医生说话,而这只是为了避开孤独。不知道他是害怕良心的谴责呢?还是害怕对他穷追不舍的悲伤的回忆,又或者是对自己的不满一直在折磨着他呢?他对自己的不满已经到了无法忍耐,甚至是羞愧得想要杀了自己的地步了。也许他已经做出了可怕的、无法挽回的决定了,所以他不想孤单单的一个人,要是可以的话,他借助与医生交谈还有待在一起的时候,把执行这个决定的时间推迟?

无论怎么说,斯特列利尼科夫把他苦恼的秘密隐藏了起来,除此之外的话则发自肺腑。

这是世纪病,也是时代的革命疯狂。心里想的跟说的还有表现出来的都不一样。大家的良心都一样肮脏。谁都有理由觉得自己是罪孽深重,自己是个不被察觉的罪犯,是个还没有被揭穿的骗子。只要还有借口,就会在假想中掀起自我讨伐的狂浪。人们诋毁自己不单单是畏惧,还有一种破坏性的心理病的喜好,心甘情愿地在形而上学的模模糊糊状态以及自我谴责中沉浸,这种狂热一旦不受到任何约束,将会永远都没有办法阻止。

斯特列利尼科夫是一名高级将领,还当过军事法庭的成员,读过、听过不少书面的、口头的关于这种死前的供词。如今他的自我狂热症也发作了,对自己做了全新的、全面的评价,把所有的一切都做好了总结,他觉得一切都是狂热的、不正常的、荒谬的扭曲。

斯特列利尼科夫乱七八糟地说着,从一开始的表白一下子就转到了坦白上去。

"这发生在赤塔的周围。这屋子里的橱柜、抽屉都被我用稀奇古怪的东西给塞满了，可能这让您觉得惊奇吧？这些军事物资都是红军占领东西伯利亚后我们征收来的。是的，我一个人没有办法拖过来的。生活对我比较照顾，一直都有对我忠心不二的人。蜡烛、火柴、咖啡、茶、文具还有别的东西，一些是捷克的军用物资，另一些是日本货和英国货。十分奇怪吧，我说得不对吗？'我说得不对吗？'这是我妻子的口头禅，您可能已经发现。我那时没有立刻告诉您，事到如今我得跟您坦白了。我是来这儿探望她还有我女儿的。我很晚才打听到，她们好像住在这里，唉，我还是来迟了。我从谣言中得知您跟我妻子非常亲近，第一次听说'日瓦戈医生'这个名字的时候，我回忆这些年从我眼前晃过的不计其数的人里，匪夷所思地记得有次被我审问的医生也是叫这个名字。"

"您不会是后悔那时没把他给毙了吧？"

斯特列利尼科夫允许他把这句话插进来。或许他压根儿就没发觉日瓦戈的插话把他的独白给打断了。他接着漫不经心地往下说：

"我曾嫉妒过你们的感情，就算是现在也还是嫉妒着。可以不这样吗？我是这几个月才在这里躲藏的，我在东边地区别的接头地方被人发现了。我被诬告了，不得不接受军事法庭的审讯。结果很容易想象。我还没有意识到自己犯了什么罪。我希望等以后环境改善后再把罪名洗清、证明自己是清白无辜的。我决定先消失一阵子，在被捕前先躲藏起来，过隐居的生活，四处流浪。可能我会得救的。只是一个年轻的无赖骗取了我的信任后又把我给坑害了。

"冬天，我徒步穿越了西伯利亚，到了西方，忍受着饥饿，东躲西藏的。我藏在了雪堆里,大雪把火车都给覆盖住了。我就在里面留宿。西伯利亚的铁路上停着数不清的空列车。

"我流浪的时候遇到了一个流浪的男孩,他被游击队判了死刑,与别的死囚一起等着被处决,他没有被打死。他从死尸堆里爬出来,等缓过气,恢复了体力后,就跟我一样藏身在野兽的洞穴里。至少他是跟我这样说的。他就是个坏蛋,品行恶劣,读书时还留过级,他的功课坏得太离谱,曾被学校开除过。"

斯特列利尼科夫说的越是详细,医生越是清楚他说的人是谁。

"他是姓加卢津,叫捷廖沙吧?"

"没错儿,就是他。"

"捷廖沙说游击队要枪毙他们是真的。他没有胡编乱造。"

"捷廖沙唯一的优点就是非常爱他的母亲。他父亲被当成人质绑走后就没有消息了。他知道母亲被关在监狱里,命运会跟父亲相同,就下定决心不管怎样都要把母亲给救出来。他去向非常委员会自首,并心甘情愿地为他们做事。他们说会免去他所有的罪行,交换的条件是供出主要的罪犯。他就把我的藏身之处给指出来了。幸好我有准备,迅速躲开了。

"经过无法想象的艰难困苦和数不清的冒险后,我终究还是穿过了西伯利亚来到了这里。这儿的人都十分了解我,他们是不会想到我在这儿的,他们认为我不可能如此大胆。事实上,我在不远处的空房子里藏匿时,他们却在赤塔周围寻找了我很长一段时间。如今算是完了。我在这儿被他们给盯上了。您瞧,天就要黑了,我讨厌的时候也快到了,我很早以前就失眠了。您知道这是多么痛苦。如果您没有把我所有蜡烛都点完的话——上好的硬脂蜡烛啊,我没有说错吧？咱们再说一阵子吧。我们就一直说到您无法支持下去为止，那我们就奢侈些，把蜡烛点着，陪着我们谈到天亮。"

"蜡烛都在。我只开了一盒。我点的是煤油，就是在这儿找到的。"

"您还有面包吗？"

"没。"

"那您是怎么过活的？算啦，我问了也是白问。您是吃土豆来填饱肚子的。我都知道。"

"没错儿。土豆这儿有的是。房主的经验很丰富，懂得储备，知道该如何把土豆藏好。土豆在地窖里保存得非常好。既没烂也没被冻坏。"

斯特列利尼科夫突然间又说起了革命。

17

"这些对您而言都是没有价值的空话。您没有办法理解。您是在另一种环境下成长的。城市郊区、铁路、工人宿舍是另一个世界。这里肮脏、拥挤、贫困，有对劳动者、对女人的凌辱。那些被母亲溺爱的儿子、大学生、有钱人家的少爷和商人的子女，他们的欢笑、无耻都是正常的，并且不会遭受任何惩罚。他们借着玩笑或轻视的怒容摆脱开被抢掠一空的、被欺负凌辱以及被蒙骗的人的苦楚跟泪水。一群丑恶得无以复加的寄生虫，他们得意的只不过是向来没有觉得难过，一点追求也没有，没有对世界做过些什么，什么也没有留下。

"我们却把生活当成战争，为自己爱的人扫清道路。虽然我们只是把痛苦带给了他们,却没有一丝一毫地欺侮过他们,我们所要忍受的痛苦和折磨比他们要多得多。

"我得先告诉您一件事,然后再接着往下说。您要是还珍惜生命的话,就立即离开吧。他们搜捕我的圈子已经开始缩紧了,无论结果怎样,都会把您牵扯进来的,我们一起谈过话这件事就能把您牵扯进我的案子。除此之外,这里的狼也很多,前两天我才开枪把它们给打跑了。"

"啊,这么说来,那枪是您开的?"

"是我。您听见了?那是我去另一个躲藏的地方,还没有走到,从不同的迹象不难断定出,那里被发现了,那儿的人估计被打死了。我只在您这儿待一个晚上,天一亮我就走。好了,要是您愿意的话,我就接着往下说。

"难道特维尔大街和亚玛大街只有在莫斯科,只有在俄国才有吗?只有俄国才有带着姑娘一同乘坐着马车飞驰而过的戴着歪帽子、一身套带长裤的玩世不恭的少爷?夜空下的街道,一个世纪以来的夜空下的街道,骏马,玩世不恭的少爷,随处可见。时代是由什么构成的,十九世纪是根据什么来划分历史时期的?是社会主义思想的产生。革命发生了,敢于自我奉献的青年人走在了街垒上。政论家们殚精竭虑,怎样去制止金钱的罪恶,呼唤起并维护穷人的尊严。马克思主义顺势而生了。它看到了罪恶的根源,找到了根治的方法。它成了世界上无坚不摧的力量。可是,一个世纪过去了,特维尔大街和亚玛大街,肮脏与圣洁,骄奢与贫困,传单与街垒,从未改变和消亡过。

"啊,她是女孩子,中学时期的女生是如此可爱!您简直没有办法想象。她时常到她同学家里去，那儿是布列斯特铁路职工的宿舍区。布列斯特铁路原来就这么叫的，后来换了好几次名字。我父亲，也就是现在的尤里亚金军事法庭的成员，那个时候是车站地段的养路工长。我总是会跑到那个院子去，遇见过她几次。那时的她还是个小姑娘呢，但警觉的神色已经出现在她的脸上和眼睛里。这个时代里全部的主题，它所有的眼泪还有怨恨，它的觉醒与它所累积的所有仇恨与骄傲，全都刻在了她的脸，摆在了她的姿态上，刻画在了她的羞涩与洒脱的体态上。能用她的名字，借她的嘴提出控诉来。您赞同吧，这可不是小事。这是命运，是某种标志。这是生来就拥有的权利。"

"您说得太妙了。那时，我也见过她，就像您描绘的那般。她是个中学生，与不同于儿童的那种神秘的女主角相结合了起来。她的影子在墙上移动，那是个警觉自卫的影子。我见到她时就是那个样子的。她那时的模样，我现在都还记得。您的形容非常出色。"

"您见过她，还记得她？您为此又做了些什么？"

"那就是另一回事了。"

"您瞧啊，整个十九世纪及巴黎的那些革命，从赫尔岑开始的一代代俄国侨民，不管是付出行动的，还是没有付出行动的想要刺杀沙皇的人，全世界的工人运动，欧洲议会还有大学里所有的马克思主义，一整套新的思想体系，新颖而又飞快地推论还有嘲弄，所有为了怜悯而采取的辅助性残忍手段，这所有的一切都被列宁吸收后并在自己的身上表现了出来，用于对过去的报复，袭击之前所有的罪恶。

"俄国那无法磨灭的巨大形象跟着他一起在全世界站立了起来，

它是一支蜡烛,为了人类的无所事事和苦难燃起了这赎罪的蜡烛。我为什么会跟您说这些呢?这对您来说只是华丽空洞的漂亮话,是毫无意义的噪声而已。

"为了她,我上了大学,之后当了教师也是因为她,去人生地不熟的尤里亚金供职。我涉猎群书,得到了许多知识,为了她有所需要时,我能帮助她。我去从军,想要在结婚三年后再次占据她的心。战后,我从俘房中逃脱后,利用我已经死了的传言,改名换姓,一心一意地投身到革命中去,想为她所忍受的所有痛苦报仇,帮她清洗那些悲伤的回忆,好让过去一去不复返,让特维尔大街与亚玛大街都不复存在。她和女儿就在附近!我得付出怎样的毅力才可以压制住奔跑到她们的面前,看看她们的冲动啊!我想把这一生的事业给完成!只要现在可以跟她们见上一面,我会不惜任何代价的。她走进房间的时候,如同窗户被打开,阳光和空气立即就跑进屋里。"

"我知道您是多么爱她。请原谅,您清楚她对您的爱有多深吗?"

"对不起。您说什么?"

"我说,您清楚她对您的爱有多深吗,在这世界上您是她最亲的人?"

"您是怎么知道的呢?"

"是她亲口告诉我的。"

"她?告诉您的?"

"是的。"

"请原谅。我知道这样的请求您是不会应允的,要是我的请求不过分的话,而且还在合情合理的范围以内,麻烦您一字一句地把她的原话都告诉我。"

"我非常愿意。她把您当作是做人到顶点的典范,还没有一个跟您一样的人在她的面前出现过呢。她说世界的尽头如果闪现出她与您一起居住过的房子,不论在任何地方,就算是在天边,她爬也会爬到房子面前的。"

"很抱歉。这要是没有涉及你们的隐私的话,请您想想她是在什么样的情况下说的?"

"就是在她收拾这间房子时,在院子里抖地毯时说的。"

"非常抱歉,请问是哪一张?这里有两张地毯。"

"那张大的。"

"她一个人是没办法拿动的。是你们一起拿的吧?"

"没错儿。"

"你们是各抓一头,她的身子往后仰,把双手甩得非常高,就像荡秋千那般,把脸转过去躲避被抖出来的灰尘,眼睛微微地眯起,哈哈大笑?我说错了吗?她的习惯我是非常清楚的!你们再靠拢一起,把沉重的地毯对叠成两折,然后再叠成四折,她会边说笑,边摆出不同的怪样子来。我没说错吧?是这样吗?"

他们站起,走向不同的窗口前,向各自的方向望去。沉默了一小会儿,斯特列利尼科夫走到日瓦戈身边,一把抓起了他的手,把他的双手放在自己的胸上,接着像之前那般急促地说:

"十分抱歉,我知道,你藏在心里最珍贵的角落被我碰到了。要是可以的话,我还得仔细地跟您询问呢。请千万别走开,别把我丢下,一个人的滋味很难受。我很快就会走了。离别了六年,简直无法想象的忍耐。我知道自己还没有赢得全部的自由。我想先把它赢得，之后我就完完全全的是她们的了，我的双手也就解开了。我所有的希望都化为了泡影。他们明天就会来抓我了。您是她的亲人。或许您有一天还会再见到她。哦，上帝呀，我在说什么呢？这简直就是疯了。我会被他们抓住，不等我辩白，就迅速向我扑来，又喊又骂地把我的嘴给堵起来。他们这一套，难道我还不清楚吗？"

18

他终于可以好好睡觉了。长期以来，尤里·安德烈耶维奇第一次躺下就熟睡了。斯特列利尼科夫在他那里留宿。他被尤里·安德烈耶维奇安顿在隔壁的房间里。尤里·安德烈耶维奇在夜里醒了过来，翻下身子，被子滑到地板上，他又把被子拉好，在短短的时间里，他又美美地睡熟了。他在后半夜开始做起短梦来，梦见了他童年的事，一下子梦见这个，一下子又梦见那个，画面十分清楚，梦到许多细节，不像在做梦。

在梦里她母亲画的一幅意大利海滨水彩画挂在墙上，绳子不知怎的就断了，画框砸在了地上，摔碎的玻璃声把尤里·安德烈耶维奇给吵醒了。他把双眼睁开。不，不是那样的。这估计是安季波夫，拉拉的丈夫帕维尔·帕夫洛维奇，也就是斯特列利尼科夫，在开枪吓唬那些狼。不，别胡说了。这的的确确是画框从墙上掉下来的声音。画框就躺在了地板上，玻璃被摔得粉碎了。他确定了之后又继续做着梦。

他醒来后，觉得头非常疼，睡得太久了。他还没有反应过来他是谁,在哪里,是死了还是活着。

他立即就想了起来:"我把斯特列利尼科夫留宿在这儿了。很晚了。得把衣服穿好。他可能已经起来了,如果还没起来,那最好把他叫醒,煮些咖啡,我们一起喝点咖啡。"

"帕维尔·帕夫洛维奇!"

没人回答。"还睡呢。睡得可真沉呀。"尤里·安德烈耶维奇有条不紊地把衣服穿好,进了隔壁的房间,斯特列利尼科夫的皮军帽就放在桌上,可他却不在。"估计是去散步了,"医生想着,"帽子都没有戴。是去锻炼身体了吧。今天就得把在瓦雷金诺的生活给结束了,回城去。今天又晚了。我又睡过头了。每天早上都是这样。"

尤里·安德烈耶维奇生起炉子后,就提起水桶去井边打水。离台阶不远的地方,帕维尔·帕夫洛维奇的尸体就横躺在路边,洁白的雪把他的头埋得深深的。他自杀了,子弹穿过了他左边的太阳穴,周围的血和雪在寒冷的空气中凝聚成暗红色。向四面八方喷射的血珠与雪花在冬季的严寒中滚成暗红色的小球,就像是被冻僵了的花楸果。

第十五章 结局

1

尤里·安德烈耶维奇死前最后八年或十年的故事只能做相当简短地介绍了。这期间他的身体日益衰弱，思想日益颓废，医学知识、临床技巧以及写作才能也日渐消失。曾有一段时期他重新振作，摆脱了抑郁颓废的心情。但是很快，他又变得对世间的一切还有自身都漠不关心。他这些年原有的心脏病也日益严重，尽管他在世时就已经知道自己患有心脏病，但是对它的严重程度却并不知晓。

新经济政策刚开始时，他就回到了莫斯科。新经济政策实行时期，是苏联历史上最摇摆动荡以及虚假的时期之一。这段时期日瓦戈越发消瘦、孤僻、邋遢，这比他从游击队回到尤里亚金时还要更甚。一路上，身上值钱的衣物已经被他换成了面包，为了不赤裸人前，他又换了一些破旧衣服。最后，第二件皮袄和一套西装也被他换成了吃的东西。因此当他来到莫斯科大街上时，就只剩一顶灰色的皮帽、一副裹腿布以及一件没有纽扣的囚服似的破烂军大衣。拥挤在首都广场、人行道以及车站的无数红军士兵的穿着打扮和他的穿着打扮并没有任何不同。

他并不是独自一人来到莫斯科。他身后还跟着一个俊秀的年轻农民,他也身着士兵服。他就这身打扮出现在莫斯科幸免于难的几家人的客厅里。尤里·安德烈耶维奇就是在这儿度过了自己的童年。所幸的是那些人都还记得他,招待了他们,并且问他们回来后是否有洗过澡,因为现在斑疹伤寒仍旧十分猖獗。刚到莫斯科的那几天,那些人便向尤里·安德烈耶维奇述说了他的家人离开这去国外生活的情况。

因为怕羞得有点过分,两个人都怕见人。倘若做客时非要交谈不可,便尽量避免单独前去做客。他们两人总是一同出现在熟人聚会上,这两个高挑消瘦的身影总是躲在不起眼的墙角,不和任何人交谈,在角落里无声地度过一个晚上。

这位衣衫褴褛、又高又瘦的医生身旁站着一位年轻的伙伴,日瓦戈就像是传说中寻求真理的修道士,而陪伴他左右的年轻人则像是言听计从、盲目跟随的信徒。但是这个年轻人是谁呢?

2

快要抵达莫斯科时,尤里·安德烈耶维奇坐上了火车。而此前大部分路都是靠走的。

途中经过的村庄,不见得比他逃出游击队时见到的西伯利亚和乌拉尔的村庄要好到哪里去。只不过那时是在寒冬穿过俄国最远的地方,而现在正值夏末秋初,天气自然是温暖干燥,因此很方便行走。

他途中经过的村庄半数都人迹罕至,像是征战的战场一样,土地荒芜,庄稼弃割。征战所带来的后果确实也是这样的,只不过这场战争是内战而已。

临近十月的最后两三天里,日瓦戈一直沿着陡峭的河岸走。

他的右边是迎面而下的河水。一片从大路延伸到天边还未收割的田野在他的左侧。田野的路旁栽种着一些阔叶树木,其中柞树、榆树和槭树居多。从深谷到河边都生长着这些树木,它们就好像是峭壁或陡坡一样矗立着,道路都被它们截断了。

无人收割的麦田里,黑麦因熟透而炸开了,麦田地上全是些散落的麦粒。尤里·安德烈耶维奇抓了好几把塞进嘴里,费劲地咀嚼着。在这种不能煮粥的艰苦条件下,只能生吃它们来填饱肚子。这些生麦粒着实难以消化。

这些暗褐色的黑麦粒就像是乌色的旧金子,尤里·安德烈耶维奇一生还未曾见过这种黑麦粒。按时收割的麦粒,颜色要比它们浅得多。

这片田野没有火光的火红色,正在无声地呼救着。它被寒冬的天空冷漠而平静地从天边包裹起来,中间发黑两边泛白的雪云正在天空中不停地飘荡着,好似阴影从人脸上掠过。

任何事物都在按着规律移动着。河水,大路,行走在大路上的日瓦戈。还有云层都是和他朝着同样的方向移动着。田野也不再是静止的,有东西正在沿着田野移动着,田野也因此而不停地颤抖,使人顿感厌恶。

如今,田野里老鼠已经泛滥成群了。医生因为天黑的缘故而不得不在田野里过夜时,他的身上、手上、裤子里、衣袖里总会被老鼠光顾。到了白天,老鼠就三五成群地在他脚底下跑动着。倘若要是被踩到了,这些老鼠就会尖叫一声,而后便会在地上看见一摊血肉模糊的东西。

那些曾经是家畜的长毛看家狗也变成了令人闻风丧胆的野狗。成群的野狗跟随在尤里·安德烈耶维奇身后,和他保持了相对较远的距离。它们不停地相互使着眼色,好像是在商量什么时候扑到医生身上去,将他撕成碎片。它们依靠腐尸延续生命,不过田野里成堆的老鼠它们当然也不会嫌弃。它们神气十足地尾随着医生,并且远远地盯着他,好像是在等待着什么似的。令人奇怪的是,这些野狗不进树林,当医生越来越靠近树林时,它们稀散地跟在后面,接着便都转身往回跑去,最后消失在视野中了。

那时树林和田野简直是有天壤之别。田野因无人照看而变成孤儿,犹如在独自一人时遭受诅咒。而树林则因为获得自由,尽情地展现自我,好似刚刑满释放的囚犯。

倘若是在平常,这些核桃早在青色未熟时就被人们,特别是村里的孩子们打落下来了。而如今山坡上和山谷里的核桃树却是硕果累累,无人触碰。那些金黄色的树叶好似因饱经风吹日晒而变得粗糙不堪,积攒着厚厚的灰尘。果树上一串串成熟炸裂的核桃,三颗四颗地连着,好像是被绳结或者布带绑在一起。这些熟透了的核桃,沉甸甸地挂满枝头,虽然此刻还在树枝上,可好似风一吹便会坠落到地上。这一路上,尤里·安德烈耶维奇嘴里不停地磕着碎核桃。他的衣袋和背囊里满是碎核桃。此后的一个星期,这些核桃便是他充饥的食物。

在尤里·安德烈耶维奇的眼里,田野就好似患了重病,发着烧,说着胡话。而树林则是大病初愈,正容光焕发着。

3

医生曾经过一座被烧得精光且荒无人烟的村庄。可以看出,这座村庄只在靠近河边公路的地方盖房子,而河对面则没有盖房子。

只有几间房屋还算成型地残存着,但是也已经被熏得漆黑,屋子里面也被烧焦了。同样没人住在里头。其余的房子早就化为灰烬了,断壁残垣中还可以看见几只熏黑的烟囱。

河对岸的峭壁上满是坑,这些坑是村民们挖磨盘石留下来的,他们此前就是靠挖掘磨盘石来维持生计的。在尚存的最后一家农舍对面还有三块未凿成的磨盘残留了下来。这间幸存的房子也没有了人烟。

这是一个寂静的傍晚,尤里·安德烈耶维奇走进这间房子。刚一进门,就像是刮起一阵风一样。地板上堆着的干草屑和麻絮朝着四面八方飞去,原本贴在墙上的糊墙纸不停地晃动着。农舍里所有的东西全都动了起来,发出沙沙的声音。成群的老鼠尖叫着四下逃窜,原来这里和其他地方一样已经被成群的老鼠霸占了。

医生离开了这间房子。太阳已经朝着田野的尽头慢慢落了下去。河对岸的景色被黄昏的余晖笼罩着,几株树孤零零地矗立在河对岸,暗淡的倒影直向河心伸展。尤里·安德烈耶维奇穿过大路,坐在草地上的一个石磨盘上休息。

一个长着淡黄头发的脑袋从峭壁下边伸了出来,而后看见了肩膀,最后看见了两只手。有个人提着满满一桶水从峭壁那边走过来了。一看见医生,便停下来不动了。他的半个身子已经露在峭壁外了。

"好心的人,你要不要喝?求你别碰我,我也不碰你。"

"谢谢你。给我喝点水吧!你出来,不要害怕。我为什么要碰你呢?"

那个提水的人从峭壁后面爬出来了,原来是个少年。他赤着脚,蓬头垢面,衣衫褴褛。

尽管尤里·安德烈耶维奇很和气地说着话,但是少年仍旧用惶恐不安的眼神盯看他。出于本能的反应,少年突然满怀希冀地激动起来了。少年激动地放下水桶,朝医生扑了过去。但才刚奔了几步便停了下来,低声自言自语道:

"不会的,绝对不会的,这肯定是在做梦。对不起,同志,原谅我冒昧地问您一句。我觉得您是我相识的人。是啊!是呀!您是医生叔叔!"

"你是?"

"怎么您没有认出我吗?"

"抱歉,我似乎真的忘了!"

"我们是乘坐同一列军用列车离开莫斯科的呀!我们还坐在同一个车厢里。我是被赶去做劳工的。还有人在旁边看押我们。"

原来他是瓦夏·布雷金。少年跪在尤里·安德烈耶维奇的面前,亲吻着他的手,泣不成声。

瓦夏的老家韦列坚尼基镇遭受水灾。他的母亲已经离开人世。当村庄被洗劫一空并焚毁时,瓦夏躲在凿磨盘石的山洞里,但是瓦夏的母亲却以为他已经被抓走了,伤心欲绝,跳进佩尔加河里淹死了。现在医生和瓦夏正坐在这条河的岸边谈话。据说瓦夏的姐妹被另外一个县城的收容所给收留了。尤里·安德烈耶维奇便带着瓦夏一同前往莫斯科。在去往莫斯科的路上,瓦夏向他说了很多可怕的事情。

4

"现在地里长着的庄稼都是去年秋天种的。刚刚播种完,就大祸临头了。帕拉莎姨妈不知道您是否还记得她呢?"

"完全不记得。而且她是谁我根本就不知道。"

"就是和我们坐同一趟火车的,那个佳古诺娃。什么事儿也藏不住,全放在脸上,生得白白胖胖。"

"那个总是编辫子又解辫子的女人?"

"辫子,辫子!对啦!没错。就是辫子啦!"

"哦,我想起来啦。等等。我们后来又在西伯利亚一座小城市的街上相遇了。"

"真有这样的事?确定是帕拉莎姨妈吗?"

"你怎么啦,瓦夏?为什么好像疯了一样地甩我的手?可别把我的手给折断了。别脸红啊,像个大姑娘似的。"

"她过得怎么样?您快点告诉我,快点说啊。"

"我们碰面的时候她身体挺不错的,并且还提到过你们。我记得她说过好像曾经住过你们家又或者是到过你们家里做客。可能是我记错了,也说不定。"

"是那样的,是那样的!她曾经住在我们家。妈妈和她就像是姐妹俩一样,妈妈待她很好。她话不多,勤快肯干,心灵手巧。帕拉莎姨妈住我们家时,家里整天欢声笑语。后来关于她的闲言碎语太多了,让她很不好过,就不得不离开了韦列坚尼基镇。

"村里有个长脓疮的男人,叫哈尔拉姆。他曾经追求过帕拉莎姨妈。这个人没有鼻子,并且最爱嚼舌根子。帕拉莎姨妈当然看都不会看他一眼。并且他对我怀恨在心，就专说我和帕拉莎姨妈的坏话。就这样她不得不离开。帕拉莎姨妈可被他给折磨坏了。于是从此霉运就缠上了我们家。

"曾经在这附近发生过凶杀案，就在离这儿不远的地方。靠近布依斯科耶村的树林子里有一个孤零零的寡妇被人杀害了。那个树林里就只有她一户人家。她平常总穿一双男式松紧带皮鞋。寡妇还养着一条凶恶的狗，拴在家门口，锁链很长，可以让狗在房子四周打转。她管那条狗叫'大嗓门'。她一个人可以做得了家里的农活，根本用不着别人帮忙。但是出人意料的是冬天来得那么快。雪下得特别早。她还没有把地里的土豆刨出来呢。于是她就到韦列坚尼基镇寻求帮助。'帮个忙吧。'她说，'给你一份土豆也行，付工钱也行。'

"我毛遂自荐去给她刨土豆。一到她那儿，就看见哈尔拉姆已经到了。哈尔拉姆早就先我赶到她那儿了，但是她却没有告诉我。不过，没有必要为这种事打架。所以我们俩就一起刨土豆。天气真是坏透了，雨和雪夹杂下，双脚还踏在烂土地里。我们就这样刨啊，刨啊，烧了土豆的枯藤，把土豆都烘烤干了。干完了所有活后她付了工钱给我们，对我们也没有半点亏待。哈尔拉姆被她打发回去了。但是她给我使了个眼色，推说找我有点儿事，让我留下来或者之后再过来。

"几天后，我又上她家去了。'我可不想，'她说，'这些剩下的土豆被充公了。你是个不错的年轻人，我知道你是不会去告发我的。你看，什么事情我可都告诉你了。我原本想自己动手挖个坑，把土豆埋了。但是这天气可真是坏透了。等我想起来已经太迟了，寒冬到了。我一个人不可能完成的。要是你肯帮我挖个坑，我绝不会让你吃亏的。我们把土豆烘烤干了，就埋到坑里去。'

"我帮她挖了个特别严实的坑,特意挖得上宽下窄,像个瓦罐。而且用烟把坑熏干熏热。那天恰巧下着暴风雪。土豆被我们藏得很严实,并且在上面撒了些土,能想到的都做了,不留一点痕迹。挖坑的事我当然没有和任何人说起,就连妈妈和妹妹们也没有说起过。绝对不能将这件事情泄露出去啊!

"恰巧过了一个月,寡妇家就被人洗劫一空了。听那些从布依斯科耶村来的人说,寡妇家大门敞开,屋子里所有东西都被抢光了。寡妇也不见踪影,'大嗓门'挣脱锁链跑掉了。

"就这样,又过了些时日。快到新年了,圣诞节前夕,正值寒冬大雪初融的日子,下起了倾盆大雨,土丘上的雪被雨水冲掉了,地面从雪里露了出来。'大嗓门'又跑回来了,用爪子一个劲地在地面上刨土。'大嗓门'刨土的地方就是之前我帮她挖埋土豆的坑。潮湿的泥土都被它刨开了,再往里刨土,就露出了穿着男式松紧带皮鞋的寡妇的脚。真是恐怖极了!

"韦列坚尼基镇的人都觉得寡妇很可怜,替寡妇做祷告。任谁也不会想到这是哈尔拉姆干的。再说,谁会怀疑到他头上呢?怎么会是他干的呢?如果寡妇真是他杀的,他怎么还有胆子敢留在韦列坚尼基镇,并且在镇子里招摇过市呢?他肯定早就逃跑了。

"村子里喜欢看热闹的富农对这件杀人案拍手称快。因为他们好乘机把村里搞得人心惶惶。看吧,他们说,这是城里人干的,这是杀一儆百。不要再偷偷地藏面包、土豆了,否则叫你们吃不了兜着走。但是城里的那些混蛋总是强调说,是小树林里的强盗干的,就好像他们亲眼看见小树林里来了强盗。实心眼的人们啊!可别再被城里人的那些花言巧语给蒙蔽了。这些城里人是要给你们好看呢,他们恨不得饿死你们。倘若你们想自己过得好的话,就跟在我们后面吧。

我们可以把你们教得聪明些。你们费尽血汗的东西被他们洗劫一空。而你们呢，你们就把多余的粮食都藏起来，一粒麦子也别让他们给找到。倘若实在不行的话，就拿出耙子，哪个敢反对就拿耙子和他们对着干。村里头的那些老家伙们听了后，吵吵嚷嚷，夸大其词，并且开会商量对策。这些正好合了搬弄口舌的哈尔拉姆的意。他连忙将帽子揣在怀里进城了，将村里的事都告发了：村子里可是出了大事，你们知道吗？但是你们为什么坐在这儿干瞪着眼睛看着呢？倘若要成立贫农委员会，您就说吧。我立刻将他们划分开。但是他本人却逃离了我们村子，之后便再也没有露过面了。

"后来所有的事情都顺其自然地发生了。没有谁暗中告发谁，任何人都没错。城里来的红军战士。在村子里设立了巡回法庭。我就是他们第一个审问的人。此前哈尔拉姆就在外面说了我很多坏话，说我逃避劳役，说我煽动村里人造反，说我杀了寡妇。于是，我就被他们关了起来。所幸的是地板被我撬开了，我逃了出来，躲在挖磨石盘的山洞里。因为躲在那儿，自然没有看见在头顶上烧着的村庄。我妈妈跳进冰冷的河里，我自然也没有看见。所有的事情都发生得很自然。村里的人将红军战士安置在一座单独住宅里，请红军战士们喝酒，他们一个个都酩酊大醉。夜里房子不小心着火了，住宅旁边的房子自然也被大火烧着了。村里的人看见房子着了火，就都逃了出来。虽然谁也没有想过要烧死那些红军战士，但是他们却都被活活地烧死了。那些遭了火灾的韦列坚尼基镇的人并没有被任何人从烧焦的房子里赶出来。但是他们胆小怕事，自己逃跑了。那些黑心的富农们又造谣生事说，只有十岁以下的男人才能够活着，其他的男人全都得枪毙。我从山洞里爬出来时，没见着一个人。他们全都跑光了,不知道他们现在在什么地方呢。"

5

医生和瓦夏在一九二二年春新经济政策刚实行时走到了莫斯科。天晴气爽。救世主大教堂上反射的阳光洒在铺满四角石块并长着杂草的广场上。

私人经营的禁令被解除了,自由贸易尽管被允许了,但是却被严加限制着。在拥挤的旧货交易市场上,只能进行旧货交易。即使这种旧货交易的范围极小,但也助长了投机倒把活动,渐渐地也就有很多人钻了空子。这些小商小贩的零碎生意,并没有给市场带来任何新的东西,对解决城市物资匮乏的窘境也没有任何帮助。但是这种毫无意义的投机倒把交易,却为某些人带来了极大的利润。

几个拥有十分简陋图书室的人,将那些藏书从书架上面拿了下来,这些藏书被集中运到某个地方。他们向市苏维埃申请开办一家合作书店,还请求可以批个场地给他们开业。于是革命初期刚开业几个月便歇业的鞋店仓库以及花店暖房,便被批给他们作为开业场地了。他们就在这些大房子的宽阔屋顶上出售他们所搜集到的几本薄薄的藏书。

先前在苦难时期违背禁令偷偷出售烘烤白面包的教授夫人们,如今则明目张胆地在一直被国家征用的自行车修理铺出售烘烤的白面包。教授夫人们不再坚持原有的立场,她心甘愿地接受了革命,先前说话时的"是的"或"好吧"已经被"有这么回事"给取代了。

到了莫斯科后,医生说:

"瓦夏,你应当做些什么事儿了。"

"我想去读书。"

"那是当然。"

"我还有个梦想,想凭着自己的记忆将妈妈画出来。"

"那棒极了。但是你必须先得学会画画。"

"在阿普拉克欣大院里曾经跟在叔叔后面当学徒,就偷偷地用木炭画过。"

"好吧。你可以画着试试看。预祝你成功。"

在绘画方面瓦夏并不是天才,但凭借他的中等才能倒是够格去工艺美术学校。尤里·安德烈耶维奇找了熟人,将瓦夏送到过去的斯特罗甘诺夫斯基工艺美术学校的普通班进行学习,之后又将瓦夏送到印刷系。瓦夏在斯特罗甘诺夫斯基工艺美术学校学习了石印、印刷、装订以及封面设计等几种技术。

尤里·安德烈耶维奇和瓦夏齐心协力合作。医生针对各种问题进行论述,并且将之编写成小册子。瓦夏就将这些当作考试作业,通过学校将它们印出来。印刷的份数不是很多。之后他们便在朋友新近合资开办的书店里出售这些小册子。

尤里·安德烈耶维奇的哲学观、医学观点、对健康以及疾病的定义、对转变论和进化论的认知、对作为机体生理基础的个性的认知、对历史和宗教的见解(他的这些见解同他舅舅和西玛的见解类似)以及记录布加乔夫活动地区的见闻都包含在他写的小册子里,小册子里还有医生写的短篇小说以及抒情诗。

这些小册子虽然文笔通俗易懂,但是小册子所写的内容则远非通俗易懂的作品。因为小册子中有争议的部分并没有得到实际验证,只是一些信手拈来的见解。但是这些小册子却十分有特色，人们对它们颇感兴趣。这些小册子销量不错，乐于去探讨这类问题的人对小册子很欣赏。

当时，诗歌创作、文学翻译等都成了专业，都会有人对之进行专门的探讨研究。并且成立了多种多样的学校进行研究，随之便出现各式各样的思想宫以及艺术观念学院。在这类半数有名无实的学校里，尤里·安德烈耶维奇担任了医生这个职位。

医生和瓦夏相处得不错，并在一起住了很长一段时间。这期间，他们频繁地换住所，无论是住房抑或是半倒塌的角落，出于各种各样的原因，不是条件差到无法居住，就是不便居住。

尤里·安德烈耶维奇刚到莫斯科，便立即到西夫采夫街上的老房子去了。通过了解，当他家人途经莫斯科时并没有去过老房子。这里自从他们被驱逐出境就已经发生了天翻地覆的变化。这所原本属于他们的房子，如今已经有人居住了，家里面的东西也不知所踪。他们见到尤里·安德烈耶维奇都连忙躲开，好似是见到了可怕的陌生人一样。

马克尔平步青云，早已不住在西夫采夫街上了。马克尔被调到面粉镇，去当房管员了。根据他的职位推算，他应当是在前任房管员的房子里住着。但是马克尔却心甘情愿地住在没有地板的旧房子里，因为那里有自来水以及俄国式的大火炉。到了冬天，这座城市所有楼房里自来水以及暖气管道都会被冻裂，只有这所房间里面是温暖的，并且自来水也没有结冰。

医生和瓦夏的关系就是在这期间开始渐渐变得冷淡了。瓦夏的进步很大。无论是从言谈还是思考问题的方面来看，他早已经不再是曾在韦列坚尼基镇佩尔加河畔蓬头垢面、赤着脚的那个男孩了。他深深地陷进了革命所宣传的真理中。瓦夏对医生所说的那些生动的语言难以理解，因此他觉得这些言论是错误的，应当被批判。并且这种错误的言论使得医生本人已经没有了底气，所以才会说得不置可否。

医生奔走于各个部门，因为他有两件自己极想办到的事情。第一件事就是替他的家人平反，准许他们回国居住；第二件事是申请护照，好让他可以去巴黎接回自己的妻儿。

瓦夏感到奇怪的是医生并不急于也不努力地去办这两件要紧事。尤里·安德烈耶维奇过于匆忙地断定自己的努力会付之东流，并且相当自信且无所谓地声称，他有关于未来的种种设想都是不可能实现的。

医生经常被瓦夏批评，并且批评的次数日渐增多。尽管那些批评对他来说是不公平的，但是医生却对此表现得毫不在意。可是他们的关系日渐冷淡，以至于他们最终还是闹翻了。两人共同居住的房子留给了瓦夏。医生搬去了面粉镇。马克尔无所不能，他将斯文季茨基从前住房屋顶上的房子隔开给他住。这间住房里有一间不能使用的卫生间，旁边还有一间一扇窗户的房间以及一间歪斜的厨房。房间的过道就快要塌陷了，通道也是黢黑的并且不知道能撑到何时。自从尤里·安德烈耶维奇搬来面粉镇后，就不再行医了。他变成了一个蓬头垢面、邋遢不堪的人，不再和朋友见面，过着穷苦拮据的生活。

6

冬天的某个星期日,天空很阴沉。尽管屋子里生着火,但是没看见屋顶上有浓浓的黑烟冒出。反而往炉子外涌现黑烟,从通风口钻出。铁炉子是被禁止使用的,但是大家违反禁令,仍旧将生铁烟囱安装在通风口上。城市生活还没有恢复正常。面粉镇的居民一个个蓬头垢面,十分肮脏,很多人身上生出疖子,并且经常感冒。

马克尔全家人每周日都会聚在一起。

现在,他们一家人正围着长桌子吃午饭,并且大家都吃得兴致勃勃。嘴巴正不停地咀嚼着食物,咬得耳后的筋酸痛。在从前还是凭卡定额供给面包的时期,他们一大早就会将本区所有住户的面包票在桌子上剪开、分类、清点,之后按照等级装进纸卷里,或是用纸包好,再将这些面包票送去面包店。最后,将从面包店兑换回来的面包在桌上切碎,之后再挨家挨户地分发。现在这一切都已经成为过去了。

门房的一半被摆放在房间正中央的宽大的俄式炉子占据了。正在炉子旁烘烤的高木板床上的被褥的被角耷拉下来。

房门口墙上的水龙头还没有结冰,水龙头下面便是洗漱池。房间两边摆放着两排凳子,一些装满杂物的口袋和箱子就被堆放在这些凳子下面。房间的右侧有一张厨桌。一个小橱窗被牢牢地钉在厨桌上方的墙壁上。

房间里相当暖和,因为炉火生得很旺。马克尔的妻子阿加菲姬·吉洪诺夫娜正站在炉子前用一根很长的炉叉拨弄着炉里的罐子,衣袖被她卷到了胳膊肘。她时而将罐子堆作一堆,时而又将罐子分散开来。

她脸上渗着细汗，有时候熊熊烈火会将她的脸照得通红，有时候菜汤的蒸气又会将她的脸给蒙住。罐子被她移到一边，炉子最里头的馅饼被她夹了一块儿出来，放在了铁板上，将馅饼翻了个面，之后便又再放到炉子里把另外一面烤黄。就在这时，医生提着两只桶进来了。

"祝你们吃得畅快。"

"欢迎您。和我们一起用餐吧。"

"谢谢您的好意。我已经吃过了。"

"我们都知道您吃的午饭是什么。过来吃点热乎乎的东西吧，不要那么挑剔。都是用小罐子来烘烤的土豆，肉馅饼，还有粥。"

"不用了，谢谢您的好意。真是不好意思，马克尔，我总是到你们家里来打水，外面的冷空气都被我放进来了。我想一次性多打点水。斯文季茨基家的新浴缸被我刷得很干净，我想用它来盛水，再把桶也装满。可能我会五次，也许十次过来打扰你们。但之后很长一段时间我都不会再过来打扰你们了。真是不好意思，除了你们这儿可以让我打水，我实在想不到别的什么地儿是我可以去的。"

"你尽管打水，随你喜欢，我可不是那种小气的人。倘若是要糖浆那可是没有哦，但是水可有的是。你尽管提吧，不收钱，免费提供。"

坐在餐桌旁的人全都笑起来了。

但是当医生第三次过来打第五和第六桶水时，马克尔的语气开始有点不同了，说话也不似之前。

"女婿们都问我你是谁，我告诉他们了。但是没一个人相信我的话。不要多心了，把你的水打完。真是冒失鬼，不要把水洒到地上了。看，门槛上面都被你打湿了。倘若这水结冰了，用铁钉凿都凿不下来。

没看见风直往里吹吗？你这冒失鬼，快点把门给我关严实了。没错，女婿们问我你是谁，我告诉他们了。但是没人相信。你身上花了多少钱啊！读那么久书，读书有什么用？"

当医生第六次进来打水时，马克尔的脸色已经变了：

"好啦，这可得是最后一次了。老弟，你该有点自知之明。倘若不是我的小女儿马林娜替你说好话，门早该被我给关上了，我才不会去管你是有多么高贵的身份地位呢。马林娜，你还记得吗？哝，那就是她啦。坐在桌子最上头的那个皮肤黝黑的小姑娘。看，她的脸红了。'爸爸，您不要欺负他。'谁能欺负你呢？马林娜是电报员，在电报总局任职。她懂外语。'他已经够可怜的啦！'她说你已经够可怜啦，甚至甘愿为你出生入死。你自己没出息，难不成还是我的错吗？危险时期，就不应该不要这个家，跑到西伯利亚去。这都是你们自己的错。你看，我们一家挺过了饥荒时期以及白军封锁时期，没动摇，如今个个都挺好。要怪就怪你自己吧。没能保护东尼娜，让她独自在外国颠沛流离。这与我又有何关。这都是你自己的事。允许我冒昧地问一声，你弄这么多水干吗？难不成你要把我们家院子弄成溜冰场吗？真是的，怎么可能不会生你这个败家子的气呢。"

坐在餐桌旁的人又笑了起来。马林娜生气地瞪了大伙儿一眼。之后便开始数落起家里人来了。医生听见她为自己打抱不平的声音，觉得很奇怪。但是却没能搞懂其中的含意。

"马克尔没办法呢。很多地方都要用到水。打扫房间，擦地板。此外，我还有点东西得洗。"

大家都觉得很诧异。

"亏你说得出口，你难道没有羞耻心吗？或许你是开了洗衣店吧！"

"就让我的女儿去您家吧，尤里·安德烈耶维奇先生。她可以帮您洗衣拖地，还可以帮您缝补旧衣服。我的女儿，你也不要害怕他。她是个顶好的好人，甚至连苍蝇都不会杀。"

"不，不。您这说的是什么话呀。怎么也不能让马林娜去干这些活儿呀，她又不是我的仆人。这些事情我自己完全可以做的。"

"您可以去做这些事情，我怎么就不可以去做呢？尤里·安德烈耶维奇，您的嘴可真是太硬啦。为什么您非要拒绝一番好意呢？倘若我执意要去您家，难不成您还会把我赶出来吗？"

马林娜的嗓音悦耳动听而且很嘹亮，绝对有实力成为女歌唱家。尽管她的音量不是很高，但是她的嗓音可比平常人的嗓音要响亮得多。她的声音就好像是从另一个房间里传出来的。她的嗓子是她的守护天使。任谁也不忍心去伤害并且侮辱拥有这种嗓音的女人。

自从医生打水的那个周日开始，马林娜便和他成了朋友。尤里·安德烈耶维奇的家务活总会被她干完。有一天马林娜留在了医生家里，之后便没再回去过。她就这样成了尤里·安德烈耶维奇没有办理结婚手续的第三位妻子。此时尤里·安德烈耶维奇还没有和第一位妻子离婚。他们两个有了孩子。马林娜的父母对女儿成了医生夫人这件事很是骄傲。尤里·安德烈耶维奇和马林娜既没有举行婚礼也没有办理结婚手续，这使得马克尔很不满。

"你怕是疯了吧？"马克尔的妻子反驳他道，"倘若东尼娜仍旧活着，怎么可能办得到结婚手续呢？难道你要他犯重婚罪吗？"

"你才愚蠢至极呢。"马克尔回答她说，"说东尼娜干什么。东尼娜死没死都一样，不会有法律替她说话的。"

尤里·安德烈耶维奇有时会拿他和马林娜的婚事开玩笑,说是二十桶水促成了他们的婚姻罗曼史,就好像那些二十章或二十封信构成的罗曼史一样。

医生的古怪脾气、自甘堕落以及任性全都被马林娜包容了,她也不责怪他总将房子搞得乱七八糟。对他的牢骚、刻薄话以及易怒也能容忍。

她为尤里·安德烈耶维奇所做出的牺牲还不止于此。由于医生的任性,使得他们陷入窘迫的境地,马林娜为了不让他独自一人待着,便辞去了电报局的工作。庆幸的是电报局很看重她,在她被迫停职后仍愿意重新录用她。尤里·安德烈耶维奇的古怪想法有时候打败了她,她和医生一起上门给别人打散工。他们的工作就是给各层楼的住户锯木头,工钱按工支付。有些房客,特别是那些在新经济政策刚实行时期牟取暴利的投机倒把的商人以及依靠政府而从事科研和艺术的人,都开始自主建房、购置家具。有一次他们两个人将剩余的木材搬进主人的书房,因为脚上穿着毡鞋,便极其小心地走过地毯,生怕一个不小心就把木屑带进房间。房屋主人目中无人地低头看书,正眼都不瞧他们一下。干活儿的条件以及工钱的支付都是由女主人一手操办的。

"这只大肥猪到底醉心于什么样的书呢?"尤里·安德烈耶维奇很是好奇。"为什么如此费劲地在书上面做标记呢?"因此,当他再次抱着柴火从房屋主人的书桌前经过时,便故意从他的肩头往下瞄了一眼。书桌上摆放着的居然是他先前写的那些小册子,还是瓦夏在国立高等工艺美术学校里印的。

7

日瓦戈和马林娜现在居住在斯皮里东大街。戈尔东租了一间房子,就在他们住所旁边的小布隆纳亚街。他们两个人有两个女儿:卡帕卡和克拉什卡。卡帕卡已经六岁多了,克拉什卡只有六个月大。

一九二九年的初夏相当炎热。相熟的人穿过两三条街彼此做客既不用戴帽子也不用穿上衣。

戈尔东租的房间的建筑风格相当奇怪。这里本是服装厂,分成上下两个单间。并且楼房是临街的,两个房间正对街的一面刚好被一整块玻璃橱窗镶嵌在一起。裁缝的姓名以及职业都是斜体金字写的,都被写在橱窗的玻璃上。里面便是一条螺旋梯,可以直达楼上楼下。

这个服装厂如今一分为三。

用木板在两层楼中间又隔出一间房,但是这间房子有一扇对住房而言特别奇怪的窗户。窗户足足有一米高,而且刚好落到地板上。余下的斜体金色字都被窗户挡住了,从斜体金色字的缝隙中看去,可以看见房间里面的人膝盖以下的部位。戈尔东就住在这间房子里。他房间里现在还来了几个客人:日瓦戈、杜多罗夫、马林娜以及日瓦戈的两个女儿。两个孩子的身材矮小,所以透过窗户可以看见她们的全身。没过多久,孩子们就和马林娜一起离开了。整个房间里就只有三个男人。

三个男人正在闲聊着。像是那种夏天老同学的聚会,悠闲地聊些无聊的话题。他们之间的友谊已经长到无法计算了。这三个大男人平日里都闲聊些什么呢?

倘若要问谁可以口若悬河,并且无论是说话还是思考都能够前后有逻辑性。那么在这三个人里就只有日瓦戈可以做到。

余下的两个人往往不能清楚地表达自己的意思。他们缺乏谈话技巧。因为他们说话时总会词穷，所以经常边说话边在房间里来回晃悠着，并且不停地抽烟，两只手也不闲着，总在空中挥舞着，一个词义总会被无数次地表达出来（"兄弟，这真是不诚实；意思是，不诚实；是的，是的，不诚实"）。

当然他们谈话时完全没有意识到这一点，他们性格的爽朗和豪迈并没有被他们这种过于紧张的词语表述展现出来，相反却将他们的缺点以及肤浅暴露出来了。

戈尔东和杜多罗夫都是属于知识界的教授级人物。在他们周围充斥着的永远都是优秀的书籍、优秀的思想家、优秀的作曲家，并且听着那种永远都优秀的、无论今天还是昨天抑或是明天都优秀的音乐。但是他们的音乐鉴赏能力只能算得上是中等水平，这相对于庸俗趣味而言反而更坏。

戈尔东和杜多罗夫对日瓦戈的种种责备，就连他们自己也没有意识到，他们并非是出于对朋友的忠诚，也不是想要影响他。而是因为他们不会思考，不能控制自己的谈话内容而已。他们的谈话就像是一匹脱缰的野马，完全不受自己控制。他们已经没有办法改变马奔跑的方向了，直到撞到什么东西为止。尤里·安德烈耶维奇在每次谈话中，总会被他们说教式的言语攻击。

日瓦戈早就看透了他们，知道他们兴奋的动机，他们的关切是靠不住的。但是日瓦戈却不能对他的朋友们说："亲爱的朋友们，瞧，你们以及你们所代表的圈子都那么庸俗，就连你们尊敬的人和公认的才华以及大众化的艺术也都庸俗至极。和我居住在同个时代并且认识我,是你们身上仅有的生动闪光的东西。"但是,怎么可以对朋友们如此坦白呢?尤里·安德烈耶维奇唯有态度恭敬地静静聆听他们的说教式的话语,这样做仅仅是为了不伤他们的心。

杜多罗夫前不久才首次刑满回来,剥夺的权利也被恢复了。并且还被获准重新到大学执教。

此刻杜多罗夫正在对自己的两位朋友谈论着自己流放期间的内心感受。他的谈话看不出有丝毫虚假的成分掺杂在内。他之所以这样坦诚地说出自己的心声,并非出于胆小也不是出于其他考虑。

他说,自己被指控的理由,在狱中以及出狱后对待他的态度,特别是和侦查员面对面的交谈,使得他头脑清醒,并且受到了政治上的再教育,他的眼睛也被擦亮了,真正地成长了起来。

戈尔东因为听多了这些陈词滥调,所以杜多罗夫的言论倒是很符合他的想法。他对杜多罗夫多次点头表示自己的同情,并且也表示自己相当赞成他的看法。正是杜多罗夫公式化的言论以及感受打开了戈尔东的心扉。戈尔东认为相同感觉的模仿就是全人类的共性。

杜多罗夫那些切合道德的观点完全符合时代精神。但最使尤里·安德烈耶维奇恼火的要数他们的言辞之中显而易见的虚伪性。缺少自由的人总喜欢将自己所处的困境描述得天花乱坠。但是怕和他们争吵起来,就算自己再怎么反感,尤里·安德烈耶维奇也将这种想法深埋心底。

但是杜多罗夫讲的同监难友博尼法季·奥尔列佐夫的故事却吸引了日瓦戈的注意力。奥尔列佐夫是神父并且也是吉洪信徒。他有一个女儿,六岁了,叫赫里斯京娜。父亲的被捕以及他今后的遭遇,对她而言是个沉重的打击。"宗教人士""公民权被剥夺的人"这类字眼,在她看来是一种耻辱。或许,她早已经在自己稚嫩而炽热的心里暗暗发誓,一定要将父亲身上的污点洗刷。这么小的她就定下如此的目标,并且向着这个目标矢志不移,决定了她会因这种精神而使她成为所拥护的共产主义中最虔诚的信徒和盲目的追随者。

"我得走了,"日瓦戈说,"米沙,别怨我。房子里实在是太闷了,街上又太热了。我有点喘不过气来了。"

"你看,墙脚下的窗户可都开着呢。对不住,怪我们抽了太多烟。我们总会忘记,你在场就不应该抽烟的。我也没办法,这房子的设计实在是太奇怪了。我得另外找间房子,帮我找吧。"

"我还是得走,米沙。我们聊得够多了。你们对我的关心我不胜感激,亲爱的朋友们。这可不是我胡扯。我患病了,是心血管硬化症。心肌壁受到严重磨损,越变越薄了,破裂只是时间问题。但是我还未满四十岁呢。不酗酒,生活也不放荡。"

"你给自己做祷告未免也太早了吧。别瞎说了。你还有的是日子要活呢。"

"心脏细微溢血的情况现在很常见。心脏细微溢血并不足以致命。有时候病人可以活下来。心脏细微溢血是一种现代疾病。我认为道德秩序是引发它们的症结所在。大多数人会因为政府的言论而被迫说些违心的话。日复一日地做些与自己想法相悖的事情,这对自己的身体健康造成了伤害。不喜欢的东西却被自己赞美,不幸的东西却被自己称颂。我们的神经系统不是无事实依据被捏造出来的,而是由人体神经纤维所构成的。我们的灵魂就犹如口腔中的牙齿一样,在我们的身体里占据了一定的位置。不可能对它永无休止地施压却没有受到惩罚。尼卡,对于你说自己如何在流放期间成长起来,又如何受到别人的再教育。我真是深表难过，因为这就好像在听一匹马在讲述自己如何被自己训练一样。"

"我要为杜多罗夫说句公道话。这只不过是你很久没有听到过人类的语言了，因此你不习惯。如今你已经不能参透它们的意思了。"

"或许真是这样的，米沙。但是真是对不住，你们还是让我离开这儿吧。我真的快要窒息了。这是真的，可不是我瞎说的。"

"等等，这完全是你的借口。我们不放你走，除非你能先给我们一个爽快的回答。你赞不赞成自己应该改变，不再坚持以前的观点？倘若是，你准备怎么办？你应该将自己和东尼娜以及马林娜的关系理清楚。她们是活着的女人，有感觉，会痛苦，而不是你脑袋中随意组合的幻想的观念。再者，你这样无所事事，难道自己都不觉得羞耻？你应当摆脱自己的懒惰，从梦中醒过来，重新振作，摒弃毫无凭证的恣意妄为的态度。对，对，抛弃傲慢无礼地看待周围一切事物的态度。得出去工作，仍旧去做个医生。"

"好吧，我回答你们的所有问题。近来我也经常考虑这些事情，因此我可以毫不害臊地向你们保证。这些事情都会圆满地得到解决，并且是非常快速地得到解决。你们等着，是真的，一切都会好转。我活下去的欲望很强，要活着就不得不拼命地挣扎向前，不断地向着完美前进。

"戈尔东，我很高兴，你像之前护着东尼娜一样地护着马林娜。但是我并没有和她们中的任何一个人发生过不愉快，也没有和她们中的任何一个人吵过架。之前你曾责怪我，她称呼我"您"，而我称呼她"你"，并且还带父称来称呼我，好像我对此问心无愧。但是造成这种不自然的深层的杂乱的原因，早已经消除了。我们之间已经没有任何阻隔了,我们都平等地对待彼此。

"还有一个好消息要告诉你们。远在巴黎的他们,又开始给我来信了。孩子们已经长大,和同龄的法国伙伴玩没有任何拘束。萨申卡很快就要从初级学校毕业了,玛莎将来也会去这所初级学校上学。但是我还未曾见过她。不知道为什么我总有种预感,尽管他们加入了法国籍,但是很快他们就会回来,某种微妙的方式会将所有的事情都完满地解决。

"从种种迹象看来,岳父和东尼娜显然已经知道了马林娜和女孩子们的事情。我未曾写信将这些事情告诉他们。或许他们辗转知道了这些事情。亚历山大·亚历山德罗维奇自然觉得这是奇耻大辱。我伤了岳父的感情,并且他也为自己的女儿感到痛心。这就是他们为什么五年都没有给我写信的原因。刚回到莫斯科时,他们曾有段时期给我写过信。但是之后却突然没有再来过信了,我们就没有任何联系了。

"但是前不久他们又从巴黎给我寄来信,大人、小孩都给我写信。并且来信都饱含着浓浓的温暖亲切之情。或许是他们心软了吧。又或者是东尼娜有了什么变化,找到新对象了,但愿真是如此。具体我也不是很清楚。有时我也会写信给他们。但是真的,我可不能再在这儿待下去了,我必须得走了,否则我非得窒息而死了。再见。"

第二天一大早,马林娜全无生气地跑到戈尔东家里来。没有人可以在家里帮助她照看孩子,她便一只手搂着用被子紧紧裹着的克拉什卡在怀里,另一只手牵着在她身后忸怩不安的卡帕卡。

"尤拉在您家里吗,米沙?"她很慌张地问道。

"他昨晚上没有回去吗?"

"没回来。"

"那他肯定是去尼卡家了。"

"我已经去过尼卡家里了。但是刚好尼卡去学校上课去了。他的邻居认识尤拉。说他昨晚没去他家。"

"那他究竟会去哪里呢？"

马林娜将被子紧紧裹着的克拉什卡放在沙发上，便纵情地哭了起来。

8

马林娜两天内都被戈尔东和杜多罗夫轮流看守着。他们不敢让她一个人独自待在家里。在看着马林娜的空闲时间里，他们还到处寻找着日瓦戈。所有他可能去的地方他们都去过了，面粉镇、西夫采夫街上的老宅、曾任职的思想宫及思想之家他们都去打听过了，还有那些所有和日瓦戈有联系的熟人，只要是他们知道的也都去打听了，但是却仍旧是徒劳无获。

他们不敢去民警局报案，因为怕引起民警局的注意。虽然日瓦戈有户口，也没有判过刑，但是在现今的情况下，他绝对算不上模范公民。除非实在是没有任何办法了，他们才会去民警局报告。

第三天，马林娜、戈尔东和杜多罗夫三个人分别在不同的时间里收到了日瓦戈的来信。日瓦戈在信中说道，对于自己的不辞而别给他们造成的惊恐，他十分内疚，希望他们可以原谅他。并告诉他们不要为自己担心，也不要再到处去找他，因为不可能找得到他。

日瓦戈还说，为了尽快并彻底地改变他的命运，他想独处一段时间,因为这样可以使自己专心致志地做事,倘若可以在新的环境中安定并且确信不会再恢复到从前那样,他就会离开秘密的藏身之地,回来见马林娜以及孩子们。

日瓦戈在信中告知戈尔东,将那笔寄给他的钱转交给马林娜。并且帮她找一个保姆照看小孩,这样就可以让马林娜摆脱烦琐的家务,好重新回到电报局工作。他说之所以没有将钱直接寄给她,是怕汇款单上的金额会使她遭到迫害。

不久钱就汇到了,汇款的金额远远超出了日瓦戈的能力以及朋友们的想象。为孩子们找的保姆也找好了。马林娜也再次回到电报局工作。但是却始终放心不下,不过日瓦戈先前那些古怪的行为她早已经习以为常,所以还是包容了他这次的古怪行为。尽管日瓦戈一再恳求他们不要再寻找他,但是马林娜和朋友们却仍旧四处寻找他。但也慢慢相信了他信中所说的,他们是找不到他的。因此也就没有再去找他了。

9

实际上,日瓦戈就住在和他们仅有咫尺之远的地方,就生活在他们的眼皮底下,远没有超过他们所能够寻找的最小圈子。

日瓦戈不辞而别的那天,他离开戈尔东的家,独自走在布隆纳亚街上,那时还是傍晚,天还没黑。他直奔回家的那条路,在斯皮里东大街还未走一百步,便碰到了迎面走来的叶夫格拉夫·日瓦戈,他是医生同父异母的弟弟。他们已经三年多没有见过面了,也不知道他的近况。原来,叶夫格拉夫刚到莫斯科不久,而且这次到莫斯科纯属偶然。他还是和往常一样,来得很突然,无论问什么都得不到答案,并且他会微微一笑或者说个笑话转移话题。他没有问日瓦戈那些琐碎的生活小事,只是问了他三个问题,就立即明白了他现在的困境。于是他们便避开拥挤的人群,在狭窄的街道拐角处,叶夫格拉夫想出了一个拯救哥哥的计划。日瓦戈的不辞而别以及藏匿都是他想出来的。

他为日瓦戈在艺术剧院旁一条那时还被称作卡梅尔格尔斯基的街上租了一间房,并且给他钱花,还设法将他安排在医院工作,以及做一些具有科学研究的工作。叶夫格拉夫在日常生活各方面还处处为他着想。最后,叶夫格拉夫还向日瓦戈保证,他同远在巴黎的家庭的这种剪不断理还乱的关系最终会结束。不是日瓦戈去巴黎,就是他们来莫斯科。叶夫格拉夫毛遂自荐将这些事情办好。日瓦戈因为弟弟的鼎力支持而备受鼓舞。还是和之前一样,叶夫格拉夫的势力仍旧是个不解之谜。日瓦戈也不想去解开这个谜团。

10

日瓦戈的住房是朝南的。对面剧院的屋顶就正对着两扇窗户,剧院屋顶后面是奥霍特内街,此时夏日的太阳正高挂在内街的上空,阳光被屋顶遮挡住了,照射不到街道的石板路。

这间房子对日瓦戈而言不仅仅是工作室和书房。在这段工作异常忙碌的时间里,他的计划和构思已经不能被堆满在书桌上的记事本所记录。当他的设想以及幻想的形象悄无声息地飘浮在房间的各个角落时,就好似是画室中塞满许多尚未完成的且对着墙的画稿一样。日瓦戈的房间在这时便成为精神的宴会厅、狂想的收容室以及灵感的小库房。

庆幸的是叶夫格拉夫和医院领导的商谈花了很长一段时间,并且还不知道要等多久才能上班。刚好利用这段空闲的时间进行写作。

日瓦戈开始整理自己以前的作品、现阶段还记得的以及叶夫格拉夫不知从哪里弄来的一些作品,其中有一些是他之前自己写的,还有一部分是被别人重新印刷的。这些杂乱无章的材料,使得天生就缺乏条理思维的日瓦戈越发烦闷。不久他便放弃了整理旧文稿的工作,转而创作新的作品,日瓦戈对创作新的作品很享受。

起初他先大概地写了文章的轮廓,就像是第一次在瓦雷金诺创作一样,先将头脑中情不自禁产生的诗篇片段,无论是开头、结尾抑或是中间部分,全都先一一记录下来。有时他文思泉涌,根本来不及将自己的想法写下来。尽管只写下首字母和缩写,却还是赶不上思想的速度。

他仍旧不停地写。通常当他思想呆滞而不得不停笔时,便在纸边上作画,通过图画来催促思想的运转。林间小道和城市的十字路口便出现在纸边上,竖立在十字路口中央的广告牌,上面写着:"莫罗与韦钦金公司。出售播种机和脱谷机。"日瓦戈的文章和诗都是同一主题,都描写城市。

11

后来在日瓦戈的文稿中发现了这样一份记录:

在我一九二二年再次回到莫斯科时，我发现整个城市已经变得相当荒凉，半数住宅都快要变为废墟。在经历革命最初年代的考验之后，它就已经是这副模样，直到现在还是这副模样。城市人口减少了，既没有建新房子也没有修葺旧房子。但哪怕它已经变得这样破败，却依旧是一个现代化的大都市，是真正的现代新艺术唯一的孕育者。好似是作者太任性，硬要将那些看起来互不相容的以及概念杂乱的事物罗列在一起。比如说布洛克、维尔哈伦、惠特曼那样的象征主义者，他们的创作并不是胡乱地运用修辞手法，而是一种新的印象结构，这种结构源自生活并且是现实生活的直接写照。

恰如他们诗句中所写的各种形象在诗句中疾驰一样，十九世纪末马车从繁忙的城市街道上疾驰而过，再有二十世纪初在城市的街道上又有电气车以及地铁疾驰而过。在这样的城市环境中，怎么可能还存在着田园式的纯朴？文学的仿造品、装模作样、书本里的情形都是它虚伪的朴素。并且它们并非源自生活而是从科学院藏书的库房里的书架上搬来的。都市主义语言的特点便是形象生动且浑然天成地符合当代的精神。

我住在车水马龙的十字路口。夏日的莫斯科被阳光照得闪亮，房屋之间的柏油路面被烈日照得滚烫，楼上的窗户在阳光的照射下显现出斑斑点点，街道和尘土的气味在空气中弥漫着。莫斯科不停地在我周围打着转，使得我头昏脑涨，并且想让我称赞它，使别人被它所迷惑。正是出于这个目的它才教育了我，并让我从事艺术事业。

高墙外成天熙攘的街道和当代人的灵魂密不可分，就好像是最初的序曲和被黑暗笼罩、神秘且还未升起，但是却被脚灯照得通红的帷幕一样。我们每个人迈向生活的无垠的序曲正好是房屋外面永久地骚动且熙攘的城市。这种角度便刚好是我想描写莫斯科的角度。

日瓦戈保留下来的诗稿中没有发现这类诗。或许《哈姆雷特》刚好是属于这类诗。

12

八月底的一个早晨,医生在加泽特内街拐角处的电车站搭乘了去尼基塔街方向的电车,这个方向刚好可以从大学去往库德林斯卡亚大街。这是他第一天去博特金医院上班,博特金医院这时候还是叫索尔达金科夫医院。对于日瓦戈而言,这或许已经不是他第一次到医院接洽工作。

日瓦戈真是太倒霉了。他搭乘的电车一直都是坏的,每天总会出点故障。要么是车轮陷入电车轨道以至于影响出行,要么是车底或车顶的绝缘体损坏了,造成短路以至于电车冒火花。

电车司机已经习惯于每天拿着扳手从电车前门走下来,绕着电车不停地查看,之后便钻进电车底部,修理电车轮和电车后门之间的零部件。

整个电车轨道上的车流全被这辆倒霉的电车给堵住了。城市街道上已经挤满了不能前行的电车,之后便是接踵而至的电车不停地驶了过来,都挤在这条拥挤的街道上。电车已经堵到了驯马场,而且后面还没有停止延长的趋势。后面车上的乘客跑到堵在最前头的那辆出故障的电车上,好似上了这辆车就可以占了便宜。本就是夏日炎热的早晨,而且这辆电车上挤满了乘客,因此车厢里既热又闷。

一群正从尼基塔门跑过石板路的乘客的头顶上，一团黑紫色的乌云正渐渐往高空升去。一场暴雨即将降临了。

日瓦戈此刻正坐在电车左侧的单人座上，并且因为太拥挤而不得不紧贴窗户。他始终都盯着尼基塔街右侧的人行道，音乐学院刚好就在这条街上。人行道上走着的人以及乘车的乘客都被他尽收眼底，一个也不放过。但是他的脑袋却情不自禁地想着另外一个人。

一个女人正气喘吁吁地吃力地在他眼前的人行道上走着。这个女人戴着一顶淡黄色草帽，这顶草帽上缠着亚麻布雏菊花和矢车菊花，她穿着老式的淡紫色的紧身连衣裙，不停地用干瘪的小包扇风。紧身胸衣紧紧地裹着她，热得她四肢发软，满头大汗，不停地拿着花边手绢擦干眉毛和嘴唇。

她刚好是顺着电车前行的方向走着。有好几次这辆倒霉的电车被修好了，很快她就被甩得老远，消失在日瓦戈的视线里。但是当电车再次出现故障停下来维修时，这个女人便超过了电车，再次出现在日瓦戈的视线里。

日瓦戈想起在中学读书时的数学题，两列火车在不同的时间段，以不同的速度行驶着，要求算出火车抵达的时间，以及两列火车抵达的顺序。日瓦戈希望能回想起解答这道题的方法，但是却无论如何也想不起来。还没等他想到解答的方法，他的思绪便不听使唤地转移了，开始进行了更深层次的思考。

此刻他正想着他身旁几个正处在成长发育阶段的人，彼此都按照不同的速度前行，想着在生活中不知何时一个人可以超越另外一个人，并且哪个可以活得更加长久。这使得他想起人生竞技场上的相对原则。但是最后他思维混乱了，于是便又开始想另外的事情。

就在这时,天空中划过闪电并且打雷了。这辆倒霉的电车又再次出现了故障,此刻正停在从库德林斯卡亚大街到动物园的下坡路上。刚才那位身穿淡紫色紧身连衣裙的女人又再次出现在车窗外,她走过电车旁的人行道,越走越远。大雨终于落了下来,人行道、石板路以及那个女人的身上都被大雨洗礼了。狂风卷起灰尘掠过竖立在人行道上的树木,树叶被刮得沙沙作响,滚作一团。那个女人的帽子被风掀动着,裙摆也被风刮起来了。但是瞬间风便停住了,一切又恢复平静。

日瓦戈觉得头昏目眩,浑身乏力。他挣扎着从座位上站起来,拉住窗户的吊带,拼命地上下拉动着,想把车窗打开。但是窗户却怎么也拉不开。

有人朝日瓦戈喊道,车窗都已经被钉死了,但是此刻他正头昏脑涨而且惊慌失措,因此并没有意识到别人是朝他说的,便也没去想这句话的意思。他不停地拉着车窗,窗户的吊带又被他上下拉了两三次,而后猛然朝自己身上一拉。这时,日瓦戈突然感到胸中一股前所未有的剧痛。他即刻意识到自己肯定是将内脏什么地方拉伤了,这下肯定得要了他的命,一切都无法挽回了。这时这辆倒霉的电车又开了,但是在普列斯纳街上行驶了没多远便又熄火了。

日瓦戈凭借着超出常人的毅力挣扎着,摇摇晃晃从挤满乘客的电车过道上挤了出来,走到电车后门。乘客们都不愿意让他过去,并且高声地责备他。从车门缝里涌进的新鲜空气使他恢复了精神,他觉得或许一切都还没有完,他会变好一些。

日瓦戈在电车后门口向着外面挤,又招来别人的责骂。乘客们踢他并且凶狠地看着他。无论乘客怎么叫喊,他还是奋力挤出人群,走过电车的脚踏板,来到了石板路上,走了一步、两步、三步,踉跄地栽倒在石板路上,便再没爬起来。

四周突然喧闹起来,乘客们争相出主意。有几个乘客从电车后门下来,将倒在地上的日瓦戈围住。这几个从车上下来的乘客很快便发现他已经没有了呼吸,心跳也已经停止了。人行道上的路人纷纷走向日瓦戈,围着他。有的人觉得很失望,有的人觉得很安心:得知他不是被电车轧死的,电车不用对他的死负任何责任。围观的人越聚越多。那位身着淡紫色紧身连衣裙的女人也走了过来,围观了一会儿,看了看死者,听了一会儿周围的议论,便继续向前走了。她是个外国人,但是却听清楚了有人建议将尸体抬到电车上运往医院,而又有人建议应当到民警局报案。他们还没有做出决定,她便继续赶路了。

这位身着淡紫色紧身连衣裙的女人是弗列里小姐,瑞士籍,从梅留泽耶沃来。她年事已高,她书面申请准许返回祖国已经十二年了。就在前不久,她的申请终于被批准了。她之所以到莫斯科来,就是为了领自己的出境护照。她就是在这天到本国大使馆,领取自己的出境护照。那个被当作扇子的干瘪的小包便是被她用绸带扎起来的出境护照。她继续朝着前面走去,这已经是她第十次超过电车了,但是她却毫不知晓自己超过了日瓦戈,并且在寿命上也超过了他。

13

穿过走廊,向房间里面看,便看见在屋子的一角斜放着一张停着棺材的桌子。棺材低矮狭窄的尾部好似一只粗制滥造的独木舟,日瓦戈的脚紧顶着棺材,正对着门口。日瓦戈生前的书桌此刻正停放着他的棺材。房子里除了这张书桌外再没有第二张桌子了。他的手稿被放在书桌的抽屉里,棺材停放在书桌上面。日瓦戈的头被垫得很高,躺在棺材里,就好像是躺在山坡上一样。

很多鲜花被摆放在遗体旁边,一簇簇在这个季节罕有的丁香花以及被插在瓦罐或花瓶里的仙客来和瓜叶菊都被摆放着。从窗户照射进来的光线被簇簇的鲜花挡住了。透过簇簇鲜花的微弱光线照在日瓦戈蜡黄的脸上、手上以及棺材的木板上。桌上映着美丽的花影,好似方才才停止摇曳。

火葬在那时已经相当普遍了。他们决定不举行安魂弥撒,只实行一般的火葬。这样做是为了确保孩子们可以拿到津贴、能够上中学以及不影响马林娜在电报局的工作。他们已经将这件事告知相关部门了。现在只等相关代表们的到来。

等相关代表们来的这段时间里,整个房子空空的,就像是旧房客搬走,新房客还未搬进来一般。唯有当别人小心翼翼地踮着脚进来向死者告别时,鞋子蹭到地板发出的声音才会打破房间里的寂静。前来告别的人并不多,但是却远比预期的要多。他们的圈子很快传播着这位几乎无名无姓的人的死讯。来了很多在不同时期认识却又在不同时期失去联系或是被他忘记的人。他有很多不相识的朋友,是他的学术思想和诗歌使他们成为朋友的。但是他们并未在他生前见过他,却都被他所吸引。这是他们第一次来看望他,也是他们见他的最后一面。

房间里没有举行任何仪式,只有沉默。这种沉默更能使人意识到,他的逝去是一种极大的损失,这种意识压抑着每个人的心。此时,唯有鲜花可以替代仪式和哀悼。

鲜花不仅盛开着还散发着香气，好似屋内所有的鲜花都倾尽自己所有的香气，以便更快地凋谢，将香气的力量遗赠给所有人，以完成自己神圣的使命。

植物王国很容易会被看作是死亡王国的邻居。在这墓园中，在长满绿色植物的大地上，在墓园的树木间，在花房中奋力破土而出的花苗中，或许我们倾尽全力探索巨变的奥秘以及生命的奥妙就蕴藏其中。

14

当日瓦戈的遗体被运往卡梅尔格斯基大街的房子时，他的死讯惊呆了他的朋友们，他们和被死讯惊呆的马林娜一同冲进大门敞开的房间。此时的她痛不欲生，瘫软在地上翻滚着，不停地用头撞着带座位的长木柜。订购的棺材还未运到，凌乱的房间也尚未收拾干净，遗体还停放在木柜上。她号啕大哭，时而低声呢喃，时而高声喊叫，已经哭得泣不成声了。这些话半数是她痛苦时不自觉地喊叫出来的。她就像是乡下人哭丧一样地哭叫着，不在乎任何人，对任何人都视而不见。日瓦戈的遗体被马林娜拼命地拽着，得费很大的劲才可以将他们俩分开。尸体被抬到一间已经收拾干净的房间里，那间房里多余的东西都被搬了出来，他们就在这间房间里给日瓦戈做殓前净身。这些事情都发生在昨天。今天，她已经不再像昨天那么悲伤了，但却变得心灰意冷。她还是不能控制自己，一句话也不说，尚未从悲伤中恢复过来。

从昨天起她便一直坐在这儿，寸步不离。襁褓中的克拉什卡被送来喂奶，卡帕卡和保姆也来过这儿，后来又都被带走了。

都是些亲近的人陪伴在她身旁,杜多罗夫和戈尔东也和她一样悲伤。父亲马克尔挨着马林娜坐在一条长凳上,轻声地抽泣着,大声地吸鼻涕。马林娜的母亲以及姐妹也都曾哭着来过这里。

来吊丧的人中有一男一女,与所有前来的人截然不同。他们并没有将自己与死者的关系显现得比上述那些人同死者更亲密,也不想和马林娜、死者的女儿们以及死者的朋友比谁更悲伤,他们将这种伤心欲绝的权利让给别人。这一男一女并没有提出任何过分的要求,但是对于死者他们却都有自己独有且特别的哀悼死者的权利。对他们这种没有缘由的无声的权利,没有任何人提出质疑。显而易见这两个人一开始便着手操办丧事,他们心平气和地操办着丧礼的各项事宜,好似这样才会让他们欣喜。他们这种超凡脱俗的境界颇为引人侧目,他们的这种态度给大家留下了怪异的印象,好似他们不仅和丧事有关也和死者的死有关,但是他们却没有直接或间接地造成死者死亡。这一男一女好像是在事情发生后答应替他操办丧事的人,并且他们一心地帮助。没有几个人认识他们,不过还是有人猜到他们的身份,但是大多数人却都对他们一无所知。

但是当那位吉尔吉斯男人——他拥有一副充满好奇却又引人注意的细长眼睛——同衣着随意却相当漂亮的女人走进灵堂时,所有坐着或是站着还是走着的人,就连马林娜在内,都极有默契地给他们腾出地方,从墙边的一排座位上站起来,闪在一旁,互相推挤着走出房间,来到走廊和前厅。整个房间里只有这一男一女,他们两个好似鉴定人。在独立且安静的环境中,被请来操办丧事相关的重大事情,现在他们正在这样做。只有他们两个人在房间里待着,他们分别坐在靠墙的凳子上,开始交谈着:

"现在情况怎么样了,叶夫格拉夫·日瓦戈?"

"火葬将会在今天下午举行。医务工会将在半个小时后派工作者过来将遗体带走,并且将遗体运到工会俱乐部。追悼会将会在四点钟举行。他的证件没有一份适用。劳动手册已经过期了,还有老工会会员证,没有换新的,并且会费已经好几年都没有缴纳。就是因为去办理这些事情,才拖了这么久过来。在有人来将他的尸体运走之前——医务工会的人就快要来了——必须得再做些准备。我把您一个人留在这儿,这可是您要求的。再见,您听见我说的话了吗?有电话了。我得出去看下。"

叶夫格拉夫走进走廊。很多人都挤在走廊里——日瓦戈的同事、中学的同学、医院的低级职员、书店的店员以及马林娜和他的孩子们——这些人除了马林娜和他的孩子们,其余的他都不认识。两个孩子被她搂在怀里,她们被马林娜系在肩上的大衣襟紧紧地裹着(今天天气很冷,门口不停地吹进冷风),她坐在凳子边上,等待着房门被再次打开,就好像是一个期待守卫将她放入探监室的探监女人一样。走廊的光线很暗,吊丧的人已经将走廊都挤爆了,通往楼梯的门都被打开了。那些不能在走廊里占一席之地的人,便都站在前厅和楼道上抽着烟,并且走来走去。还有的人则站在楼梯下面的台阶上,离大街越近,谈话的声音就越发响亮,也越发随意。尽管周围的人都是压低嗓子在说话,但是叶夫格拉夫仍旧得费劲地听电话那头人的声音,并且用另一只手挡住听筒。为了符合丧礼的气氛,他压低自己的话音来回答对方的问题,这些问题或许是关于殡葬以及日瓦戈死亡情况的。他再次回到房间,继续他们的谈话。

"拉里莎·费奥多罗夫娜,火化后,请您留下来。或许我的这个请求对您而言比较过分,但还是请您帮忙。您住在哪儿我不知道。请您告诉我可以去哪儿找您。我想在最近,许是明后两天就开始着手整理哥哥的手稿。您的帮助非常重要。他很多事情您都知道得一清二楚,比任何人都要知道得多。您方才随意提到刚从伊尔库茨克到莫斯科,并且在这儿待不了多久。你只是偶尔因为别的原因来这儿,并且也不知道哥哥死前几个月曾经在这儿住过,更不知道发生了什么事。尽管我并不明白您说的有些话,但是我绝不强迫您做出解释。请您别离开,因为您住在哪儿我不知道。在我整理他手稿的这几天我们最好可以都待在一间房子里,或是两间房里,但是不能相隔太远了。这件事很容易办到,我在房管会里有熟人。"

"您说刚才我说的有些话您没能明白。您有什么不明白的?我刚到莫斯科,便将行李寄存了,之后便随意地沿着莫斯科大街走着,多数地方我不认识了——忘记了。便一直走啊,走啊,走啊,从库兹涅茨基桥走下来之后,便走进了库兹涅茨基胡同。忽然看见熟悉的卡梅尔格斯基街上那所房子,我被枪杀的死去的丈夫安季波夫还是大学生时便租了这间房子,我们此刻正坐在这间房子里。我想,还是进去看看吧,兴许还可以碰见些老房客呢!但是这儿早就已经发生了翻天覆地的变化,我没见着一个老房客。之后我才慢慢打听到,也就是第二天和今天,才知道发生了这回事。您当时不也在场吗?这就不用我说了。我真是惊呆了,好似是被雷劈了一样,房门敞开着,屋子里挤满了人,还有口棺材停放在里面,棺材里还躺着死人呢。是谁死了呢?我进了门,走到棺材前,我当时真以为我疯了。是做梦吧,这一切您可都是看在眼里的。难道我说错了吗?真的没有必要再和您讲这些。"

"等等，拉里莎·费奥多罗夫娜，请原谅我打断您的话。我早已对您说过，无论是我还是我哥哥，谁都没有料想到在这间屋子里发生了这么多不寻常的事。比如，安季波夫曾经在这儿住过。不过更让我惊讶的是您刚才无意中的一句话。对不起，我立刻告诉您为什么您无意中的话让我惊讶。在革命战争时期安季波夫姓斯特列利尼科夫，我在内战初期的一段时期内常听到他的名字，几乎每天都能听见他的名字，并且有幸见过一两次。但是谁都没有料想到他和我会因为家庭原因而如此关系密切。但是，请您原谅，或许是我听错了。但是您刚才好像是说，或许您无意间说错了——'被枪杀的安季波夫'。您不知道他是自杀的吗？"

"是有这样的说法，但是我不信。帕维尔·帕夫洛维奇是不可能自杀的。"

"但是自杀这个消息绝对真实可靠。之前听哥哥说过，您在瓦雷金诺住的房子就是安季波夫自杀的那所房子。安季波夫就是在您带着女儿离开后的两三天自杀的。他的尸首还是哥哥帮忙收的，并且还亲手将他埋葬了。难道您不知道这些消息吗？"

"没有。我听的可不是像你说的。难道他真是自杀的吗？尽管很多人都说他是自杀的，但是我就是不相信。就是在那幢房子里自杀的吗？这是不可能的事！您告诉我的这件事对我非常重要！对不起，您是否知道他和尤拉见过面吗？或者说过话吗？"

"从哥哥说过的话来看，他们曾有过一次长谈。"

"难不成还真有这样的事？感谢上帝。这真是太好了（她慢慢地画了个十字）。这真是太巧合了，天意如此啊！不知道我日后是否可以向您打听详细的情况？我对每个细节都视若珍宝。但是我现在实在问不下去了，我已经没有力气了。对不对？我激动得有点儿过了头。我需要安静会儿，休息一下，仔细想想。对不对？"

"哦。那是当然。您随便。"

"对不对？"

"你说的当然对啦。"

"哎，差点就忘记了。您叫我在尤拉火化后待在这儿。好。我待在这儿。不走。我和您一起待在这所房子里，在这儿住下来，你安排我住哪儿就住哪儿，要我待多久就待多久。我帮助您，我们一起整理尤拉的手稿。或许我真的能够帮助您，这将是我的荣幸！他的笔迹我熟悉得不能再熟悉了。此外，我有事想请您帮忙，您的帮助对我会有很大的作用，对不对？您是律师吧，对您而言无论是从现在还是过去来看，现存的制度您可是最清楚不过了。再者，熟悉每个机关的管事范围，也是相当重要的。这方面的事情可不是所有人都了解的，对不对？我想同您商量一下，近来困扰着我的一件极可怕的事。这件事和一个孩子有关。算了，还是从火化场回来后再谈吧。我这一辈子都在找什么人，对不对？请您告诉我，在某种臆想情况下倘若必须寻找一个已经交由别人抚养的孩子的下落，是否有一份记录全苏联保育院的档案？全国的流浪儿童是否经过数字统计或是记录？我恳求您能否之后再告诉我答案？哦，这真是太可怕了，生活原本就可怕，对不对？女儿来了后我不知道该怎么办，但是我可以在这所房子里暂时住下来。卡坚卡拥有卓越的戏剧才能和音乐才能，她能将所有人都惟妙惟肖地模仿出来，还能自编自演。除了这些，她能全凭自己的听觉将歌剧中的大段歌词都唱出来，这孩子可真是了不起啊，对不对？我想让卡坚卡读戏剧学院或音乐学院的预备初级班,哪里能够录取她就去哪儿,并且让她住校。我之所以来这儿,也就是为了办这件事。我得先将这些事情办好了,才能回去接她过来。这些事情一时之间也是说不清的,对不对?我们还是以后再说这些事情吧。我现在得平复下自己的心,冷静会儿,好好想想,将内心的恐惧全都驱逐出去。还有,尤拉的亲人可是在走廊里待得太久了。我感觉好像已经敲过两次门了。那边乱糟糟的。或许是医务工会的人来了。我坐在这儿好好想想,您开门让他们进来吧。时候也差不多了,对不对?等等,等等。得在棺材底下放把小凳子,否则他们就碰不到尤拉啦。我刚才踮起脚才很费劲地够着了。对马林娜和孩子们而言,在棺材旁边放把凳子是必需的。另外,这也是必要的礼仪。'请最后再吻我一下。'哦,我受不了啦,受不了啦。我真的很痛心。对不对?"

"我立刻开门让大家进来,但是在这之前必须得先将这件事情办好。您说了很多令人费解的话,并且提出了很多一直使您备受折磨的问题,但是我真不知道该怎样回答您才好。不过我希望您能知道:使您备受折磨的事我定当尽自己全力帮您解决。希望您可以记住:无论发生任何事决不绝望。我们虽然身处不幸的环境,但依然有要尽的义务:充满希望,努力前行。没有努力行动而感到绝望就是忘记和推卸责任。现在我开门让吊唁的人进来。您说得对,得在棺材旁边放把小凳子。我这就去找把小凳子来。"

但是拉拉对他的话已经充耳不闻了。叶夫格拉夫打开房间的门她没有听见,走廊里的人群拥进屋里也没有听见,叶夫格拉夫同殡仪馆的负责人以及同主要送葬的人如何交涉也没有听见,人们走动的脚步声、马林娜的哭叫声、男人的咳嗽声和女人的啜泣和叫喊声也没有听见。

屋子里回响着的枯燥乏味的说话声使她头昏目眩。她竭力克制住自己,尽力不晕倒。她的心几乎要碎裂了,脑袋剧烈疼痛着。她低着头,陷入沉思、回想和反省中,犹如掉入万丈悬崖且坠入最不幸的底层。她想道:

"都不在了,一个死了,另一个自杀了。只剩下该死的人依旧活在世上。她曾经向那个该死的人开过枪,但却没有打中。她的一生都被那个令她不齿的卑鄙小人给毁了,使得她铸下一连串莫名其妙的罪行。这个低俗的怪物正在亚洲的神秘的偏僻小巷里四处逃窜——这些小巷只有集邮者才知道。但是她的身边没有一个她需要亲近的人。

"对啦,就在圣诞节那天,她和还是孩子的帕沙正在这间房子里谈话,那时房间里漆黑,她也还没有朝那个低俗的怪物开枪。那时她还不曾认识现在正接受大家吊唁的尤拉呢。"

于是她苦苦回想圣诞节那天和帕沙的谈话内容,但是除了记得窗台上那支燃着的蜡烛和蜡烛周围的玻璃窗上泛起的一圈霜花外,别的什么也想不起来。

她怎能料想到,尤拉曾驱车从这条街经过并看见过这窗户上的霜花,被桌上燃着的蜡烛吸引?就在他在窗外看见这烛光时——"桌上燃着蜡烛,燃着蜡烛"——这便已经使他的一生都被改变了?

她思绪混乱了。她想道:"没给他举行安魂弥撒,这真是太遗憾了!出殡该是相当庄严隆重的啊!想要举行这种仪式可不是所有人都符合资格的!但是尤拉绝对配得上举行这种仪式!任何仪式都应该为他举行,'下葬时痛哭的阿利路亚那首歌'被他证实是绝对正确的。"

就像每当她回想起曾与尤拉一起度过的短暂时光时，油然而生的自豪感与骄傲感一样，此刻她也产生了这样的感觉。现在她也被他那种洒脱、轻松自然的精神所感染。她不紧不慢地站了起来。一种难以理解的变化在她身上发生了。她想借助尤拉的力量摆脱困境，哪怕只是短暂的摆脱，也想奋力挣脱出来，从苦难的泥沼中挣脱出来，呼吸新鲜空气。就像是之前因解脱而体会到的幸福一样，这种幸福正是她此刻所梦想的与尤拉告别的幸福，有机会和权利，畅快地痛哭一场的幸福。她急忙环顾四周的人，怀着一种强烈的感情。但是她的眼睛好似被医生点了刺眼的眼药水，泪眼蒙眬，看不清任何东西。此时吊唁的人开始闪到一旁，并离开了房间。最后就只有她独自留在房门半开半闭的房间里。她立刻画了个十字，并走到棺材前，踏上棺材旁的小凳子，慢慢地朝遗体画了三个大十字，并亲吻了尤拉冰冷的额头和两只手。尽管死者的额头缩小了，手也好似紧握的拳头，但是她对这些全都视而不见。她呆住了，半响不说话，不思考，不哭泣，只是用整个身体，用头、胸、灵魂以及双手匍匐在棺材中，匍匐在鲜花和遗体上。

15

她压制住自己的哭声，使得自己不停地颤抖着。她强忍住自己的眼泪，但是最终还是没能控制住，眼泪像决堤的洪水一样夺眶而出。脸颊、衣服、手上以及她紧贴着的棺材上，全都洒着她的热泪。

她什么都不想，也不说，还情不自禁地回想起一连串的思想以及他们所熟识的人与事，好似天上飘浮的云或以往他们的夜间低语，都一一从她身旁掠过。正是过往的这一切带给他们幸福使得他们解脱。这是一种出于本能的、相互唤起的炽热的直接的知识。

这种知识曾经充斥着她的内心,而如今她的内心充斥着的全都是模模糊糊的对死亡的认知。她面对死亡可以毫不惊慌,并且有了死的心理准备。好似她已经在世上活过了二十次,但却无数次地失去日瓦戈医生,因此已经有了丰富的经验。所以她才能够恰到好处地在棺材旁做着这些事情。

哦,这种爱情真是美妙极了。它无拘无束并且是前所未有的独有的爱情!他们思想一致,就好似别人低声吟唱那样和谐。

他们的相爱是偶然的,且不像一般的虚假所描述的那样"受情欲所驱使"。他们之所以相爱,是因为周围的一切——大地、天空、云彩以及树木——都希望他们可以相爱。周围的一切——陌生的路人、休闲时的旷野以及他们相会并居住的房子——都因为他们的相爱而欣喜,而非他们本身。

哦,他们之所以相爱并结合的主要原因就是这个。即使他们沉醉在最美妙难忘的幸福时刻,所有最崇高、最动人的东西也都未曾背离他们:他们沉醉于共同塑造的世界里,感受着自己融入世界里的感觉,感受着他们是全部美景以及整个宇宙的一部分的感觉。

这种共同性与他们的生命融合在一起。他们从未被那种自然界低于人类以及趋炎附势的崇拜的观点所吸引。他们难以理解那些已经沦为政策的虚假的社会性原理,他们觉得这些不过是可怜的家乡土产而已。

16

她现在开始向他告别了,用些最自然不过的生活用语,这些话完全挣脱了现实的束缚,就像是合唱、悲剧独白、诗词、音乐以及其他空洞的话一样,空洞而毫无意义,只是盲目地将自己的某种情绪表达出来。在这种情况下,可以将她那些空洞的话看作是她的泪水。泪水淹没了她那些普通的沉痛的话,这些话在泪水中飘浮着。

她的这些被泪水打湿的话语好似是再自然不过地和她温柔的快速低语结合在一起,好像是被暖雨淋得滑亮且潮湿的树叶伴着轻风而发出沙沙声。

"我们再次相聚了,尤拉。上帝让我们再次聚在一起。你想,这真是太可怕了!哦,我受不了!上帝啊!我要号啕大哭!你想想啊!我们就这样再次相聚,这真是我们相聚的风格和方式了。你的离去意味着我的结束,这蕴藏着某种巨大且无法更改的东西。或许只有我们两个才能懂得生命之谜、死亡之谜、天才的榜样作用、质朴之美的含义。但是那种琐碎的事情,如重新划分世界。不好意思,这些事情与我们毫无关系。

"永别了,我亲爱的知音人;永别了,我的骄傲;永别了,我水流湍急的小河;你日夜不息的拍溅声,我是那样地爱着;你那冰冷的浪花,我是那么希望可以纵身跃入。

"你还记得我在雪地里和你道别的情景吗?未曾想到你居然会欺骗我,我怎么能去没有你的地方呢?哦,我知道,我了解你是为了我虚假的幸福而故意违心这样做的。但是从那时开始什么都完了。上帝啊,我吃尽了各种苦难,承受了各种折磨!但是你却什么都不知道。哦，我究竟干了些什么，尤拉，我究竟干了些什么！你根本不知道我罪孽深重。但是错不在我。那时我躺在医院三个月，并且昏迷了一个月。那时起我便不知道自己是怎么生活着的了，尤拉。我的灵魂没有一天安宁过，一直备受悔恨和痛苦煎熬。还有一件重要的事情，我还没有来得及告诉你。可是我没有勇气将这件事情说出来。一想到自己曾经那样生活过一段时间，我就觉得可怕极了。我甚至怀疑自己的精神出了问题，这你是知道的。但是我却不会像大多数人那样酗酒，我绝不会走上酗酒这条路，因为女人一旦走上了这条路，那就全毁了。这简直难以想象，我说得对不对？"

她又说了些别的话，而后便痛不欲生地号啕大哭。她猛然间诧异地抬起头，环顾了下四周。有些人早就已经进来了，他们露出担忧的神色，并且四处走动着。她从小凳子上下来，跟跄地离开棺材，用手掌轻抹眼睛，像是要把还没哭出来的眼泪挤出来，甩到地板上。

几个男人走到棺材边，棺材被三块木板抬起来了。开始出殡了。

拉里莎·费奥多罗夫娜在卡梅尔格尔斯基街上的房子里待了好几天。她和叶夫格拉夫开始着手整理日瓦戈的手稿，但是还没有将这些手稿整理完她就离开了。她曾向叶夫格拉夫请求过一件事，这件事曾经已经谈过了。并且她还告诉了他一件非常重要的事情。

有一天拉里莎·费奥多罗夫娜离开住所，之后便再也没有回来。也许是在街上被逮捕了，或许已经死了，死在北方数不清的普通集中营或女子集中营里。她被不记姓名地记录在已经失踪的名单上，之后便被人慢慢地遗忘了。

第十六章 尾声

1

一九四三年夏,红军突破库尔斯克的重重包围成功解放奥廖尔后,戈尔东就晋升为少尉,他和杜多罗夫少校分别重返部队。一个是到莫斯科出差后归队,另一个是在莫斯科度假三天后归队。

他们中途在切尔尼小镇相遇并在小镇上过夜。这座小镇和多数惨遭破坏的城镇一样,成了"沙漠地带",但是依旧残存着,没有完全消失不见。敌人撤退时曾想将这座小镇彻底摧毁掉。

在这早已是断壁残垣的小镇里,尚存一个未被损坏的干草棚。于是这个干草棚便是他们过夜的地方。

他们整夜无眠,促膝长谈。凌晨三点时,刚要入睡的杜多罗夫被戈尔东吵醒。戈尔东笨手笨脚地钻进柔软的干草堆里,好像是在水里游泳一样,不停地翻腾着。他把几件衣服捆在一起,而后又笨手笨脚地从干草堆顶上爬下来,朝门口走去。

"你带着这些衣服要去那儿？现在还很早呢。"

"我想去河边洗几件衣服。"

"你真是发神经。等到晚上回到部队后,会有洗衣员塔尼娜给你洗衣服的。你急什么呀。"

"我实在等不及了。衣服都被汗水浸湿了,而且衣服穿得实在是太脏了。上午的太阳很毒辣,随便将衣服洗洗,拧干水,在太阳下晒一会儿就会干。我还想洗个澡,换身干净的衣服。"

"但是这总归有点儿不像话吧。怎么说你都是个军官,对不对？"

"现在还早着呢,别人都还在梦乡呢。我躲在树丛后面,谁都看不见我。你别说了,去睡觉吧。要不等会儿该睡不着了。"

"我现在就睡不着了。我和你一同去吧。"

他们走过被初升的太阳晒热的成堆的白色石头废墟,朝着河边走去。人们躺在之前还是街道的地上睡觉、打鼾,太阳把他们的脸晒得通红,他们的衣服都被汗水浸湿了。多数人都是当地无家可归的老人、妇女和孩子,余下的便是那些正追赶部队的掉队红军。戈尔东和杜多罗夫小心翼翼地盯着脚下,慢慢地从他们之间穿过,害怕自己踩到他们。

"不要这么大声地说话,吵醒他们,我可就不能洗衣服了。"他们继续低声细语着昨晚的话题。

2

"这条河叫什么名字？"

"不知道。我没打听过。或许是祖沙河吧。"

"不对,这可不是祖沙河。应该是另一条河。"

"但是赫里斯京娜牺牲的事,就是发生在祖沙河上的。"

"是的,但是发生在祖沙河的下游。听说她已经被教堂追封为圣女。"

"那边有座石制建筑物,被称作'马厩'。这个马厩的确是国营的养马场,如今从普通名词变为专有名词。旧式的建筑风格,并且建有很厚的高墙。之后又经德国人再次加固,变成了一座难以攻陷的碉堡。整个区域都在它的射击范围之内,因此我们很难进攻。一定得拿下'马厩',才能进攻。赫里斯京娜机智勇敢,奇迹般地潜进德军防线,将'马厩'炸毁。但是自己却被生擒了,敌人将她活活绞死了。"

"她为什么被叫作赫里斯京娜·奥尔列佐娃,而不是叫赫里斯京娜·杜多罗娃呢?"

"我们两个人还没有结婚。我们在一九四一年曾经相互发誓,战争停止之后才结婚。之后我便跟着部队到处作战。我所在的部队经常转移作战,我和她失去了联系。从那以后我便再也没有见过她了。我和大家一样都是从报纸以及团队命令里,听说了她的光辉事迹和壮烈牺牲的情况。听人说部队将会在这一带为她建立纪念碑。还听说死去的尤拉的弟弟——日瓦戈将军正在视察这一带,搜集有关她的信息。"

"请原谅,我不该和你说起她的事情。这件事使你太伤心了。"

"这可真没什么。但是我们谈得太久了。你还得洗衣服呢,我可不想妨碍你。快点脱衣服下河吧,干你该干的事。我在岸边躺会儿,抽支草烟,或许能再睡会儿。"

没几分钟他们又聊了起来。

"你怎么学会洗衣服了,在哪儿学的?"

"没办法,形势所逼啊。我们可真是倒霉透顶了,被分进一个最恐怖的惩罚劳改营。很少有人能够活着从那儿走出来。刚到惩罚劳改营的那天我们就开始遭罪。我们被从火车上带下来,眼前一片白茫茫的雪地,远处有一大片树林。我们被看押的人拿着来复枪指着,旁边还有狼狗。此时,之前抵达的犯人也陆续到达这儿。我们被迫在雪地里排成多角形,脸都朝着外面,避免相互看见。他们命令我们跪下。我们不敢四处张望,因为害怕被枪毙。之后便进行了长时间的带有侮辱性质的点名。大家便一直这样跪在雪地里。最后我们大家被命令站起来,其余的人都被分批带走了。就只留下我们在这儿,之后便宣布:'你们的劳改营就在这儿。随你们怎么办。'大雪不停地下着,白茫茫的雪地中间插着一个柱子,此外便别无其他。"

"还算走运,那时我们的情况稍微好些。我再一次被关进去,还是因为头一次的事情。不过由于第二次判的罪不同,条件也自然不会相同啦!再次出来后,还是和第一次一样又恢复了名誉,被批准再次回到大学教书。之后鼓励我参军时,便给了我个少校军衔,这可是真的少校。而不是像你一样,从劳改营拉出去戴罪立功的。"

"是啊。除了一根的柱子,此外别无其他。刚到劳改营时正值寒冬,我们就徒手折断树干盖干草棚。这可真没什么,随便你信不信,围着栅栏的牢房、单身禁闭室和瞭望塔都是我们自己亲手搭建的。后来我们便是'伐木工',八个人拉着雪橇运木材,雪都深陷到胸口了。很长一段时间他们都不告诉我们战争已经爆发了。之后突然对我们说:'劳改营里自愿上前线的人,倘若没有战死,便恢复自由。'之后便是在前线不计其数的进攻,剪断几千米长的电丝网、埋地雷、发射迫击炮,连着好几个月都生活在炮火之下。我们这些从劳改营出来的人都被连队称为敢死队。大家全都死了。怎么我就活下来了?怎么活下来的呢?和恐怖的劳改营相比在这流血的战场上,我觉得更幸福。并不是因为恶劣的条件,而是因为别的原因。"

"是啊,朋友,你可真是受了不少苦。"

"在那儿什么都能学会,更何况是洗衣服。"

"真是太奇怪了。别说和你在劳改营的艰苦生活相比,就算是和以往的三十年代的生活相比,和监狱外的生活相比,和我在大学教书,过着有钱花有书读的宽裕生活相比,战争的确是可以将污垢全都清除的暴风雨,之后便是清新的空气,吹拂着自由的微风。"

"我认为集体化是一个错误的失败的措施,但是这种错误却又不能被承认。之后便用一切恐吓手段使人们不能思考和议论,迫使他们去看虚构的东西,相信与事实截然相反的东西,就只是为了掩饰集体化的失败。叶若夫空前绝后的残暴就应运而生,那些宪法只是做做样子的,并不会真正实施,而那些选举也是有名无实。

"战争爆发而产生的现实恐怖、现实危险以及现实死亡所带来的威胁和那些残暴不仁且假仁假义的统治相比,战争反而更加让人觉得轻松。因为战争所带来的威胁已经迫使那些谎言不能再大行其道。

"不仅仅是你们那类受苦役的人有这样的感觉,所有的人——无论是在后方还是在前方——都拥有幸福的感觉,并舒心地呼吸着。怀揣着真正的幸福感和满腔激情投入到战争的熔炉中,这个充满残酷、死亡以及重生的大熔炉。

"十几年革命锁链中的一个特殊环节就是战争。战争使得变革的直接本质的原因不再起作用了。很多东西——间接结果,成果的成果,后果的后果——都开始显现出来了。灾难使人们的性格得到锻炼，摈弃娇惯、英雄主义，准备为空前伟大的事业而献身——我们一代人的道德便包涵了这使人震惊的奇迹般的品质。

"虽然赫里斯京娜被活活绞死，我多次受伤，我们损失巨大，并且为了这场战争而付出了沉重的代价，但是当我察觉到这一切时我仍旧觉得很幸福。舍身成仁的光芒帮助我忍受了赫里斯京娜的死亡给我造成的痛苦，她的死亡以及我们的生活都被这种光芒给照亮了。

"我获得了自由，就在你这个倒霉的家伙受尽折磨时，赫里斯京娜考进大学历史系。因为她学的是历史，所以她自然就成了我的学生。很久前，在我头一次被释放后，尽管这个出色的姑娘当时还小，但是她还是引起了我的注意。尤拉那时还在世呢。你记得吗，我曾经跟你们说起过她。任谁也料想不到我居然成了她的老师。

"学生批判教师在那时刚刚成为一种时髦风气。赫里斯京娜兴致勃勃地参与到批判的行列中。天知道她为什么要如此疯狂地批判我。历史系里其他同学都纷纷替我讲公道话，因为她对我的批判相当执着、凶狠且又缺乏公正。赫里斯京娜真是幽默极了。用任谁看见都知道她是用我的假名指代我，在墙上写报道肆意地嘲笑我。一个十分偶然的机会使我了解到，她之所以对我如此憎恨是出于她爱的伪装。她多年来一直将这份爱埋藏在心底，而我对她也是一样的情感。

"我们在一起度过了一个美妙的夏天，那是在一九四一年战争爆发前后。几个男女大学生，赫里斯京娜也在其中，住在莫斯科郊外的别墅里，我之后所在的部队当时也驻扎在那里。那时他们正在参加军训，建立民兵分队，赫里斯京娜当时正在接受跳伞培训，将第一次夜袭莫斯科的德军飞机击退。我们就是在这些活动中建立了友谊,我已经说了,就在那时我们订婚了。但是很快由于我得跟随部队转移作战就不得不分开,之后我们就失去了联系。

"当战争局势有所好转,无数德军开始投降。我被从高射炮部队调到司令部的第七处,我两次受伤并两次住院接受治疗。我之所以被调到司令部的第七处,是因为那里需要懂外语的人。当我在人海茫茫中找到你后,便坚持要将你也调过来。

"洗衣员塔尼娜认识赫里斯京娜,并且两个人的关系也不错。她们在前线认识并成了好朋友,关于赫里斯京娜的很多事都是听她说的。塔尼娜总是笑靥如花,和尤拉一样,你注意到了吗?当她一笑时,她的高颧骨和翘鼻子就不怎么看得出来,看起来非常迷人可爱。和她同一类型的人,在我们这见得多了。"

"或许我知道你这话的意思吧。但是我没留意过。"

"塔尼娜·别佐切列多娃这绰号听起来实在是难登大雅之堂,太不像话了。无论怎么说,她又不是姓这个的,全都是胡编乱造地用来侮辱她的。你觉得对不对?"

"她曾经解释过。她是个无家可归的孤儿,无父无母。可能是俄国偏远的地方用粗俗生动的语言,叫她是没有父亲的孩子。和她住同一条街的人不知道这个绰号的意思,别人走音地跟在后面叫着,久而久之,这就成了她的姓了。"

3

戈尔东和杜多罗夫两个人在切尔尼小镇过夜并通宵畅谈后没多

久,他们便来到已经被夷为平地的卡恰列沃。他们在这里追赶上了主力部队的后勤部队。

尽管已经入秋,但是天气依旧炎热并且已经持续了半个月的晴天。此时晴空万里无云,地处奥廖尔和布良斯克交界的伏林什内的肥沃黑土地带在秋日艳阳的照耀下泛着咖啡色。

位于城市中间的街道和公路交会在一起。街道一侧的房屋遭到轰炸,已经变成废墟,果园里的树木被连根拔起、树枝被炸成碎片且烧焦了。街道的另一侧因为没有修建太多房子,所以毁坏程度不大,但是也很荒凉。

原先盖的房子很多的那边,流离失所的居民仍在残留且冒着烟的瓦砾中翻找着。将从轰炸中心区域外搜集到的东西全都堆积在一起。还有些人正忙着盖土房,地上的草地被他们割成一块块的,它们被用来盖土房顶上。

街道的另一侧则撑满了白色的帐篷。马拉的大篷车、第二梯队的卡车和营部走散的野战医院以及迷路且彼此寻找各种军需的后勤部门,都拥挤在街道的这一边。还有从补充连来的面黄肌瘦的男孩子们,他们头戴灰色船形帽,背上背着捆扎好的军大衣。因为痢疾而变得虚弱不堪,面无血色。在这儿他们顺带解个手,并且放下沉重的行李休息一会儿,补充一下体力,而后又继续前进。

这座城市半数已经化为灰烬了,但依旧燃烧着,远处不时地传来定时炸弹的爆炸声。在化为灰烬的园子里收集破烂的人,不时停下自己手中的活儿,站直身子,撑着铁锹把休息一下,看着远处传来爆炸声的地方。

燃烧着的废墟里冒出灰色的、黑色的、红砖色的和火红色的烟,这些烟袅袅上升,刚开始好似柱形的或者喷泉,而后便在空中慢慢地挥散开来,最后又好像是轻飘的羽毛,飘散着回到地面。废墟里挖掘东西的人又继续手中的活儿。

有一块被树丛包围着的空地恰好在荒地的这一边,枝繁叶茂的古树将这块空地遮挡得严严实实。周围的世界被古树以及灌木丛和这片空地隔绝了,使得空地就好似一个阴凉且昏暗的独立院落。

一大清早洗衣员塔尼娜就同两三个硬要和她一起搭车的连队战友以及戈尔东和杜多罗夫来到这块空地等接塔尼娜的专车。团部叫她顺带将一批东西带走。东西装了好几箱,箱子被塞得鼓鼓地堆放在空地上。塔尼娜站在箱子旁边,半步也不离开。另外几个人也紧挨着箱子站着,生怕自己上不了车。

已经过了五个多小时了,车子还没有来。他们都没事儿可做,便听着这个见过大世面的姑娘不停地念叨着。现在,他们正听着她讲自己会见日瓦戈将军的经过。

"怎么可能会不记得呢,这就好像是昨天才发生过的事。我被带去见日瓦戈少将。日瓦戈将军正好路过,想了解赫里斯京娜的情况,便到处寻找曾经亲眼见过她的人。因为我是她的好朋友,所以他们就将我推荐给日瓦戈将军。将军要见我,于是我便被他们带去见他了。他一点儿也不可怕,和一般人一样。他有一头的黑发,不过眼睛有点儿斜。我把我知道的事情都告诉他了。听完之后他就对我说了声谢谢。他还问了我是哪里人。我当然闪烁其词啦!这有什么好吹嘘的?你们都知道我是无家可归的流浪儿,进过感化院,四处漂泊,无依无靠。但是他只是叫我不要觉得不好意思,让我继续讲下去。尽管刚开始我只说了一两句,但是他却一直点头回应我。之后我便大胆起来，说起话来变得滔滔不绝。的确，我有很多可说的事情。但是你们肯定会以为我是瞎说，不信我。我觉得他也并不相信我。等我把这些事情都说完后，他便站了起来，不停地在房间里踱来踱去。他说：'你的事情可真是非同寻常。但是我现在还有事儿，之后我再去找你吧，放宽心，我还会找你的。我简直难以想象居然会听到这些事情。我不会丢下你不管的，我会照顾你。不过，我还得去详细了解你说的这些事情呢。我可能还会让你做我侄女呢。送你去读书，爱去哪儿读就去哪儿。我说的话可都是真的。'这人可真会开玩笑。"

就在这时，汽车驶进空地了，这是一辆高帮的空车，就是那种波兰和俄国西部专门运送干草的车。一名运输士兵驾着两匹驾辕的马，在过去这种人被叫作马车夫。车被赶进空地后，士兵便将马勒住了，之后便从驾驶座上跳下来将马卸掉。除了塔尼娜和几名士兵外，其余的人将马车团团围住，央求他不要把马卸掉。他们愿意付钱给他，只要他能将他们送到指定的地方。士兵拒绝了他们的请求，因为士兵没有权利私自使用马和马车，他必须得按照命令办事。他将马卸掉之后，便牵着马走了，此后再也没有出现过。先前坐在草地上的人都坐到士兵留下的马车上面去了。塔尼娜的话被马车的出现以及大家同马车夫的商讨给打断了，现在她又应大家要求继续刚才的话。

"你和将军讲的那些话，"戈尔东央求道，"可否再说一遍给我们听？"

"当然可以啊。"

于是她将自己可怕的遭遇都说给他们听了。

4

"我有很多事情可说。好像我的出身并不简单呢。不知道是别人告诉我的还是自己记在心里的,那就还真不知道了。我只听说我妈妈——拉伊莎·科马罗姓——是藏身于白色蒙古的俄国部长科马罗夫斯基的妻子。我想我可不是这位科马罗夫斯基的亲生女儿。是啊,我没读过书,而且还是个没有父母的孤儿。你们也许会觉得我说得很可笑,但是我说的可都是我确实知道的事情,你们得将心比心。

"好了,接下来我要讲的事情都发生在克鲁什茨那边,西伯利亚另一头,哈萨克地区的方向,离中国边界很近的地方。当我们红军部队将要攻打白军都城时,我妈妈和全家人便都被这个科马罗夫斯基安排上了一辆军用专车,并下令将她们送走。妈妈生来胆小,没有他便活不下去。"

"对我的存在,科马罗夫斯基毫不知情。我一直被妈妈藏在别的地方,生怕别人走漏了消息。科马罗夫斯基极不喜欢小孩子,总会跺着脚喊道,说家里被小孩子弄得脏兮兮的,并且总是又吵又闹。他总说自己实在受不了这些了。

"或许就像我说的,红军要来了,妈妈才叫人将纳格尔纳亚会让站上巡守员的妻子马尔法找来。两个地方相隔三站地。我即刻解释给你们听:尼佐瓦亚是第一站,纳格尔纳亚会让站是第二站,萨姆松诺夫斯基山口便是第三站。直到现在我才清楚为什么妈妈会认识马尔法。或许是马尔法经常去城里卖蔬菜,送牛奶。

"有些事情我现在还不是很清楚。或许妈妈被她骗了,别人可没有实话实说。契约上是说她带我一两年,等局势安定下来了就将我送还回来,而不是要将我送给别人去养。妈妈怎么也不会将我送去给别人抚养的。

"小孩子实在是太容易受人哄骗了。去到大婶身边,递了一块饼干,说大婶人很好,别怕。之后我便号啕大哭,心里别提多难受了。我想上吊自杀,小的时候几乎就要变成疯子了。那时我还很小啊。马尔法大婶肯定从我妈妈那里拿了很多赡养费。

"信号室有个很大的院子,里面养了很多家禽,有牛有马,还有好大一块菜园子呢。地要多少有多少。房子也不用花钱租,都是公家的房子。在我们家乡火车爬上来很费劲儿。但是俄罗斯这边的火车可真是快极了,还经常刹车呢。一到秋天叶子枯黄落下后,往下看就能看见纳格尔纳亚车站,好像被盘子托着。

"巡守员瓦西里叔叔,按当地的习俗我得管他叫爹。他心眼好,并且总是很快活,就是太容易轻信别人,尤其是喝醉了后,便一股脑儿地说些掏心窝的话,而且是逢人就说。

"但是我从不叫马尔法妈。或许是因为我忘不了亲妈又或许是因为其他的原因。马尔法大婶可凶了。我只叫她马尔法大婶。

"时间年复一年地过去了。我都不记得过了多少年了。什么活儿我都会干,不管是去站上摇旗子还是卸马牵牛。马尔法大婶还教我纺线。什么家务活儿我都会做,擦地、收拾房子、做饭、和面,这些都不在话下。对啦,差点忘记了我还照看过彼坚卡呢。彼坚卡是个瘫子,都三岁了却还不会走路,总在床上躺着,我就负责照看他。这么多年过去了,每当想起马尔法大婶斜着眼睛看着我的腿的样子,我都还会浑身打战呢。好像是说:你的腿是好的,而彼坚卡的不是,好像是我把他的腿弄坏似的,她恨不得我的腿也坏了。她的心有多黑啊,而且还蛮不讲理。

"更可怕的还在后面呢,你们现在听着,保准你们听了都会惊讶不已。

"正是新经济政策实行时期,一个戈比要用一千卢布兑换。瓦西里去山下把牛卖掉了,换得两口袋的钱。这钱在当时被称作克伦斯基票子。不好意思,说错了,是柠檬票。他喝了太多酒,就在纳格尔纳亚车站上逢人就说自己有多少钱。

"我仍旧记得那天刮着很大的风,屋顶都快要被风掀下来了,人都站不住,火车爬不上来,因为背着风。我看见一个老太婆在山上朝圣,她的裙子和头巾在风中胡乱地飞舞着。

"老太婆朝着屋子走了过来,两只手紧抱着肚子不停地呻吟着,央求我让她进屋去。她坐到凳子上,却直喊着肚子疼,疼得快死了。她央求我们将她送到医院去,看在上帝的份上,要多少钱她都给。我将马套上,将老太婆扶上马车,而后便将她送到十五俄里以外的县医院。

"我和马尔法大婶刚躺下准备睡觉,突然听见爹的马在外面嘶叫着,马车开进院子里来了。爹回来得也太早了吧。马尔法大婶把灯点着,披了一件衣服,还未听见爹的敲门声,就把门打开了。

"门被打开了,但是她一看这个站在门槛上的人根本就不是爹啊!是个不认识的生得黢黑的男人。他说:'卖牛的钱放在哪儿了。你男人已经被我在树林里杀了,但是我可怜你是女人,要是把钱给我,我就保证你没事。倘若不说,那可就别怪我不客气了。别和我软磨硬泡,我可没时间和你在这儿耗着。'

"哦,天啊,亲爱的同志们,倘若你们碰到这种事你们会怎么办?

我们可是被吓得面如死灰,不停地颤抖着,一句话都说不出。他先是说瓦西里已经被他在树林里用斧头劈死了,而后就跑到家里来抢劫,家里就只有我们三个人啊。

"马尔法大婶或许听闻大叔的死讯而丢了魂,并且痛不欲生。但是为了不让他看出来,只得硬撑着。

"最初的时候马尔法大婶向他下跪。'求您行行好吧,'她说,'不要杀我。你说的钱我从未听说过,还是第一次听你说起。'但是这个灭绝人性的畜生可不是个傻子,这些话可没对他起任何作用。马尔法大婶突然灵机一动,骗他说:'好吧,我告诉你钱在哪儿。那些钱全都放在地窖里,我帮你把地窖的门打开,你下去拿吧。'但是她的诡计被这个畜生识破了。'不,'他说,'你下去,快点。无论你是去地窖还是上房顶,我只要能拿到钱就行。但是可别耍花招,不然让你吃不了兜着走。'马尔法大婶对他说:'愿主保佑你。你不放心,我倒是想自己亲自下去,但是我腿脚不行,爬不下去。我就在这上面给你照灯。不要害怕,为了避免你多疑,我让我女儿和你一起去地窖。'她当然是让我和他一起下去啦。

"哦,天啊,亲爱的同志们,你们能想象得到我听见这话时是怎样的感觉!我想,我就要死了。我眼前发黑,双腿发软,几乎要瘫倒在地了。

"这个畜生倒是挺聪明,没有上当。他斜着眼睛瞟了我。眯着眼睛,意味深长地笑着,仿佛是说:'别耍花招,你是骗不了我的。'她不心疼我,这他都看出来了,猜测着我或许不是她亲生的。彼坚卡被他一把抓起来了,另一只手掀开地窖的门。'看着。'他边说边连同彼坚卡一起去地窖了。

"我还以为马尔法大婶那时已经被吓得魂飞魄散了,什么事都不知道了。但是当那个畜生和彼坚卡刚转进去,地窖的门便被她砰的一声关上,门也被锁住了,而且她还想将一口重箱子压在门上面,她朝我点了点头,叫我和她一起推箱子,因为这箱子实在是太重了。箱子压在门上后,马尔法大婶便坐在箱子上傻笑。刚坐在箱子上,地窖里的畜生便吼叫着,拼命地敲着地板。那个畜生叫喊道,倘若再不放他出来,彼坚卡可就没命了。听不清楚他在吼叫些什么,因为地板实在太厚了,不过猜想得到他就是这个意思。他比野兽的吼叫还吓人。他吼叫道,马上就要了彼坚卡的命。但是她还是没听明白,仍旧坐在箱子上傻笑着,俏皮地朝我眨着眼睛。好像在说随你喊,反正我可是拿着钥匙呢。我竭力让她明白,朝着她的耳朵吼着,甚至想将她从箱子上推下来。我必须把地窖的门打开,救出彼坚卡。但是我怎么可能办得到呢!我根本就不是她的对手。

"他仍旧拼命地敲打着地窖的门,时间慢慢地流逝着,她只顾坐在那儿,胡乱地转溜着眼珠,充耳不闻任何事情。

"又过了一会儿,哦,天啊,天啊,尽管我这辈子见过很多事受过很多苦,但是无论过多久我都不能将这悲惨的一幕忘却。至死我才能将小天使彼坚卡在地窖里可怜的呻吟声、叫喊声忘却。彼坚卡被那个该死的畜生活活掐死了。

"我能做些什么呢?面对着这个半疯癫状态的老太婆和这个天杀的畜生,我该怎么办呢?时间慢慢地流逝着。一直没卸下来的马不停地嘶叫着,好似是在对我说:'塔尼娜,快去叫好心的人来帮忙吧。'天快要亮了,心想:'就听你的吧,谢谢,爹的好马,你给我出了个好主意,我们去找好心的人吧。'但正当我打算走的时候,却好似听见树林里有个声音在说：'等一下，别着急，塔尼娜，我们肯定还可以想到别的好办法。'树林里好像还有别人呢。公鸡也很友好地朝我鸣叫，就好像将我看作是它的同类一般；山坡下面驶过一辆熟悉的火车正鸣叫着，好像在朝我打招呼呢。一听到火车的汽笛声，我便知道它是纳格尔纳亚车站的机车。正在车站里生火呢，准备出发。它被人们称作推车，在后面将货车推上山；但是这次被它推上山的是一列混合列车，它每天夜里都在这时从这儿经过。熟悉的机车在山坡下呼叫着我，这我听得见。我的心好似都要跳出嗓子眼了。我以为自己和马尔法大婶都神经不正常，为什么听见每个有生命的或是不会说话的机器都在同我说话呢？

"火车就快要过来了，还有什么好想的呢，已经没时间想了。我拎着昏暗的灯，拼命地朝着铁轨奔去，站在铁轨中间，挥舞着手中微弱光线的灯。

"火车当然被我拦截下来了，庆幸的是那晚刮大风，火车开得很慢，慢慢地在铁轨上行驶着。火车停了下来，列车司机认识我，他探出头来问我问题，但是风实在太大了，以至于我不能听清楚他的问话。我朝着他喊叫道：'铁路信号室被人袭击，有人入室抢劫并且杀了人，强盗现在还在屋里。叔叔同志，请救救我们吧，我们急需帮助。'当我还在拼命地喊叫时，几名红军战士便从取暖货车上跳了下来，问我发生了什么事，为什么列车会在半夜里停在树林的山坡上。

"他们了解事情的原委后，强盗便被他们从地窖里拖了出来。强盗求饶着，声音比彼坚卡的声音还要尖细。'好心人，'他说，'求您不要杀我，我不会再犯了。'他被红军战士拖到火车轨道上，手脚都被绑在铁轨上，火车从他身上碾过。红军战士们对他动用了私刑。

"家里实在太可怕了,我没敢回去拿衣服。叔叔们在我的恳求下,将我带上火车,我跟着他们离开了那儿。我可没有夸大其词,之后,我便作为流浪儿走遍半个俄国以及半个外国,我什么地方都去过了。正是因为童年的痛苦经历,我才明白了幸福和自由的含义。当然,期间我还经历过很多灾难,也做错过很多事情,那都是之后才有的事,以后再同你们讲吧。方才讲的出事的那个晚上,一名铁路职员下了火车后,来到马尔法家的院子,所有公家的财产都被他接收了。并且马尔法大婶也得到了安置。有人说她之后便进了疯人院,并在那里发疯死了。还有人说她病愈出院了。"

听完塔尼娜讲完她的经历之后,戈尔东和杜多罗夫默默地在草地上徘徊了很久。之后,一辆卡车笨拙地从大路上开到空地里。这些箱子被人们开始往车上搬。戈尔东说:

"现在你能够明白塔尼娜是谁了吗?"

"哦,那是自然。"

"她会得到叶夫格拉夫的照顾的。"他沉默了一会儿,又说道:"这种事情在历史上已经发生过好几次了。有深度的崇高的理想会越变越粗俗,越来越物质化。不妨拿布洛克的话——'我们都是生在俄国恐怖岁月里的孩子们'——作对比,两个时代的区别立刻就能显现在你的眼前。布洛克的这句话不应该进行简单的字面理解,而应当看到更深层次的比喻义。孩子并非孩子,应当是祖国的儿女,是时代的产物,是知识分子。恐怖也并非可怕,而是天意,含有启示的性质。这完全是两码事。但是从目前看来,我们又得将它理解为字面意思,孩子便是孩子,恐怖便是可怕。两者的区别就在这儿。"

5

许是过了五年又或者是过了十年。某个静谧的夏季黄昏,戈尔东和杜多罗夫又一次坐在高楼敞开的窗口前,看着脚下一眼望不到边际的暮色中的莫斯科。叶夫格拉夫编辑的日瓦戈的作品集正被他们拿在手里翻阅着。这本作品集他们已经读了很多次了,半数作品都能背诵。他们不时地交换各自的观点,并且陷入沉思。刚读到一半时,天就黑了。他们不得不点灯,因为书上的字他们已经看不清了。

他们脚下一望无垠的莫斯科正是作者的出生地,他一生经历过的半数事情都在这儿发生。如今,他们觉得莫斯科是他们手中长篇故事的主角,而非这些事情的发生地。这部长篇故事将在今晚走向完结。

尽管战后人们所期待的光明和自由并没有和胜利同时到来,但是在战后的这些年以来,空气中已经明显弥漫着自由的征兆,这便是这些年里唯一具有历史意义的事件。

靠窗而坐的两位朋友已经变老了,但是他们仍旧觉得心灵上的自由已经到来了。恰好在这个夜里,未来已经明显地触到他们脚下的街道,他们也迈向未来,并且将永远地生活在未来之中。一想到他们脚下这座神圣的城市,整个地球和未能活到今晚所读故事中的参与者们以及他们的子女们时,胸中便会涌现幸福而温柔的寂静,好似置身于充满无声幸福的乐曲之中。他们手中的作品集好像知道他们周围发生的所有事情,对他们的感觉给予支持和肯定。

第十七章 日瓦戈的诗

哈姆雷特

夜已然沉默下来,
我踏上生活的舞台。
倚楼听风雨,
还有那往事的袅袅余音,
在那儿,我揣度着余生的宿命。

夜空里正有千百只眼睛窥探着我,
像千百个望远镜。
假使还能得到天上的父的宽容,
那么,请端走我的那杯苦酒吧。

我诚恳地接受您的所有安排,
情愿担当这个角色。
但如今剧情已变,
求你原谅我的恕难从命。

然而情节早已安排,
脚下的路途早已注定了终点。
我只能虚情假意地沉沦在其中。
人生在世,并非闲庭信步。

三月

阳光炙烤着,挥汗如雨,
溪谷早已热得发了疯似的奔走。
一年之计在于春,
劲头十足的农妇正忙于件件农活儿。

残雪虚弱得苍白无力,
那些枯萎的树枝正是它的没有血色的经脉。
牛栏里更是活力沸腾,
就是叉齿也闪耀着生机。

一日复一日,重复着一个个的夜,
在那屋檐下的滴答水声,
就是冰锥消瘦的时钟,
滴答滴答地融入溪水中,
窃窃诉说着不眠夜里的梦境。
马厩和牛栏全部敞开,
鸽子在雪地里争食粒粒燕麦。
可千万不要责怪这不安分与冲动,
是那粪香带来了春天的气息。

复活节前七日

夜幕依旧笼罩大地。
天光未亮,
无数的星辰铺满苍穹,
颗颗都如同明灯。

大地还是那般贪睡,
如果还不醒来,
那就会在梦中错过复活节的诗篇。
　夜幕依旧笼罩大地,
天光还未亮。
从路口一直到街头,
依然全部是暗夜的世界,
等待黎明和温暖的晨曦,
千年的时光都不够。

大地赤裸裸的,
无奈是一丝不挂,
如何去敲响夜里的钟声,
去远远地配合圣歌的声音。

在基督受难日的周四,
到节日的前一天,
河水不断地拍击堤岸,
卷起一个个旋涡。

在基督受难的日子里,
树木脱光了衣帽,
仿佛祈祷似的肃然列队,
直挺挺地站立在那里。

在那些小城里,
就像在那些狭小的集会的地方,
树木赤裸裸地站成一片,
凝视着教堂的栅栏。

它们的眼里露出惊悚的光,
这些惊恐一目了然。
天地已经摇摇欲塌,
花园要走出栅栏,
它们要为上帝安葬。
在圣坛边闪耀着烛光,
黑头巾和蜡烛成行,

看见那一张张泪眼滂沱的脸庞。
捧着十字架的人群忽然出现,
众人低首施礼,
门外的两株白杨依然肃立。

人群绕着教堂打转,
顺着人行道的一旁,
把春意及春天的絮语,
还有那带着圣饼气味的空气,
一起带入教堂的门庭。

三月的春风吹飞了白雪,
飞向台阶前,落在一群残疾人的身上,
好像走来了一个人,
把神圣的约柜打开,
将一切都布施干净也无怨无悔。

唱诗班的歌声延续到晨光初现,
信徒们的悲号已经尽意,
他们默默地走了出来,
走在那些清冷的空地上,
在晦暗的孤灯旁。

在空洞的半夜,等候春的消息,
在一夜之间万念俱灰,
但还是有春的萌动,
等待黎明之光照耀天际,
生的伟力终将战胜死亡,
因为复活了,
死神也只能默然回避。

白夜

又想起那些遥远的时光,
想起彼得堡的那幢房屋。
想起草原上那个库尔斯克的姑娘,
那是地主家的掌上明珠,
她刚进入了学堂。

娇艳动人的你,多少人为你痴狂。
那个迷人的白夜那么让人难忘,
那个夜晚只有我和你,
依偎在你家的窗台上,
从你家高楼上远远眺望。

晨风吹得街灯摇晃,
像一只只蝴蝶在狂舞,
最初的萌动催促了黑暗的脚步,
在黎明中我们倾诉衷肠。

心儿飘荡在那片朦胧的天边,
但是我们同样的感情紧紧地拴住彼此,

我们羞答答地将自己的情愫隐藏,
而真情实意都在眼前的景象之中。

在长长的涅瓦河的一畔,
彼得堡舒展开去,
在这个洋溢着情意的白夜里,
沿着那河流山川的走向流向远方。

夜莺在炫耀自己的歌喉,
那歌声在浩瀚的林海流淌,
这声音婉转清脆,来自一个小小的胸腔,
唤醒了丛林中的不安与赞赏。

在这些地方,白夜像是赤脚的朝圣人那般,
沿着篱栅悄无声息地走过,
偷听来的私房话溜出屋子,
紧紧地在白夜的身后徘徊。

在那些听来的私语中,
在那些庭院的木板围墙里,
苹果树和樱桃树伸着腰肢,
穿上了淡白色繁花点点的外套。

这一棵棵林木像幽灵似的排成行,
集体为白夜送行而挥舞枝丫,
白夜要离去了,
它不虚此行而且收获甚广。

春天的泥泞小路

天边是夕阳似火的余光,
在道路泥泞的松林路上,
林海茫茫。
他要去远方的乌拉尔村庄,
他的脚踏着彷徨。

马儿慢慢地摇晃,
路上响着嗒嗒的马蹄声,
还有泉水也在响着旋律,
像是为马蹄声伴奏,
一路上匆匆地赶上。

骑者松开手中的缰绳,
马儿可以一步一步地徜徉,
春汛泛滥时的轰鸣震响,
感觉就近在身旁。

好像有咯咯地笑,又哭声不断,
那是马蹄下的石子相撞,

还有那些连根拔起的树桩,
在旋涡中游荡。

火红的晚霞闪着余光,
映衬出远处那林木的沧桑,
夜莺在动情地欢唱,
宛如警报的钟声敲响。

沟旁一株孤单的垂柳,
低下树叶装扮的头,
骑马的人像那强盗的首领,
吹响了口哨。

这样炽热的情怀和疯狂,
是怎样的喜?是怎样的忧?
填满弹药的枪口黑压压,
是要在密林里寻仇?

原来是带着满身污浊,
走出这政治犯的藏身沟渠,
迎着游击队的哨口,
朝着巡逻的马队,朋友一步步走去。

青天、大地、田野、密林，
都在捕捉这稀有的声音，
分不清是迷惘还是痛苦，
不知是幸福还是忧愁。

告白

生活又无缘无故地重复,
就如同当年那般诧异地中断,
我重返这条古老的街道,
就如同很多年前的那个夏日时光,

还是那些旧人和那些烦恼,
夕阳的余晖并没有收尽一切,
死寂沉沉的昏暗匆匆地奔来,
最后的那抹霞光被钉在了曼涅日广场上。

女人们穿着粗衫布衣,
深夜里仍徘徊在街头,
然后还要回到顶楼的屋顶上,
忍受各种敲击阁楼的声响。

一个女子拖着倦怠的双脚,
缓缓地跨过那道门槛,
从地下室走到地面,
径直地斜穿过院子。

我又准备着各种借口,
可一切似乎如故,
温善的女子绕路避开了,
只剩下我们在她身后。

你千万不要痛哭流泪,
不要噘起那肿胀的双唇,
这样只会勾起你心中的旧伤,
不要把那些结痂的伤口再次弄破。

不要用那纤柔的手抚摸我的胸口,
我们之间的情意已经连成了一条线,
在无心无意之间就能时时相见,
听从命运的使然。

似水华年你会结婚生子,
忘却那一时的沉迷。
做女人是伟大的,
使男人神魂颠倒更是了不起的事。

我这一生虔诚地爱慕女人,
爱慕女人那迷人的双手,

爱慕那俏丽的颈背和丰美的肩膀，
永远带着一种缠绵和依恋的胸怀。

黑夜丢给我一副铁箍，
想将我紧紧地锁进忧伤之牢笼，
有一股更强的力在引导着我，
我时刻准备挣脱出去。

城市之夏

柔声细语,
伴随着匆匆的脚步,
青丝绾卷在头顶,
颈后一片蓬松。

头冠之下,
女人目光穿透面纱,
抬头回眸之际,
辫梢跃然弹翘。

夜晚闷热盖满街头,
眼看一场雷雨即将到来,
行人们的脚步响起,
匆匆地往家赶。

断断续续的雷声传来,
在天际拖着长长的回声,
狂风席卷窗帘,
窗前阵阵风鸣。

万物沉寂,
暑气仍旧笼罩着大地,
电光在空中飞驰,
照亮暗夜的无边。

雨夜之后,
又是一个炎热的朝阳,
照射着街心的积水闪闪发光,
在那林荫道上。

那一棵棵百年的老椴树,
开着花儿香喷喷,
一副没睡饱的模样,
愁眉苦脸的。

风

我已死去,你还活着
风儿如怨如泣,
撼动了树林和房舍。

它并不会一棵一棵地去摇荡,
而是成片的林木,
连同那无尽的远方,
吹得摇摇晃晃。

就像是海港里千帆簇拥,
在港湾的水上沉浮。
也绝非争强好胜,
更不是无端地愤怒,
而只是用那些苦闷烦忧作词,
为你去把摇篮曲寻求。

酒花

我们在树下躲雨,
常春藤紧紧地缠绕着柳丛,
我们共披一件雨衣,
拥抱着你的是我有力的臂弯。

哦!我错了,
缠绕的并不是常春藤,
那是一丛茂密的酒花,
那就让我们在醉意中打开披风,
把它铺在身子底下。

晴朗的初秋

栗树舒展着粗大茂盛的枝条,
小屋的门窗飘出家人们的欢歌笑闹,
辛勤的主妇们正在加盐调料,
只把那娇嫩的丁香放在卤水里浸泡。

远处的树林仿佛在那儿嘲笑,
这响彻天际的笑声被抛向了山坡上,
炙热的阳光猛烈地烤着香樟,
那可怜的树仿佛被这金色之火烧焦。

通往山谷的是一条蜿蜒小路,
一片片干枯的朽木静静平铺,
那一潭潭的积水也爱怜着这初秋,
默默地将一切都往怀里收。

世界是那么简单而清晰,
丝毫没有诡辩者说的那么模糊,
如同郁郁葱葱的树林被大水淹没,
世间的一切都有命中注定的去处。

切都烧得精光，
我们的双眼也无须惆怅迷茫，
那属于初秋的茫茫白雾，
如细细的蛛丝般粘连着门窗。

一条小路穿过了院落的篱墙，
消失于树林深处，
笑声中辛勤的家人在院中繁忙，
那相同的欢声笑语在远方。

婚礼

前来庆贺的宾客鱼贯进院,
酒桌上人们神情轻松谈话愉快,
那悠扬的手风琴衬着一张张欢乐的笑脸,
新娘闺房门前早就被人们团团围满。

那毡布镶裹着一扇扇门边,
门后不停地传来三两句欢言,
甜蜜的话儿总也诉说不尽,
直到午夜才稍稍得以片刻的安闲。

啊,黎明已到来,我却如此疲倦,
多想能轻轻闭上这蒙眬的睡眼,
宾客们渐渐离去,向我挥手告别,
归途中飘荡着悠扬的音乐。

甜蜜的梦被惊醒,琴手睁开了双眼,
那双手重又按动着琴键,
手指在白色的琴键上翻飞回旋,
应和着人们的欢笑渐行渐远。

再一次，世界重新开始，
永远也说不尽的是温情的话语，
亲人送来的酒宴暖人心脾，
径自送到这对新人的床笫。

新娘的礼服雪一样白，纤尘不染，
席间的喧嚣衬托着她端庄的仪态，
如同一只雪白的孔雀向你飞来，
从你身边轻轻掠过。

新娘的头不时地轻点，
纤纤玉手频频举起，
随着节拍踏出的舞步优美轻快，
如同那美丽的孔雀一般。

欢歌笑闹，激情也随之而起，
跳着回旋舞的脚步发出阵阵轰鸣，
啊，多想能找到一扇门，
逃出去消失不见踪影。

小巧的院落从睡梦中苏醒，
人声鼎沸喧闹无比，
家庭琐事的议论声间或响起，

一阵阵响亮的笑声不时升起。
抬起头,只看见一片无边无际的苍穹,
星星点点的蓝色飞向天空,
那是一群群家养的信鸽,
飞出笼子的快乐竟是那么无穷。

仿佛突然间才想起,
它们也赶赴婚礼,匆忙着急,
向一对新人祝福,愿他们长命百岁,
这是鸽子主人美好心愿的传递。

生命总是转瞬即逝,
我愿意化成点点晨露,
融进所有人温热的心里,
这是我奉献给他们的贺礼。

可是此刻只有婚礼,
还有阵阵歌声飘进窗户里,
那灰蓝色的鸽群被歌声衬托,
还有这甜蜜的梦将醒未醒。

秋天

遣散了家中的仆人，
还有那分散于海角天涯的好友亲朋，
一种独自面对整个世界的孤独，
充斥了整个自然和我的满心满腹。

守林人的小屋荒凉又孤寂，
只有你和我一起留宿。
那歌声中描绘过的小路啊，
几乎遍布着杂草荒芜。

木质的围墙围绕在我们近旁，
那忧伤如今也遍布脸庞。
我们说好了，不被任何人阻挡，
我们宁愿活得潇潇洒洒，死得坦坦荡荡。

整夜我们都相顾无言，
你忙着缝补，我埋头书本，
破晓十分我们尚未发现，
那亲吻究竟持续了几时几分。

秋叶肆意喧嚣，飘落树梢，
肆无忌惮地在秋风中飘荡。
昨天的忧伤尚未散去，
今日的忧愁又爬上眉梢。

啊，这秋的声响，
是对秋的赞叹与欣赏。
天地间都是秋日的私语，
一直到生命结束，疲惫不起。

树枝褪去了秋叶，只剩下秃光，
你像树一样脱去了衣裳，
忘情地投入了我的怀抱，
身上只留下一件丝绸的薄衫。

当痛苦与忧愁淹没了生活，
你从绝望之中拯救了我，
你超凡的勇气是对你的美的赞歌，
正是这勇气紧紧联系着你和我。

童话

很久很久以前,
在那遥远的如神话一般的地方,
有一位骑士沿河驰骋,
穿过了茫茫的大草原。

他正在着急地寻找一条小路,
然而草原上笼罩了一层厚厚的尘雾,
穿过尘雾,只看到一片茂密的树木,
在前面犹豫地停住。

骑士的精神不再那么飒爽,
脑海里升起一个想法,
可不能在小河边饮马,
要赶紧把缰绳脱下。

然而骑士无视心中的劝告,
骑着马儿四处奔驰喧闹,
一路风驰电掣,
奔向那树林,奔向那山冈。

爬上一座座山丘，
越过一条条山谷，
踏过一片片草地，
翻过一个个山峰。

一片草地出现在眼前，
一条小路若隐若现，
动物的足迹星星点点，
它们就在这里饮水。

仿佛耳聋之人听不到任何声音，
对自己的感官也不再相信，
骑士将马儿牵到陡峭的岸堤，
任由马儿欢畅痛饮。

岸边有个黑黢黢的洞，
一片沙滩静静躺在洞口前方，
仿佛一团绿火，仿佛一股硫黄，
洞口的岩石都被照亮。

骑士大睁着双眼，
只看到茫茫的烟雾，血色一片，
还有那片浓密不见底的林海，

那是来自远方的召唤。
骑士急忙一个挺身,
策马跃过山沟,
迎着那个呼喊的方向疾奔,
遵从那远方的感召。

他紧握长矛,
因为他亲眼看见一个龙头,
还有龙的尾梢,
坚硬的鳞爪闪亮。

龙口打个哈欠就像喷火,
就像是闪电那般发光,
龙身盘绕了三圈,
缠绕了一个妙龄姑娘。

里头还有一恶龙,
身躯就像蜿蜒的长鞭,
用那冰冷的脖颈,
搭住少女的肩膀。

当地的居民有一种风俗,
一旦俘获美丽的女子,

那就是最好的贡品,
由那林中的妖龙笑纳。

姑娘的亲朋好友,
宁愿出让房舍和田庄,
当作这姑娘的赎金,
希望妖龙能够放过她。

那妖龙缠住姑娘的手脚,
紧紧地裹住她的喉咙,
要将那失败者的苦痛,
——让姑娘品尝。

面对这样的场景,
骑士怎么能忍让,
他手握长矛腾空跃起,
发誓与龙蛇决斗。

转眼不知几百年,
同样的山同样的云,
同样的溪流,同样的山水和浅滩,
悠悠的岁月依旧。

骑士的战盔被击破,
厮杀中被拖下马来,
忠心的马猛踏妖龙,
让它死在了马蹄下。

马和妖龙的尸体,
并排倒在沙滩上,
少女惊吓地发蒙,
骑士也昏迷不醒。

头上是艳阳高照,
蓝天清爽无风。
她是大地女皇?
还是郡主,或是普通姑娘?

一时间是幸福充盈,
高兴地涌出欢乐的泪水,
一时间是如痴如醉,
仿佛在一片昏睡之中。

他们的心还在跳动,
他和她在恢复生的意识,
有时渐渐清醒,

有时又坠入梦乡。

转眼不知几百年,
同样的山同样的云,
同样的溪流,同样的山水和浅滩,
悠悠的岁月依旧。

八月

像忠实一个承诺,
旭日在清早就挂在天边,
一线线金光斜斜射入,
从窗帘透过来到长椅前。

温热的阳光染红了树林,
染红了村庄,
照着我的卧床和潮湿的枕巾,
还有书架后面的一堵墙。

我想起来了,这是什么原因,
为何会沾湿了枕巾,
因为梦见了,你们在为我送行,
你们一个一个相既走在树林。

你们一群人匆匆前进,
不知是谁忽然记起,
今天是旧历八月初六,
基督变容节就是在今天。

那是一个普通的日子,
无焰的光从基督变容山上升起,
那明净的秋日分外可爱,
那是普天都感召到上天的征兆。

你们穿过那些矮小的赤杨的领地,
光秃秃的一片,
在那墓地摇曳的树叶颜色,
像印了一品红的糍粑那样。

风不再摇动树顶,
青天摆出一副舒适的模样,
远处传来雄鸡的叫声,
那长长的叫声是报晓的啼叫。

在那丈量过的国有墓地里,
处处都是死神的辖区,
他看着我那僵死的面庞,
准备给我掘个墓穴正好符合我的身量。

所有人都会真切地听见,
身旁一个平静的声音响起,

那原来是我过往预知天意的话,
那时的嗓音丝毫没有变化:

"别了,在基督变容节的这一天
在八月初六的晴朗天,
请用女性那温柔的手和慈悲,
再次抚平我命运的伤疤。"

"别了,那些不幸的岁月,
女人们变幻多端的召唤,
别了,那无尽的屈辱与低贱,
那些我承担了一生的一切。"

"别了,挥舞的翅膀,
别了,为了自由,勇敢的飞翔,
还有伴送着未出现的世界,
还有那些预言到的创作篇章。"

冬之夜

天地间没有了一点分际,
漫天雪白铺满大地。
一支蜡烛在桌上燃起。

仿佛夏天的蚊蚁,
成群地对那团亮光追逐不已,
一团团雪花向那门窗扑起。

狂风暴雪冲击着窗户,
凝结的冰花斑斑驳驳。
一支蜡烛在桌上燃起。

屋顶摇曳着蜡烛的光,
影影绰绰,
那是不同命运的交响。

一双小鞋被脱到地上,
地面随即发出一声轻响,
几滴蜡烛悄悄落向华裳。
消失了,这世界,

白茫茫，这风雪夜。

一支蜡烛在桌上燃起，
烛火在风中飘忽不定，
空中飞翔着诱惑的天使，
舒展着爱的双翼。

整整一个二月都是如此，
那片雪白溢漫天际，
一支蜡烛在桌上燃起。

分离

他站在门槛上朝家里张望,
看到那儿完全变了模样。
她走了,就像是逃亡,
只留下了一片狼藉与凌乱景象。

屋里处处都乱糟糟,
他因为眼泪浸泡了双眼,
还有阵阵的头晕,
看不清已经乱成什么模样。

清早起耳朵就嗡嗡作响,
他是清醒还是在梦中?
为什么心中总是浮现
对那苍茫大海的思念?

透过蒙了白霜的窗,
看不到任何希望的光,
心中那无法排解的忧伤,
如同荒凉的海洋。

她那脸庞上的一颦一笑，
对他总是那么的吸引，
就像是漫长的海岸，
总是拥抱那波涛。

潮水不断地涌来又退去，
淹没那些沙石，
还有她的容貌和窈窕身姿，
他的心也沉入了海底。

在那动荡不安的时光里，
在生活迷惘的时代，
她借助着命运的大波浪，
漂浮到了他的身旁。

在经过数不尽的困难之后，
绕过一个个险关惊滩，
携带着她的巨浪，
任她沉浮不定。

如今她永远离去了，
也许是屈从于外力，

两个人已被分离吞噬，
但悲伤永不消失。
他迷茫地环顾四周，
她已经真正地离去了，
到处堆放着杂物，
每一个抽屉都被翻空。

他在房里徘徊直到天黑，
把那些留下的衣裳拾掇，
还有那剪裁的纸样，
全部放进她的箱里。

好像忽然看到她一样，
碰到了她手工的衣物，
上面的针线尚在，
他的泪水就是无声的语言。

相逢

大雪洋洋洒洒,
封住了道路和房屋。
我要去暖暖脚,
你刚好倚靠在门后。

你没有戴帽,
也没穿上套靴,
为了冷却那激动的心,
你含了几口冰凉的雪。

那些树木和栅栏,
渐渐隐没在浓雾中。
你在大雪纷飞的寒天里,
一个人站在墙边。

雪在发辫上融化,
顺着衣领簌簌淌下,
一滴滴晶莹的露珠儿,
在那发梢上扑闪着。

那金色的头发闪着光，
斜挂在你的额角，
发辫映衬着你的面颊，
大衣下边裹着一个你。

睫毛上的雪化了，
眼里的悲情苦调还在，
你整个模样儿如此均匀，
好像一块碧玉雕琢而成。

就算是一块铁，
也是一块上好的玄铁，
你紧紧地握住命运，
在我心头刻上一道印记。

这些刻痕深深地留在那里，
永远都留在了我的心里，
正因世人冷漠无情，
它才显得那般的不可磨灭。

就是这样，
在那个风雪之夜那般漫长，

我不能划出一条界线,
将你我分割成两半。

但是在那些岁月里,
处处有闲言碎语,
你我何处容身?
有谁能讲明白?
只是我们那时已不复存在。

圣诞夜的星

那时正是隆冬。
风在草原上肆虐。
婴儿在坡上的山洞里,
冻得哆嗦着。

一条犍牛呼出热气,
温暖他的身体,
很多家畜都在洞里,
摇篮周边散冒出温暖的热气。

牧羊人抖了抖皮衣,
甩掉碎草屑和谷粒,
背靠在悬崖上,
睡眼蒙眬地望着远方的夜。

远处是一片荒原,
白雪裹住了村舍和篱笆,
墓碑在雪中歪斜地站立,
苍穹上,繁星满天。

仿佛触手可及，
打更人的窗上，
一盏昏暗的小油灯，
在去伯利恒的路上闪出光芒。

这星星燃出的火光，
仿佛烧起的场院，
又像是失火的农仓，
但这都不在天堂。

它在向上燃烧着，
带着燃烧的灰烬，
整个世界，
都被它所惊动。

火光越来越旺，
不知预示的是吉是凶，
不明这天意的安排，
三个占卜师匆匆赶来。

他们配备了驴和驼队，
紧紧在身后跟随，

它们驮了足够的献礼，
迈着小步慢慢走下山去。

这后来神奇的一切，
未来像幻景般提前出现：
那是几代人的意识、理想和期盼，
出现在各种博物馆和画廊里，
各种蛊惑的巫术和快乐的美梦，
点缀着所有的圣诞树和孩子的梦想。

还有跳动的烛火，如发光的链条，
法袍的刺绣五彩斑斓熠熠生辉……
狂劲的草原风四处肆虐……
还有苹果树和金光菊摇曳的身影。

池塘被赤杨林遮住一角，
从此处远望另一角，
需越过树顶和鸦巢。
毛驴和驼队在池边前行，
牧人看得清清楚楚。

"咱们走吧，一同去瞻仰神迹。"
牧人豪气地掀开身上的皮袄说道。

雪地上匆匆行走浑身发热,
深深的脚印交叉叠印,
足迹通向林中小屋,
牧羊犬朝着星光汪汪叫个不停,
它焦虑地四处张望似乎担心迷路。

这一夜清冷得厉害,
好似一个堆满雪的人在雪丘上,
他老想着悄悄混进这驼队。
牧羊犬警惕地放慢脚步,
紧紧依靠着主人,等待可能的灾难。

在这同一条路上,
几个天使也在人群中行进,
他们的身影无影无形,
雪地上却留下走过的足痕。

一群人在吵嚷着拥在巨石前,
曙光中,露出红松的树干。
"你们是什么人?"玛利亚问。
"我们是牧羊人,是上帝的使者,
我们为你送来对你们的赞美。"

"请你们在这稍等,不能一起进门。"

在晦暗的黎明前夕,
赶骆驼的和牧羊的拥挤在一起。
步行人和骑马的人对骂着开着玩笑,
驴子和驼队在饮水井边嘶叫乱踢。

天色开始放光,
擦拭了最后一颗星。
占卜师受到了玛利亚的邀请,
进入神奇的山洞。

他容光焕发地安睡在橡木的马槽之中,
身上闪耀着月光的银辉。
驴子和犍牛呼着热气的嘴唇,
是他最好的襁褓。

畜群在阴影里站着,
似乎用耳语木讷地说着话。
马槽左边现出一个人,
忽然伸手把占卜师捅了一下,
他回首一望:

只见天边的圣诞星来到，
正在门边照耀着圣婴闪闪发亮。

黎明

你曾经主宰了我的命运。
后来战争到来了,混乱了,
一切的一切都不见了影踪,
也得不到你的任何消息。

多年以后我一样地震惊,
你的声音还是让我心不安宁,
我整夜读着你的遗言,
好像从昏迷中清醒。

我很想融进人群去,
和他们一起迎接晨曦。
我愿奉献一切,
我想把一切征服。

我沿着楼梯飞奔下来,
像最初出门的喜悦,
奔向那街头的雪地里,
踏上结了冰的大路。

到处飘起的炊烟,
忙着饭后匆匆去赶车。
整个城市完全变样,
只不过几分钟工夫。

鹅毛一样的飞雪舞着狂风,
像大网编织在门前。
为了不耽误时间,
大家胡乱地进餐就动身。

我几乎与所有人一样,
仿佛与他们骨肉相连。
我愿与雪一同融化,
在这阴沉的清晨,我心阴沉。

和我同在的陌生人,
不论是妇老儿童还是树林。
他们都已把我征服,
这就是我的胜利。

神迹

他正往耶路撒冷赶去,
心中充满着隐隐的痛。

峭壁上的荆棘已经焦黄,
炊烟围绕在茅草丛上,
静静的芦苇呼吸着热烘烘的空气,
死海的表面沉寂无声。

他揣着胜过海水苦涩的心情,
一团彩云伴着他们一路奔走,
到耶路撒冷城去寻一家客栈,
门徒们在那里期待地探望。

他苦苦地沉思,
疲倦地走过长满苦艾的田野。
他独自伫立在沉寂之中,
这里的一切浑浑噩噩。
干旱混杂的沙漠混为一体,
还有那泉水,小溪和蜥蜴。

不远处有一株无花果,
只有枝叶,没有果子。
他对无花果说:"汝生而何益?
光秃而立有何乐趣?"

"我饥渴难耐,汝却无花无果,
和你的相遇是不得已。
噢!你真是不学无术,窝囊不已!
你注定一生如此站立。"

无花果听到责难一阵颤抖,
像是避雷针上闪过一道电火,
它顷刻间烧成了灰烬。

你或许能找到舒适的时光,
如果枝叶有自由来选择,
注定能物尽其用,
然而神迹注定是神迹,
神迹就是上帝。
就在那不知所措的危机时,
他就会出乎意料地出现。

大地

春天迈着匆忙的步子来了,
匆匆闯进了莫斯科的人家。
橱后飞出轻快的飞蛾,
喜爱停留在夏装上,
人们把皮裘收进箱里。

在阁楼的木板上,
躺着一排排的盆栽紫罗兰,
人们的呼吸顺畅轻松,
房间里飘散着清爽的土香味。

泥泞的街巷敞开着扇扇窗,
易逝的白夜和美丽的晚霞,
在那莫斯科的郊外,
决不能错过这番景象。

户外的音响回荡,
能听清一切在那走廊,
那是阳春四月的雨滴,

送来那些偶然的讯息。

四月的故事如同一条长长的河流，
把人类的苦难诉说。
霞光停在栅栏上，
时间就这样流淌。

不管在田野还是在宅院，
处处是一番生机盎然的景象，
处处是灯光闪烁，
连空气也变得异样。

在那些街道上和工厂旁，
在泥泞的路上还有窗台上，
又绿了春的柳芽。

远方是谁在雾中哭诉？
腐朽的泥土为何发出苦涩的气息？
可知这就是我的使命，
为了让那些远方不再寂寞，
为了那自由的土地不再悲伤。

就是为了这个目的，
在早春的时候，
我和朋友们相聚。
把相会当作离别，
把欢宴当作留言，
就用那痛苦的暗流，
来温暖生的寒冷。

受难之日

那是最后的七天,
他进入到耶路撒冷时,
身后的教徒手举橄榄枝呼唤,
迎面是一片片祈祷的声音。

那样的日子越来越昏沉,
仁慈已经不能打动人心,
处处是轻佻的眉头,
没了,这是历史的终结篇。

那阴沉的天空,
像灌满铅一样悬挂在天边,
法利赛人像狡猾的狐狸一样阿谀奉承,
又在一边编织罪证。

他被邪恶的力量簇拥着,
把他交给那些小人去审判,
先时的那些歌颂和礼赞,
变成了毒舌咒语。

外乡人聚集,
纷纷在殿门窥探,
各人纷纷扰扰拥挤成团。
每个人等待着结局。

窃窃耳语在传递,
谣言从四周涌来。
他悠悠中唤醒了儿时记忆,
那时正逃亡埃及。

他记起了那片巍峨的山地,
还有那悬崖边的峭壁,
撒旦在那施了诱惑,
答允他拥有世上的荣华富贵。

还提起了迦南的婚宴,
席间出现了神迹,
在那茫茫大海上,
他从容不迫登上小船,如履平地。

穷人聚了一群,
捧着蜡烛来到他的坟茔,

死而复活的他正起身……
奇迹吓灭了摇曳的烛光。

忏悔的女人(之一)

死神在夜里即将光临,
这是我应得的报应。
那些荒唐疯癫的往事,
整日吞噬我的心。
做男人们发泄的玩物,
在即将归于尘土之时,
街上仍是喧嚣不停。

在那不多的日子里,
我的生命走到尽头,
在此之前,我一息尚存,
愿击碎生命剖开心肺,
展现在你面前。

啊,主啊!我的救主,
多么渴求死神的降临。
那些被我引诱的顾主,
将永远不知我在何处,
永远等不到我的音讯。

既然在众人眼里,
我们在苦海里同舟共济,
宛如婴孩和母亲紧紧相连,
那些罪恶、死亡与地狱之光,
又意味着什么?

我主耶稣啊,
你如果双膝着地,
我将会拥抱十字架的方木,
若将你埋葬,
我将会昏昏沉沉地随你而去。

忏悔的女人(之二)

人们忙着节前的清扫,
我避开这嘈杂与纷扰,
取一桶圣水,
清洗你的双脚。

我四处寻找不到你的软靴,
因为泪水模糊了双眼,
还有那慵倦的长发,
像在眼前挂起厚厚的帷帘。

我把主的双脚拥入怀内,
用项链缠绕,
上面泪痕斑驳,
头发又来遮掩一切。

我清晰地看到了未来的景象,
和你的先知如出一辙。
我也有了预言的本领,
拥有了女巫的先知才能。

教堂的帷幕次日就会落下,
我们都被弃于一侧,
大地将在脚下震动,
也许这是对我的怜悯。

送葬队伍变换了队形,
骑者各奔回程。
仿佛是一股冲天的龙卷风,
十字木架就像要挣扎着腾空。

我要匍匐在你的十字架下,
我昏昏沉沉地紧咬牙关。
你双手拥抱了太多的世人,
双臂在十字架的两端平伸。

你这样宽广的胸怀只为世人,
到底是为了谁忍受这般深沉的苦难?
世上真的有这么多的灵魂和生灵?
这么多的村落、河流和森林?

但这样的三昼夜之后,
我陷入新的无涯的空虚,

就在这些可怕的日子里，
我为复活而重生。

客西马尼园

远方的星星像闪烁的眼睛,
无意中照亮大陆的拐角。
路盘绕在橄榄山,
脚下的水流湍急。

芳草地忽地拦腰中断,
草地后边就是银河。
银色的橄榄果向前伸展,
拼命攀上青云。

尽头就是花园和沃土,
他离开门徒们在墙外:
"我心万分悲恸,
你们在此和我一同面对。"

无所不能的权力和神迹,
他坦然淡定地全部放弃,
就如同偿还所有的债务,
如今已和凡人一样。

遥远的夜又冷又寂静，
好像是一片毁灭的无人区，
广袤的世界虚无缥缈，
只有这一处有一丝的活力。

望着这黑暗的远方，
空旷得不见边际，
他流尽血汗祷告天父，
能够免除这苦杯的痛。

祈祷后待蓄足精神，
他再次信步出园。
门徒们已是疲乏不已，
纷纷在路边的草丛里打着盹儿。

他唤醒众人：
"天父安排汝等和我同行，
你们却睡着一动不动。
人子的时刻已至，
他已被恶人出卖。"
他的话音刚落，
一群流浪的无赖和奴才走来，

刀剑棍棒四处摇曳,
犹大成了带路的人,
准备亲吻就是出卖的暗号。

彼得拔剑与歹徒格斗,
一人的耳朵已被削落。
主的声音在众人耳边响起:
"收回你的剑,
刀剑无法解决争端。

"难道不能请求我的父吗,
派来天兵保护我们的生命?
仇敌会四处溃逃,
他们无法动我丝毫。

"生命的诗篇接近结局,
这比一切的财富更显得珍贵。
写下的一切都是真实,
一切终将应验,阿门。

"你看,眼前所见的一切,
都已经应验了预言,

一切都将逐步实现。
为了证明这警喻预言的真实,
我甘愿承受苦痛,走进坟墓。

"我虽将死去,
三日后又必将复活。
如同湍急的流水,
又像络绎不绝的商队,
所有时代将告别黑暗,
接受我最后的审判。"

附录

帕斯捷尔纳克年表

1890年　2月10日,鲍里斯·帕斯捷尔纳克出生在莫斯科的一个犹太家庭。他的父亲是一名画家,曾为托尔斯泰绘制插图,名叫列昂尼德·奥西波维奇·帕斯捷尔纳克。母亲名叫罗莎·考夫曼,是一位钢琴演奏家。

1904~1910年　帕斯捷尔纳克学习作曲,先在莫斯科德文中学就读,后进入莫斯科大学,攻读文学。

1912年　帕斯捷尔纳克放弃音乐,开始写诗。同年,前往德国马尔堡大学读了四个月的哲学,在意大利旅行一趟,返俄后立志从文。

1914年　出版第一本诗集《云中的双子星座》。

1916年　出版第二部诗集《在街垒之上》。

1922年　出版诗集《生活啊,我的姐妹》《艺术论》。发表了中短篇小说《柳威尔斯的童年》。

1923年　出版诗集《主题和变调》,这部激烈鲜明的诗集让他一跃成为当时国内最优秀的诗人。

1924年　出版诗集《崇高的疾病》,写了他眼中1905年的政治运动。还出版诗集《鲁薇斯的童年》,写了一个女人从少女到成人的心路历程。发表了中短篇小说《空中路》。

1925年　出版了小说集《航线》,是四部短篇小说的合集。

1927年　帕斯捷尔纳克又以1905年革命为题材,写了两首长诗,一部是《施密特中尉》,哀悼叛军领导人许密德的命运;一部是《一九〇五年》,深刻有力地描写了1905年的革命运动,但全诗显得过于冗长。这两首诗曾获得高尔基的好评。

1930年　出版诗集《新生》。

1931年　出版自传体散文《安全证书》和诗集《故事》。

1932年　出版诗集《重生》。

1935年　翻译了格鲁吉亚的诗、莎士比亚的戏剧,和歌德、席勒、克里斯特、班约翰的作品,以及裴多菲、维尔仑、斯温堡、雪莱等人的诗。

1943年　将1936年后的诗结集为《在早班列车上》出版。

1945年　修订《在早班列车上》,增订为《大地的阔步》,出版诗集《冬天的原野》。

1948~1955年　完成小说《日瓦戈医生》。

1956年　初夏,《日瓦戈医生》送审。正逢赫鲁晓夫清算斯大林之后,幸获批准出版。同时还在《文学的莫斯科》上发表一篇重要的学术论文《关于莎士比亚的翻译》。同年十月波匈事件爆发,苏联恢复各种限制,宣布收回《日

	瓦戈医生》准许出版的成命。《日瓦戈医生》尚未出版就成禁书。
1957年	《日瓦戈医生》在国外首次以意大利文出版,许多评论家为之喝彩,认为是把抒情与史诗戏剧融会一炉而成的作品。本年他获得诺贝尔文学奖。
1956~1959年	创作最后一本诗集《到天晴时》,流露出凄婉悲凉的情调。
1959年	出版《自传随笔》,先出版了意大利文版本,后出版了英文版本。
1960年	5月30日,帕斯捷尔纳克因肺癌病逝于莫斯科郊外的彼列杰尔金诺,遗体安葬在当地的教堂墓园中。参加葬礼的有1000多人,其中一半是青少年。有一个青年学生在墓地大喊:"他写的那本书是伟大的作品,可惜不让我们读!"6月1日的《纽约时报》这样写道:"帕斯捷尔纳克是如此爱他的祖国,却在祖国对他的羞辱中去世,总有一天苏联人会后悔的。"
1977年	在帕斯捷尔纳克逝世17年后,他曾经的爱人奥佳·伊文斯卡娅已经62岁,这年,她终于开口了,在接受合众国际社采访时,她说:"帕斯捷尔纳克并未打算拿《日瓦戈医生》来作为一项挑战,他其实是非常不喜欢参与政治的,他已经一再申明这一点了,但是……就算说不愿涉及,但是政治有时候躲都躲不开。"伊文斯卡娅还说,帕斯捷尔纳克曾送她一本书,书的扉页这样写着:"给拉拉。"署名是:"你的尤里·日瓦戈。"拉拉是《日瓦戈医生》的女主角。

诺贝尔文学奖大系 书目

1901年	苏利·普吕多姆(法国)	《孤独与沉思》	
1902年	特奥多尔·蒙森(德国)	《罗马史》	
1903年	比昂斯滕·比昂松(挪威)	《挑战的手套》	
1904年	何塞·埃切加赖(西班牙)	《伟大的牵线人》	
1904年	弗雷德里克·米斯特拉尔(法国)	《米赫尔》	
1905年	亨利克·显克微支(波兰)	《你往何处去》	
1906年	乔苏埃·卡尔杜齐(意大利)	《青春的诗》	
1907年	拉迪亚德·吉卜林(英国)	《丛林故事》	
1908年	鲁道夫·奥伊肯(德国)	《人生的意义与价值》	
1909年	拉格洛夫(瑞典)	《尼尔斯骑鹅旅行记》	
1910年	保尔·海泽(德国)	《骄傲的姑娘》	
1911年	梅特林克(比利时)	《青鸟》	
1912年	霍普特曼(德国)	《织工》	
1913年	泰戈尔(印度)	《新月集·飞鸟集》	
1915年	罗曼·罗兰(法国)	《约翰·克利斯朵夫》	
1916年	海顿斯坦姆(瑞典)	《查理国王的人马》	
1917年	彭托皮丹(丹麦)	《天国》	
1917年	耶勒鲁普(丹麦)	《明娜》	
1919年	卡尔·施皮特勒(瑞士)	《伊玛果》	
1920年	汉姆生(挪威)	《大地的成长》	
1921年	法朗士(法国)	《泰绮思》	
1922年	贝纳文特(西班牙)	《不该爱的女人》	

1923 年	叶芝（爱尔兰）	《当你老了》
1924 年	莱蒙特（波兰）	《农夫》
1925 年	萧伯纳（爱尔兰）	《圣女贞德》
1926 年	黛莱达（意大利）	《邪恶之路》
1927 年	亨利·柏格森（法国）	《创造进化论》
1928 年	温塞特（挪威）	《新娘·女主人·十字架》
1929 年	托马斯·曼（德国）	《布登勃洛克一家》
1930 年	辛克莱·刘易斯（美国）	《巴比特》
1931 年	埃里克·卡尔费尔德（瑞典）	《荒原与爱情》
1932 年	约翰·高尔斯华绥（英国）	《福尔赛世家》
1933 年	伊凡·亚历克塞维奇·蒲宁（俄罗斯）	《阿尔谢尼耶夫的一生》
1934 年	路易吉·皮兰德娄（意大利）	《六个寻找剧作家的角色》
1936 年	尤金·奥尼尔（美国）	《进入黑夜的漫长旅程》
1937 年	马丁·杜·加尔（法国）	《蒂博一家》
1944 年	约翰内斯·延森（丹麦）	《希默兰的故事》
1945 年	加夫列拉·米斯特拉尔（智利）	《葡萄压榨机》
1946 年	赫尔曼·黑塞（瑞士）	《荒原狼》
1947 年	安德烈·纪德（法国）	《窄门》
1949 年	威廉·福克纳（美国）	《喧哗与骚动》
1954 年	海明威（美国）	《永别了，武器》
1956 年	希梅内斯（西班牙）	《小毛驴与我》
1957 年	加缪（法国）	《局外人》
1958 年	帕斯捷尔纳克（苏联）	《日瓦戈医生》